KB047851

ALL
THAT
MAN
IS

ALL THAT MAN IS
by David Szalay

Copyright ⓒ 2016 David Szalay
Korean Translation Copyright ⓒ MUNHAKDONGNE Publishing Corp., 2019

This Korean translation published by arrangement with David Szalay in care of United
Agents through Milkwood Agency.

이 책의 한국어판 저작권은 밀크우드 에이전시를 통해 United Agents와 독점 계약한
(주)문학동네에 있습니다. 저작권법에 의해 한국 내에서 보호를 받는 저작물이므로
무단 전재 및 무단 복제를 금합니다.

이 도서의 국립중앙도서관 출판예정도서목록(CIP)은
서지정보유통지원시스템 홈페이지(http://seoji.nl.go.kr)와
국가자료공동목록시스템(http://www.nl.go.kr/kolisnet)에서 이용하실 수 있습니다.
(CIP제어번호: CIP2019037893)

ALL
THAT

올 댓 맨 이즈

데이비드 솔로이 장편소설
황유원 옮김

MAN

IS

문학동네

일러두기

1. 주석은 모두 옮긴이주다.
2. 본문 중 고딕체나 볼드체는 원서에서 이탤릭체나 대문자로 강조한 부분이다.

무엇이든 다 정해진 때가 있고,
하늘 아래서 벌어지는 무슨 일이든 다 때가 있다.[*]

---

[*] 구약성서 전도서 3장 1절의 변용.

차례

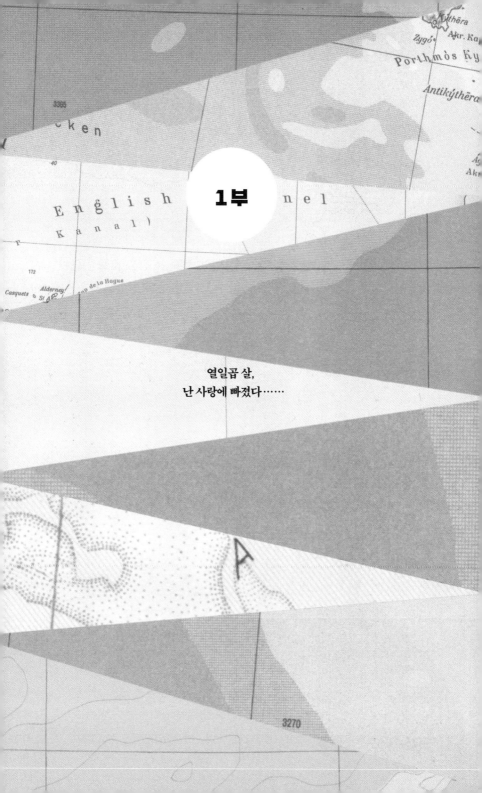

1부

열일곱 살,
난 사랑에 빠졌다……

1

베를린 하웁트반호프*.

그곳은 폴란드에서 출발한 기차들이 들어오는 곳이고 나이 어린
두 영국인이 이제 막 크라쿠프에서 도착한 곳이다. 기차에서 고생
을 한 탓에 진이 다 빠진 이 두 십대는, 몰골이 말이 아니고, 열흘
간의 '인터레일'** 여행으로 여위고 지저분해 보인다. 그중 한 명인
사이먼이 멍하니 허공을 응시한다. 잘생긴 남자아이다. 도드라진
광대뼈에 진지하고 무표정하고 불안해 보이는 얼굴. 기차역의 펍
은 아침 일곱시에도 시끄럽고 연기로 자욱하고, 그는 옆 테이블의
남자들이 하는 말을 못마땅하다는 듯이 듣고 있다―그중 한 명은
미국인처럼 보이고, 더 나이들어 보이는 독일인 같은 이가 미소를

---

* 독일어로 '중앙역'.
** 일정 기간, 일정 지역에서 유럽의 국유철도를 이용할 수 있는 기간제 승차권.

지으며 이렇게 말하고 있다. "너희는 고작 사십만 명의 병사를 잃었을 뿐이야. 우리는 육백만 명을 잃었다고."

미국인이 뭔가 내뱉은 말은 소음 속에 묻혀버린다.

"러시아 놈들은 천이백만 명을 잃었지―우린 육백만 명을 죽였어."

사이먼은 폴란드 담배 한 개비에 불을 붙이고는 코팅된 메뉴판에 적힌 '슈피겔아이'*라는 단어와 테이블 위에 놓인 돈을 바라보며 웨이터가 그걸 가져가길 기다린다―유로, 볼품 있고 모던해 보이는 돈. 그는 디자이너들이 사용한, 단순하고 장식적이지 않은 폰트가 마음에 든다.

"레닌그라드에서만 백만 명이 죽었어. 백만 명이!"

사람들은 맥주를 마시고 있다.

바깥에는 보슬비가 내려 기차역 주변의 회색 지대가 젖어들기 시작한다.

웨이터와 언쟁이 있었다―카페켄헨** 하나를 주문해 잔 두 개에 나눠 마시는 게 가능한지에 대한. 그것은 가능하지 않았다. 사이먼과 그의 친구는 잔 하나를 함께 써야 했고, 그 친구는 지금 그을린 플라스틱 덮개에 반쯤 가려진 공중전화에서―그들의 휴대전화기가 여기서 터지지 않는 바람에―오토에게 통화를 시도하고 있다.

얼룩진 진홍색 조끼를 입은 저 웨이터가 자신들에게 무례하게 굴었다고, 사이먼은 생각했다. 다른 사람들, 이를테면―사이먼의

---

* 독일어로 '계란프라이'.
** 독일어로 '커피포트'.

12

주의깊은 시선은 연기와 소음을 뚫고서, 여기저기 돌아다니는 웨이터를 따라간다—갑작스레 친밀한 미소를 지어 보이며 고개를 들었다가, 웨이터가 쟁반을 내려놓은 뒤에는 자신의 시계를 들여다보는 저기 저 사람처럼, 정장 차림으로 신문을 들고 있는 남자들에게는 비굴하게 굴면서 말이다.

기차 운행 정보를 쏟아내는 목소리가 들려오기 시작한다. 역 안쪽으로 바람이 새어들어오는, 그 바깥쪽 어딘가에서 역 안으로 뚫고 들어오는 날카로운 목소리. 그 목소리는 소리의 수도꼭지 같다—흘러나오다가, 잠긴다.

이 목소리의 목소리, 그리고 그 울림의 목소리

가 매번 난입해 들어오기에 앞서 들려오는 경쾌하고 짧은 멜로디에 이제 사이먼은 익숙하다.

그리고 그 경쾌하고 짧은 멜로디가 들려올 때, 그것은 그가 느끼는 극도의 피로감의 연장, 그의 내면에 자리한 무엇, 주관적인 무엇처럼 느껴지기 시작한 것이다.

웨이터는 정장 차림의 남자에게 말 그대로 고개를 숙인다.

기차역에서의 일상은 더러운 개울처럼 요동치고 소용돌이친다. 사람들. 더러운 개울 같은 기차역을 헤치며 흘러가는 사람들.

그리고 또다시 떠오르는 그 질문,

내가 여기서 뭘 하고 있는 거지?

친구 퍼디낸드가 공중전화를 끊는 게 보인다.

그들은 요 며칠간 줄곧 오토와 통화를 하려 했다—오토는 퍼디낸드가 몇 주 전 런던에서 만난 젊은 독일인으로, 어쩌면 취해서, 어쩌면 실제로 일어날 일이라고는 미처 예상하지 못해서, 퍼디낸드에게 만약 베를린에 오게 되면 자기 집에 머물러도 좋다고 말한 사람이다.

퍼디낸드가 걱정스러운 얼굴로 테이블로 돌아온다.

"아직도 안 받네." 그가 말한다.

사이먼은 담배를 피우며 아무 말이 없다. 그는 내심 오토가 절대 전화를 받지 않았으면 하고 바란다. 그는 오토의 집에 묵는다는 계획이 내내 마음에 들지 않았다. 그가 런던에서 오토를 만난 것도 아니고, 오토에 대해 전해들은 이야기도 마음에 들지 않는다.

사이먼이 말한다. "그럼 이제 어쩌지?"

"모르겠네." 그의 친구가 말한다. "그냥 아파트로 가볼까?" 퍼디낸드는 오토의 주소를 알고 있다—오토는 사월쯤에 그들이 올 거라는 걸 알고 있으며, 거기까지는 런던에서 페이스북 메시지를 통해 대충 이야기가 되어 있었다.

그들은 S반*을 타고 두 정거장을 가서, 아파트를 찾느라 긴 시간을 허비하다가, 마침내 아파트를 찾았는데—뜻밖에도 아파트는 지저분하고 좁다란 골목 안에 있었다—녹색 제복을 입은 경찰 말고는 아무도 없었다. 경찰은 창문을 통해 들어온 희뿌연 빛 속에, 아파트 현관문에서 한 계단 아래 쪽, 계단이 섞이는 층계참에서 기다리고 있다.

왜 경찰이 거기 있는 건지 알 수 없는 마음에

---

* 독일 대도시의 경전철.

오토가 살해당하기라도 했나?

그들은 머뭇거린다.

"탁!"* 경찰이 말한다. 목소리로 미루어보아 한 가지는 명백하다. 살해당한 사람은 없다.

그들은 오토를 찾고 있다고 말하고, 오토가 누구인지 아는 게 분명해 보이는 경찰은 그들에게 오토가 거기 없다고 말한다. 거기엔 아무도 없어, 그가 말한다.

그들은 기다린다.

한 시간 넘게 기다리다가, 퍼디낸드는 오토가 어디 있는지 알 만한 사람들에게 전화를 걸기 위해 거리에 있는 공중전화에 몇 차례 다녀오고, 그동안 사이먼은 널찍한 아래층 복도의 타일 바닥에 앉아 언제나처럼 백팩의 지퍼 달린 옆주머니에 들어 있던 『대사들』, 페이지마다 귀퉁이가 접혀 있는 펭귄클래식판 소설을 좀더 읽어보려 한다. 그의 지친 눈에 이런 문장들이 들어온다.

최선을 다해 살게. 그러지 않는 것은 실수일 테니. 자네에게 살아갈 인생이 있는 한, 구체적으로 뭘 하느냐는 그리 중요하지 않아. 자네가 가진 게 인생 말고 또 뭐가 있겠나? 나는 너무 늦었네─어쨌든 내가 이해하게 된 것을 받아들이기에는 너무 늦어버렸어. 잃어버린 것은 잃어버린 거야. 그것을 명심하게. 우리는 여전히 자유에 대한 환상을 가지고 있어. 그러니 지금의 나처럼, 환상의 기억조차 없는 사람이 되지는 말게. 나는 인생을 살아야

---

* 독일어의 낮 인사 '구텐 탁(Guten Tag)'을 줄인 표현.

했을 시기에, 너무 멍청했거나 너무 똑똑했던 나머지 그러질 못했어. 그리고 지금 나는 실수에 반발하는 인간이 되어 있네. 그런 실수를 범하지 않는 한에서, 자네가 좋아하는 것을 하게나. 나는 실수를 저지르고 말았으니. 살게. 살라고!*

그는 소설책이 들어 있던 바로 그 백팩 옆주머니에서 펜을 꺼내들고 그 문장들 옆에 세로로 줄을 긋는다. 그리고 세로로 그은 줄 옆 여백에, **중심 주제**, 라고 쓴다.
짓궂게 쏟아지는 비에 젖은 채 퍼디낸드가 거리에서 돌아온다.
"우리 어쩔까?" 그가 묻는다.
다시 S반을 타야 한다.
비는 그쳤다. 그들은 열차 창밖으로 이런저런 것들을 본다. 사이키델릭한 그래피티가 빼곡하게 채워진 기념비적인 장벽 구간. 그들은 그 세계를 기억하지 못한다. 그들은 너무 어리다. 예전에 장벽이 있었던 공간을 뚫고, 저 밖 공터에 내리쬐는 햇빛. 햇빛. S반 열차의 창문을 뚫고, 더러워진 레이스 커튼을 뚫고, 그 빛이 사이먼의 찌푸린 두 눈에 와닿는다.
내가 여기서 뭘 하고 있는 거지?
내가 여기서 뭘 하고 있는 거지?
전철기轉轍機를 지나며 열차가 덜컹거린다.
내가 여기서
열차가 속도를 줄이며

---

* 미국 소설가 헨리 제임스(1843~1916)의 『대사들』 중 본문 일부를 변용한 것.

뭘 하고 있는 거지?

옥외 역사로 들어간다―바르샤우어 슈트라세 역이다. 바람이 불어오는 플랫폼, 주위는 온통 황무지.

황무지.

사월은 가장……

그들은 엘리엇과, 그리고 그의 음악 같은 비관주의와 사랑에 빠져 있다. 그들은 조이스에게 경외감을 품고 있다. 조이스는 그들이 닮고 싶어하는 기념비적 인물이다. 이 작가들의 작품들이 그들을 친구로 만들어주었다. 셰익스피어의 비극들도 있다. 그리고 『이방인』도. 그리고 그들이 자신들의 것으로 여기고 싶어하는, 블라디미르와 에스트라공*의 곤경. 오토를 기다리며.

바르샤우어 슈트라세. 열차들이 튼튼한 잡초들 사이로 움직인다. 봄의 소낙비가 페인트칠이 벗어진 광고판, 보이지 않는 차량 행렬의 소리를 쏟아내는 고가도로를 맹포격한다.

크로이츠베르크에서 그들은 기진맥진해 자리를 잡고 앉아 점심을 먹는다.

크로이츠베르크는 실망스럽다. 그곳은 소위 힙스터 동네, 알테르나티프** 구역이었다. 특히 퍼디낸드의 실망이 크다. 사이먼은 균형 잡힌 매무새의 입안으로 음식을 집어넣는다. 그는 크로이츠베르크에 기대하는 게 아무것도 없었다. 그는 전혀 관심도 없었고―비록 말은 안 하고 있지만―그곳이 재미있을 거라고 기대한 자신의 친

---

* 사뮈엘 베케트의 희곡 『고도를 기다리며』의 두 주인공.

** 독일어로 '대안문화'.

구를 순진하다고 여긴다.

점심을 먹는 사이, 이곳의 모든 게 폴란드보다 얼마나 더 비싼지에 대해 잠시 토론을 벌이지만(그들은 바르샤바, 크라쿠프, 아우슈비츠를 거쳐 왔다), 베를린에서는 모든 게 품질 면에서 더 우수하므로, 그들에겐 높은 물가도 납득할 만하게 느껴진다. 이를테면 음식이 그렇다. 그들은 허겁지겁 먹는다.

어쩌다보니 그들은 학교 사람들에 대해 이야기하기 시작한다. 그들은 졸업반이고, 올가을은 옥스퍼드에서 시작했으면 하는 바람으로 올여름에 A레벨 시험을 치른다. (사이먼이 '국제적 주제'와 관련된 내용들에 주의를 기울이며, 별 기쁨도 없이 헨리 제임스의 작품들을 꾸역꾸역 읽어나가는 것은 바로 그 때문이다.)

그리하여 그들은 여러 사람들에 대해 이야기를 나누고—주로 그들이 얼마나 등신인지에 대해—그러고는 퍼디낸드가 캐런 필딩을 언급한다.

그 이름을 전혀 대수롭지 않게 던지는 그는, 자신의 친구가 캐런 필딩에 대한 꿈을 자주 꾼다는 사실을 모른다—서로 대화를 나누거나 눈빛을 교환하는 꿈, 또는 서로 잠깐 동안 손을 잡고 있는 꿈, 그리고 깨어난 후에도 여전히 그녀의 손길이 느껴지는 듯하고, 한순간이나마 압도적인 기쁨을 가져다주는 꿈. 그는 이 꿈들을 자신의 일기장에 매우 솔직하게 옮겨 적으며, 동시에 여러 페이지에 걸쳐 그 꿈들이 지닌 의미와 꿈의 과정이 지닌 본성 자체에 대해서도 적는다.

꿈 밖의 세상에서 그와 캐런 필딩은 서로 거의 이야기를 나눠본 적이 없고, 그녀는 그가 품고 있는 감정을 알지 못한다—식판을 들고 학교 식당에서 걸어다니는 그녀를, 라크로스 경기를 끝낸 후 진흙투성이 복장으로 터벅터벅 걸어 돌아오는 그녀를, 그가 어떤 시선으로 바라보고 있었는지 그녀가 알아차리지 못한 한은. 사실상 그가 그녀에 대해 알고 있는 유일한 것은 그녀의 가족이 디드코트에 산다는 사실이고—그는 그녀가 다른 누군가에게 하는 이야기를 엿들었다—바로 그 순간부터 '디드코트'라는 단어는 특별하고 불가사의한 약속과 함께 그의 마음속에 들어와 살기 시작했다. 그녀의 이름과 마찬가지로, 그 단어는 글로 쓰기에는 너무 강력했는데, 하지만 어느 날 저녁, 바르샤바의 유스호스텔에서, 퍼디낸드가 샤워를 하는 동안, 그는 그것을 썼고, 그러자 그의 심장은 빠르게 뛰었다. 지금 상황에서 유럽을 여행하는 것은 무의미해 보인다. 지금 내가 있고 싶은 유일한 장소는 소박하고, 교외에 자리한, 영국의

그의 펜은 허공을 맴돌았다.

그러고서 그는 그것을 해냈다, 그는 그 단어를 적었다.

디드코트.

그녀의 이름, 그보다 훨씬 더 강력하고, 그가 한 번도 용기 내어 제대로 발음해보지 못한 이름.

이제, 퍼디낸드가 그 이름을 말할 때 사이먼은 그저 고개를 끄덕이며 자신의 커피에 설탕을 더 넣는다.

그는 그녀에 대해 몹시 이야기하고 싶어한다.

그는 오후 내내 그녀에 대해 이야기하며 시간을 보내는 것, 혹은 그저 큰 소리로 계속해서 말해지는 그녀의 이름, 온 세상을 살아가는 데 바로 그 목적이 되어주는 모든 것들을 그 안에 담고 있는 듯한 그 네 음절을 듣는 것 말고는 아무것도 원하지 않는다.

그러는 대신 그는, 전에도 몇 차례 그랬던 것처럼, 관광객 신분으로는 그 어떤 종류의 만족감에도 이를 수 없다는 사실에 대해 이야기하기 시작한다.

퍼디낸드는 눈을 내리깔고 커피를 휘저으면서 자신의 친구가 이 주제에 대해 늘어놓는 짓궂은 의견을 듣는다.

그 관광객이 뭘 하려고 했지? 세상 구경? 인생에 대해 더 아는 거? 인생은 모든 곳에 있어. 그걸 찾겠답시고 유럽 여기저기를 어슬렁거릴 필요는 없다고……

지금 내가 있고 싶은 유일한 장소는

심지어 듣는 척하기도 관둔 퍼디낸드는 엽서를 한 장 쓰기 시작한다. 엽서의 그림: 검고 삐쭉삐쭉한 크라쿠프 대성당. 엽서는 그와 모호한 불장난을 하는 관계인 영국의 한 여자, 때로는 그가 몹시 좋아하는—어쨌든, 그가 계속 장난을 쳐야겠다고 생각하는 여자에게 보내는 것이다. 그는 미소를 짓고, 다음과 같이 쓰면서 자신의 튼튼한 턱에 난 짧고 뻣뻣한 털을 쓰다듬어본다. 우린 둘 다 수염을 기르고 있어—그것은 기분좋게 남자다운 울림을 지닌 말이다. 엽서를 다 쓰자, 그는 친구의 승인을 구하고자 자신이 쓴 것을 소리 내어 읽는다. 그러고서 퍼디낸드는 자리에서 일어나 화장실을 찾으러 간다.

그는 한동안 자리를 비웠고, 사이먼은 햇볕이 가득 내리쬐는 레스토랑에 앉아 그의 담배 끝에서 연기가 피어오르는 것을 바라본다.

피로함, 어쩌면 그가 울고 싶어지는 것은 그 때문인지도 모른다.

내가 여기서 뭘 하고 있는 거지?

고독감은 폭풍 전선만큼이나 거대하다. 여행한 지 십일이 지난 지금, 그의 친구는 대체로 그를 거슬리게 한다. 그는 저 엽서를 소리 내어 읽으며 최대한 웃음을 짓기 위해 몸부림을 쳤고, 녹색 잉크로 작게 스케치한 수염 기른 남자 그림을 그에게 보여주었다. 그리고 기차역 로커 안에 배낭을 넣기 전에 자기 몸에 웁! 향수를 뿌리던 그의 모습. 바로 그 순간…… 자신의 가슴에 난 나선형 털을 세상에 보여주겠답시고, 허세를 부려가며 티셔츠를 들어올려 웁! 향수를 뿌리던 그의 모습…… 그리고 바로 그 인간이 지금 그와 함께 있는 그의 친구인 것이다. 폭풍 전선만큼이나 거대한 고독감이 그에게 덮쳐온다.

그가 그의 담배 끝에서 연기가 피어오르는 걸 바라볼 때.

햇볕이 가득 내리쬐는 레스토랑에서.

*

그날 저녁에 그들은 다시 아파트를 찾아가고, 오토의 누나가 남자인 친구 두 명과 함께 있는 모습을 본다. 키가 작은 한 명은 얼굴에 온통 피어싱을 하고 있고―루츠―키가 훨씬 큰 다른 한 명은 팔자 콧수염을 기르고 있다―빌리. 오토의 누나는 사이먼과 퍼디낸드가 누구인지 전혀 알지 못하지만, 그들이 설명을 해주자 집으로 들어와 편히 쉬면서 오토를 기다리는 게 어떻겠냐고 말한다―그는 결국에는 나타날 게 분명하다며. 자신과 친구들은 이제 막 나가려던 참이라고, 그녀는 말한다.

단둘이 남겨진 사이먼과 퍼디낸드는 그곳을 자신들의 집처럼 여기며 편히 쉰다. 아파트는 놀랄 만큼 넓고, 그들은 약간의 실례를 무릅쓰고 집안을 돌아다니며 비싸 보이는 위스키를 조금 마시고 서랍들을 열어본다. 어느 서랍에서 사이먼은 기이한 카드 한 벌을 발견한다. 분명 타로카드겠지, 그는 생각한다. 무심결에, 그는 카드 한 장을 뒤집는다―손 하나에 막대기 같은 게 들려 있는 그림. 아스 데어 슈테베As der Stäbe, 라고 적혀 있다. 막대기 에이스Ace of Staves?* 분명 남근의 상징이다. 딱히 이해하기 어렵지 않다. 아무려면 어때. 헛소리. 그는 서랍을 닫는다.

*

　새벽 두시쯤에 오토가 들이닥쳐 그들이 거실 바닥에 깐 자신들의 침낭 안에 들어 있는 모습을 발견한다.
　그는 불을 켜고 소리를 지른다.
　그러고는, 방금 막 고개를 들어 찡그린 눈으로 그를 올려다보는 퍼디낸드를 알아보고는 소리친다. "씨발, 인마, 왔구나!"
　"오토……"
　"씨발!"
　"네가 기분 나빠하지 않았으면 좋겠어……" 퍼디낸드가 입을 뗀다.
　"대체 뭔 개소리야?" 오토가 그에게 소리친다.
　"우리가 여기 있다고 기분 나빠하지 않았으면 좋겠다고……"

　　　　　———————

* '지팡이 에이스' 카드를 가리킨다.

"내가 기분 나빠한다고 생각해?" 오토가 소리친다.

"나야 모르지……"

"난 널 기다리고 있었어." 오토의 어깨 너머에 다른 누군가가 서서 그 광경을 유심히 쳐다본다.

"들어봐, 우린 네게 계속 전화했었어……"

"그래?"

"넌 여기 없었어."

"난 여기 없었지!" 오토가 여전히 소리를 지르며 해명한다.

"그리고 넌 휴대폰도 받지 않았어……"

"휴대폰은 잃어버렸어!"

"아."

"그래, 잃어버렸다고." 오토가 갑자기 조용하고 울적한 목소리로 말한다. "휴대폰은 잃어버렸어."

그는 소파에 앉더니 마리화나를 말기 시작했고, 결국 그가 당장 불을 끄고 나가버리길 바랐던 사이먼은 실망하고 말았다.

오토는 바보 같은 모자를 쓰고 있고, 재킷은 소매가 너무 짧아서 손목이 그대로 다 드러난다. 마리화나를 말고 있는 그의 목젖이 위아래로 움직거린다. 알고 보니 그와 그의 친구는 베를린 외곽 어디선가 벌어진 행사에서 일주일 내내 음료를 제공하는 일을 했다고 한다. 그가 마리화나를 마는 동안, 퍼디낸드는 머물게 해줘서 고맙다며 거듭 감사를 표한다.

"이봐, 다시 한번 말하지만, 정말 고마워." 침낭 위에 일어나 앉은 퍼디낸드가 말한다.

"야, 씨발, 신경 꺼." 여전히 모자를 쓴 채 소파에 앉아 있는 오토가 거만하고 태연한 목소리로 말한다.

"그런데, 음, 그런데 경찰은 왜 왔던 거지?" 퍼디낸드가 묻는다.

오토는 그 질문을 듣지 못한 듯하다. "뭐?"

"경찰 말이야." 퍼디낸드가 오토의 무릎 위에서 형태를 갖춰가고 있는 마리화나를 가리킨다.

오토는 거만을 떤다. "아, 그 새낀 꺼지라고 그래!" 그러더니 그가 말을 덧붙인다. 경찰은 신경 안 써."

"그래서 경찰은 거기 왜 있었던 거야?"

"우리 아버지." 오토가 말한다. "다 개수작이야."

"네 아버지?"

"그래, 좆같은 일이야." 새끼손가락 끝에 침을 묻혀 발라 마리화나의 마무리 작업을 하면서, 오토는 말한다. "그러니까, 아버지는 정부 사람이라서……"

"정부 사람이라고?" 사이먼이 처음으로 입을 열며 수상쩍다는 듯이 말한다.

오토는 그를 무시하고 마리화나에 불을 붙인다.

사이먼은 그 자리에서 당장 오토가 싫어졌다. 그는 퍼디낸드가 그에게 고맙다는 말을 그만하길 바란다. 그는 거의 아무 말도 하지 않았고, 처음 만 마리화나를 다 피웠을 때 오토가 그에게 하나 더 말아보라고 부추기자, 아무 말 없이 재료를 건네받았다. 오토는 그에게 계속 '그거'를 더 넣으라고 말한다. 그와 퍼디낸드는 자신들이 아는 런던 사람들에 대해 광적으로 흥분하며 이야기한다. 한참 후, 오토는 사이먼에게 마리화나를 하나 더 말아야 한다고 말하고, 이번에도 그거를 더 많이 넣으라고 강조한다. 그들은 다들 마리화나에 취해 몽롱한 상태다. 누군가 TV를 틀어서 아마도 포르노로 보이는 방송을 발견했다―옷을 벗은 채 밀밭에 있는 여자들처럼 보인다. 사이먼은 그냥 그걸 무시한다. 다른 이들은 그걸 보고 비웃는다. 사이먼은 문득 오토의 친구가 떠났다는 걸 깨닫는다. 사이먼에게는 그가 떠난 기억이 없다. 그는 자신이 그를 상상해냈다는 사실에, 실은 그곳에 다른 누구도 없었다는 사실에 불쾌감을 느낀다. 다른 이들은 밀밭의 여자들을 비웃고 있다. 오토는 두 눈을 반짝이며 혀를 반쯤 내민 채 꼼짝도 않고 화면을 열심히 응시하고 있다.

사이먼은 몹시 어지러운 기분을 느낀다. 그는 아무 말 없이 자리에서 일어나 화장실을 찾아 헤맨다. 그곳에서 그는, 자신이 어디 있는지도 잊은 채 타일을 붙인 욕조 가장자리 위에 놓인 샴푸 병 몇 개와 태엽 장치 플라스틱 개구리를 한참 동안 응시한다. 그는 그저 한참 동안 거기 서서 그것들을 응시한다. 그는 태엽 장치 플라스틱 개구리를, 그것의 아무 죄 없는 녹색 얼굴을 응시한다. 웅웅거리는 환풍기 소리는 점점 더 흐느껴 우는 소리처럼 들려온다.

이십 분쯤 지나 그가 다시 거실 바닥에 앉자, 오토가 그에게 묻는다. "그게 얼마나 남았지?"

"없어." 사이먼은 말한다. 그의 눈에 거실은―온통 베이지색과 크림색에 동양 예술로 가득하다―마치 처음 보기라도 하듯 낯설어 보인다.

"그걸 다 피웠다고?"

퍼디낸드는 자기도 모르게 낄낄대기 시작하고, 그러고는 계속 "미안해, 미안해……" 하고 말한다.

"그걸 다 피웠다고?" 여전히 못 믿겠다는 투로, 오토가 다시 말한다.

퍼디낸드는 낄낄대며 미안하다고 말한다.

"그래." 사이먼이 말한다. 그는 얇고 윤이 나는 카펫에 마리화나 재를 떨어뜨려 구멍을 내기도 했지만, 그 일은 지금 입 밖에 내지 않기로 한다.

"씨발." 오토가 말한다. 그러더니, 그게 농담이었을지도 모른다는 듯이 다시 말한다. "정말로 그걸 다 피웠다고?"

"정말이야."

"미안해." 갑자기 극도로 진지한 표정을 지으며, 퍼디낸드가 말한다.

오토는 한숨을 내쉰다. "알았어." 그는 말한다. 하지만 그는 아직도 그 말을 완전히 받아들이지 못했다. "씨발." 몇 초가 지난 후에 그가 말한다. "그걸 다 피웠다니……"

사이먼은 몸을 천천히 침낭 안으로 밀어넣고 그들에게서 등을 돌린다. 그가 잠이 들었을 때도 그들은 여전히 떠들어대고 있다.

*

다음날 그와 퍼디낸드는 포츠담을 방문한다. 그것은 그들이 베를린에 머무르는 동안 사이먼이 하고 싶어하는 거의 유일한 일인 듯하다―상수시궁전을 보는 것.

포츠담역에서 화려한 장식에 녹색으로 칠해진 문으로. 그런 다음에는 작은 나무들이 늘어선 대로, 그리고 테라스식 언덕 정상에 자리한 궁전. 언덕의 기슭에서 물줄기를 공중으로 높이 쏘아올리는 분수, 공원 여기저기 흩어져 있는 흰 석상들―여자들을 짓궂게 희롱하거나 서로 싸우고 있는 남자들, 혹은 고요한 생울타리 틈에서, 혹은 장식용 연못의 고요한 수면 옆에서, 저마다 모호한 열광의 자세로 뻣뻣이 굳은 채 다들 먼 곳에 있는 뭔가를 고귀하게 노려보는 모습들.

다소 들뜬 마음으로, 사이먼은 이 풍경들 사이를―길고 쭉 뻗은 가로숫길들, 그것들의 교차점에 자리한 분수들, 그것들이 끝나는 지점에 자리한 건물들의 정면을―천천히 돌아다닌다.

그곳에서 그들은 차를 마실 수 있는 곳으로 가서 야외 철제 의자에 앉고, 그는 그곳의 전체 풍경이, 마치 J. S. 바흐의 음악이 그러하듯, 인간 정신의 자연적 체계를 얼마나 잘 보여주고 있는지에 대해 이야기한다.

퍼디낸드는 케이크를 먹으면서 등 뒤에 난 여드름이 티셔츠를 얼룩지게 한다며 불평을 늘어놓는다.

사이먼도 비슷한 문제를 겪고 있지만 그것에 대해 언급하진 않는다. (그는 자신의 몸을 친구에게 보여주길 꺼리는 성격이기도 하다.) 대신 그는 『대사들』을 내려놓고, 퍼디낸드에게 프리드리히대왕의 아버지인 프리드리히 빌헬름, 그리고 자신의 근위대에 대한 그의 집착에 대해 이야기해준다―그들의 키가 얼마나 엄청나게 커야 했고, 그가 근위대의 군복 디테일에 얼마나 지나친 관심을 보였으며, 그가 기분이 언짢았을 때 근위대의 행진하는 모습을 보는 걸 얼마나 좋아했는지에 대해. 그 이야기는 퍼디낸드를 웃게 만든다. "그것 참 멋진데." 접시에 마지막으로 남아 있는 크림을 손가락으로 닦아 먹으며, 그가 말한다. 만족스럽다는 듯, 사이먼은 차를 다 마시고 다시 책을 집어 든다. 시간은 늦은 오후다—그들은 그곳을 찾아오는 데 애를 먹었다. 부드러운 잔디밭 위로 석상들의 그림자가 길게 드리워져 있다.

"오늘 저녁에는 우리 뭐하지?" 퍼디낸드가 말한다.

사이먼은 책에서 눈을 떼지 않은 채 어깨를 약간 으쓱한다.

그들이 잠에서 깨어났을 때 아파트에는 오토의 누나가 와 있었고, 그녀는 자기와 자기 친구들인 루츠와 빌리와 함께 시내에서 밤새도록 노는 건 어떻겠냐고 말했었다. 퍼디낸드는 이제 이 가능성을 넌지시 언급한다. 사이먼은 다시 한번 고의로 어정쩡한 입장을 취한다. 저녁을 오토의 누나와 그 친구들과 함께 보낸다고 생각하니 그의 마음은 두려움과 다를 바 없는 무엇, 일종의 조마조마하고 갑작스러운 공포로 가득해졌다. "걔네들 등신이잖아, 안 그래?" 여전히 책을 읽으며, 그가 말한다. 그와 퍼디낸드는 그날 대부분의 시간을 루츠와 빌리—그들의 가죽옷, 그들의 피어싱, 루츠의 날카로운 웃음소리, 빌리의 침울한 콧수염—를 비웃으며 보냈다.

"걔네들 괜찮은 것 같은데." 퍼디낸드가 애석해하며 말했다. 지난 십 일 동안 그의 유일한 이야기 상대는 사이먼뿐이었다. "오토 누나도 멋지고."

"오토 누나가?

"안 그래?"

"괜찮은 것 같아." 사이먼이 책장을 넘기며 자신의 생각을 말한다. "아마도."

"어쨌든, 그것 말고 또 다른 게 있나?" 퍼디낸드가 웃음소리 비슷한 걸 내며 묻는다.

"몰라."

"그러니까 내 말은, 그냥 걔네들이랑 술이나 마시자고." 퍼디낸드가 말한다. "그렇게 별로인 애들은 아닌 것 같아."

"지금 몇시지?"

"슬슬 돌아갈 시간."

"그래?" 사이먼이 고개를 돌려 어둑어둑해진 공원을 바라보며 말한다. "난 여기가 좋은데."

결국 그들은 저녁 시간 중 일부를 오토의 누나와 루츠와 빌리와 함께 보낸다. 사이먼은 즐기지 않기로 작정한 듯하다. 다른 사람들이 떠드는 동안 그는 심각한 얼굴로 그냥 거기 앉아 있고, 그의 존재―홀로 떨어져 집에서 담근 와인을 홀짝이고 있는 불행한 인물―를 뒤늦게 인지한 퍼디낸드는 거의 당황한다. 그들은 크로이츠베르크에 있는 히피풍의 가게 바깥, 정액 냄새가 나는 꽃을 피운 어떤 나무 아래에 앉아 있다.

"네 친구 왜 저래?" 루츠가 퍼디낸드 쪽으로 몸을 숙이고는 피어싱을 짤랑거리며 그에게 속삭인다. "쟤 괜찮은 거야?" 루츠는 연한 갈색 머리에 못생긴 얼굴이다.

"나도 몰라요." 퍼디낸드가 작게 말하는 척하면서, 사이먼에게도 다 들릴 만큼 큰 소리로 말한다. "쟤는 원래 저래요."

"같이 여행 다니면 퍽이나 재미있을 친구네."

퍼디낸드는 그냥 웃는다.

루츠가 말한다. "쟤는 그냥 부끄러워서 저러는 거야, 안 그래?"

"어쩌면."

"괜찮은 친구인 건 확실해."

"당연하죠." 퍼디낸드가 말한다. "정말 똑똑한 친구예요."

"분명 그럴 거야."

"가끔은 정말 웃기기도 하고요."

"그래?"

"정말이에요."

"상상이 안 가네." 루츠가 말한다.

그러나 그의 친구인 빌리는 사이먼만큼이나 말수가 적고 웃음이 적어서, 저녁 시간의 대부분은 퍼디낸드, 루츠, 오토의 누나가 나누는 대화로 채워진다. 불가피하게도, 그들은 퍼디낸드와 사이먼이 이미 다녀온 곳들에 대해, 그들이 그곳에서 무엇을 했는지에 대해 이야기를 나눈다―그들이 이미 방문한, 대부분 교회 같은 관광지들에 대해. 이 말을 들은 루츠는 격분한다. "그따위 것들은 나이 들어서도 할 수 있잖아!" 그가 단언한다. "지금 그런 걸 할 필요는 없어! 너희가 교회에서 하고 싶은 게 뭔데? 교회는 머리가 희끗희끗해졌을 때 가도 돼. 너희 대체 몇 살이야?" 그가 묻는다.

그들이 답한다―열일곱 살이요.

"너흰 아직 너무 젊어." 기껏해야 그들보다 열 살 더 많을 것 같은 루츠가 흥분하며 말한다. "즐기라고, 응? 알았어?"

2

즐기라고.

프라하행 야간기차. 빈자리는 단 하나도 없고. 그들은 화장실 바깥쪽 바닥에 누워 밤을 보내면서 지나다니는 발길에 수시로 차인다.

동이 트고 얼마 지나지 않아 그들은 자리에서 일어나 뭔가 먹을 것을 찾는다.

창밖으로는 물결처럼 오르내리는 풍경이 사랑스러운 아침햇살 속을 스치듯 지나간다.

소나무숲은 자욱한 안개로 뒤덮여 있다.

사이먼은 바닥에서 토막잠을 자며 꿨던 꿈들 가운데 어느 한 특별한 꿈에 대해 여전히 생각중이다. 호수 아래의 무언가와 관련된 무언가, 그의 것이었던 무언가. 그러고서 그는 학교의 누군가와 함께 캐런 필딩에 대해 이야기했다. 그와 이야기를 나눈 사람은 이상한 단어, 심지어 존재하지도 않을 것 같은 단어를 사용했다. 그러고서 그는 좁은 출입구에서 캐런 필딩을 지나치며 눈을 내리깔았는데, 고개를 들었을 때는 그녀가 그를 바라보며 웃고 있었고, 그는 잠시 동안이나마 이루 말할 수 없는 기쁨에 흠뻑 젖은 채 잠에서 깨어났다.

"야, 너 꼴이 아주 말이 아니다." 식당차 테이블 맞은편에 앉은 퍼디낸드가 말한다.

"내가?"

"그러니까 내 말은—너 괜찮은 거야? 안색이 안 좋아 보여."

퍼디낸드는 자신이 분명 화해를 시도하고 있다고 생각한다.

전날에 여행 계획을 두고 둘 사이에 다툼이 있었다.

사이먼은 새벽 기차를 타고 프라하에 가고 싶어했다. 퍼디낸드는 그러길 원치 않았다. 그는 자신들에게 베를린의 좋은 곳들을 구경시켜주고 싶다는 오토의 제안을 받아들이고 싶어했다.

사이먼은 평소와 다름없이 자신이 원하는 바를 묵묵히 주장했다—그러더니 그는 또 J. S. 바흐의 무덤을 방문하겠다며 라이프치히에 내리고 싶어했다. 퍼디낸드가 느끼기에, 사이먼은 거의 그를 속이다시피 해서 라이프치히에 내렸고, 그것은 끔찍한 경험이었다. 역에서 보낸 열 시간과 역 주변을 둘러싼 기름때 묻은 거리들—프라하행 다음 기차는 한밤중이나 돼서야 출발했다—그것은 전부, 사이먼이 '본질적인 면에서 인상적이지 않다'고 말한 냉랭한 토마스키르헤*에서 보낸 고작 몇 분 때문에 벌어진 일이었다.

---

* 성토마스 교회.

마침내 자정이 가까워진 시각, 그들은 더는 아무 말도 하지 않고 역 플랫폼에 앉아 기다렸다. 그곳에서는 빗방울이 높이 매달린 불빛을 지나 어두운 선로로 떨어지는 가운데, 어느 젊은 독일인 크리스천들이 〈렛 잇 비〉나 〈블로잉 인 더 윈드〉 같은 노래를 부르고 있었다.

오늘 아침 사이먼은, 화해를 시도하려는 친구의 노력은 고사하고, 둘 사이에 다툼이 있었다는 사실조차 인지하지 못하는 듯하다.

그는 낮게 뜬 태양이 자신의 잘생긴 옆모습을 비추는 가운데 창밖을 내다보고 있고, 끔찍한 밤을 보낸 탓인지 손이 살짝 떨리고 있었다.

"한 시간쯤 후면 프라하에 도착해." 퍼디낸드가 말한다.

"그래?" 어딘가에서 사이먼의 머릿속으로 이미지 하나가 들어온다. 물 위로 솟아오르는 물거품과도 같은 인생의 이미지가. 세차고 자욱하게 솟아오르는 물거품은, 깊은 물속으로부터 빛을 향해 올라오는 와중에, 서로 건드리고 섞이면서도 개별성을 유지하는가 싶더니, 수면에 이르자 개별적인 독립체로 남기를 포기한다. 물속에서 그것들은 물질적으로, 개별적으로 존재했다―공기 중에서 그것들은 공기의 일부, 다른 모든 것들과 불가분의 관계인, 영원한 전체의 일부다. 그래, 그는 생각한다, 엷은 안개로 부드러워진 햇살 속에 눈을 찡그리며, 눈에 눈물을 글썽이며, 바로 그런 것이라고. 삶과 죽음이란.

"우리 어디서 머물면 좋을까?" 퍼디낸드가 묻는다.

"모르겠어."

"호스텔?"

"좋아." 여전히 엷은 안개가 피어오르는 풍경을 바라보며, 사이먼이 말한다.

모든 일들이 매우 빠르게 진행된다. 간절해 보이는 표정의 남자들이 플랫폼에서 기차가 들어와 멈추길 기다린다. 기차가 마지막으로 속도를 줄이는 동안, 위쪽을 바라보고 있는 그들의 얼굴이 차창을 부드럽게 스쳐지나간다. 영국의 십대들은 가파른 강철 계단을 내려가는 와중에도 그들이 벌이는 몸싸움의 대상이 되고, 몇 분 뒤 그들은 그들보다 나이가 많은 스코다, 말벌 소리 같은 엔진 소리를 내고 엄청난 양의 배기가스를 뿜어대는 스코다에 타고 있다. 매연에서는 자극적이고 약간 달콤한 냄새가 난다. 꽃나무들도 마찬가지다. 그들이 탄 차의 운전수는 자기 나라 말 외에는 겨우 몇 마디 독일어밖에 할 줄 모른다. "짐머 프라이*, 짐머 프라이." 그는 역에서 이렇게 단언하고는, 말 그대로 그들의 백팩을 붙들고 자신의 차로 돌진했다.
　그들은 주로 오르막을 (그러므로 아주아주 천천히) 이십 분 정도 달려서 타맥 포장이 벗겨진 봄의 초록빛 교외와 작게 구획된 땅에 빛이 바랜 주거지들이 있는 곳에 이르고, 결국에는 앞에 나무 한 그루가 있고 그 아래로 난 길에는 떨어진 꽃잎들이 여기저기 흩어지고 덩어리져 있는 단층 건물 앞에 도착한다. 이곳이 그들의 운전수가 자신의 부인과 함께 살고 있는 곳이고, 그녀는 영어를 조금 할 줄 안다.

---

* 독일어로 '빈 방 있어요'.

스코다에서 내리자 새소리가 그들을 맞이해주고, 그녀도 삐걱대는 대문을 힘차게 열면서, 심지어 약간의 조바심까지 보이며 그들을 맞이한다. 아마 마흔쯤 됐을 그녀는 이제 막 침대에서 일어난 것처럼 보인다. 머리칼—약간 빛나는 베이지색—은 풀린 채로 헝클어져 있으며, 노란색 타월천 가운을 입고 파란 플라스틱 샌들을 신고 있다. 파란 샌들을 신은 그녀가 자신의 부드러운 얼굴 위에 얼룩덜룩한 빛 자국을 남기는 너덜너덜해진 차양을 지나 꽃잎으로 가득한 보도를 걸어 그들 앞으로 다가오더니, 미소와 함께 젊은 방문객들 얼굴에 돌아가며 쪽 쪽 키스를 한다. 그러고서 그녀는 그들을 급히 집안으로 들여 그들이 머물게 될 방을 보여준다—싱글 침대, 바닥에 놓인 얼룩진 폼 매트리스, 나뭇잎에 가려진 창문. 그들이 피곤한 기색으로 여기 머물겠다고 하자 그녀가 그들에게 미소를 지어 보인다. "괜찮니?" 그녀가 말한다.

그녀는 그들에게 짐은 거기 놔두고 와서 같이 아침을 먹자고 말하고, 그래서 그들은 그녀를 따라서 세탁기가 있는 통로를 지나, 지저분한 화장실로 짐작되는 것을 지나, 부엌으로 간다.

사이먼은 친구와 함께 그녀를 따라 부엌으로 가는 동안에도 여전히 기차에서 꿨던 꿈에 대해 생각하는 중이다. 지금 있는 이곳보다, 방금 걸어오며 지나친 세탁기보다, 앉으라는 말이 들려오는 햇빛 드는 부엌보다, 그 꿈이 그에게는 더 현실로 느껴진다.

지금 내가 있고 싶은 유일한 장소는

그녀는 지금, 바로 이 순간, 뭔가를 하고 있다, 그녀는 그가 햇빛 드는 부엌의 작고 네모난 식탁에 앉는 동안 뭔가를 하고 있다. 그리고 그녀가 꿈에서 보여줬던 미소는 지금 냉장고에서 이것저것을 꺼내며 왜 자신의 집에 머물기로 한 게 잘한 선택인지를 설명하는 그녀보다 더 진짜처럼 느껴진다.

그녀가 꿈에서 보여줬던 미소. 그것은 그가 그냥 생각해낸 것일 수도 있다. 그녀의 얼굴은 딱히 미소를 짓고 있지 않았다. 사실 그녀는 심각한 표정을 짓고 있었다. 어두운 머리칼에 둘러싸인 채, 창백한 얼굴로, 그녀는 심각한 표정을 짓고 있었다. 하지만 그녀의 인형처럼 파란 눈은 다정함으로 가득했고, 왠지 그는 그녀가 자신에게 미소를 보내고 있다는 걸 알았다. 그러고서 그는 기차의 내부를 가득 채우는 그날 첫 햇빛, 기차의 열광적인 바퀴 소리에 잠에서 깨어났다.

그녀는 자신이 돈에 관심이 없다고 말한다—그게 투숙객을 들이는 이유는 아니라고. 그녀는 사람들을 좋아한다고, 사람들을 돕고 싶다고 말한다. 그녀는 사람들을 돕기 위해서라면 뭐든 할 것이다. "내가 도와줄게." 그들에게 그녀가 말한다.

이 집이 딱히 시내 중심가에 위치하고 있지 않다는 건 그녀도 인정하지만, 그래도 그녀는 시내 중심가에 가는 게 어렵지는 않다고 장담한다. 그녀는 그들에게 그곳으로 어떻게 가는지를 알려주고자, 그들이 먹는 동안 부엌 식탁에 지도를 펼쳐 놓고 손가락으로 지하철역으로 가는 길을 그려 보인다. 비록 대부분의 경로는 지도가 접혀 있던 바로 그 부분과 겹치고, 지도는 닳아서 판독이 불가능한 상태이긴 하지만.

그들은 도토리 모양의 작은 컵으로 슬리보비츠*를 마시고 있고,

---

* 헝가리 및 발칸 지역의 자두 브랜디.

공기는 담배 연기로 뿌옇고 매캐하다. 그녀는 누더기가 된 널찍한 프라하 지도 위로 몸을 숙이고 있고, 지도의 각 구역은 다른 색들로 표시되어 있는데, 그 색들은 어쩐지 그녀의 가운과 어울리는 것 같기도 하다. 그리고 마침 퍼디낸드가, 그녀가 그 아래 무엇을 입고 있는지―만일 뭘 입고 있기라도 하다면―분명치 않다는 걸 알아차리고는 음란한 미소와 머리동작으로 자기 친구의 관심을 그쪽으로 돌리려 했을 때, 그녀의 남편이 들어와 조그마한 입에 물고 있던 담배를 빼들고는 체코어로 뭔가 말한다.

심지어 지도에서 눈도 떼지 않은 채―물어뜯은 자국이 남은 손톱 끝으로 지도 위에 구불구불한 길을 그리면서―그녀는 손을 내저어 그를 쫓아버리려 하고, 그들은 짧고 험악한 언쟁 같은 것을 벌인다.

퍼디낸드는 여전히 음란한 미소를 짓고 있다.

그녀는 여전히 지도 위에 몸을 숙이고 있다.

그녀의 남편은 잠시 그곳에 선 채 불만으로 부글부글 속을 태우고 있다. 그러고서 그는 떠나고, 그녀는 그들에게 남편은 일을 하러 간다고 말한다. 그는 전직 프로 축구 선수로, 지금은 체육선생이라고 그녀는 설명한다.

그녀는 자리에 앉아 담배 한 개비에 다시 불을 붙이고는 사이먼의 무릎 위에 손을 얹는다. (사이먼이 침묵을 지키고 있음에도 불구하고, 그녀는 사이먼이 특히 마음에 든 눈치다.) "내 남편은," 그녀는 말한다. "그이는 축구 말고는 아아―무것도. 몰라." 잠시 침묵이 흐른다. 그녀의 손은 여전히 그의 무릎 위에 놓여 있다. "무슨 말인지 알겠니?"

"네." 그는 말한다.

아침 일찍부터 독주를 마신 탓에, 그리고 그토록 끔찍한 밤을 보 낸 탓에, 그는 정신이 매우 몽롱하다. 대체 이게 무슨 일인지, 그녀 가 무슨 말을 하고 있는 것인지, 그는 딱히 이해가 가질 않는다. 모 든 것들이 유난히 선명해 보인다─햇빛으로 가득한 부엌, 벽에 걸 린 새끼 고양이들 그림, 축구 선수 부인의 푸른 눈, 그녀의 고운 양 피지 같은 피부. 그녀는 마음을 불안하게 하는 눈빛으로 그를 응시 하고 있다. 그가 눈을 내리깔자 그의 눈에 그녀의 가느다란 맨무릎 이 들어온다.

다시 그녀의 눈.

"그이는 축구 말고는 아아─무것도. 몰라." 그녀가 말한다. 그는 그렇게 말하는 그녀의 입을 바라보고 있다. "무슨 말인지 알겠지." 이번에 그 말은 질문이 아닌 것 같다. 그것은 차라리 가르침에 가 깝게 들린다.

"그런데 너희들은," 그녀가 행복하게 웃으면서, 브랜디 병을 집 어들며 말한다. "너희들은 스포츠 좋아하니?"

"전 좋아해요." 퍼디낸드가 그녀에게 말한다.

"그래?"

"사이먼은 아니에요."

"그건 사실이 아니에요." 사이먼이 짜증스레 중얼거린다.

그녀는 그 말을 듣지 못한 듯하다. 그녀는 그에게 고개를 돌리 며, "아, 싫어한다고? 넌 뭘 좋아하니? 넌 뭘 좋아해? 네가 뭘 좋 아하는지 알 것 같구나!"라고 말한다. 그리고 다시 그의 무릎 위에 손을 올리며, 그녀는 소리 내어 웃기 시작한다.

"사이먼은 책을 좋아해요." 퍼디낸드가 말한다.

"아, 넌 책을 좋아하는구나! 그것 참 멋지네. 나도 책 좋아하지! 아―" 그녀는 손을 자기 가슴 위에 올린다―"난 책을 사랑해. 내 남편, 그이는 책을 안 좋아해. 그이는 예술에 관심이 없어. 내 생각에 넌 예술에 관심이 있는 것 같은데?"

"쟤는 예술에 관심이 있어요." 퍼디낸드가 그것이 사실임을 알려준다.

"아, 그것 참 멋지네!" 사이먼 쪽을 바라보며, 그녀는 한숨을 내쉰다. "아름다움." 그녀는 말한다. "아름다움, 아름다움. 난 아름다움을 위해 살아. 봐, 내가 보여줄게."

잔뜩 흥분한 채, 그녀는 그를 현관에 걸려 있는 그림 쪽으로 데려간다. 추하고 야단스럽게 그려진 맥빠지고 생기 없는 풍경화. 그녀는 그 그림을 베니스에서 샀다고 그에게 말한다.

"멋지네요." 그가 말한다.

그들은 잠시 아무 말 없이 그곳에 서 있다.

그 작고 끔찍한 그림을 바라보는 동안, 그는 그녀가 옆에 서서 자신의 어깨 위에 따뜻하고 묵직한 손을 얹는 걸 느낀다.

"네 친구는," 그녀가 담배 한 개비에 다시 불을 붙이며 퍼디낸드에게 말한다. "그는 내 말이 무슨 말인지 알아." 그들은 다시 부엌에 와 있다.

"쟤는 정말 똑똑해요." 퍼디낸드가 말한다.

"그는 아름다움을 이해해."

"물론이죠."

"그는 아름다움을 위해 살아. 그는 나랑 비슷해." 그러고서 그녀는 브랜디 병뚜껑을 돌리며 다시 말한다. "내 남편, 그이는 축구밖에 몰라."

"아름다운 게임이죠." 퍼디낸드가 농담을 던진다.

그녀는 웃지만, 그녀가 그의 농담을 이해했는지는 확실치 않다. "넌 축구 좋아하니?" 그녀가 묻는다.

"사실 제 취향은 럭비 쪽에 가까워요." 퍼디낸드가 말한다.

그런 다음 그는 럭비가 뭔지 설명해주려 하고, 그녀는 담배를 물고 그 말을 들으면서 이따금 자신이 럭비를 전혀 이해하지 못했음을 드러내는 질문을 던진다.

"그러니까 축구 같은 거야?" 몇 분간의 자세한 설명을 들은 끝에, 손으로 연기를 내저으며 그녀가 묻는다.

"글쎄. 아마도요." 퍼디낸드가 말한다. "맞아요."

"여자는?" 그녀가 묻는다. "너희 여자 좋아하니?"

그 질문은 퍼디낸드보다 사이먼을 더 당황스럽게 만들었고, 그는 잠시 가만히 있다가 이렇게 말한다. "당연히 저희는 여자를 좋아하죠."

그녀가 다시 소리 내어 웃는다. "당연하지!"

그녀는 식탁을 응시하고 있는 사이먼을 바라본다. 그러고는 말한다. "너희는 프라하에서 많은 여자들을 만날 거야."

시커먼 동상들과 여기저기 손가락질을 해대는 관광객들이 있는 카를교 위에 서서, 사이먼은 그곳 전체가 영혼 없는 디즈니랜드 같다고 딱 잘라 말한다.

성 비투스 대성당 안의 고요한 빛과 목재용 광택재에서 나는 희미한 냄새 사이를 어슬렁거리던 그는, 그날 늦은 오후에 모차르트의 〈C단조 미사곡〉 공연이 있음을 알리는 포스터를 보고는 미미하게나마 기운을 차렸고, 그들은 티켓을 구한 후에 성당의 측면 맞은편에 자리한 관광객용 펍의 테라스에 앉아 공연 시간을 기다린다.

퍼디낸드는 평소 그답지 않게 사이먼의 필립모리스를 한 개비 피운다. 친구가 그에게 자신이 프라하를 얼마나 질색하는지 말하는 동안, 퍼디낸드는 근처 테이블에 젊은 여자 둘이 앉아 있다는 걸 알아차린다. 어쩌면 그들은 집주인 여자가 장담했던 미인들은 아닐지도 모른다―그래도 그들은 괜찮아 보인다. 그들 중 한 명은 괜찮은 것 이상이다. 그는 그들이 무슨 말을 하는지 들으려고, 무슨 언어로 이야기하는지 들으려고 애를 쓴다. 분명 현지인들은 아니다.

"어떻게 넌 관광객 신세로 행복할 수 있니?" 사이먼이 말한다. "늘 여기저기 돌아다니고, 늘 뭘 해야 좋을지 몰라 하면서, 이것저것 찾아다니기나 하고……"

"너 기분이 좋구나."

"기분이 나쁘진 않아―내 말은 그러니까……"

그 여자들은 영국인처럼 보인다. "쟤네 어때?" 퍼디낸드가 조용한 목소리로 말한다.

"쟤네가 어떠냐니?" 사이먼이 묻는다.

"어?"

사이먼이 화가 난다거나 짜증이 난다는 표정을 지어 보인다.

"야, 제발 좀!" 퍼디낸드가 말한다. "쟤네 정도면 괜찮아. 꽤 괜찮다고. 바르샤바에서 봤던 애들보다 훨씬 괜찮아."

"글쎄, 노골적으로 말할 순 없지만……"

"글쎄, 나는 완전 그러고 싶은데, 네가 내 말뜻을 이해하는지는 모르겠지만." 퍼디낸드가 소리 내어 웃는다. "가서 우리랑 합석하자고 말할 거야."

사이먼은 초조한 한숨을 내쉬고, 손을 약간 떨면서 담배 한 개비에 다시 불을 붙인다. 그는 퍼디낸드가 부러울 만큼 손쉽게 여자애들에게 접근해서 말을 거는 모습을 바라본다. 그는 사이먼이 앉아 있는 테이블을 가리키고, 사이먼은 재빨리 고개를 돌리며 자신을 안심시켜주는 시커멓고 거대한 고딕 건물인 성비투스대성당을 올려다본다. "얘는 내 친구 사이먼이야." 그렇게 말하는 퍼디낸드의 목소리가 들려올 때도 그는 여전히 그 성당을 바라보고 있거나, 혹은 바라보고 있는 척을 하고 있다.

그는 태양 쪽을 바라보며 눈을 찡그린다. 그들은 손에 마실 것을 든 채 거기 서 있다. 그들 중 한 명은 햇빛 가리는 모자를 쓰고 있다. 퍼디낸드가 그들에게 자리에 앉으라며 손짓을 하고, 그들은 머뭇거리며 자리에 앉는다. "그래서," 퍼디낸드가 시끄럽게 바닥을 긁는 소리와 함께 의자에 앉으면서 과도하게 친절한 목소리로 말한다. "너희들은 프라하 어때? 여기 얼마나 오래 있었어? 우린 오늘 아침에 도착했어—아직 별로 본 게 없지, 안 그래, 사이먼?"

사이먼은 고개를 가로젓는다. "응, 딱히."

"우린 저기 들어가봤어." 퍼디낸드가 말한다. "사이먼은 대성당을 좋아하거든." 여자애들은 마치 그가 이 말을 긍정하거나 부정하길 바라기라도 하듯 그를 휙 쳐다보지만, 그는 아무 말도 하지 않는다. "저기 들어가봤니?" 퍼디낸드가 특히 모자를 쓴 쪽, 친구 쪽보다 훨씬 더 매력적인 여자애를 향해 묻는다.

"응, 어제." 그녀가 말한다.

"꽤나 인상적이야, 그렇지?"

그녀가 소리 내어 웃는다. "뭐 나쁘진 않아." 퍼디낸드가 한 말이 농담이라도 된다는 듯 그녀가 말한다.

"그러니까 내 말은, 저것들은 다 똑같은 것 같아." 그가 말한다. "우린 동유럽 쪽에 있는 성당은 거의 다 가봤기 때문에 어느 정도 확신을 갖고 그렇다고 말할 수 있어."

"그래?"

"무슨 말인지 너도 알잖아."

"그래서 또 어디를 가봤는데?" 그녀가 묻는다.

그리고 그들은 대화를 시작한다―너는 어디를 가봤고, 너는 뭘 봤는지에 대한.

사이먼은 퍼디낸드의 태도에 짜증이 난다. 그는 그게 퍼디낸드가 낯선 이들과 마주쳤을 때 쓰는 일종의 가면이라고, 거기에 왠지 본질적인 위선이 자리하고 있기라도 한 것처럼 여기면서, 자기 자신의 침묵이 이 위선에 맞서는 것이라고 여긴다. 그리고 또 그 모든 따분함에 맞서는 것이라고―모자 쓴 여자애의 통통한 친구가 그에게 무슨 음악을 좋아하느냐고 물었을 때, 그는 어깨를 으쓱하며 잘 모르겠다고 말한다.

퍼디낸드는 그들이 보았던 일본인 커플에 대한 이야기를 들려준다―리넨 정장을 입고 파나마모자를 쓴 남자, 반짝이는 청록색 드레스를 입은 여자―그 커플은 크라쿠프의 중앙 광장에서 춤을 추고 있었다. 그러고서 그는 자신과 사이먼이 폴란드와 독일 국경에서 기차 밖으로 끌려 나가 콧수염을 기른 독일 공무원에게 몸수색을 당해야 했던 이야기를 들려준다. "내 생각에 그들은 특히 사이먼을 수상히 여겼던 것 같아." 그가 미소를 지으며 내뱉은 이 말은 여자애들의 웃음을 자아내는 데 성공했고, 사이먼도 아무 감흥 없이 희미한 미소를 지으며 자신이 강요받고 있는, 그가 그렇다고 느끼는 그 역할을 받아들였다.

"완전 알몸 수색이었어." 퍼디낸드가 말한다.

모자 쓴 여자애가 놀란 웃음과 함께 비명을 내지른다. "뭐야, 진짜?"

"아니." 사이먼이 그녀를 바라보지 않고 말한다. 그러고는 그곳에 그들 둘만 있기라도 한 것처럼, 순전히 퍼디낸드 혼자만을 겨냥해 말한다. "다섯시가 다 됐어."

"그래?" 사이먼이 왜 자기한테 그런 말을 하는지 모르겠다는 듯, 퍼디낸드가 묻는다.

"그래." 사이먼이 말한다. 잠시 침묵이 흐른다. "있잖아, 그……"

"맞다." 퍼디낸드가 말한다. 그는 잠시 생각을 좀 하는 듯하고, 그동안 다른 이들은 그런 그를 기다린다. 그러더니 그가 모자 쓴 여자애를 쳐다본다. "있잖아, 오늘 다섯시에 연주회가 하나 있어. 분명 아주 근사할 거야. 우리랑 같이 안 갈래?"

그녀는 자기 친구를 바라보고, 친구는 어깨를 으쓱한다. "어디서 하는 건데?"

"바로 여기야!" 그가 그들 위에 우뚝 솟아 있는 석조 대건축물을 가리킨다. "저기서 해. 모차르트인지 뭔지였는데. 모차르트 아나?"

"그래." 사이먼이 힘없이 말한다.

"사이먼은 거기에 완전 빠져 있어." 퍼디낸드가 설명한다.

여자애들은 다시 한번 서로를 바라본다―그들 사이에 무언의
대화 같은 게 오간다.

그들은 가진 돈이 별로 없다는 핑계를 댄다.

퍼디낸드가 말한다. "그래, 그럼 끝나고 만나면 어떨까?" 그는 여
전히 미소를 짓고 있다. "그리 오래 걸리진 않을 거야. 얼마나 걸리
지?" 사이먼이 자기 비서라도 된다는 듯, 그가 사이먼에게 묻는다.

"나도 몰라." 사이먼이 말한다. "생각해보진 않았는데, 한 시간
을 넘기진 않을 거야."

"끝나고 여기서 만나면 될 것 같아." 퍼디낸드가 제안한다. "대
략 한 시간 후에?"

그들은 그러기로 하고, 퍼디낸드와 사이먼은 성당으로 향한다.

"모자 쓴 애 정말 예쁘다, 안 그래?" 퍼디낸드가 말한다.

"뭐 괜찮아."

"괜찮은 것 이상이야―완전 섹시하잖아. 걔 친구는 어때?"

"걔가 뭐?"

퍼디낸드가 기쁨의 웃음을 터뜨린다. "그래, 무슨 말인지 알겠
다." 그가 말한다.

그들이 신도 좌석에 앉을 때, 그는 혼자서 행복의 콧노래를 부르
고 있다.

"그래서, 이게 뭐라고 했지?" 그가 묻는다.

"모차르트." 사이먼이 그를 쳐다보지 않은 채 말한다. "C단조

미사곡.”

“맞아, 그거였어.”

그리고 이 경험으로부터 뽑아낼 수 있는 모든 것을 뽑아내기라도 하려는 듯, 퍼디낸드는 손을 무릎 위에 모으고 눈을 감는다.

음악이 시작된다.

음악.

나중에 그들이, 이제는 대성당의 그림자에 가려진 펍의 테라스로 돌아왔을 때, 여자애들은 떠나고 없었다. 마음이 상한 그의 친구가 웨이터에게 누가 메시지 남긴 것 없냐고 물을 때도 사이먼은 여전히 그 음악을 듣고 있는 듯하고, 바로 앞 건물 저 높은 곳 어딘가에서 들려오는, 눈에 보이지 않는 음성으로 드높은 석조 공간을 가득 채우는 소프라노의 노랫소리를 듣고 있는 듯하다. 그리고 혹시나 여자애들이 돌아올까 싶은 마음에 둘이 함께 테라스에서 기다리는 동안, 그의 친구가 테라스 언저리에 서서 관광객들로 득실대는 황혼을 가만히 들여다보고 있는 동안, 사이먼은 거기 앉아 담배를 피우며 여전히 그 목소리를 듣고 있다. 뭔가 성스러운 기운이 담긴 그 목소리.

테라스 모퉁이에서 돌아서는 퍼디낸드는 제정신이 아닌 듯 보인다.

뭔가 성스러운 기운이 담긴 그 목소리.

"제길, 알게 뭐야." 퍼디낸드가 말한다.

거대한 석조 공간에 신성함을 불러들인, 저 빛나는 음악.

"걔네는 여기 안 와."

저 빛나는 음악, 눈에 보이지 않는 소프라노의 음성.

드높은 석조 공간을 가득 채우는.

"맞아." 사이먼이 말한다.

그의 친구는 자리에 앉아서 묻지도 않고 그의 필립모리스를 한 개비 꺼낸다. 그는 아무렇지 않아 보이려 애쓰고 있다. "우리 뭐하지?" 그가 말한다.

그들은 테라스에서 일어나 뭔가 먹을 수 있는 데를 찾아나선다.

그들은 길을 잃고 좁다란 거리를 헤맨다.

퍼디낸드는 길을 묻기 위해 잡지 가판대 앞에서 발걸음을 멈춘다.

그의 친구가 자신의 말을 이해시키려 애쓰는 동안, 사이먼은 잡지들 가운데 포르노 잡지가 있다는 걸 알아차린다─그의 두 눈에 거대한 젖꼭지, 벌거벗은 몸, 벌어진 입이 들어온다. 실은 가판대 전체가 포르노 잡지로 채워져 있다. 피곤한 표정의 왜소한 남자인 가판대 주인은 영어를 할 줄 모르고, 퍼디낸드에게 거기서 기다리고 있으라는 신호를 보내고는 쇼윈도가 텅 비어 있는 가게 안쪽으로 사라진다.

조금 뒤에 그가 심플한 파란색 원피스를 입은 중년 여자와 함께 나타난다. 사이먼은 자기 가게 앞에 그런 추잡한 가판대가 있는 걸 참아야 하는 그녀가 안됐다고 느낀다. "무슨 일이죠?" 그녀가 그들에게 다가오면서 수줍게 미소를 지으며 말한다.

퍼디낸드는 그들이 길을 잃었으며 뭔가 먹을 수 있는 데를 찾고 있다고 설명한다.

그녀는 그들에게 그들이 아는 장소로 돌아가는 길을 알려주고, 마치 사과라도 하듯 근처에 문을 연 식당이 있는지는 자기도 모르겠다고 말한다. "미안해요." 그녀가 말한다.

"아닙니다, 아니에요, 그런 소리 마세요." 퍼디낸드가 그녀에게 말한다. "도와주셔서 정말 감사합니다……"

"잡지도 살 건가요?" 그녀가 묻는다.

그것은 거의, 아직 가판대 근처에 서서 담배를 피우고 있는 사이먼에게 던지는 질문처럼 들린다. 그는 마치 그 질문을 이해하지 못했다는 듯이 그녀를 쳐다본다.

"섹스." 그녀가 가판대를 가리키며 말한다.

그녀는 미소를 짓기 시작하고, 그러자 그녀의 얼굴이 갑자기 흉측해 보인다―누렇고 조그마한 이빨을 지닌 사악하고 작은 동물의 얼굴처럼.

"아뇨." 그가 재빨리 말한다.

"한번 보지 그래요." 여전히 미소를 띤 얼굴로, 끈으로 고정되어 있는 잡지들 가운데 하나를 꺼내 비닐 포장째 건네며, 그녀가 말한다. "한번 봐요."

"저희는 관심 없습니다, 감사합니다." 퍼디낸드가 말한다.

"왜요?" 그녀가 살짝 웃으며 묻는다.

"그냥 관심이 없어요." 벌써 그 거리를 반쯤 걸어가 있는 친구를 따라가며, 퍼디낸드가 말한다. "감사합니다."

그들은 피자헛에서 저녁을 먹은 후, 쭉 지하철을 타고 교외 종착역까지 간다.

*

숙소의 방바닥에 깔린 폼 매트리스에 몸을 뻗고, 오렌지색과 카키색 꽃무늬 시트를 덮은 채, 사이먼은 일기에 집중해보려 애를 쓴다. 퍼디낸드는 샤워를 하고 있다. 사이먼은 쉭쉭거리는 샤워기 소리를 들을 수 있고, 그러는 동안에는 그의 친구가 나오지 않으리란 걸 알고 있다. 그는 또한 집주인 여자와 그녀의 남편이 부엌에서 다투며 고함치는 소리를 들을 수 있다. 그에게는 시간이 있다―그리 오래 걸리진 않을 것이다. 그가 마지막으로 한 건 거의 일주일 전이었다…… 바르샤바에서 크라쿠프로 가던 시끄럽고 흔들리는 기차 화장실 안에서였다. 그가 시트 아래로 손을 집어넣어 흥분하고 단단해진 그것을 막 움켜잡은 찰나, 거칠게 끽끽거리는 배관 소리와 함께 샤워기가 멈추는 소리가 들려왔으므로, 그는 반바지를 추켜올리고는 다시 일기를 쓰기 시작하거나, 혹은 그러는 것처럼 보이는데, 하여튼 퍼디낸드가 작은 타월을 몸에 두른 채 방으로 들어왔을 때 그의 손은 오직 펜만을 쥐고 있을 뿐이다.

"저 사람들 아직도 저래?" 퍼디낸드가 고함소리를 듣고 말한다.

그들은 부엌에서 뭔가 박살나는 소리를 듣는다.

사이먼은 손에 오직 펜만을 쥔 채 아무 말도 하지 않는다.

"기분이 별로야." 퍼디낸드가 말한다. 그는 작은 거울 옆에 서서 자신의 어깨 너머로 잔뜩 일어나고 터져서 엉망이 된 등을 보려고 애쓴다. "더 심해졌어," 그가 말한다. "한번 봐. 더 심해졌어, 그렇지 않아?"

사이먼은 잠깐 동안 일기에서 눈을 떼고 고개를 들어 말한다. "잘 모르겠는데."

"더 심해졌어." 퍼디낸드가 말한다.

그는 한숨을 내쉬고는 주석이 잔뜩 달린 예이츠 시집을 들고 침대로 들어간다. 겨우 몇 줄을 읽은 후에—

서로를 꼭 끌어안은

젊은이들

—그는 다시 한숨을 내쉬고 잠시 동안 희끄무레한 천장을 빤히 쳐다본다.

서로를 꼭 끌어안은

젊은이들

그는 예이츠 시집을 반짝이는 노란색 조각 나무 마루 위에 올려놓는다. 그는 얇은 누비이불을 끌어올려 덮고 벽 쪽으로 몸을 돌린다.

아무것도 쓰지 못한 사이먼은 일기를 옆으로 치우고, 자신이 누워 있는 매트리스 옆 바닥 위에 놓인 테이블 램프의 스위치를 끈다.

3

"남편은," 다음날 아침, 냉장고에서 먹을 것을 꺼내 그들이 앉아 있는 식탁 위에 올려놓으며 그녀가 말한다. "브르노에 갔어. 축구. 그이는 브르노에 삼 일 동안 있을 거야."

"토너먼트 같은 건가요?" 퍼디낸드가 묻는다.

"뭐?"

"남편분은 토너먼트 때문에 브르노에 간 건가요?" 그녀는 이해하지 못하는 듯하다. "시합?"

"네, 시합이요. 중요한 시합. 축구."

슬리보비츠는 없다. 커피와 담배가 있다. 먹을 사람이 있을지는 모르겠으나, 맛이 간 빵도 있다. 그녀는 지독한 숙취에 시달리고 있다. 그녀가 무릎까지 오는 노란색 가운을 입고 사이먼 옆에 앉아 그에게 묻는다. "여자들 좀 만났니?"

그는 당황해서 무슨 말을 해야 좋을지 모르는 것처럼 보인다.

"어……"

"아니야?" 놀란 듯한 말투로 그녀가 묻는다. "너한테는 쉬울 것 같은데."

"흠, 만나긴 했어요." 퍼디낸드가 말한다.

"너 여자 좋아하니?"

비록 질문을 받은 것은 사이먼 쪽이지만, 대답은 퍼디낸드가 한다. "네." 그는 말한다. "아주 좋아하죠."

그녀는 여전히 미소를 지으며 사이먼을 바라보고 있다. "그럼 너는?"

그는 곤란해하며 담배를 깊이 빨아들인다. "네." 그는 말한다.

그녀가 그의 길고 찌푸린 옆얼굴을 자세히 살펴보는 동안, 그는 마치 식탁 위에 있는 물건들을 죄다 기억하기라도 하려는 것처럼 그것들을 차례대로 자세히 살펴보는 듯하다—

매우 심플한 디자인의 우유—믈레코—한 통

그의 필립모리스, 독일어로 적힌 건강 유해성 문구

종이 곽에 붉은 띠가 둘러진 그녀의 페트라

크리켓 라이터

"넌 정말 잘생긴 남자야." 그녀가 말한다.

꽉 찬 유리 재떨이

맛이 간 빵 몇 조각이 담긴 플라스틱 그릇

"내가 젊었을 때," 그녀는 말한다. "난 너처럼 잘생긴 남자를 정말 만나고 싶었어."

희끄무레한 버터가 놓여 있는 작은 접시

내가 젊었을 때……

그녀는 그들에게 자신의 젊은 시절에 대해 이야기해준다.

알고 보니 그녀는 전혀 체코 사람이 아니었다. 그녀는 세르비아 사람이다. 그녀와 그녀의 남편은 당시의 유고슬라비아에서 만났다―그는 거기서 축구 선수로 뛰고 있었다. 그녀는 그의 팀 준비를 담당하는 지역 스포츠클럽의 씩씩한 회원이었다. 금발에 푸른 눈, 수다스럽고 활발한 그녀는 식사 문제부터 선수들과 버스를 타고 경기장에 가는 일까지 팀을 전적으로 돌보곤 했다.

그녀의 남편은 그가 속한 팀의 스타 선수들 중 한 명이었다고, 그녀는 자랑스레 설명한다. 그들은 밤에 공원에서 처음으로 사랑을 나눴다. 뭐, 그녀는 여전히 부모와 함께 살고 있었다. 그는 팀 동료들과 함께 기숙사에서 잠을 잤다. 그들이 달리 어딜 갈 수 있었겠는가?

"우린 젊었어," 그녀가 말한다. "젊을 때는…… 그래." 그녀는 담배에 불을 붙인다. 한숨소리. 그러고는 좀더 힘차게 말한다. "난 젊었어, 하지만 그때 한 게 처음은 아니었지."

"그래요?" 퍼디낸드가 흥미를 보이는 듯하다.

그녀는 열다섯 살 때 이탈리아의 한 호스텔에서 수영 코치에게 순결을 잃은 일에 대해 그들에게 말해주기 시작한다.

"그는 나보다 연상이었지," 그녀가 말한다. "있잖아, 그건 멋졌어."

사이먼은 어깨를 구부리고 앉아서 담배를 피우고 있으며, 그 이야기는 듣고 있지 않은 듯하다.

"멋진 일이야, 연상과의 첫 경험이란." 그녀가 그에게 말한다.

그리고 퍼디낸드는 자신이 바로 그 나이에 여동생의 유모, 그러니까 자신보다 열 살 많은 여자에게 유혹을 당한 적이 있으며, 그때 그 경험이 얼마나 멋졌는지에 대해 그녀에게 말한다.

"맞아." 그녀가 움푹 들어간 눈으로 진지한 표정을 지으며 말한다. "그건 멋지지."

"정말 멋졌어요." 퍼디낸드가 스스로에게 만족한 듯한 표정으로 말한다.

"그게 늘 가장 좋은 방법이지." 그녀가 말한다. "연상에 경험도 더 풍부한 누군가와 함께. 멋진 누군가와 함께."

사이먼은 어깨를 구부리고 앉아서 담배를 피우고 있으며, 그 이야기는 듣고 있지 않는 듯하다.

"무슨 말인지 알겠니?"

그 질문은 그를 향해 던진 것이다. 그녀는 그가 자신의 말을 이해했는지 알고 싶어한다.

그들은 그가 무슨 말인가 하기를, 그가 그 말을 이해했으며 그녀가 한 말을 들었다는 사실을 어떻게든 보여주기를 기다리고 있다.

그러고는 그곳이 아닌 다른 곳, 다른 어느 방에서 전화벨이 울린다.

전화벨이 울리고, 그녀는 자리에서 일어나 무릎까지 오는 노란색 가운 차림으로 소용돌이치는 연기 사이를 뚫고 급히 달려가고, 그들은 그녀가 전화를 받고 누군가와 이야기를 시작하는 소리를 듣는다.

그들은 모자 쓴 여자애를 찾으며 아침을 보낸다. 햇빛이 내리쬐는 가운데 햇빛 가리는 모자 쓴 여자애를 찾으며, 퍼디낸드는 그녀가 있을 만한 곳, 그녀가 어슬렁거릴 만한 관광 명소들을 생각해보고 있고, 갑자기 그녀가 나타나더라도 놀라는 척을 할 준비가 되어 있다. 이윽고 그것은 가망이 없어 보인다. 도시는 거대하고 무질서하게 퍼져 있다―관광 지구만 해도 자갈을 깐 골목들과 작고 숨겨진 광장들로 마구 뒤섞여 있다. 그는 그녀가 생각하는 대로 생각해보려고, 젊은 여자의 입장에서 생각해보려고 애를 쓴다. 그와 동갑이거나 한두 살 많은 여자. 특별히 똑똑하지는 않고, 자주 욕정의 대상이 되며, 발톱에는 청록색 매니큐어를 발랐고, 곧 비서양성학교에 입학할…… 오스트레일리아 펍? 그들은 거의 아무 말 없이 급히 라거 맥주를 들이켜며 거기서 두 시간을 보낸다.

사이먼 역시 다른 데 정신이 팔려 있는 듯 보인다.

그는 그곳 오스트레일리아 펍에 앉아서, 사람들 간의 접촉을 여러 종류의 액체가 한데 뒤섞이는 것으로 상상해본다. 최초의 아이디어를 발전시켜나가는 자신의 방식에 만족한 그는, 일어날 수 있는 최악의 반응은 끔찍한 폭발이나 즉각적인 냉동일 거라고 생각한다. 그럼 사랑은?

캐런 필딩

글쎄, 사랑은, 그는 생각한다. 아마 이런 것이 아닐까―뒤섞인 액체 한가운데 떨어진 작은 깜박거림. 거기 섞여든 후에도 액체 전체는 단일하고 투명하게 보일 뿐인 무엇

캐런 필딩

전체 혼합물이 부드럽고 한결같은 빛을 내뿜을 때까지, 그 시점에 이르기까지 지속되는 그런 깜박거림.

캐런 필딩

그래, 그는 생각한다. 그게 바로 사랑이다.

그리고 낮이 훌쩍 지나간다.
곧 늦은 오후다.

퍼디낸드는 카를교 위에 서서 세찬 바람을 맞으며, 강 먼 곳에 넓고 길게 펼쳐진 둑, 무리를 이루고 있는 지붕과 첨탑을 바라본다. 모자 쓴 여자애, 어딘가에는 있을 것이다. 어딘가에는…… 그녀가 이 도시를 이미 떠나지만 않았다면. 그러고서 그는 자신이 그날 하루를 얼마나 멍청하게 날려버렸는지를 생각하고, 그동안 사이먼은 그쪽 경치를 외면한 채 그를 기다린다.

지하 동굴 스타일에 지붕은 아치형이며, 고딕체 활자로 가득한 다음 펍에서, 사이먼은 또다시 관광 여행의 무의미함을 주제로 이야기를 시작한다.

"그럼 넌 왜 이걸 하고 싶었던 건데?" 몇 분 후에 퍼디낸드가 짜증을 내며 묻는다.

"뭘 한다고?"

"이 여행."

"난 재미있을 줄 알았지." 사이먼이 말한다.

"그럼 재미가 없다고 생각하는 거야?"

"나쁘진 않아."

"대체 뭘 기대했던 건데?"

사이먼이 잠시 생각한다. "나도 모르겠어." 그가 말한다.

그는 여전히 뭔가를 기대하고 있었다. 그는 이 주 전에 일종의 모호한 희망을 품은 채 세인트 판크라스 역을 떠나는 기차에 올랐다.

그들이 이른 밤거리를 지나 지하철역으로 걸어가는 동안, 거리 어두운 곳에는 매춘부들이 넘쳐난다.

다시 그녀의 부엌 네온 불빛 아래로 돌아오니 뭔가 유쾌한 기분이 드는 듯하다. 거의 집에 돌아온 듯한 느낌이다. 퍼디낸드가 그녀에게 모자 쓴 여자애를 찾았던 일에 대해, 어제 성 비투스 대성당의 벽 아래에서 만났던 것부터 시작해서 있었던 모든 일들에 대해 이야기해주자, 그녀가 흔들리는 연기 사이로 웃음을 터뜨린다.

"그러니까 여자를 찾긴 했구나?" 그녀가 그를 향해 웃으며 말한다.

"찾고는 다시 잃어버렸죠."

"체코 여자였니?"

"아뇨, 영국 여자요."

"영국 여자라니! 넌 체코 여자를 찾아야 해―체코 여자는 네게서 도망치지 않을 거야."

"그럴까요?"

"그렇지. 체코 여자는 네가 부자라고 생각해."

"저 부자 아닌데요."

"체코 여자는 그렇게 생각해. 그런데 그 영국 여자애는 아름다웠니?"

"글쎄요…… 나쁘진 않았어요."

"넌 아름다운 체코 여자애를 찾게 될 거야. 그리고 너도." 그녀가 왠지 더욱 진지한 표정을 지으며 사이먼 쪽을 바라본다. "너는 여자를 찾았니?"

사이먼은 고개를 숙인다. "아뇨." 그가 말하고는, 바로 담배를 입에 문다. 다시 고개를 든 그는, 여전히 자신을 지켜보고 있는 그녀의 두 눈을 본다.

그녀는 일종의 슬픔이 담긴 눈빛으로 그를 골똘히 쳐다보고 있다. "그리고 넌 정말 잘생겼어." 그녀가 말한다.

사이먼이 어깨를 으쓱한다.

침묵이 흐른다.

그녀의 두 눈은 여전히 그에게 고정되어 있다. 그는 자신의 무릎을 쳐다보고 있음에도 그녀의 시선을 느낀다.

그러고서 퍼디낸드는 자리에서 일어나 자러 가겠다고 말한다.

"아, 피곤한 게로구나." 그녀가 알겠다는 듯이 말한다. "그래. 넌 자렴."

잠시 뒤 사이먼도 전전긍긍하는 듯한 모습으로 재빨리 자리에서 일어나자, 그녀가 그의 손목을 붙잡는다.

그가 무의식적으로 손목을 잡아당기자, 그녀가 즉시 손목을 놓는다.

"저도 피곤해요." 그가 말한다.

"나를 혼자 내버려두겠다고?" 그녀가 웃는다. "여자를 혼자 내버려두겠다고?"

"전 피곤해요."

"하지만 넌 젊잖아―밤새 깨어 있을 나이야."

"여기서 맥주나 다 마시고 와." 퍼디낸드가 전혀 도움이 안 되게 말한다.

"그래," 그녀가 말한다. "여기 있어."

"그러고 싶지 않아요. 정말이에요, 전 피곤해요."

그녀가 그의 손을 잡자, 사이먼은 식탁 옆으로 조금씩 몸을 움직이며 문 쪽으로 이동하기 시작한다. 그녀의 손길은 부드러우며, 강압적이지 않다. 그녀는 그의 손을 부드럽게 잡는다. "여기서 나랑 이야기해." 자리에 앉은 그녀가 그를 올려다보며 말한다.

"내일요." 그는 자신의 손을 그녀의 따스한 손아귀로부터 해방시킨다. "괜찮죠? 우리 내일 이야기해요."

"오늘은 오늘이야." 마치 속담이라도 말하듯, 그녀가 수수께끼 같은 말을 던진다. 그녀의 손은 그의 한쪽 다리 위, 엉덩이 근처 어딘가의 데님 위에 올려져 있다.

"전 피곤해요." 그가 애원한다.

퍼디낸드는 이미 자리를 뜨는 중이다.

"나랑 같이 있어." 이제는 심각해진 얼굴로, 손으로 그의 허벅지 앞쪽을 더듬으며, 그녀가 조용히 말한다.

"제발요." 그가 거의 울음을 터뜨릴 것 같은 얼굴로 말한다. "죄송해요, 전 피곤해요."

그러고서 그는 그냥 그곳을 빠져나와, 자신의 친구를 따라서 세탁기 너머의 어둠 속으로 사라진다.

*

"인마, 그녀는 널 원해." 퍼디낸드가 말한다. 그들은 이따금씩 공작새들이 날카로운 소리를 질러대는 어느 공원의 연철鍊鐵 테이블에 앉아 있고, 그는 물론 집주인 여자를 두고 말하는 중이다.

사이먼은 난처하다는 표정으로 담배를 피운다.

"해버려." 퍼디낸드가 말한다. "따먹어버리라고."

자신이 실제로 그 짓을 할 거라고는 지금껏 단 한 번도 생각해본 적 없는 사이먼은, 대답 대신 그의 친구를 노려보며 얼굴을 찌푸린다.

"뭐 어때서?" 퍼디낸드가 묻는다.

사이먼이 얼굴을 더욱 찌푸린다. 그가 경멸스럽다는 듯이 말한다. "그 여자 아마 마흔은 됐을 거야." "그래서 뭐?" 퍼디낸드가 말한다. 그는 잠시 고개를 돌려 그들이 앉아 있는 테라스를 살핀다. "분명 경험도 많을 거야." 그가 말한다. "그리고 뭐, 그녀가 아주 별로인 것도 아니잖아. 다리가 정말 끝내준다고. 너도 봤어?"

사이먼은 아무 말도 하지 않는다.

"꽤 섹시해." 퍼디낸드가 말한다. "그러니까 젊었을 때는 아마 꽤 섹시했을 거야."

"아마도, 젊었을 때는." 사이먼이 중얼거린다.

"그녀가 옛날에 뭐였다고 했지?"

사이먼은 잠시 뜸을 들인 후, 다시 입을 뗀다. "수영 챔피언 같은 거였다고 했어……"

"그런 체형만 아니었으면 그랬다고 했지. 그건 꽤 웃겼어." 퍼디낸드가 미소를 짓는다. "글쎄, 수영선수들은 죄다 가슴이 납작하니까. 어쨌든 한번 해버리지 그래?" 그가 묻는다.

"넌 안 그럴 거잖아."

"그녀는 나를 원하지 않아." 퍼디낸드가 지적한다. "그녀는 너를 원한다고."

"그녀는 취해 있었어."

"그녀는 늘 취해 있어."

"오늘 오후에는 뭘 할까?" 사이먼이 묻기 시작한다.

"네가 그녀랑 하는 거지." 퍼디낸드가 말한다.

"장난하지 말고……"

"나 장난 아니거든……"

"아니, 그러니까 우리 오늘 오후에 뭘 할까?"

"그녀가 매력적으로 느껴지지 않아? 전혀?"

"아니," 사이먼이 말한다. "딱히."

"딱히?"

"응."

"내가 보기엔 괜찮은 것 같은데." 퍼디낸드가 말한다. "진지하게 말하는데, 너 정말 그녀랑 해야 해."

사이먼이 다시 담배 한 개비에 불을 붙인다. 그는 아침 내내 평소보다 훨씬 많은 담배를 피우고 있다.

"있잖아," 퍼디낸드가 말한다. "여자의 눈썹을 보면 그 여자의 음모가 어떻게 생겼는지도 정확히 알 수 있지."

사이먼이 웃음을 터뜨린다―당황해서 터뜨린 단발적 웃음.

그가 그날 오후에 같이 뭘 하면 좋을지 그에게 다시 물어보려는 찰나, 그의 친구가 말한다. "넌 여자랑 자고 싶지 않아?"

사이먼이 어깨를 으쓱하고는 입에 담배를 문다. 그는 페인트가 잔뜩 칠해진, 연철 테이블 윗면을 본다.

"그거 별거 아니야." 퍼디낸드가 말한다. "내 생각엔 네가 그냥 그녀랑 했으면 좋겠어. 뭐, 너도 즐거울 테니까."

둘이 아무 말 없이 잠시 앉아 있는 가운데, 사이먼은 여전히 테이블의 금속 격자무늬를 쳐다보고 있고, 퍼디낸드는 그곳에 있는 다른 사람들을 보기 위해 주위를 두리번거리고 있다.

그러고서 그는 말한다. "그래서, 우리 오늘 오후에 뭘 할까?"

다시 말문이 트인 사이먼은 카프카 전시회 같은 걸 보면 어떻겠느냐고 말한다.

"그래, 그러자." 퍼디낸드가 말한다.

하지만 몇 시간 동안이나 찾아 헤맸음에도 불구하고 그들은 결국 카프카 전시회를 발견하지 못하고, 그날 오후 역시 트램과 관광객들로 붐비는 옛 유럽 수도의 중심을 쏘다니며 보낸다.

"정말 그녀를 원하지 않는 거야?" 나중에 퍼디낸드가 말한다.

그들은 왁자지껄한 분위기의 비어홀 벤치에 서로 마주 보고 앉아 있고, 각자의 앞에는 1리터짜리 프라하 라거 맥주잔이 하나씩 놓여 있으며, 둘 다 반쯤 취해 있다.

"그녀는 매력 없는 여자가 아니야." 퍼디낸드가 말한다. "다 벗으면 어떤 모습일지 궁금해. 그러니까 내 말은, 그녀가 벗은 모습이라도 보고 싶지 않아?"

사이먼은 그 말을 듣고 있는 것 같지 않다. 그는 고개를 돌리고 있다. 하지만 그의 얼굴은 점점 분홍빛으로 물들어간다.

마침내 그는 퍼디낸드를 향해 고개를 돌린다. "내 생각에 우린 내일 떠나는 게 좋을 것 같아." 그가 말한다. "그러니까, 프라하 말이야."

"진짜?" 퍼디낸드는 놀란 듯한 표정이다.

"더 있고 싶어?"

"딱히 그런 건 아닌데."

"난 싫어." 사이먼이 말한다.

"좋아."

"그럼 우리 내일 떠날까?"

"네가 원한다면."

그들은 기차 시간표를 보기 위해 역에 들른다. 그들은 다음 목적지를 비엔나로 정했다―사이먼은 그곳의 쿤스트*에 관심이 있는 듯 보인다. 아침 열시쯤에 기차가 한 대 있다.

그러고서 그들은 다시 쭉 교외까지 이동한다.

그들은 연기로 가득한 부엌, 그녀가 노란색 가운을 입은 채 그들을 기다리고 있는 부엌으로 이동한다.

사이먼은 그녀의 남편이 브르노에서 돌아와 있기를 하루종일 바랐다―그런 단순한 국면의 전환만으로도 지금 이 상황이 모두 진정될 거라고 생각하며.

그녀의 남편은 브르노에서 돌아오지 않았다.

그녀는 혼자서 그들을 기다리고 있고, 그들은 부엌에서 각자 자리에 앉는다. 사이먼은 그녀를 거의 쳐다보지 못한다. 그날 아침에도 마찬가지였다―하염없이 하던 샤워를 끝내고, 여전히 축축한 상태로 마침내 모습을 드러냈을 때, 그는 겁먹은 듯 보였다. 하지만 오늘 저녁 그녀는 별로 그에게 관심을 보이지 않는다. 그녀는, 자신의 친구가 느끼는 당혹감을 덜어주고 그녀와 더 엮이려고 노력하는 듯 보이는, 그녀의 관심을 사이먼에게서 돌리려고 열심히

---

* 독일어로 '예술'.

애를 쓰는 듯 보이는 퍼디낸드에게 말을 더 많이 걸고, 겨우 삼십 분쯤 지났을 무렵 퍼디낸드가 이렇게 말을 걸기 전까지 사이먼은 아무 말도 하지 않는다. "흠, 우리 둘 다 꽤 피곤한 것 같아—안 그래, 친구?"

그러자 사이먼은 "응" 하고 말하며 곧장 자리에서 일어난다.

"아무래도 저흰 자러 가봐야 할 것 같아요." 퍼디낸드도 자리에서 일어나 말한다.

그녀는 서 있는 그들에게 슬리보비츠를 한 잔씩 더 권하고, 그런 다음 그들을 보내준다.

*

다음날 사이먼이 깨어났을 때 퍼디낸드는 거기 없다. 흔치 않은 일이다. 보통 더 일찍 일어나는 쪽은 사이먼이다. 부엌에서 목소리가 들려오는지, 아니면 혹시 샤워기 소리가 들려오는지 확인하기 위해 그는 가만히 귀를 기울인다. 아무 소리도 들려오지 않는다. 벽에 비친 창밖의 나무 그림자가 이리저리 몸을 떤다. 그는 청바지와 티셔츠를 입는다. 그는 악취가 진동하는 화장실로 가본다—문은 조잡하고, 환기구는 발목 높이에 있는 그곳, 세탁기를 놓아둔 창문 없는 복도에 있는 그곳으로.

그러고서 그는 퍼디낸드가 부엌 식탁에 앉아 그녀가 아침으로 차려주는 시큼한 요거트 같은 것을 먹고 있는 모습을 발견한다. 사이먼은 안에 잼을 넣었어도 먹고 싶어하지 않을 요거트다. 퍼디낸드는 그곳에 혼자 있다. "좋은 아침." 그가 말한다.

"그녀는 어디 있지?" 사이먼이 묻는다.

"근처 어딘가에." 퍼디낸드가 요거트를 잔뜩 떠먹으며 말한다.

"봤어?"

퍼디낸드가 고개를 끄덕인다. 뭔가 수상쩍은 느낌이 드는 동작이다.

"너 일찍 일어났네?" 사이먼이 그에게 묻는다.

"딱히 그런 건 아니야."

"일어난 지 얼마나 된 거야?"

"음." 친구를 쳐다보지 않은 채, 퍼디낸드는 작은 스푼으로 그릇에 남은 마지막 요거트를 긁어낸다. "삼십 분?"

"커피는 좀 있나?"

"그녀가 만들어놨어. 아마 선반 위에 있을 거야, 그렇지?"

사이먼은 선반으로 가서 커피를 좀 따른다. 다시 자리로 돌아가기 위해 몸을 돌렸을 때, 그는 바닥에 무언가 떨어져 있는 것을 본다. 비록 낯익어 보이긴 하지만, 그는 그게 뭔지 확신하지 못한다. 다시 자리에 가서 앉을 때에야, 별안간 그는 그게 무엇인지 떠올린다─그것은 그녀의 노란색 가운이다. 부엌 바닥에 떨어져 있는 그녀의 가운.

"잠은 잘 잤어?" 퍼디낸드가 묻는다.

"그래."

퍼디낸드가 말한다. "아직도 오늘 떠나고 싶은 거야?"

"응." 사이먼이 말한다.

부엌 바닥에 떨어져 있는 그녀의 가운.

그러고는 비엔나로 가는 기차. 기차가 프라하를 떠나가자 곧장 잠이 든 퍼디낸드는, 기차가 전철기를 지나 덜컹이며 달려가는 동안 자리에서 코를 골고 있으며, 차창으로는 교외의 풍경이 지나간다. 잠들지 않은 사이먼은 통로에 서서 그 도시의 랜드마크들이 점점 작아져가는 모습을 바라본다.

기묘한 상실감, 딱히 무엇 때문이라고도 말할 수 없는 상실감이 느껴진다.

그는 자리에 앉는다.

그는 맞은편에서 잠들어 있는 그의 친구를 바라보며 처음으로 일종의 부러움 같은 것을 느낀다. 그러니까 그가…… 그녀와 함께…… 만일 퍼디낸드가 그럴 마음만 먹었더라면…… 그녀의 벗은 몸을……

부엌 바닥에 떨어져 있는 그녀의 가운.

『대사들』을 읽고 있자니 졸음이 밀려온다.

그는 책을 내려놓는다.

그는 창밖을 내다보고, 교외의 풍경은 그의 눈앞에서 증발하듯 서서히 사라진다.

2부

1

릴 교외의 산업단지 밀집 지역에 자리하고 있는, 자동차 소리가
다 들릴 만큼 E42 고속도로에서 가까운 사무실과 쇼룸과 창고. 바
로 여기가 베르나르가 외삼촌 클로비스의 일을 거들며 올봄을 보
내고 있는 곳이다. 클로비스는 창호를 판매한다. 사무실 공간은 누
구나 상상할 수 있는 수준으로 칙칙하다―합판으로 된 바닥, 방향
제 냄새, 살짝 더러워진 가구.

수요일 오후 다섯시 십오분.
커다란 창문들을 통해 무기력한 봄빛, 산업단지의 소음이 스며
든다. 베르나르는 삼촌이 가게 문을 닫기를 기다리는 중이다. 벌써
재킷을 걸친 채 그곳에 앉아 책상 위의 물건들을 쳐다보고 있다―
책상 옆에는 우울해 보이는 화초, 축 늘어진 화관花冠 아래 하트 모
양 얼굴로 구슬픈 미소를 지으며 앉아 있는, 날개 돋친 작은 요정

조각상이 있다.

클로비스가 와서 서랍이 다 잠겼는지 확인한다.

"기운 내렴." 그가 별 도움이 안 되는 말을 던진다.

베르나르는 그를 따라 클로락스 냄새가 나는 비상용 계단을 걸어내려간다.

밖으로 나간 그들은 늘 그렇듯 문에서 가장 가까운 자리에 주차해둔 BMW에 오른다.

베르나르가 누나의 아들만 아니었어도 클로비스는 그를 절대 고용하지 않았을 것이다. 클로비스는 베르나르가 좀 아둔하다고 생각한다. 둔하다, 마치 기관사인 그의 아버지처럼. 까다롭지 않다. 빗물이 창문을 타고 흘러내리는 풍경 같은 걸 몇 시간이고 멍하니 볼 수 있는 녀석이다. 그는 걸핏하면 그러고, 그래서 클로비스는 베르나르가 대학을 자퇴했어야 했다고 생각한다. 대학에 대한 클로비스의 태도는 양가적이다. 그는 대학이, 대체로 잘사는 집 아이들이 취업을 몇 년 유예하기 위해 삼는 구실에 불과한 게 아닌지 의심한다. 그럼에도 그들은 대학에서 뭔가를 배워야만 한다. 그들 중 일부는 결국 외과 전문의나 변호사가 된다. 그렇다면 베르나르가 그런 것처럼 대학을 이 년이나 다니다가 아무 내세울 것도 없이 자퇴를 하는 것은 사상 최악의 일이기도 하다. 한심한 시간 낭비.

그들은 산업단지를 떠나 E42로 들어산다.

녀석은 대마초를 피운다. 그건 더이상 비밀도 아니다. 자기 집 방안에서 그걸 피운다―녀석은 노동자 계층이 모여 사는 조용한 주거지에 자리한 좁은 벽돌집에서 여전히 부모와 함께 산다. 녀석은 전혀 집을 떠나고 싶어하는 기미가 없다. 먹을 것도 누군가 다

차려주고, 빨래도 다 해준다. 얘가 지금 몇 살이더라? 스물하나? 스물둘? 철이 없다, 라는 표현이 딱이다.

그는 언젠가 녀석과 대화를 시도해본 적이 있다. 클로비스는 순전히 자기 누나를 위해 그렇게 했다. (아이의 아버지는 그러지 않을 게 뻔했다.) 그는 녀석을 바에 앉혀놓고 맥주를 사주며 대놓고 말했다. "너도 이제 철 좀 들어야지."

그러자 녀석은 금발이 드리워진 희미한 푸른색 눈으로 그를 가만히 쳐다보더니 대놓고 말했다. "그게 무슨 말이죠?"

그러자 클로비스가 대놓고 말했다. "인마, 넌 루저야."

그러자 녀석은—녀석의 턱에는 까칠한 오렌지색 수염이 잔뜩 나 있었다—맥주를 들이켰고, 더는 변명할 말이 없는 듯 보였다.

그래서 클로비스는 그 정도에서 대화를 끝냈다.

그러고서 그가 마틸드와 함께 술잔을 기울이며 조카에 대한 자신의 생각을 털어놓았을 때, 마틸드는 그에게 말했다. "클로비스, 네가 그 아이를 그렇게나 도와주고 싶다면 취직을 시켜주는 건 어때?"

그리하여 그는 녀석의 자리를 만들어줘야 했는데—우선은 창고였고, 그다음으로는 녀석이 피해를 끼칠 여지(한번은 베르나르가 트럭에 실은 창문이 엉뚱한 장소로 배달됐다)가 적은 곳인 사무실이었다. 물론 베르나르에게는 전화받는 일은 일절 금했다. 그리고 돈과 조금이라도 관련이 있으면 어디라도 얼씬거리는 게 허락되지 않았다. 한마디로 베르나르가 사무실에서 할 수 있는 일은 그리 많지 않다. 그는 청소와 정리 담당이다. 그리고 그 한 것 같지도 않은 청소와 정리 업무의 대가로, 그는 주급 250유로를 받는다.

클로비스가 들으라는 듯 한숨을 내쉰다. 시내로 돌아가는 길에 신호를 기다리는 중이었다. 그는 손가락으로 핸들을 두드린다.

그들은 클로비스가 자주 찾는 됭케르크가의 셸 주유소에 들러 기름을 채운다.

조수석에 앉은 베르나르는 창밖을 응시하고 있다.

클로비스는 V파워 니트로+ 휘발유, 그리고 마침 할인중인 여름용 와이퍼 세정액의 값을 지불하고 다시 BMW에 오른다.

그가 막 안전띠를 매고 있을 때, 사무실을 떠나온 후 처음으로 그의 조카가 입을 열며 말을 꺼낸다. "저 휴가 가도 괜찮을까요?"

간곡히 부탁하듯 운을 떼는 법도 없이, 다짜고짜 던지는 질문이라니, 충격적이다.

"휴가라고?" 클로비스가 빈정대듯 말한다.

"네."

"이제 막 일을 시작했잖니."

그 말에 베르나르는 대답이 없고, 클로비스는 주유소를 빠져나오느라 잠시 운전에만 집중한다. 이윽고 그가 다시 말한다. "너 일 시작한 지 얼마 안 됐다고."

"그래도 휴가는 있는 거죠? 그렇죠?" 베르나르가 말한다.

클로비스가 웃음을 터뜨린다.

"너의 그 태도가 걱정스럽구나." 클로비스가 말한다.

베르나르는 그에 대해선 아무 대꾸도 하지 않는다.

핸들을 쥔 채, 클로비스는 파도처럼 밀려오는 분노를 집어삼킨다.

우스운 것은, 만일 그의 조카가 일이 주 동안 눈앞에서 사라져준다면 그는 더없이 행복할 것 같긴 하다. 혹은―또 누가 알겠는가?―영원히 사라져준다면.

"어딜 가려고?" 클로비스가 묻는다.

"키프로스요." 베르나르가 말한다.

"아, 키프로스. 그럼 거기서," 클로비스가 묻는다. "얼마나 있을 생각인데?"

"일주일요."

"그래."

그들은 일 킬로미터쯤 달린다. 이윽고 클로비스가 말한다. "생각해보마, 알겠지?"

베르나르는 말이 없다.

클로비스가 그에게로 몸을 반쯤 돌려 다시 말한다. "알겠지?"

베르나르는 처음으로 약간 당황한 기색이다. "글쎄요. 이미 입금을 해버려서요. 그래서 말씀드린 거예요. 휴가요."

아까보다 더 강한 분노가 밀려오는 것을 느끼며, 클로비스는 말한다. "글쎄, 그건 좀 어리석었구나."

"그러니까 가야만 해요." 베르나르가 해명한다.

"그래서, 휴가가 언제라고?" 더이상 짜증을 감추려 하지 않으며—오히려 맞장구를 쳐주고 그걸 즐기며—클로비스가 묻는다.

"다음주요."

"다음주?" 몹시 뜻밖이라는 듯 과장된 말투다.

"네."

"흠, 최소한 한 달 전에는 알려줘야 하는데."

"그래야 하나요? 삼촌은 저한테 그런 말 안 해주셨잖아요."

"계약서에 있는 내용이야."

"음…… 전 몰랐어요."

"계약서에 서명하기 전에," 클로비스가 말한다. "내용을 읽어봐야지."

"삼촌이 저를 이용해먹을 거라곤 생각 못했어요……"

"내가 지금 그러고 있다고?"

"삼촌," 베르나르가 말한다. "전 이미 입금을 마쳤어요."

클로비스는 아무 말도 하지 않는다.

"정말 절 못 가게 막으실 건 아니죠?"

"너의 그 태도가 걱정스럽다고, 베르나르."

그들은 베르나르의 부모님 집이 있는 거리, 좁다란 벽돌집들이 늘어선 단조로운 거리에 도착했다.

BMW는 그 집들 가운데 어느 한 집 앞에 멈춰 서고, 처음에는 베르나르가, 그다음에는 늦장을 부리며 클로비스가 차에서 내린다.

평소와는 달리, 클로비스가 집안으로 들어간다.

베르나르의 부모는 둘 다 집에 있다. 그의 아버지는 조끼를 벗지 않은 채 맥주를 마시고 있다. 그는 퇴근해 집에 돌아온 지 채 삼십 분도 되지 않았다. 그는 키가 작고, 금발에 콧수염을 기르고 있다—영락없는 아스테릭스*. 그는 앞쪽 방, 그러니까 현관문과 바로 연결되어 있으며 거리 쪽으로 창이 하나 나 있는 방의 테이블에 앉아 창밖의 빛에 의시해 〈라 부아 뒤 노르〉**를 정독하고 있다. 베르나르의 어머니는 같은 공간의 구석 쪽에 있는 부엌에서 설거지를

---

* 프랑스의 대표적인 만화 캐릭터이자 작품명.
** 프랑스 북부의 지역 일간지.

하는 중이다.

베르나르가 들어와도, 두 사람 다 자신들이 하던 일을 계속하며 고개를 들지 않는다.

"살뤼." 그가 말한다.

두 사람 다 뭐라고 우물거린다. 매형은 손에 든 갈색 맥주병을 벌컥벌컥 들이켠다.

"앙드레." 클로비스가 그에게 말한다.

그러자 앙드레가 신문에서 눈을 뗀다. 마틸드 역시 부엌의 뿌연 네온 불빛 속에서 그를 내다본다. 그녀는 동생을 보고 미소를 짓는다.

앙드레는 미소 짓지 않는다.

만일 행복이라는 게 매형보다 1유로를 더 많이 가진 데서 생겨나는 거라면, 클로비스는 백만 배 이상 행복한 사람이다.

그리고 앙드레―앙드레는 좆된 거다.

클로비스는 방안으로 걸어들어간다.

"어쩐 일로 우릴 방문해주셨는지?" 앙드레가 말한다.

마틸드는 동생에게 뭘 좀 먹겠느냐고 묻는다.

"아니, 괜찮아." 클로비스가 말한다.

부엌의 날카로운 불빛 아래서 빠져나온 그녀가 그의 얼굴에 입을 맞춘다.

"상황이 좀 어렵게 됐네." 클로비스가 말한다.

그의 누나는 그에게 좀 앉으라고 손짓한다. 이번에도 그는 거절한다.

"난 돕고 싶었어." 그가 말한다. "도우려고 했다고. 하지만 베르나르는 내가 줄 수 있는 도움을 원치 않는다는 걸 분명히 했어."

자신의 이름이 들리자, 냉장고를 가만히 들여다보고 있던 베르나르가 자기 삼촌을 바라본다.

"유감스럽지만 그렇게 된 것 같아." 클로비스가 애석해하며 말한다.

"그게 무슨 소리야?" 앙드레가 묻는다.

클로비스가 그를 바라보며 말한다. "당신 아들을 해고하겠다는 말이에요."

그러고는 부엌 쪽으로 고개를 반쯤 돌리고 말한다. "그래, 그런 거야, 베르나르—이제 가고 싶은 곳에 네 마음대로 가도 좋아."

여전히 열려 있는 냉장고에서 뿜어져나오는 빛을 받으며, 베르나르는 삼촌을 빤히 쳐다보고만 있다.

마틸드는 벌써 그에게 애원하는 중이다.

그는 고개를 가로젓는다. "안 돼, 안 된다고." 그가 말한다. "안 돼, 난 이미 마음을 정했어."

"내 이럴 줄 알았지." 앙드레가 성난 목소리로 중얼거린다.

"뭐요?" 클로비스가 그에게 묻는다. "당신이 뭘 알았다는 거요?"

그는 몇 년 전 상공회의소에 있는 한 친구를 통해 앙드레에게 유로스타 기관사 일을 구해줬다. 형식적인 면접만 보면 될 일이었다. 앙드레는 업무시간이 과하니 어쩌니 투덜거리면서 그 기회를 걷어차버렸고, 여전히 릴과 됭케르크, 릴과 아미앵 사이를 터덜터덜 굴러다니며 하루하루를 보낸다. 역마다 정차하는 서비스. 근거리 노선. 심지어 파리로도 가지 않는다.

"당신이 뭘 알았다는 거요?" 앙드레가 신문을 들고 앉아 있는 테이블 쪽으로 다가가며, 클로비스가 그에게 묻는다.

앙드레가 맥주병을 손에 꽉 쥔 채 말한다. "자네는 실은 도와주고 싶은 마음이 없었잖아, 안 그래?"

"아, 그럴 마음이야 있었죠." 클로비스가 그에게 말한다. "있었고말고요. 당신 아들은 게을러요." 그러더니 부엌을 향해 목소리를 높인다. "그래, 베르나르, 미안한 말이지만 그건 사실이야. 너는 야망이 없어. 너 자신을 더 나은 사람으로 만들고자 하는, 출세하고자 하는 욕망이 없잖아⋯⋯"

"제발, 클로비스, 제발." 마틸드는 여전히 그렇게 말하고 있다.

그녀의 어깨에 가볍게 손을 올리며, 그는 그녀를 다독인다. "미안해, 정말 미안해." 그가 말한다. "누나 남편은 저렇게 말하지만, 나는 정말 돕고 싶었어. 그리고 그러려고 노력했어. 내가 할 수 있는 일은 다 해봤다고. 아무튼 해고 통지를 하는 대신," 스웨이드 재킷을 입은 그가 마치 군주처럼 가슴을 펴며 말한다. "저 녀석한테 한 달 치 월급을 줄게."

"클로비스⋯⋯"

"내가 해줄 수 있는 건 그 정도뿐이야." 그가 누나에게 말한다. "내가 뭘 할 수 있겠어? 누나는 내가 뭘 해주길 바라는 거야?"

"한 번만 더 기회를 줘봐."

"그렇게 하는 게 저 녀석한테 도움이 될 거라는 생각이 들었다면 그렇게 했겠지."

앙드레가 뭐라고 중얼거린다.

"뭐라고요?"

"개소리하고 있네." 앙드레가 한층 분명하게 말한다.

"아뇨. 아뇨, 앙드레, 이건 개소리가 아니에요." 너무 화가 나 떨리는 목소리로, 클로비스가 나직이 말한다. "베르나르를 데리고 있으면서 내가 대체 무슨 이득을 봤죠? 내가 무슨 이득을 봤는지 한번 말해봐요."

긴장된 침묵이 흐른다.

그러고서 클로비스는 애석한 목소리로 말한다. "미안하구나, 베르나르."

베르나르는, 어느새 요거트를 먹고 있고, 그저 고개를 끄덕일 뿐이다. 그는 그의 어머니나 아버지가 그래 보이는 것처럼 속상해하지 않는다.

사실 그는 전혀 속상하지 않다. 그가 그들을 바라보며 생각하는 중요한 사실이란, 1) 내일부터, 혹은 앞으로 영원히 일하러 가지 않아도 된다, 그리고 2) 천 유로를 그냥 받게 생겼다.

곧 울음이 터질 것 같은 어머니, 분노에 애가 끓는 아버지는 그저 가족 풍경의 익숙한 일부일 뿐이다.

자신의 아버지와 삼촌 사이에 일종의 지독한 알력, 일종의 근본적으로 비우호적인 감정이 있어왔다는 것을 그는 알고 있다―하지만, 그게 뭔지, 베르나르가 이해할 만한 차원의 것은 아니다. 늘 그래왔던 일이다. 그것은 그저 삶의 일부일 뿐이다.

그의 부모가 다투는 것처럼.

그들은 지금 다투고 있다.

집의 맨 위층에 있는 자신의 방에서, 베르나르는 그들이 저 아래서 다투는 소리를 듣는다.

그들이 다툴 때면 둘 중 하나다. 돈 문제거나―늘 쪼들린다―

아니면 베르나르 문제.

그들이 자신을 걱정하고 있다는 것도 그는 이해한다. 그들은 지금 너무 걱정이 되어 서로에게 고함을 지르며 싸우고 있다.

그는 스스로에 대해 걱정하지 않는다. 그들의 걱정은, 그러나 그의 마음속에 일종의 달갑지 않은 웅웅거림을 불러일으킨다. 길 아래 먼 곳 어디선가 들려와 밤 속으로 불안감을 흘려보내는 날카로운 알람 소리처럼. 두 층 위까지 뚫고 올라오는 지금 그들의 목소리가 딱 그렇다. 그들은 그를 두고서, 그가 '뭘 하며 살 것인지'를 두고서 다투고 있다.

그에게, 그 질문은 완전히 추상적이다.

그는 1인칭 슈팅게임을 하며 수천 명의 괴물 같은 적들을 무심히 학살하고 있다.

한 시간쯤 지나 게임에 싫증이 난 그는, 보두앵을 찾아가기로 한다.

보두앵 역시 1인칭 슈팅게임을 하고 있다. 물론 훨씬 더 크고 비싼 모니터—좌우 측면에 강력한 스피커가 달려 있는 거대한 모니터로. 이름이 똑같이 보두앵인 그의 아버지는 치과의사이고, 어린 보두앵 자신은 대학에서 치의학을 전공하는 중이다. 그는 베르나르가 아직도 연락하고 지내는 유일한 대학 친구다.

흠잡을 데 없이 풍족한 삶에 걸맞게, 보두앵은 늘 상당한 양의 슈퍼스컹크*—정신을 몽롱하게 하는 THC** 결정체와 함께 네덜란

---

* 마리화나의 일종.
** 테트라하이드로칸나비놀. 마리화나의 주성분.

드에서 수입한 것—를 숨겨두고 있고, 베르나르는 친구가 한 판을 깰 동안 마리화나가 든 담배를 만다.

그가 말한다. "나 잘렸어."

미래의 치과의사인 보두앵은 좀비 여섯 놈을 처치한다. "난 네가 삼촌 가게에서 일하는 줄 알았는데." 그가 말한다.

"그래. 삼촌이 날 잘랐다고."

"완전 등신이네."

"삼촌은 등신이야."

보두앵이 마리화나 쪽으로 흰 손을 뻗는다.

베르나르가 그에게 마리화나를 넘겨준다. "난 신경 안 써." 마치 친구가 자신을 걱정할까봐 걱정된다는 듯, 그가 말한다.

보두앵은 욕을 하며 앓는 소리를 낸다.

"한 달 치 월급을 주겠대. 퇴직금인지 뭔지." 베르나르가 약간 뿌듯해하며 말한다.

하지만 보두앵은 대수롭지 않게 여기는 듯하다. "그래?"

"그리고 이제 확실히 키프로스에 갈 수 있게 됐어."

그를 쳐다보지 않은 채 그에게 다시 마리화나를 건네며, 보두앵이 말한다. "아, 너랑 그 얘기를 좀 해야 하는데."

"무슨 얘기?"

"나 못 가."

"그게 무슨 소리야?"

"생화학2 시험에 낙제했어." 보두앵이 말한다. "시험을 다시 봐야 돼."

"시험이 언젠데?" 베르나르가 묻는다.

"이 주 뒤야."

"그런데 왜 못 가?"

"아빠가 허락을 안 해줘."

"꺼지라고 그래."

보두앵이 소리 내어 웃는다, 마치 동의하기라도 한다는 듯. 그러고는 말한다. "안 돼, 아빠는 내가 또 낙제하면 큰일난대."

그의 약간 뒤쪽에서, 바닥에 널브러져 있는 다다미 매트들 중 하나에 앉아 있는 베르나르는 마리화나를 깊이 빨아들인다. 그는 커다란 실망감을 느낀다. "그래서 정말 안 가겠다고?" 상처받은 목소리를 숨기지 못하며, 그가 묻는다.

더욱 최악인 건, 그게 다 보두앵의 아이디어였다는 사실이다.

인터넷에서 샤를루아공항을 오가는 왕복 비행기 티켓과 프로타라스에 있는 호텔 포세이돈에서의 7박을 포함하는 충격적으로 저렴한 여행 패키지 상품을 발견해낸 게 바로 그였다. 프로타라스는 쾌락주의자들의 낙원이라며, 오월 중순의 키프로스는 충분히 따뜻할 거라며, 그때가 휴가 가기에 딱 좋은 때라며 베르나르를 설득한 것도 바로 그였다─사실, 설득할 필요도 거의 없었다. 그는 휴가에 대한 베르나르의 열망을 부추겨왔고, 그 부추김은 결국 베르나르가 잿빛 어린 갈색 산업단지에서 끝없이 이어지는 오후를 견뎌내는 농안 마음속에 담아둔 유일한 것이 되기에 이르렀다.

그런데 이제 와서 그는, 여전히 눈앞의 스크린에만 집중하다시피 하며 말한다. "안 돼. 진짜야. 난 못 가."

쭉 뻗은 그의 손이 마리화나를 건네받길 기다린다.

베르나르는 그것을 조용히 그에게 건넨다.

"그럼 난 어떡하지?" 잠시 후에 그가 묻는다.

"가야지!" 정신없이 쿵쾅대는 스피커 소리 너머로, 보두앵이 말한다. "당연하잖아, 가야지. 안 갈 이유가 뭔데? 나라면 갈 거야."

"나 혼자?"

"뭐 어때?"

"얼간이들이나," 베르나르가 말한다. "혼자 휴가를 가지."

"멍청한 소리 하지 마……"

"사실이야."

"아니야."

베르나르가 마리화나의 매캐한 꽁초 부분을 다시 건네받는다. "정말 그래." 그가 말한다. "빌어먹을 루저가 된 기분일 거야."

"멍청한 소리 하지 마." 마침내 그 판을 깨고 게임을 저장하면서, 보두앵이 말한다. 그러고는 베르나르 쪽으로 몸을 돌린다. "스티브 매퀸을 생각해봐." 그가 말한다. 보두앵은 이미 죽은 그 미국 배우의 팬이다. 그는 스티브 매퀸의 거대한 포스터―두 다리를 벌린 채 빈티지 모터바이크에 올라타 무게를 잡으며 눈을 찡그리고 있는 모습―를 그들이 앉아 있는 방의 벽에 붙여놓았다. "벨몽도를 생각해봐."

"그러시든가."

"넌 내가 못 가서 기분이 좋은 줄 알아?" 보두앵이 묻는다. 이제 기괴할 만큼 거대하고 정적인 윈도우즈 바탕 화면이, 우뚝 솟은 모니터의 스크린을 가득 채운다.

"그러시든가." 베르나르가 다시 말한다.

그가 친구의 말보로 라이트 갑에서 꺼낸 담배를 문지르며 침울하게 다음번 마리화나를 말 준비를 하는 사이, 보두앵은 〈아이언맨 3〉—아직 릴의 극장에는 개봉하지 않은 영화—MP4 동영상 파일을 재생시킨다.

"이거 봤어?" 에비앙 생수 한 병을 한참 동안 들이켠 후에, 그가 묻는다.

"뭔데?"

"〈아이언맨 3〉."

"아니."

"귀네스 팰트로가 나와." 보두앵이 말한다.

"그래, 나도 알아."

대화를 이해하는 데 큰 문제가 없을 만큼 영어를 잘하는 둘은, 영화를 자막 없이 영어로 본다.

화면에 귀네스 팰트로가 나올 때마다 보두앵은 하던 말을 멈추고 잔뜩 정신이 팔려 그녀를 흘금거리기 시작한다. 그는 속된 말로 그녀에게 '꽂혀' 있다. 그의 친구는 그녀에게 딱히 '꽂혀' 있지 않았다—강렬한 호르몬 작용이나 열렬한 애정 같은 건 전혀 느끼지 못한다.

"뭐 나쁘진 않지." 베르나르가 말한다.

"친구여, 자네는 노동자 계급이군."

"그녀는 가슴이 없잖아." 베르나르가 말한다.

"방금 그 말이," 보두앵이 그에게 말한다. "내 주장이 옳다는 걸 증명해주는 듯하군."

그러고는 학자 같은 투로 말한다. "〈셰익스피어 인 러브〉에 그녀의 가슴이 나오지. 네가 생각하는 것만큼 작진 않아."

자신의 생각이 틀려도 좋으니, 베르나르는 집에 가면 꼭 그 영화를 토렌트로 다운받아서 봐야겠다고 마음먹는다.

마음먹은 대로 실행에 옮기면서 그는 친구의 말에 일리가 있었다는 걸 깨닫는다―그녀에게는 정말로 음미할 만한 무언가가 있다. 그리고 허리를 구부린 채 고르고 고른 정지화면을 보면서, 그는 그것을 음미한다.

2

　월요일 새벽 네시, 샤를루아공항으로 가는 버스 안에서 그는 슬픔을, 루저가 된 기분을, 깊은 외로움을 느낀다. 텅 빈 고속도로에 동이 터온다. 그의 얼굴을 강타하는 태양. 모든 곳의 그림자. 그는 따끔거리는 눈으로 지나가는 풍경을 응시한다―풍경의 지루함을, 풍경의 반짝임을. 신나는 자유의 속삭임이 들려오는가 싶더니, 하늘에 낮게 뜬 비행기를 바라볼 무렵 사라져버리고, 그는 혼자 휴가를 떠나야 한다는 자존심의 상처와 다시금 대면한다.

3

라르나카공항―샤를루아공항보다 더 신식이고 더 반짝거린다―에서 프로타라스까지, 휴가 전문 여행사가 운행하는 미니버스를 타고, 열두 명 정도의 다른 승객들과 함께 이동한다. 먼지 자욱한 불쾌한 풍경. 나타날 기미가 보이지 않는 바다. 작고 푸른 커튼이 한낮의 태양을 가려주고 에어컨이 작동하는 그 버스에서, 혼자 여행하는 사람은 그가 유일하다.

사람들이 내리기 시작한다.

그는 가장 마지막에 내린다.

대부분의 사람들이 마침내 모습을 드러낸 바다 옆에 위치한 새하얀 신식 호텔, 유람선 윗부분의 일부처럼 보이는 호텔 앞에서 내린다.

그리고 나자, 그를 홀로 태운 버스는 해안을 떠나 내륙으로 달리기 시작해, 야단스럽고 덧없어 보이는 펍들로 가득하고 반쯤은 보행자용인 듯한 거리를 통과하더니, 점점 사라져가는 도시의 풍경을 뒤로하면서, 거대한 리들*을 지나 무미건조하고 다소 후미진 배후지로 진입해 별 탈 없이 호텔 포세이돈에 도착한다.

호텔 포세이돈.

흰색 페인트칠을 한 3층짜리 콘크리트 건물에 똑같은 모양의 작은 발코니들이 가득하다. 부서진 콘크리트 계단을 따라 올라가면 갈색 유리문이 나온다.

어느새 뜨거운 한낮이다—호텔 주변의 거리들은 텅 비어 있고, 햇빛이 수직으로 내리쬐는 까닭에 그림자 하나 보이지 않는다. 로비의 공기는 뜨겁고 습하다. 처음에 그는 그곳에 아무도 없다고 생각한다. 그러다가 프런트 뒤편의 무더운 어스름 속에 숨어 있는 두 명의 여자를 본다.

자신이 누구인지, 그는 영어로 설명한다.

그들은 대수롭지 않게 듣는다.

그에게서 여권을 받은 후, 그들 중 한 명이 그를 데리고 약간 어두운 계단을 지나 위층으로 올라간 다음, 한쪽 끝에 창문이 하나 있으며 벽을 마주하고 두 개의 낮은 싱글침대가 딱 붙어 있는 비좁은 공간으로 그를 안내한다.

그러고는 불길한 문을 가리킨다. "화장실." 그녀가 말한다.

그리고 그는 다시 혼자가 된다.

여러 방향에서, 희미하게, 목소리들이 들린다. 그의 머리 위 어딘가에서는 발소리가. 또다른 어딘가에서는 또렷한 재채기 소리.

---

* 독일의 다국적 할인 유통 체인.

그는 창가에 선다. 몇 그루의 나무, 관목이 우거진 버려진 땅, 그리고 벽이 보인다.

저멀리 보이는 푸른 수평선이 거기 바다가 있음을 암시한다.

그가 풀이 죽어 거기 서 있을 때, 문 두드리는 소리가 들린다.

몸에 안 맞는 정장을 입은 키 작은 남자다. 로비의 두 여자와 달리, 그는 미소를 짓고 있다. "안녕하세요, 손님." 여전히 웃는 얼굴로, 그가 말한다.

"안녕하세요." 베르나르가 말한다.

"계시는 동안 즐거우셨으면 좋겠습니다." 그 남자가 말한다. "그런데 샤워기와 관련해서 꼭 드리고 싶은 말씀이 있습니다만."

"네?"

"부디 샤워기는 사용하지 말아주세요."

짧은 정적이 흐른 뒤, 베르나르가 말한다. "알았어요." 그러고는, 아무래도 왜 그런지 물어봐야겠다는 느낌이 든다. "그런데 왜죠?"

남자는 여전히 미소를 짓고 있다. "그러니까, 물이 새거든요." 그가 말한다. "로비로 물이 새요. 그러니 부디 사용하지 말아주세요. 양해 부탁드립니다."

베르나르가 고개를 끄덕이며 말한다. "그래요. 알겠어요."

"감사합니다, 손님." 남자가 말한다.

남자가 가고 나자 베르나르는 화장실을 살펴본다. 창문 없는 수직 통로에 변기와 세면대가 있고, 변기 위쪽 벽에 금속 노즐과 그것과 연결된 듯한 수도꼭지―아마도 사용이 불가능한 그 샤워기―가, 바닥 한가운데에 조각난 배수구가 있는데, 베르나르가 보기에 그리스어와 러시아어로 적힌 듯한 안내판이 보이고, 거기서 그가 알아볼 수 있는 것은 무수한 느낌표들뿐이다. 그는 스위치를 내려 불을 끈다.

두 싱글침대 중 하나에 앉은 그는, 샤워를 못한다는 건 아무래도 납득할 수 없는 일이라는 생각이 들기 시작하고, 누군가에게 이 문제에 대해 말해야겠다고 결심한다.

하지만 로비에는 아무도 없고, 그럼에도 십 분 정도 기다려보다가, 호텔을 나서 그의 생각에 바다 쪽일 것 같은 방향으로 걸어가기 시작한다.

샤워기 말고도 못마땅한 기분을 느낄 만한 게 또 있다. 그는 호텔에 수영장이 딸려 있을 거라고 확신했다. 보두앵은 '수영장 옆에서 느긋하게 쉬며' 보내는 오후에 대해 이야기했고, 심지어 그에게 사진 링크도 보냈었다—사진 속에 보이는 일종의 워터파크 같은 곳에는 여러 종류의 수영장과 워터슬라이드 들이 있었고, 미소 짓는 사람들로 그득했다. 사진으로 보기에는 그 모든 것들이 거의 바다 바로 옆에 붙어 있는 것 같았다.

그것 또한 문제였다.

호텔은 바다까지 걸어서 오 분 거리라고 광고를 하고 있었지만, 적막한 열기를 뚫고 적어도 그것의 배는 되는 시간을 터벅터벅 걸어도 겨우 리들 앞에 다다랐을 뿐이다.

실제로 걸어서 바다까지는 삼십 분이 걸린다.

일단 바다에 도착하자 그는 한동안 어슬렁거리다가—갈색 해변의 육지 쪽 가장자리에 선다. 해변에는 파도가 힘없이 털썩 주저앉는 곳에 이르기까지 파라솔이 빽빽이 들어차 있다.

그는 영국 국기와 잉글랜드 깃발들이 걸려 있고 잉글랜드 축구 시합 광고를 하고 있는 펍에서 맥주 한 파인트를 마시고는, 천천히 걸어서 호텔로 돌아간다. 리들은 찾기 쉽다. 마을 곳곳에 안내판이 있기 때문이다. 그리고 리들에서부터라면 그는 길을 한두 번 잘못 드는 것만으로도 호텔 포세이돈을 찾아갈 수 있다.

샤워기 문제와 호텔 구내에 수영장이 없는 상황에 대해 이야기해볼 작정으로, 그는 그사이 근무자가 나타난 무더운 로비의 프런트 쪽으로 걸어간다.

웃는 얼굴의 남자다. "안녕하세요, 손님. 메시지가 와 있습니다" 하고 남자가 말한다.

"저한테요?"

"네, 손님한테요." 웃는 얼굴의 남자―마르고 그을린 얼굴의 중년 남자―가 프런트 너머로 쪽지를 하나 내민다.

손으로 쓴 메모다.

잠깐 들렀는데 안 계시네요. 저는 다섯시부터 웨이브스에 있을 테니
    이런저런 이야기를 나누고 싶으시거든 찾아오세요. 레이프.

베르나르는 고개를 들어 웃고 있는 남자의 푸근하고 친절한 얼굴을 쳐다본다.

"저에게 온 게 확실한가요?" 그가 묻는다.

여전히 친절한 미소로, 남자가 고개를 끄덕인다.

다시 쪽지를 들여다보면서, 베르나르는 그에게 혹시 웨이브스가 어디 있는지 아느냐고 묻는다.

바다 근처에 있다고, 남자가 말해주며, 가는 길을 알려준다. "젊

은 사람들로 붐비는 유명한 곳이에요." 그가 말한다.

베르나르는 남자에게 감사를 표한다. 시간은 벌써 다섯시, 이제 막 다시 출발하려는 찰나에 그는 샤워기가 떠올라 다시 뒤로 돌아선다. 그런데 정확히 어떻게 설명해야 할지, 자신이 느끼는 못마땅함을 어떻게 설명해야 할지 모르겠다. 그는 머뭇거리며 말한다. "저기요, 음. 샤워기 말인데……"

샤워기라는 단어가 들리자마자, 웃는 얼굴의 남자가 지체 없이 말한다. "그 문제는 내일 해결될 겁니다." 처음으로 그의 얼굴에서 웃음기가 사라진다. 아주 심각해 보인다. 그의 두 눈은 미안함으로 가득하다. "정말 죄송합니다, 손님."

"알겠어요." 베르나르가 말한다. "감사합니다."

"죄송합니다, 손님." 이번에는 약간 공손한 미소를 보이며, 다시 남자가 말한다.

"그것 말고 또 말씀드릴 게 있는데요." 대담해진 베르나르가 말한다.

"네, 손님?"

"여기 수영장이 있나요?"

남자의 표정이 슬프게, 거의 애절하게 변한다. "지금으로서는 없습니다, 손님. 수영장은 없어요." 그가 말한다. 그는 상황을—바로 옆에 있는 아파트와의 법적 분쟁에 대해—설명하기 시작하는데, 듣고 있던 베르나르가 그의 말을 끊고 부드럽게 항의한다. 자신은 수영장이 있다고 광고한 호텔에 돈을 지불했으므로 지금 와서 수영장이 없다고 하는 건 문제가 있어 보인다고.

웃는 얼굴의 남자가 말한다. "저희는 호텔 방겔리스와 협약을 맺고 있습니다, 손님."

로비의 후텁지근한 열기 속에 한순간 침묵이 흐른다.

"협약요?"

"네, 손님."

"무슨 협약인데요?"

알고 보니 그 협약이란, 호텔 포세이돈의 투숙객이 하루에 10유로를 내면 호텔 방겔리스의 대규모 수영장 시설—호텔 포세이돈의 홈페이지에 사진이 올라와 있고, 또한 웃는 얼굴의 남자가 지금 베르나르의 손에 밀어넣고 있는 리플릿에도 나와 있는 워터파크—을 사용할 수 있다는 내용이었다.

그 순간 베르나르는 웃는 얼굴의 남자가 콧수염을 기르고 있는 걸 알아차린다. "알겠어요." 그가 말한다. "감사합니다. 저녁 시간은 언제죠?"

"일곱시입니다, 손님."

"장소는요?"

"식당이죠." 웃는 얼굴의 남자가 로비 맞은편 유리문을 가리킨다. 때가 탄 노란색 커튼이 문 양쪽으로 드리워져 있다. 문 옆에는 안내 테이블이 비어 있다. 문 반대편의 방은 어둡다.

"신나게 놀고 싶을 거예요, 그렇죠?" 물방울이 송글 맺힌 현지라거 맥주 케오를 들고 자기 앞에 앉아 있는 베르나르에게, 레이프가 게으르게 웃으며 묻는다.

베르나르가 고개를 끄덕인다. "물론이죠." 꽤나 진지하게, 그가 말한다.

큰 키에 그을린 피부, 베르나르보다 겨우 두세 살 정도 많아 보이는 아이슬란드인. 알고 보니 레이프는 여행사 직원이었다.

그가 베르나르에게 프로타라스의 밤문화에 대해 들려준다. 어떤 나이트클럽—제스터스—얘기를 하면서 그곳의 해피아워 서비스에 대해 자세히 설명한다. "그리고 일곱시에서 여덟시까지는 칵테일을 두 잔 가격에 세 잔 마실 수 있어요." 그가 말한다. "한번 이용해봐요. 다른 분들에게도 말했지만, 이곳 휴양지에서 가격 대비 서비스가 가장 좋은 집 중 하나니까요."

"네." 베르나르가 말한다.

레이프는 거대한 스무디를 마시고 있다. 그는 계속해서 '다른 분들'을 이야기하고, 베르나르는 자신이 누구에게도 들은 적이 없는 사전 미팅에 불참하기라도 한 건지 의문이 든다.

이 '다른 분들'은 대체 누구였을까?

"케밥은," 마치 헤드라인이라도 읽는 것처럼, 레이프가 말한다. "제일 괜찮은 데는 포키스예요, 알았죠? 바로 저기요." 그는 손가락을 쫙 벌린 채 빡빡 민 머리 뒤에 붙이고 있던 커다란 손으로 거리 쪽을 가리킨다. 베르나르는 거리를 둘러보며 오렌지색 간판을 알아본다. 포키스.

"네." 그가 말한다.

그늘, 그러니까 그와 레이프는 웨이브스의 테라스에 앉아 있다. 안쪽에서, 음악이 쿵쿵거린다. 아직 여섯시밖에 안 됐는데 주변은 이미 술 취한 사람들로 가득하다. 흥분 섞인 함성이 쏟아지며 어디선가 술 마시기 게임이 진행중이다.

"저기는 24시간 영업이에요." 레이프가 여전히 포키스에 대해 이야기한다.

"네."

"그리고 조심해요―저 집 핫소스는 정말 매우니까."

그가 너무 진지하게 말하는 바람에, 베르나르는 그가 분명 농담을 하고 있다고 생각하며 웃음을 터뜨린다.

하지만 레이프는 이번에도 진지하게 말한다. "정말 지독하게 매운 소스라고요." 그는 마지막 남은 스무디를 입안에 털어넣는다. 베르나르에게 말하는 그의 말투에 매우 희미하게 그를 무시하는 느낌이 묻어난다. 그리고 그의 관심은 늘 살짝 다른 곳에 가 있는 듯하다. 그는 계속해서 고개를 천천히 돌리며 거리를 위아래로 훑어본다. 여전히 햇빛이 내리쬐며 긴 그림자를 드리우고 있는 와중에 이제 막 저녁의 콧노래를 부르기 시작한 그 거리를.

"내가 말해줄 수 있는 건 그 정도가 다예요." 레이프가 말한다. 그는 마음만 먹으면 여자와 쉽게 잘 수 있는 남자의 분위기를 풍긴다. 아닌 게 아니라, 지나칠 만큼 느긋한 그의 태도에서는 성교를 끝낸 후의 느낌 같은 게 풍겨온다. 베르나르는 그에게 겁을 먹는다. 베르나르는 고개를 끄덕이고 맥주를 한 모금 마신다.

"여기 친구들이랑 같이 왔어요?" 레이프가 그에게 묻는다.

"아뇨, 그게……"

"혼자 왔어요?"

베르나르는 해명하려고 한다. "실은 친구랑 같이 오기로 했는데……" 그러다 말을 멈춘다. 레이프는 분명 아무 관심이 없다.

"그렇군요." 마치 누군가를 기다리는 듯 포키스 쪽을 바라보며, 레이프가 말한다.

그러고는 다시 베르나르 쪽으로 고개를 돌려 말한다. "이제 그만 가봐야겠어요. 궁금한 게 있으면 뭐든 물어봐요."

그는 이미 자리에서 일어나 있다.

베르나르가 말한다. "알겠어요. 고마워요."

"또 봐요." 레이프가 말한다.

"네, 또 봐요"라고 베르나르가 말하는 것을, 그는 들은 것 같지 않다.

그곳을 떠나가는 그의 팔과 다리에 솟은 금빛 털이 낮게 뜬 태양에 반짝인다.

베르나르는 맥주를 서둘러 다 마셔버린다. 그러고는 웨이브스—어느새 음악소리가 나이트클럽만큼 커져 있다—를 떠나 걸어가기 시작한다. 다시, 호텔 포세이돈을 향해.

레이프를 만나고 난 후, 그는 살짝 더 기분이 안 좋아지고, 살짝 더 고립감이 든다. 처음 자리에 앉았을 때, 그는 왠지 레이프가 그에게 쾌락으로 가득한 저녁을 구경시켜줄 거라고, 아니면 적어도 그곳 특유의 타락으로 들어가는 일종의 입장권이라도 제공해줄 거라고 짐작했었다. 그런데 그러지 않았다는 사실이, 그가 자신을 웨이브스의 테라스에 내버려두고 떠나며 혼자 남은 맥주나 마시게 했다는 사실이, 베르나르로 하여금 어떤 시험—어쩌면 기본적인 시험—에서 탈락했다는 기분을 느끼게 만든다.

이 기분은 점차 우울함 같은 것으로 확장되고, 그는 호텔 포세이돈이 있는 황량한 배후 지역으로 걸어들어간다.

호텔에 도착하자 이제 막 일곱시가 지나 있다. 로비는 후텁지근하고 불은 아직 켜져 있지 않다. 반면, 맞은편의 식당은 병원 응급

실처럼 불이 환하다. 식당에는 창문이 전혀 없는 것처럼 보인다. 벽에는 더러운 휘장이 걸려 있다. 그는 테이블에 앉는다. 그가 마지막 손님인 듯하다—대부분의 다른 테이블은 사람들로 차 있고, 사람들은 잿빛 수프 쪽으로 고개를 처박은 채 그것을 스푼으로 떠서 입으로 가져가고 있다. 으스스할 만큼 조용하다. 누군가가 러시아어로 이야기한다. 그것을 제외하면, 주변에서 들려오는 소리라고는 접시에 스푼 부딪히는 소리가 전부다. 그리고 기이한 콧노래 소리가 꽤 큰 소리로 이삼십 초 정도 들려오더니, 멈췄다가, 다시 들려오기 시작한다. 웨이터가 그의 앞에 수프 접시를 내려놓는다. 스푼을 집어든 베르나르는, 뿌연 금속 표면에 묻어 있는 음식물, 이전에 담겼을 음식물이 딱딱하게 굳어 있는 흔적을 발견한다. 그는 냅킨으로—그것 또한 이미 사용한 게 틀림없어 보인다—그것을 벗겨내보려 한다. 여전히 단조로운 목소리의 러시아어가 들려온다. 스푼을 닦은 그는 수프 쪽으로 시선을 돌린다. 기이한 잿빛이다. 게다가 차갑다. 마치 누군가 설명이라도 해주길 바라듯, 그는 주위를 둘러본다. 설명해주는 사람은 아무도 없다. 대신 그는 식당 반대편에 전자레인지—간간이 들려오는 콧노래 소리의 근원—가 있다는 사실을, 사람들이 각자 수프 접시를 든 채 그것을 사용하기 위해 줄을 서 있다는 사실을 알아차린다. 그는 수프 접시를 집어늘고 그늘 뒤로 가 술을 선다.

그의 앞에는 사십대 중반쯤으로 보이는, 매우 작은 키에 상당히 뚱뚱한 여자가 하나 서 있다. 금발머리에 오렌지색 얼굴이다—눈 아래에서 코 윗부분까지는 붉은색을 띠고 있다. 그는 아까 자리에 앉을 때 근처의 테이블에 앉아 있던 그녀를 보았다—몸집이 있는 편이므로 눈에 띌 수밖에 없다. 그녀를 더욱 눈에 띄게 하는 것은 그녀와 함께 있는 또다른 여자, 그녀보다 더 젊지만 훨씬 더 뚱뚱한 여자다. 이 젊은 여자─아마도 그녀의 딸─는 실로 매혹적으로 거대하다. 베르나르는 그쪽을 쳐다보지 않으려 애쓴다.

몇 분 동안 전자레인지 앞에 줄을 선 채 기계가 윙 하고 돌아가는 소리를 듣다가 그 소리가 멈출 때마다 한 걸음씩 앞으로 가고 있을 때, 나이 많은 여자가 그에게 영어로 말을 건다. "정말 말이 안 되요, 안 그래요?"

"네, 뭐." 그녀가 말을 걸었다는 사실에 놀라, 베르나르는 수긍한다.

여자는 엄청나게 땀을 흘려댄다─식당은 매우 덥다. "매일 밤마다 똑같은 게 나오다니." 그녀가 말한다.

"정말요?"

"정말로요." 그녀가 말하고는, 이제 자신의 차례가 된 것을 보고 접시를 전자레인지 안으로 밀어넣는다.

4

이베타. 아, 이베타.

그는 다음날 아침 포키스에서 그녀를 처음 본다.

간밤에 거의 잠을 이루지 못한 그는 피곤에 절어 멍한 상태다. 어젯밤은 거의 백야나 다름없었다. 밤늦게까지 밖에 있진 않았다. 그래서 그런 것은 아니다―술집들이 야단스레 쭉 늘어선 거리에서 혼자 술을 좀 마셨고, 몇몇 사람들에게 말을 걸어보려다 실패했으며, 호스티스바에서 굴욕적인 사기를 당했고, 그러자 기분이 몹시 우울해져 다시 포세이돈으로 돌아왔었다. 그 시점에 그는 그저 잠이나 좀 잘 수 있기를 바랐다. 그리고 바로 그때 이런저런 문제들이 시작됐다. 완전히 고립된 것처럼 보이는 호텔이었는데, 바로 근처의 어딘가에서 동이 틀 때까지 댄스음악이 쿵쿵거리는 소리가 들려왔다. 호텔 내부에서는 밤새도록 쿵 하고 닫히는 문소리, 고함치고 노래하는 목소리, 사방에서 요란하게 섹스를 해대는 소리가 들려왔다.

마침내 쓸모없는 커튼 사이로 자연광이 스며들어오기 시작할 무렵에야 모든 게 조용해졌다.

베르나르는 침대에서 일어나 자신의 시계를 봤다. 새벽 다섯시가 가까웠고, 그는 잠을 설친 것은 아니다.

잠시 후, 사람들이 불법주차를 해둔 바로 옆 공터에서 견인이 시작되었다.

그렇게 견인이 계속되는 사이, 알람이 하나둘씩 차례로 울리기 시작한 사이 그는 어찌어찌 잠이 들었던 게 분명하다─그가 두번째로 침대에서 일어나 자신의 시계를 봤을 때는 열시 십분이었다.

그것은 그가 호텔의 아침식사 시간을 놓쳤다는 걸 의미했다.

그리하여 그는 뭔가 먹을 것을 찾기 위해, 이미 뜨거워진 아침 속으로 걸어나갔고, 결국 포키스에 이르렀다.

포키스는 아침 열시 반에도 손님들로 북적이는 중이다. 케밥 줄에 서 있는 많은 사람들에게 이곳은 하룻밤 유흥의 종착지임이 틀림없다. 그들은 쉰 목소리로 서로 이야기를 나누거나, 거품 디스코 파티의 여파로 여전히 축축한 채 가게 앞쪽 부근의 기운찬 햇빛을 응시한다. 가게 앞쪽에서는 반쪽짜리 오렌지가 들어간 기계가 요란하게 주스를 짜내고 있다.

두툼한 케밥을 받아든 베르나르는 카운터 맨 끝자리로 가서 마지막으로 남아 있는 스툴에 앉는다.

그의 옆에는, 갈색 빛깔의 거울 타일을 마주한 채 여전히 노출이 과한 파티 복장 차림인 젊은 여자들이 일렬로 앉아 있고, 그들은 케밥을 먹는 동안 시끄럽게 웃음을 터뜨리며 그가 이해할 수 없는 언어로 이야기를 나눈다.

그는 옆에 앉은 여자에게 짜서 쓰는 소스 좀 건네달라며 말을 걸고, 그걸 건네받으며 대화를 이어간다. "멋진 밤이었나봐?"

"어디서 왔어?" 그가 연이어 묻는다—프로타라스에서는 피할 수 없는 그 질문.

자신과 친구들은 라트비아에서 왔다고 그녀가 말한다. 베르나르는 라트비아가 어디에 있는 나라인지 잘 알지 못한다. 동유럽의 잘 알려지지 않은 나라 중 하나일 거라고, 그는 추측한다.

그는 그녀에게 자신이 프랑스인임을 알린다.

그녀는 몸집이 작은 편이며, 이마가 약간 튀어나와 있고 머리는 푸석푸석한 금발이다—싸구려 염색 금발이고, 뿌리 근처에는 칙칙한 갈색 머리가 나오고 있다. 그래도 그는 그녀가 마음에 든다. 그녀의 작은 팔과 어깨가 마음에 들고, 케밥을 들고 있는 그녀의 어린애 같은 손이 좋다. 그녀가 코에 뿌린 진부한 글리터까지도.

그는 자신을 소개한다. "베르나르라고 해." 그가 말한다.

이베타, 라고 그녀가 자신의 이름을 말해준다.

"예쁜 이름이네." 그가 말한다. 그가 미소를 짓고, 그녀도 미소를 짓는다. 그는 그녀의 가지런하고 흰 건치를 눈여겨본다.

"너 치아가 정말 예쁘다." 그가 말한다.

그러고서 그는 그녀의 아버지가 치과의사라는 사실을 알게 된다.

이어서 그는 살짝 자랑삼아 말한다. "내가 아는 한 녀석도 아버지가 치과의사야."

그녀가 관심을 보이는 듯하다. "그래?"

거기 앉아 케밥을 먹는 동안 뭔가 일이 술술 풀리는 느낌이다.

아무 수고도 들이지 않고, 자기도 모르는 사이에, 그는 그녀를 다른 이들에게서 떼어놓았다. 그녀는 그들에게 등을 돌린 채 그를 향하고 있다.

"키프로스는 마음에 들어?" 그가 묻는다.

케밥을 먹으며 그녀가 고개를 끄덕인다.

그는 그녀가 프로타라스에 온 게 이번이 두번째라는 걸 알게 된다. "네가 여기 구경시켜줘도 괜찮겠다." 그가 편하게 제안한다. "난 여길 잘 몰라. 처음 왔거든."

그리고 그녀는 그냥 "좋아"라고만 말한다. 그에게 뭔가 가능성이 보인다는 확신을 심어줄 만큼 간결하게.

"숙소는 어디야?" 그가 묻는다.

그녀는 어느 유스호스텔이라고 말하고, 그는 자신이 엄밀한 의미에서의 호텔에 머문다는 사실에 자부심을 느낀다—충분히 자부심을 느낀 그는, 마치 이런 질문을 하는 게 전혀 어색하지 않다는 듯이 말한다. "오늘 뭐하니?"

그녀의 친구들이 하나둘 자리를 뜨기 시작한다.

"자야지!"

그녀가 그를 불안하게 만드는 웃음을 터뜨리며 그렇게 말하자, 그는 어쩌면 이 모든 대화가 그녀에게는 지금까지 일종의 농담이었을지도 모른다는, 아무 의미도 없고 더는 진전되지도 않을 무엇이었을지도 모른다는 느낌이 든다. 그리고 그는 지금 그녀를 원한다. 그는 그녀를 원한다. 그녀가 데님 핫팬츠를 입고 약간 굽이 있는 샌들을 신고 있다는 걸 그는 처음으로 알아차린다.

"그럼 나중에는 어때?" 절박한 것처럼 들리지 않으려 애쓰며,

그가 말한다. 자연스러운 느낌은 증발해버렸다. 그 느낌은, 그녀가 그를 두 번 다시 만나게 될 가망이 없더라도 흔쾌히 떠나버릴 수 있을 것 같았던 순간 증발해버렸다.

이번에는, 그러나, 그녀가 떠나기를 망설인다.

그녀의 친구들은 떠나는데, 그런데도 그녀는 여전히 거기서 꾸물대고 있다.

"우리 나중에 만날래?" 그녀가 약간 진지하게 말한다.

"널 다시 만나고 싶어."

그녀가 잠시 그를 쳐다본다. "우린 오늘밤에 제스터스에 갈 거야." 그녀가 말한다. "제스터스 알아?"

"들어본 적은 있어." 베르나르가 말한다. "가본 적은 없지만."

"좋아." 그녀가 여전히 진지한 얼굴로 말한다. 그리고 그녀는 그가 제대로 이해했는지 확인까지 해가며, 그곳을 찾아가는 방법에 대해 그에게 필요 이상으로 자세히 설명해준다.

"알았어." 그가 다시 편하게 웃으며 말한다. "그럼 거기서 만나자. 됐지?"

그녀는 고개를 끄덕이고는, 문가에서 기다리고 있는 친구들을 향해 서둘러 달려간다.

그는 그들이 떠나는 모습을 지켜보고는, 케밥에 소스를 더 뿌린 다음 느긋하게 먹어치운다.

물론 그의 기분은 완전히 달라졌다. 그는 이제 이곳 프로타라스가 좋아 죽을 지경이다. 햇볕을 쪼이며 거리를 거니는 동안, 모든 게 달라 보이고, 모든 게 그의 눈을 기쁘게 한다. 그는 자신이 사랑에 빠진 것은 아닌지 생각하다가 맥도날드 옆에 있는 약국에 들러

듀렉스 콘돔 열 개들이 한 팩을 산다.

"안녕하세요, 아저씨." 호텔 포세이돈의 눅눅한 로비에서 근무 중인 웃는 얼굴의 남자에게 그가 말한다.

"좋은 아침입니다. 손님. 잘 주무셨나요?"

"아주 잘 잤어요." 베르나르가 생각하지도 않고 말한다. "어제 저한테 뭔가 말씀해주셨죠, 다른 호텔의 수영장에 대해……"

"호텔 방겔리스 말씀이시군요, 네, 손님."

"거기가 어디죠?"

마침내 호텔 방겔리스에 도착한 베르나르는 자신이 호텔 포세이돈 투숙객이라고 말하고, 10유로를 낸 뒤, 손에 뭉개진 로고 도장을 받은 다음, 손가락이 가리키는 쪽을 따라 수영장 소독약 냄새가 나는 통로를 지나 탈의실에 이르러, 워터파크에서 들려오는 갑작스러운 소음과 그곳의 황홀함과 마주한다.

그는 무릎까지 오는 수영 팬츠를 입고 헤엄을 친다. 릴에서 겨울을 보낸 그의 피부는 우윳빛이다. 그는 제대로 헤엄을 칠 수 있는 수영장에서 조용히 몇 바퀴 돈 다음, 워터슬라이드를 타기 위해 꼬마들과 함께 줄을 선다. 그다음에는 파도수영장에 들어가서 물 위 아래로 오르락내리락하면서, 소독약으로 사용된 염소가 반짝이는 가운데 다른 사람들과 함께 머리를 적셔가면서, 계속해서 이베타를 생각한다.

그다음에는 일광욕 의자에서 몸을 말리면서도, 여전히 그녀를 생각한다. 그의 눈은 감겨 있다. 그의 젖은 머릿결은 오렌지색이다. 그의 평평하고 흰 가슴 한복판에는 털이 수북이 나 있다. 그의 두 팔과 두 다리는 길고 매끈하다. 허리와 허벅지에 젖은 채로 달라붙어 있는 수영 팬츠가 묵직하게 느껴진다.

천천히, 태양이 방향을 바꾼다.

수영장들 중 한 곳에는 바—얕은 쪽에 자리한 원형 구조물로, 지붕은 짚으로 되어 있으며, 둥그렇게 배치된 스툴 좌석의 앉는 부분은 수면 바로 위에 놓여 있다—가 있다. 바가 면하고 있는 수영장 옆 부분에는 남자 바텐더가 젖지 않은 내부로 드나들 수 있는 문이 있으며, 그 내부의 스테인리스 냉장고에는 마실 것들이 보관되어 있다.

베르나르는 오후 시간의 얼마간을 이 얕은 수영장에서 뒹굴며 이베타를 생각하면서 보내다가, 충동적으로 스툴 쪽으로 휘적휘적 걸어가 자리에 앉는다. 여전히 물속에 있는 그의 두 다리는 대리석처럼 하얗다. 그는 케오를 주문한다. 그는 이베타를 만나게 될 저녁을 초조하게 기다린다. 낮시간이 따분하게 느껴지기 시작한다.

그가 그곳, 짚으로 이은 지붕 아래 앉아 라거 맥주가 담긴 플라스틱컵을 든 채 푸른 정맥이 드러난 그의 발만 들여다보고 있을 때, 꽤 가까이서 누군가의 목소리가 들려온다. "또 만났네요."

여자의 목소리.

그는 고개를 든다.

호텔 포세이돈에서 만났던 여자, 어젯밤 전자레인지 앞의 줄에서 대화를 나눴던 뚱뚱한 여자다. 그녀와 그녀보다 더 뚱뚱한 그녀의 딸이 얕은 수영장의 청록색 물을 가르며 그를 향해 다가오고 있다—그런데 기이하게도 수영장 물 안에 있으면서도 둘 다 원피스를 입고 있는데, 가느다란 어깨끈에 매달린 단조로운 원피스가 물에 흠뻑 젖어 거대한 몸통에 착 달라붙은 채로, 그들은 수면 위에 둥둥 떠 있다.

"또 만났네요." 베르나르의 옆자리로 다가오며 어머니 쪽이 말한다. 그녀의 얼굴과 어깨와 거대한 가슴골은 햇볕에 그을려 있고, 엄청난 몸통은 젖어 있는 얇은 원피스를 팽팽히 채우고 있다.

"안녕하세요." 베르나르가 말한다.

딸은 물속에서 천천히 움직여 그의 옆자리 근처에 다다른다. 그녀는 햇볕 아래서 자기 어머니보다 더 조심하는 듯하다―그녀의 피부 전체가 라드처럼 창백하다. 그녀는 얼굴만 햇볕에 아주 약간 그을려 있다.

"안녕하세요." 베르나르가 그녀에게 정중하게 인사한다.

그는―재미와 애처로움이 뒤섞인 감정으로―그녀가 그 스툴에 앉을 수 있을지 없을지 궁금해한다. 분명 불가능할 것이다.

하지만 그녀는 어찌어찌해서 거기 앉는 데 성공한다.

그녀의 어머니도 이미 자리에 앉아 있다. 그녀는 말한다. "여기 나쁘지 않네요, 그죠?"

베르나르는 여전히 딸 쪽을 바라보고 있다. "네, 괜찮네요." 그가 말한다.

"솔직히 말해서, 기대 이상이에요."

"네, 괜찮네요." 베르나르가 다시 말한다.

두 모녀는 물방울이 송글 맺힌 커다란 플라스틱컵에 담긴 매그너스 맥주를 각자 받아들었고, 이윽고 나이 많은 여자 쪽이 말한다. "그럼 호텔 포세이돈은 어떻게 생각해요?" 질문하는 투로 미루어보아, 그녀 자신은 그곳을 그다지 달갑게 여기지 않는 듯하다.

"괜찮아요." 베르나르가 대답한다.

"정말요?"

"네, 괜찮아요." 그가 수긍한다. "뭐 이런저런 문제가 좀 있긴 하지만……"

여자가 소리 내어 웃는다. "내 말이 그 말이에요."

"네, 그러게요." 베르나르가 말한다. "이를테면 제 방의 샤워기가 그렇죠."

"샤워기? 그게 왜요?"

베르나르는 자신이 처한 상황을 설명한다—웃는 얼굴의 남자가 오늘 아침에도 사용하지 말아달라고 당부한 그 샤워기에 대해. 그는 베르나르에게 약속하기를, 내일이면 문제가 해결될 거라고 했다.

나이 많은 여자가 자신의 딸을 향해 고개를 돌린다. "흠, 늘 쓰는 수법이네." 그녀가 말한다. "안 그래? 그렇잖아?" 그녀가 다시 말하고, 젊은 여자는 빨대로 매그너스를 마시며 고개를 끄덕인다.

"우린 그런 일을 수도 없이 당해왔어요." 어머니 쪽이 베르나르에게 말한다. "이를테면 타월 문제도 그랬죠."

"타월요?"

"어느 날 아침에 보니 타월이 사라지고 없는 거예요." 그녀가 그에게 말한다. "우리가 아래층에 내려간 사이에요. 그냥 사라져버렸어요. 안 그래?" 그녀가 딸에게 묻고, 딸은 다시 고개를 끄덕인다.

"그러고서 우리가," 어머니 쪽이 말한다. "타월을 더 달라고 했더니, 우리가 타월을 빼돌린 게 틀림없다고 말하더군요. 새 타월 하나당 40유로씩을 내지 않으면 여권을 돌려주지 않겠다면서요."

베르나르가 공감한다는 듯 뭐라 중얼거린다.

그는 맥주를 한 번 쭉 들이켠다. 그는 여전히 딸의 몸집에 감탄하고 있다―앉아 있는 배에 몇 겹으로 접혀 있는 베개 사이즈의 뱃살, 그리고 부풀어오른 팔 때문에 흡사 보조개처럼 보이는 팔꿈치. 머리는 어찌나 작아 보이는지……

그녀의 어머니는 이제 화제를 바꿔서, 옆방에 머문다는 어떤 불가리아인들에 대해 이야기한다. "대체 뭘 하는지 밤새 소리를 질러대는 통에 우리는 밤에 잠도 잘 못 자요." 그녀가 말한다. "벽이 종잇장처럼 얇잖아요. 옆방에서 나는 소리가 전부 다 들려요―아닌 게 아니라, 전부 다요. 우린 그것들을 천박한 불가리아인들이라고 부르죠, 안 그러니?" 그녀가 딸에게 말한다. "우리가 뭘 목격했는지 아세요? 글쎄 그것들이 식당에서 음식을 훔치고 있지 뭐예요."

베르나르가 소리 내어 웃는다.

"왜 그것들이 음식을 훔치려 하는지는 나도 모르겠어요. 맛도 더럽게 없는데. 어젯밤에 경험해봤으니 물론 아시겠죠. 생선요리가 있냐고 물어보면―우리는 바다 바로 옆에 있으니까요―참치 통조림을 가져다주는 식이에요. 정말 기가 막힐 노릇이고요. 게다가 점심시간에는 파리도 날아다녀요. 이런 일은 처음 겪어봐요. 사람이 먹을 수 있는 게 아니라고요. 우리 둘 다 지난주에 며칠씩이나 그런 데서 별 볼 일 없는 인간들이랑 함께 식사를 했잖아요." 그녀가 말한다. 그리고 그 점에 대해 딱히 숙고해보고 싶지 않은 베르나르는 또다시 이베타를 떠올린다―햇볕에 그을린 그녀의 가는 허벅지, 반짝이는 장식이 박힌 샌들을 신은 그녀의 예쁜 발을―이 뚱뚱한 영국 여자가 계속해서 떠들어대는 동안에도.

이 모녀가 영국인이라는 사실을, 그는 그제야 알아차린다.

"어느 날 우린 생각했죠, 이제 할 만큼 했으니, 어디 다른 데 가서 먹어야겠다고." 나이 많은 여자가 말한다. "그래서 여행사 직원한테 괜찮은 식당이 어디인지 물어봤더니 그 사람이 아프로디테라는 곳을 추천해줬어요…… 거기 알아요?"

베르나르는 고개를 가로젓는다.

"글쎄, 토요일에 거길 갔었어요." 그녀가 말한다. "음료수랑 저녁식사 비용으로 50유로로 넘게 냈는데, 그러고 나서 화장실을 가려니까 1유로를 내라고 하지 않겠어요. 기분이 별로 좋지 않았죠. 나는 그 여자한테 내가 그 식당 손님이라고 말했어요. 그러니까 한다는 말이, 그런 건 아무래도 상관없으니 여전히 화장실 사용료를 내야 한다는 거예요. 그래서 내가 돈을 낼 수 없다고 말하고 그냥 화장실로 들어가려니까 그녀가 나를 밀쳤어요. 말 그대로 나를 밀쳤다고요. 화장실을 못 쓰게 하려고 했어요. 그래서 나는 매니저를 만나고 싶다고 했고, 15분 정도 지나서 한 남자—그는 자기 이름이 닉이라고 했어요—가 나타났는데, 내가 상황을 설명하니까 내 면전에서 코웃음을 치는 거예요. 그런 꼴을 당하고 나니…… 정말 화가 났어요. 내 면전에서 코웃음을 쳤다고요. 상상도 할 수 없는 일이에요. 아프로디테." 그녀가 말한다. "거기 절대 가지 마세요."

"그럴게요." 베르나르가 그녀에게 말한다.

"우린 키프로스를 사랑해요." 그녀가 스툴에서 몸을 움직이며 말한다. "해마다 우린 이곳에 와요, 안 그래? 아참, 난 샌드라예요. 얘는 샤미언."

"베르나르예요." 베르나르가 말한다.

머리 위로 호텔의 그림자가 드리우기 시작할 때까지 그들은 거기 앉아 두 시간 가까이 맥주를 마신다. 그들은 꽤 취했다. 그런 다음, 계속해서 이베타를, 그리고 그날 저녁에 일어날 일만을 생각해온 베르나르는, 시간을 확인한 뒤 이제 그만 가봐야겠다고 말한다.

두 여자는 방금 매그너스 한 잔씩을 더 시킨 참이고—네번째 아니면 다섯번째 잔이다—샌드라가 말한다. "그럼 저녁때 식당에서 봐요."

베르나르는 수영장의 물을 헤치며 걸어간다. "그래요." 그가 말한다.

몇 분 뒤 탈의실에서 샤워를 하며 베르나르는, 이미 그들을 까맣게 잊었다.

*

잠에서 깨보니 밖이 어둑하다. 그는 호텔 포세이돈의 자기 방에 있다. 좁은 방은 몹시 덥고, 근처 어딘가에서 쿵쾅대는 음악소리가 들려온다.

그는 여섯시가 다 되어 호텔 방겔리스에서 돌아왔고, 약간의 두통을 느껴 저녁식사 전에 잠깐 누워 있어야겠다고 생각했었다. 그런데 깊이 잠들고 만 것이다. 벌떡 일어나 앉은 그는, 제스터스에서 이베타를 만나기에 너무 늦어버린 건 아닌지 걱정하며 자신의 시계를 본다. 하지만 이제 겨우 열시이고, 그는 다시 침대에 드러눕는다. 방안의 후텁지근한 열기 때문에 그는 계속 땀이 흐른다. 어젯밤에는 에어컨을 켜보려 했지만, 작동하지 않았다.

그는 세면대에서 최선을 다해 씻는다.

화장실의 조명이 너무 흐릿해 그는 거울 속에 비친 자신의 얼굴도 거의 볼 수가 없다.

그러고서 그는 방을 조금 정리한다. 이베타가 나중에 이 방에 오게 될 거라는 건 어쨌든 그의 가정이지만, 그는 자신의 지저분한 물건들로 방이 어질러져 있는 걸 원치 않는다.

무엇을 입을지 꽤 오래 고민한 끝에, 그는 가로 줄무늬 폴로셔츠는 다른 날 밤을 위해 남겨두고, 좀더 말쑥한 느낌의 무늬 없는 흰 셔츠를 고른다. 자신의 흉골에 수북이 나 있는 털이 보이게끔 셔츠의 윗단추 세 개는 잠그지 않고, 여행가방을 뒤져 한때 삼촌 사무실에 있는 잡지에 붙어 있던 조그마한 에르메네질도 제냐 우오모 샘플을 찾는다. 그는 그 향수를 절반쯤 뿌린 후 양쪽 손목의 냄새를 꼼꼼히 맡아보더니, 나머지 절반도 모두 뿌린다.

만족해하며, 그는 이제 머리로 관심을 돌려, 늘 내리고 다니던 앞머리를 빗어서 뒤로 넘긴다―그 결과, 평소와는 달리, 좁은 이마가 드러난다―그리고 향기 나는 젤을 듬뿍 발라 빗어 넘긴 머리를 고정시킨다.

화장실의 뿌연 불빛 속에서 그는 자신의 모습을 살펴본다.

그는 셔츠의 세번째 단추를 잠근다.

그러고는 그걸 다시 푼다.

그러고는 그걸 다시 잠근다.

그는 얼굴의 다른 부분보다 창백한 이마가 이상해 보인다고 생각한다.

빗질을 해가며 이마를 숨겨보려 하지만, 결과적으로 더 이상한 꼴이 되었을 뿐이다.

결국, 그는 조바심이 나서, 평소 하던 대로 머리를 되돌리려 한다.

머리는 여전히 이상해 보이는 것 같고, 그는 우오모 향수 냄새를 풍기며 급히 계단을 내려가 로비에 이르고, 다시 후텁지근한 밤 속으로 걸어나가는 와중에도 걱정을 한다.

어느새 거의 열한시이고, 그는 아무것도 먹은 게 없다. 딱히 배가 고픈 것은 아니다―오히려 그 반대다―다만 뱃속에 뭔가를 '밀어넣어야'겠다고 느낀다.

그는 포키스에 들러 케밥을 몇 입 억지로 베어문다. 그는 기대와 흥분으로 거의 몸을 떨고 있다. 보드카 레드불을 마시며, 그날 아침에 그들이 얼마나 편하게 대화했는지를 떠올리며, 그녀가 제스터스를 찾아가는 길을 그에게 얼마나 열심히 알려줬는지를 떠올리며, 긴장을 가라앉히려 애를 써본다―그녀는 그에게 실제로 지도를 그려줬다. 그 기억들이 도움이 된다.

케밥을 내려놓은 그는, 복잡한 거리를 헤치며 제스터스로 향한다.

그는 그곳을 쉽게 찾아낸다. 웃통을 벗은 채 노래를 부르고 있는 한 무리의 젊은이들을 따라가다보니 끔찍한 네온등으로 둘러싸인 창고 같은 건물의 정면에 이른다. 어렴풋이 모습을 드러내는 방울 달린 광대 모자 네온등, 술 취한 사람들의 대기 행렬.

5유로를, 그가 건넨다.

안쪽에서, 그가 그녀를 찾는다.

스트로브라이트의 섬광을 뚫고, 쿵쾅거리는 소리의 벽을 뚫고, 그는 그녀를 찾는다.

그곳은 살집으로 빼곡하다. 어둠 속에서 명멸하는 팔다리들. 그는 밤새도록 찾아 헤매고도 그녀를 만나지 못할 수도 있겠다는 생각이 든다.

값비싼 벡스 맥주병을 손에 든 채, 그는 점점 커져가는 절망감을 느끼며 그곳을 샅샅이 훑는다. 처음으로, 그녀가 실은 거기 있지 않을 수도 있겠다는 생각이 그의 머릿속을 스친다.

그는 초조하게 맥주를 한입 마신 후, 잔뜩 늘어서서 놀고 있는 이름 모를 사람들을 밀치며 앞으로 나아간다.

여자들 몇 명이, 잔뜩 달아올라, 보란듯이 무대를 누빈다.

그들의 발치에는, 잔뜩 모여 그들에게 시선을 고정한 땀에 젖은 티셔츠의 남자들. 그는 잠시 다른 남자들과 함께 그들의 치마 속을 훔쳐보다가, 어디선가 본 듯한 얼굴을 발견하고 갑자기 아드레날린이 솟구치는 기분을 느낀다—오늘 아침에 봤던 그녀의 친구들 중 하나가 그의 앞을 지나가고 있다.

그는 그녀를 따라간다. 그녀의 노출된 등과 희미하게 빛나며 흘러내리는 땀방울에 시선을 고정한 채, 그는 이리저리 얽혀 있는 팔다리 사이를 뚫고 지나간다.

그리고 그녀는 그를 이베타가 있는 곳으로 인도한다. 그녀는 그를 이베타가 있는 곳으로 인도한다. 음악이 잦아들고 있을 때, 번쩍이는 조명 속에서 그는 그녀를 본다. 그녀는 그를 보지 않는다. 그녀의 두 눈은 감겨 있다. 그녀는 어떤 남자의 품안에서 그와 함께 입술을 부비고 있다.

그러고는 굉음과 함께 그 히트곡의 코러스 부분이 시작된다.

5

다음날 오후, 호텔 방겔리스. 그는 수영장 안의 바에서 허리까지 물에 잠긴 채 키프로스 라거를 마시면서 햇볕에 입은 화상을 달래고 있다. 그에게서는 여전히 에르메네질도 제냐 우오모 냄새가 난다. 한 시간쯤 전, 그는 샌드라와 샤미언의 합석 제안을 흔쾌히 받아들였다. 그들은 지금 그의 옆에서 물에 잠긴 스툴에 펑퍼짐하게 앉아 있고, 샌드라는 이야기를 하고 있다. 그녀는 자신이 늘 '샤미언의 아버지'라고 부르는 남자가 어쩌다 녹은 아연 통에 떨어져서 끔찍한 죽음을 맞이했는지에 대해—그는 일종의 산업시설에서 일했다—그리고 그후로 그녀가 얼마나 상심했는지에 대해 그에게 얘기하는 중이다. 케오 맥주를 마시면서, 베르나르는 그 사건과, 자신이 불과 얼마 전 만난 여자가 나이트클럽에서 다른 누군가와 진한 키스를 나누는 걸 발견하게 된 사건이, 그녀의 생각처럼 동일 선상에 놓일 수 있는 것인지 생각에 잠긴다.

이미 꽤 취한데다가 쓰레기들이 널브러진 프로타라스의 밤거리를 헤매고 다니느라 지쳐 있던 그는, 그들에게 그 이야기를 들려준 터였다. 그는 스스로 그 이야기를 하고 싶어한다고 느꼈다. 그렇게 그가 이야기를 끝냈을 때, 샌드라가 한숨을 쉬며 자기도 그 기분을 이해한다면서 자신의 죽은 남편 이야기를 들려준 것이다.

　그건 뉴스에 나올 만큼 끔찍한 사건이었다―그녀는 지역 TV 뉴스에서 낯선 사람들이 그 일에 대해 떠들어대는 걸 보는 게 얼마나 속상한 일이었는지 그에게 이야기하고 있다.

　"그리고 최악인 건." 그녀가 말한다. "그 사람이 거기 떨어지고 나서도 이십 초 동안은 살아 있었다고 사람들이 생각한다는 거예요."

　"그게 언제 일인가요?" 베르나르가 그녀에게 침울하게 묻는다.

　"구 년 전요." 샌드라가 또다시 한숨을 쉬며 말한다. "그리고 나는 하루도 빠짐없이 매일 그이가 그리워요."

　케오 맥주를 다 마신 베르나르는 남자 바텐더에게 빈 플라스틱 컵을 건넨다.

　"무슨 일 해요, 베르나르?" 샌드라가 그의 이름을 영국식 억양으로 발음하며 묻는다.

　그는 삼촌 사무실에서 일하다가 잘렸다고 그녀에게 말한다.

　"삼촌이 왜 자른 거죠?" 그녀가 묻는다.

　"토서 같은 사람이네." 그가 자초지종을 설명하자, 그녀가 말한다.

　"못 알아들었어요." 그가 말한다. "토서가 뭐죠?"

　"토서?" 샌드라가 소리 내어 웃으며 샤미언을 바라본다. "어떻게 설명을 하지?"

"일종의 멍청이 같은 거?" 샤미언이 설명을 보탠다.

"문자 그대로는 무슨 뜻인데요?"

"문자 그대로?"

"네."

"흠, 웽커 같은 건데, 아닌가?"

샌드라가 다시 소리 내어 웃는다. "베르나르한테 어떻게 설명하지?"

"모르겠어요."

샌드라가 베르나르를 향해 고개를 돌리며 말한다. "문자 그대로 말하면, 자기 자신이랑 노는* 사람이라는 뜻이에요."

"그렇군요."

"내 말 무슨 뜻인지 알죠?" 샌드라가 히죽히죽 웃는다.

샤미언은 당황한 것처럼 보인다―얼굴이 온통 발그레해져서는 급히 빨대로 사과주를 마시며 딴청을 피우고 있다.

"그런 것 같아요." 그 자신도 약간 당황한 듯한 미소를 보이며, 베르나르가 말한다.

"하지만 원래는 그냥 멍청이, 그러니까 꼴 보기 싫은 인간을 뜻하는 말이에요."

"그러면 우리 삼촌은 토서 맞네요."

"그런 것 같네요." 그녀가 또다시 샤미언 쪽으로 고개를 돌린다. "세상에나, 단지 휴가를 가고 싶어한 건데, 자기 조카를 자르다니!"

---

* 원문의 'play with oneself'는 '자위를 하다'라는 뜻이다. '멍청이'라는 뜻의 '토서(tosser)'와 '웽커(wanker)'는 문자 그대로 말하면 '딸딸이 치는 놈'을 의미한다.

샤미언이 고개를 끄덕인다. 그녀는 재빨리 베르나르를 쳐다본다.

그 이야기에 점점 재미가 붙은 베르나르는, 그들에게 자신의 삼촌에 대해 더 많은 이야기들을 들려주기 시작한다—그가 세금을 덜 낼 목적으로 벨기에 사는 이야기며, 또 그가……

"그럼 베르나르는 어디 출신이에요?" 샌드라가 그에게 묻는다.

"릴이에요."

"그건 또 어디죠?"

"벨기에 근처인데, 아닌가?" 샤미언이 수줍어하며 조심스레 말한다.

베르나르가 고개를 끄덕인다.

"넌 또 그걸 어떻게 알았니?" 샌드라가 탄복하며 그녀에게 묻는다.

샤미언이 말한다. "유로스타가 가끔 거기 가잖아요, 아닌가요?" 그 질문은, 다소 어설프지만, 베르나르를 향해 던진 것이다.

그는 그저 "네" 하고는 반짝이는 수영장 쪽으로 고개를 돌린다.

"우린 노샘프턴에서 왔어요." 샌드라가 그에게 말한다. "신발로 유명한 곳이죠."

그들은 나중에 함께 수영을 한다. 여자들은 여전히 부풀어오른 원피스 차림으로 물에 둥둥 떠다닌다. 베르나르는 더욱 힘차게 움직이며 자유형을 조금 선보이다가 수면 쪽으로 등이 향하게 하여 물위에 나른히 떠 있으면서, 수영장 물의 염소 때문에 따끔거리는 눈에 내리쬐는 눈부신 햇빛에 맡긴다. 샌드라가 그에게 얕은 곳에서 물구나무서기를 해보라고 부추긴다. 아직 술기운이 남아 있는 그는, 그녀에게 호의를 베푼다. 그는 자신의 동작이 어땠는지 묻기 위해 다시 두 발로 서고, 그녀는 그에게 다음번에는 다리를 계속 똑바로 펴고 있으라고 외친다. 그사이 샤미언은 근처에서 위아래로 움직이기만 하면서, 차가운 푸른 타일을 발가락으로 딛고 주변을 구경한다. 긴 수영 팬츠가 젖어 불안정한 자세로, 그가 다시 한번 물구나무서기를 시도한다. 여자들이 박수를 보낸다. 의기양양해진 그는, 다시 한번 물의 정적 속, 푸른 세상 속으로 뛰어들고, 꼿꼿이 서 있었을 때의 침착함을 모두 잃은 채 커다란 두 손으로 타일을 짚으려 애를 쓴다. 그는 물속으로 잠기려고 두 다리를 허우적댄다. 그의 폐는 쫙 벌어진 그의 두 손을 계속해서 타일 위로 들어올린다. 얼굴에는 피가 잔뜩 쏠려 있다. 콧구멍에서 연거푸 나오는 물거품이 그를 스치고 지나간다. 이윽고 그는 자신의 눈 위에 떠 있는 번드르르한 오렌지색 머리카락에서 빠져나온 화학 물질로 인해 번쩍거리며 빛나는 물속, 미지근한 물속 깊이 어깨를 웅크린 채 또 한번 공중으로 몸을 들어올린다. 그는 잠시 메스꺼움을 느낀다. 그렇게나 케오를 마셔댔으니…… 한순간 그는, 자신이 오바이트를 하지나 않을까 염려한다.

그때 수면 위로 아른거리는 안전요원의 그림자가 그의 눈에 띈다. 안전요원이 샌드라와 이야기를 하고 있다. 하던 말을 이제 막 끝낸 안전요원은 그곳을 떠나 가파른 사다리 위로 올라가 테니스 심판처럼 다시 자리에 앉는다.

"우리 혼났어요." 남성적인 아래턱선과 푸딩 그릇 같은 스타일의 푸석푸석한 금발, 햇볕에 그을린 머리만 수면 위로 쑥 내민 채 나른하게 물에 떠 있는 샌드라가 말한다.

베르나르는 상황이 어떻게 돌아가고 있는 건지 파악이 안 된다. 그는 여전히 약간 어지럽고, 어딘가 불편하다. "뭐라고요?"

"우리 혼났다고요." 샌드라가 다시 말한다.

베르나르는 물속에 몸을 웅크린 채, 움직임을 멈춘 탓에 으슬으슬 추위를 느끼며, 그녀를 빤히 쳐다볼 뿐이다. 그의 몸은 뼈만 앙상하다. 그의 새하얀 등뒤로 등골뼈가 한 마디 한 마디 전부 드러나 있다. 샌드라는 여전히 그에게 뭐라 말하고 있다. 그녀의 목소리가 불분명하고 흐릿하게 들린다. "……철없는 짓은 그만두라고……" 그는 그 목소리를 듣는다.

그녀는 그가 있는 곳에서 천천히 헤엄쳐가기 시작한다―아주 느리고 게으른 평영으로 그녀의 머리가 멀어져간다.

그의 익살스러운 몸짓으로 어지럽혀졌던 수영장의 수면은 다시 알아서 차분히 가라앉으면서, 조금씩 약해지는 힘으로 수영장 측면을 철썩철썩 때리고 있다.

한바탕 야단법석이 지나가고, 그들은 한쪽에 놓여 있는 일광욕 의자에 몸을 눕힌다. 샌드라의 몸은 의자 하나에 딱 들어맞는다. 하지만 샤미언은 의자를 두 개 붙여야 한다. 베르나르가 그녀를 돕는다. 그러고서 그는 아무 말도 하지 않은 채 자기 의자에 누워 눈을 감는다. 늦은 오후다. 태양의 열기는 누그러져 있다. 원피스에서는 물이 뚝뚝 떨어지는 채로, 샌드라와 샤미언이 담배를 피우며 음식 이야기를 하고 있다. 베르나르는 딱히 듣고 있지 않다.

그러다가 "베르나르" 하고 부르는 샌드라의 목소리에 그는 눈을 뜬다.

그들 둘이 그를 쳐다보고 있다.

하지만 샤미언은 재빨리 눈길을 돌린다.

"우린 오늘밤에 외식하기로 했어요." 샌드라가 말한다. "같이 갈래요?"

*

그들은 호텔 로비에서 만난다. 베르나르가 웃는 얼굴의 남자와 이야기하고 있을 때―그 남자는 그에게 분명 내일은 샤워기 문제가 해결될 거라고 말한다―여자들이 나타난다. 어색한 분위기가 감돈다. 전날 밤과 달리 베르나르는 외모를 꾸미는 데 그 어떤 노력도 들이지 않았다. 반면에 여자들은 어느 정도 옷을 차려입었다. 그는 바로 알아차린다. 그들은 화장을 했고―그것도 꽤 많이 했고―샌드라는 수영할 때와 비슷한 복장, 거대한 몸집을 가까스로 지탱해주는 초록색과 흰색 꽃무늬에 조잡한 어깨끈이 달린 원피스 차림인 반면, 샤미언은 놀랍게도 그저 청바지와 섬세한 레이스 장식이 달린 블라우스 차림이다.

"준비됐죠?" 베르나르가 그들을 향해 고개를 돌리자, 샌드라가 말한다.

웃는 얼굴의 남자가 호텔을 나서는 그들의 모습을 교묘하게 바라본다.

처음엔 호텔 근처의 평범하고 다소 후미진 거리를 조용히 걸어간다. 딱 기분좋을 정도의 온기가 도는 저녁이다―지금 같은 여름의 초반에는 때로 밤에도 날이 포근하다. 그렇기는 하지만, 그리고 지금 그들은 내리막길을 걸어내려가고 있음에도, 샤미언이 유독 땀을 뻘뻘 흘리기 시작한다.

"별로 안 멀어요." 샌드라가 숨을 헐떡이며 말한다.

"어떤…… 어떤 종류의 식당인가요?" 베르나르가 묻는다.

"전형적인 그리스 식당이에요." 샌드라가 그에게 말한다.

식당은 단조롭게 뻗어 있는 도로 쪽에 면한 단층 건물이었는데, 짙은 빨강색으로 칠해진 건물이 도로표지판과 신호등들에 가려져 있었다.

에어컨이 켜진 널찍한 가게 내부에서 그들은 테이블로 안내를 받는다. 여러 나라에서 유행하는 최신 히트곡들이 흘러나오고 있고, 벽에 걸린 스크린의 영상에서는 남자들이 미국에서 골프를 치고 있다. 손님들로 북적이기에는 아직 너무 이른 시간이다. 웨이트리스가 코팅된 커다란 메뉴판을 가져다주고, 그들은 말없이 그것을 살핀다. 각 메뉴마다 사진이 붙어 있다—경찰 증거물 사진처럼 매력 없는 기록물 같은 이미지들.

일단 술기운이 돌기 시작하자 분위기가 살아난다—샌드라가 즐겨 시키는 커다란 와인저그에 담긴 와인에서는 살짝 소나무 향이 난다.

"난 이게 너무 좋아요." 그녀가 말한다.

올리브오일이 배어나는 돌마가 스테인리스 그릇에 담겨 나오고, 홈무스를 곁들인 타라모살라타와 따뜻한 피타빵 한 접시도 나온다.

베르나르는 자신의 잔에 그 괴상한 와인을 좀더 따르고는, 다른 사람들의 잔도 가득 채운다. 그는 그들에게, 그곳에 도착한 첫날 밤 찾아갔던 호스티스바에서 겪은 일을 들려준다. 두꺼운 화장에 콧대 높은 두 여자가 술값을 바가지 씌우며 협박하는 바람에 지갑을 다 털렸었다. 샌드라는 그날 오후 호텔 방겔리스에서 숙소로 돌아가던 길에 택시기사가 자기들에게 바가지를 씌우려 했던 일을 그에게 들려주고, 그는 부도덕한 날강도질에 얽힌 자신의 경험담을 들려준다. 마지막 남은 피타빵을 남아 있는 타라모살라타에 찍어 먹으며, 샌드라가 말한다. "그런 건 참으면 안 돼요, 베르나르."

"괜찮아요." 베르나르가 부드럽게 말한다. "뭐 살다보면 재수없는 일도 겪는 거죠." 그는 와인을 좀더 마신다.

"그건 참아선 안 돼요." 그녀가 말한다. "백 유로라고 했어요?"

"네."

"지금부터 우리가 할 일을 말해줄게요." 그녀가 웨이터를 찾아 주위를 두리번거리며 말한다. "여기서 식사를 마치고 나면, 우리는 그 술집에 가서 당신 돈을 되찾을 거예요."

베르나르가 조용히 소리 내어 웃는다.

"농담 아니에요." 샌드라가 말한다. "우리는 그 술집에 가서 당신 돈을 되찾을 거예요. 그런 인간들이 그런 짓을 저지르고도 그냥 가만히 있게 놔둬선 안 돼요, 베르나르."

베르나르가 한숨을 내쉰다. "그들은 돌려주지 않을 거예요." 그가 말한다.

"아뇨." 샌드라가 말한다. "그들은 돌려주게 될 거예요. 경찰서에 가겠다고 하면 돌려줄 거예요. 그때 터키에서 있었던 일 기억나니?" 그녀가 샤미언에게 묻고, 샤미언은 고개를 끄덕인다. 샤미언은 저녁 내내 거의 한 마디도 하지 않으면서, 겨우 돌마 네다섯 조각을 마지못해 먹는 것 같았다. 그녀는 기분이 언짢은 듯하다. 다시 베르나르 쪽으로 고개를 돌리며, 샌드라가 터키에서 있었던 일에 대해 이야기하기 시작한다. "거리에서 환전을 해주면서 우리에게 바가지를 씌우려던 작자가 있었어요. 그는 우리를 괴롭히지 말아야 했어요. 그는……"

그때 마침 메인요리가 나온다.

여덟 명이나 열 명이 먹기에도 충분한 양이라고, 베르나르는 생각한다.

그릴에 구운 양고기, 치킨, 생선이 담긴 커다란 접시. 밥이 담긴 커다란 그릇. 모두가 먹을 수 있을 만큼의 감자튀김과 한 가족이 먹을 수 있을 만큼 수북이 쌓여 있는 그리스식 샐러드. 처음 시킨 게 아직 반이나 남아 있음에도, 하나 더 나온 와인저그.

베르나르는 살짝 거들었을 뿐인데, 이 거한 상차림이 삼십 분도 안 되어 흔적도 없이 사라져버린다.

샌드라가 마지막 남은 와인을 잔에 따른다.

베르나르는 취했다. 그는 화장실에 가서야 자신이 얼마나 취했는지 알아차린다―번쩍이는 거울 속에 비친 그의 얼굴이 괴상할 만큼 태연한 표정으로 그를 응시하더니, 불쑥 혀를 내밀어 보였다.

하지만 다른 사람들은, 샌드라의 얼굴이 평소보다 더 붉다는 것만 제외하면, 전혀 취한 것처럼 보이지 않는다.

식당에는 손님이 좀 찼고, 밴드는 연수를 시작했다.

샌드라와 웨이터가 계산서 문제로 언쟁을 좀 벌인다―매니저가 불려왔다―마침내 문제가 해결되어 그녀는 돈을 지불하고, 그들은 가게를 뜬다.

베르나르는 돈을 좀 보태려 했었고, 바깥 인도에서 그는 다시 돈을 보태려 한다. 그가 다시 한번 손에 지갑을 들고 말한다. "저는 얼마를……?"

"화장실 좀 다녀와야겠어요." 샌드라가 말한다. 그의 말을 듣지 못한 게 분명한 그녀가 그와 샤미언을 남겨둔 채 자리를 뜬다.

그는 지갑을 호주머니에 집어넣는다.

샤미언은 그를 보고 있지 않다. 마치 그와 어울리길 원치 않는다는 듯, 그녀는 다른 방향을 보고 있다. 그는 아무래도 자신이 그녀의 기분을 상하게 한 것은 아닌지 생각한다.

그는 술에 취한 채 거기 서서, 주름 장식이 달린 블라우스 소매에서 불거져나온 그녀의 퉁퉁한 팔, 기괴하게 부풀어오른 그녀의 청바지를 바라본다.

샌드라가 다시 그들과 합류하고, 그는 여전히 거기 그냥 서 있고, 샤미언은 여전히 거리 너머를 응시하고 있다.

결국 그는 그 호스티스바를 찾지 못한다. 더이상 네온 불빛이 보이지 않는 거리에서, 프로타라스의 환락가 변두리에서, 그들은 삼십 분 넘게 그곳을 찾아 헤맨다. 그들은 어느 스낵바에 들러 조각 피자를 주문하고 플라스틱 칸막이 자리에 앉아 그것을 먹는다. 다음으로 간 곳은 라이브 뮤직바―치터를 연주하는 '전통' 밴드가 있고, 나이는 커플들이 빙글빙글 돌아가는 미러볼 아래서 봄을 흔드는 곳이다. 어느새 만취한 베르나르는 댄스 플로어에서 샌드라의 발을 밟고, 손에 잡힌 뜨겁고 축축한 옆구리의 거대한 살집을 느끼며, 그녀를 한 바퀴 빙 돌린다. 그는 샤미언에게도 그렇게 하려 하지만, 그녀는 그저 고개를 저을 뿐이다.

"저런, 어서 해보렴!" 위태로울 만큼 땀을 흘리며, 거대하고 붉은 가슴골이 니스라도 바른 듯 번쩍이는 가운데, 샌드라가 그녀에게 말한다.

샤미언은 또다시 고개를 젓는다.

"진심이에요?" 베르나르가 가쁜 숨으로 묻는다.

샤미언이 그의 말을 못 들은 체하자, 샌드라가 말한다. "그렇게 무례하게 굴면 못써!"

그녀가 베르나르를 향해 미안함과 짜증이 섞인 표정을 지어 보인다.

그러고서 그들은 자리에 앉아 마지막 남은 레드와인을 마신다.

그들은 그날 저녁의 마지막 일정을 포키스의 케밥으로 정한다. 베르나르는 케밥을 먹지 않는다. 그는 다른 사람들이 먹는 모습을 지켜볼 뿐이다. 심하게 취한 그의 눈에, 샤미언이 색다르고 매력적인 여자로 보인다. 그녀 맞은편에 앉은 그는, 그녀가 얌전한 욕망을 번뜩이며 케밥을 먹는 모습을 지켜본다. 그 욕망이 그를 놀라게 한다. 그녀의 얼굴은 분명 충분히 예뻐 보이고, 속눈썹이 긴 그녀의 푸른 두 눈도 썩 괜찮아 보인다……

그는 눈길을 돌리며, 이 사태를 어떻게 받아들여야 할지에 대해 생각한다. 아니 그보다는 오히려 이 사태를 어쩌면 좋을지에 대해.

그들을 태우고 호텔 포세이돈으로 돌아가는 택시 안에서도 그는 여전히 생각한다. 그는 앞좌석, 그러니까 기사 옆자리에 앉아 있다. 뜻밖의 질문이 그를 괴롭힌다. 그녀에게 작업을 한번 걸어봐야 하나?

꼴사나운 짓이다, 그녀의 엄마도 함께 있는데.

호텔 포세이돈의 다 허물어져가는 콘크리트계단 앞에 택시가 멈춰 선다.

베르나르의 도움으로 육중한 몸을 힘겹게 움직이며, 여자들이 낮은 의자에서 몸을 빼낸다.

그리고 이제 그들은 로비에 들어와 있다.

그리고 하마터면 그는 샤미언에게 자기 방을 구경하고 싶지 않냐고 말할 뻔한다.

그리고 이제 너무 늦었다.

샌드라가 이미 그에게 굿나이트 키스를 해주었다.

그는 방에 홀로 있고, 눈을 감자 방이 빙글빙글 돌기 시작한다.

그는 자위를 해보지만, 이미 너무 취했다.

6

아침에 그는 숙취로 꼼짝도 못 한 채 싱글침대에 누워 엊저녁에 대한 기억의 조각들을 맞춰보려 애쓰면서, 하마터면 자신이 매우, 몹시 멍청한 짓을 할 뻔했다고 생각한다.

그는 눈을 뜬다.

내려진 커튼 너머로 태양의 열기가 술렁이고, 거리의 소음들이 어둑하고 좁은 방의 불쾌한 정적 속으로 쳐들어온다. 그는 몸을 조금만 움직여도 곧장 토할 것 같은 느낌에, 아침 시간의 거의 대부분을 침대에 누워 보낸다.
그러다 어느 시점에 그는 다시 잠이 들고, 조금 나아진 기분으로 잠이 깬다.
그는 움직일 수 있다.

앉을 수 있다.

일어날 수 있다.

커튼의 끄트머리를 들추고 하얗게 불타는 낮을 찡그린 눈으로 바라볼 수 있다―바로 옆의 공터에서 반짝이고 있는 빛을.

하늘이 내지르는 자비 없는 푸른 비명.

열한시 오십분, 점심시간이 가까웠고, 그는 이제 배가 고프다.

마치 꿈속에서인 듯, 그는 기이한 기분을 느낀다. 서늘한 계단을 내려가면서.

서늘한 계단을 내려가면서, 그는 자신이 아직 침대에 누워 있고, 지금 이 장면의 꿈을 꾸는 중이라고 실제로 느낀다.

식당.

중얼대는 목소리들―러시아어, 불가리아어.

응고된 갈색 음식의 뷔페.

전자레인지 앞의 줄.

그리고 그들이 거기 있다. 샌드라와 샤미언이, 늘 앉는 테이블에, 지금은 그도 함께 앉아 있는 그 자리에.

그가―무중력상태 같은 기분으로, 마치 더러운 카펫 위에 둥둥 떠 있는 기분으로―다가가자, 샌드라가 말한다. "아침식사 때 안 보이던데요, 베르나르."

그녀는 어젯밤 마신 술에도 거의 아무렇지 않아 보인다―불그스레한 피부가 아주 약간 창백해졌을 뿐, 목소리가 평소보다 아주 조금 쉬어 있을 뿐.

그녀 옆에 앉아 있는 샤미언은 꽤나 창백해 보인다.

"네, 저는, 어……" 베르나르가 자리에 앉으며 웅얼거린다. "자고 있었어요."

"어젯밤에 좀 힘들었나봐요, 그죠?"

베르나르가 힘없이 소리 내어 웃는다. 그러고 나자 잠시 침묵이 흐른다. 식욕은 거의 사라져버렸다. "어제 재미있었어요." 마침내 그가 말한다.

"그러게요, 정말." 샌드라가 말한다.

그녀는 이미 식사를 마쳤다—그녀 앞 테이블에 텅 빈 접시가 놓여 있다. 샤미언 역시 이제 막 접시를 비우려던 참이다.

베르나르는 환타 캔을 하나 따서 기름투성이 유리잔에 거의 다 따른다.

"아무것도 안 먹어요?" 옅은 금발 눈썹을 움직여 뷔페 쪽을 가리키며, 샌드라가 묻는다.

"글쎄, 나중에요." 베르나르가 말한다. 그는 이곳에 모습을 드러낸 게 실수였을지도 모른다는 생각이 들기 시작한다. 그는 자신의 상태가 생각했던 것만큼 정상은 아니라고 느낀다. 환타 한 모금의 맛—아주 조금이긴 하지만, 오늘 처음으로 그의 입술 사이를 지나간 것—이 그의 붕 뜬 기분을 조금이나마 가라앉혀준다.

샤미언이 갑자기 자리에서 일어난다.

그는 자신이 어젯밤 그녀에게 작업을 걸어볼 생각을 했다는 사실이, 이제 와 믿기지 않는다.

물론 실제로는 아무 말도 하지 않았거나 아무 짓도 하지 않았다고 확신한다. 그렇기는 하지만, 그런 생각을 품었다는 사실만으로도 그는 당혹스럽다.

그녀는 뷔페 쪽으로 한 접시 더 가지러 간다. 크고 무거운 몸으로 그녀가 테이블 사이를 뒤뚱뒤뚱 지나가는 모습을 그는 잠시 쳐다본다. 다른 사람들도 그녀를 보고 있다는 걸, 그는 안다.

그의 근처 어딘가에서 샌드라의 목소리가 들려온다. "눈치챘는지 모르겠는데, 샤미언이 당신을 아주 좋아해요."

이번에도 베르나르는 자신이 여전히 위층의 침대에 누워 있으며, 단지 이건 꿈일 뿐이라고 느낀다.

"눈치챘는지 모르겠는데." 그가 무슨 말인지 모르겠다는 표정의 창백한 얼굴로 샌드라를 바라보자, 그녀가 말한다.

"눈치채고 있었어요?" 그녀가 묻는다.

그는 고개를 젓는다.

샌드라는 잠시 눈길을 돌리고 있다. 러시아인 몇 명이 뭔가를 비웃는 소리가 들려온다.

이어서 샌드라가 말한다. "섹스 좋아해요, 베르나르?"

베르나르는 환타를 한 모금 더 마시며 몸을 가누려 애쓴다. "섹스요?" 그가 말한다.

"네."

"그야 물론……"

샌드라가 킬킬거린다. "진짜 프랑스 남자다운 말이네요."

그는 그녀의 이 말이 무엇을 의미하는지, 혹은 자신이 그녀의 말을 제대로 듣긴 한 건지 확신하지 못한다. "뭐라고 하신 건지……?" 그가 묻는다.

"점심식사 후에 샤미언을 방으로 초대하는 건 어때요?" 샌드라가 말한다. "샤미언은 좋아할 것 같은데."

어리둥절해하며, 베르나르가 말한다. "제 방으로요?"

"네. 샤미언이 좋아할 것 같은데."

그는 더이상 질문할 기회를 갖지 못한다―어느새 다시 돌아온 샤미언이 한마디도 없이, 베르나르에게 눈길 한 번 주지 않은 채 자리에 앉아 전자레인지에 데워 온 두번째 접시의 음식을 입안으로 밀어넣고 있다.

점심식사 후 로비에 이르렀을 때, 그가 그녀에게 말한다. "내 방에 놀러올래?"

무미건조하고 사무적인 억양의 단어들이 그저 무심결에 그의 입 밖으로 흘러나온 듯하다. 그는 애초에 그런 말을 할 생각이, 아니 그 어떤 말도 할 생각이 없었다.

그녀가 자신의 어머니를 바라본다.

샌드라가 말한다. "나는 가서 잠깐 누워 있어야겠구나."

그러고는 혼자서 계단을 올라간다.

잠시 후, 그들은 아무 말 없이 샌드라를 따라 올라간다.

그들은 그녀를 따라 2층까지 올라간다. 그녀는 계단이 꺾어지는 데서 한숨 돌리고는, 그들에게 고개를 끄덕여 보인다. 계단통 창문으로 들어오는 때묻은 빛 속에 그녀를 남겨둔 채 그들은, 베르나르가 한발 앞선 걸음으로, 복도의 그림자 속으로 들어간다.

그들은 어둑어둑한 베르나르의 방문 앞에 멈춰 선다. 그가 열쇠로 문을 열고, 샤미언을 먼저 방으로 들여보낸다.

그녀를 따라 방으로 들어가는 그는, 그 좁은 방에서 꽤나 고약한 냄새가 난다는 걸 알고 있다. 커튼은 내려져 있고, 바닥에는 그의 지저분한 옷들이 사방에 널려 있다.

"지저분해서 미안." 문을 닫으며, 그가 말한다.

"우리 방도 똑같아." 그녀가 그에게 말한다.

"그래?"

그들은 텁텁한 공기를 느끼며 거기 서 있다. 그는 다시 한번, 자신이 꿈을 꾸는 중이라고 느낀다. 그녀는 거대하다. 그녀의 거대함이 이 모든 상황을 더욱 꿈처럼 느껴지게 만든다.

"그럼 우리 뭐할까?" 여전히 거기 선 채—그가 사용하지 않아 말끔하게 정리되어 있는 문가의 침대 위에 아직 반쯤 찬 상태로 열린 채 놓여 있는 여행가방을 둘러보면서—그녀가 묻는다.

그는 어깨를 으쓱한다. 뭘 해야 할지 전혀 모르겠다는 듯, 생각해본 적도 없다는 듯.

"샤워할래?" 이번에는 그를 바라보며, 그녀가 눈에 띄게 시큰둥하게 묻는다.

"샤워기가 고장이래."

"아, 그래—말했었지."

"응."

그들은 한동안 거기 서 있고, 그러다가 그녀가 말한다. "내 가슴 볼래?"

잠시 망설이다가, 그가 말한다. "좋아."

희미한 빛 속에서 그녀가 상의—어젯밤에 입었던 것처럼 끝에 주름 장식이 달린 블라우스—를 벗고 거대한 브라를 푼다. 가슴이 아래로 처진다. 푸른 정맥이 드러난 밀가루 반죽 같은 가슴이 그녀의 뱃살 위에 걸쳐지는데, 각각의 가슴 크기가 거의 베르나르의 머리만하다. 젖꼭지는 연분홍색, 아주 연한 분홍색이고, 찻잔 접시만

하다―그것들은 의미심장한 자리에 위치해 있다.

기이한 순간이다―그는 그저 거기 서서 바라보고, 그녀는 기다린다.

그는 결국 자신이 발기했음을 알아차린다.

그녀도 알아차린다. 그리고 천천히 몸을 움직여 그의 앞에 무릎을 꿇고 그의 청바지 지퍼를 내린다.

그녀의 입은 부드럽고 따뜻하다.

"너 처음이 아니구나." 잠시 후, 그가 진심으로 감동받아 말한다.

그녀는 그저 어깨를 으쓱한다. 그러고는 입을 닦고 뒤로 조금 물러선다. 적잖은 몸부림 끝에 그녀는 입고 있던 청바지에서 빠져나온다.

그녀의 두 다리는 보통의 다리가 그렇듯 완전히 수직으로 뻗은 형태가 아니다―누가 봐도 확실히 수평적 측면을 지니고 있다. 그리고 무릎이라고 할 만한 게 별로 없다. 그녀가 레이스 달린 팬티를 끌어내릴 때, 그는 잠시 동안, 그녀의 온통 새하얀 피부 어딘가에 땅콩버터 색깔의 부드러운 털이 뭉쳐 있는 것을 본다.

그녀가 그의 손을 붙잡고 그의 침대 쪽으로, 아무렇게나 깔려 있는 땀에 젖은 시트 쪽으로 향한다.

그녀가 거기 서서 기다리는 동안, 그는 침대 모퉁이에 앉아 청바지를 벗고 가로 줄무늬 폴로셔츠를 머리 위로 끌어올린다.

그들은 이제 둘 다 벗었고, 그는 당혹스러울 만큼 단단하게 발기했다. 거의 아플 지경이다. 그녀는 침대에 누워서 다리를 벌리려고 애를 써본다. 그렇게 하지 않으면 사방에서 흘러내리는 살이 그를 방해할 것이다. 하지만 벽에 맞닿아 있는 싱글침대는 그녀가 그런

동작을 하기에 턱없이 비좁다. 두 다리를 평행하게 들어올린 상태로는 침대가 너무 비좁다. 몇 차례 실패한 끝에, 베르나르가 말한다. "안 되겠어. 바닥에 매트리스를 깔자, 괜찮지?"

그들은 침대에서 일어나 매트리스를 바닥으로 옮기기 시작한다. 베르나르가 매트리스의 한쪽 끝을 붙들고 씨름하는 동안, 고통스러울 만큼 발기한 그의 성기가 그의 배에 부딪힌다.

그들은 갈색 타일 바닥 위에 매트리스를 내려놓는다.

은근한 빛 속에 한동안 알몸으로 서 있는 그녀 모습이 마치 녹아내린 거대한 양초처럼, 여기저기 흘러내린 살들이 둥글게 굳어버린 것처럼 보인다. 무기력한 항복. ㄱ의 얼굴만한 연분홍색 젖꼭지. 자신이 지금 그녀를 얼마나 원하는지 깨닫고 깜짝 놀란 그의 한쪽 옆에 서 있는 그녀는, 그의 눈에 너무나도 거대해 보이고, 만일 그게 가능한 일이라고 한다면, ㄱ의 육체적 욕구를 상상 가능한 모든 방식으로 채워줄 수 있을 만큼의 수많은 여자들이 한데 모여 있다고 해도 될 만큼, 너무나도 거대해 보인다. 물론 지금 이 순간 그의 욕구는 거의 무한대로 보이지만. 성기를 까딱거리며 깊이 숨을 들이마시고 있는 그에게, 그 욕구 외에는 이 세상에 아무것도 존재하지 않는 것처럼, 그 욕구가 바로 그의 전부인 것처럼 느껴진다.

그녀가 매트리스에 자리를 잡는다.

그리고 이제 시작된다.

*

오후 내내 이어져 저녁까지 계속된다. 주름진 커튼 너머의 빛이 누그러진다. 마침내 그들은 잠시 눈을 붙이는데, 그가 눈을 떠보니 그녀가 옷을 입고 있다. 블라우스를 걸치고 있긴 하지만, 허리 아래로는 아직 알몸이다.

"몇 시야?" 그가 묻는다.

"일곱 시." 그녀가 말한다. "저녁 먹으러 갈 거야?"

그녀는 커튼 하나를 열어 그 틈으로 빛이 들어오게 해 곧장 자신의 거대한 속바지를 찾는다. 그러고는 보조 침대에 털썩 앉아, 몸을 움직여가며 그것을 입는다.

"아니." 베르나르가 말한다. 그는 벗은 몸 그대로 무기력하게 바닥의 매트리스에 누워 있다. 연이은 오르가슴—정확히 몇 번이었는지는 그도 확신하지 못하지만, 최소한 다섯 번—으로 녹초가 된 그는 졸리고 몸을 움직이기가 힘들다. 옷을 입고 식당까지 무거운 다리를 끌고 가는 일은 불가능해 보인다.

"좋아." 이번에는 청바지를 입으려 애를 쓰며, 샤미언이 말한다.

"그럼 이제 헤어질까?" 옷을 다 입고 문 앞에 선 그녀가 말한다.

"그래, 또 봐." 베르나르가 말한다.

그녀가 떠나자, 그는 거기 가만히 드러누운 채 피부에 와닿는 따뜻한 공기를 느끼며 어둠에 서서히 가려져가는 천장의 지저분한 페인트칠을 가만히 쳐다본다.

창가에 다다른 소리들

윙윙거리는 모페드의 소음

음악의 파편

멀리서 들려오는 고함소리

7

다음날 점심시간, 그는 부끄럽고 어색하다. 여자들은 평소와 다를 바 없는 모습이다. 샤미언은 먹는 데 집중하며 거의 말이 없고, 그를 쳐다볼 생각도 않는다. 이야기는 샌드라의 몫이다. "오늘 아침에는 수영장에 안 왔더군요, 베르나르." 그녀가 말한다.

그는 해변에 갔었다고 말한다.

"괜찮던가요?" 샌드라가 묻는다.

그는 괜찮았다고 말한다.

"우리는 바다를 별로 안 좋아해요, 그렇지?"

뼈만 앙상히 남은 채 피가 흐르고 있는 닭다리에서 마지막 살점을 뜯어먹으려 애쓰면서, 샤미언이 말한다. "뭐 나쁘진 않아요."

"난 상어를 무서워하거든요." 샌드라가 말한다.

"여기서 그건 걱정하지 않아도 될 것 같은데요." 베르나르가 그녀에게 말한다.

샌드라는 단호하다—"아, 여기도 상어가 있어요. 어쨌거나 바다에 가면 늘 속바지에 모래가 가득차요. 사방이 모래잖아요. 내 말무슨 뜻인지 알죠? 집에 와서도 모래가 나와요. 몇 주가 지난 후에도 모래가 나오죠."

"그렇군요." 베르나르가 말한다.

"샤워기는 아직도 안 고쳐줬고요?" 그녀가 그에게 묻는다.

"네."

"그래요? 정말 황당하네요. 좀더 목소리를 낼 필요가 있어요, 베르나르."

"맞아요." 그가 동의한다. "그래야 할 것 같아요……"

"여기서 거의 일주일 가까이 묵고 있는데 아직도 해결해주지 않고 있다니. 용납할 수 없는 일이에요."

"맞아요."

베르나르는 또다시 수줍게 샤미언을 쳐다본다. 그녀는 그의 시선을 피하는 것 같다.

"우린 오늘 오후에 승마를 할 거예요." 샌드라가 좀 생뚱맞은 소식을 전한다.

"승마요?"

"네. 우리 여행사 대표가 예약을 해주었어요."

"승마를 할 수 있다고요?" 베르나르가 묻는다.

"그런 것 같네요."

점심식사 후, 로비에서 기다리는 동안, 베르나르가 샤미언에게 말한다. "좀 있다 볼 수 있을까? 내 방으로 올래?"

어제 그렇게 힘을 뺐음에도, 그리고 그로서도 약간 놀랍게, 그는 여전히 더 원하고 있다.

그녀는 핸드백에 늘 넣고 다니는 토피 팝콘을 봉지째 들고 먹고 있다. 그녀는 그가 무슨 말을 하는지 모르겠다는 듯 잠시 그를 쳐다본다. 그러고는 말한다. "그래, 좋아."

"그래." 스스로에게 뿌듯함을 느끼며, 베르나르가 말한다. "좀 있다 봐."

그는 재빨리 샌드라를 쳐다본다―거기서 샤미언과 공개적으로 대화를 나눈다는 게 어쩐지 좀 어색했다. 하지만 샌드라는 듣지 못한 듯하다. 그녀는 팸플릿으로 부채질을 하며 갈색 유리문 쪽을 바라보고 있을 뿐이다.

오후는 느리게 흘러간다. 베르나르는 바닥에 놓인 얼룩투성이 매트리스, 어제 한참을 뒹굴어댄 매트리스 위에 몸을 쭉 펴고 누워 있다. 그는 창밖을 바라본다. 아무것도 그의 흥미를 끌지 못한다. 그의 머릿속에는 좀 있다 샤미언이 나타나면 벌어질 일들에 대한 생각뿐이다.

마침내 다섯시가 거의 다 되어 누군가 문을 두드린다.

그는 팬티 바람으로 문을 연다.

샤미언이 아니다.

그녀의 어머니다―푸딩 그릇 같은 스타일의 푸석푸석한 금발, 평소보다 더 붉은 가슴골.

"안녕, 베르나르." 그녀가 말한다.

그는 너무 놀라 문을 휙 닫아버린다. 자신의 깜짝 놀란 얼굴이 보일 만큼만 빼꼼 남겨둔 채로. 그는 무슨 말을 해야 할지 모른다. 인사조차 하지 못한다.

"들어가도 괜찮아요?" 샌드라가 묻는다.

"제가…… 제가 옷을 좀 입어야 해서."

"신경쓸 거 없어요." 샌드라가 명령조로 말한다. "어서요—들여보내줘요."

그는 문을 열고 한쪽으로 비켜서고, 샌드라는 노골적인 호기심을 드러내며 그 좁고 퀴퀴한 냄새가 나는 방으로 성큼성큼 걸어들어온다.

얇은 여름용 원피스가 그녀의 부푼 몸에 느슨하게 걸쳐 있다.

그녀의 얼굴은 종잇장처럼 몹시 건조한데, 특히 눈 주위가 그렇다.

"우리 방도 딱 이래요." 그녀가 말한다.

베르나르는 팬티만 입은 채 거기 서 있다.

"근심어린 얼굴이네요, 베르나르." 그녀가 말한다. 그녀가 바닥에 엉뚱하게 깔려 있는 매트리스를 본다. "걱정할 것 하나도 없어요." 마치 검사라도 하듯 매트리스를 몇 초가량 가만히 바라보다가, 그녀가 말한다. "당신에 대해 좋은 이야기를 들었어요, 베르나르."

그는 어리둥절해하는 표정이다.

"아, 그래요. 정말 좋은 이야기를 들었어요."

"무슨 이야기요?" 그가 걱정스레 묻는다.

그녀는 그의 표정을 보고 소리 내어 웃는다. "글쎄, 뭘 것 같아요? 베르나르는 내가 여기 왜 왔는지 알죠, 안 그래요?" 그녀가 그의 눈을 바라보며 말한다.

그는 몇 초 동안 생각에 잠긴다.

그제야 그는 그 말을 이해한다.

"바로 그거예요." 그가 이해했다는 사실을 곧장 눈치챈 그녀가 말한다. 작고 노란 치열을 드러내며, 그녀가 미소를 짓는다. "샤미언 말이, 당신은 도무지 만족이란 걸 모르는 남자라고 하더군요. 지금도 그렇겠죠." 그녀가 그의 부드러운 가슴에 손을 올리며 말한다. "샤미언은 내일 다시 올 거니까, 걱정 말아요. 걔가 오늘 몸이 좀 안 좋아서요. 별로 내켜하지 않는 것 같아서, 그래서 내가 대신 가도 괜찮겠냐고 물어봤어요. 프랑스 남자랑은 해본 적이 없거든요." 그녀가 거의 떨면서 말한다. "샤미언이 왜 그렇게 난리를 떨었는지 나도 알게 해줘요―네?" 이제 손으로 그의 얼굴을 만지며, 그녀가 그를 올려다본다. "날 위해 그렇게 해주지 않겠어요, 베르나르?" 그녀의 바다처럼 푸른 두 눈에 애원의 눈빛이 가득하다. "네?"

*

그녀는 어두워진 후에야 떠난다―그녀는 젊은 딸보다 더 격렬했고, 더 아담했다―그리고 그는 아침 여덟시가 될 때까지 한 번도 깨지 않고 잠을 잔다.

여전히 바닥의 매트리스에 널브러진 채, 마침내 그가 잠에서 깨어났을 때, 방안은 햇빛으로 가득하다.

그는 포키스로 걸어가 에그롤을 하나 먹고, 그리스식 커피를 한 잔 마신다.

이미 수영복 차림에 호텔 포세이돈의 작고 까끌까끌한 타월까지 챙겨 나온 그는, 이제 바다로 향한다.

전날에도 그랬듯, 그는 잠에서 깨자마자 바다 수영을 하고 싶은 기분이 들었다.

해변이 사람들로 붐비기에는 아직 너무 이른 시간이다. 물론 그곳에는 러시아인들이 있긴 하다. 독한 담배를 피우는 러시아인들, 토탄 색깔 차가 담긴 써모스 보온병을 들고 나온 러시아인들이.

그는 파도가 밀려오는 아래까지 걸어내려간다―도로에서 꽤 멀리 떨어진 곳이고, 지금은 썰물 때다―그는 이제 셔츠와 신발을 벗는다. 그러고는 신발 안에 지갑을 넣고 그 위에 셔츠를 올린 다음, 주변에서 발견한 빈병으로 그것을 눌러둔다. 발가락 사이로 차가운 모래가 느껴진다. 꽤 강하고 차가운 바람이 불어온다. 해변에 밀려와 부서지는 파도는 초록빛을 띠고 있다. 그는 거품이 이는 파도로 발에 묻은 고운 모래를 씻어내린다.

그는 긴 수영 팬츠가 파도에 젖을 때까지 파도를 헤치며 걸어들어가고, 탁한 물이 그의 주변에서 솟구치고 가라앉을 때마다 그의 두 팔도 올라갔다 내려가기를 반복한다. 물속에서, 불어오는 바람 속에서 그의 피부에 주름이 진다. 밀려오는 파도가 그를 덮친다. 한순간, 밀려와 그를 덮친 파도는, 굉음과 함께 퍼져나가며 모든 흔적을 지워버린다.

그는 파도의 힘을 느끼고, 파도가 사라져가는 걸 느낀다. 이제 그는 무너져내리는 파도 반대편의 잔잔한 물 안에 있다. 그는 빛나는 수면 위에 누워 있다. 바다는 그를 안고 있고, 햇빛은 그의 얼굴을 뒤덮고 있고, 짜디짠 물의 속삭임은 그의 귀를 가득 채우고 있다. 두 눈을 감고 있으니, 바다 아래 모래들이 움직이는 소리가 하나도 빠짐없이 들려오는 듯하다.

부서지는 파도가 이제는 따스하게 느껴진다. 힘이 닿는 데까지 해안으로 미끄러져올라간 파도는, 매끈하고 반짝이는 모래 위로 잠시 레이스 천 같은 포말의 무리를 남겨놓는다.
그 위쪽의 모래는 뜨겁다.
따끔거리는 그 모래 위에 누워, 그는 가슴 가득 숨을 들이쉬었다 내쉰다.
팔로 두 눈을 가리고, 입은 벌린 채. 뛰는 심장.
텅 빈 머릿속.
지금 그에게 느껴지는 것은 오직 태양의 열기. 태양의 열기. 인생.

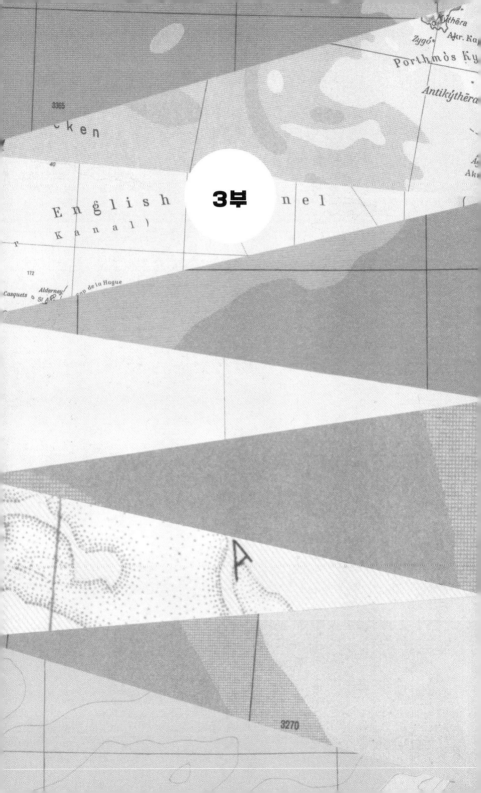

3부

1

아침 열시, 부엌은 고인 연기와 양배추롤 냄새로 가득하다. "그래서, 런던에 간다고?" 엠머의 어머니가 말한다. 비록 아직 할머니라 불릴 정도는 아니고, 아마 오십 세도 안 됐을 테지만, 엠머의 어머니는 실제보다 맥없이 나이들어 보이는 사람 특유의 시큰둥한 태도를 지녔다. 볼품없는 추리닝을 입고 부엌 주위를 느릿느릿 돌아다닐 때, 혹은 형편없는 구식 가스레인지 위로 몸을 힘겹게 기댈 때도 그녀는 실제보다 더 나이가 들어 보인다.

가보르가 말한다. "가서 선물 사 올게요. 뭐 갖고 싶으세요?"

"아무것도 사 올 필요 없어." 엠머의 어머니가 말한다. 최대한 검은색으로 염색한 그녀의 머리. 흰머리 뿌리가 보인다. 창턱에 먼지투성이 선인장이 가득한 창문 밖으로 간선도로의 소음이 들려온다. 그녀가 담배에 불을 붙인다. "난 아무것도 필요 없어." 그녀가 말한다.

"필요한 걸 여쭤보는 게 아니에요." 가보르가 엠머의 어머니에게 말한다. "갖고 싶으신 게 있냐고요?"

그녀가 어깨를 으쓱하고는 가장 기본적인 틀니 치료만 해 주름진 입가로 담배를 가져간다. "런던에 뭐가 있지?"

가보르가 웃는다. "런던에 뭔들 없겠어요?"

엠머의 어머니가 빵 두 조각을 담은 그릇을 작은 사각 테이블 위, 미켈란젤로의 작품에 나올 법한 벌라주의 팔꿈치 옆에 내려놓는다. (그는 입으로는 음식을 씹으며, 고개를 끄덕여 감사를 표한다.)

가보르가 말한다, "어쨌든 저희가 뭐든 사다드릴게요."

"일 때문에 가는 거지? 그렇지?" 엠머의 어머니가 말한다.

"맞아요."

"그럼 네 친구는?" 그녀가 묻는다. (벌라주는 계속 먹기만 한다.) "네 친구도 거기 일 때문에 가는 거고?"

"이 친구는 제 일을 돕고 있어요."

"그래?" 엠머의 어머니가 '가보르의 친구'─몸에 꽉 끼는 티셔츠 위로 드러나는 햇볕에 그을린 덩어리진 근육, 문신을 한 피부, 살짝 얽은 자국이 있는 얼굴─를 똑바로 쳐다본다.

"경호 담당이에요." 가보르가 구체적인 설명을 보탠다.

"양배추롤은 어떤가?" 여전히 벌라주를 쳐다보며, 엠머의 어머니가 묻는다. "먹을 만해요?"

그가 고개를 든다. "네," 그가 말한다. "감사합니다."

그녀가 다시 가보르 쪽으로 고개를 돌린다. "그럼 둘이서 일을 보는 동안 엠머는 뭘 하지?"

"뭘 할 것 같으세요?" 가보르가 말한다. "쇼핑이죠."

사실 그들은 친구가 아니다. 그들은 헬스클럽에서 만난 사이다. 벌라주는 가보르의 개인 트레이너인데, 그렇다고 해서 가보르가 헬스클럽을 정기적으로 찾는 건 아니다—그는 한 주에 네다섯 번 헬스클럽에 나타나다가 그다음 한 달을 내리 결석함으로써 각종 기구들과 트레드밀에서 해온 모든 훈련들을 수포로 돌아가게 하기 일쑤다. 또한 그는 몸에 안 좋은 것들을 너무 많이, 너무 자주 먹고 마신다. 그가 헬스클럽을 찾을 때 가끔은 엠머가 함께 오기도 하고, 가끔은 그녀 혼자 오기도 한다. 요즘에는 그녀가 그보다 더 자주—매주 월요일, 수요일, 금요일마다—그곳을 찾는다. 헬스클럽에 와서 운동을 하는 남자들은 누구나 그녀와 자고 싶어하며, 벌라주도 예외는 아니다. 예외는커녕, 벌라주는 다른 남자들보다 더 그것을 원한다—혹은 그들이 원하는 것 이상의 무언가를, 그녀와의 잠자리 이상의 무언가를 바란다. 그것은 거의 병적인 강박으로 변해가고 있다.

　그녀는 부엌으로 들어오면서 벌라주에게 알은척도 하지 않는다. 그는 안 그런 척하면서 (그는 파크레인 한 개비에 불을 붙이는 중이다) 포르노를 연상시키는 그녀의 코르크 통굽구두를 본다. 사실 그는 왠지 가보르가—바깥에 BMW를 주차해둔 체육관의 적지 않은 회원들처럼—포르노 제작과 관련된 일을 하고 있다는 생각이 든다. 그 BMW 운전자들 중 한 명은 심지어 그에게 포르노 영화 출연을 제안하며 하루 '일당'으로 한 달 치 월급에 달하는 돈을 주겠다고 하기도 했다—벌라주는 포르노 제작자들이 선호하는 근육질 몸매에다 온몸에 문신을 두르고 있다. 보아하니 얼굴에 살짝 얽은 자국이 있는 것은 문제가 되지 않는 듯했다. 물론 물건의 크기가 중요하긴 할 거라고 그 남자가 넌지시 암시하긴 했지만. 벌라주는 그의 제안을 거절했다. 물건의 크기가 너무 작아서 거절한다는 인상을 어느 정도 피하기 위해, 그는 자기 여자친구가 허락하지 않을 거라고 말했다. 혹은 그렇다는 뜻을 넌지시 내비쳤다. 그건 사실이 아니었다. 그에게는 여자친구가 없다.

그가 돈을 필요로 하지 않는 것도 아니었다. 그는 돈이 필요했다. 그는 자신이 찾을 수 있는 부업이라면 이런저런 일을 마다하지 않고 필요로 한다. 그는 전에도─보통 가보르가 부다페스트의 녹음이 우거진 교외에 있는 고급 빌라 같은 곳의 사무실로 찾아가 사람들을 만날 때─가보르의 경호원으로 고용된 적이 있다. 비록 가보르가 정확히 무슨 일을 하는지, 그가 런던에는 무슨 볼일이 있는지 벌라주도 알지 못하지만.

루턴*으로 가는 이지제트** 항공기는 네 시간 연착됐다. 가보르는 이 상황이 영 못마땅하다. 특히 한동안 통화가 되지 않는 졸리 때문에 신경이 쓰이는 듯하다. 런던에 있는 졸리는 아무래도 그의 조력자인 모양이다. 공항으로 마중나오기로 되어 있는 졸리가 공항에서 그들을 몇 시간씩 기다리는 상황이 될까봐 가보르는 미칠 것 같다. 그러다 마침내 통화가 되었는데, 졸리는 이미 연착에 대해 알고 있다.

---

* 런던 북서쪽 리강 연안의 베드퍼드셔카운티에 있는 도시.
** 유럽 내 저가 항공사.

이제 그들은 햇빛이 어룽거리는 공항터미널의 실내 테이블에 자리를 잡고 있다. 가보르는 졸리에게 사과를 끝내고 휴대폰을 테이블에 내려놓는다. "괜찮아." 그가 말한다.

벌라주가 고개를 끄덕이며 입안 가득 라거를 들이켠다. 두 남자는 각자 하이네켄 반 리터씩을 마시는 중이다.

벌라주는 런던에서의 일들이라는 게 어떨지 궁금하다. 그는 지루한 사무실에서 미팅이 진행되는 동안 사무실 문 근처에 서 있거나 문밖에서 기다릴 자신을 상상한다. 하지만 엠머에게는 이것이 일종의 휴가인 셈이므로, 그녀와 가보르는 아마 어느 정도 둘만의 시간을 보내고 싶어할지도 모른다.

그는 목적이 분명하고 안심할 수 있는 공간인 헬스클럽 외부에서 그녀와 함께 있는 상황에 극도의 스트레스를 느낀다. 가보르의 아우디 Q3에 그녀와 함께 타고 있었을 때도 그랬다. 이따금 가보르가 자리를 비우면서 그들 둘만 차에 남겨둘 때가 있었다―그녀는 앞자리에, 벌라주는 뒷자리에―그녀가 가죽 의자에서 몸을 움직이며 미세하게 찍찍 소리를 내거나 거울을 보며 눈썹을 고치기 위해 선바이저를 내렸을 때, 그에게는 그녀의 존재가 너무나도 강렬히 의식되었다. 그러면 그는 전날 밤 그녀를 떠올리며 했던 두 번의 자위 외에는 아무 생각이 나지 않았고, 그건 대화를 시작하기에 그리 좋은 주제 같지 않았으므로, 그는 그저 평정심을 유지하기 위해서라도 어둑해진 차창 밖에 있는 어느 대상에 시선을 쭉 고정하고 있어야만 했다. 그들은 절대 대화를 나누지 않았다. 때로는 20분 가까이 차에 단둘이 있게 되어도―가보르는 늘 약속한 시간보다 최소 두 배 정도 자리를 비웠다―그들은 절대 대화를 나누지 않았다.

그녀가 실제로 '어떤 사람인지' 그는 알지 못한다. 그녀는 어딘가 공주님 같은 분위기를 풍긴다. 헬스클럽의 직원들을 얕잡아 보는 것 같기도 하다―어쨌든 그녀는 그들에게 우호적이지 않다. 헬스클럽에 다니는 여자들은 그녀를 몹시 싫어하며, 그녀가 자신보다 키가 약간 작은 가보르와 함께 다니는 것은 그의 돈 때문이라고 생각하는 듯하다. 그녀는 운동을 하면서 늘 음악을 듣는데, 아마도 자신에게 말을 걸지 말라는 뜻인 것 같다. 벌라주는 그녀가 웃는 모습을 한 번도 본 적이 없다.

그는 그녀의 어머니의 모습과 그녀가 사는 곳을 보고는 깜짝 놀랐다. 그는 앞뜰에 장미가 심겨 있는 집, 아마도 부다페스트 어딘가에 있을 상류층 저택과 나이에 비해 젊어 보이는 오십 세의 여성이 그들에게 커피를 내주는 모습 같은 것을 기대했지, 연기가 자욱한 지저분한 아파트에 살고 있는 볼품없는 여성을 기대하진 않았다. 세월의 때가 묻은 고층건물, 계단통에서 나는 악취와 그곳에서 울리는 목소리, 계단이 꺾이는 곳의 누런 창문 옆에 방치된 화분―그에게 전부 익숙한 것들이었다. 그 자신을 포함해서, 그가 알던 대부분의 사람들은 그런 곳 출신이었다. 하지만 그녀도 그랬다는 사실은 꽤나 뜻밖이었다.

하이네켄을 다 마신 그는, 밖에 나가서 담배를 좀 피우고 오겠다고 말한다. 휴대폰 화면을 손가락으로 만지작거리며, 가보르가 말한다. "그래, 알았어. 우린 그냥 여기 있을게." 잡지를 보고 있던 그녀는 고개를 들 생각도 하지 않는다.

그는 전망대 테라스에서 담배를 피운다. 테라스의 단단한 유리벽 너머로는 비행기들이 활주로 끝까지 천천히 달려가다 이륙하는 모습을 몇 분 간격으로 볼 수 있다. 거기 서서 옅은 아지랑이 사이로, 따스한 대기를 뚫고 몇백 미터 너머에서 전해져오는 엔진 소리를 느끼며 그 모습을 보고 있자니, 그는 다른 헝가리 부대원들과 함께 집으로 돌아갈 비행기를 기다리며 발라드 공군기지*에서 보냈던 날들이 떠오른다. 이제 그는 향수에 가까운 감정으로 그 시절을 회상한다. 그는 군대를 떠나지 말았어야 했다—그곳에서는 안전했고, 할일들이 있었다. 그후로 그는 무슨 일이든 생기길 기다리며 그저 계속 제자리걸음을 해오고 있다…… 하지만 그에게 생길 일이라는 게, 있었던가?

가보르가 거기 서 있다.

그는 벌라주가 피우고 있는 파크레인보다 조금 더 비싼 담배 한 개비에 불을 붙인다. "연착될 줄은 몰랐네." 그가 말한다.

끝부분이 굽은 플라스틱 차양 아래서, 벌라주가 관대하게 고개를 끄덕인다.

가보르는 불안해 보인다. 뭔가 할말이 있지만 어떻게 말해야 좋을지 모르겠다는 눈치다.

"우리가 무슨 일을 할 건지는 런던에 가면 말해줄게." 가보르의 말에 벌라주는 결국 그에게는 아무 할말이 없을지 모르겠다는 생각이 들기 시작한다.

그러고서 그들은 눈앞의 풍경—햇볕이 내리쬐는 공항의 빈터,

---

* 이라크 주둔 미군의 주요 기지이자 물류 거점.

공항터미널 근처의 그늘에서 대기중인 매끈한 비행기들—을 몇 초간 함께 바라본다.

"엠머." 마치 그녀가 거기 있어서 말을 걸기라도 하는 듯, 가보르가 말한다.

벌라주는 고개를 반쯤 돌린다.

그녀는 거기 없다.

가보르가 말한다. "엠머는 런던에서 어떤 일을 좀 하게 될 거야."

그들은 동체가 좁은 루프트한자 터보프롭 비행기가 이륙을 시작하는 모습을 바라본다. 비행기는 몇 백 미터를 달리다가 깜짝 놀랄 만큼 가파르게 상승하며 공중으로 솟아오른다. 마치 하늘에 연결된 줄에 홱 끌려올라가기라도 하듯. 그들은 비행기가 하늘의 뿌옇고 눈부신 지점에 이를 때까지 점점 작아지다가, 어느 한순간 사라지는 걸 본다.

가보르가 말한다. "그리고 네가 할일은……" 그는 좀더 만족스러운 주어를 찾는다. "우리가 할일은 그녀를 돌보는 거야. 알겠지?"

벌라주는 그저 고개를 끄덕인다.

"좋아." 분명 꺼내기 난처했을 이야기를 마치며, 가보르가 단호하게 말한다. "그냥 말해줘야 할 것 같다는 생각이 들었어." 그는 담배를 떨어뜨리고는 운동화 끝으로 비벼 끈다. "그럼 안에서 봐."

자신의 고용인을 흉내내며, 벌라주가 신발 끝으로 담배를 비벼 끈다. 그러고는 담배 한 개비에 다시 불을 붙이고, 타맥으로 포장된 활주로 위로 일렁이는 희미한 빛을 가늘게 뜬 눈으로 바라본다.

비행은 순조롭다. 비행기는 만석이지만, 가보르가 우선탑승티켓을 구매한 덕분에 그들은 같은 줄에 함께 앉았다―벌라주는 창가 쪽 자리로 몸을 쑤셔넣었고, 가보르는 통로 쪽 자리에 앉아 두 다리를 쭉 펴고 있으며, 가운데 자리에 앉은 엠머는 음악을 들으며 코끝에서 불과 몇 인치밖에 떨어져 있지 않은 플라스틱 의자 뒷부분을 바라보고 있다.

벌라주는 창밖 풍경에 집중한다. 날개 부분과 저 아래 끝없이 펼쳐진 새하얀 솜털구름 위로 빛나는 맹렬한 빛 말고는 딱히 볼 게 없다. 구름이 단단해 보이긴 하지만, 그 위로 떨어진다면 구름을 그대로 통과해 추락할 거라고, 그는 생각한다. 이제 와서 생각해보니, 엠머가 런던에서 "어떤 일을 좀 하게 될 거"라는 가보르의 말이 무슨 의미인지 그는 잘 이해가 가지 않는다. 그가 그의 말을 제대로 듣기나 한 걸까? 창밖의 빛이 그의 두 눈을 따갑게 해, 그는 플라스틱 덧문을 반쯤 내린다. 부어오른 두 손을 무릎 위로 올린 그는, 거기 계속 앉은 채 그녀의 헤드폰에서 새어나오는 거대한 백색소음 너머로 아주 작게 들려오는 날카로운 속삭임에 귀를 기울인다.

*

길쭉한 은색 벤츠를 끌고 온 졸리가 루턴공항에서 그들을 맞이한다.

졸리는 키가 크고, 못생긴 편은 아니며, 콧수염을 길렀음에도 우습게 보이진 않는다. 그는 약간 미개한 지성인의 분위기를 풍긴다―사실 그는 지금은 영업을 하지 않는 산부인과의사다. 실은 얼굴은 건강하지 않아 보일 정도로 부어 있으며, 두 눈은 부자연스럽게 돌출되어 있는데, 벌라주는 런던으로 향하는 차 안에서 백미러에 비친 그의 이런 모습들을 띄엄띄엄 보고서야 그 사실을 알아차린다―그는 엠머와 함께 벤츠 뒷좌석에 앉아 있다. 아래로 내려진 가죽 팔걸이가 그 둘 사이를 단호히 갈라놓는다.

졸리가 고속도로 차량들 사이의 빈틈으로 힘센 차를 밀어넣으면서, 그들은 한결같은 속도를 유지하고 있다. 차창 위에 달린 스프링 경첩 손잡이를 꼭 붙든 벌라주는, 왠지 자기 나라에서의 풍경보다 꽉 차 보이는 듯한 풍경이 빠르게 지나가는 모습을 본다. 이곳은 더 질서정연해 보인다. 확실히 훨씬 더 부유해 보인다. 때는 유월 초이고, 모든 게 포동포동하고 신선해 보인다.

가보르가 담배에 불을 붙인다. 그는 졸리와 함께 앞자리에 앉아 있는데, 졸리가 그에게 당장 담배를 끄라고 말한다.

가보르가 사과하며 담배를 재떨이에 비벼 끈다.

여전히 벤츠를 앞으로 몰아붙이며, 졸리는 그 차가 고급 리무진 대여 서비스를 하는 친구에게서 빌린 차라고 설명한다. 그는 차 안에서 담배를 피우지 않겠다고 친구에게 약속했었다.

"미안." 가보르가 다시 말한다. 그리고 잠시 후 묻는다. "이거 신형 S클래스 맞지? 끝내주네."

졸리가 애매하게 동의한다.

그는 삼십대 초반으로, 다른 이들보다 겨우 두세 살 더 많을 뿐이다. 그럼에도, 가보르는 그와 동등한 관계를 맺는 데 어려움을 겪고 있다. 자신보다 연장자이거나 더 영향력 있어 보이는 사람과도 대개는 쉽게 맺어오던 관계인데 말이다. 그들은 공항을 빠져나오며 잠시 잡담을 나누었다―비록 그마저도 졸리가 주차비를 내느라 갑작스레 끊기긴 했지만(마침 가보르가 한창 이야기를 하던 도중이었다)―그리고 그들이 런던으로 향하는 지금, 가보르가 평상시 보여주는 자연스러운 호의는 그 위력을 잃어버린 듯하다. 그것이 그가 졸리에게 주눅이 들었기 때문인지, 아니면 또다른 이유 때문인지, 벌라주는 알지 못한다. 국제선 도착 라운지에서 그들이 악수하는 모습을 보며 그가 파악한 상황은 이렇다―그들은 전에 만난 적이 있지만 서로 잘 알진 못한다. 한편 졸리와 엠머는 서로 한번도 만난 적이 없어 보였다. 가보르가 이상한 격식을 차리며 그들을 소개했고, 졸리는 그녀에게 매우 친근하게 대했다―환한 미소와 함께 양쪽 볼에 키스를 하면서. 벌라주―조악한 옷과 근육으로 보아 경호원임이 분명한―에게는 고작 위압적인 악수를 청했을 뿐이다. 그러고서 그는 서둘러 그들을 데리고 단기 주차장으로 향했다. 졸리가 "오늘밤 한 건이 있어"라고 말한데다가 연착으로 시간이 촉박해졌기 때문에, 그리고 우선 아파트에 들러야 했기 때문에, 그들은 마음이 급했다. 그들이 런던에 있는 동안 머물 아파트는 졸리가 구해놓은 듯했다.

대도시로 진입하면서 고속도로의 흐름이 둔해지고, 꽉 막힌 도로 위에서 얼마간의 시간이 흐른다. 교통신호들 때문에 속도는 더 느려진다. (에어컨은 켜져 있다―선팅한 차창 밖으로 더위에 지친 런던이 살짝 엿보인다.) 그때쯤 더 작은 간선도로들이, 지역색이 한층 드러나는 풍경이 나타난다. 동네와 공원들, 번화가와 넘쳐나는 펍들. 초여름 저녁의 도시 생활이 주는 흐릿한 인상들. 이 모든 풍경이 벌라주가 상상했던 것보다 훨씬 더 오랫동안 이어진다.

마침내 도착이다. 아파트는 나무가 몇 그루 서 있는 조용한 거리에 있다. 완전히 똑같이 생긴 이층짜리 작은 건물들. 졸리가 그 건물들 중 하나의 현관문을 열기 위해 익숙하지 않은 열쇠들과 씨름하며 혼자 욕설을 내뱉는 동안, 그들은 짐과 면세 물품을 들고 기다린다. 그들은 좁은 계단을 걸어올라 위층에 이르고, 거기서 다시 열쇠와 씨름한 후 안으로 들어간다. 여기저기 가구가 배치되어 있는 흰색 침실. 벌라주의 몫인, 조용한 길이 내려다보이는 거실의 소파. 층계참 반대편에는 창문 없는 화장실 하나가 퀴퀴한 냄새를 풍기며 숨어 있고, 그들이 그곳에 도착하자마자 엠머는 세면도구 가방을 들고 그 화장실로 사라진다.

남자들은 거실에서 기다린다. 가보르는 소파에 앉아 있고, 졸리는 천천히 서성대며 커튼 없는 창문 밖 풍경을 바라보고 있으며, 벌라주는 그냥 거기 선 채 사자 털빛의 낡은 카펫과 거기 잔뜩 나 있는 담뱃불자국 그리고 다른 흠집들을 바라보고 있다. 가보르가 어디 뭐 좀 먹을 데가 없는지 큰 소리로 묻는다. 졸리는 무심하게 어깨를 한 번 으쓱할 뿐이다. 그는 그 주변 지리를 잘 모른다고 말한다―그는 런던의 다른 지역에 산다. 다시 한번 창문 쪽으로 몸을 틀며, 졸리는 근처에 번화가가 있다고 말한다―거기에 뭔가가 있을 거라고.

"잠깐 나가서." 가보르가 벌라주에게 말한다. "케밥이나 다른 먹을 것 좀 사다 줄 수 있겠어?"

벌라주가 카펫에서 눈을 떼며 고개를 든다. "그러지."

"뭐 좀 먹을래?" 가보르가 말한다.

그것은 졸리에게 던진 질문이다. 그는 여전히 창밖을 바라보며 아무 대답도 하지 않는다.

"졸리?" 가보르가 머뭇거리며 말한다. "뭐 좀 먹을래?"

"아니." 고개를 돌리지 않은 채, 그가 말한다.

"알았어. 뭐, 그래, 가서 케밥 좀 사와." 가보르가 말한다.

벌라주가 고개를 끄덕인다. 그러고는 묻는다. "몇 개나 사오면 될까?"

"모르겠어. 나는 한 개면 돼. 너도 먹을 거야?"

"어…… 그래."

"그리고 엠머도 먹는다고 할 거야. 네 개?" 가보르가 제안한다.

그의 어깨넓이로 지나가기에는 계단이 너무 좁아 그는 몸을 거의 옆으로 돌린 채 내려가야 한다. 현관문에 반투명 유리가 달려 있음에도 아래층 복도는 어둡기만 하다. 그가 계단을 거의 다 내려갔을 때 현관문이 열리더니 암회색 바지 정장 차림의 매우 젊은 여자가 안으로 들어온다. 그녀는 그를 위해 문을 열린 채로 놔둔다. 그것 말고는, 그들은 서로 알은척하지 않는다.

날은 매우 따뜻하고, 거리는 환하다. 주차된 벤츠를 돋보이게 해주는 기분좋고 부드러운 저녁 빛. 그는 파크레인 한 개비에 불을 붙이고, 똑같이 생긴 가난한 집들이 늘어선 작고 구불구불한 거리들을 지나 졸리가 가리켰던 방향으로 걸어가기 시작한다. 이십분쯤 걷자 번화가가 나타나는데, 그곳 어디에도 딱히 케밥을 파는 가게는 없어 보인다. 여름 저녁에 흘린 땀으로 어느새 오렌지색 티셔츠가 몸에 딱 달라붙은 채, 그는 이리저리 걸어다닌다. 그러다 폴란드 슈퍼마켓이 눈에 띄고, 거리에 있는 백인 아닌 사람들의 모습도 눈에 들어온다. 이제 그는 가보르에게 전화를 건다. "치킨도 괜찮아?" 그가 말한다.

가보르는 질문을 이해하지 못한 듯하다. "뭐라고?"

"치킨," 벌라주가 단호하게 말한다. "치킨도 괜찮냐고?"

"치킨?"

"그래." 그는 프라이드치킨가게 밖에 서 있다. 방금 막 초록빛이 감도는 가로등 불빛이 깜박이며 켜졌다. 희미한 부패의 냄새가 풍긴다. "여기 프라이드치킨가게가 있는데……" 그가 말한다.

"그래, 괜찮아." 가보르가 그에게 말한다. 그러고는, "그러니까―거기 괜찮아 보여?"

벌라주가 그 가게를 본다. "어, 괜찮아 보여."

"그래, 좋아." 가보르가 말한다. "그리고 너무 꾸물대지는 마. 우린 열시에 떠나야 하니까."

벌라주는 청바지 뒷주머니에 휴대폰을 밀어넣고 냉혹한 빛 속으로 걸어들어간다. 짧게 줄들을 서 있다. 그는 기다리는 동안 메뉴―백라이트가 켜진 플라스틱 패널―를 자세히 살펴보고, 차례가 되자 무사히 주문을 마친다. (이라크에서 배운 그의 영어는 꽤나 유창하다―영어는 함께 주둔했던 폴란드 군인들은 물론 우연히 맞닥뜨리게 되는 그 어떤 미국인과도 소통할 수 있는 유일한 방법이었다.) 하지만 그는 아파트로 돌아가는 길을 헤매고, 도움을 구하기 위해 다시 가보르에게 전화를 걸어야 한다. 그리하여 그들은 이제 거실에 앉아 있다. 그와 가보르는 낮은 소파에 앉아서 엉성한 기름투성이 박스에 담긴 치킨을 손으로 집어먹는다. 머리 위의 등에는 찢어진 종이 갓이 씌워져 있고, 정체된 공기는 떠도는 연기와 치킨 냄새로 가득하다. 벌라주는 허겁지겁 치킨을 먹는 데 정신이 팔려, 졸리가 입을 떼기 전까지는 거기 엠머가 있다는 걸 알아채지 못한다.

그제야 그는 고개를 든다.

그의 입에는 치킨이 가득하고, 손가락은 치킨 조각의 기름으로 번들거린다. 그녀는 출입구 쪽에 서 있다.

"와우." 졸리는 그렇게 말했었다.

그리고 지금, 마치 벌라주의 생각을 대신 말해주기라도 하듯, 졸리가 다시 말한다.

"와우."

나중에, 그는 진주 같은 벤츠에 앉아 출입구 쪽에 서 있던 그녀의 모습이 남긴 잔상을 떠올리고, 차창 밖의 다른 것들을 응시하는 동안에도 그 잔상은 여전히 그의 시야에 각인되어 있다. 런던의 밤은 잡지에서 봤던 것만큼이나 화려하다. 부드럽게 움직이는 벤츠가 그들을 도시의 심장, 돈이 있는 곳으로 데려가는 지금, 그 누구도 입을 열지 않는다.

2

첫째 날인 그날 밤은 특히 분위기가 어색하다. 운전석의 가보르는 시무룩해 보인다—그는 가죽 머리받이에 머리를 한참 동안 기댄 채 주차된 차의 앞유리 너머로 내다보이는 재벌가의 옆 골목을 바라보거나, 자신의 왼쪽 팔뚝 안쪽에 새긴 티벳어 문신을 유심히 살펴본다. 평소와 달리, 그는 몇 시간이 지나도록 단 한 마디도 하지 않는다. 호텔은 걸어서 몇 분 거리인 파크레인가라고 알려진 곳에 있다—벌라주는 자신이 피우는 싸구려 담배의 이름이 거기서 왔다는 걸 그제야 알았다.

그들이 그곳에 도착했을 때 졸리는 어딘가로 전화를 걸었다. 몇 분 후 젊은 여자 하나가 그들을 찾아왔다. 역시 헝가리인이었고, 자신을 줄리라고 소개한 그녀는 호텔에서 일하는 사람 같았다. 잠시 후 그녀와 졸리, 엠머는 호텔로 출발했고, 가보르는 벌라주에게 자신들은 엠머가 돌아올 때까지 바로 거기, 주차된 벤츠 안에서 기다리고 있을 거라고 말했다.

그들이 거기서 보낸 밤은 꽤나 비참하다. 그 시간의 대부분은 초여름의 미지근한 정적으로 인해 더욱 심해진 고요로 채워진다.

열의 없는 대화의 순간들도 있다. 이를테면 가보르가 벌라주에게 런던은 이번이 처음이냐고 물어볼 때처럼. 벌라주는 그렇다고 말하고, 가보르는 그에게 관광을 다녀보지 그러냐고 제안한다. 벌라주가 예의상 관심을 보이며 어딜 가보면 좋겠냐고 묻자, 가보르는 잠시 할말을 찾는 듯하다가 마담투소박물관을 언급한다. "유명인들의 밀랍인형이 있는 곳이야." 그가 말한다. "왜 있잖아." 그러면서 유명인 한 명을 떠올려보려 애를 쓴다. "메시," 마침내 그가 말한다. "뭐 누가 됐든. 엠머는 거길 가보고 싶어해. 어쨌든 원한다면 가볼 만한 곳이야."

"그래, 알았어." 벌라주가 생각에 잠긴 채 고개를 끄덕이며 말한다.

그러고서 그들은 긴 침묵에 빠져든다. 들리는 소리라고는 가보르가 집게손가락으로 커버를 새로 씌운 핸들을 두드리는 소리뿐인데, 그 소리는 천천히 떨어지면서 어두운 집착의 하수구를 서서히 메우는 물소리 같고, 얼마 뒤 벌라주가 던진 다음 질문은 신비하게도 그 고인 물에서 흘러나온 듯 느껴진다.

그는 가보르에게 졸리와 어떻게 아는 사이냐고 묻는다.

"졸리?" 가보르는 이게 과연 벌라주가 관심을 가질 만한 일인가 싶어서 놀란 듯 보인다. "어," 마치 진짜 잊어버리기라도 했던 사람처럼, 그가 말한다. "친구의 친구야. 뭐 그런 거 있잖아." 또다른 긴 침묵이 이어지는가 싶더니, 어쩌면 자신이 결국 하고 싶은 이야

기는 바로 이거라는 듯, 가보르가 말을 잇는다. "지난번에 런던에
왔을 때 만난 친구야. 그가 어떤 일을 함께 해보자고 제안했어."

*

새벽 다섯시가 막 지났을 때, 그녀가 김 서린 차창을 두들긴다.
날은 환하고 꽤 춥다. 잠에서 깬 가보르가 문을 열어주고, 그녀가
차에 타는 동안 그들은 딱히 별말을 주고받지 않는다. 그가 내비게
이션을 만지작거리는 동안에도 마찬가지다. 그는 이제 시동을 걸
고 차창 김서림 방지장치를 요란하게 작동시키더니, 텅 빈 거리 쪽
으로 차를 몬다.

여전히 노출이 심한 원피스에 하이힐 차림인 그녀는 무엇보다
도 피곤해 보인다―물론 지금은 신발을 벗어던진 채 두 다리를 좌
석에 올리고 있지만. 두 남자는 기다리는 동안 몇 시간이나마 눈을
붙일 수 있었다. 그녀도 그랬는지는 알 수 없다. 퀭하니 거뭇해진
두 눈으로 보아 그랬을 것 같지는 않다. 그녀가 여전히 각성되어
있는 건 약물의 도움인 듯하다.

"별일 없었지?" 신호에 걸려 기다리는 사이, 마침내 가보르가
입을 뗀다.

"응."

"배고파?" 일 분쯤 뜸을 들이고 난 그의 다음 질문이다.

"모르겠어." 그녀가 말한다. "아마도."

"뭘 좀 먹는 게 좋겠어." 그가 조언한다.

"좋아."

그들은 맥도날드에 차를 세우고 벌라주를 안으로 들여보낸다. 그녀와 함께 있게 되자, 그는 자신의 몸에서 풍기는 명백한 악취를 느낀다―그는 똑같은 티셔츠를 24시간째 입고 있었다. 그녀는 빅맥과 프렌치프라이 라지 사이즈, 그리고 다이어트콜라를 사달라고 한다.

"고마워요." 차로 돌아온 그가 조수석에서 몸을 돌려 그녀에게 갈색 종이봉투를 건네자, 그녀가 말한다.

그녀가 그에게 처음으로 건넨 말이다.

그는 그녀에게 "뭘요"라고 말하지만, 바로 그 순간 가보르가 시동을 거는 바람에 그녀가 그 말을 들었을 것 같지는 않다.

그녀는 음료수 뚜껑에 플라스틱 빨대를 밀어넣고 콜라를 마시기 시작한다.

오후가 한창일 때, 그들 모두가 아직 잠들어 있는 사이 졸리가 나타난다.

헝클어진 머리에 아직 정신이 덜 돌아온 가보르가 러닝셔츠와 사각팬티 바람으로 나타나, 이제는 보잘것없는 간이주방이 되어버린 거실의 한쪽 구석에서 졸리에게 그의 몫에 해당하는 돈을 건넨다. 그러자 졸리는 그에게 흠잡을 데 없이 시원한 라거를 건네고, 그와 함께 캔을 따면서 엠머의 안부를 묻는다. 그녀는 아침에 그들과 함께 아파트로 돌아오자마자 침실로 사라졌고, 그후로는 모습을 보이지 않고 있다―적어도 벌라주가 알기로는 그렇다.

얼마 지나지 않아 가보르가 침실로 들어갔었고, 혼자 남겨진 벌라주는 창문으로 가득 들어오는 빛을 피하고 거리에서 들려오는 소음과 간헐적이긴 하지만 너무나도 선명히 들려오는 일층의 소음에서 벗어나기 위해 냄새나는 소파에 얼굴을 파묻은 채 잠이 들었었다. 여전히 잠을 못 이루던 열시쯤, 그는 어렴풋이 상상해본 호텔방에 있는 엠머의 이미지, 밤새 그의 머릿속을 가득 채웠던 그 이미지를 연달아 떠올리며 물줄기가 약한 샤워기 아래에서 자위를 했었다. 엄청난 양의 정액이 배수구로 흘러내려갔다. 그러고서 얼마 뒤, 그는 티셔츠를 둘러 두 눈을 가리고서야 마침내 잠이 들었다.

"그래서 별일 없었지?" 졸리가 말하고는 라거를 쭉 들이켠다.

"응, 그런 것 같아." 나른하게 코를 킁킁거리며, 가보르가 말한다. 그들은 아침식사용 소나무 카운터에 몸을 기대고 서 있다.

"내가 아는 사람이야, 그 남자." 졸리가 말한다. "괜찮은 녀석이지. 좋은 녀석이야. 말썽 부리지 않을 거라는 걸 아니까 첫 손님으로 골랐던 거야."

가보르는 고개를 끄덕이기만 한다.

"다른 몇몇은 모르는 자들이고." 졸리가 말한다. 그러고서 다시 말을 잇는다. "하지만 성가신 일 같은 건 없을 거야."

"없겠지." 가보르가 말한다.

"경찰이나 기자들에게 밀고할 사람들은 아니란 얘기지. 그러기에는 잃을 게 너무 많은 사람들이거든. 몇 명은 유명인들인 것 같아."

"그래?" 가보르가 말한다. 그는 별로 흥미가 없어 보인다.

"그런 것 같아." 고개를 끄덕이고 라거를 들이켜며, 졸리가 말한다. "엠머는 아직 자?" 그가 묻는다.

"응." 가보르가 말한다.

졸리는 오래 머물지 않고, 그가 떠나자 가보르는 침대로 돌아간

다. 만일 가서 누울 침대가 있었더라면 벌라주도 똑같이 했을 것이
다. 대신 그는 환한 대낮의 거리로 걸어나간 뒤, 어젯밤에 갔던 가
게로 가서 또다시 치킨 한 마리를 사온다. 그러고서 그는 창문을
연 뒤 소파에 누워 담배를 피우며 책을 좀 읽어보려 한다—『해리
포터와 비밀의 방』*. 그는 그 시리즈를 천천히 읽어나가는 중이다.
  그는 스토리에 집중하는 데 어려움을 느낀다.
  그다음에는 단어에 집중하는 데 어려움을 느낀다.

  그가 잠에서 깨어났을 때 그녀는 가운을 걸친 채 출입구 쪽에 서
있다. 그는 몇시쯤 되었는지 감을 잡지 못한다. 아직 햇볕이 내리
쬐고 있다.
  "안녕하세요." 그녀가 건조한 목소리로 말한다.
  "안녕하세요." 그가 자리에서 일어나 똑바로 앉는다. "지금이,
어, 지금 몇시죠?"
  "모르겠어요." 그녀가 말한다. "가보르는 쇼핑하러 가고 싶대
요."
  벌라주는 무슨 말을 해야 할지 모른다.
  그녀는 마치 거꾸로 뒤집힌 무언가를 들여다보기라도 하듯 고개
를 기울인다—『해리 포터와 비밀의 방』. "그거 재미있어요?" 그녀
가 묻는다.
  "어." 그가 책을 집어들고는, 마치 거기 대답이 적혀 있기라도
한 듯, 책의 표지를 들여다본다. "읽을 만해요." 그가 말한다. 그는

---

* 헝가리어 번역판『Harry Potter és a Titkok Kamrája』

뭔가 다른 할말을 생각해내려 애써본다.

그녀는 먼지로 가득한 오후의 빛 속에 잠시 더 머무른다.

그러다 그녀는 하품을 하고, 자리를 뜬다.

*

나중에, 주차된 벤츠 안에 앉아 있을 때, 가보르가 그에게 쇼핑 다녀온 이야기를 해준다―붐비는 옥스퍼드스트리트에서 두 시간 반을 보낸 뒤, 레드 벨벳 빛깔로 실내장식을 한 앵거스 스테이크 하우스에서 저녁을 먹은 일에 대해. 두 남자는 첫번째 밤에 그랬던 것보다 더 많은 대화를 나누고 있는 중이다. 이슬비가 내리고 있다. 어쩌면 그게 더 나을지도 모른다. 주위를 둘러싼 소란스러움이 침묵을 한층 부드럽게 해준다. 사실 그들은 서로에 대해 아는 게 별로 없다. 헬스클럽에서의 관계를 고려한다 해도 딱히 할말이 있을 만큼 친한 사이는 아니다.

자정 무렵, 벌라주가 벤츠에서 내려 이슬비를 맞으며 근처의 KFC까지 걸어가 그들이 먹을 '점심식사'―'풀세트' 두 개―를 사온다.

다시 자리에 앉으며, 그는 수심에 잠겨 있는 가보르를 본다. "가끔 난 여자들을 대하는 내 태도가 걱정이 돼." 가보르가 말한다. 그의 머리의 실루엣이 비치는 앞유리 위로 빗물이 흘러내린다. "혹시 그런 걱정 안 해?"

벌라주는 이제 막 치킨필레버거를 한입 베어문 참이어서 곧장 대답을 하지 못한다. 입안에 있는 것을 다 삼키고 나서야 그가 말한다. "그게 무슨 소리야?"

"그러니까 여자들을 대하는 내 태도 말이야." 가보르가 비참하게 말한다. "어쩌면 난 정상이 아닌지도 몰라." 그는 여전히 젖은 채로 조수석에 앉아 있는 벌라주에게 고개를 돌려 말한다. "어떻게 생각해?"

벌라주는 그를 쳐다볼 뿐이다.

"네가 내 입장이라면 어떻게 하겠어?" 가보르가 묻는다.

"나라면 어떻게 하겠느냐고?"

"그래, 만일 네가 내 입장이라면 말이야."

"그게 무슨 소리야?"

"만일 너와 엠머가…… 뭐 그렇고 그런 사이라면." 가보르가 조바심을 내며 말한다. "너라면 그녀에게 이 일을 시키겠어?"

"그녀에게 이 일을 시키겠냐고?"

"그래."

벌라주는 가보르가 자신에게 상상해보라고 하는 상황—그와 엠머의…… 뭐 그렇고 그런 상황—에 감정적으로 접근하는 데 어려움을 느낀다. 섹스, 그것도 말도 안 되게 난잡한 종류의 섹스, 그것이 그가 상상할 수 있는 전부다. "모르겠어." 그가 말한다. 그러고서 좀더 도움이 돼보려 애를 쓰며 말한다. "어쩌면."

"시킬 거라고?"

"글쎄……" 벌라주는 그 문제에 대해 솔직하게 생각해보려 애를 쓴다. "어쩌면 아니고." 그가 말한다. "상황에 따라 다르겠지."

"무슨 상황?"

"무슨 상황이냐면…… 왜 있잖아…… 둘이 어떤 관계인지에 따라서……?"

"바로 그거야." 가보르가 말한다. "내 말이 바로 그 말이야. 그게 바로 내가 말하려는 거라고." 마침내 그가 무릎 위에 놓인 음식으로 관심을 돌린다.

"너는 이 일이, 어…… 그러니까 이 일이 너희 관계에 안 좋은 영향을 미칠까봐 걱정하는 거야?" 벌라주가 묻는다.

"응." 가보르가 간단히 대답하고는 프렌치프라이를 입안 가득 쑤셔넣는다.

"흠…… 엠머랑은 이야기해봤어?"

가보르가 고개를 젓고는 입에 음식이 가득한 채로 말한다. "솔직히 말해서 딱히 이야기해본 적은 없어. 그러니까, 가끔 대화를 시도해보긴 해. 엠머는 대화를 나누고 싶어하지 않지만. 뭐 어쨌건."

그들은 먹는다.

"다음주가 엠머 생일이야." 가보르가 이번에는 약간 아쉽다는 투로 말한다.

"그래?"

"응. 같이 스파 휴양지 같은 데 가기로 했어."

"그래?" 벌라주가 또다시 말한다.

"슬로바키아에 있는 데야. 산 위에 고급 호텔이 하나 있어. 전에도 같이 간 적이 있지. 켐핀스키호텔이라고. 그런 호텔들 있잖아?"

벌라주는 무언가 기억해내려 애쓰기라도 하듯 얼굴을 찡그리다 고개를 가로젓는다.

"완전 죽여줘." 가보르가 그에게 말한다. "거기 가면 산봉우리에 둘러싸인 호수가 있어—엠머는 그거에 완전 껌뻑 죽지. 온갖 종류의 스파가 있다고." 그가 말한다. "진짜야. 왜 있잖아. 진흙 목욕 같은 그런 거."

*

하루하루가 흘러가고, 매일매일이 똑같이 반복된다. 오후 서너 시면 찾아오는 졸림, 이어지는 길고 긴 밤, 끈적한 햇볕 아래 맥도날드에 들르는 일, 그리고 흰 곰팡이가 핀 샤워기 아래에서의 자위, 부드럽게 잠으로 이끄는 사정에 이르기까지.

여전히 그는 잠을 설친다. 그는 피로가 쌓일 대로 쌓여가는 기분, 때로 후덥지근한 거실의 정체된 공기 속에서 부유하는 연기만큼이나 공허한 기분을 느낀다. 때로는 투명인간처럼 텅 비어 있는 기분이 들고, 또 때로는 참을 수 없이 꽉 차 있는 기분이 들지만, 그녀와 같은 공간에 머무른다는 데서 오는 작고 은밀한 흥분만은 늘 변함이 없다. 이를테면 같은 화장실을 사용한다는 데서 오는 흥분. 물 얼룩이 져 있는 작은 화장실은 그녀의 물건들로 가득하다. 그는 강렬한 관심을 보이며 그것들을 관찰한다.

그녀가 가까이 있다는 사실이 그를 흥분시키긴 하지만, 동시에 그를 고문하기도 한다. 매일 오후 이어지는 길고 창백한 시간 동안, 저 엉성한 벽 너머에 그녀가 있다는 사실을 아는 그는, 마치 벽을 꿰뚫어보기라도 하려는 듯 그것을 응시하는 한편, 말랑말랑해진 머릿속으로는 상상의 나래를 펼치며 그곳 소파에 널브러져 있는 것이다.

그녀에 관해서라면, 그는 그녀가 보여주는 산뜻한 모습 때문에라도 놀랄 수밖에 없다. 이를테면 넷째 날이 되던 월요일 오후 네 시 낡은 타월천 가운을 걸치고 나타난 그녀는 숙취에 시달리는 듯 약간 초췌한 모습이었지만, 화장실 거울 앞에 이십 분 정도 있다 나오자 방금 전의 모습은 마법처럼 사라져 있었던 것이다.

월요일은 그들에게 골칫거리가 생겼던 밤, 사건이 일어난 밤이었다. 가보르가 문자메시지를 받았을 때는 아직 열한시도 되지 않은 이른 시간이었다. "씨발." 그가 말했다.

"왜 그래?"

"엠머야."

"뭐라는데?" 벌라주가 물었다.

"아무 내용도 없어."

"뭔가 신호를 보낸 건가?"

"어쩌면 실수로 보낸 걸지도." 가보르가 말했다.

"신호를 보낸 게 아니고?" 벌라주가 다시 물었다.

"그러게." 가보르가 한숨을 내쉬었다. "좋아." 그가 무거운 목소리로 말했다. "한번 가보자." 벌라주는 그가 겁을 먹었다고 생각했다. 그가 망치를 집어든 것은 그 때문일 것이다─그는 운전석 아래에 늘 망치를 넣어두고 다녔다. 그리고 지금 그것을 몰래 챙겨들었다.

그들은 호텔을 향해 걷기 시작했다. 가보르는 근심과 두려움이 가득한 얼굴로 고개를 내젓고 있었다. 둘이 함께 걸어가는 동안, 그는 줄리에게 전화를 걸었다. 그주 내내 야간근무중이던 줄리는 직원용 출입구에서 만나자고 말했다.

도착해보니 그녀가 초조하게 담배를 피우며 그들을 기다리고 있었다.

그들은 그녀를 따라 녹색 플라스틱 바닥의 복도를 지나 직원 전용 계단에 이르렀다. "4층이에요." 가보르에게 카드키를 건네며 그녀가 그들에게 말했다. 가보르는 고개를 끄덕였고, 그와 벌라주는 심각하게 계단을 오르기 시작했다.

흠집이 나 있는 벽, 층계참마다 보이는 네온관.

"준비됐어?" 가보르가 물었다.

벌라주는 어깨를 으쓱했다.

가보르가 말했다. "이제 네가 돈값을 할 때야."

"알았어."

"난 엠머가 괜찮은지 확인할 테니, 넌 녀석을 상대해. 그러니까 내 말은, 만일 무슨 문제가 생겼다면 말이야."

"알았어."

"그리고 폭력은 최소한으로, 알았지? 내가 이런 말까지 할 필요는 없겠지만. 그러니까 우린…… 무슨 말인지는 너도 알 거야."

그는 경찰이 개입하게 될까봐 걱정하는 게 틀림없었다. 그것은 벌라주가 걱정하던 문제이기도 했다. "망치는 여기 두고 가는 게 어때?" 그가 걸음을 멈추며 말했다.

"뭐?"

"망치는 여기 두라고. 나중에 다시 가지러 오면 되니까."

"왜?"

벌라주는 어떻게 말해야 좋을지 생각했다. "보라고," 그가 말했다. "만일……" 그가 다시 말을 이었다. "혹시라도 경찰이 개입한 상황에서 네가 망치…… 그러니까 무기를 들고 있었다고 해봐. 무슨 소린지 모르겠어? 어차피 그건 쓸 일도 없을 거야."

가보르는 미심쩍어했다. "쓸 일이 없을 거라고?"

"그래."

"장담할 수 있어?" 잠시 더 망설이다가 가보르가 말했다. "좋아." 그는 망치를 조용히 내려놓았고, 그들은 비상구를 지나 반대편 복도의 돈냄새나는 무거운 고요 속으로 걸어들어갔다. 그동안 벌라주가 가봤던 곳들과는 판이하게 다른, 오로지 미국영화에서나 구경해본 종류의 공간이었다―그는 마치 미국영화 속 주인공이라도 된 듯한 기분이 들었다.

그들은 래커칠이 된 333호실의 나무문 밖에 서 있었다. 귀를 기울여봤으나 아무 소리도 들리지 않았다. 가보르가 센서에 카드키를 대자 소리가 나며 잠금장치가 해제되었고, 그들은 안으로 들어갔다.

"이게 뭐야?" 가보르가 말했다. 놀라움을 넘어 거의 실망한 목소리였다.

밝은 조명의 커다란 방에 세 사람이 있었다―다들 자리에 앉은 채, 예의바른 침묵 속에 묵묵히 기다리고 있는 듯한 엠머와 두 인도인 남자.

"저, 이봐요." 인도인 하나가 갑자기 일어나서 말했다. "얘기를 좀 했으면 합니다." 그는 다른 인도인보다 훨씬 나이가 많았으며, 휘장이 드리워진 높은 창문들 사이, 덮개를 씌운 의자에 앉아 있었다.

가보르는 그의 말에 대답하는 대신, 엠머에게 헝가리어로 말했다. "대체 무슨 일이야?"

그녀가 어깨를 으쓱했다. "한 명이 아니라 두 명이잖아."

"보아하니 그런 것 같군. 무슨 일이 있었던 거야?"

"아무 일도."

나이든 남자는 트위드 재킷을 입고 있었고, 가보르가 엠머와 말을 끝내길 기다리고 있는 듯 보였다.

가보르가 그에게 돌아서서 영어로 말했다. "당신들 둘 중 한 사람만 여기 있을 수 있어요."

"그래요, 바로 그게 우리가 얘기하고 싶었던 겁니다." 나이든 남자가 말했다.

"둘 중 한 사람만." 가보르가 그에게 다시 말했다.

"저도 이해합니다. 저도 이해합니다만……"

"좋아요, 이해하시는군요. 그럼 한 분은 나가주시죠. 제발."

인도인들─나이든 쪽은 품위 있게 멋진 재킷을 걸치고 오드콜로뉴를 뿌렸으며, 비쩍 마른 젊은 쪽은 라코스테 폴로셔츠를 입고 계속 자리에 앉아 있었다─은 전혀 위협적이지 않았다. 활짝 열려 바람이 통하는 문가에 팔짱을 낀 채 서 있는 벌라주는, 필요하다면 그들을 한꺼번에 상대하는 것도 가능하겠다고 느꼈다. 나이든 남자의 과장된 정중함과 거기서 느껴지는 기이하게 억압된 히스테리의 기운이 그에게 그런 확신을 준 듯했다.

"저도 이해합니다." 그럼에도 그는 다시 말하고 있었다. "숙녀분께서 우리 중 한 명만 그걸, 어…… 무슨 말인지 아시죠." 그가 말했다. "저도 이해합니다. 그 부분은 문제가 없어요. 전혀 문제가 없죠. 그러니까, 어, 이 젊은 친구가…… 그걸 할 겁니다."

벌라주는 눈만 움직여 젊은 남자를 쳐다봤다. 어림잡아 스무 살 아니면 그보다 더 어릴 것 같은 그는, 의자에 몸을 파묻은 채 자신이 신고 있는 로퍼를 내려다보고 있었으며, 심지어 지금 무슨 일이 벌어지고 있는지도 이해하지 못하는 듯했다.

가보르가 또다시 헝가리어로 엠머에게 말했다. "돈 받았어?"

그녀가 고개를 끄덕였다.

"돈을 준 게 누구지?"

그녀가 나이든 인도인을 가리켰고, "나는 그저 보고 싶을 뿐이에요."라고 그는 말했다.

가보르가 그를 향해 돌아섰다. "보고 싶다고?"

"네."

"버스드 메그Baszd meg."*

"문제가 되나요?"

"네, 문제가 되죠." 가보르가 큰 목소리로 말했다.

"왜죠?"

"왜냐고? 왜냐고?" 갑자기 이성을 잃은 듯한 가보르가 그의 재킷 목덜미를 움켜쥐고 좌우로 흔들다가 서서히 문 쪽으로 밀어붙이기 시작했고, 결국 야단스러운 청록색 셔츠를 껴입고 있는 벌라주가 끼어들어 둘을 갈라놓아야 했다.

프로답게 처신하고자 애쓰고 있는 게 분명한 가보르가 가만히 신발만 내려다보고 있는 사이, 잠시 팽팽한 고요가 이어졌다.

이윽고 그가 고개를 들고 긴장된 목소리로 말했다. "문제가 됩니다. 그래요, 문제가 된다고요. 이제 그만 나가주시죠?" 그가 경직된 예의를 차리며 손을 뻗어 남자에게 문을 가리켜 보였다.

---

* 헝가리어로 '좆까'.

인도인은 약간 땀을 흘리기 시작했다. 그럼에도 그는 협상을 해내고야 말겠다는 의지가 확고해 보였다. 미세하게 숨을 헐떡이며, 그가 말했다. "아뇨, 일 분만요. 제발. 제발 부탁이에요. 딱 일 분만요."

"나갑시다." 가보르가 말했다.

"제발요." 남자가 계속 말을 이었다. "딱 일 분만 얘기합시다. 그냥 얘기만 하자고요. 당신 친구는 제가 낸 돈이면 젊은 숙녀분과 밤새 있을 수 있다고 했어요. 당신 친구가 그렇게 말했습니다."

"네." 가보르가 애써 인내심을 보이며 말했다.

"자, 들어보세요"라고 말하는 인도인의 정수리가 반짝였다. "제가 드리고 싶은 제안은, 어, 우리가 한두 시간만 함께 있는 대신— 제가 그걸 볼 수 있게 해주시면 어떻겠느냐는 거예요. 그냥 보기만 한다고요! 지불을 했잖아요? 이 정도면 정당한 요구라고 생각되지 않으세요?"

"이봐요." 가보르가 말했다. "그런 짓에 어울리는 여자가 아니에요, 알겠어요? 얌전한 여자라고요."

"아, 얌전한 분이시죠—물론 얌전한 분이시고말고요……"

"그래요, 얌전한 여자예요. 이제 갑시다."

"좋아요, 돈을 더 내라는 말이군요." 가보르가 그의 팔을 붙잡았을 때, 마치 항복이라도 하듯 인도인이 말했다. "얼마? 얼마면 되죠? 천 파운드 어때요." 그가 제안했다.

가보르는, 돈의 액수에 놀란 게 분명했지만, 아무 말도 하지 않았다. 그는 조심스레 침을 삼키고는 엠머를 바라봤다.

"됐나요? 천 파운드면?"

"어," 뭔가 마음에 걸리는 부분을 해결해보기라도 하려는 듯 인상을 찌푸리며 가보르가 말했다. 하지만 그는 해결하지 못한 듯했고, 결국 이렇게 말했다. "그녀가 결정할 문제군요."

"그렇죠!" 남자는 엠머를 향해 재빠르게 고개를 돌렸다. 그녀는 넓은 팔걸이가 있는 반원형 의자에 품위를 지키며 앉아 있었다. 남자가 말했다. "마담, 그냥 구석에 앉아 있는 대가로 천 파운드를 드리겠습니다. 찍소리도 내지 않을게요. 어떠세요?"

카커투 앵무새처럼 머리를 뒤로 넘겨서 손질한 젊은 인도인도, 이번에는 그 커다란 머리를 들어올리고 그녀를 쳐다보며 그들과 함께 그녀의 대답을 기다렸다.

"그냥 싫다고 해." 가보르가 그들만의 언어로 그녀에게 말했다. "그냥 싫다고 해, 그럼 데리고 나갈 테니까."

"왜?" 마침내 그녀가 말했다. "대체 무슨 차이가 있는 건데?"

가보르의 표정이 아주 조금 일그러졌다.

"대체 무슨 차이가 있는 건데?" 그녀가 다시 말했다.

"그럼 할 거야?"

그녀는 어깨를 으쓱했고, 가보르는 그들의 대화를 이해하지 못한 채 기다리고 있는 인도인에게 돌아서서 말했다. "좋아요. 돈은 어디 있죠?"

"여기, 어, 여기 있습니다." 그가 재킷 안주머니에서 무두실한 가죽 지갑을 꺼냈다.

돈을 세면서, 가보르가 말했다. "그냥 보기만 하는 겁니다."

"물론이죠, 물론이에요." 남자가 정신없이 말했다.

"만지면 안 돼요."

그가 빛나는 머리를 내젓는다. "네."

"무슨 문제라도 생기면 우리가 당장 여기로 올 겁니다."

남자가 돈을 건넸다. "약속드립니다, 아무 문제도 없을 거예요."

"돈은 그녀에게 주세요." 가보르가 말했다.

"아, 죄송합니다. 마담?"

자리에서 일어난 엠머—그녀는 신발을 벗고 있었음에도 그 단정한 남자보다 키가 컸다—가 돈을 받고는, 양단으로 장식된 거대한 침대 옆에 놓인 탁자들 중 하나 위에 놓여 있던 작은 핸드백 안에 넣었다.

"좋아." 그녀가 그러는 사이 가보르가 벌라주에게 말했다. "우린 가자."

주차된 벤츠의 그림자 속에 얼굴을 파묻은 채, 가보르는 밤새 거의 아무 말도 하지 않았다. 둘이 함께 걸어서 돌아오는 길에 그는 그 인도인의 변태 성향을 불쾌하게 여겼지만, 일단 무연탄 색 가죽 의자에 앉고 나자 그는 더이상 할말이 없어 보였다.

비록 그 정도 사건은 아니었지만, 그 전날 밤에도 그의 마음을 혼란스럽게 하는 일이 있었다. 평소대로 자신의 몫을 받으러 온 졸리는, 그날 밤 손님이 호텔에 가길 원치 않는다며, 그들에게 대신 그의 집으로 가줘야겠다고 말했다. 그곳은 테라스식 회벽 건물들로 가득한 웅장한 광장에 있는 집이었다. 평소대로 아담한 살색 시스원피스를 입은 엠머는, 커다란 등이 걸려 있는 주랑현관의 입구로 걸어올라가 초인종을 눌렀고, 두 남자는 앞유리 너머로 그 모습을 바라보았다. 잠시 후 그 집이 그녀를 집어삼켰다.

"아무려면 어때." 가보르가 말했다.

철책이 둘러쳐진 정원에서 새들이 막 노래를 시작한 새벽 네시, 그 집은 그녀를 뱉어냈다.

그녀는 취해 있었다. 그들의 차가 텅 빈 거리를 달릴 때, 그녀는 딸꾹질을 해서 미안하다고 말했고, 그러고도 딸꾹질이 멈추지 않자 키득거리는 듯했다.

"기분이 좋은가보네." 백미러에 비친 그녀의 모습을 흘깃 보더니 가보르가 말했다. "그래서, 재미좋았어?"

"멍청한 소리 하지 마." 그녀가 부드럽게 말했다.

"너 취했어."

"그래, 나 취했어. 샴페인을 두 병쯤 마셨거든."

"샴페인이라고?" 가보르가 말했다. "퍽이나 좋았겠네."

그녀는 그의 빈정거림을 무시했다. "글쎄, 별로."

"아냐? 억지로 마시게라도 한 거야?"

그녀가 차창으로 고개를 돌리고는, 서서히 다가와 그들에게 젖어드는 새벽의 푸른 거리를 바라본다. 월요일 아침. "그래야 일하기 편하니까." 그녀가 말했다.

*

인도인들과의 사건이 있고 난 다음날인 화요일 밤은 그녀가 일을 쉬는 밤이다. 그녀가 평소처럼 네시에 모습을 드러내자, 가보르는 졸리가 자신들을 초대했다는 얘기를 한다. 그녀는 피곤해서 그냥 아파트에 있겠다고 하고, 그는 놀란 동시에 기분이 상한 눈치다. 나중에 그는 다시 한번 그녀를 설득해보려 하고—벌라주는 이 상황을 벽 너머로 듣는다—그래도 소용없음을 깨달은 그는 잘 다린 남색 셔츠를 차려입고 나타나 벌라주에게 건성으로 함께 가자고 해보지만, 벌라주 역시 피곤해서 그냥 아파트에 있겠다고 한다. 그를 설득해보려는 노력 따윈 없이, 가보르는 졸리에게 전화를 걸어 미안해하는 말투로 엠머는 함께 가지 못한다는 소식을 전한다.

"아니," 거실 한복판에 서서 귀에 휴대폰을 댄 채, 그가 말한다, "아니, 엠머는 아파트에 있고 싶어해. 그냥 여기 있겠대." 졸리가 무언가를 말한다. "나도 그렇게 말해봤지." 가보르가 말한다. 졸리가 자신의 또다른 생각을 말하고, 가보르는 감정을 실어 말한다. "나도 알아, 나도 안다고." 마침내 졸리는 단념하고, 가보르는 간이주방에서 잭 다니엘에 콜라를 섞어 급히 들이켜고는 저녁의 거리를 향해 걸어나간다.

쾅 하고 닫힌 문소리가 잦아들자, 그 작은 아파트에 아주 순수한 고요가 찾아든다.

벌라주는 『해리 포터와 비밀의 방』을 읽는 척하며, 다른 방에서 어떤 소리나 인기척이 들려오진 않는지 열심히 귀를 기울인다.

이십 분쯤 지난 후, 침대 스프링이 삐걱거리는 소리 같은 게 들린다.

그로부터 얼마 뒤—그녀가 저녁 외출을 거절한 게 아파트에 그와 단둘이 남기 위해서일지도 모른다는 그의 기대감이 꽤 긴 시간 동안 이어진 침묵으로 처참히 무너지고 난 뒤—그는 진도가 잘 안 나가는 책을 덮고 조용히 현관을 지나 저녁을 사러 밖으로 나간다.

그가 나갈 때 그녀의 방에는 불이 켜져 있었다—문 밑으로 새어나온 불빛이 보였다.

그가 돌아와서 보니, 매우 실망스럽게도 불이 꺼져 있다. 그는 나가기 전에 그녀의 방문을 두드리고 뭐 먹고 싶은 게 없는지 물어봤어야 했다. 그거야말로 그가 분명 했어야 하는 일이었다. 이제는 너무 늦어버렸다. 그는 시큰둥하게 저녁을 먹고, 다 먹은 뒤에는 앞으로 연이어 피워댈 파크레인 첫 개비에 불을 붙인다.

마침내 그가 잠든 것은 새벽 두시가 지났을 무렵, 소파 옆 바닥에 놓인 재떨이에는 담배꽁초가 수북하다.

3

"커피 좀 있을까요?" 그의 기척을 듣고, 그녀가 묻는다.

가운 차림의 그녀가 간이주방에서 소나무 찬장을 열고 있다.

"아뇨." 그가 눈을 찡그리며 말한다. 거실은 깨끗한 햇살로 가득하다. "없는 것 같아요."

"전 아침에만 커피를 마시거든요." 그녀가 설명을 보탠다. 지금은 아침 열시, 평소대로라면 그들 모두 잠들어 있었을 시간이다.

검은 나일론 팬티 바람으로 침낭 안에 누워 있는 벌라주는 거기서 꼼짝도 하지 않는다. "가보르는…… 가보르는 돌아왔나요?" 그가 묻는다.

"자고 있어요." 그녀가 말한다.

그녀가 찬장을 뒤지던 걸 멈추고 간이주방을 멍하니 쳐다본다.

"커피를 어디서 사죠?" 그녀가 궁금해한다.

그리고 세상에 그보다 간단한 일도 없다는 듯, 그가 제안한다.

"괜찮으시면," 그가 말한다. "제가 아는 데가 있어요."

그녀가 그를 본다. 허리 아래로는 침낭에 몸을 숨긴 채 거기 앉아 있는 그의 모습, 문신한 이두박근과 토스트기를 닮은 흉근, 왠지 모르게 애원하는 듯한 작고 연한 두 눈을.

그들은 이제 겨우 몇 마디 주고받는 사이가 되었다. 그럼에도 함께 아래층 복도를 지나서, 아파트 밖으로 걸어나와, 거리를 걷고 있자니 매우 친밀한 사이처럼 느껴진다.

이제 번화가로 가는 길을 아는 벌라주는, 카페를 몇 군데 본 기억이 있다. 그중에는 바깥의 좁고 얼룩진 인도에 철제 테이블을 내놓은 곳들도 있다. 그들은 들썩이는 차양 아래 놓인 알루미늄 의자에 앉는다. 그는 날개 모양 무지갯빛 렌즈에 끝부분이 둥글게 휘어진 군인 스타일의 플라스틱 선글라스를 쓰고 있고, 오렌지색 티셔츠는 청바지 안으로 넣어 입었다. 그는 테이크아웃 커피 컵의 뚜껑을 열지 않은 채 빨아 마시며, 북적이는 화창한 거리를 바라본다. "날씨 좋네요." 그가 말한다.

역시 선글라스를 쓰고 있는 그녀가 매정하지 않은 미소로 답한다.

"잘 잤어요?" 그가 묻는다.

그녀는 그렇다고 말한다.

지금 상황이 약간은 부적절할 수도 있다는 사실을 의식한 듯, 그녀는 노골적으로 말을 아끼는 것처럼 보인다.

침묵이 흐른다.

다음 말을 고르며, 벌라주는 커피를 한 모금 더 마신다. 달리 할 말을 생각해내지 못한 그는 그녀에게 파크레인 한 개비를 권하고,

그녀는 그걸 받아든다. 그가 그녀 담배에 불을 붙여준다. 알루미늄 테이블 위에는 소박한 유리 재떨이가 하나 놓여 있다.

이윽고 그가 말한다. "오늘 이 근처를 좀 돌아다녀볼까 생각했어요. 관광 같은 거라도 해볼까 싶어서요." 그는 그녀가 이 말을 듣고 곧장 관심을 보이길 은근히 기대했으나, 그녀는 아무 반응이 없다. 가느다란 팔 윗부분을 감싸고 있는 가시철조망 문신이 그대로 드러나는 민소매 상의를 입은 채 작은 원형 테이블의 반대편에 앉은 그녀는, 그저 파크레인 한 개비를 깊이 빨아들일 뿐 아무런 말이 없다. "여긴 볼 게 정말 많을 거예요." 그가 말한다. 그녀가 여전히 동조하지 않자, 그는 더 직접적으로 접근하기로 마음먹고 묻는다. "뭐 보고 싶은 거 있어요? 우리가 여기 있는 동안에요."

그녀가 살짝 웃음을 터뜨린다. "모르겠어요."

그 웃음에 그는 맥이 빠지고, 그가 이야기를 그만두려는 순간, 그녀가 겉보기에는 무심한 투로 말한다. "여기 뭐가 있는데요?"

"글쎄요, 어." 그는 억지로 꾸민 듯 말하지 않으려고 애를 쓴다. "무슨 밀랍인형 박물관 같은 게 있다던데, 아닌가요?"

"아, 그거요." 그녀는 가보르가 넌지시 말했던 것만큼 관심을 보이진 않는 눈치다.

"거긴 어때요?" 그가 제안한다.

그녀는 그게 어디 있는 건지 모른다고 말한다.

그는 찾아가기 어렵지는 않을 거라고 말한다.

그녀는 이제 즐거운 듯 보인다. 마치 그 때문에 즐겁기라도 하다는 듯, 그에게 미소를 지어 보인다. "정말 관심 있어요?"

그가 어깨를 으쓱한다. "그럼요," 그가 말한다. "왜 아니겠어요?"

"모르겠네요." 그녀가 말한다. "당신은 그런 타입으로는 보이지 않거든요."

"그런 타입이라뇨?"

여전히 얼버무리듯 웃으며, 그녀가 말한다. "무슨 뜻인지 알잖아요."

"밀랍인형에 관심을 보이는 타입이요?"

"네."

"전 밀랍인형에 관심 있어요." 그가 믿기 어려운 말을 던진다. 그러고는 지금이 기회인 듯 묻는다. "내가 어떤 타입으로 보이는데요?"

그녀는 그의 질문을 못 들은 척한다. "지금 몇시죠?"

그는, 복잡해 보이지만 대체로 아무 기능도 없어 보이는 시계의 문자반을 보고, 그녀에게 시간을 말해준다.

"정말 관심 있어요?" 그녀가 묻는다.

그리고 완전히 정색한 표정으로, 그가 말한다. "네."

그들은 지하철을 타야 하고, 그는 시끄러운 열차에 서서 가는 상황, 높은 구두와 찢어진 데님 차림의 그녀를 향하는 다른 남성들의 부러움 담긴 시선을 즐긴다. 열차의 움직임에 따라 몸이 흔들리는 와중에, 선글라스 너머로 데이트 서비스나 탈모 제품 광고, 또는 노선도를 주시하고 있는 그녀는, 자신을 향하는 시선을, 아니 어쩌면 다른 그 어느 것도 알아차리지 못하는 듯하다.

핀스버리파크역 플랫폼에서 열차를 기다리는 동안, 그녀는 벌라주에게 영어 실력이 매우 인상적이라고 말했었다. 그는 어디서 영어를 배운 거지? "이라크요." 놀랍게도 그는 그렇게 말했고, 열차를 기다리는 동안 그는 그녀에게 이라크에서 보낸 시절에 대해 들려주었다. 그는 그 경험이 흥미진진했다거나, 심지어 매우 재미있었다는 식으로 포장하려 애쓰지 않았다. 그는 거의 대부분의 시간을 마을 규모의 기지 여러 곳에서, 에어컨이 갖춰진 평범한 방에 앉아 컴퓨터게임을 하고 미국 음식을 먹으며 보냈다. 그는—그에게 마약을 팔려 했던 통역사 한 명을 제외하고 단 한 명의 이라크인과도 이야기해본 적이 없었다. 그리고 총을 쏠 일도 전혀 없었다. 순찰을 좀 돌긴 했지만, 그마저도 장갑차를 타고 주위를 돌며 손바닥만한 창을 통해 베이지색 평지를 내다보는 게 전부였다. 아무 일도 일어나지 않았다. 아직까지도 가장 크게 남아 있는 기억은, 에어컨이 켜진 실내에서 밖으로 걸어나간 순간, 온몸을 땀으로 흠뻑 적시던 열기에 대한 기억이라고, 그는 그녀에게 말한다.

베이커스트리트역에서 에스컬레이터를 타고 위로 올라가며, 그는 그녀에게 박물관에서 보게 될 유명인들 가운데 가장 기대되는 게 누구냐고 묻는다. 그녀의 대답이 그는 달갑지 않다. 그는 조니 뎁과 그가 나온 해적 영화들이라면 딱 질색이니까. 게다가 조니 뎁을 거론하면서, 그녀는 벌라주에게 '자신의 타입이 아니'며, 따라서 엉뚱한 생각을 품어서는 안 된다는 고의적인 암시를 준 건지도 모른다. (그녀가 왜 브루스 윌리스라고는 말하지 않았겠는가?) 그는 자신의 질문을 후회하며, 역에서 빠져나오는 동안 다시는 입을 열지 않는다.

햇볕이 내리쬐는 평평한 거리에서, 그들은 박물관을 찾는다. 마침내 그곳을 찾았을 때, '스타들을 만나기 위해' 줄을 선 사람들의 행렬은 놀라울 정도다. 줄이 시작되는 지점인 골목 저멀리로는 줄을 설지 말지 고민하는 사람들이 또다시 이리저리 줄을 서 있고, 줄의 각 지점에는 대략 이십 분 정도의 간격으로 대기 시간을 알려주는 표지판이 붙어 있다―첫번째 표지판에는 약 2시간 30분이라고 되어 있지만, 여전히 사람들이 새로 줄을 서기 시작하는 지점에서 보면 그 표지판도 꽤나 멀리 있다. 보다 먼 곳―약 1시간이라고 표시된 표지판 부근―에서는 마임 아티스트들과 죽마를 탄 남자가 심란하고 기진맥진한 아이들을 즐겁게 해주려 애를 쓰고 있다.

벌라주는 어쩔 수 없이 상황을 받아들이며 줄을 선다. 줄을 설 때면 그는 고분고분하고 참을성 있는 사람이 된다―그는 자신의 차례를 기다리는 데서, 그런 상황에 단념하고 돌아서지 않는 데서 일종의 무미건조한 자부심을 느낀다.

"정말 기다릴 거 아니죠?" 그녀가 그의 옆으로 서며 말한다.

"글쎄요……"

그녀가 소리 내어 웃는다. "제 말은, 우리가 몇 시간은 기다려야 할 것 같다는 말이에요."

"네." 벌라주가 동의한다.

"우리, 정말 그래야 할까요?"

"모르겠네요."

그녀는 팔짱을 끼고 있고, 그들은 초여름 아침의 상쾌한 그늘 아래 일이 분 정도 기다리며 서 있다. 그 일이 분 동안 줄은 전혀 줄어들 기미가 없고, 벌라주는 그녀의 기분이 점점 안 좋아지고 있다는 걸 느낀다―그녀가 발끝을 내려다본 채 얼굴을 찡그리기 시작했다. "그럼 우리 다른 데로 갈까요?" 그가 파크레인에 불을 붙이며 조심스레 말한다.

"이를테면?" 그녀가 묻는다.

그는 어깨를 으쓱한다. 딱히 생각나는 데가 없다는 듯.

"그냥 좀 걸어도 되고요." 그녀가 제안한다.

골목 끝으로 희미한 초록빛이 보이고, 그들은 여전히 말없이 그곳을 향해 걸어가기 시작한다.

침묵이 어색한 분위기로 굳어지려 할 즈음, 그녀가 말한다. "이라크에서 돌아온 게 언제죠?"

"어," 그는 잠시 생각할 시간이 필요하다. "팔 년 전이요."

그후로 팔 년이나 지났다는 게 놀라울―끔찍할―따름이다.

실은 그 이상이다―2004년 십이월의 그 겨울날, 그 바람 불던 비행장. 귀국. "팔 년 하고 반이요." 그가 방금 전의 말을 정정한다. 그는 그때 스무 살이었고, 입대한 건 열여덟 살 때였다. 그는 그후로 일이 년 정도 군 생활을 더 했다고 그녀에게 말한다.

"그럼 그뒤로는 무슨 일을 하며 지내온 거죠?" 그녀가 묻는다. "헬스클럽 일이요?"

"그렇죠." 그가 말한다. "헬스클럽이랑 이런저런 일들요."

"가령 어떤?"

"경비원 일을 잠깐 했어요." 그는 그녀에게 부다페스트에 있는 그 테스코*를 아느냐고 묻는다. 그녀가 안다고 한다. "거기서요." 그가 말한다.

이쯤에서 화제가 활력을 잃어가는 듯하자, 그녀가 말한다. "어땠어요?"

---

* 영국의 슈퍼마켓 체인.

어땠냐고? 글쎄. 짝퉁 경찰복 같은 눅눅한 나일론 제복을 입고, 매장 입구 근처와 경비실의 흐릿한 CCTV 화면 근처를 몇 시간씩 어슬렁거려야 했다. "괜찮았어요." 그가 말한다.

그들은 T자형 거리에 이른다. 건너편에는 때묻지 않은 크림색 저택들의 정면이 근사한 절벽처럼 버티고 서 있고, 그곳으로 통하는 널찍한 입구 사이로는 공원의 푸른 나무들이 보인다. 그들이 걸어내려가는 거리는 붉은색 타맥으로 포장된 자전거전용도로가 있는 그 입구를 지나 공원으로 쭉 이어진다. 차들이 지나가는 동안 그들은 횡단보도 앞에서 신호등이 바뀌길 기다린다. 신호를 기다리며, 절벽처럼 높게 들어선 고급 주택들을 바라보며, 그는 이곳이 돈으로 만들어진 곳이라고 생각한다. 그가 말한다. "결국 쫓겨났어요. 테스코에서."

"그건 왜죠?"

"좀도둑들이랑 한패라는 의심을 사서요." 그가 말한다.

"의심이요?"

"네, 의심이요. 난 누구와도 공모하지 않았으니까요."

"그럼 왜 의심을 받은 건데요?"

"흠, 없어지는 물건들이 많았어요. 그러니까, 제가 경비일에 소질이 없었던 셈이죠." 실은, 나중에 알고 보니 양동작전이었던 짓에 그가 걸씬하면 속아넘어갔던 것이다. 일부러 꾸민 실랑이, 가짜 심장마비, 제비꽃을 파는 거무스름한 얼굴의 노부인, 끊임없이 이야기를 늘어놓는 노인. 아마 그는 그런 면에서 만만해 보이는 사람이었을 수도 있다. 매니저의 생각 또한 같았는지도 모른다. 그렇긴 하지만, 부정직하다는 이유로 사람을 해고하는 게 훨씬 더 쉬운 일이기는 하다.

"안 그래요?" 그가 말한다.

그들은 어느새 공원에 들어와 얕은 초록빛 호수의 언저리로 난 아스팔트길을 따라 걷고 있다. 주변에는 사람이 별로 없다.

"이의를 제기해보진 않았어요?" 그녀가 묻는다.

"아뇨. 조용히 떠나주면 제대로 된 추천서를 써주겠다고 했거든요. 그래서……" 그가 어깨를 으쓱한다.

"그래서 써줬어요?"

"네." 그가 시인한다.

"그러고서 헬스클럽에 취직했고요?"

"네, 뭐, 결국에는."

길이 좁아질 대로 좁아진 곳에 이르자 호수를 가로지르는 작은 나무다리 하나가 나타나고, 그들은 다리 위로 계속해서 걸어간다.

"하지만 그걸로는 턱없이 부족해요." 그가 말한다. "그 일만으로는요. 사실 겨우 파트타임 같은 거죠. 그래서 다른 일을 더 해야만 해요."

"이를테면 이런 일 같은." 그녀가 넌지시 말한다.

"뭐, 그런 거죠." 그가 말한다. 그들은 다리 위에서 걸음을 멈추고, 그는 탁한 초록빛 호수를 내려다보며 담배에 불을 붙인다. 그는 어딘지 불안하고, 심지어 당황한 기색이다. 그녀가 왜 그들이 런던에 있는지에 대한 이야기를 살짝 꺼낸 것이다―아니, 그 이야기를 먼저 꺼낸 것은 그였던가? 그는 그럴 의도가 아니었고, 그러려는 생각도 없다. 실은 그 화제를 입에 담기가 꺼려지는 그는 대신 이렇게 말한다. "어렸을 때 나는 수구선수가 되고 싶었어요."

"그래요?"

"네. 실력이 나쁘지 않았죠." 그가 그녀에게 말한다. "그래서 프로선수가 돼볼까 생각했어요."

"그다음은?"

"모르겠어요." 그가 말한다. "그 꿈은 왠지 이루어지지 않았어요. 어쩌면 의욕이 부족했는지도 모르죠. 다른 친구들은 저보다 훨씬 더 적극적이었어요." 그는 눈을 가늘게 뜨고 호수를 바라본다. "어쨌든, 그 꿈은 이루어지지 않았어요."

"유감이네요."

"네." 그는 자신이 그 일을 완전히 받아들였다고 생각해왔지만, 아주 짧은 순간, 다시 그 일로 인한 고통을 느낀다―아닌 게 아니라, 그 어느 때보다 더욱 가깝게, 더욱 직접적으로 그 고통을 느낀다. 그는 그 일이 정확히 무엇을 좌지우지했던가를, 마치 처음으로 이해한 듯하다―그것은 그의 전 생애, 그의 모든 것이었다.

"어렸을 때," 그가 묻는다. "하고 싶은 게 뭐였어요?"

그 질문은 어쩐지 이상하게 들린다.

그녀는 그 질문에 대답할지 말지, 몇 초간 생각하는 듯하다.

"모르겠어요." 그녀가 말한다. "도망치고 싶었죠."

그녀는 햇빛에 칠이 벗어진 나무다리 난간에 손을 올려놓고 호수를 내려다본다. 깃털이 떠다니는 초록빛 호수. "안타깝게도 저 오리들에게 던져줄 빵이 없네요, 우리. 오리들한테 먹이를 주고 있으면 왠지 마음이 아주 편안해지잖아요, 안 그래요?"

벌라주가 그녀 옆으로 와 난간에 선다.

"안 그래요?"

"어······"

"평소에 그런 일을 딱히 즐길 것 같진 않지만요, 그죠?" 그를 향해 미소를 지으며, 그녀가 말한다. "당신처럼 덩치 크고 터프한 남자라면 말이에요."

"어, 네. 딱히."

"농담이에요." 그녀가 말한다.

"그렇군요."

"어렸을 때 나는," 그녀가 말한다. "가족들이랑 할머니 할아버지 댁에 가서 지내다 오곤 했어요. 그분들은 어딘가에 있는 마을에 사셨죠. 그 집에 가면 나는 닭모이를 주곤 했어요. 사실 좋아서 한 건 아니었어요. 냄새가 지독했거든요."

"네, 닭은 냄새가 지독하죠." 벌라주가 말한다. 마치 뭔가 아는 사람처럼.

그녀가 소리 내어 웃는다. "그죠? 정말 그래요."

그들은 이제 호수 건너편의 나무 아래를 걷기 시작하고, 흔들리는 잎사귀─핏자국 색깔 같은 너도밤나무 잎사귀─사이로는 바람에 파문이 이는 수면이 보인다.

"이 공원 멋지네요, 안 그래요?" 그녀가 말한다.

마치 아직도 공원 안에 있다는 걸 모르고 있었다는 듯, 그가 주위를 둘러본다. "네." 그가 말한다.

"관리가 정말 잘돼 있어요. 저 화단 좀 봐요. 지금 사귀는 사람 있어요?" 그녀가 무덤덤하게 묻는다.

질문에 놀라 그가 말한다. "어, 아뇨, 지금은 없어요."

그들은 계속 걷고, 그가 답을 더는 이어가지 않은 채 몇 초가 흐른다. 그는 어쩐지 무슨 말이라도 해야 할 것만 같은 기분이다. 하지만 더 할말이 뭐가 있겠는가? 아무 할말이 없다. "지금은 없어요." 그가 다시 한번 말한다.

어쩌다보니 그들은 걸어서 공원을 한 바퀴 돈 듯하고, 그리하여 처음 들어왔을 때 지나갔던, 붉은색 타맥으로 포장된 자전거전용도로가 있는 길 쪽으로 돌아와 있다.

그가 말한다. "어, 혹시 뭐 좀 마시지 않을래요?"

글로브라는 펍의 조용하고 붉은 실내, 줄무늬 벽지에는 호가스* 그림의 복제화가 걸려 있고, 바깥으로는 차들이 뒤엉켜 지나가는 사이, 그들은 다른 몇몇 관광객들 틈에 섞여 맥주 한 파인트씩을 앞에 두고 앉았다.

"그래서 가보르하고는 얼마나……?" 딱히 어떻게 말해야 좋을지 모른 채, 그가 묻는다. 사실 가보르는 절대 입에 올리고 싶지 않은 화제였지만, 그것 말고는 다른 할말이 떠오르질 않는다.

"일 년 정도요." 그녀가 말한다.

"둘이 어떻게 만났어요?" 이제는 화제를 돌릴 수 없게 된 그가 묻는다.

"일하다가요." 그녀가 말한다. "제가 나온 영화 쪽 관계자였어요. 그렇게 만났죠."

"관계자였다고요?"

"네."

---

* 영국 화가이자 판화가 윌리엄 호가스(1697~1764).

"어떤?" 그러고는 거의 변명처럼 덧붙인다 "그가 무슨 일을 하는지 전혀 알지를 못해서……"

"기술 쪽이에요." 그녀가 차분하게 말한다. "후반작업. 배급. 배급 일을 더 많이 해요. 컴퓨터를 잘 다루거든요. 아니면 그런 쪽 사람들을 알고 있거나. 아시겠지만―대부분은 온라인으로들 보니까."

"그렇군요." 벌라주가 파인트 잔을 들어올린다.

"실은 그 영화가 제 마지막 작품이었어요." 조금 틈을 두었다가 그녀가 말한다. 마치 그가 관심 있어 할 만한 이야기라도 된다는 듯이.

"아, 그래요?"

"가보르는 내가 그 일을 그만두길 원했어요." 그녀가 설명한다. "처음에는 괜찮아했죠. 정확히 말하면, 괜찮아하는 것 이상이었지만." 그녀가 소리 내어 웃는다. "실은 그도 좋아했던 게 틀림없어요. 그런데 몇 달쯤 만나다보니 그 일이 신경쓰이기 시작했던 거죠. 그때쯤 나한테 그 일을 그만두라고 말했어요."

벌라주가 말한다. "그렇다면 그가 왜…… 그러니까……"

"이 일은 하게 놔두냐고요?" 그녀가 말한다.

"네."

"음, 대답이 될지 모르겠는데, 이 일은 그 사람 아이디어가 아니었어요."

"아니라고요?"

"네." 그러더니, 갑자기 무언가 떠오르기라도 한 듯 그녀가 말한다. "그가 자기 아이디어였다고 하던가요?"

벌라주는 잠시 생각한다. "아뇨."

"이 일을 생각해낸 건 졸리였어요." 그녀가 말한다. "졸리 알죠."

"졸리, 네."

"이 일은 그의 아이디어였어요."

"그는 가보르의 친구죠, 그렇죠?"

"딱히 그렇진 않아요. 그러니까 엄밀히 말해서는 친구가 아니에요. 그냥 어쩌다 서로 좀 알게 된 사이지."

"그러니까 그건 그의 아이디어였군요." 이제는 그 이야기를 멈추게 하고 싶지 않은 마음에, 하지만 자신이 얼마나 흥미를 보이고 있는지는 숨기려 애쓰면서, 벌라주가 말한다.

"그는 여기서 돈을 얼마나 벌 수 있는지 내게 말해줬고, 다른 문제는 자기가 다 처리하겠다고 말했어요. 나는 생각해보겠다고 했죠. 가보르는 그의 아이디어를 내켜하지 않았어요. 내가 이런 일하는 걸 원치 않았죠."

"글쎄요…… 잘 모르겠군요." 벌라주가 생각에 잠겨 말한다.

펍의 열린 문 사이로 지나가는 경찰차의 사이렌소리가 들려온다.

"나라면 그걸 견딜 수 없을 거예요, 만일 내가 그라면."

그녀가 미소 짓는다. "좋은 말이네요. 우리 여기서 담배 피워도 되나요?"

"어." 그가 재떨이를 찾다가 금연 표시를 본다. "안 될 것 같네요."

"그럼 잠깐 밖으로 나갈까요?"

그들은 계속해서 차들의 소음이 들려오는 인도 위에 서 있다. "졸리는 내가 여기로 이사오기를 원해요." 그녀가 큰 소리로 말한다.

"그래요?"

"그러는 게 어떻겠냐고 그가 제안했어요. 여기 처음 왔던 날 밤호텔에서 가보르가 자리를 비웠을 때요. 여기로 이사오라고 하더군요. 내게 멋진 집을 구해주겠다고 했어요. 내가 혼자 지낼 공간을요. 대략 한 달에 한두 번만 일해주면 된다면서."

"그래서 뭐라고 했죠?"

"아무 말도 안 했어요—그냥 웃어넘겼죠. 그는 자기는 지금 진지하다면서 웃지 말라고 했지만."

"여기로 이사오고 싶어요?"

"나보고 여기 와서 계속 졸리를 상대하라고요? 어림도 없죠. 그인간, 누가 봐도 완전 쓰레기잖아요. 안 그래요?"

"네, 아마도요." 마치 그런 생각은 한 번도 해본 적이 없다는 듯,벌라주가 말한다.

그가 여전히 그 생각에 잠겨 있는 듯 보일 때, 그녀가 말한다. "내가 왜 당신을 좋아하는지 알아요?"

그는 그저 그녀를 바라본다.

"당신은 남들을 재단하려 들지 않아요." 그녀가 말한다.

"내가요?" 그가 묻는다.

"네." 그녀가 말한다. "심지어 졸리에 대해서도. 나를 멋대로 재단하지 않는다는 건 확실해요. 그건 확실하죠. 나는 누군가 나를 재단하려 들면 바로 알거든요."

둘 다 잔이 비게 되자, 그는 그녀에게 한 잔 더 마시겠느냐고 묻는다. 그녀는 그에게 지금 몇시냐고 묻더니, 됐다고 말한다. "그만마시는 게 좋겠어요." 그러고는 잠시 실례하겠다고 말하고 화장실을 찾는다. 근처 테이블에 앉아 지도를 펼쳐놓고 청량음료를 마시던 나이든 미국인들이 자신들 옆으로 지나가는 그녀를 쳐다보는 듯하다. 그녀가 지나가고 나자 그들 중 한 명이 뭐라 중얼거리고, 그러자 작은 웃음소리가 터져나온다. 코르크 통굽구두를 신은 그녀가 걸어가는 모습을 보기 위해 테이블 위에 걸친 두 팔에 기대어 몸을 앞으로 구부린 채, 벌라주는 생각한다. 그래, 저들은 그녀를 씹어대며 멋대로 재단하는 중이겠지. 거의 한시가 다 됐다. 비록 그녀가 술은 더 마시지 않겠다고 했지만, 그는 그들이 오후 시간을 내내 함께 보내게 될 거라고 생각하고―또 할 게 뭐가 있지?―그래서 그는 그녀가 다시 자리에 앉아 "그럼 이제 아파트로 돌아갈까요?"라고 말하자 충격을 받는다.

그는 따귀라도 한 대 맞은 듯한 기분이다.

"네?" 그가 말한다. 그러고서 자신의 말이 그녀의 제안에 대한 못마땅함을 충분히 드러내지 못한 것처럼 보이자, 다시 말한다. "정말요?"

"당신은 뭘 하고 싶은데요?" 그녀는 마치 협상중인 듯하다.

"모르겠어요." 그가 머리를 긁적인다.

사실 그는 자신이 뭘 하고 싶은지 알고 있다―그것은 매우 자명하다.

그가 아무 말도 못 하고 있는 사이 대략 십여 초가 흘렀을 때, 그녀가 말한다. "우리 이제 놀아가는 게 좋겠어요."

그가 슬프게 어깨를 으쓱한다. "네, 그래요."

그들은 조용히 지하철역으로 걸어가고, 열차에서도 거의 입을 열지 않는다.

4

주차된 벤츠, 그 안의 친숙한 어둠. 가보르가 말한다. "그래, 듣
자하니 오늘 엠머랑 같이 관광을 했다며." 그들이 짧은 여행을 마
치고 돌아왔을 때 그는 여전히 자는 중이었고, 벌라주는 엠머가 그
날 일에 대해 뭐라고 이야기했을지 알지 못한다. 그녀가 그에게 그
얘기를 했다는 사실 자체가 어쩐지 실망스럽다. 조심스럽게, 벌라
주가 말한다. "응, 어……"

"밀랍인형 박물관에 갔다지." 가보르가 말한다.

"뭐, 그랬지. 하지만 들어가진 않았어." 가보르가 그 일을 어떻
게 생각할지, 여전히 확신이 없는 벌라주의 말투는 방어적으로 들
린다.

"그래, 들어가진 않았다고, 엠머도 그러더라고." 가보르가 말한
다. "엠머 말로는 두 시간쯤 줄을 설 수도 있었다던데."

"그 이상이었을걸." 벌라주가 말한다.

"바로 입장하는 티켓도 팔아." 가보르가 그에게 말한다.

"그래?"

"그래." 양손의 집게손가락을 핸들에 올린 채, 가보르는 넓은 앞 유리 너머로 보이는 길고 어두운 메이페어스트리트를 응시한다. "내가 갔을 때는 그걸 샀었어."

"그건 몰랐네." 벌라주가 시인한다.

"그럼 둘이 뭘 했을까?" 가보르가 묻는다. 질문에서 뭔가 이상한 낌새가 느껴진다―만일 그녀가 박물관과 그 앞의 줄에 대해 이야기했다면, 가보르는 분명 그녀에게 그다음엔 뭘 했는지 물어봤을 것이고, 그녀는 그에게 대답을 들려줬을 것이다. 그렇다면, 벌라주는 불안감을 느끼며 생각한다. 그는 왜 나에게 질문하는 걸까? 의심이라도 하는 건가? 그는 엠머의 이야기와 벌라주의 이야기가 엇갈린다고 느끼는 걸까?

"딱히 뭘 했다기보다," 벌라주가 말한다. "산책을 했지. 어젯밤은…… 어젯밤은 어땠어?"

가보르는 화제가 바뀌는 건 신경쓰지 않는 듯하다. "아주 좋았어." 그가 말한다. "너도 갔어야 하는 건데."

"피곤해서 그랬지." 벌라주가 변명하듯 말한다.

"그래?" 가보르는 별로 믿지 않는 눈치다.

"그래."

"난 네가 엠머한테 수작이라도 걸어보려고 그러는 줄 알았잖아." 가보르가 웃으며 이렇게 말한다―아마 농담일 것이다. "게다가 오늘 둘이 그렇게 같이 외출도 했다니 말이야."

"무슨 의미야?" 벌라주가 말한다.

"아니야?" 가보르는 여전히 웃는 얼굴이다.

"아니야." 벌라주가 말한다. 얼굴이 화끈거리는 게, 어쩐지 자신이 죄인이 된 듯한 기분이다.

"엠머 주변에 있는 대부분의 남자들은," 가보르가 그를 음흉하게 쳐다보며 말한다. "보통 침을 질질 흘리고 있거든, 내 말 무슨 소린지 알지? 너는 그 정도로 빠져 있는 것 같진 않지만."

"물론이지." 벌라주가 말한다.

하지만 그걸로는 부족해 보인다.

가보르가 던진 말―너는 그 정도로 빠져 있는 것 같진 않지만―에 대해서는 뭔가 해명이 필요해 보였다.

"게이는 아니지? 안 그래?" 마치 아까부터 물어보고 싶기라도 했다는 듯, 가보르가 말한다.

벌라주는 너무 놀라 잠시 할말을 잃는다. 이윽고 그가 말한다. "아니야."

"그렇다고 해서 문제될 건 아니지만." 가보르가 그에게 말한다.

"아니야," 벌라주가 말한다. "아니, 난 게이 아니야. 나는, 어. 아니야."

"엠머가 네 타입이 아니라거나, 뭐 그런 거야?"

거의 고통스러워하는 표정으로, 벌라주가 말한다. "글쎄…… 모르겠어……"

"이봐, 아무려면 어때. 사적인 걸 캐물으려던 건 아니었고."

"괜찮아."

"엠머가 네 타입이 아닌 거야, 엠머가 네 타입이 아닌 거라고." 가보르가 말한다. "아무려면 어때."

이후로 그들은 별말이 없다.

벌라주는 일종의 우울감에 사로잡힌 느낌이다. 마치 오후 내내―뿌연 연기로 가득한 거실의 지독한 정적 속에서―그를 위협해오던 폭풍이 이제는 고요한 절망의 소용돌이를 일으키며 그를 덮친 듯하다. 차 안의 어둠 속에 앉아서, 그는 부끄러움과 슬픔을 느끼며, 자신의 인생, 자신이 가진 것들, 자신의 애처로운 기쁨에 대해 생각한다.

가보르의 휴대폰이 울린다.

엠머의 전화이고, 무슨 문제가 생긴 게 분명하다. "알았어, 잠깐 거기 그대로 있어." 가보르가 말한다. "그냥 거기 그대로 있어. 우리가 금방 갈게."

그가 전화를 끊고 말한다. "다시 올라가봐야겠어. 엠머가 화장실 안에 들어가서 문을 잠그고 있대."

특색 없이 화려하기만 한 333호실. TV가 시끄럽게 틀어져 있다. 뻑뻑하게 거품을 낸 계란 흰자처럼 힘차게 뒤엉킨 리넨이 깔린 침대 위에 한 남자가 앉아 있다. 대략 마흔 살쯤, 여위었고, 머리가 빠진 탓에 얼굴이 몹시 길어 보인다. 엠머는 거기 없다. 엠머가 이 일을 할 때 입는 유일한 원피스가 바닥에 떨어져 있을 뿐이다. 남자의 옷도 바닥에 떨어져 있다―그는 발가벗은 상태다. 그늘이 늘어오는 소리에, 남자가 기이할 만큼 느긋하게 자리에서 일어선다. "너희들 누구야?" 그가 말한다.

"그녀는 어디 있지?" 가보르가 묻는다.

"저기." 남자가 문 쪽을 가리킨다. 그러고서 좀더 사납게 말한다. "네놈들 누구냐고?"

"지키고 있어." 가보르가 벌라주에게 말하고는 문을 두들긴다. "이봐, 나야." 그가 소리치고, 잠시 후 엠머가 그를 안으로 들인다.

밝은 조명의 방안에 남겨진 벌라주는 발가벗은 남자와 일 미터 정도의 거리를 둔 채 서로 마주보고 서 있다. 남자는 알몸이면서도 전혀 당황한 기색이 없다. 남자가 요란하게 코를 훌쩍거리고는 말한다. "나 아직 저 여자랑 안 끝났어, 알아들어?"

벌라주가 아무 말도 하지 않자, 아마도 자기 말을 이해하지 못한 것처럼 보였는지, 남자는 "너 영어 하냐, 이 고릴라 새끼야? 나 아직 안 끝났어. 그러니까 네 친구랑 같이 여기서 썩 꺼지는 게 어때?"라고 한다.

벌라주가 여전히 아무 말도 하지 않자, 남자가 말한다. "내가 여자를 다치게라도 했을 것 같아? 그런 일 없어." 그가 벌라주의 무표정한 얼굴에 대고 말한다. "창녀라고 부른 것뿐이야. 사실이 그렇잖아. 나는 말 한마디 했을 뿐이고, 그게 그 여자 일이잖아." 남자는 벌라주가 얼굴을 돌린 걸 알아차린다. "이봐, 고릴라, 이 빌어먹을 원숭이 새끼야! 내가 얘기하고 있는데"

쉭

개가 관절 연골을 빼먹는 것 같은 소리가 들리는가 싶더니, 부러진 코에 피가 가득 차오른다.

남자가 어리둥절한 표정으로 비틀거리며 침대 쪽으로 뒷걸음친다. 갑자기 엄청난 양의 피가 쏟아져서 그의 입 위로 온통 흘러내린다.

"엠머는 괜찮아……" 가보르가 열린 화장실 문 쪽에서 말한다. "씨발 이게 무슨……"

남자는 피투성이가 된 손으로 얼굴을 감싼 채 무릎을 꿇고 있고, 털이 긴 카펫 위로 핏방울이 빠르게 떨어진다.

벌라주는 이미 그곳을 떠나고 있다. 방밖의 복도는 마치 처음 와본 곳 같다. 아드레날린에 눈이 먼 그는 직원용 계단을 찾지 못하고, 대신 보석 상자 같은 승강기를 타고 아래로 내려간다. 승강기 문이 열리자 로비의 흐릿한 빛에 눈이 부시다. 희미하게 빛나는 구름 같은 샹들리에. 일 분 전까지 미끈거리던 손에 묻은 피가 지금은 끈적거리고, 손이 욱신거리기 시작한다. 한 바퀴 부드럽게 도는 것만으로, 회전문은 고요한 로비를 시끄러운 밤 풍경—대로에서 간간이 들려오는 차량들의 소음, 호텔 입구에 멈춰 서는 택시에서 들려오는 그보다 더 가까운 소음—으로 바꿔놓는다.

벌라주는 걷는다. 그는 삼중으로 그림자가 진 대로의 도랑에 있다. 몇 초마다 한 번씩 차들이 그를 앞질러간다. 그는 아무 생각도 하지 않은 채, 다만 얼굴을 스치는 밤공기를 느낀다.

그는 주변에 있는 것들을 천천히 의식하기 시작한다—나무들, 우뚝 솟은 가로등 불빛 때문에 창백하게 변한 초록빛 잎사귀들. 무슨 공원임이 틀림없을, 대로 반대편의 어둠. 버스 정류장에서 기다리고 있는 몇몇 사람들.

그는 유령 같은 BMW 쇼룸 앞에서 걸음을 멈춘다. 그는 이제 뭘 해야 할지 생각한다. 상황이 꼬이고 있다는 생각에 몸서리를 치며, 파크레인 한 개비에 불을 붙인다. 그는 대체 무슨 일이 일어났던 건지도 확신하지 못한다. 그가 그 남자를—적어도 한 번—때렸다는 것만은 확실하다. 손에서 느껴지는 욱신거림과 쓰라림으로 볼 때, 그는 그를 세게 때렸다. 아마도 코를 부러뜨렸을 것이다. 험상궂은 표정으로 번쩍이고 있는 BMW를 멍하니 바라보며, 벌라주는 그 남자가 경찰과 엮이기를 바라진 않을 거라고 혼잣말을 해본다. 우선 그는 결혼반지를 끼고 있었다―벌라주는 그걸 눈여겨봤다. 얼굴을 왜 다쳤는지 설명하기 위해 그는 부인에게 거짓말을 해야 할 테지만, 어쨌거나 그는 이미 부인에게 거짓말을 해놓은 상태였을 것이다.

벌라주는 다시 걷기 시작한다. 이제 그는 가보르가 화장실에서 나와 카펫 위로 피를 흘리고 있는 남자를 발견하고 자신에게 소리를 질렀던 것을 기억하고, 자신이 방에서 나올 때 뒤에서 소리를 질렀던 것을 기억해낸다. 그것은 가보르가 기대했던 상황이 아니다. 그리고 엠머…… 그는 그곳을 떠나던 순간 호텔의 타월천 가운을 걸친 채 화장실에서 나오는 그녀를 보았고, 그녀가 내지르던 짧은 비명도 들었다……

벌라주는 잠시 생각한다. 이 모든 상황에서 도망쳐버리는 게 어떨까―지금 급히 공항으로 가서 혼자 귀국해버리는 건 어떨까. 그러나 한 가지 문제가 있으니, 그에게는 지금 여권이 없다. 모든 게 아파트에 있다. 아니다. 그는 아드레날린이 몸속에서 잠잠해질 동안 조금 더 걸을 것이다. 그러고서 그는 자신이 맞서야 할 문제가 무엇이건, 그것과 맞설 것이다.

얼마 후, 벤츠를 주차해놓았던 골목에 도착해보니, 벤츠는 이미 그곳에 없다.

그는 지하철을 타는 것 말고는 호텔에서 아파트로 돌아가는 방법을 알지 못하기에, 첫차가 다닐 때까지 기다려야 한다. 그는 네시 정각에 나이츠브리지에 이르러 해러즈백화점의 쇼윈도에 코를 바짝 대고 그 안을 구경한다. 삼십 분 후에는 이턴스퀘어를 헤매고 있다. 다섯시에는 경찰관들이 의심의 눈초리로 자신을 지켜보는 가운데 버킹엄궁전 앞을 지난다. 어느새 날이 완전히 환해졌고, 해가 높이 떴으며, 그는 그린파크에서 지하철역이 문을 열리기를 기다린다.

한 시간 후에 그는 연기로 가득한 아파트 거실에서 통화중인 가보르를 본다. 그는 분명 졸리와 통화중이다.

통화중인 가보르는 벌라주가 거기 서서 통화가 끝나길 기다리고 있다는 걸 알아차리지 못하다가, 마침내 발견하고는 작은 목소리로 졸리에게 말한다. "응, 여기 있네. 방금 돌아왔어."

일 분 후에 그는 휴대폰을 내려놓고 말한다. "졸리가 완전 미쳐 날뛰고 있어."

"미안해." 벌라주가 말한다.

"네가 누구 코를 부러뜨린 건지 알기나 해?"

벌라주는 고개를 젓는다.

"씨발 대체 뭐하는 짓이야?" 가보르가 그에게 소리친다.

"미안해." 벌라주가 눈을 내리깔며 다시 말한다.

"아니, 씨발 너 미친 거 아냐?"

"나는…… 나는 그 남자가 엠머를 다치게 한 줄 알았어." 벌라주가 말한다.

"아니, 그러지 않았어. 내가 엠머는 괜찮다고 말했잖아."

"괜찮다고? 그럼 무슨 일이 있었던 건데? 엠머는 왜⋯⋯"

"내가 지금까지 어떤 문제들을 처리해야 했는지," 가보르가 그의 질문은 아랑곳 않고 말한다. "네가 알기나 해?"

긴 침묵 뒤에, 벌라주가 다시 미안하다고 말하려 하자, 가보르가 말을 잇는다. 아마도 엠머가 다른 방에서 잠을 자려 하고 있기 때문인지, 거의 반쯤 속삭이는 목소리로 맹렬하게. "일단 나는 코가 부러진 그 남자부터 처리해야 했어." 가보르가 말한다. "바닥에 무릎을 꿇고 있던 그 남자 말이야. 피를 닦을 타월을 주고, 그의 이빨을 찾아줘야 했어―정말 구역질나는 일이었다고! 그러자 그가 경찰을 부르겠다고 하더군. 갑자기 정말 미친놈처럼 화를 내면서 말이야. 그래서 그를 진정시키며, 아마 경찰을 부르는 건 좋은 생각이 아닐 것이다, 아마 당신은 경찰과 엮이고 싶지 않을 것이다, 라고 말해야 했지. 그랬더니 나보고 나가 뒈지라며, 자기는 어떻게 되든 상관없다며, 자기는 경찰을 부를 거고 우리는 모두 체포될 거라고 하는 거야. 나는 그가 경찰을 부를까봐 걱정이 됐어―제정신이 아닌 그가 코카인에 쩐 상태로 뇌진탕이라도 온 건가 하고 말이야. 나중에 그 자신도 크게 후회할, 멍청한 짓을 저지를 기세였어. 그래서 내가 졸리와 통화를 한번 해볼 테니 그동안 꼼짝 말고 그 자리에 가만히 있으라고 말했지. 어쨌거나 그는 여전히 어지러워하는 중이었고, 제대로 서지도 못하는데다가, 자기 휴대폰이 어디 있는지도 몰랐으니까―그의 옷과 물건들은 사방에 아무렇게나 널려 있었지. 그러니까 그는 그때까지도 계속 알몸이었고, 일어서려고 할 때마다 계속 넘어지기만 했어. 아무튼 나는 졸리에게 전화를 걸었지. 그런데 시간이 시간이니만큼 그는 당연히 잠들어 있었고, 그래서 처음에는 전화를 받지 않다가, 내가 계속 전화를 해대니까 결국 받았지. 그리고 오밤중에 걸려온 전화라니, 분명 무슨 문제가 생겼다는 걸 그는 알아차렸고, 나는 무슨 일이 있었는지에 대해, 네가 그 남자의 빌어먹을 코를 부러뜨린 일에 대해 말해줘야 했어. 그러자 졸리가 말했지, '그 남자가 뭘 어쨌는데?' 그 남자는 딱히 한 게 없다고, 그런데 어쨌거나 네가 그 남자의 코를 부러뜨린 거라고 내가 말했어. 졸리는 젠장 내 말이 믿기지 않는다는 반응이더군." 가보르는 갑자기 화를 벌컥 내며, 잠시 담배에 불을 붙이다가, 말한다. "그러더니 대뜸 그는 너를 이 일에 끌어들인 장본인인 나를 향해 덤벼들기 시작하는 거야―마치 그 일이 내 잘못이라도 된다는 듯이 말이야. 그러고는 네놈 다리를 분질러버리겠다는 둥 떠들어대기 시작했지. 그 말은 정말 진심으로 들렸고, 어쩌면 졸리는 그런 일을 할 수 있는 사람들을 알고 있을지도 몰라. 나야 모르는 일이지만. 어쨌거나 나는 졸리한테 이 남자가 경찰을 부르겠다며 협박을 하고 있다고 말했어. 졸리는 그렇게 놔둬선 안 된다고 말했지. 그래서 내가 말했어. "씨발, 내가 놈을 어떻게 하길 바라는 거야―죽이기라도 할까?" 그러자 졸리가 말했어. "전화 좀 바꿔봐." 그래서 나는 그 남자한테 졸리가 바꿔달라고 한다며 휴대폰을 건네줬어. 그 남자 얼굴 꼴이 씨발 정말 엿 같았지―얼굴은 빌어먹을 풍선처럼 부풀어오른 채 온통 시퍼렇게 변해 있었고, 코는 젠장 완전 곤죽인 거야. 어쨌든 남자가 휴대폰을 받아들고 졸리와 통화를 하는데, 젠장, 여전히 미친듯이 화가 난 상태였지―그는 자신이 경찰을 부를 것이며, 그러면 당신은 아주 곤란해지겠지만, 아무튼 우리는 모두 감옥에 가게 될 거라며 어쩌고저쩌고 소리를 질러댔어. 씨발, 졸리가 남자를 진정시키는 데만 거의 한 시간이 걸렸고, 남자는 내게 휴대폰을 돌려주며 졸리가 다시 나를 바꿔달라고 말했어. 그리고 졸리는, 우리가 돈을 돌려준다는 조건하에 경찰을 부르지 않기로 둘이 합의를 봤다는 말을 내게 전했어. 그제야 씨발, 나는 안심이 되더군, 문제는 해결됐고 경찰을 부르는 일은 없을 테니까, 그래서 엠머한테 당장 돈을 가져오라고 해서 바로 그 남자한테 돌려줬어. 기분이 정말 엿 같았지." 가보르가 담배를 비벼 끈다.

벌라주는 여전히 문 쪽에 서 있다.

가보르가 말한다. "나는 그에게 옷을 입고 얼굴을 닦으라고 하고는 십 분 후에 돌아오겠다고 말했어. 엠머를 차로 데려다주고 나서 다시 방으로 돌아가보니까, 남자가 옷을 다 입고 얼굴에 묻은 피도 거의 다 닦아낸 상태였지. 어쨌든 그는 그곳을 떠났고, 그러고서 그 빌어먹을 방을 내가 다 치워야 했어. 사방이 온통 피였다고." 이제 그 이야기가 지겨워진 듯 가보르가 한숨을 내쉰다. "그래서 나는 줄리를 불러서 그녀와 함께 찬장 어딘가에 처박혀 있던 카펫 청소기, 무슨 스팀청소기 같은 걸 찾아냈어. 줄리가 사용법을 알려줬고, 내가 그걸로 카펫 청소를 해보겠다고 무지하게 애를 썼다고." 거의 울먹이는 목소리로 그가 벌라주에게 소리친다. "씨발 완전 다루기 힘든 기계였다고! 심지어 나는 제대로 된 작동법조차 알지 못했어!" 그가 담배 한 개비에 다시 불을 붙인다. 여전히 거기 선 채, 벌라주도 담배 한 개비에 불을 붙인다. "그 짓거리를 하는 동안 네 놈이 미치도록 미웠단 말이야." 가보르가 말한다. "네놈을 죽여버리고 싶었다고."

"정말 미안해." 벌라주가 말한다.

"씨발 대체 어디로 사라졌던 거야?"

"모르겠어. 그냥 무작정 걸었어."

이해할 수 없다는 듯, 가보르가 잠시 그를 쳐다본다. 그러다가 그가 말한다. "미안하지만 돈은 못 주겠어. 그러니까, 이번주에 주기로 했던 수당 전부 다. 그 남자한테 돈을 돌려줘야 했으니까— 그 돈은 내가 너한테 주기로 했던 돈보다 많았다고. 결국 우리는 네가 한 짓 때문에 그 돈을 잃게 된 셈이니까……"

일이 이렇게 될 거라고는 생각도 못했지만, 벌라주는 그저 어깨를 으쓱한다.

"게다가 졸리는 네가 차액을 물어내길 원해." 가보르가 한층 격렬하게 말한다. "그는 네가 그 빌어먹을 차액을 물어내길 원하는데, 자그마치 백만 포린트*라고. 내가 졸리한테 너는 그럴 만한 능력이 안 된다고. 그렇게 큰돈은 없다고 했더니, 그럼 차라리 두 다리를 부러뜨려주는 편이 낫겠다고 말했어. 이봐, 졸리는 완전 빡돌았다고. 엠머도 그렇고." 가보르가 한층 더 침울하게 말하며 고개를 돌린다.

"엠머도?" 놀랐다는 듯, 벌라주가 작은 목소리로 말한다.

"그래, 당연하지! 엠머는 그 남자와 섹스를 해야 했다고." 가보르가 실제로 그 단어를 입에 올리며 말한다. "게다가 엠머는 돈도 받지 못했잖아."

---

* 헝가리의 화폐 단위.

"그래."

"그래, 그러니까 당연히 화가 났지."

"그래도 다친 데는 없지?"

가보르는 그의 질문은 들은 체도 하지 않는다. "이봐," 그가 말한다. "이제 이틀 밤이 남았어. 내 생각에 너는 그냥 여기 남아 있는 게 좋겠어. 그냥 내가 알아서 할게."

"그게 무슨 소리야?"

"이제부터 넌 이 일에서 빠지는 게 좋겠다고. 뭐, 너한테 우리가 돈을 주는 것도 아니고…… 이봐, 그냥 다 잊어. 내게 맡겨. 네가 할일은 이제 끝났어. 알았지?"

그날은 따로 받을 돈이 없었으므로, 당연하게도 졸리는 아파트에 들르지 않고, 다음날이 되어 그가 나타났을 때는 냉정을 되찾은 듯 그냥 벌라주를 못 본 체한다. 벌라주는 소파에 누워 『해리 포터와 비밀의 방』을 읽으며 똑같이 그를 못 본 체해준다. 딱히 다리를 부러뜨리겠다는 말은 없다—아주 심각한 사고를 친 누군가를 향한, 매우 당연한 냉담함만이 느껴질 뿐.

그리고 벌라주는 이러한 냉담함을 엠머에게서도 느꼈다. 전날 오후 그녀는 그를 피하는 듯했다. 그녀는 거실에 들어오려 하지 않았고, 그들이 말을 나눈 건 화장실 문 앞에서 우연히 마주쳤을 때뿐이다.

그녀는 그와 눈을 마주치지 않으며 말했다. "아, 미안해요."

그리고 막 화장실에서 나오던 벌라주는 말했다. "아뇨, 괜찮아요, 다 썼어요."

여전히 문가에 버틴 채, 그는 그녀의 길을 막고 있었다.

"저기, 미안해요." 그가 말했다.

여전히 그를 쳐다보지 않은 채, 그녀는 고개를 끄덕였다. "괜찮아요."

그게 다였다─그는 옆으로 비켜섰고, 그녀는 그를 지나쳐 화장실의 눅눅한 악취 속으로 걸어들어갔다.

몇 시간 후에 그녀와 가보르는 호텔로 떠났다.

가보르가 거실 문 쪽으로 고개를 내밀었다. "자, 그럼 우린 간다." 그가 말했다.

"그래," 벌라주는 말했다. "알았어."

그들이 떠나고 나서 그는 한동안 그곳에 가만히 앉아 있었다. 깊은 생각에 잠긴 채 파크레인 두 개비를 피웠고, 그러고는 재킷을 걸치고 거리로 나갔다. 저녁 하늘은 이루 말할 수 없이 강렬한 푸른색이었고, 다양한 형태의 비행운들이 여기저기 길게 떠 있었다. 어떤 것들은 흰색이었고, 아마도 더 높이 떠 있는 듯한 것들은 몽환적인 분홍색이었다. 그가 걸어간 작은 거리로 황혼이 짙게 깔려 주차된 차들의 앞유리가 은빛으로 빛났다. 모든 게 고요했고, 그의 마음도 기분좋게 텅 비어 있었다─그가 지나쳤던 집들의 불 꺼진 창문 같은 마음, 평화로운 빈집 같은 마음. 고요한 실내. 집에는 아무도 없다.

그가 아파트에서 번화가로 이어진 이 길을 처음 걸은 지 채 일주일도 지나지 않았지만, 이제는 그 길이 완전히 친숙하게 느껴졌다─아무리 열심히 둘러본들 그 어떤 새로운 것도 보여주지 않을 그 길이.

그리고 그곳에는 치킨가게에서 일하는 여자애가 있었다. 그녀는 늘 거기서 손님들을 상대하고 있었지만, 그는 오늘밤 이전까지는 그녀를 거의 눈여겨보지 않았었다. 자리에 앉아 치킨을 기다리던 그는, 그녀가 주문을 받으며 자신에게 엷은 미소를 지어 보인 게 오늘이 처음은 아니었다는 생각이 들었다. 그녀가 입고 있는 브이넥 티셔츠 안으로 브라의 레이스 가장자리가 비쳤고, 그녀의 목에는 작은 금색 십자가가 걸려 있었다. 그는 그녀가 열성적인 태도로 다음 손님을 응대하는 모습을 지켜보았고, 손에 펜을 꽉 쥔 채 주문서를 적어내려가는 모습을 지켜보았다. 그는 그녀가 평상시에 과연 어떤 생각을 할지 궁금했다. 비록 지금은 웃고 있지 않았지만, 그녀는 예뻤다.

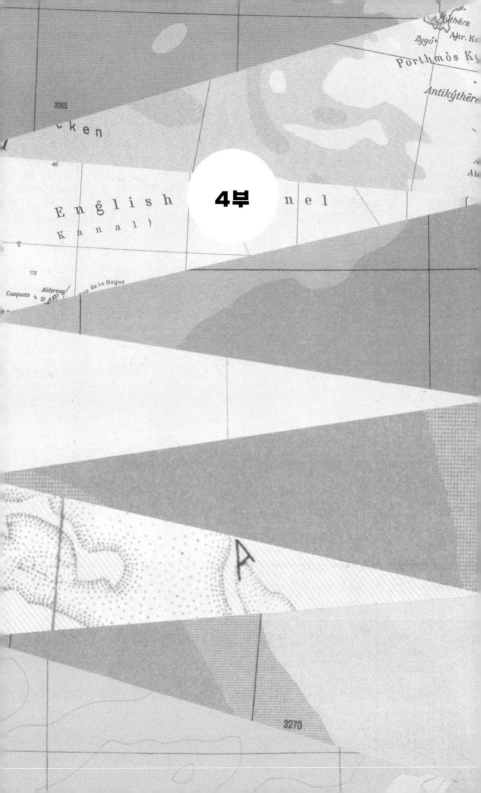

4부

1

그는 빛이 환할 때 호텔을 떠난다. 빛. 텅 빈 거리를 드러내주는, 회벽을 바른 건물 정면의 형태와 그림자를 드러내주는, 태곳적부터 있어온 햇빛. 그리고 침묵. 이곳 런던 한복판에서 느끼는 침묵. 물론, 엄밀한 의미에서의 침묵은 아니다. 이곳에 진정한 침묵이란 존재하지 않는다. 비행기의 승화된 웅웅거림. 처마돌림 위에서 구애중인 비둘기들의 구구거림. 테라스식 호텔 현관을 지나서 서식스가든스를 따라 빠르게 덜컹이며 달려가는 택시 한 대, 그리고 지금 그 현관 중 한 군데에서 빠져나온 그.

아직 다들 잠들어 있을 시간에 슬쩍 빠져나와 작은 여행용 가방 하나만 들고 차를 세워둔 광장으로 걸어가고 있자니, 그는 누구의 눈에도 띄지 않은 채 런던을 떠나고 있는 기분이 든다. 호텔 언저리의 허름한 광장. 가운데에는 벤치 몇 개와 식물이 있다. 끈적거리는 보도. 차는 아직 거기에 있다. 텅 빈 주차공간에 둘러싸인 채.

차는 그의 것이 아니다. 다른 누군가의 것이다. 그는 단지 차의 탁송을 맡았을 뿐이다. 여행용 가방을 조수석에 휙 던지며, 그가 운전석에 앉는다.

그는 몇 초간 그곳에 앉아서 누구도 침범할 수 없는 고독을 즐긴다. 고독, 자유. 그곳에 앉아 있자니, 그에게 그 둘은 거의 같은 것으로 느껴진다.

이윽고 그는 차의 시동을 걸고, 시동 소리가 고요한 광장에 크게 울려퍼진다.

이제 그는 자신이 정확히 어디로 가야 하는지 모른다는 걸 안다. 어제 살펴볼 때는 런던에서 남동쪽으로 빠져나가 도버로 향하는 길이 충분히 간단해 보였다. 지금은 강 쪽으로 가는 길을 떠올리는 것조차 버겁게 느껴진다. 그는 자신이 가야 할 길을 마음속으로 그려보려 애쓴다. 자신이 가는 길의 그림이 어느 정도 마음속에 그려졌을 때, 그제야 그는 차를 옆으로 빼며 출발시킨다.

그는 파크레인가에서 신호가 바뀌길 기다린다. 파크레인가 한쪽으로는 다소 호화로운 호텔이 있고, 다른 한쪽으로는 졸린 듯 전방을 똑바로 응시하고 있는 공원이 있다.

강에 이르자, 여기서 문제가 생길 수도 있겠다 싶다. 그는 도버 방향을 알려주는 이정표가 있었으면 하고 바란다. 페리를 놓치는 일이야 결코 일어나지 않겠지만, 그럼에도 길을 잃을지 모른다는 생각에 그는 살짝 불안해진다. 시간은 충분하다. 그에게는 여행을 다닐 때 늘 충분한 시간적 여유를 두고 움직이는 버릇이 있다.

어젯밤 그는 매우 일찍 잠자리에 들었다. 그 전날인 금요일 밤에는 UCL*의 게르만 문헌학자인 매킨타이어와 밖에서 늦게까지 어울렸었다. 그리고 다음날인 토요일 아침 일찍 일어나 노팅엄까지 기차를 타고 가서 그 차의 예전 '관리자'인 파키스탄인 의사로부터 차를 받아와야 했다. (서류에는 닥터 N. 칸이라는 이름이 적혀 있었다.) 그는 그날 하루를 꿈처럼 흘러가게 만든 숙취 속에서 그 모든 일들을 처리했다—닥터 칸의 고양이가 지켜보는 가운데 그의 응접실에 앉아 서비스 기록을 살펴보며 보낸 시간은 지금 생각해도 꿈만 같다.

그는 하이드파크 코너에서 핸들을 꺾는다. 피커딜리에 쏟아져내리는 햇빛은 마치 터너의 그림에서 튀어나온 것 같고, 하이드파크 건너편의 궁전은 넘실대는 빛물결에 반쯤 용해된 듯하다.

손으로 햇빛을 가리며, 그는 눈을 찡그린다.

매킨타이어는 별 도움이 되지 못했다. 그는 원고에서도 특히 네덜란드어와 독일어의 유사성 부분을 봐주기로 되어 있었다. 그들은 맥줏집 '로랜더'에서 그것에 관해 한동안 이야기를 나눴었다. 매킨타이어는 특유의 살짝 조롱 섞인 어조로 늘 그곳에서 만나기를 고집했다. 이를테면 근대 초기의 독일어 발음 변화에 대한 이야기를 나누기 위해. 오백 년 이상이 지난 후에도……

빅토리아역 주변의 구획된 거리를 통과하는 동안에는 운전에 집중해야 한다.

오백 년 이상이 지난 후에도 여전히 그러한 변화의 영향으로부터 자유로운 어떤 방언들의 양상에 대해서.

그는 교통체계에 따라 이리저리 차를 움직이며 텅 빈 오피스타

---

* University College London.

위들을 지나간다. 그는 가다가 왼쪽으로 빠질 수 있는 차선, 복스홀 브리지 로드로 갈 수 있는 차선을 찾는다.

저기다.

아니, 매킨타이어는 기대만큼 도움이 되지 않았다. 그는 분명 말을 아꼈다. 동업자 간의 경쟁의식이 작동하고 있었다. 그는 현재 자신이 하고 있는 작업에 대해서는 말을 아끼고 싶어했다. 그것이 그가 화제를 다른 데로 돌리려 했던 이유다. 그는 대화를 계속 다른 쪽으로 몰아갔다. 듀벨 맥주를 몇 잔 마신 뒤에는 그의 '성생활'에 대해 알고 싶어했다. "그래서, 성생활은 좀 어때?" 매킨타이어가 말했다.

음, 그는 발레리아 얘기를 했다. 그녀에 대한 무언가를. 어딘지 어정쩡한 이야기를.

복스홀 브리지 로드를 반쯤 지났을 때 눈앞에서 신호등이 바뀌고, 그는 잠시 망설이다 차를 멈춘다.

매킨타이어는 기혼자였다. 그렇지 않나? 아이들이 있었다.

신호등이 녹색으로 바뀐다. 그는 느긋하게 차를 움직인다. 잠시 후에는—템스강이다. 한순간에 펼쳐지는 그 상쾌한 공간감. 햇빛을 받아 하얗게 빛나는 강물.

그러고는 다시 거리들이다.

런던 남부에서 그는 더 큰 자유를 느낀다. 아마도 이 거리들이 그에게 낯설기 때문일 것이다. 잠들어 있는 이 단지들이 그는 낯설다. 천천히 썩어가고 있는 이 폐선의 선체들. 올드켄트 로드로 가야 한다는 생각이 어렴풋이 머리를 스친다. 올드켄트 로드. 한때 SCR*에서 벌였던 그 정신 나간 '모노폴리' 게임. 그는 잠시 그 생

220

각을 하다가, 올드켄트 로드가 칙칙한 갈색 옷차림을 하고 있을 거라고 상상한다.

도버 방향의 이정표는 그를 런던 남동부의 미로 속으로 더욱 깊이 빠져들게 한다. 그 미로는 놀라울 만큼 인적이 드물다―낡을 대로 낡은 가게들이 늘어선 침울한 번화가. 더러운 벽돌의 표면에 내리쬐는 태양. 커튼이 내려진 지저분한 창문들. 오로지 주유소에서만 인기척이 느껴진다. 기름을 넣고 있는 누군가.

걸음을 재촉하는 누군가.

시간이 넉넉하게 남아, 그는 더 일찍 출발하는 페리를 타볼까도 생각한다. 그가 타기로 한 '범선'―사람들은 여전히 페리를 이렇게 부른다―은 여덟시 직후 출발이었다. 그러니 더 일찍이라면, 아마 여덟시 이전에 출발하는 페리를 타야 할 것이다―아직 다섯시 반이 안 된 시간이었고, 그는 이미 블랙히스 부근에 이르렀고, 어느새 수면처럼 반짝이는 텅 빈 고속도로로 합류하고 있다. 속도. 이곳에는 여러 고속도로들이 엉켜 있다. 그는 이정표를 잘 살펴야만 한다.

그렇다, 매킨타이어에게는 아이들이 몇 명 있다. 그가 그렇게 닳아빠지고 신물이 나 보이는 것도 놀랄 일은 아니다. 걸핏하면 화를 내는 것도. 런던 외곽 어딘가에 있는, 잡동사니들로 가득차 있을 어느 작은 집. 늘 들려오는 소음. 서로 잡아먹을 듯이 소리를 질러대는 그와 그의 부인. 섹스를 하기에는 너무 지친 몸과 마음. 누가 하고 싶겠는가?

캔터베리, 라고 적힌 이정표.

---

* Senior Combination/Common Room. (일부 대학에서) '선임연구원 휴게실'.

그리고 그는 흥분으로 인한 약간의 전율을 느끼며 생각에 잠긴다. 이 길은 초서*의 순례자들이 지나갔던 길이다. 속보로 걸어가는 말들. 이야기들. 진흙투성이의 좁은 길들. 그리고 비가 내리기 시작했을 때—외투 뒤에 달린 모자. 젖은 두 손.

그는 마른 두 손으로 가죽이 씌워진 핸들을 붙들고 있다. 선글라스 너머로는 눈앞에 펼쳐진 넓은 길을 본다. 고속도로에는 그밖에 없다.

하지만 상상만으로도 놀라운 일이다. 그 세상에 빠져들게 하는 중세학—언어, 문학, 역사, 예술과 건축—의 온갖 매력들. 그 다른 세상. 아무 위험 없이 찾아갈 수 있는 다른 세상. 그곳이 바로 여기였다는 사실만 빼면, 거의 모든 면에서 다른 세상. 고속도로 양쪽에 있는 저 들판을 보라. 저 낮은 언덕들. 저것들은 그때도 여기에 있었다. 지금 우리가 여기에 있듯, 그들도 여기에 있었다. 그리고 이것 또한 지나갈 것이다. 하지만 우리는 정말 그럴 거라고 믿지 않는다, 안 그런가? 우리는 우리의 이 세상이 지나갈 거라고 상상할 수 없다. 그러면 그것은 영원히 계속될 것인가? 아니다. 그것은 또다른 무언가로 변할 것이다. 느리게—거기 사는 사람들이 인지하기에는 너무나도 느리게. 이미 벌어지고 있는 일은, 말 그대로 이미 벌어지고 있는 일이다. 우리가 알지 못할 뿐이다. 음운변화나 구어口語가 그런 것처럼.

'「장원 청지기의 이야기」**에 나타난 구어체 방언 표현에 대한 소

---

* 중세 영국 시인(1343~1400). '근대 영시의 창시자'로 불린다.
** 제프리 초서의 『캔터베리 이야기』에 수록된 작품.

222

고小考'.

이 끝내주는 제목은 그가 처음으로 발표했던 논문 제목이다. 『중세』 74호에 발표했던. 원래는 해머를 위한 『기념논문집』을 위해 쓴 논문이었다―해머는 그가 옥스퍼드에 간 첫해에 그의 박사논문 지도교수였다. 크라이스트처치*에 있는 널찍하고 우아한 방에 사는 키 큰 대머리 남자. 입학생에게는 말 그대로 전통에 따라 셰리주 한 잔을 대접하곤 하는―그만큼 구식이고, 그만큼 영국적인. 『초급자를 위한 고대영어의 음운변화』(1967) 같은 저작들의 저자. 해머 교수는 난해함으로 이루어진 요새에 사는 것처럼 보였다. 그는 분명 밤에 자는 동안에도 구개음의 이중모음화, h 탈락, 그리고 대상연장代償延長**에 대한 꿈을 꿀 거라고, 그의 젊은 외국인 학생들은 생각했다.

그리고 그는 해머 교수의 무해한 꿈들을 시기했었다. 그것들은 정말이지 너무나도 평화로운 꿈들이다.

정말이지 너무나도 평화로운 꿈들.

말하자면, 모든 게 너무나도 안정적이다. 그것은 모두 천년 전에 일어난 일들이다. 그리고 중세 연구가는 한줄기 햇살이 내리비치는 서재에 앉아 어마어마하게 오래전 시대의 삶에 대한 몽상에 빠진다. 그 모든 활동이 그 자체로 메멘토 모리***다. 시간의 소멸성에 대한 명상.

그는 대학이라는 좁은 세상을 좋아한다. 그걸 싫어하는 사람들

* 옥스퍼드에 있는 대학 겸 성당.
** 인접 자음의 소실로 모음이 장음화되는 현상.
*** '죽음을 기억하라' '반드시 죽는다는 것을 기억하라'는 뜻의 라틴어 경구.

도 있다는 걸 그는 안다. 그들은 런던을 동경한다.

그는 그것을 좋아한다. 동화 속에 나올 것 같은 지형의 마을. 울타리 정원이 있는 가공의 세상. 여름의 조용함. 돌마루를 깐 오두막과 공손한 짐꾼. 그렇다, 수줍음이 많은 아이가 상상해낸 것과도 같은 가공의 세상.

어딘가 숨을 수 있는 곳.

꿈꾸는 첨탑.

널찍한 고속도로 위로 반짝이는 햇빛.

이제 막 여섯시가 지났고, 그는 한 시간이면 도버에 도착하겠다고 생각한다.

그렇다, 그는 대학이라는 좁은 세상을 좋아한다. 그는 그곳의 수도원 같은 편협성을 좋아한다. 때로 그는 그곳이 좀더 편협했으면 하고 바란다. 현재의 세상이 좀더 사라졌으면 하고. 그는 자신이 중세 수도원에서의 생활도 꽤나 즐겼을 거라고 생각한다―주로 육체노동을 면제받은 학구적인 수도사로서 말이다. 그는 그 생활을 즐겼을 것이다.

물론 명백한 하나의 조건하에서.

자신도 모르는 사이에 그는 시속 90마일까지 속도를 내고 있다. 이 차는 속도가 금방 올라간다. 액셀러레이터에서 천천히 발을 뗄 때자 계기판의 바늘이 즉시 곤두박질치기 시작하고, 그는 아침 들어처음으로 졸음을 느낀다―엔진의 한결같은 웅웅거림과 눈앞의 단조롭고 텅 빈 전망이 가져다준 최면 같은 졸음. 한동안 그것은 스크린에 뜬 영상 같고, CPU에서 뿜어져나오는 소음 같다. 그저 이미지들뿐, 어떤 결과도 낳지 않는. 그는 고개를 가로젓고, 핸들을 쥐고 있는 손을 움직인다.

그렇다. 명백한 하나의 조건.

작년 '힐러리 학기'*에 그는 오랫동안 바라오던 바를 이루었다. 그는 대학 학부생과 연애를 했다. 그것은 박사학위를 끝내기 위해 옥스퍼드에 처음 왔을 때부터 염두에 둔 일이었다. 이루기까지 수년이 걸렸다―그리고 마침내 이루어진 연애 자체는 여러 면에서 불만족스러웠다. 겨우 이 주 이어졌을 뿐이다. 그럼에도 그 기억들이란, 그녀의 젊음에 대한 기억은……

여학생의 손글씨로 쓰인 편지로 그녀가 그들 관계에 종말을 고해왔을 때, 그는 하루이틀 정도 멍하니 슬픔에 빠졌다. 그 상황에 대한 그의 감정을 측은할 만큼 과대평가한 편지였다. 그리고 그는 자신 또한 그 상황에 대한 그녀의 감정을 과대평가했었음을 깨달았다. 그가 자신의 오래된 환상을 실현하는 데 열중하고 있었듯, 그녀 또한 자신만의 환상을 똑같이 이기적인 방식으로 실현하고 있었다. 차이가 있다면, 그녀는 열아홉 아니면 스무 살이었고, 그래서 여전히 제멋대로일 자격이 있었던 반면―사람들이 얼마나 쉽게 상처받고, 그 상처가 얼마나 오래가는지를 아마 아직 배우지 못했을 테니까―그녀보다 열 살이 더 많았던 그는 이미 그런 것쯤 알고 있어야 했다는 것이었다.

얼마 지나지 않아 같은 또래의 누군가―어떤 꼬마 녀석―의 품 안에 있는 그녀를 보았을 때, 봄햇살을 받으며 함께 안뜰에 있는 그들을 보았을 때, 비로소 그는 한순간의 실제적 고통, 나보코프적

---

* 옥스퍼드대학교에서 1월에 시작하는 2학기를 일컫는 이름.

이고 유해한 고통을 느꼈다.

그리고 그때쯤 그는 이미 오리얼칼리지의 중세라틴어 학자인 에리카와 만나고 있었다. 그 관계 또한 오래가진 못했다.

그가 좀전까지 런던에서 보낸 나날들이 그를 지치게 했다. 그가 만난 건 매킨타이어만이 아니었다. 그는 출판사 사람도 만나야 했다. 그리고 UCL에서 열린 고대영어의 음운변화에 대한 심포지엄에 발표자로도 나서야 했다. 이런저런 사교적 만남들. 그는 몇 해 전 여름 박사학위를 마치고 지금은 런던에서 변호사로 일하고 있는, 작은 키에 속물적이고 학자연하는 이탈리아인 에마누엘레를 만났다. 에마누엘레는 발레리아에 대해 물었다, 대체 무슨 일이 있었던 거야? 그가 그녀를 만났던 건 지난 구월 마니가 연 파티에서였다. "나도 모르겠어." 그는 말했다. "뭔가 있긴 있었지. 어쩌면. 우린 지금 사귀는 중이야. 나도 모르겠어."

*

고독, 자유. 페리에 타고 나서도 여전히 그런 기분이 든다. 다른 사람들이 있는데도 그렇다. 그들은 스쳐지나가는 낯선 사람들이고, 그를 한곳에 멈춰 세우지 않는 사람들이다. 그들은 그에 대해 아는 게 아무것도 없다. 그는 그들에게 그 어떤 의무도 없다. 구명정이 걸려 있는 탁 트인 갑판 위로 바닷바람이 여름의 열기를 퍼뜨린다. 바닥이 시소처럼 움직인다. 그의 발아래로 빨려들어갔다가, 다시 밀려올라온다. 잉글랜드가 점점 멀어져간다. 웅웅거리는 바람이 그의 머리채를 잡아당긴다. 실내의 밀폐된 온기 속에서 사

226

람들은 음식을 먹고 쇼핑을 한다. 그는 보이지 않는 익명의 존재가 되어 그들 사이를 배회한다. 그는 혼자 테이블에 앉는다. 프랑스를 향해 가는 시간 동안 그의 고독은 그 누구도 침범할 수 없는 것이다. 그는 햇빛을 받아 금빛으로 물든 바다가 보이는 창가에 선다. 그는 명랑한 물결을 바라본다. 그는 바람을 타고 공중에 떠 있는 갈매기들처럼 자유로움을 느낀다. 고독, 자유.

*

그는 배에서 차를 몰고 나오자마자 에어컨과 함께 비발디의 〈글로리아〉를 튼다―귀에 가득 담기는 그 황홀한 음악과 함께 그는 프랑스의 간선도로망 속으로 흘러든다.

딴-따

딴-딴-딴-따

딴-딴-딴

아스팔트가 반짝 빛난다. 일요일 아침이다. 고속도로 양쪽으로 보이는 환한 평지에 농장들이 자리잡고 있다.

그리고 그는 이 고속도로를 잘 안다. 이 도로는 이른바 코트도팔을 따라 오스탕으로 이어진다. 그가 달리는 도로 왼편으로는 모래 언덕들이 바람을 맞고 있다.

베스트플란데런주에 오신 것을 환영합니다라는 이정표가 보인다.

그리고 이제 그는 자신의 과거를 지나 달리고 있는 듯하다. 살아 있는 신경세포들로 가득한, 떠올리기에 거의 고통스러운 이름들로 가득한 풍경을 통과해 가며. 콕세이더, 한때 그가 델핀과 그녀의 어머니가 기르던 개―바람에 납작해진 한 무더기 풀들 사이의 모래를 파헤치던 작은 개―와 함께 방문했던 곳. 니우포르트―그가 부모님과 함께 그해 여름을 보낸 곳. 내륙으로, 작은 거리들로 밀려오던 바다 냄새―그리고 플라스틱 삽을 손에 쥔 채 바다로 가기 위해 그 거리 끝까지 걸어갔을 때 보이던 희뿌연 수평선. 루셀라레, 그들이 그의 조부모를 만나러 가던 곳―깔끔한 정원 끝자락에 홉밭이 있던 교외 주택. 비록 그 추억들은 보석 같은 예리함을 간직하고 있지만, 마치 망원경을 거꾸로 들고 볼 때처럼 놀랄 만큼 작고 까마득해 보인다. 그가 이곳에, 드문드문 배들이 떠 있는 바다 옆의 넓은 평지에 와본 지도 여러 해가 되었고, 콕세이더에서 바람을 맞던 그날이 이미 십 년, 아니 십오 년도 더 지난 과거가 되었을 만큼 자신의 인생이 한참 흘러가버렸다는 사실이 어쩐지 그에게는 충격으로 다가온다. 그때도 그는 이미 거의 성인이었는데, 그는 아직도 자신이 이제 막 성인기에 접어들었다고 생각한다.

약간의 충격을 느끼며, 그는 기름을 넣기 위해 차를 세운다.

주유구에 노즐을 꽂은 채 그는 차가 없어 한산한 일요일의 고속도로를 응시한다.

모든 게 그냥 그대로 남아 있길 바라는 욕망. 평생에 걸쳐 이어지는 콕세이더에서의 그날. 그 생각은 왜 그토록 매력적인가? 혹은 오늘, 지금 이 순간, 기름이 흘러나오며 들리는 웅웅거림, 머리를 띵하게 만드는 그 냄새는 왜 그토록. 차가 없어 한산한 일요일의 고속도로. 지금 그리고 여기. 흐릿한 천국 같은 지금 이 시간. 고독과 자유. 평생에 걸쳐 이어지는. 모든 게 그냥 그대로 남아 있길 바라는 욕망.

기름이 다 찼다.

계산대에서 돌아나오며—계산대의 여자와 모국어로 이야기하
자니, 어쩐지 낯선 기분이다—그는 자신이 몰고 있는 고급 SUV
의 모습이 마음에 든다고 느낀다. 그 차에 올라타면서, 버튼 하나
로 시동을 걸면서 그는 기쁨과 자랑스러움이 느껴진다. 스탄코는
그가 그 차를 자신에게 넘겨줄 거라고, 소유권 이전 서류에 서명을
해줄 거라고 굳게 믿고 있다. 비록 스탄코는 그를 잘 알지 못하지
만—사실 딱 한 번 만나봤을 뿐이다—그가 그 차를 넘겨줄 거라고
믿어 의심치 않는다.

어쨌든 스탄코는 경찰이다. 폴란드 남부에 있는 마을, 요즘은
크라쿠프의 교외가 된 마을인 스카비나—최신 영화를 상영하는
멀티플렉스 옆의 감자밭에서 트랙터들이 방귀 뀌는 소리를 내는
곳—의 고위 경찰관.

그 누구도 스탄코에게 까불지 않는다. 적어도 스카비나나 그 인
근 마을, 리베르투프나 보워체에서는.

이 차 안에서, 따분한 풍경 사이로 순찰을 돌며 지갑을 부풀리는
그의 모습을 떠올리기란 그리 어려운 일이 아니다.

그 음침한 도깨비 자식과 그의 작고 못생긴 부인 사이에서 어떻
게 그토록 사랑스러운 발레리아가 태어난 것인지……

글쎄, 어쩌면 그녀는 곱게 늙지 않을지도. 그것은 생각해볼 만
한 문제였다. 비록 두고두고 생각해볼 마음은 들지 않았지만. 그는
여전히 그런 식으로 보고 있진 않다. 그들의 관계는 여전히 새롭게
느껴지고, 심지어 왠지 잠깐 보고 말 사이로 느껴지기까지 한다.
한동안은 서로에게 아무런 의무도 없으며, 서로가 다른 사람을 만

나도 상관없다는 암묵적 합의가 있었다. 그는 딱히 그러지 않았다. (그 당시, 그러니까 작년 구월 무렵이라면 여전히 어느 정도 관계가 지속되고 있던 라틴어 학자 에리카를 제외하고.) 발레리아가 그랬는지 안 그랬는지는 그도 모른다.

그는 브루게를 지나 내륙으로 들어섰다.

그런 후에는 겐트가 나왔다. 그가 학사학위를 마쳤던 곳. 영어와 독일어.『가윈 경과 녹색 기사』.『파르치팔』.

작년 크리스마스 이후에 그는 그녀의 부모님이 사는 형광빛 오렌지색 집에서 며칠을 지냈다. 새하얀 현관 위로 나 있는 부채꼴 모양 발코니. 정원의 장식물들을 죄다 뒤덮어버린 눈. 발레리아가 크라쿠프공항으로 마중을 나와 그를 스카비나 변두리의 주유소 근처에 있는 그 집까지 태워주었다.

그가 머무는 동안 매일, 그들은 자코파네로 스키를 타러 갔다. ("스키 타?" 마니의 파티에서 그들이 처음 만난 날, 잡담을 나누는 와중에 그녀가 물었다. "스키를 타냐고? 나 벨기에 사람이야." 그는 진지한 표정을 지어 보였다. 그것이 그녀를 웃게 했다.) 그녀의 스키 실력은 훌륭했다. 그는 신중을 기하며 그녀를 따라 자코파네의 가장 안정된 경사면을 타고 내려갔다.

브뤼셀이 가까워지자 하늘이 구름으로 뒤덮인다. 고속도로 한쪽의 나무들이 바람에 흔들린다. 비가 올 것 같다. 고속도로를 달리는 동안 보이는 견고한 빛줄기들이 멀리 있는 도시를 한결 더 눈에 띄게 해준다. 그는 그 길을 훤히 다 알고 있다─물이 새는 아래쪽 도로, 언뜻 보이는 위클(그가 책만 보던 어린 학생 시절에 살던 큰 아파트가 있는 가로숫길), 이윽고 E40으로 나와 리에주 쪽으로 향하는데 비가 내리기 시작한다. 그는 레버를 움직여 와이퍼를 작동시켜야겠다고 생각한다.

그때 그 크리스마스 이후로, 그들은 몇 주마다 한 번씩 만나왔다. 둘 사이에 어느 정도 사귀는 듯한 느낌, 서로 의무를 지켜야 한다는 교감이 생겨났다. 그는 둘의 관계가 그 이상이라고 말할 생각은 없다. 때로 그녀가 옥스퍼드로 그를 만나러 오기도 하고, 함께 런던이나 어디 다른 곳에서 주말을 보내기도 한다. 대개 그들은 중립적 공간인 호텔에서 만난다. 이월에는 피렌체에 갔었다. 부활절에는 도데카네스제도에서 일주일을 보내며, 바람이 불어오는 수중익선의 갑판에 올라 그 선명하게 푸른 세상 속에서 이 섬 저 섬으로 여행을 다녔었다.

천천히, 그들은 서로를 알아나가고 있다. "너는," 그녀가 말했다. "전형적인 외동이야."

"그게 무슨 뜻이지?"

"이기적이라는 뜻이지." 그녀가 그에게 말했다. "제멋대로라고. 너는 절대," 그녀가 말했다. "네가 우주의 중심이 아닐 수도 있다는 생각은 못할걸. 너만의 그 매력도 그런 데서 오는 거긴 하지만……"

"이제는 날 치켜세워주네……"

"머리는 좋은데 세상물정을 몰라." 그녀가 말했다. "어쨌든, 그래."

그녀는 자신의 타로 카드 한 벌을 섞고 있었다. 뜻밖이었다. 이런 건 뉴에이지적 성향을 보여주는 것 아닌가—물론 그녀의 본질적인 성향은 아닐 거라고, 그는 혼자 생각했다.

"좋아. 너는 세 장의 카드를 뽑게 될 거야." 그녀가 말했다. "과거, 현재, 미래."

그들은 침대에 누워 있었다. 옥스퍼드에서. 토요일 아침이었고. 지난달이다.

"자." 그녀가 그의 앞에 카드 한 벌을 펼쳐놓았다. "한 장 뽑아봐."

그녀의 비위를 맞춰주며, 그가 한 장을 뽑아들었다.

"지팡이 에이스." 그녀가 말했다. "과거. 한 장 더 뽑아봐."

"탑." 그녀가 장난스레 놀란 표정을 지었다. "빌어먹을. 현재. 마지막으로 한 장 더." 그녀가 지시했다. 그가 카드를 뽑아들고 뒤집자, 그녀가 말했다. "황제. 미래."

"그거 좋은데." 스스로에게 뿌듯해하며, 그가 넌지시 말했다.

이제 그녀는 시트 위에 삐뚤빼뚤하게 한 줄로 늘어놓은 카드 세 장을 살피고 있었다. "좋아." 그녀가 잠정적으로 말했다. "무슨 뜻인지 알 것도 같아."

"말해줘."

"이제는 철이 들 때도 됐다. 그게 헤드라인이야."

그는 소리 내어 웃었다. "그게 무슨 소리야?"

"흠, 이걸 봐." 그녀가 '지팡이 에이스'를 가리켰다. 그리고 말했다. "이건 말 안 해도 뭔지 알 거야…… 남근 상징이지."

정말 그래 보였다. 위로 올라갈수록 점점 굵어지고, 꼭대기에는 두 개의 반구 형태로 된 두툼한 손잡이를 달고 있는 긴 지팡이가 한 손에 쥐어 있는 그림.

"그래," 그가 말했다. "그렇게 보이네."

"자, 이건 과거야."

"뭐야─그럼 나는 이제 나가 죽으라는 소린가?"

"멍청한 소리 하지 마." 그녀가 얼마나 심각하게 받아들였는지는 알기 어려웠다. 그녀는 꽤 진지해 보였다. "현재," 그녀는 말했다. "'탑'. 일종의 예기치 않은 위기. 판이 완전히 뒤집힌다."

"그런 건 전혀 모르겠는데."

"그게 핵심이야. 실제로 닥치기 전까지는 전혀 알 수 없을 테니까."

"너랑 관련된 문제라면 몰라도."

그녀는 못 들은 체했다. "이제 미래를 보자. '황제'─세속적 권력……"

그리고 그는 그게 정말 자기랑 딱 어울리는 카드라는 둥의 바보 같은 말을 하고는 그녀의 젖꼭지를 애무하기 시작했다. 그들은 벌거벗고 있었다.

그녀가 말했다. "내 생각에 이 세 카드의 의미는…… 하루종일 그 물건 생각만 하는 짓은 이제 그만두라는 뜻 같아."

그가 소리 내어 웃었다. "내 물건?"

"이거 말이야."

그녀가 손가락으로 그것을 만졌다.

"무슨 소리냐면," 그의 눈을 바라보며, 그녀가 말했다. "여자 꽁무니나 쫓아다니는 시절은 이제 끝났다는 뜻이지."

"하지만 난 여자 꽁무니를 쫓아다니지 않아. 난 그런 타입이 아니라고."

"아, 그래, 어련하시겠어."

"장담해." 그가 그녀에게 말했다. "난 아니야."

*

그는 그들이 이상적인 조건을 갖추었다고 생각한다. 그는 이보다 더 완벽한 조건을 상상할 수 없다. 그는 이보다 더 행복한 현재의 삶을 상상할 수 없다.

굴뚝으로 증기를 내뿜고 있는 루뱅의 거대한 스텔라 아르투아 양조장 건물이 억수같이 쏟아지는 비에 반쯤 가려져 있다.

플랑드르에서 왈로니아로 가면서 만나는 이 쭉 뻗은 고속도로, 각기 다르게 포장된 도로들, 갑자기 방향을 틀 때 스키드마크를 남기는 타이어 소리를 그는 얼마나 잘 알고 있던가. 겐트에서 공부하던 시절, 그는 이 도로를 얼마나 자주 달렸던가. 그런데 지금은 긴 여행의 일부일 이 노정이 얼마나 대수롭지 않게 느껴지는가―그는 이제 막 브뤼셀을 떠나온 것 같은데 벌써 리에주까지 반쯤 달려왔다.

그리고 어느새 여기는 리에주다―도로가 아래의 계곡으로 급경사지는 곳.

서행 차선의 트럭들을 추월하며 계곡 반대편의 오르막을 오르는 동안, 숲의 소나무들이 모습을 드러내기 시작한다.

갑자기 모든 게 생생해진다.

그는 『영어와 게르만어 연구 저널』에 발표할 논문을 끝내야만 한다. 그는 이맘때쯤에는 그것을 마쳤기를 바라고 있었다. 웨스트색슨 방언이 사용되기 이전 시대에는 æ가 종종 다시 a로 변환되기도 했던 것인지―혹은 서부 게르만어 시대, 즉 앵글로색슨족이 영국에 정착하기 이전에 일어났다고 여겨지는 a에서 æ로의 변화는 사실 애초에 한 번도 일어난 적이 없었던 건 아닐까라는 의문. 이전 가설의 주된 근거는 언제나 'slēan'*이라는 형태에 있었다—만일 그것의 형태가 예외적이라는 사실을 입증할 수만 있다면 과거 권위 있는 논문들의 입지는 전부 뿌리째 흔들리기 시작할 것이다. 이미 학회지 게재가 확정되어 있는 그의 미완성 투고 논문 「'Slēan' 형태에 나타난 예외적 요인들—몇 가지 제안」이 그만큼 중요해지는 이유다.

지난주 UCL 심포지엄 발표에서 그는 그 내용의 일부를 도발적으로 인용했다. 장내가 꽤나 술렁였다. (매킨타이어의 그 표정이란!) 그래, 이것이 바로 그것일지도 모른다—그가 그동안 찾아 헤매던 무엇, 게르만 문헌학 분야에서 그의 이름을 떨치게 해줄 무엇. 이 분야의 사람이라면 누구나 당연히 읽어야만 하는 무엇. 세속적 권력. 그러니 그는 그것에 충분히 시간을 바쳐야만 한다—남은 여름 동안 그것과 함께 자신을 고립시켜야만 한다. 하루종일 그 물건 생각만 하는 짓은 그만두어야 한다.

그는 스파** 생수를 마시며 초리조샌드위치를 먹고 있다.

그는 F1을 테마로 꾸민 거대한 쉘 주유소 매점에 앉아 있다. 이곳 숲 근처 어딘가에 스파프랑코샹 서킷***이 있다.

주변에는 사람이 별로 없다. 한여름—칠월 둘째 주—임에도 날씨는 사납고, 쉬지 않고 떨어지는 빗줄기가 소나무숲의 어두운 산

---

* 'slay(죽이다)'의 어원으로, 고대영어에서의 'slēan(to strike)'은 중세영어에서의 'slaye'를 거쳐 현재의 'slay'가 되었다.

** 광천수 샘으로 유명한 벨기에의 휴양지 이름을 딴 생수 브랜드.

*** '벨기에 그랑프리' 대회 등이 열리는 F1 경기장 중 가장 긴 서킷으로 알려져 있다.

비탈에 하얗게 매달려 있는 것처럼 보일 때, 이곳 숲에서는 할 수 있는 일이 많지 않다.

차가운 손으로, 그는 차에 기름을 더 넣는다. 그는 이곳의 주유비가 독일에서보다 싸다고 생각한다. 확신하지는 못하지만. 어쨌건 기름값을 내는 사람은 스탄코다. 그는 다시 빗속으로 걸어나가면서 주유비 영수증을 다른 영수증들과 함께 지갑에 쑤셔넣는다.

그가 아는 길은 여기까지다—동쪽의 쾰른 방향으로 이어지는 고속도로. 그는 비가 내리는 동안 차 안에 앉아 출력해 온 구글 지도를 본다. 그가 있는 곳에서부터 독일 쪽으로, 룩셈부르크를 조금 비껴나며 흐릿한 선이 비스듬히 그어져 있다. E42 고속도로. 분명 간단할 것이다. 비가 퍼붓는 차 안에 그대로 앉은 채, 그는 지도를 접고 커피를 마저 마신다. 룩셈부르크. 거긴 가본 적이 없다. 서리주*만한 나라. 바보 같다. 이례적이다. 'slēan'처럼. 누구나 아는 이름. 그는 그저 논문에 전념하기만 하면 된다. 자기 물건 생각은 그만하고. 이제는 철이 들 때도 됐다. 그게 헤드라인이야. 그는 그녀의 그 표현이 마음에 들었었다.

앞유리는 떨어지는 빗물로 가득하다. 여름. 그래도, 비는 어딘지 모르게 로맨틱하다. 주변에는 사람이 별로 없다. 프랑크푸르트 공항에서 만나자는 것은 그녀의 아이디어였다. 그 프랑크푸르트공항이 아니라—프랑크푸르트한공항**, 매우 기본적인 서비스만 제공하는 종류의 공항, 프랑크푸르트 근처는커녕 시골 깊숙이 자리

---

* 잉글랜드 남동부의 주.
** 독일 라인란트팔트주 한(Hahn)에 있는 공항. 헤센주의 프랑크푸르트암마인으로부터 서쪽으로 120킬로미터 이상 떨어져 있다.

잡은 공항. 프랑크푸르트는 그가 출력해 온 구글 지도에 나와 있지 않다. 그럼에도 그 공항을 가리키는 작은 핀 이미지는 지도의 거의 중앙에 자리해 있다. 그들, 그러니까 이 연인들은 그런 공항에 익숙하다. 마을 옆에 있으면서, 기껏해야 하루에 비행기 스무 대 정도가 드나드는 나른한 장소. 그들은 올 한 해 동안 지금까지 그런 곳을 열두 번쯤 들락날락했다. 들락날락. 들락날락. 거기서 만난 다음 함께 스카비나로 가는 것으로 여행을 마무리하자는 게 그녀의 아이디어였다. 그녀는 서두를 것 없이 천천히 즐기면서 길 위에서 하룻밤이나 이틀 밤을 보내자고 했다.

2

공항은 생각했던 것보다 더 찾기 어렵다. 쭉 뻗은 E42를 벗어나
자 구불구불 좁은 길들이 이어지고, 운전에 신경쓸 일이 더 많아지
며, 뒤따라오는 트랙터들도 더 많아진다. 언덕진 풍경. 습한 잿빛
날이다. 교통신호체계가 불충분하다. 이러다 결국 늦을 것 같다는
걱정이 들기 시작하면서 마을을 빠져나가는데, 어느 틈에 그곳에
이른다. 그는 이내 다급해진 마음으로 주차된 차들 사이로 차를 몰
며 차 댈 곳을 찾기 시작한다.
그는 빈자리를 발견한다.
그리고 그 일이 벌어진다.
잠시 무슨 소리인지 모를, 듣기 싫은 금속성 소음이 크게 들려
온다.
이윽고 그게 무슨 소린지 깨달은 그는, 숨이 멎을 것만 같다.
그 소리가 다시 시작되자, 그는 땀을 삘삘 흘린다.

잡지를 보던 그녀가 고개를 들고 미소 짓는다.

"늦어서 미안." 그가 말한다.

"늦은 거 아니야. 비행기가 빨리 도착했지."

"별일 없고?"

그녀가 가방에 잡지를 집어넣는다. "응. 괜찮아. 피곤하겠다." 그녀가 그를 올려다보며 말한다. 무언가에 놀란 듯 핏기 없이 핼쑥한 모습이다. "운전 오래했지."

"괜찮아, 진짜로." 그가 말한다. "어쩌면 한참 있다 피로가 몰려올지도."

"뭐 좀 먹을래?"

"음." 그는 잠시 생각한다. 삼십 분 전만 해도 그는 배가 고팠다. 하루종일 먹은 것이라고는 페리에서의 팽오쇼콜라와 비 내리는 아르덴에서의 초리조샌드위치가 전부였다. 그런데, 지금, 그는 배가 고프지 않다. 실은 스탄코의 고급 SUV에 생긴 일 때문에 속이 약간 울렁거린다. "아무래도 먹는 게 좋겠지." 그가 말한다. "넌 뭐 좀 먹었어?"

"응, 먹었지."

"아무래도 먹는 게 좋겠어." 그가 다시 말한다.

"그래. 근데 괜찮아?" 그녀가 갑자기 걱정스러운 목소리로 묻는다.

"응. 응." 그가 말한다. "괜찮아."

그들은 서로 영어로 대화한다. 그의 영어는 거의 원어민 수준에 가깝다. 그녀는 완벽에 살짝 못 미치는 정도다.

그는 공항 구내에 몇 안 되는 음식점들 중 한 군데로 가서 줄을
선다. 공항은 허름하고 심심하다. 플라스틱 판자와 경고문들 뒤로
대단치 않은 개수 공사가 진행중이다. 그는 흠잡을 데 없는 독일어
로 햄샌드위치 하나와 더블라테 한 잔을 주문한다.

"있잖아." 그녀 옆에 앉으며, 그가 말한다. "너한테 할말이 있
어."

뜻밖에도 그녀의 표정이 바로 굳어진다. 겁먹은 듯한 표정이다.
"뭔데?" 그녀가 말한다.

"사고가 있었어." 라테 잔의 플라스틱 뚜껑을 벗기며, 그가 말
한다. "차 말이야. 여기 주차장에서 그랬어. 페인트칠이 살짝 벗겨
졌어."

그녀는 아무 말도 하지 않는다.

"너희 아버지가 너무 화내진 않으셨으면 좋겠다."

"글쎄, 난 모르겠네." 그녀가 말한다.

"이거 좀 먹을래?" 샌드위치를 들이밀며, 그가 묻는다. "딱히 배
가 안 고파서." 그녀가 고개를 가로젓자, 그가 말한다. "오는 길에
비행은 어땠어? 괜찮았어?"

"응, 괜찮았어."

"카토비체에서 온 거지?" 그가 묻는다.

"응."

"오늘은 트렌펠트라는 데서 하룻밤 묵을 거야." 샌드위치를 꾸
역꾸역 집어삼키며, 그가 말한다. "여기서 차로 두 시간 정도 거리
야. 어쨌든 구글 지도에 따르면 그래."

"좋아."

"가스트하우스 조네Gasthaus Sonne*." 그가 말한다.

그녀가 그를 보고 웃긴 하지만, 뭔가 문제가 있어 보인다.

"괜찮지?" 그가 말한다.

그녀는 그를 보고 다시 웃고, 그는 그냥 자기가 이상한 건지 생각한다—그저 자신의 망상이거나 아니면 그녀가 뭔가 정말 불안한 게 있는 걸까?

"갈까?" 그녀가 말한다.

그가 그녀의 작은 여행가방을 집어들고 그들은 그곳을 나와 주차장까지 걸어간다. 그녀는 거기서 자기 아버지의 새 차 옆구리에 크게 흠집이 나 있는 광경을 무덤덤하게 살펴본다.

그가 과장되게 한숨을 내쉰다.

"봤지?"

"흐음."

"너희 아버지가 너무 화내진 않으셨으면 좋겠는데." 그가 다시 한번 말한다.

그러고는 철제 울타리 옆의 정산기로 걸어가 주차비를 내려고 유로화를 밀어넣는데, 비가 내리기 시작한다.

그가 돌아오자, 그녀가 조수석에 앉아 똑바로 앞을 보고 있다.

프랑크푸르트 방향의 E42로 재진입할 때 약간의 문제가 생긴다. 여기저기 가축 똥이 떨어져 있는 따분한 농가 지역의 도로에서 길을 잃고 약간의 시간을 허비한다.

마침내 고속도로에 진입하고, 둘은 한동안 아무 말이 없다. 마치

---

* 독일어로 '태양 여관'.

퍼붓는 비의 속도를 따라잡으려 몸부림치고 있는 와이퍼의 움직임에 최면이라도 걸린 것처럼.

그는 여전히 차에 난 흠집에 대해 생각하고 있다.

간발의 차로 일어나지 않았을 수도 있었을 그 일에 대해. 이를테면, 몇 분만 빨리 갔거나 늦게 갔더라도 그는 분명 다른 자리를 찾을 수 있었을 것이다. 입구 쪽에 있는 약간 애매한 공간을 거의 잡을 뻔했었는데—그 자리를 놓치고는 계속해서 다른 자리를 찾았고, 결국 몇 분간 짜증스레 헤매다니 훨씬 비좁은 자리에 차를 세우고 만 것이다.

소변이 급하기도 했다. 그것도 아마 한몫했을 것이다—그래서 더 조급해졌고, 하고 있던 일에 집중할 수가 없었다. 그러니까 그는 피곤하고 허기지고 마음이 급했으며, 공항을 찾느라 애쓰는 동안 어느 트랙터 뒤에 십 분씩이나 발이 묶여 있었다. 각자 놓고 봤을 때는 별 영향력을 끼치지 못할 이 모든 요인들이 운명적인 순간에 한데 모여서 그를 정확히 그때 그 자리로 몰아넣었고, 그리하여 차에 흠집이 나고 만 것이다.

그리고 이제 무슨 일이 일어날 것인가?

그는 빌어먹을 수리비를 물어줘야 할 것이다……

"너한테 할말이 있어, 카렐." 그녀가 말한다.

삼십 분 전의 공항에서 자신이 똑같은 말을 했던 걸 잊은 그는, 그녀가 '너한테'를 강조하여 말하는 걸 전혀 이해하지 못한다.

"뭔데?"

긴 침묵.

그는 페인트칠을 새로 하는 데 돈이 얼마나 들지, 싼값에 해줄 만한 사람을 스탄코가 혹시 알고 있을지 계속 생각하다가, 문득 여전히 이어지고 있는 그 침묵을 알아차린다.

"너한테 할말이 있어." 그녀는 그렇게 말했었다.

그리고 침묵이 이어지는 동안, 그녀가 그에게 할 법한 말들이란 점점 줄어들어, 결국 한두 가지로 좁혀진다.

그는 마음 한편으로는 그 일을 받아들이면서도, 또 한편으로는 긁힌 옆구리 때문에 여전히 몹시 초조하다.

그녀는 그들의 이 소소한 관계, 난잡한 호텔방을 계속 찾아다니는 일을 끝내려 하고 있거나, 그게 아니라면

"너 임신했구나." 물안개로 가득한 터널에서 앞차를 추월하기 위해 깜빡이를 켜고 옆 차선으로 옮겨가면서, 그가 말한다.

그는 그녀가 이 말을 바로 부정했으면 하고 바란다.

하지만 침묵이 더 길어질 뿐이다.

바깥으로는 젖은 잿빛 세상이 펼쳐져 있고, 바람에 강타당한 나무들이 몸을 잔뜩 웅크린 채 시선 바깥으로 사라져간다.

한편으로 그는 여전히 차에 난 흠집 생각에 강렬히 사로잡혀 있다. 비록 그 생각도 이제 막 무한한 공간 속으로 사라지듯 머릿속에서 사라져가기 시작했지만.

"그런 거야?"

모든 게 바뀌는 그런 순간들. 인생에 그런 순간이 몇 번이나 있을까? 기껏해야 두세 번 정도일 것이다.

지금, 여기, 바로 이 순간. 장대비가 퍼붓는 이 독일 고속도로 위에서. 지금 여기.

"빌어먹을." 흔들리는 눈빛으로 여전히 전방의 도로를 살피며, 그가 말한다.

결국 그녀가 입을 열었던 것이다. "그런 것 같아." 그녀는 말했다. 그러고는, "그래."

"빌어먹을." 그가 다시 말한다.

차에 난 흠집 생각은 이제 사라져버렸다. 비록 저멀리 어둠 속의 물체처럼 여전히 어렴풋이 느껴지긴 하지만.

그의 인생이 송두리째 박탈당해 내버려진 듯하다.

무엇이 남아 있나? 이제 모든 게 공중으로 붕 떠버렸는데, 그는 대체 무엇으로 자신을 감싸야 하나?

잔해처럼, 그것은 어둠 속에 붕 떠 있다.

그는, 흐느끼며 고개를 내젓고 있는 그녀를 본다.

그 모습이 그에게 충격으로 다가온다.

그녀는, 여전히 흐느끼면서, 자신의 작고 새하얀 주먹으로 이마를 때리기 시작한다.

"제발," 그가 말한다. "그만해."

"차 세워." 그녀가 눈물을 흘리며 말한다.

그러더니 그에게 고함을 지른다. "**차 세워!**"

"왜 그래?" 그의 목소리가 겁먹은 듯 날카롭다. "왜? 도대체 가…… 대체 이게 무슨 짓이야?"

그녀가 조수석의 문을 열려고 한 것이다. 으르렁대는 바람소리가 그녀를 덮쳤다. 차가운 공기와 빗물이 순간적으로 가죽커버가 씌워진 안락한 내부로 빨려들어왔다.

"정신 나갔어?"

눈물이 한층 더해지며, 그녀는 이제 애처롭게 말한다. "차 좀 세워줘, 세워달라고……"

그는 다가오는 세상을 한층 더 곤두선 신경으로 응시한다. 갑자기 눈앞이 깜깜해지는 것 같다. "왜?" 그가 말한다. "왜 그러는데?"

그녀는 다시 이마를 때리기 시작했고, 팽팽하고 창백한 피부를 주먹으로 쳐대는 그 소리에 그는 극도로 화가 난다.

이윽고 아랄 주유소의 불 켜진 안내탑이 빗속에 서서히 나타난다―가장 높은 곳에 달려 있는 ARAL이라는 푸른색 글자가 눈에 들어온다―깜빡이를 켠 채, 그는 천천히 속도를 줄이면서 호수가 보이는 출구 차선 쪽으로 움직인다.

차가 멈추자마자, 혹은 그러기도 전에 그녀가 차에서 뛰쳐나간다.

아직도 작동하고 있는 와이퍼 너머로, 팔짱을 낀 채 멀어져가는 그녀를 바라보며, 그는 뭘 어떻게 해야 좋을지 망연자실 생각한다.

그는 타맥 포장이 안 된 주유소 앞쪽 정차 지역에 차를 세운 터였다. 그가 브레이크에서 발을 떼자, 차가 걸음걸이 속도로 움직인다. 주유 펌프들이 비를 맞지 않게 설치한 거대한 캐노피 아래로 천천히.

더이상 그녀가 보이지 않는다.

가게 앞의 주차공간 하나가 비어 있고, 그는 곧장 그곳으로 차를 몰아넣는다. 그리고 엄지손가락으로 엔진 버튼을 툭 눌러 끄고는 몇 분간 거기 그냥 앉아 있다. 그것은, 꽤 긴 시간이다. 마치 타임랩스 영상에서처럼, 주유소의 일상이 그의 주위를 빙빙 돈다. 그는 핸들을 감싼 우아한 가죽의 바늘땀을 응시하고 있다. 그냥 차를 몰고 떠나버리고 싶은 유혹이 찾아든다―마치 다른 어딘가에 있는 것처럼 느껴지는 그의 인생을 향해 차를 몰고 돌아가고 싶은 유혹이.

하지만, 실제로 그렇게 한다는 건 상상도 할 수 없는 일이다.

대신 그는 자신의 눈에 눈물이 맺혔다는 걸 알아차린다.

가만히 고여 있기만 한 눈물.

너무 놀라 나와버린 눈물.

그는 가게 안으로 들어가 그녀를 찾아 주변을 살핀다. 그는 여자 화장실 밖에서 일이 분 정도 어슬렁거린다. 마치 거기서 그녀가 나타나기라도 할 것처럼. 그는 그녀에게 전화를 걸어본다.

그녀가 어리석은 짓을 저지르지나 않았을지, 걱정이 되기 시작한다. 낯선 사람의 차를 얻어 탄다거나 그런 것들.

그는 다시 차에 올라 주차된 여러 대의 트럭들을 지나 고속도로 옆으로 천천히 차를 몰다가, 그녀를 발견한다. 그녀는 아직도 걷고 있다. 일부러 저렇게 걷고 있다. 지금껏 줄곧 걷고 있었던 게 틀림없다.

"뭐하는 거야?" 그녀와 속도를 맞추며, 그가 열린 차창 밖으로 소리친다.

그녀는 못 들은 체한다.

그는 그녀를 추월하여 조금 앞서 있는 트럭들 사이의 공간에 차를 댄다. 그냥 떠나버리고 싶은 성난 마음의 충동을 억누르며, 그는 잠시 거기 앉아 있다. 그러고는 그냥 떠나버리는 대신 차 밖으로 나와 빗속에서 어깨를 구부린 채 뒷좌석에서 우산을 꺼내든다. 우산은 그의 머리 위로 활짝 펼쳐지고, 곧 빗소리로 가득찬다.

그 우산을 보자마자―매우 커다란 우산에 '옥스퍼드대학교'라고 쓰여 있다―그녀는 방향을 틀어 반대편으로 걷기 시작한다.

괜히 저러는 거다―그는 걸음을 아주 살짝 빠르게 하는 것만으로도 그녀 곁에 나란히 서서 그녀의 팔을 붙잡을 수 있다.

트럭 한 대가 굉음을 내며 지나가고, 그는 물이 튀기는 길에서 그녀를 끌어내 다른 정차된 트럭 두 대 사이의 좁은 틈, 물이 고여 있는 그 틈으로 그녀를 데려간다.

"뭐하는 거야?" 그가 말한다. "어디 가는 거냐고?"

그녀의 얼굴은 평소 보기 드문 표정, 눈물이 그득해 못나 보이는 표정으로 일그러져 있다.

이 모든 상황에, 트럭들 사이의 이 끔찍한 광경에 그는 완전히 어안이 벙벙하다.

그는 그녀가 무슨 말이라도 해주길 기다린다.

마침내 그녀가 말한다. "나도 몰라. 그냥 아무데로나 걸었어. 네가 없는 곳으로."

"왜?" 그가 묻는다. "왜?"

그는 처음부터 낙태를 해야 할 거라고, 그녀도 그걸 원할 거라고 혼자 생각하고 있었다.

이제 그는 상황이 그렇지 않을 수도 있겠다고, 그렇게 되려면 한참 멀었을 수도 있겠다고 생각하기 시작한다. 그녀가 지금 왜 저러는지 설명해주는 게 가능할 모든 조합의 수를 기계처럼 떠올려보는 동안, 그의 머릿속에 가장 먼저 떠오른 생각이란 바로 이것이다. 그녀는 아이를 지우고 싶어하지 않는다. 그녀는 아이를 지울 생각이 없다.

어떤 의미에서 이것은 진정한 충격의 순간이다.

그는 물밀듯이 밀려오는 공황감을 떨쳐내려 애쓴다.

그녀는 아무 말도 하지 않았고, 여전히 그 시끄러운 우산 아래서 흐느끼고 있다.

애정 혹은 연민 혹은 그 비슷한 것을 담은 목소리로 말하려 애쓰며, 그가 묻는다. "넌 어떻게 하고 싶은데?"

"내게 아이를 지우라고 강요할 순 없어." 그녀가 말한다.

그는 궁금해한다. 그녀가 가톨릭신자던가? 제대로 된 가톨릭신자? 어쨌거나 그녀는 폴란드인이다. 그 문제에 대해서는 서로 이야기해본 적이 없다.

"난 너한테 뭐든 강요할 생각이 없는데." 그가 말한다.

"아니, 천만에. 넌 내가 아이를 지우길 원하잖아."

이 말을 그는 부정하지 않는다. 부정하지 않는 것과 강요하는 것은, 어쨌거나, 다른 문제다.

그가 다시 말한다. "넌 어떻게 하고 싶은데?"

그러고서 그녀가 아무 말도 하지 않고 있을 때, "그래 맞아. 내 생각에 너는 아이를…… 젠장, 멈춰!"

그녀가 그에게서 벗어나려고, 우산 밖으로 뛰쳐나가려 한 것이다. 그는 이제 그녀의 팔을 꼭 붙든 채 말한다. "한번 생각해봐! 그게 어떤 의미인지 생각해보라고. 네 인생이 송두리째 망가져버릴지도 몰라……"

그녀가 그의 얼굴에 대고 소리친다. "네가 이미 내 인생을 송두리째 망쳐놨는걸."

"뭐?"

"네가 내 인생을 송두리째 망쳐놨다고." 그녀가 말한다.

"내가 뭘 어쨌다고?" 그가 다시 묻는다. "내가 뭘 어쨌는데?"

"아까 그렇게 말했잖아."

"뭐?"

"네가 했던 그 말."

"내가 뭐랬는데?"

"'빌어먹을'." 그녀가 말한다.

이해할 수 없다는 듯 그의 얼굴이 일그러진다.

"네가 그렇게 말했잖아!"

그렇다, 그는 그렇게 말했다.

트럭의 거대한 돌출부 옆에서, 그녀가 다시 격하게 흐느낀다. 트럭의 돌출부에는 작은 물방울들이 맺혀 있다. 그는 그 새하얀 물방울들을 본다. 사나운 바람이 모든 것을 후려치는 순간, 그것들은 흔들리고, 그중 몇몇은 떨어진다. 그중 몇몇은 떨어진다. 그중 몇몇은 떨어지지 않는다. 흔들리면서도 거기 매달려 있다. 그저 트럭들 틈바구니에서 벌어진 이 끔찍한 소란을 끝내고 싶은 마음에, 그는 그녀의 떨리는 팔을 붙들고 있던 손을 풀며 말한다. "미안해. 그렇게 말해서 미안해."

*

끝없는 타맥 포장도로 위를 달리는 차의 움직임이 퍽이나 매끄럽다. 속삭이는 바퀴들. 조용하다. 두 사람 모두 아무 할말이 없는 듯하다. 이제는 날씨마저 그렇다. 몇 킬로미터를 가는 동안 고속도로 위로 가벼운 안개가 끼는가 싶더니, 맑고 단조로운 날씨가 이어진다.

펄그레이 빛깔의 오후.

마인츠에서, 그들은 라인강을 건너간다.

그에게 마인츠는 구텐베르크가 활판인쇄술을 발명함으로써 중세에 종지부를 찍은 도시다. 어쨌거나 그것이 그가 몇 년 전 참석한 볼로냐대학의 세미나 〈중세: 언제를 끝으로 볼 것인가에 대한 문제적 접근〉에서 내려진 결론이었다. 그뒤에 그는 세미나 내용을 기록한 회보에 서문을 써달라는 부탁을 받았었다.

양쪽으로 카키색 강물이 느릿느릿 흘러가고 있는 바이제나워 라인교를 건너는 동안, 그는 자신이 그 일에 대해 생각하고 있다는 걸, 중세의 마지막 날에 대해 생각하고 있다는 걸 알아차린다.

현대성은 그다음의 일이었다.

현대성, 단 한 번도 그의 관심을 끌었던 적이 없는. 현대성, 바로 지금 벌어지고 있는.

그것은 이곳 마인츠에서 시작되었다.

그리고 로마제국이 이곳에서 막을 내렸다―바로 이곳에서부터 로마 군단은 당시 경계선 역할을 하던 수로 반대편의 부족들을 굴복시키려 했다. 그 수로 반대편이 지금의 오펠* 공장이 자리한 뤼셀스하임이며, 거기서 조금만 더 가면 오 분 내내 고속도로 옆으로 쭉 이어지는 거대한 프랑크푸르트공항, 진짜 프랑크푸르트공항이 나온다.

그리고 그들이 공항을 지나쳐오자 날이 다시 흐려진다.

---

* 독일의 자동차 제조업체 아담 오펠사.

그동안 무슨 말이 오갔나?

아무 말도.

아무 말도 오가지 않았다.

마인츠 동쪽 산허리의 소나무숲이 그들을 감싸기 시작한다. 그리고 안개.

> 우리네 인생길의 한가운데에 당도했을 무렵
>
> 나는 정도正道에서 벗어나
>
> 어두운 숲을 헤매고 있었네*
>
> Nel mezzo del cammin di nostra vita
>
> Mi ritrovai per una selva oscura
>
> Ché la diritta via era smarrita

그러니까, 이곳이 바로 그곳이다. 고속도로를 에워싼 어두운 소나무숲. 앞유리 너머로 안개가 모습을 드러낸다.

마침내 누군가가 입을 뗀다. 그가 말한다. "언제 알았어?"

"며칠 전에." 그녀가 말한다. "전화로는 말하고 싶지 않았어."

"그래, 그랬겠지."

몇 분이 흐르고 그가 말한다. "그런데 내 아이 맞아? 내 아이인 게 확실해? 이건 물어봐야 할 것 같아서."

그녀는 아무 말도 하지 않는다.

"글쎄, 나로서는 알 수가 없으니까, 안 그래?" 그가 말한다.

---

* 단테의 『신곡-지옥편』 첫 연.

*

트렌펠트의 가스트하우스 조네에 도착했을 때, 놀랍게도, 그들은 섹스를 한다. 그들이 늘 하는 일이다―빌린 방에 들어가 서둘러 옷을 벗는 일. 그것은 그들이 늘 하는 일이고, 호텔방에 단둘이 있을 때 달리 뭘 하면 좋을지 모르는 그들이 이제는 그저 습관적으로 하는 일이다. 하지만 그는 이번만큼은 그녀를 만족시키려 애쓰지 않는다. 그는 그녀가 자기를 싫어하길 바란다. 만일 그녀가 그를 싫어하기로 마음먹으면 그녀는 아마 이 임신 또한 원치 않게 될 거라고, 그는 생각한다. 그는 격렬하게, 거의 난폭하게 서둘러 끝내버린다. 그러고 나서 그녀는 울고 있는데, 그는 두 손에 머리를 파묻은 채 끔찍한 기분으로 변기에 앉아 있다.

안개 속에서 트렌펠트를 찾아가는 데는 한 시간이 걸렸었다―마인강에 가파르게 솟아 있는 절벽 위로 목골구조의 높은 집들이 모여 있는 마을. 두 집 건너 한 집꼴로 보이는 짐머 프라이*라는 간판. 전형적인 여관―앞에는 주차공간을 갖추고 뒤에는 강으로 이어지는 길이 나 있는―이 몇 군데 더 나타났고, 그중 하나에 그들이 머물 방이 있었다.

안개 사이로 조심스레 길을 고르며, 그는 그녀에게 아이를 지우지 않는 결정을 한다고 해서 그들 관계가 지속된다는 의미는 아니라고, 그렇게 단정해서는 안 된다고 말했었다. 그게 꼭 그런 의미일 필요는 없다. 아니고말고. 그녀에게 그런 얘기를 해주는 것도

---

* 독일어로 '빈방 있음'.

252

당연한 일이라고, 그는 말했다.

그녀는 아무 말도 하지 않았다.

그녀는 두 시간 동안 거의 아무 말도 하지 않았다.

그러다 이윽고 그녀가 말했다. "너는 몰라."

안개 자욱한 비밀스러운 교차로를 미끄러지듯 지나가면서, 그가 말했다. "내가 뭘 모르는데?"

"내가 널 사랑한다는 걸." 그녀가 건조하게 말했다.

물론 그렇게 말하시겠지, 그는 생각했다. 아무렴. 더욱 세게, 그는 핸들을 움켜쥐고 있던 두 손에 힘을 준다.

그러다 길가에 나타난 이정표를 보고 트렌펠트에 도착했음을 알았다.

곧이어 목골구조의 집들이 늘어선 그림 같은 거리가 나왔다. 게 스트하우스 조네. 낮은 천장의 접수 구역. 벽 쪽에서 인터넷 공유기가 깜박거리는 좁은 계단을 함께 오르며, 미소 띤 여주인이 그들을 방으로 안내해주었다.

샤워를 하고 나온 그녀는, 포도 색깔 침대보에 누워 그녀를 기다리고 있는 그를 보았다.

나중에, 그가 욕실의 장미 타일 부스에서 나타났을 때도 그녀는 여전히 울고 있다. 벗은 몸 위로 살짝 침대보를 끌어올린 채. "미안해." 침대 끄트머리에 앉으며, 그가 말한다. 그다지 진심인 것처럼 들리지 않아 그가 다시 말한다. "미안해."

"그냥," 그가 말한다. "충격적이라서 그래, 나한테는."

"나한테는 충격적이지 않을 것 같아?" 그녀는 머리를 베개 아래

묻고 있다. 눈물로 목이 멘 그녀의 목소리는 둔탁하고 반항적이다.

그는 그녀의 창백한 어깨에서 오렌지색 벽에 걸린 무미건조한 수채화로 시선을 옮긴다.

"당연히 그렇겠지." 그가 말한다. "그래서 우리가 이 문제에 대해 생각을 해봐야 한다는 거야. 우린 심각하게 생각해봐야 해. 그러니까 내 말은……" 그는 어떻게 말해야 좋을지 생각한다. "너는 네 인생을 생각해야 해."

그는 그녀가 야심가라는 걸 안다. 그녀는 TV 기자다—가뭄 문제에 관해 농부들과 인터뷰를 하거나, 인근 도시의 시장과 함께 그가 새 레저센터를 위해 EU로부터 어떻게 공동출자금을 끌어낼 수 있었는지에 대해 이야기를 나누는 모습이 크라쿠프 지역 뉴스에 나온다. 그녀는 스물다섯 살밖에 안 되었고, 크라쿠프 내에서는 나름 유명인이다. (이제 와서 생각해보니, 어쩌면 그녀가 그보다 돈을 더 많이 벌지도 모른다.) 이따금 거리에서 그녀에게 인사를 건네는 사람들이 있고, 쇼핑센터 에스컬레이터를 타고 있는 그녀를 가리켜 보이기도 한다. 그도 옆에서 목격한 적이 있다. "방금 그거 뭐였죠?" 그가 말했다. "당신 유명인이에요?"

"아뇨." 그녀가 소리 내어 웃었다. "그렇게 유명하진 않아요."

그녀는 강인하고, 그녀는 더 많은 것을 원한다. 그는 그걸 알고 있다.

"내가 무슨 말 하는지 알겠어?" 그가 묻는다.

*

커튼이 내려진 어둑한 방에서 몇 시간을 보내는 동안 오후는 더디게 흘러간다. 방 밖에 있는 것들, 햇빛을 받아 칙칙하게 빛나는 진홍색 커튼 너머에 있는 것들은 아무 의미도 없어 보인다. 흐릿한 핏빛으로 한껏 부풀어오른 방 자체가 임신한 것처럼 보인다.

그리고 빛은 끊이지 않는다. 때는 한여름이다. 저녁은 영원히 이어진다.

마침내, 태양의 눈빛에 굴복하기라도 한 듯, 그들은 옷을 입고 밖으로 나간다.

밖은 따뜻하고 습하다. 그들은 목골구조의 집들이 늘어선 그림 같은 거리를 걷기 시작한다. 주위에는 저녁 산책을 나온 사람들이 더러 있고, 두세 군데 여관의 테라스에도 사람들이 보인다.

그녀는 여태 말이 없다. 하지만 그가 느끼기에, 그녀는 지금 상황에서 아이를 지키는 게 현명한 일은 아니라는 걸 깨닫게 될 테고, 그의 그런 느낌은 점점 더 강해진다. 결코 현명한 일이 아닐 것이다. 그런데 그녀는 현명하다. 그는 그녀가 그렇다는 걸 안다. 그녀는 감상적이지 않다. 그녀는 자신의 인생을 진지하게 여긴다. 그녀 자신만의 계획을 가지고 있으며, 그 계획은 성공적으로 착착 이루어지고 있다. 그런 점은 그녀에 대해 그가 마음에 들어하는 것 중 하나다.

그는 거리에 담배 자판기 몇 대가 유독 눈에 띄게 놓여 있는 걸 알아차린다. 동화 속에 나올 듯한 집들 사이에 놓여 있는 모습이 낯설다. 신경과민인 흡연자들이 사는 마을. 그는 담배가 당긴다.

가끔, 극단적 상황에 처했을 때, 그는 여전히 담배를 피운다.

어떤 것도 딱히 견고해 보이지 않는데, 실은 거리에 안개가 깔려 있다. 거의 감지할 수 없을 정도로 미세하게. 따뜻한 저녁이 젖은 대지로부터 빨아들인 습기들.

그들은 여러 테라스들 중 하나로 가서 테이블에 앉는다.

그는 무슨 이야기를 하면 좋을지 생각한다. 그냥 아무 이야기든 해야 할까? 이 예쁘장한 마을에 대해? 집들의 높고 가파른 지붕에 대해? 깎아 만든 박공에 대해? 길었던 오늘 하루에 대해? 내일은 둘이 뭘 하면 좋을지에 대해?

이 가운데 조금이라도 의미 있어 보이는 화젯거리는 단 하나도 없다. 그리고 의미 있어 보이는 단 하나의 화젯거리에 대해, 그는 이미 할말을 다 했다고 느낀다. 그는 그 이야기를 다시 끄집어내고 싶어하지 않는다. 그는 그녀에게 자신이 그녀를 압박하고 있다는 인상을 주고 싶어하지 않는다.

결정의 당사자는 그녀가 되어야만 한다고, 그녀가 그렇게 느끼는 것이 무엇보다 중요하다고, 그는 생각한다.

부드럽게 들려오는 독일어에 둘러싸인 채, 그들은 잠시 조용히 앉아 있다. 이곳에 있는 사람들은 대부분 노인들이다. 여름휴가를 보내고 있는 노인들.

그가 몹시 궁금하다는 목소리로 말한다. "무슨 생각 해?"

"왜 여기를 고른 건데?"

"왜냐고?" 그는 그렇게 간단하고 평범한 질문이 돌아올 줄은 몰랐다. "공항에서 별로 멀지 않았거든." 그가 말한다. "오늘은 너무 멀리까지 운전하고 싶지 않았어. 우리가 가는 곳이랑 같은 방향이기도 했고. 호텔도 괜찮아 보였고. 그게 다야. 여기 괜찮지 않아?"

"괜찮아." 그녀가 말한다.

그가 고개를 돌려 거리를 한 번 둘러보고는 말한다. "별로 흥미로운 곳은 아니지, 나도 알아."

"바로 그 점이 마음에 들어." 그것 또한 그들의 공통된 관심사다―흥미롭지 않은 장소들에 대한 흥미.

"그래도 일주일 이상 머물 만한 곳은 아니야." 그가 말한다.

"그러게." 그녀가 동의한다.

물론 그렇긴 하지만, 안 될 건 또 뭔가? 그는 여러 가지 이유로 이곳이 마음에 든다. 이곳은 깔끔하다. 부유하지만 시끄럽지 않다. 적당한 언덕 풍경에 가려져 있다. 분명, 별다른 일이랄 게 일어나지 않는다. 심지어 가게 같은 것도 안 보인다―어쩌면 어딘가에 (수요일을 제외하고) 주중 아침에만 여는 가게가 하나 있을지도 모르겠다. 아마 담배 자판기들이 보이는 것도 그 때문일 것이다. 고속도로로 20분 거리에 있는 뷔르츠부르크대학에서 교편을 잡는다면, 어쩌면 그는 이곳에서 한번 살아볼 수 있을지도 모른다……

터무니없는 일련의 생각들.

괴상하게 현실도피적인 생각들.

기이한 현실도피적 환상, 그것이 바로 그 생각의 정체다.

아무 일도 일어나지 않는 곳에 몸을 숨기고픈 환상.

그녀는 복숭아주스를 한 모금 더 마신다. 그녀는 복숭아주스를 마시고 있고, 그렇다고 해서 거기에 딱히 무슨 다른 뜻이 있는 것은 아니다―그녀는 원래 술을 즐겨 마시는 사람이 아닐 뿐이다.

"그리고 이제," 그녀가 말한다. "우린 이곳을 절대 잊지 못할 거야."

그들을 둘러싼 소음이 촘촘하고 고요한 공간의 끄트머리로 미끄러져가는 듯하다. 마치 방금 그녀의 말은 전혀 진심일 리 없다는 듯, 그는 머릿속으로 혼잣말을 한다. '왜 우리가 절대 잊지 못할 거란 거지?' 그리고 그녀가 아무 말도 하지 않자, 그는 밀려오는 공포를 억누르며 생각한다. 이게 바로 그녀 식의 대답인가?

그는 그녀에게 자신이 그녀를 압박하고 있다는 인상을 주고 싶어하지 않는다.

겁에 질려 어쩔 줄 모르며, 그가 말한다. "나중에 후회할 결정은 부디 내리지 말았으면 해."

"안 그럴 거야." 그녀가 말한다.

그들은 거기 앉아 있고, 뜨겁고 새하얀 하늘에서 칼새들이 날카롭게 울어댄다.

"부디," 그가 말한다. "그래줘. 내 생각이 어떤지는 알잖아. 다시 말하진 않을게."

그러고서 잠시 후, 그는 아까 호텔에서 했던 말을 다시 또 전부 반복해서 말하고 있다.

그들이 서로를 그렇게 잘 아는 건 아니라는 점에 대해.

그 일이 그녀의 인생에 끼칠 영향에 대해. 그들 두 사람의 인생에 끼칠.

그의 두 눈에 언뜻 절망감이 내비친다.

"그만해, 제발," 그녀가 선글라스를 낀 얼굴을 돌리며 말한다. "그만해."

"미안해……"

그녀가 다시 울먹이기 시작한다. 눈물 한 방울이 그녀 얼굴에서 뚝 떨어진다.

"미안해." 그가 당황하여 다시 말한다. 사람들이 그들을 쳐다보기 시작했다.

자신이 지금 이 상황을 완전히 망쳐버렸다고, 그는 생각한다. 그는 손을 뻗어 그녀의 손을 잡으려다 멈춘다.

그는 자신의 겉껍데기가 한 겹의 페인트칠처럼 모두 뜯겨나가고 그 아래 놓여 있던 두려움이 훤히 드러나버린 듯한 기분이다.

"나는 단지 알고 싶을 뿐이야." 그가 말한다.

"뭘 알고 싶다는 건데?"

대답은 뻔하다. "이제 어떻게 되는 거지?"

"네가 바라는 대로 되겠지." 그녀가 말한다.

"그건 내가 바라는 게 아니……"

"아니, 맞아."

"내가 바란다는 이유만으로 네가 그렇게 하는 것은 원치 않아……"

"단지 네가 원한다고 해서 그렇게 하는 건 아니야."

악몽에서 깨어나 잠들기 전의 삶 그대로 돌아온 듯한 느낌이다. 세상의 소리도 다시 들려온다. 두 귀가 뻥 뚫린 느낌이다. "알겠어." 이제 그녀의 손을 잡으며, 그가 말한다. "알겠어." 너무 기쁜 내색을 보여서는 안 된다. 그리고 놀랍게도, 실제로 그의 마음속 어딘가에 슬픔의 흔적이 남아 있다―온통 푸른 하늘 같은 그의 마음에 일종의 비행운처럼 남아 있는 슬픔.

그녀가 일이 분가량 흐느끼는 동안, 그는 그녀의 손을 잡은 채 이제는 그들을 대놓고 쳐다보고 있는 연금수급자들의 시선을 무시하려 애쓴다. 연금수급자들은 아무 일도 일어나지 않는 이곳에서 벌어지는 한 편의 길거리 공연처럼 그들을 바라보고 있다.

그들은 구경하라고 그러고 있는 게 아니지만.

3

그들은 고속도로를 타고 북동쪽으로, 드레스덴으로 향하고 있다. 소도시 근처만 가면 교통이 번잡해진다. 독일 고속도로 위를 급히 달려가는 번쩍이는 차량들을 태양이 전부 내려다보고 있다. 월요일이다.

늦잠을 자고 깨어나보니, 태양이 안으로 들여보내달라며 커튼을 두드려대고 있었다. 태양이 두드려댄 커튼에서 열기가 진동했다. 그들은 이불을 전부 걷어차버리고 잤다. 그녀는 잠을 설쳤다. 그가 보기에, 그녀는 어떤 의미에서 애도중이었다. 그는 그 문제에 대해 이야기하고 싶은 마음이 없었다. 적어도 오늘은.

지난밤, 테라스에서의 일을 뒤로하고, 그들은 마을 끝까지 걸어가 강을 따라 걸으며 한 시간가량 산책을 했다―그곳에 난 작은 길은 목재 잔교들로 이어졌고, 잔교들마다 묶인 보트들이 초록빛 강물 위에 떠 있었다. 반대편은 가파른 강기슭이었고, 그곳에도 예쓰장한 집들이 몇 채 더 보였다. 강물 위로 모기떼가 날고 있었다. 그러고는 마침내 저녁이었다. 황혼.

그들은 가스트하우스 조네로 걸어 돌아갔다. 그들은 아무것도 먹지 않았다.

강렬하게 불을 밝힌 방안에서, 그녀가 말했다. "넌 늘 모든 걸 네 뜻대로 하고야 말지. 난 알아."

"그건 사실이 아니야." 그가 중얼거렸다. 물론 그러고서 그는 어쩌면 그럴지도 몰라, 어쩌면 나는 그런 사람일지도 몰라, 하고 생각했지만.

그녀는 옷을 벗고 있었다. "이제는 그만 익숙해져야겠지." 그녀가 말했다. "너 같은 인간들을 잘 알아."

"그게 무슨 소리야?"

"그냥 되는대로 살면서 늘 자기 하고 싶은 대로 하는 인간들." 그녀는 그를 쳐다보지 않은 채 조용히 말하고 있었다.

"너는 나를 몰라." 그가 그녀에게 말했다.

"알 만큼은 알지." 그녀가 말했다.

"대체 뭘 안다는 건데?"

그녀는 세면도구 가방을 들고 화장실로 들어갔다.

그는 부드러운 매트리스 위에 누웠다. 그는 그동안 살아오면서 원하는 대로 하지 못했던 단 한 번의 의미심장한 순간을 떠올려보려 여전히 애쓰는 중이었다. 아닌 게 아니라, 그의 인생은 늘 그가 원하는 대로 굴러왔다.

그의 계획은 다음날 아침에 밤베르크에 가는 것이었고, 그들은 그의 계획대로 했다. 그들은 그의 계획대로 움직였고, 마치 전날 아무 일도 없었다는 듯 관광을 하며 아침을 보냈다. 소박한 로마네스크양식의 대성당 안에서, 그는 신성로마제국 황제들의 무덤을 자세히 들여다보았다.

하인리히 2세, † 1024

중세. 고속도로를 옆에 두고 트럭들 사이에서 치렀던 어제의 난리는 신도석의 청아한 분위기 속에서 멀찍이 물러난 듯했다. 그들의 발걸음은 석조 바닥 위로 속삭이는 소리를 냈다. 그들은 조각상들을 바라보며 함께 걷고 있었다. 그러면서 그는 그곳에서 안정감을 느꼈다. 그는 그곳을 떠나고 싶지 않았다. 그곳의 침묵을 떠나 햇빛 속으로, 눈부신 새하얀 광장으로 걸어나가고 싶지 않았다.

그녀는 여전히 별말을 하지 않고 있었다. 그녀는 아침 내내 그에게 거의 한 마디도 하지 않았다.

어쩌면 이번이 마지막일지도 모른다고, 그는 생각했다. 푸른 그림자들마다 섬세하고 가볍게 흔들리고 있는 밤베르크의 거리를 함께 걸으며.

어쩌면 그녀는—그 자신이 어제 미친듯이 굴며 의도했던 대로—그를 좋아하지 않기로 결정했을지도 모른다.

그가 그녀를 실망시켰다는 사실에는 의심의 여지가 없다.

점심식사는, 그럼에도, 평소와 거의 다를 게 없었다.

웨이터들이 테이블 사이로 돌아다니는 조용한 정원의 나뭇잎들 사이로 햇살이 비쳤다. 이것이 그가 상상했던 것이다. 이것이 그가 마음속에 그렸던 것이다. 고속도로를 옆에 두고 벌어진 그런 일들 말고. 바람 한 점 없게 벽을 두른 이 정원, 이 나뭇잎들의 잔잔한 그림자. 이것이 그가 원했던 것이다.

그녀가 임신했다는 것. 그래서 어떻게 하면 좋을지 하는 것은 그가 이야기하고 싶어하지 않는 것들 중 하나였다. 결정은 이미 내려졌다. 그에 대해 더이상 할말은 없었다. 어느 시점이 되면, 그들은 현실적인 측면에 대해 논의해야 할 것이다. 의사. 비용. 그 시점이 되기 전에 이야기하는 것은 그저 다시 기회를 주는 것에 불과할지도 모르고―어쩌면 결정을 번복하게 만들지도 모르고―따라서 그는 그 주제나 그와 관련된 그 어떤 주제와도 거리를 두었다.

점심식사 후에 그들은 그곳을 떠나 피어첸하일리겐대성당으로 간다. 함께 대성당 밖에 서 있는 동안, 그는 관광안내소 스탠드에서 뽑아들고 온 리플릿을 읽고 있었다. "1445년 9월 24일," 그는 읽었다. "프란체스코회 수도원 근처의 젊은 양치기 헤르만 라이히트는 근처에 있는 랑하임의 시토회 수도원에 속한 들판에서……"

그는 읽던 걸 멈췄다.

이야기가 어떻게 흘러가는지 알았더라면 애초에 읽으려 하지도 않았을 것이다.

그는 재빨리 읽어나갔다. "울고 있는 한 아이를 보았다. 그가 허리를 숙여 아이를 안아들려 했을 때……"

상황이 점점 나빠지고 있다는 걸 깨달았을 때, 그는 이미 다음 문장을 읽고 있었다.

"그가 허리를 숙여 아이를 안아들려 했을 때, 아이가 갑자기 사라져버렸다."

그는 소리 내어 읽는 걸 멈춰야 하나 생각했다.

그래봤자 상황은 더 악화되기만 할 거라고 판단한 그는 계속 읽어나갔다. 다 읽고 나서는 리플릿을 주머니에 쑤셔넣었다. "들어갈까?" 그가 말했다.

그렇게 들어간 대성당 안에서, 무정하고 꿈결 같은 대리석 실내에서, 뭔가 비슷한 일이 일어났다.

그들은 제단 앞에 서서 조각상들을 살펴보고 있었다―리플릿에는 각각의 조각마다 번호가 매겨져 있었고, 그 조각상들에 대한 설명이 적혀 있었다. 그것이 그가 한 일이었다. 열네 명의 성인을 각각 가리키며 그들이 누구였고 무엇을 했는지, 설명을 읽어주는 일. 이를테면, 그는 한 성인을 가리키며 말했다. "성 아가티우스, 두통을 막기 위해 부른다." 혹은 "알렉산드리아의 성녀 카타리나, 갑작스러운 죽음을 막기 위해 부른다." 혹은 "안디옥의 성녀 마그가리타……"

너무 늦었다―그는 읽지 않을 수 없었다.

"출산을 할 때 부른다."

그는 한낮의 더위 속에 그곳까지 차를 몰고 온 것을 그 어느 때보다도 후회했다. 바로크양식이었는지 뭐였는지는 모르겠지만, 하여튼 그는 그곳이 싫었다. 뭔가 일이 완전히 꼬여가고 있는 기분이었다.

다음 성인은 간질을 막기 위해 부르는 성 비투스라고, 그는 그녀에게 말했다.

"성 비투스의 춤. 기타 등등." 그는 말했다. 그녀의 눈길은 여전히 안디옥의 성 마가렛에 머물러 있다고, 그는 확신했다. "이거 받아. 다 읽어주진 않겠어." 그는 그녀에게 리플릿을 건넸고, 몇 초간 거기 서 있다가, 목성의 구름처럼 소용돌이치는 무늬가 있는 분홍빛 기둥들 사이를 지나 갈색 대리석 바닥 위를 여유로이 걸어다니기 시작했다.

그녀는 여전히 제단 앞에 서 있었다.

그곳은 러시아워의 역처럼 붐볐다.

숲에 부는 바람처럼 중얼거리는 목소리들로 가득했다.

그는 세례반洗禮盤 ─나중에 덧붙여진 어이없을 만큼 천박한 작품 중 하나─ 앞에 서서 분홍색, 금색, 연청색 장식들을 쳐다보고 있는 자신을 발견했다.

황금 모자가 씌워진 자신의 머리를 손에 들고 있는 주교 석상.

잉카 신전이나 힌두 신전에 있는 석상들 못지않게 기이하다고, 그는 생각했다.

황금 모자가 씌워진 자신의 머리를 손에 들고 있는 주교 석상.

순교자일 것이다. 아마도. 그리고 그는 습관적으로 그러하듯, 이 남자가 누구였을지 궁금해했다. 스스로 망각을 불러들인 이 남자, 혹은 망각에 사로잡혔을 때 그것을 평온하게 받아들인 이 남자─ 잘린 석고 머리의 표정은 대단히 평온해 보였다.

망각.

그는 고개를 들어 그녀를 찾았다.

그녀는 이제 제단 앞에 없었다. 봉헌 양초가 있는 입구 근처에 그녀가 있었다. 그녀는 봉헌함에 1유로를 넣은 후 양초를 하나 들고는, 이미 불이 붙어 있는 양초들 중 하나에 대고 심지에 불을 붙이고 있었다.

그는 다시 궁금해졌다. 그녀에게 독실한 면이 있었던가. 그녀가 따르는 개인적 준칙—그가 그동안 봐온 모습—으로 보건대 그렇다고 할 수는 없었다. 혹은 최소한 그럴지도 모른다는 생각조차 들지 않았다. 처음으로 그녀에게서 눈을 뗄 수 없었을 때, 그녀는 마니의 파티에서 코카인을 코로 흡입하고 있었다.

그 공간에 있는 모두가 움직이는 와중에 그녀 혼자만 가만히 서 있는 것처럼 보였다. 그녀는 가만히 서서 자신이 불을 붙인 양초의 작은 불꽃을 바라보고 있었다.

저게 대체 무슨 의미인 걸까?

그는 그녀에게 물어보고 싶었다. 그는 감히 그러지 못했다. 그는 그녀가 할지도 모를 그 말에 겁이 났다.

"나는 밤베르크대성당이 더 좋았어." 함께 언덕을 걸어내려오는 동안, 그녀도 동의해주길 바라면서 그가 말했다—마치 그게 무슨 의미를 지니기라도 한 것처럼. 그러면 마치 그들이 이곳에 도착한 이래 그의 평정심을 흔들어놓기 시작했던 그 걱정거리가 사라지기라도 할 것처럼.

그녀는 그가 그 대성당을 더 좋아할 거라고, 이미 예상했다고 말했다. "넌 1500년 이후의 것들에는 관심 없잖아." 그녀가 말했다. "안 그래?"

"1500년." 최소한 그녀가 까불거린다는 사실에 기뻐하며, 그가 말했다. "아무리 늦어도 딱 그때까지만."

"왜 그러는 거야?"

"나도 몰라."

"그래도 이유가 있겠지. 분명 생각해봤을 거 아니야."

"그냥 미학적 취향이야."

"그래?" 그녀가 회의적인 반응을 보였다.

"그런 것 같아. 그냥 그런 곳에는," 그가 말했다. "전혀 애정을 못 느끼겠어." 그는 피어첸하일리겐대성당 얘기를 하는 중이었고, 그곳을 깎아내리기로 작정을 한 모양이었다.

그녀가 대성당에 있던 화려한 타원형 장식을 칭찬하기 시작하자, 그는 거의 기분 나쁘게 받아들였다.

"난 거기가 그냥 싫어," 그가 말했다. "알겠어?"

그녀가 소리 내어 웃었다. "알겠어."

"미안. 아무려면 어때. 넌 좋았고. 난 싫었고. 그런 거지."

그들은 다시 고속도로로 차를 몰았다―습하고 노란 유채밭을 몇 킬로미터쯤 지나서.

"양초에 불은 왜 붙인 거야?" 지나친 관심은 보이지 않으려 애를 쓰며, 그가 물었다.

"나도 몰라."

"네가 독실한 줄은 몰랐어." 그가 말했다.

"나 독실하지 않아."

"그래?"

"그냥 그렇게 하고 싶었어. 무슨 문제라도 있어?"

"물론 아니지. 그냥 궁금해서."

"그냥 그러고 싶었어." 그녀가 다시 한번 말했다.

그가 물었다. "신을 믿진 않아?"

"글쎄. 안 믿어. 넌?"

그가 당연하지 않느냐는 듯이 소리 내어 웃었다. "안 믿어. 털끝만큼도."

그러고서 그들은 다시 고속도로를 타고 북동쪽으로, 드레스덴으로 향했다.

잠시 후, 그가 말했다. "비용은 당연히 내가 댈게. 그……" 그는 그 단어를 차마 꺼내지 못했다.

하지만 그는 알아야만 했다. 그 결정이 여전히 유효한지.

결정은 유효한 것 같았다.

그녀는, 그저 차분하게 고속도로를 내다보며, "알았어"라고 말했다. 그러고는 뒤이어 "고마워"라고.

그는 이야기를 꺼낸 김에 좀더 이어가는 게 좋을지 고민했다. 이를테면 그녀에게 어디서 일을 치르길 원하는지 물어본다거나. 디테일을 결정한다거나. 구체적인 장소들. 시간들.

그가 고민에 잠겨 있는 동안, 한 시간 넘게 침묵이 이어졌다.

어느새 드레스덴 외곽 도로의 정체 행렬에 서 있다. 오후 다섯시. 차 앞유리로 오후의 빛이 비명을 질러댄다. 에어컨은 차디찬 공기를 내뿜는다.

심각한 문제는 없다는 데 다시 만족하자, 작은 문제들이 그를 괴롭히기 시작한다. 그는 이 시간에 드레스덴을 지나는 것은 오늘 계획에서의 실책이었다고 생각한다. 미리 예상했어야 하는 상황이다. 예측 가능한 일이었다. (그는 바로 앞에 있는 승합차의 모습에 넌더리를 내며 앞으로 몇 미터 더 이동한다.) 그것은 범실이었다.

그리고 스탄코의 차에 남긴 도장塗裝 손상—여전히 거기 남아 있는 그것, 해명되어야 하고, 사과도 이뤄져야 할.

대가를 치러야 할.

그리고 치러야 할 또다른 대가.

4

그는 『영어와 게르만어 연구 저널』에 발표해야 할 논문에 대해 생각중이다. 「'Slēan' 형태에 나타난 예외적 요인들—몇 가지 제안」. 샤워중인 그는 샤워기로 얼굴에 따뜻한 물을 뿌리며 그것에 대해 생각중이다. 마무리해야 할 작업에 대해 생각중이다. 여러 도서관—옥스퍼드, 런던, 파리, 하이델베르크—에서 보내야 할 시간들. 돌로 된 벽이 움푹 꺼져들어간 곳에 샤워기가 설치되어 있다—화장실 전체가 그런 식이다. 두 개 달린 창은 좁다란 구멍이다. 그럼에도, 기능적인 면들에서는 나무랄 데 없이 현대적이다. 샤워기 밖으로 걸어나와 무거운 타월을 손에 쥐는데, 발바닥에 닿는 바닥 타일이 따뜻하다. 모든 게 고아하게 만들어져 있다. 한때 수도원이었던 이곳은, 지금 고급 호텔이 되어 있다. 그는 타월로 몸을 닦으며 깊숙이 점점 좁아지는 벽의 구멍 안에 난 창 쪽으로 몸을 기울여 밖을 내다본다—꽤 멀리, 숲이 우거진 가파른 언덕들이 보인다. 그는 이 호텔이 수도원이었던 시절을, 굽이굽이 원시의 것처럼 깨끗한 엘베강 옆의 들판에 서 있었던 시절을 상상하며 즐거움을 느낀다. 쾨니히슈타인에 가는 유일한 방법은 한 시간 동안 걸어가는 수밖에 없었던 시절. 드레스덴에 가려면 하루종일을 걸어야 했던 시절. 그는 타월로 머리의 물기를 말리고, 만족스러운 모양이 나올 때까지 손으로 머리카락을 눌러 편다. 「'Slēan' 형태에 나타난 예외적 요인들」. 이제는 그것에 집중해야만 한다. 이제 이 악몽은 끝이 났고, 눈앞에 다시 미래가 도래해 있으므로.

이른 저녁이다. 태양이 창의 맞은편 벽에 따스한 그림자를 새긴다. 장식은 수도원식으로 미니멀하다. 공들이지 않은 부드러운 윤곽. 광택이 돌게 문질러 닦은 돌. 새하얀 시트. 모든 게 새하얗다.

그녀는 무릎을 끌어안은 채 옅은색 가죽소파에 앉아 창밖에 펼쳐진 깔끔한 현대식 집들과 저멀리 언덕들을 바라보고 있다. 실망스럽게도 호텔은 평범한 교외 풍경으로 둘러싸여 있다. 신식 단독주택들이 늘어선 거리와 일종의 산업단지.

그는 몸 아래에 흰 타월을 두른 채 샤워실로부터 돌계단 두 개를 내려선다. 그러고는 여행가방에서 디오더런트를 찾기 시작한다. "배고파?" 그가 묻는다.

그녀는 무릎을 끌어안은 채 소파에 앉아 있다.

그는 디오더런트를 바른다.

"배고파?" 그가 두번째로 묻는다. 그녀가 방금 그 말을 들었을 게 분명하지만, 그럼에도 마치 첫번째 말을 듣지 못했을 수도 있다는 듯, 조바심은 내지 않으며, 단지 억양만 바꾸어서.

"음식은 훌륭할 거야." 그 자신도 음식을 기대하며, 그녀에게 말한다. "프랑스식이고. 미슐랭 스타 레스토랑이거든."

이날은 그들만의 특별한 날로 예정되어 있었다. 이 흠잡을 데 없는 호텔과 미슐랭 스타를 받은 호텔 레스토랑의 음식―그들의 탐닉, 그들의 사치. 내일 밤 그들은 크라쿠프에 있는 그녀의 집에 도착해 있을 것이다. 그다음날 그녀는 다시 일을 하고 있을 것이고, TV에 나올 것이고, 그는 스탠스테드공항으로 가는 비행기에 올라 있을 것이다. 그녀는 자신의 일을 좋아한다. 그들이 호텔에 도착한 직후인 오늘 늦은 오후, 누군가 그녀에게 전화를 걸어왔다. 그녀의 담당 피디였다. 그녀가 일할 때의 목소리는 흥미로웠고, 그녀의 통화를 엿듣고 있자니―내용은 전혀 이해하지 못해도, 어조만으로 판단하기에―그녀의 우선순위가 어디 있는지는 자명해 보였다.

그는 리넨 셔츠의 단추를 잠그고 있다.

그녀는 무릎을 끌어안은 채 소파에 앉아 있다.

"안 되겠어."

"안 되겠다니, 뭐가?" 그는 그녀가 미슐랭 스타 레스토랑의 음식을 말하는 거라고, 기분이 너무 우울하다거나 뭐 그런 말을 하는 거라고 생각한다.

그녀가 대답을 하지 않자, 그는 그게 아니라는 걸 깨닫기 시작한다. 그녀는 음식 이야기를 하는 게 아니다.

"마음을 정한 줄 알았는데." 셔츠 단추를 채우면서, 냉정을 유지하려 애쓰는 목소리로, 그가 조용히 말한다.

"나도 그런 줄 알았어."

그는 셔츠의 단추를 마저 채운다. 이제 그는 자신이 그 과정을 처음부터 다시 반복해야 할 처지에 놓였다고 생각한다. 어제저녁에 했던 일을 다시 반복해야만 한다. 그녀는 그로 하여금 다시 그 말들을 늘어놓게 만들 것이다. 그는 옅은색 소파에 앉는다. 그녀는 발을 소파에 올린 채 그의 옆에 앉아 그를 외면하고 있고, 그는 그녀의 어깨에 손을 얹은 채 어제 했던 말들을 전부 다시 반복하기 시작한다.

"나도 알아." 그녀가 말한다.

그는 마치 그것들의 포장을 벗겨서 그녀가 볼 수 있게끔 테이블 위에 올려놓기라도 하는 듯, 지친 목소리로, 어제의 말들을 부드럽게 내뱉고 있다.

"나도 알아." 그녀가 말한다.

그는 그녀의 귓가에 바짝 입을 갖다댄 채 어제의 말들을 속삭인다. 그는 그녀에게서 살짝 풍기는—방금 흘린 땀과 오래된 땀— 냄새를 맡는다. 때때로 그의 얼굴이 그녀의 얼굴에 닿을 때 스미는 그녀의 축축한 눈물을 느끼며.

"나도 알아." 그녀가 말한다. "나도 알아."

그의 두 팔은 그녀를 감싸안고 있고, 그의 두 손은 그녀의 배에 가 있다.

"네 말은 전부 맞는 말이야." 그녀가 말한다.

"그래, 그렇지……"

"그래도 내 생각은 전혀 달라지지 않아. 나도 어쩔 수가 없어."

그녀가 그의 손을 자기 손으로 가져온다. 그것 말고는 딱히 그녀의 움직임은 없다. 그녀의 손은 아주 따뜻하고 아주 축축하다.

그녀가 말한다. "이 아이는 나를 어머니로 선택했어. 그리고…… 그리고 나는 그걸 도저히 저버릴 수 없어. 제발 이해해줘."

"카렐," 그녀가 말한다. "제발 이해해줘."

그의 이마가 그녀의 어깨 위로 무겁게 내려앉는다.

"이해하지?" 그녀가 속삭이며 대답을 묻는다.

"아니." 그가 말한다. 하지만 그 말은 전혀 사실이 아니다. 전혀. 어쨌든 상황은 생각했던 것보다 간단하다. 상황은 늘 매우 간단했다. 지난 이틀간은 일종의 환상이었다. 있을 수 있는 결과는 늘 하나뿐이었다. 그는 이제 그것을 깨닫는다.

그들은 옅은색 소파에 한동안 앉아 있다.

해는 멈추지 않고 계속 빛난다.

"이제 어쩌지?" 마침내 그가 말한다. 그 말의 의미는, 이제 우린 어디로 가는 거지? 이제 우리 두 사람의 인생은 어떻게 되는 거지?

"배고파?" 그녀가 묻는다.

"아니." 그가 지체 없이 대답한다. 그는 앞으로 다시 배가 고파질 거라는 게 상상이 되지 않는다. 그는 그 어떤 것도 상상이 되지 않는다. 미래는, 또다시, 눈앞에서 사라져버린 것 같다.

"나가서 좀 걸을까?" 그녀가 처음으로 자세를 바꿔 그를 향해 돌아보며 묻는다. 그녀의 어깨가 움직이는 바람에 그는 고개를 들어야 한다. "나가서 산책하자." 그녀가 말한다.

"어디로?" 마치 자신이 지금 어디 와 있는지 모르겠다는 듯, 그는 고개를 들고 우아하게 미니멀한 방을 쳐다본다.

"모르겠어." 그녀가 말한다. "어디든. 바지를 입는 게 어때?"

고분고분, 그는 바지를 입는다.

*

그들은 호텔에서 나와 쾨니히슈타인 방향으로 걷기 시작한다. 인도는 간선도로로 이어진다. 때로는 차들이 쌩 하고 지나간다. 때로는 침묵이 흐른다. 때로는 나무들이 나타나거나, 어딘가에서 풀을 벤 냄새가 날아온다.

쾨니히슈타인까지 5킬로미터, 라고 이정표가 말해준다. 그들은 멈추지 않는다. 때는 한여름이다. 빛은 몇 시간 동안 계속될 것이다. 걸어갈 시간은 충분하다, 그들이 그럴 마음만 먹는다면.

5부

Lascia Amor e siegui Marte!*

* '비너스를 떠나 마르스를 따르라!'
헨델의 오페라 〈오를란도〉에 수록된 아리아 제목.

1

매일 아침 그는 두 딸을 학교에 데려다주거나, 여름방학 동안에는 테니스 수업에 데려다준다. 그는 아이들이 잠들고도 한참 뒤인 밤늦은 시간에야 귀가하기 때문에, 그가 하루 중 유일하게 아이들을 보는 시간은 그때가 유일하다. 그래서 그는 아침에 아이들을 학교나 테니스 수업에 데려다주기로 약속한 것이다. 그는 지금껏 그 약속을 지켜왔다.

아이들의 학교는 어쨌거나 그의 출근길과 같은 방향에 있다. 덴마크 테니스 클럽은 우회로를 이용해야 한다. 테니스 클럽까지 운전을 해서 가려면 적어도 이십 분은 걸린다. 아침의 그 시간대에는 교통량이 제법 많다. 그는 운전을 하면서 두 딸 티네 그리고 비키와 대화를 나눈다―주로 TV 프로그램과 팝음악과 유명인들에 대한 얘기다. 티네는 열한 살, 비키는 여덟 살이다. 두 딸은 TV에 나오는 연예인들 이야기를 좋아한다. 팝스타들. 그는 그쪽 방면으로 아는 게 꽤 많다. 비록 예전처럼 그쪽이 그의 전문분야는 아니지만.

그들은 아홉시 십 분 전쯤에 테니스 클럽에 도착하고, 딸들은 마실 물과 테니스 용구를 들고 차에서 뛰쳐나간다. 그리고 그가 잘 가라는 인사를 하려고 자리에서 몸을 돌리면 그에게 형식적으로 손을 흔든다. 아이들이 안으로 들어가는 것까지 보고 그는 차를 출발시키며 라디오를 튼다. 보통 그는 아이들을 내려주기 전까지는 라디오를 틀지 않는다. 물론 가끔 차에서 음악을 함께 듣거나, 아는 노래가 나오면 함께 따라 부르기도 하지만.

혼자 있을 때 그는 뉴스를 듣는다. 대개 쇠르네, 즉 호수를 지날 무렵인 아홉시 오 분 전은 스포츠 뉴스 시간이다.

그의 아우디는 아직 새것이고―채 일 년이 되지 않았다―그는 그 차를 모는 게 여전히 즐겁다. A4, 은색 차량, 검은색 가죽시트. 지나치게 야단스럽지 않은 중역용 세단. 특색이랄 건 거의 없다. 그는 어떤 차를 구매할지 고민하던 와중에 어느 웹사이트에서 이 모델에 대한 홍보 카피를 보았다. "냉정하게, 이성적으로 따져봤을 때 거의 모든 부서에 어울리는 차"라는 카피의 어감이 그는 바로 마음에 들었다.

테니스 클럽에서 시내에 있는 사무실까지는 교통 상황에 따라 대략 십 분 내외가 소요된다.

이따금 그는 아침 회의 시간에 십 분 정도 늦기도 하고, 그럴 때 그는 에린이 이미 이야기를 시작한 사이 슬쩍 회의실로 들어가 문에서 가장 가까운 자리에 앉는다.

오늘 아침에는 특별 회의가 있다. 에린이 어젯밤 늦게 전화를 걸어와 자신이 방금 뉴스 에디터 예페와 통화했다는 소식을 전했다. 예페가 그녀에게 자신이 입수한 정보에 대해 얘기해주었다는 것이다. 국방부장관 에드바르 달린에 관한 정보였고, 그가 기혼 여성과 불륜 관계를 이어오고 있다는 내용이었다.

"예페가 당신한테 이야기하던가요?" 에린이 그에게 물었다.

"아니요." 크리스티안이 말했다.

예페는 자신이 확실한 통신 데이터―거의 확실한 증거로서의 메타데이터, 또한 더욱 중요한 증거인 실제 문자메시지―를 확인했기 때문에 그 정보가 사실임을 확신한다고 그녀에게 말했다. 에린은 예페가 그 정보를 어떻게 손에 넣게 되었는지, 그 와중에 어떤 불법행위가 있진 않았는지 알고 싶어했다. 예페는 만일 그런 일이 있었다 해도, 신문사 사람들 가운데 직접 연루된 사람은 없다고 그녀에게 말했다.

크리스티안에게 그 모든 이야기를 전한 후, 그녀는 그의 생각을 물었다.

그는 먼저 그 정보부터 봐야 할 것 같다고 말했다.

오늘 아침 회의는 그것에 대해 논의하는 자리다.

신문사에 도착한 크리스티안은 예페와 그의 팀원 다비드 예스페르센이 회의실 밖에서 기다리고 있는 걸 발견한다. 지나치게 살이 찐 예페는 손에 플라스틱 물컵을 든 채 거기 달랑 하나뿐인 의자에 앉아 있다.

"에린 아직 안 왔어요?" 크리스티안이 묻는다.

"에린은 모르텐이랑 같이 회의실에 있어." 예페가 말한다. 그는 이제 예순쯤 됐을 것이다. 그는 크리스티안이 그곳 신문사에서 인턴으로 일을 시작했을 때부터 뉴스 에디터로 일해오고 있다.

"모르텐에게 당신이 손에 넣은 수상한 통신 데이터 이야기를 하고 있나보죠?" 크리스티안이 묻는다.

예페는 어깨를 으쓱한다. 목이 사라진 그의 모습에는 어쩐지 끔찍한 데가 있다. 하얗게 센 머리는 너저분한 푸딩 그릇 같은 스타일이다.

"가지고 있는 정보가 정확히 뭐예요?" 크리스티안이 그에게 묻는다.

그는 예페가 자신에게는 정보를 공유하지 않는다는 걸, 기회가 있을 때마다 그를 건너뛰고 에린과 직접 교섭하려 한다는 걸 알고 있다. 2년 전 부편집장 자리가 공석이 되었을 때, 예페는 그 자리를 탐냈다—그 자리는 그 대신 크리스티안에게 돌아갔다. 크리스티안은 당시 방송 연예 쪽 에디터였고, 예페보다 스무 살이 어렸다. 그뒤로 둘 사이에는 줄곧 냉기가 흘렀다.

예페가 손에 든 플라스틱컵을 바라보며 말한다. "안에 들어가서 말해드리지. 같은 이야기를 두 번 떠들고 싶진 않으니까."

"좋아요." 크리스티안이 다비드 에스페르센 쪽으로 고개를 돌린다. "안녕, 다비드."

"안녕, 친구."

"너도 회의 들어오려고?"

"맞아."

"이것 참 흥미진진한데." 크리스티안이 말한다.

안으로 불려들어간 그들은 에린과 사내변호사 모르텐이 함께 있는 걸 본다. 모르텐은 변호사처럼은 보이지 않는다. 그는 운동복 차림이다.

모두가 서로에게 아침 인사를 하고, 긴 테이블에 모여 앉는다. 테이블에는 생수병들이 놓여 있다. 창밖으로 페블링에호수가 보인다. 뜨겁고 고요한 팔월의 아침.

에린이 예페에게 말한다. "좋아요, 가지고 있는 걸 우리에게 말해봐요."

"다비드." 예페가 말한다.

다비드 예스페르센이 의욕적으로 의자를 앞으로 당겨 앉는다. 그는 크리스티안과 또래다—정확히는 동갑이다. 그들은 순뷔외스테르에 있는 학교를 함께 다녔다. 다비드는 대학에 갔고, 그길로 언론계에 입문했다. 크리스티안은 그렇지 않았고, 한동안 다비드는 그보다 직급이 높았다. 마른 체형에 잘생긴 얼굴, 간에 문제라도 있는 듯 살짝 누런 피부. 그가 의자를 앞으로 당겨 앉는다. 그가 말한다. "네. 우리가 뭘 가졌냐면. 우리는 확실한 증거를 확보했어요." 그가 주로 에린을 향해 말한다. "에드바르 달린이 기혼 여성과 불륜 관계를 맺고 있다는 증거입니다. 몇 년째 계속된 관계예요. 사실 우리가 이 문제를 캐고 다닌 지는 좀 됐습니다. 여자의 이름은 나타샤 옴센. 쇠렌 옴센의 부인이고요……"

에린이 끼어든다. "달린은 미혼인가요?"

"아니요. 이혼했습니다." 다비드가 말한다. "옴센은 유부녀고요."

에린이 고개를 끄덕인다.

"네, 몇 년째 계속되어오고 있는 관계입니다." 다비드가 말한다. "그런데 이제 끝나려는 듯해요. 여자 쪽에서 끝내길 원해요. 달린은 그리 달가워하지 않고 있습니다."

"상심해하고 있죠." 예페가 덧붙인다.

"그리고 그 정보는 모두 통신 데이터를 통해 얻은 거고요?" 에린이 묻는다. "진짜로 가지고 있는 게 정확히 뭐예요? 누구에게서 얻은 정보인데요?"

다비드가 예페를 바라본다─초조하게 그를 쳐다보고 있다고, 크리스티안은 생각한다.

"통신사 쪽 사람이에요." 예페가 말한다. "이미 말씀드렸다시피, 이 사람은 달린의 휴대폰 기록에 접근할 수 있어요. 그가 전화를 건 사람. 통화한 시간. 그의 음성메시지. 문자메시지."

"당신도 그 정보를 가지고 있고요?"

"네."

"어떻게요?" 에린이 묻는다.

"이 사람이 저희 쪽에 접근해왔어요."

"아마도 돈이 오갔겠군요."

"네." 예페가 테이블을 내려다보며 다시 말한다.

"얼마나요?"

예페가 고개를 든다. "정말 알고 싶으세요?"

에린이 모르텐을 바라보자 그가 고개를 젓는다.

"그래서 뭘 가지고 있다고요? 정확히?" 그녀가 묻는다.

다비드가 반쯤 일어나 테이블에 몸을 기대며 그녀에게 플래시메모리스틱 하나를 건넨다. "문자메시지는 전부 거기 들어 있어요." 그가 말한다. "그리고 간단히 정리한 주요쟁점들도요."

"중요한 건 문자메시지죠." 예페가 요점을 짚는다.

"그가 그녀에게 보낸?"

"그녀가 그에게 보낸 것들도요." 다비드가 말한다. "거기 전부 들어 있어요."

그녀가 메모리스틱을 노트북 컴퓨터에 꽂고 파일을 연다. 일 분가량 그녀가 파일을 살펴보는 동안, 다른 이들은 벽을, 혹은 창밖의 호수와 코펜하겐의 낮은 스카이라인―호수 반대편에 있는 비싼 장난감 같은 집들―을 쳐다본다.

"이게," 갑자기 그녀가 말한다. "진짜라고 장담할 수 있어요? 조작된 건 아니고요?"

"백 퍼센트예요. 확실합니다." 예페가 말한다.

"어떻게요?"

"거기 있는 번호로 시험을 해봤거든요."

"음?"

"우리가 직접 문자메시지를 보내봤어요." 예페가 말한다. "달린의 번호로요. 그것도 거기 있어요. 시간이랑 모든 게 정확해요."

에린은 이 정보에 만족한 듯하고, 심지어 감동받은 인상이다. 게다가 다비드는 스스로에게 만족한 듯한 표정이다.

에린이 말한다. "유일한 문제라면, 우리가 이걸 신문에 낼 수는 없다는 거예요. 문자메시지 말이에요."

"안 되죠." 예페가 그녀에게 말한다. "그러면 우리 정보원의 정체가 드러나고 말 거예요. 엄밀히 말해서 합법적인 일이 아니니까요. 모르겠어요. 어쩌면 그가 기소될 수도 있을 겁니다."

"좋아요." 에린이 자신의 뒤에 서서 어깨 너머로 노트북 화면의 문자메시지들을 보고 있는 모르텐 쪽으로 고개를 돌린다. "그러니까, 그러면 안 되는 거죠?" 자리에서 몸을 꼬아 그를 올려다보며, 그녀가 묻는다.

"안 돼요." 모르텐이 말한다. "만일 달린이 고소하더라도 이 증거물을 법정에 제출할 수는 없습니다. 우리 쪽에는 내놓을 아무 증거도 없는 셈이죠. 그러니까 안 돼요."

"그럼 우린 이제 어떻게 되는 거죠? 예페?"

다비드 예스페르센은 근심스러운 표정으로 입을 꾹 다문 채 시선을 창밖으로 향한다. 그는 데이비드 베컴을 어느 정도 자신의 모델로 삼고 있다. 날렵한 테일러드재킷. 1930년대식 헤어스타일. 잘 다듬은 금발의 짧은 수염.

예페는 그 사안이 국가안보에도 영향을 미칠 수 있다는 점을 이야기하기 시작한다.

에린이 그의 말을 끊는다.

"네, 알겠어요." 그녀가 조바심을 내며 말한다. "만일 그가 고소하면, 우리는 방어책이 없어요. 그게 핵심이에요. 당신 생각은 어때요?" 그녀가 지금까지 잠자코 있던 크리스티안에게 묻는다.

그 역시 자리에서 일어나 노트북 화면 위로 몸을 숙이고는 문자메시지들을 들여다본다. 수백 건에 달하는 문자메시지들. 그런 것들을 보고 있다는 게 어떤 면에서는 당혹스럽다. 그 표현들이란 정말. 널 원해. 네가 내 마음을 아프게 하고 있어. 온통 그런 송류들.

그는 숙였던 허리를 똑바로 편다. "이거, 큰 건이네요." 그가 말한다. "그는 고위급 장관이에요. 이건 큰 건이 될 겁니다."

"그래서 이걸 기사화해야 한다고 생각하는 거예요?" 에린이 그에게 묻는다.

"그래야 한다고 생각합니다."

"그가 고소하면, 우리는 아마 질 겁니다." 운동복을 입은 모르텐이 다시 자리에 앉으며 무릎을 편다. "합의금이 어마어마할 거예요. 그 점을 말씀드려야겠군요."

에린은 여전히 크리스티안을 바라보고 있다. 크리스티안은 매우 고요한 에너지를 지닌 사람이다. 부드럽고 살짝 통통한 얼굴. 좁은 옷깃의 정장에 얇은 푸른색 넥타이를 맨 그는 보기 드물게 우아한 회계원이나 심지어 젊은 장의사라고 해도 좋을 정도다. 꼭 해야 할 말을 정확히 전하며 고인의 가족들을 능숙하게 대하는 그의 모습을 상상해보는 건 어려운 일이 아니다. "물론이죠." 그가 모르텐에게 말한다. "저도 알고 있습니다. 우리에겐 다른 무언가가 더 필요할 뿐이에요. 또다른 정보원요."

"가령 누구?" 에린이 묻는다.

"에드바르는 어때요? 그가 이 일을 시인한다면?"

"그가, 그러겠어요?" 예페가 말한다.

크리스티안은 그의 말을 무시한다. "그는 우리가 가진 정보가 이게 다라는 걸 몰라요." 그가 에린에게 말한다. "그는 우리가 무엇을 알고 있는지, 혹은 그걸 어떻게 알게 됐는지 몰라요." 그가 이제 예페를 쳐다본다. "그렇죠?"

예페는 크리스티안의 시선이 다시 에린에게 향하기 전까지 노골적인 적의를 드러내며 그를 노려본다.

"어쨌든 우리가 이 일을 기사화할 거라고 생각하게 만들기만 하면 돼요." 크리스티안이 말한다. "그리고 우리는 그에게 발언권을 주는 거예요, 그가 직접 입장을 말할 수 있게……"

"그가 그냥 거절해버리면?" 예페가 묻는다.

"그럼 그러라죠." 크리스티안이 말한다. "그런데 제 생각엔 그러진 않을 거예요." 그가 이제 다시 에린에게 말한다. "제가 그를 꽤 잘 알거든요."

그녀가 나직이 말한다. "맞아요, 그렇죠."

그가 겸손하게 어깨를 으쓱한다.

"그러니까 내 말은, 그것도 문제라는 거예요." 에린이 말한다. "우린 달린을 좋아하잖아요, 안 그래요?"

"단지 그 이유만으로, 이런 사건을 모른 척할 순 없죠." 예페가 말한다.

"그 어떤 이유로도, 이런 사건을 모른 척할 순 없어요." 크리스티안이 말한다. "그러니까 우린 먼저 그와 이야기를 해봐야 해요. 그도 그걸 바랄 겁니다. 우린 이 문제를 최대한 호의적으로 다루고 싶다. 그에게 그렇게 말해야 합니다. 어차피 이 일이 우리 쪽에서 기사화될 거라고 그가 생각한다면, 우리 제안을 거절할 이유는 없을 거예요."

"당신이 그와 이야기를 해봐요." 에린이 크리스티안에게 말한다.

예페가 성마르게 한숨을 내쉰다.

"이 정보를 갖고 있는 사람이 또 있나요?" 에린이 그에게 묻는다.

예페가 말한다. "아뇨. 없을 거예요."

"없을 거라고요?"

"네." 그가 말한다. "다른 사람한테는 없어요."

"그래도 우린 서둘러야 해요." 크리스티안이 제안한다. "우연히라도 다른 누군가의 손에 들어가면 곤란합니다. 그리고 우리는 그녀가 그를 차버리기 전에 움직여야 해요. 그녀가 정말로 그럴지는 모를 일이지만. 오늘 제가 에드바르와 이야기를 해볼까요?"

에린이 말한다. "네, 그렇게 해봐요. 그가 뭐라고 변명하나 봅시다. 그리고 둘 다 수고했어요." 그녀가 다른 두 사람에게 말한다. "좋아요, 회의 끝내죠."

다들 회의실을 나가기 시작할 때, 그녀가 크리스티안에게 잠깐 보자고 한다.

모르텐이 뒤에 남아서 그녀에게 말한다. "만일 기사화하더라도 여자의 이름은 거론하지 않는 게 좋을 겁니다. 그녀는 일반 시민 이에요. 설령 기사 내용이 백 퍼센트 사실이라서 그 일로는 소송을 걸어오지 못한다 해도, 사생활 침해로는 소송이 가능합니다."

"알았어요." 에린이 말한다. "염두에 둘게요. 고마워요, 모르텐."

둘만 남게 되었을 때, 그녀는 크리스티안에게 달린과의 미팅을 잡아달라고 부탁하고, 그는 국방부장관의 미디어 보좌관인 울리크 라르센에게 전화를 건다. 크리스티안은 울리크를 상당히 잘 안다. 그들은 보통 한 주에 두서너 번 정도 대화를 나누는 사이다.

"울리크," 그가 말한다. "크리스티안이야."

의례적인 인사가 몇 마디 오간 후, 그가 말한다. "이봐, 울리크, 에드바르와 한번 만났으면 좋겠어. 대면 미팅으로. 아." 그러고는 에린을 쳐다본다. "그래, 그가 스페인에 있다고?" 그녀도 통화 내용을 알 수 있게 그가 말한다. "흠, 그럼 스페인에서 만나도 될까? 오늘 아침 비행기로 갈 수 있는데. 물론 중요한 일이지." 그가 말한다. "아주 중요한 일이야. 그도 내 용건을 듣고 싶어할 거야. 아니, 전화로는 할 수 없어. 좋아, 그럼 그와 통화해보고 알려줘. 고마워,

울리크."

그가 전화를 끊고 말한다. "스페인에 며칠 있을 거래요."

"공식 일정으로?"

"아뇨, 휴가중이래요."

울리크에게서 다시 전화가 오기를 기다리는 동안, 에린이 그에게 말한다. "신문사에 대대적인 개편이 있을 예정이에요, 크리스티안. 우리의 새로운 사주가—그는 비용을 꽤 많이 절감하고 싶어해요. 그는 그래야만 할 테고, 우리는 그래야만 해요. 당신도 알잖아요."

그가 그녀에게 고개를 끄덕이며 미소를 짓는다.

그녀가 말한다. "누군가를 해고해야 할 거예요. 상당수의 사람을요."

"나도 알아요." 그가 말한다.

그들은 가까이 있는 의자에 앉는다. 그의 휴대폰은 그들 앞의 긴 테이블에 놓인 채 울리크를 기다리고 있다.

"당신은 옷차림이 늘 참 깔끔해요." 그녀가 감탄스럽다는 듯이 그에게 미소를 지으며 말한다.

"최선을 다할 뿐이죠."

"예페는 게으름뱅이예요."

그는 아무 말도 하지 않고, 그저 휴대폰을 테이블 모서리와 수평이 되게 맞춰 움직이기만 한다.

"그를 어떻게 생각하죠?"

"그를 해고할 생각인가요?" 그가 묻는다, 시선은 여전히 휴대폰을 향한 채.

"간당간당해요." 그녀가 시인한다.

"이 일이 도움이 될 수도 있겠네요. 이번 건이 성공한다면."

"분명 일은 다비드가 다 했을 거예요."

"분명 그랬겠죠." 그가 동의한다.

"다비드가 예페의 일을 대신하는 걸 참고 봐줄 수 있어요?" 그녀가 묻는다.

그녀가 특유의 그 시선으로 그를 쳐다본다―마치 이 세상에서 자신의 흥미를 끄는 건 그뿐이라는 듯이. 그는 매우 으쓱한 기분이 든다. "잘 모르겠어요." 그가 말한다.

"난 못 봐주겠어요." 그녀가 말한다. "솔직히 말하자면요."

"아마 그도 차츰 적응해나가겠죠." 크리스티안이 넌지시 말한다.

"우리에게 그를 시험해볼 만한 여유는 없어요."

"그러네요." 그가 동의한다.

"당신, 달린한테서 기삿거리를 꽤 많이 얻어내지 않았던가요?" 그녀가 묻는다.

"꽤 많이요. 그는 괜찮은 정보원이죠. 계속 관계 유지중이고요."

"이번 일로 그 관계가 상하진 않겠죠?"

크리스티안이 그의 부드럽고 흰 두 손을 모으고 생각에 잠긴 듯 얼굴을 찌푸린다. "아뇨," 마침내 그가 말한다. "양쪽 다 각자의 이익 때문에 관계를 유지하는 거니까요. 그 사실은 변치 않을 거예요. 그리고 만일 관계에 금이 가더라도," 그가 말한다. "이건 그럴 만한 가치가 있는 일이죠. 제 생각은 그래요."

"다른 사람을 보낼 수도 있어요."

그는 희미한 미소로 그녀의 배려에 감사를 표한다. 그러고는 고개를 내젓는다―그의 쥐색 머리는 전형적인 회사원 스타일이다.

"아뇨."

"이 일로 그가 장관직을 잃을 수도 있을까요?" 그녀가 묻는다.

"아뇨, 그렇진 않겠죠." 그러더니 그는 좀더 생각해본다. "아뇨. 만일 그가 결혼한 상태라면 그럴 수도 있겠죠. 하지만 그는 지금 싱글이에요."

"그럼 나타샤 옴센은요?" 에린이 묻는다.

"네, 저도 그 생각을 하고 있었어요." 안경을 벗으며, 크리스티 안이 말한다. "그녀를 계속 지켜봐야 해요. 어디 사는지도 알아내 야 하고요. 분명 그녀의 번호가 우리에게 있으니까―전화기만 들 면 돼요. 그녀가 어떻게 나오는지 한번 보자고요. 만약 에드바르 저한테 꺼지라고 말하면―아마 그럴 거예요, 한번 고집을 부리면 그 고집을 꺾지 않거든요―우리가 필요한 정보는 그녀에게서 얻 을 수 있을 거예요."

"사람을 붙여놓을게요."

그들은 잠시 말없이 앉아 있다.

그러다 그녀가 조용히 미소를 지으며 말한다. "딸들은 잘 있어 요?"

그가 대답하려는 찰나, 뭔가 모호하고 긍정적인 대답을 하려는 찰나, 그의 휴대폰이 울리기 시작한다. 울리크다.

통화를 마친 후, 그는 재킷 주머니에 휴대폰을 집어넣는다. 그가 에린에게 말한다. "에드바르가 오늘 오후에 스페인에 있는 자기 집 에서 기다리고 있겠다는군요."

2

오후 중반 말라가에 도착하자 온도계가 40도를 가리키고 있다. 비행기에서 바라본 바다는 데님처럼 어두웠다. 산들은 마치 선사 시대의 것들처럼 보였다. 그는 허츠 렌터카에서 흰색 폭스바겐 파사트를 빌려 에어컨을 최대로 가동한 채 내비게이션에 에드바르의 집 주소를 찍는다.

그 집은 고속도로를 타고 코르도바 방면으로 올라가는 길에 나오는 어느 마을에 있다. 차로 가면 대략 한 시간쯤 걸린다.

그와 에드바르가 마지막으로 만난 게 불과 일주일 전의 일이다. 그는 차를 몰고 공항을 빠져나가면서 그때를 떠올린다. 신문사의 새 사주가 파티를 열었었다. 그 자리에는 에드바르 말고 다른 장관들도 있었지만, 가장 고위급 장관은 바로 그―집권 정당의 부대표―였다. 그는 크리스티안의 사적인 부탁을 받고 그 자리에 나타났다―새 사주를 위해 크리스티안이 준비한 집들이 선물이었다―에드바르는 삼십 분 정도 머물며 평범한 덴마크풍 대저택 잔디밭에서 샴페인을 마셨다. 그 저택은 임시로 빌린 집이었다. 크리스티안이 소개를 했다. 신문사를 소유한 백만장자 사장을 국방부장관에게. 국방부장관을 신문사의 백만장자 사장에게. 그는 거기서서 그들이 한담을 나누는 모습을 지켜보며 일종의 뿌듯함을 느꼈다. 그러고 나서 그와 에드바르는 사람들로부터 벗어나 나무랄 데 없이 깎아놓은 산울타리 근처로 가 잠시 이야기를 나눴다. 이런저런 잡담이 오가고, 에드바르 자신의 전망에 대해 논했다. 그 신문은 정치적으로 국방부장관의 편에 서 있었다. 그는 심지어 가끔 그 신문에 기고도 했다. 어쨌거나 그 기고문들은 그의 이름으로 나갔다. 이따금 크리스티안이 쓰긴 했지만. 가장 최근의 기고문은 노동시간 일부 감축―시장규제―의 미덕에 대한 것이었다. 국방부장관이 경제정책 분야를 다룬다는 것은 조금 이상한 일이다. 그는 최고위직에 눈독을 들이고 있었고, 이는 공공연한 비밀이었다. 지난주 그가 쾌적한 여름 날씨―살짝 흐렸지만 비가 올 기미는 전혀 보이지 않았다―속에 샴페인 잔을 들고 삼십 분가량 잔디밭에 서 있었던 것은 그 때문이기도 했다.

고속도로는 지루한 언덕 풍경들 사이로 쭉 이어진다. 한동안 눈에 보이는 식물이라고는 심심하게 줄지어 심어놓은 수백 그루의 올리브나무가 전부다.

내비게이션은 그에게 루세나라는 도시 근처에서 고속도로를 빠져나가라고 알려준다. 풍경은 이제 살짝 덜 지루해진다. 많지는 않지만 올리브나무 말고도 다른 나무들이 시들어가는 햇살 속에 그림자를 드리운 채 서 있다. 산비탈에 드문드문 보이는 양들. 아직도 작은 아치형 구조물에 종을 달고 있는 새하얀 성당이 있는 마을. 거리는 텅 비었다. 아마 시에스타 시간이리라. 마을 끄트머리에 집 한 채가 나타난다.

바로 여기다.

내비게이션이 목적지에 도착했음을 알려준다.

그곳 부지 주변으로는 벽이 둘러져 있고, 벽 바깥에는 나무 한 그루가 서 있다. 그는 그 비좁은 나무그늘 아래 새하얀 렌터카를 세워보려 애를 쓴다. 삐걱대는 경첩 소리와 함께 대문이 열리고, 장관의 밀착 경호원들―무더위 속에 땀을 흘리며 그를 기다리고 있던 두 남자―에게 몸수색을 받은 후, 그는 집으로 이어진 길을 따라간다.

집은 아담하다. 전면에는 현관과 몇 개의 새하얀 기둥이 있는 일층짜리 흰색 건물. 다양한 크기의 화분에 심긴 야자수 같은 화초들. 먼지로 뒤덮인 협죽도. 현관에 놓인 검소한 가구들. 테이블 하나와 의자 몇 개. 녹색으로 칠해진 금속제 의자들에는 녹색과 흰색 줄무늬 쿠션이 놓여 있다. 현관 지붕 아래 벽에는 장식용 접시가 몇 개 걸려 있다.

크리스티안이 도착해보니, 국방부장관은 반바지와 샌들과 반소매 셔츠 차림으로 스프링클러를 이리저리 움직이고 있다. 단추를 잠그지 않은 그의 셔츠 안으로 가슴의 희끄무레한 털이 보인다. 파나마모자와 선글라스도 쓰고 있다. 그가 방문객을 쳐다본다. "아, 어서 오게나." 스프링클러를 내려놓으며, 그가 말한다. 녹색 호스는 마른 땅을 가로질러 집 옆의 옥외 수도까지 이어져 있다. 호스와 수도꼭지가 연결된 부분에서 물이 뿜어져나오는 것으로 봐서 상태가 그리 썩 좋지는 않은 듯하다.

땀에 흠뻑 젖은 장관이 크리스티안이 서 있는 길 쪽으로 걸어온다.

"반갑네, 크리스티안."

"반갑습니다, 장관님."

그들은 악수를 나눈다. 장관의 악수하는 손에 과하게 힘이 들어간다.

그의 얼굴은 햇볕에 그을려 있고, 잘생겼으며, 긴장해 있다.

"와서 앉게." 현관 쪽에 있는 의자를 가리키며, 그가 말한다. "이 날씨에는 어울리지 않는 옷차림이로군, 안 그래?" 의자 쪽으로 함께 걸어가면서 장관이 소리 내어 웃는다. 에어컨 바람에서 벗어난 지 일이 분밖에 안 되었는데, 크리스티안의 셔츠가 벌써 등에 달라붙어 있다. 정장 재킷을 걸쳐든 팔의 셔츠 소매가 어느새 흠뻑 젖었다. "그런 것까지 신경쓸 시간이 없었습니다." 크리스티안이 말한다.

"그렇군." 장관이 말한다. "자, 앉게. 뭐 좀 마시겠나?"

"물 한 잔만 주세요, 감사합니다."

주름이 달린 문이 열려 있고, 장관은 마실 것을 가져오기 위해 그 주름을 걷고 안으로 들어간다.

일 분 후에 그가 다시 한번 주름을 걷으며 밖으로 나온다. 그러고는 얼음과 레몬 한 조각을 넣은 소다수 한 잔을 크리스티안에게 건넨다. 자신이 마실 것으로는 산 미구엘 맥주를 가져왔다. 그가 반대편 의자에 털썩 주저앉으며 말한다. "건배." 손님보다 훨씬 덜

하긴 하지만, 그 또한 땀을 흘리고 있다.

"건배." 크리스티안이 말한다.

그들은 현관의 뜨거운 그늘 아래로 모여든 벌레들의 소음 속에서 각자의 음료수를 벌컥벌컥 들이켠다.

"이건 장관님 집인가요?" 크리스티안이 묻는다.

"내 전처의 집이지." 장관이 그에게 말한다. "가끔 내게 이 집을 빌려주곤 해. 그녀는 스페인 사람이야." 그가 덧붙인다.

"그건 몰랐군요."

"그래, 이제는 알겠군."

더위와 분투중인 화초들 쪽으로 크리스티안이 갈팡질팡 초조한 눈길을 보낸다.

"자," 서론은 그만 됐다는 듯, 장관이 말한다. "크리스티안, 왜 그리 서둘러 여기까지 온 건가?" 그는 분명 그 이유를 몹시 궁금해하고 있다. 샌들을 벗어난 그의 발가락들이 테이블 아래의 금속 버팀대를 붙들고 있다.

크리스티안은 소다수를 한 모금 더 마시고, 물이 뚝뚝 떨어지는 잔을 테이블 위에 내려놓는다. 그는 장관의 눈을 똑바로 쳐다본다. 그러고는 말한다. "나타샤 옴센. 저희는 장관님과 나타샤 옴센에 대해 알고 있습니다."

벌레들에게서 빗으로 뭔가를 톱질하는 듯한 소리가 난다.

마침내 장관이 말한다. "그게 무슨 소린가?"

크리스티안이 느긋하게 웃으며 안경을 벗고는 소매로 얼굴에 흘러내린 땀을 훔친다. 그가 다시 안경을 낀다. "그녀를 아시잖아요?" 그가 말한다.

"그래, 나타사라면 알고 있지." 에드바르가 말한다. "그래서?"

"입수한 정보가 있습니다." 크리스티안이 말한다. "얘기가 돌더 군요."

"누가 얘길해? 무슨 정보? 대체 무슨 소린가?"

"무슨 소린지 잘 아실 텐데요."

"글쎄, 자네가 무슨 말을 들었다는 건지……"

"저는 전적으로 신뢰하고 있습니다." 크리스티안이 말한다. "제 가 가진 이 정보를 말이에요."

"무슨 정보?"

"장관님과 옴센 부인이 불륜 관계라는 정보요."

"터무니없는 소리."

크리스티안이 고개를 내젓는다. "터무니없는 소리가 아닌 것 같 은데요."

"원 참, 내가 지금 똑똑히 말해주지―그건 터무니없는 소리야. 우린 친구라고. 친구. 나타사는……"

"두 분은 친구 이상의 관계죠." 크리스티안이 장관의 말을 끊으 며 말한다.

"이 이야기는 우정에 관한 게 아닙니다. 제가 가진 정보는 장관 님과 옴센 부인이 한동안 친구보다 훨씬 더 가까운 사이로 지내왔 다는 사실에 관한 것입니다."

에드바르가 아무 말도 하지 않자, 크리스티안은 다시 미소를 짓 는다. 우호적인 미소다. "장관님," 그가 말한다. "만일 이 정보가 진짜가 아니라고 생각했다면, 저는 오늘 이 고생을 해가면서까지 여 기 찾아오지 않았을 겁니다."

그는 물을 한 모금 마신다.

그러고는 말한다. "보여드릴 사진 같은 건 없습니다."

"그렇다면 무슨 근거로 그게 진짜라고 생각하는 건가?"

"뭐가 진짜인지 가려내는 게 저의 일이라, 이게 사실이라고 확신합니다. 제가 전적으로 신뢰하는 정보원으로부터 얻은 거예요."

"누구?" 에드바르가 묻는다.

크리스티안이 너그러이 한숨을 내쉰다. 그러고는 말한다. "제가 부탁드리고 싶은 것은 제가 오늘 무슨 일을 했는지를 봐주시라는 거예요—저는 오늘, 장관님을 만나려고, 직접, 스페인까지 날아와, 이곳에 왔습니다—제가 가진 정보가 진짜라는 걸 그냥 인정하셨으면 좋겠어요."

국방부장관은 산 미구엘 병의 젖은 라벨을 초조하게 만지작거리고 있다. 그는 아무 말도 하지 않는다. 끼고 있는 선글라스 때문에 표정을 읽어내기는 어렵다. 그의 입은 가로로 굳게 다물어져 있다.

크리스티안이 부드럽게 말한다. "사람들이 이 불륜에 대해 알아요. 사람들이 그걸 알고 있다고요."

그래도 에드바르가 여전히 입을 꾹 다물고 있자, 크리스티안이 말한다. "이건 제 생각인데, 만일 제가 이 사건을 다루지 않으면 제 정보원들 가운데 적어도 한 명은 이 정보를 다른 신문사에 팔아넘길 거예요. 이미 알려진 일이니까요. 이제 그렇다는 걸 인정하셔야 합니다."

"나는 잘못된 일을 한 게 없네." 마침내 에드바르가 말한다.

"그리고 저희는," 크리스티안이 그에게 말한다. "정치적으로든 다른 어떤 식으로든 장관님께 타격을 주려는 의도가 전혀 없어요.

장관님께 타격이 될 만한 일은 그게 뭐가 됐든 기사화하고 싶지 않습니다."

"그런데 왜 그걸 기사화하려는 거지?"

"에드바르." 크리스티안이 말한다. "이미 알려진 일이에요. 어차피 기사화가 될 겁니다. 문제는 누가, 언제 하느냐는 거죠. 그리고 제가 말씀드리다시피, 저희는 장관님께 정치적으로 타격을 입힐 마음이……"

"정치적으로 타격을 입힐 거야."

"그렇지 않을 수도 있죠. 그건 그 일이 어떤 식으로 드러나느냐에 달린 문제입니다."

"어쨌든, 정치는 정치고," 에드바르가 더욱 화를 내며 말한다. "사생활은 사생활이야. 나는 사생활을 원하네. 나는 아직 사생활을 즐길 만큼 충분히 젊어. 자네도 분명 이해할 텐데……"

"물론 저도 이해하죠."

"사람에게 사생활이 없다는 건 가진 게 아무것도 없다는 뜻이야. 빈털터리라는 말이라고. 그런 사람은 존재하지 않는 거나 마찬가질세. 그건 사람도 뭣도 아니고, 그저……"

"저도 이해합니다……"

"이해를 한다고? 자네가?"

장관의 얼굴은 상기되었고, 분개하며 흘린 땀으로 번들거린다.

크리스티안은 잠시 기다린다. 그러고서 그는 전문가답게 말한다. "제 견해로는, 이 사건에는 분명히 처리하고 넘어가야 할 부분이 존재하는 것 같습니다."

"그게 자네의 견해라는 거지?"

"네."

"무슨 사건? 사건이라고?" 에드바르가 묻는다.

"네, 이런 사건은……"

"어째서? 이건 내 사생활이야. 나는 지금 싱글이네. 나는 내 사생활은 사생활로 잘 지켜왔어. 나는 다른 사람들의 인생에도 이래라저래라 참견하지 않아. 내가 그러지 않는다는 건 자네도 알 걸세. 나는 내 사생활을 누릴 권리가 있어."

크리스티안이 말한다. "이상적인 세계에서라면 아마 그게 정상이겠죠."

에드바르가 믿기지 않는다는 듯 웃음을 터뜨린다. "이상적인 세계에서라면? 왜? 왜 이 세계에서는 그게 정상이 아니라는 거지?"

잠시 후에 크리스티안이 말한다. "장관님은 고위급 인사이십니다. 그리고 사생활의 영역이라는 그 주장만으로 장관님께서 기혼 여성과 불륜을 저질렀다는 혐의에서 벗어나기는 어려울 것 같습니다만."

"혐의라고 했나? 그것 참 재미있는 말이로군."

"그럼 그냥 진술이라고 해두죠……"

"나는 유부남이 아닐세."

"그건 저도 압니다……"

"나는 누구에게도 거짓말을 한 적이 없어……"

"장관님께서 그러셨다는 게 아니에요."

"내가 잘못한 게 뭔가?"

"아무것도요."

"그런데 내가 왜 처벌을 받아야 하지?"

"이건 처벌과는 아무런 관련이 없는 문제입니다."

"그럼 뭐랑 관련이 있지?"

"국민들의 알권리와 관련이……"

"오, 제발." 에드바르가 중얼거린다.

"대단히 죄송한 말씀이지만, 장관님은 선출직 공무원이십니다."

"그래서 내게는 사생활을 누릴 권리가 없다는 말인가?"

"장관님의 사생활권은 다른 사항들과도 적절한 균형을 유지해야 한다는 말입니다."

에드바르는 엄지손톱으로 산 미구엘 병의 라벨을 일부 뜯어냈다.

"다른 권리들과도요."

"그럼 나타샤는? 그녀도 국민들이 선출한 공무원인가?"

"아닙니다."

"그러면 그녀의 사생활권은 어떻게 되는 거지?"

크리스티안이 생각에 잠긴 듯 얼굴을 찌푸린다.

"만일 이 일이 기사화되면," 에드바르가 허공에 손가락질을 해대며 말한다. "내 사생활 그리고 그녀의 사생활은 대놓고 공격을 받게 될 거야. 그렇게 될 거라는 건 자네도 알잖나."

크리스티안은 다시 얼굴의 땀을 훔친다. 그는 시계를 들여다본다. 다섯시 십오분 전. 이 기사를 조간에 특종으로 내보내려면 시간이 촉박하다. 그가 말한다. "이렇게 하죠. 저희는 옴셴 부인의 이름을 거론하지 않을 겁니다. 아시겠어요? 저희는 그녀의 이름을 일절 언급하지 않을 거예요─장관님께서 이번 일에 대해 저희에게 협조해주시기만 한다면." 그가 앉은 자세 그대로 몸을 앞으로 내민다. 등에 셔츠가 달라붙어 있는 게 느껴진다. 그가 말한다. "이미 알려진 일이에요, 에드바르. 기사화가 될 겁니다. 저희는 이 일에 관해 장관님께 도움을 드리고 싶어요. 이 문제를 최대한 호의적으로 다루고 싶습니다. 그러니 저희에게 협조해주세요. 네?"

에드바르가 자리에서 일어선다. 그러더니 현관의 새하얀 기둥 하나에 손을 얹고서 고르지 못한 잔디밭을 내다본다. "내게 정치적으로 타격이 되지 않을 거란 말은 헛소리야." 그가 말한다.

"어째서요? 장관님도 말씀했다시피, 장관님은 유부남이 아니고……"

"뭐 어찌됐든," 에드바르가 말한다. "내 생각에는 다 끝난 것 같아. 나타샤와의 관계도."

크리스티안은 놀라는 척한다.

"그래," 에드바르가 말한다. "그녀는 끝내고 싶어해."

"그건 몰랐습니다."

"자네가 어떻게 알겠나?" 공허한 웃음. "자네의 정보원이 나타샤가 아니고서야."

"나타샤는 아닙니다."

"그건 내가 원하는 게 아냐." 에드바르가 말한다. "그러니까, 관계를 끝내는 것 말일세."

"얼마나 만나신 거죠?" 크리스티안이 묻는다.

"이 년. 대략 그쯤 됐네. 나는 그녀가," 스프링클러가 잔디밭 한가운데에 만들어놓은 작은 진흙탕을 여전히 내다보며, 에드바르가 말한다. "나는 그녀가 남편을 떠나길 바라고 있었지. 그런데 아니야." 그가 말한다. "그녀는 그러길 원치 않아." 그가 괴로워하며 한숨을 내쉰다. 그는 오십대 중반이다. 몸매는 여전히 훌륭하다. 배가 살짝 나왔고, 스페인에서 주말을 보내느라 햇볕에 탄 피부가 가죽처럼 질겨졌을 뿐이다. 가늘고 긴 두 다리.

그가 크리스티안을 향해 돌아서서 선글라스를 벗는다. 그의 눈썹은 두껍고 매력적이다. 연한 푸른색 눈.

"바보가 된 기분이네, 크리스티안. 이 나이에 이런 기분을 느끼다니." 그가 말한다. "여자 하나 때문에."

"그러실 필요 없어요."

"그런 기분이 드는 걸 어쩌겠나."

그는 벌레들이 윙윙대는 메마른 정원으로부터 뒤돌아서서 여전히 자리에 앉아 땀을 흘리고 있는 크리스티안을 바라본다. "자네가 나를 만나려 한다는 이야기를 들었을 때, 이 일 때문은 아니길 바랐어."

크리스티안이 슬픈 미소를 짓는다. "세 라 게르C'est la guerre."* 그가 말한다.

"이제 나는 절대 국무총리가 되지 못하겠지?"

"아뇨, 저는 그렇게 생각하지……"

"아, 괜한 소리. 여긴 프랑스가 아니잖나, 크리스티안."

"그건 정말 다행한 일이죠."

그의 경솔한 언행을 모른 체하며, 장관이 말한다. "이제 나는 결코 신뢰할 수 없는 사람으로 여겨지겠지, 안 그런가. 도덕적으로라기보다는 감정적으로…… 가벼운 인간이랄까……"

크리스티안이 말한다. "모든 걸 문제없이 처리하려면 그동안 무

---

* 프랑스어로 '그것이 전쟁이죠'.

슨 일이 있었는지 장관님께서 처음부터 다 말씀해주셔야 할 것 같습니다."

"전부 다 이야기하라는 말인가?"

"전부는 아닙니다. 그냥 요점들만요. 관계가 언제 시작된 거죠? 어떻게 만나셨습니까?"

3

에어컨이 굉음을 내며 돌아가는 주차된 파사트 안에서, 그는 에린에게 전화를 건다.

"일이 잘 풀렸어요." 그가 말한다. "딱히 싸우려들지도 않네요. 그는 우리에게 협조할 겁니다. 공항에서 금방 하나 써서 보낼게요. 다른 거 하나만 처리해줘요." 그가 앞을 내다보며 말한다. "셋이 함께 있는 사진은 없는지 한번 찾아봐주세요. 그들은 사교모임에서 만난 적이 있어요. 그녀의 남편인 쇠렌 옴센도 그 자리에 있었고요. 어쩌면 셋이 함께 찍힌 사진이 있을지도 몰라요. 셋이 함께 있는 모습. 완벽한 그림이 될 겁니다."

그가 말한다. "비행기는 일곱시쯤 출발이에요. 열한시면 사무실에 도착할 겁니다. 그때 사무실에서 봐요."

지금은 다섯시 오분이다. 태양은 하늘 꼭대기에서 내려오기 시작하면서 점차 힘을 잃어가고 있다. 대시보드의 온도계는 37도를 가리킨다. 한동안 핸들이 너무 뜨거워 손으로 잡을 수가 없다. 내비게이션이 다시 마을을 빠져나가 고속도로를 타고 남쪽 말라가 방면으로 내려가라고 안내해주는 동안, 그는 핸들을 잡은 손을 계속 이리저리 움직여야 한다.

그는 대서특필할 헤드라인을 생각하고 있다. 이를테면 이런 것:

국방부

장관의

은밀한

사랑

그러고서 바로 아래 달릴 좀더 작은 헤드라인:

스페인의 맹렬한 태양 아래서 보낸 격정적인 주말

국방부장관 에드바르 달린은 한 기혼 여성과 이 년 이상 은밀한 밀회를 즐겨왔다. 아이가 둘인 55세의 한 아버지는……

은밀한 만남의 장소로 사용된 전부인의 집

아이가 둘인 55세의 한 아버지는……

이제 그만 헤어지려 할 때, 아이가 둘인 55세의 한 아버지는 그와의 협상을 시도했었다.

이미 자리에서 일어나 여전히 땀을 흘리는 채 재킷을 들고 서 있던 크리스티안은 그것에 대해 잠시 생각해봤다.

그러고는 말했다. "그거 흥미로운 이야기로군요."

그리고 미소를 지었다. 그리고 그곳을 떠났다. 길을 따라 걸어갔다. 장관의 경호원들―땀에 전 폴로셔츠와 끝부분이 휘어진 선글라스 차림으로 대문 옆에 툭 튀어나와 있는 부겐빌레아 그늘 아래 흰 플라스틱 의자에 앉아 있던 두 남자―에게 "수고하세요"라고 말했다.

에드바르가 그에게 이야기한 건 일종의 제안이었다.

심각한 제안은 아니다.

심각하게 생각해볼 만한 가치도 없는 것이다.

솔직히 말해서, 에드바르는 딱히 제안을 할 수 있을 만한 처지가 아니었다.

아이가 둘인 55세의 한 아버지는 자신이 어느 베일에 싸인 기혼 여성 때문에 '상심' 했다고……

그것은 생각해볼 만한 문제다. 그녀의 이름을 언급하지 않는 것에 대한 문제. 어느 시점에 이르면 그녀의 이름이 밝혀질 수밖에 없을 것이다. 그가 사진에 관심을 보이는 것도 그 때문이다. 48시간 내로 그녀의 이름이 밝혀질 텐데. 고속도로를 바라보면서, 네덜란드산 이동주택을 또 한 대 추월하면서, 그는 그렇게 생각한다. 일단 사람들이 그녀의 존재를 인지하고 나면 그녀는 48시간 내로 사람들의 눈에 띄게 될 것이고 이름도 밝혀질 것이다. 그것의 영광은 다른 누군가의 몫으로 남겨둬야 할 것이다. 내일 기사에는 약간의 힌트를 남겨야 한다. 그렇다, 그녀의 나이를 언급하자.

아이가 둘인 55세의 한 아버지는 자신이 어느 베일에 싸인 40세의 기혼 여성 때문에 '상심' 했다고……

그녀의 남편에 관한 이야기도 살짝 섞는 게 좋을지 모른다.

이를테면

흑갈색 머리의 미모의 백인 여성, 올해 40세인 그녀는 덴마크 최고의 부자들 중 한 명인 자신의 남편과 헤어지기를 거부한다……

이러면 후보군이 좁혀질 대로 좁혀질 것이다. 다른 누군가가 가능한 한 빨리 그녀의 이름을 밝혀주었으면 싶을 뿐이다. 우리 쪽에서 이 문제를 제대로 다룰 수 있게 되도록 말이다. 사진을 써야 한다. 그는 그들이 함께 있는 사진, 에드바르와 나타샤 옴센, 그리고 어쩌면 쇠렌 옴센도 함께 있는 사진을 본 적이 있다는 확신이 든다. 셋이 함께 있으면서 그녀가 에드바르를 바라보고 있는 사진 한 장이면 딱 좋을 것이다. 그가 본 그 사진은 어디서 찍힌 것이었나? 내셔널갤러리 관련 행사였던가? 옴센이 갤러리에 돈을 기부하나? 어쩌면.

옴센은 불륜에 대해 알고 있기나 할까?

그냥 우리 쪽에서 그에게 전화를 걸어 "안녕하세요, 옴센 씨. 당신 부인이 국방부장관과 바람을 피우고 있다는 걸 알고 계십니까?"라고 물어보는 건 어떨까. 그가 뭐라고 하는지 보게.

덴마크 최고의 부자들 중 한 명인 그녀의 남편은 '충격'을 받았다고 말했다……

"옴센 씨, 이 사건으로 충격을 받으셨나요? 당혹감을 느끼셨나요?"

덴마크 최고의 부자들 중 한 명인 그녀의 남편은 이 이야기를 듣고 '충격'과 '당혹감'을 느꼈다고 말했다……

에어컨이 뿜어내는 차가운 바람으로 더위를 식힌 크리스티안은, 눈부신 고속도로에, 느린 속도로 이동해가는 튜턴* 사람들의 끝없는 행렬에 다시 정신을 집중한다.

사실 하루이틀 정도 이름을 비밀로 해두는 건 유리하다──그렇

---

* 게르만 민족의 하나. 스칸디나비아 등의 북유럽 민족.

게 하면 이 사건의 생명이 연장될 것이다. 이건 상당히 큰 건이고, 매우 시의적절하다. 앞으로 며칠은 이달의 회계감사 기간이다. 오늘 아침 에린은 무엇보다도 그 일을 생각하고 있었다. 그녀의 일은 실적 관리다. 실적이 올라가면 그녀는 성공한 것이다. 실적이 내려가면 그녀는 성공하지 못한 것이다. 그것은 실제로 그렇게 단순하다. 결국 다른 것들은 전혀 중요하지 않다. 결국 모든 문제는 정말 단순하다고, 그는 생각한다. 모든 문제가 지닌 단순함의 진면목을 보는 것, 중요한 건 바로 그것이었다. 그게 그 같은 사람, 순뷔외스테르의 공공임대주택에서부터 시작한 사람이 이 세계로 발을 들일 수 있었던 비결이다.

여섯시다.

그는 곧 말라가에 도착한다. 그 도시의 볼품없는 표지판이 처음으로 산비탈에 모습을 드러낸다.

대시보드의 온도계는 34도를 가리키고 있다.

그는 순뷔외스테르에서 다니던 학교, 가장 최근에 그려졌던 그래피티가 지워진 자리에 새로 페인트가 칠해진 그 거지 같은 학교를 떠올린다. 경계 울타리 위에 처져 있던 가시철조망. 취사장에서 풍기던 지독한 냄새. 문이 달려 있지 않은 칸막이 화장실.

그는 가끔 자신의 이 인생이 저절로 이루어진 것 같다고 느낄 때가 있다. 고위급 장관들에게 협상 조건을 내거는, 스칸디나비아에서 가장 많이 팔리는 타블로이드 신문의 부편집장. 한 걸음 뒤에 늘 다음 걸음이 뒤따랐다. 그는 열여덟 살 때 자신이 신문사 일을 좋아한다는 사실을 깨달았다―그가 어릴 때 신문배달을 하던 지역 신문사로, 학교를 떠난 후에 경력을 쌓기 위해 일하던 곳에서였다. 그것이 첫걸음이었다. 그곳 사람들은 명민하고 활발하며 무슨 일에든 열성적인 그를 좋아했다. 그리고 그는 그것이 무엇을 의미하는지를 본능적으로 알아차렸다. 최근 몇 년에 이르러서야 그는 비로소 다음 걸음 이상을 내다보게 되었다. 부편집장이 되고 나서부터다. 그렇다. 그때 그는 처음으로 아래를 내려다보았고, 자신의 위치가 얼마나 높은지, 이제 얼마나 정상에 가까이 왔는지, 자신이 처음 시작했던 곳—그 아파트—에서 얼마나 높이 올라왔는지를 깨달았다. 4층. 고장난 엘리베이터. 그의 아버지는 여전히 그곳에 혼자 살고 있다. 그의 아버지는 대형트럭을 몰고 포르투갈에서 폴란드에 이르기까지 유럽 전역을 돌아다녔다. 그것이 아버지가 평생 동안 한 일이었다. 이제 아버지는 쉬뷔외스테르를 거의 벗어나지 않는다. 그 빌어먹을 동네를 좀처럼 벗어나지 않는다. 크리스티안이 마지막으로 거기 갔던 게 언제였던가? 일 년도 더 됐다. 봄이었고, 동네에는 꽃가루 냄새가 났다. 그리고 아파트에는 담배 연기가 자욱했다. 켜져 있는 TV. 스포츠신문들. 부엌의 작은 테이블에 앉아서 FC코펜하겐이 이번 시즌에 얼마나 죽을 쑤고 있는지에 대해 이야기했다. 열려 있는 창문. 꽃가루 냄새. 동네로 새어들어오는 외레순 고속도로의 소음.

아이들의 고함소리.

그는 가끔 자신이 집에서 아주 멀리 떠나왔다는 기분이 든다. 일이 전부 잘못되더라도 자신을 도와줄 사람은 아무도 없다는 기분이.

*

　공항에 도착해 렌터카를 반납할 때도 기온은 여전히 30도를 훨씬 웃돈다. 에어컨 바람을 벗어나 부드러운 타맥 포장도로를 지나서 사무실에 자동차 열쇠를 건네주고 서류에 서명을 하는 동안에도 그 열기는 여전히 그를 놀라게 한다—마치 오븐이라도 연 듯한 기분이다. 그러고 나서는 한 시간 정도 후에 떠날 자신의 비행기가 있는 터미널로 향한다.

　출국장은 악몽이나 다름없다. 이 팔월의 저녁에 수천 명이나 되는 사람들이 여행을 하고 있다. 햇볕에 그을린 수천 명의 북부 거주민들이 자신들의 고향으로, 두바이, 맨체스터, 함부르크, 헬싱키로 돌아가려 하고 있다. 휴가객들. 그는 개인적으로 휴가를 싫어한다. 대체 휴가에는 뭘 해야 한단 말인가? 그는 이해하지 못한다. 만약 아내와 아이들만 아니었다면 그는 절대 휴가를 가지 않았을 것이다. 그들은 올봄에 두바이에서 열흘간의 휴가를 보냈다. 그리고 그가 거기까지 가서도 사무실 사람들과 계속 통화를 해대는 바람에 라우라는 결국 그것을 감춰버렸다. 그의 휴대폰을. 그래서 둘은 그 문제로 크게 다퉜다. 내 망할 휴대폰 어디 있어?

　　　　　　　　내 망할 휴대폰 어디 있냐고?

　그가 보안검색대에 줄을 서서 신발끈을 풀고 있을 때, 그것이 진동하며 울리기 시작한다. 그의 휴대폰. 그는 울리는 휴대폰을 받는다. 에린이다.

　"말도 안 돼요." 그녀가 하는 얘기를 듣고 그가 말한다. "지금 농담하는 거죠."

그가 자신의 뒤에 줄을 서 있는 사람들에게 먼저 가라고 고갯짓을 한다.

"확실해요?" 그가 그들에게 길을 비켜주며 말한다.

그러고는 다시 신발을 신으며 말한다. "알았어요. 네, 그에게 전화해요. 전화해서 내가 한 시간쯤 후에 그리로 갈 거라고 말해줘요. 알았어요."

몇 분 후에 그는 다시 허츠 렌터카에 와 있다. 그들의 너무 느린 일처리 속도에 답답해하며, 그가 말한다. "똑같은 차가 아니어도 돼요. 아무 차나 주세요."

그는 다른 차를 받는다. 세아트다.

그러고는 코르도바 방면으로 가는 똑같은 고속도로를 타고 시속 140킬로 이상으로 달린다.

대시보드의 온도계는 29도를 가리키고 있다.

*

그는 이번에도 루세나에서 고속도로를 빠져나간다. 날이 저물고 있다. 서쪽 하늘의 타는 듯이 붉고 지친 저녁노을. 이제는 사람들이 보인다. 스트립 몰*, 아직 문이 열려 있는 모든 가게들, 어두워지는 관목지에 불을 밝히고 있는 교외의 슈퍼마켓들. 어느 경기장. 그는 처음에 그게 축구 경기장이라고 생각한다. 오늘 저녁의 시합. 투광 조명등. 바깥의 교통정체. 그러고서 간판과 포스터를 보니 지

---

* 번화가에 상점과 식당들이 일렬로 늘어서 있는 곳.

금 열리고 있는 건 축구 경기가 아니다. 그는 그곳을 지나 어두운 저녁 속으로, 도시의 불빛을 벗어나 에드바르가 있는 마을로 향한다.

투우가 실제로 존재한다는 사실이 어쩐지 그에게는 이상하게 여겨진다. 그는 분명 그 사실을 알고 있다. 그래도 그걸 실제로 보게 되니 이상한 기분이 든다. 북유럽인의 감수성으로 받아들이기에는 너무나도 야만적인 그 일이 온갖 현대적 올가미들—투광 조명 등, 티켓 시스템, 주차시설—과 함께 벌어진다는 그 사실이. 그리고 그 중심에는 도살이 있다. 도살. 관중들이 지켜보는 스포츠로서의 도살, 오락거리로서의 도살.

황소가 맹렬히 힘을 잃어가는 것보다 더 슬픈 일이 있을까? 심지어 최후의 순간에도 자신의 죽음이 불가피하다는 걸 황소는 이해하지 못한다는 사실과, 지금껏 늘 그래왔다는 사실보다 더 슬픈 일이? 그것은 그저 쇼의 일부분일 뿐이다.

깊은 황혼이 내린 마을은 고요하다. 성당이 있는 광장에는 바 비슷한 가게들이 영업중이다.

여전히 숨이 막힐 듯 더운 날씨다.

*

"여기서 또 뭐하는 건가?" 에드바르가 현관 계단에 서서 말한다. "원하는 게 뭐야?" 그는 여전히 반바지에 샌들 차림이다.

"중요한 사실을 말씀해주지 않으셨어요, 에드바르."

"뭐라고?"

"그녀는 임신중입니다. 안 그런가요."

에드바르는 놀란 표정이다.

"모르셨나요?"

"그게 무슨 소린가?"

"정말입니다―그녀가 임신중이라고요. 장관님 아이인가요?"

"제발 좀." 에드바르가 커다란 목소리로 말한다. 그는 계속 술을 마시고 있었다. 입술이 레드와인으로 얼룩져 있다. "무슨 소릴 하는 건가? 난 자네가 무슨 소릴 하는 건지 모르겠네."

크리스티안은 이제 계단에 올라가 있다. 자신보다 두 계단 아래에 서 있음에도 자신보다 머리 하나만큼 더 큰 에드바르를 올려다보며, 그가 한층 나직이 말한다. "옴센 부인이 임신했습니다. 혹시 모르셨다면, 그 사실을 제가 알려드리게 돼서 몹시 유감이군요."

"이런 빌어먹을, 자네가 그걸 어떻게 아는 거야?"

에린은 옴센 부인에게 미행을 붙였고, 옴센 부인은 기자 두 명이 뒤를 따르는 중에 개인 임산부 클리닉에 가서 한 시간을 넘게 머물렀다. 이게 바로 에린이 전화로 말해준 내용이었다.

"그냥 압니다." 크리스티안이 말한다. "모르셨나요?"

"몰랐어." 에드바르가 애처롭게 말한다.

"장관님 아이일까요?" 크리스티안이 그에게 묻는다.

"그냥 좀 꺼져주지 않겠나." 에드바르가 말한다. "자네가 여기서 뭘 하고 있는지 모르겠군. 지금 이건 내 인생과 관련된 이야기야."

"네, 그렇습니다만……"

"이건 내 인생이라고. 자네 인생이 아니라."

"저도 압니다……"

에드바르가 말한다. "자네 인생에 대해 한번 이야기해보는 건 어떤가? 자네는 그러고 싶은가?"

"저는 제 인생에 대해 이야기하러 온 게 아니고……"

"나도 자네 인생에 대해 알고 있는 게 몇 가지 있지."

"물론 그러시겠죠……"

"난 자네와 에린 묄고르의 관계를 알고 있어." 에드바르가 낮은 목소리로 말한다. "자네 회사 편집장 말이야."

잠시 망설이다가, 크리스티안이 말한다. "전 그 이야기에는 관심이 없습니다."

"자네와 에린의 관계 말인데." 그가 아주 조금이나마 동요하는 걸 눈치챈 에드바르가 즐거워하며 말한다. "자네 부인은 그 사실을 알고 있나?"

"에드바르……"

"알고 있어?"

"에드바르. 누구도 그 이야기에는 관심이 없습니다. 사람들은 장관님에게 관심이 있어요. 저에게는 관심이 없습니다. 당신은 덴마크의 국방부장관입니다. 당신은 기혼 여성인 옴센 부인과 불륜 관계를 맺어왔고요. 옴센 부인은 임신중입니다. 아마 당신 아이일지도 모르는 아이를. 그건 공공의 이익과 관련된 문제입니다……"

"그건 공공의 이익과 관련된 문제가 아니야." 에드바르가 말한다. 현관에 켜져 있는 어둑한 조명을 배경으로 계단에 선 그의 실루엣이 보인다. "그 문제는 공공의 이익과는 아무런 상관이 없어."

크리스티안이 말한다. "제 의견은 다릅니다."

"아니, 내 말이 맞아. 그건 그냥 구실일 뿐이야. 그건 자네 같은 사람들이 나 같은 사람들에게 권력을 휘두를 때 쓰는 수단일 뿐이지."

"저 같은 사람들요?"

"그래."

"죄송한 말씀입니다만, 장관님께서 무슨 뜻으로 그런 말씀을 하시는지 잘 모르겠군요."

계단에 선 에드바르가 상처 입은 듯한 눈빛으로 그를 맹렬히 쏘아본다.

"당신은 화가 난 거예요, 에드바르." 크리스티안이 말한다. "저도 이해합니다. 그리고 이 일을 이런 식으로 전해드리게 되어 정말 죄송하게 생각해요. 장관님이 알고 계신 줄 알았습니다. 아마도 옴센 부인에게 전화를 걸어서 일이 어떻게 돌아가고 있는 건지 확인하고 싶으시겠죠. 전화를 해보시는 게 어떨까요? 네? 전 여기서 기다리고 있겠습니다."

에드바르는 거기 몇 초간 가만히 서 있는다. 그러더니 뒤로 돌아 어두운 집안으로 들어가고, 크리스티안은 뜨거운 황혼이 내리쬐는 길 위에서 그를 기다린다. 그는 현관에 앉지 않는다. 그는 현관 테이블에 장관이 혼자 식사를 하며 떨어뜨린 음식찌꺼기가 있는 걸 알아차린다. 그는 갑자기 허기가 진다. 그는 오늘 아침 비행기에서 샌드위치를 하나 먹은 이후로 아무것도 먹지 못했다. 그는 일이 급박하게 돌아갈 때면 종종 먹는 것을 잊곤 한다.

에드바르가 집안에서 다시 현관의 어둑어둑한 조명 아래로 걸어 나왔을 때 밖은 이미 어두워져 있다. 혼자 남겨져 거의 반시간 동안 그를 기다리던 크리스티안은 마침내 자리에 앉은 참이었다.

이제 그는 일어선다. 그는 에드바르가 눈물을 좀 흘린 것 같다고 생각한다. 코가 빨개져 있고, 분명 냉정을 잃은 듯 보인다.

"말씀 나눠보셨나요?" 크리스티안이 묻는다.

"그래, 그랬지."

"그래서요?"

"그녀는 자네들이 그걸 어떻게 알아냈는지 모르겠다고 하더군. 아직 아무한테도 이야기한 적이 없다는 거야. 그녀는 자기가 갔던 임산부 클리닉의 누군가에게 자네들이 뇌물을 먹였다고 생각해."

"그러지 않았습니다."

"그러시겠지."

"장관님 아이인가요?"

"그 질문에 대답할 의무는 없네."

"네, 그건 그렇죠. 나중에 다시 여쭤보게 될 겁니다. 어느 시점에 가서는 말씀을 해주셔야 해요."

"어쩌면."

"그러는 편이 장관님을 위해서도 더 좋을 거예요." 크리스티안이 말한다. "시간을 길게 끌면서 조금씩 털어놓기보다는 차라리 지금 모든 걸 털어놓는 편이요. 그러는 편이 타격도 덜하고 고통도 덜할 겁니다."

"이제는 내 미디어 보좌관 역할까지 하려 드나?"

"저는 도움을 드리려는 겁니다, 에드바르."

"아니, 그렇지 않아."

오랜 침묵이 이어지고, 들려오는 소리라고는 인정사정없는 벌레 소리가 전부다. 이윽고 에드바르가 말한다. "내 아이라고 하더군.

318

아이는 지울 거야."

"유감입니다."

"이제 그만 가주게."

*

"이제 이 사건은," 여전히 에어컨을 가동한 채 다시 어두운 고속
도로를 타고 남쪽으로 내려가며, 그가 에린에게 말한다. "세상을
떠들썩하게 할 만한 사건이 됐어요."

"그러네요." 그녀가 말한다. "수고했어요."

"내일 기사는," 그가 말한다. "그녀의 이름과 임신 사실을 빼고
내보낼 생각입니다. 그러고 나서 내일이 가기 전에 다른 누군가가
그녀의 이름을 거론하길 기대해봐야죠. 금요일에는 이름과 사진을
모두 실은 기사로 이 일의 전모를 다룰 겁니다. 하지만 임신 사실
은 언급하지 않을 거예요─그건 토요일자 기사로 남겨둬야죠."

"괜찮은 생각이네요." 그녀가 말한다. "다른 데서 우리보다 먼저
특종을 내보내지 않는다면요."

"그런 일은 없을 거예요."

"한번 생각해보죠."

"회계감사에도 도움이 될 겁니다." 그가 넌지시 말한다.

그녀가 소리 내어 웃는다. "지금은 그런 거 생각할 겨를이 없네
요."

그도 소리 내어 웃는다. "그러시면 다행이고요." 그가 말한다,
"마지막 비행기를 놓치지 않았으면 좋겠군요. 열시쯤에는 공항에

도착할 겁니다. 그러면 두시 좀 지나서 사무실에 도착할 거예요."

"그럼 기다리고 있을게요." 그녀가 말한다.

그는 마지막 비행기를 놓쳤다. 에린에게 전화를 걸어 사실을 알리자, 그녀는 호텔에서 하룻밤 묵고 아침 첫 비행기를 타는 게 어떻겠느냐고 한다.

"아뇨." 그가 말한다. "삼십 분쯤 뒤에 파리로 가는 에어프랑스 편이 한 대 있고, 거기서 다시 네시쯤 코펜하겐으로 가는 비행기가 한 대 있어요. 그러면 다섯시 사십오분에 도착해요."

"정말 그러려고요?" 그녀가 말한다. "그러면 완전 피곤할 것 같은데요. 여기는 아무 문제도 없어요."

"네. 그래야 할 것 같아요." 그가 말한다.

"왜요?"

"제 걱정은 마세요."

"좋아요. 뭐 그러고 싶으시다면야. 파리의 공항에서는 얼마나 기다려야 하는 거죠?" 그녀가 묻는다.

"두세 시간요."

"재미있겠군요."

"전혀 지루할 틈이 없을 거예요." 그가 말한다.

그리고 그가 느끼는 흥분─자신이 모두가 떠들어댈 큰 화젯거리의 중심에 있다는 데서 오는 전율─은 그가 파리까지 비행기를 타고 가서 샤를드골공항에서 새벽 한시부터 네시까지 기다리는 동안에도, 그가 자리에 앉아 에린이 보내준 자료들을 보고 있던 커다란 대합실에 더 많은 인파가 모여들기 시작할 때까지도 계속 이어

진다. 신문 1판:

국방부

장관의

은밀한

사랑

아카이브 어디선가 찾아내 실은, 충격을 받은 듯한 장관의 사진.
신문 안쪽에는 슬픈 표정을 짓고 있는 장관의 사진.

흑갈색 머리의 미모의 백인 여성, 올해 40세인 그녀는 덴마크 최고의
부자들 중 한 명인 자신의 남편과 헤어지기를 거부한다……

마침내 그는 코펜하겐으로 가는 비행기에서 잠이 든다.

밖은 이미 환하다. 작은 타원형 창문 밖으로 보이는 낯익은 파리
의 풍경.

그는 그것을 보지 않는다. 그는 잠들어 있다.

그러고는 덴마크의 포근한 날씨.

아우디에 올라타면서, 그는 자신의 몸에서 악취가 난다는 걸 알
아차린다. 그의 몸에서는 말 그대로 악취가 풀풀 풍긴다.

4

매일 아침 그는 두 딸을 학교에 데려다주거나, 여름방학 동안에
는 테니스 수업에 데려다준다. 이건 그가 약속한 일이다. 그는 지
금껏 그 약속을 지켜왔다.

그가 헬레루프의 집 앞에 차를 세우고 보니 이제 막 일곱시가 지
나고 있다. 그에게는 샤워와 면도를 하고, 알펜 시리얼을 한 그릇
먹고, 네스프레소 커피 두 잔을 마실 시간이 있다. 먼저 리스트레
토를 한 잔 마신 다음, 탈지유를 조금 넣은 리니지오 룽고를 한 잔
마실 수 있는 시간이.

"꼴이 말이 아니네." 아내가 말한다.

"기분은 최고야." 그가 그녀에게 말한다.

"잠은 잤어?"

"파리에서 오는 비행기에서 한 시간."

"스페인에 갔었다고?"

이제 이야기가 좀 이상하게 들리는 듯하다. "응," 그가 말한다. "말라가 근처였어."

티네와 비키는 아이패드 앱으로 신문 1면을 보고 있다.

국방부

장관의

은밀한

사랑

그리고 충격으로 입을 다물지 못하고 있는 장관의 사진.

TV 뉴스에서 그 사건을 신속히 다루고 있다. 부엌의 TV는 늘 그렇듯 켜져 있고, 화면에는 똑같은 사진이 띄워져 있다. 뉴스 진행자는 제기된 '주장들'에 대해 이야기한다.

"여자는 누구예요?" 열한 살인 티네가 묻는다.

그녀의 아버지는 시리얼을 먹으며 어깨를 으쓱한다. "비밀이야." 그가 말한다.

"누군데요? 말해줘요! 여자가 누구예요?"

"내일 말해줄게." 그가 유쾌하게 윙크를 하며 말한다.

"지금 말해줘요! 말해줘요!"

"내일." 그가 말한다.

인터넷에서 사건이 빠른 속도로 퍼진다. 장관의 '은밀한 사랑'이 누구일지에 대한 추측이 소셜미디어에 퍼지고 있다. 지금까지 거론된 많은 이름들 중에는 나타샤 옴센의 이름도 있다.

그들, 그러니까 그와 테니스 용구를 챙겨든 두 딸은 평소 시간대로 집을 떠난다. 그는 창백한 표정이지만 기분만은 괴상하리만치 좋다.

아침햇살 속의 헬레루프는 고요하고, 단독주택들이 늘어선 조용한 거리에는 초록빛 밤나무들이 가득하다. 훔쳐보는 시선을 가로막는 높은 너도밤나무 산울타리. 가게는 없다. 아직 마흔이 되지 않은 그는, 이 지역에서 가장 나이 어린 세대주들 가운데 한 명이다. 대부분의 이웃들은 그보다 나이가 많은, 중년을 훌쩍 넘긴 사람들이다.

이곳보다 훨씬 더 부유한 동네인 교외의 어느 주택, 테니스장과 수영장이 기본으로 딸려 있는 어느 주택에 옴센 부부가 살고 있다.

*

이 년 전 크리스티안이 아직 방송 연예 쪽 에디터 일을 하고 있었을 때, 한번은 뉴스 보조 에디터인 다비드 예스페르센, 그리고 순뷔외스테르에서 같이 학교를 다녔던 옛친구와 함께 동네 펍에서 TV로 FC 코펜하겐의 경기를 본 적이 있다. 일요일 오후였다. 거기 모이기 전까지 그들은 사무실에서 일을 했었다. 다비드는 평소보다 사무실에서 더 많은 시간을 보내고 있었고, 특히 주말에는 더욱 그랬다. 도가 지나친 그의 '지각없는 행동' 때문에 그의 아내가 그를 아파트에서 내쫓았는데, 그리하여 친구들과 함께 지내야 했던 다비드는 주말까지도 그러고 싶지는 않았다. 크리스티안은 어쨌든 일요일마다 사무실에 나와 있었고, 그래서 그들은 예전에 한동안 그랬던 것보다 서로를 더 자주 보게 되었다.

그들은 경기 시작 십 분 전에 펍에 도착했다.

다비드는 칼스버그를 마셨고, 크리스티안은 토마토주스를 마셨다―그는 경기가 끝난 후에 다시 사무실에 가서 일을 하려고 했었다.

그들은 다비드의 상황에 대해, 그의 스릴 있는 사생활에 대해 조금 이야기를 나눴다―그가 함께 샤워를 한 유모들, 나이트클럽 화장실에서 급하게 가진 관계들에 대해서.

그러고는 다비드가 말했다. "너는 어때? 너는 가끔 바람 안 피워?"

"이봐, 나는 그럴 시간이 없어." 크리스티안이 말했다.

"그럼 에린은? 그거 정말 사실이야?"

크리스티안은 그저 입안에 땅콩을 던져넣고는 펍 구석의 천장 근처에 달려 있는 TV 쪽으로 고개를 돌렸다.

다비드는 미소를 짓고 있었다. "사실이라는 거 알고 있어." 그가 말했다. "야, 너는 참 운도 좋다. 에린은 섹시하잖아."

"별일 아니었어." 토마토주스를 한 모금 마시며, 크리스티안이 시인한다. 그러고는 바텐더에게 잔을 내밀며 말한다. "어이, 토르벤―여기 보드카 좀 주겠어?"

"경기 후에 다시 일하러 가는 줄 알았는데."

"맞아."

"그래서, 별일 아니었다고?"

"짧고 강렬했지." 알코올을 첨가한 음료수를 받아들며, 크리스티안이 말했다. "이제는 다 끝났어. 그게 다야."

"그럼 그녀를 만날 시간은 있었나보네?"

"야, 그건 그냥 사무실에서 벌어진 일이었어. 그게 바로 핵심이야. 우리는 따로 시간을 낼 필요가 없지. 우린 어차피 늘 사무실에 있었으니까."

"어디서 한 건데?" 다비드가 상스러운 미소를 지으며 물었다. 니코틴에 찌든 치아. "붙박이장 위에서?"

"주로 그녀 사무실office에서."

"그녀 구멍orifice*이라."

크리스티안은 TV를 좀더 정면에서 볼 수 있게 스툴을 회전시켰다. 그가 말했다. "시작한다."

좀더 심각한 질문―"라우라도 알고 있었어?"

"아니, 몰랐어." 크리스티안이 말했다. "그리고 앞으로도 모를 거야. 그런 일은 두 번 다시 일어나지 않을 테니까." 그는 음료수를 벌컥벌컥 들이켜며 보드카 맛에 얼굴을 찡그렸다. 그리고 말했다. "그건 실수였어." 그러고서 시작된 경기에 이미 정신을 집중한 채 말했다. "우리 둘 다 집중력이 약간 흐트러졌던 거야."

*

"어떻게 받아들이던가요?" 에린이 그에게 묻는다.

"별로 안 좋았어요." 그가 말한다.

에린은 고통스러운 표정을 짓는다.

크리스티안이 말한다. "눈물도 몇 방울 흘렸죠."

"당신이 그렇게 해야만 했다니 유감이에요, 크리스티안."

"세 라 게르." 그가 말한다. "그래도 그에게 미안한 감정이 들긴

---

* 영어로 '사무실'과 '(인체의) 구멍'의 철자가 비슷한 데 착안한 말장난.

했어요."

"네, 다시 한번 말하지만," 에린이 말한다. "당신이 그렇게 해야만 했다니 유감이에요."

그가 미소를 짓는다―조용히, 어쩌면 슬프게. 아주 잠시 동안. "그래서, 어떻게 돼가고 있죠?" 그가 묻는다.

"아, 그녀의 이름이 나왔어요." 에린이 말한다. "나타샤 말이에요."

"뭐, 벌써요?" 그는 이름이 곧 밝혀질 줄 알고 있었다―하지만 이 정도로 빠를 줄은 몰랐다. 아직 아침 열시도 되지 않았다.

"인터넷에 쫙 깔렸어요." 에린이 말한다.

"그녀의 이름을 거론한 다른 신문사가 있나요? 우리가 선수를 치지 못할 수도……"

"아직요. 지켜보고 있는 중이에요."

그가 말한다. "이 시점에 쇠렌 옴센에게 전화를 한번 걸어보는 게 어떨까요? 그는 아마 아직 모르고 있을 거예요. 다비드한테 전화해보라고 할게요. 괜찮죠?"

"전화해서 뭐라고 할 건데요?"

크리스티안이 명랑한 목소리로 말한다. "안녕하세요, 옴센 씨. 당신 부인께서 국방부장관과 바람을 피우고 있다는 걸 알고 계셨나요?"

그녀가 킬킬댄다. "우리 정말 최악이에요, 안 그래요."

"세 라 게르."

"당신의 캐치프레이즈 같은 거예요?"

"네, 그런 것 같네요." 그가 말한다. "사진은 찾았나요? 셋이 함께 있는 사진 말이에요. 분명 그런 사진이 있을 거예요."

"미켈이 곧 여기로 올 거예요." 그녀가 말한다. "사진을 잔뜩 들고서."

그들은 비밀 사무실―민감한 이야기를 나눌 때 사용하는 곳―에 있다. 사실 딱히 비밀스러운 공간은 아니다. 소란스러운 뉴스룸으로부터 떨어진 다른 층 사무실일 뿐이다.

그녀가 말한다. "집에 가서 몇 시간 자고 올래요?"

"내 꼴이 그 정도인가요?" 그가 미소를 짓는다. "라우라도 저한테 꼴이 말이 아니라고 하던데."

"라우라는 잘 지내요?" 에린이 묻는다.

누군가 문을 두드린다. 그들은 미켈이 왔을 거라고 생각한다. 그렇지 않다. 문을 두드린 사람은 에린의 개인비서인 페르닐레다. 그녀가 말한다. "울리크 라르센에게서 전화가 와 있습니다. 달린의 사무실 번호로요. 화가 난 상태예요."

"제가 이야기해보죠." 크리스티안이 말한다. "괜찮죠?"

에린이 말한다. "내가 해도 되는데요."

"제가 하는 편이 나을 것 같아요."

"네." 그녀가 말한다. "그럼 그렇게 해요."

그가 페르닐레에게 말한다. "내가 곧 전화할 거라고 전해주세요. 고마워요."

"뭐라고 하려고요?" 페르닐레가 떠나고 다시 둘만 남게 됐을 때, 에린이 묻는다.

"우리는 이 사건을 최대한 호의적으로 처리하려 한다, 우리는 에드바르에게 타격을 주고 싶은 마음이 없다. 등등. 에드바르에게 말했던 거랑 똑같이 해야죠. 그게 사실이기도 하고요. 맞다. 울리크에게 에드바르가 인터뷰를 하고 싶어하는지 물어보라고 해야겠어요."

"참 뻔뻔하네요." 그가 좋아하는 식의 미소를 지어 보이며, 에린이 말한다.

"제가 낯짝이 좀 두꺼운 편이라." 그가 그녀에게 말한다. "있잖아요." 그가 말한다. "어젯밤에 에드바르가 만일 자기가 국무총리가 되면 저한테 울리크가 하는 일을 맡기겠다고 제안한 거 알아요?"

"네, 네. 진지하게 말하던가요?"

"누가 알겠어요. 그냥 뜬구름 잡는 소리일 수도 있죠. 상황이 상황이니만큼."

"아무래도 우리가 당신 월급을 올려줘야 할 것 같군요." 그녀가 여전히 그를 향해 미소를 지으며 말한다. "이번에도요."

"제가 돈 때문에 이러는 건 아니라는 거 아시잖아요."

"이 일이 에드바르에게 타격을 입히진 않을 거라고 말하지 않았던가요."

"글쎄, 그건 타격을 어떻게 정의하느냐에 따라 달라지겠죠. 최소한 지금 그 자리는 지킬 거라고 봐요. 울리크한테 전화를 해보는 게 좋겠군요."

"씨발," 울리크가 말한다. "대체 이게 뭐하는 짓거리야?"

"안녕, 울리크······" 크리스티안은 햇빛이 내리쬐는 비상계단에 서 있다.

울리크와 약 십 분간의 통화를 마치고 다비드 예스페르센과도 이야기를 마친 그는, 비밀 사무실에 사진기자인 미켈이 와 있는 걸 발견한다. 미켈은 테이블 위에 사진을 잔뜩 늘어놓고서 에린과 함께 그것들을 바라보고 있다. 에린이 고개를 든다. "울리크가 뭐래요?"

"우리가 이 사건에서 손을 떼길 원해요."

"협박하던가요?"

"법적으로 그런 건 아니었어요. 괜찮아요." 그녀의 팔꿈치를 살짝 건드리며 크리스티안이 말한다. "안녕, 미켈."

"그래." 떨리는 손으로 테이블 위에 놓인 사진들의 위치를 계속해서 정밀하고 무의미하게 이리저리 조정하느라 거기서 거의 눈을 떼지 않은 채, 미켈이 말한다. 대부분 에드바르의 모습이 담긴 사진들이다─매우 다양한 배경과 표정의 사진들. 나타사 옴센의 모습이 담긴 사진도 몇 장 보인다. 쇠렌 옴센이 담긴 사진도 한두 장 보인다. 그리고……

"바로 저거예요!" 크리스티안이 집게손가락으로 무언가를 가리키며 소리친다. 그가 소리치는 일은 거의 없다. 기이한 일이다. "바로 저 사진이에요." 그가 말한다.

셋이 함께 있는 사진. 그래, 그녀는 자신이 팔짱을 끼고 있는 작달막한 남편을 바라보고 있지 않다─그녀는, 놀라울 만큼 교활한 미소를 지으며 카메라 쪽을 쳐다보고 있는 키 크고 잘생긴 국방부 장관을 바라보고 있다. "정말이지," 크리스티안이 말한다. "아주 완벽해요. 내일자 신문 1면감이네요, 안 그래요?"

"그러네요." 에린이 말한다.

미켈이 그 사진을 다른 사진들로부터 조용히 떼어놓는다.

그들이 나타샤의 단독 사진을 고르기 위해 여전히 사진을 쳐다보고 있을 때, 뉴스 에디터 예페가 노크도 없이 뒤뚱뒤뚱 걸어들어와 말한다. "다들 여기서 뭐하고 있는 거예요?"

크리스티안이 말한다. "그냥 이 사진들을 좀 보고 있는 중이에요."

그의 말을 무시한 채, 예페가 에린에게 말한다. "이건 내가 물어온 특종이에요." 격분한 게 틀림없는 그가 말한다. "빌어먹을, 이건 내 특종이라고요. 처음에는 관심도 없었잖아요."

"네." 에린이 그를 향해 돌아서며 말한다. "맞아요, 예페, 자랑스러워해도 될 만한 일이에요."

"그런데 왜 이제 와서 나를 쏙 빼놓는 거죠?"

"예페, 오늘 아침에 당신이 할일은," 에린이 그를 살짝 옆으로 데리고 가며 말한다. "이 뉴스 이외의 다른 뉴스거리들을 모두 처리하는 거예요. 다른 뉴스들도 있잖아요, 안 그래요?" 그녀가 소리 내어 웃는다.

"왜 나를 배제하는 거죠?" 예페는 여전히 대답을 듣길 원한다.

"내 말 못 들었어요, 예페?" 더이상 소리 내어 웃지 않으며 에린이 묻는다. "오늘 아침에 당신이 할일은 다른 뉴스거리들을 모두 처리하는 거예요. 이 문제는 내가 처리해요. 알았어요?"

"그건 보조 에디터의 일 아닌가요?" 예페가 말한다. "다른 뉴스거리들을 모두 처리하는 건?"

에린이 몇 초간 기다렸다가 말한다. "오늘 아침에는 그 일을 해줬으면 해요. 알았어요? 이제 그만 일하러 가봐요."

예페는 움직이지 않는다.

이제 넌 끝장이야. 여전히 사진들 위로 몸을 구부린 채 크리스티안은 생각한다.

뒤이어 다비드 예스페르센이 흥분하며 들어와 말한다. "방금 옴센과 통화했어요. 남편 쪽이랑요."

"그래서요?" 여전히 거기 서 있는 예페에게서 뒤돌아서며, 에린이 그에게 묻는다.

"꺼지라고 하더군요."

"그게 다예요?"

"아뇨," 다비드가 말한다. "저더러 인간쓰레기라고도 했어요."

"헛소리만은 아니네" 사진에서 고개를 들며, 크리스티안이 농담을 한다. "그가 불륜에 대해 이미 알고 있던가?"

"내가 보기에는," 다비드가 말한다. "그런 것 같아. 내가 보기에는 달린이 어젯밤 나타샤한테 오늘 아침이면 모든 게 다 까발려질 테니 남편에게 다 털어놓으라고 한 것 같아. 그래서 그녀가 남편한테 털어놓은 거지."

"그래, 어쩌면." 크리스티안이 말한다.

"그리고 더 최악인 게 뭔지 알아?" 다비드가 말한다. "망할, 오늘이 바로 그 사람 생일이더군. 쇠렌 옴센 말이야."

크리스티안이 소리 내어 웃는다. "농담이겠지."

"위키피디아에서 봤어. 1958년 8월 5일. 오늘이 바로 그의 생일이야."

"말도 안 돼."

"생일 축하해요, 옴센 씨." 다비드가 재미있어하며 말한다.

"이것들 좀 봐." 크리스티안이 사진들을 가리키며 말한다.

"아, 멋진 사진들이군." 테이블에 앉으며, 다비드가 말한다. "훌륭해, 미켈."

말수가 적은 미켈은 그저 고개를 끄덕이고는, 떨리는 가운뎃손가락으로 사진들 중 하나를 왼쪽으로 일 밀리미터 옮겨놓는다.

"그래서 옴센이 한 말 중에 써먹을 만한 거 없었어?" 크리스티안이 묻는다. "인용할 만한 거 없었냐고."

다비드가 말한다. "옴센 씨, 이 일로 충격을 받으셨나요? 저리 꺼져. 당혹감을 느끼셨나요? 이 인간쓰레기야. 따로 하고 싶은 말씀이 있으신가요, 옴센 씨? 옴센 씨? 그는 대답이 없었어. 전화를 끊어버렸거든." 다비드는 나타샤 옴센의 사진 한 장을 쳐다보고 있다—그녀가 정말 육감적으로 보이는 사진 한 장을. "실은," 그가 말한다. "그가 다른 말도 하긴 했어."

"뭔데?"

"이 번호는 어떻게 알아냈지?"

"우리가 그 번호를 어떻게 알아냈지?"

"그의 부인의 통화 기록에서."

"그 일에 대해서는 입 꼭 다물고 있어요." 마침내 대화에 끼어든 에린이 말한다. 그녀는 좀전에 예페가 그곳을 떠난 이후로 멀찍이 떨어져 생각에 잠겨 있었다. "그래서," 그녀가 말한다. "어떤 사진을 쓰면 좋을까요?"

그녀와 크리스티안이 사진 문제를 논의하는 동안, 미켈은 다비드에게 사용이 불가능한 저속한 사진, 벌거벗은 채 일광욕을 하고 있는 어느 유명한 여배우의 사진 몇 장을 말없이 보여준다—그는 그것들을 그에게 건네기 시작하고, 그들은 자신들의 의견을 말한다. "이거 정말 죽이는데." 다비드가 말한다.

"그 사진들 다 보고 나서," 에린이 그에게 말한다. "임산부 클리닉에 한번 가봐요. 일을 더 진행시키기 전에 그쪽 정보가 좀더 필요할 것 같아요. 현재로서 우리가 가진 증거는 에드바르한테서 들은 말이 전부니까."

"맞아요." 크리스티안이 말한다. 그것은 그가 에린과 이미 상의했던 문제로, 샤를드골공항에서 비행기를 기다리던 한밤중에 그의 머릿속을 스친 생각이었다. "내 아이라고 하더군. 아이는 지울 거야"라고 한 에드바르의 말이 거짓이었을지도 모른다. 그가 그 말을 할 때 뭔가 기이한 낌새가 느껴졌었다. 만약 그들이 기사를 냈는데 그게 사실이 아닐 경우—만약 그의 아이가 아니라거나, 그녀가 아이를 낳기로 했다거나, 심지어 그녀가 아예 임신한 적도 없었을 경우—에드바르는 그들을 크게 고소할 좋은 기회를 얻게 될 것이다.

"아니, 그가 거짓말을 했을 수도 있다고 생각하는 거예요?" 여전히 미켈이 건네준 사진을 손에 든 채, 다비드가 묻는다. "이거 아주 죽이는데." 그가 사진보다 더 깊은 인상을 받았다는 듯, 다시 그렇게 말한다.

"누가 알겠어요?"

"그렇다면 꽤나 교활한 짓인데요, 안 그래요?"

"나는 크리스티안이 그에게서 듣고 온 말보다 좀더 확실한 무언가를 원해요."

"알겠어요. 그런데 저는 어젯밤을 꼬박 새웠는데요." 다비드가 꼬집어 말한다.

"제가 처리하죠." 크리스티안이 그녀에게 말한다.

"그럴래요?" 그녀가 말한다. "그럼 그래요."

"카트리네에게 부탁해볼게요." 최종적으로 선택된 사진들을 살펴보며, 그가 말한다. "그런 일은 그녀가 전문이거든요."

"그럼 저는 집에 가서 잠 좀 자도 될까요?" 다비드가 묻는다.

"그래도 될 것 같네요." 에린이 다정하게 말한다. "그럼 어서 가봐요. 썩 꺼져버려요."

*

카트리네에게 돈을 좀 쥐여주고는 임산부 클리닉으로 가서 나타사 옴센이 정확히 왜 어제 거기서 한 시간을 머물다 왔는지 알아보라고 시킨 후, 크리스티안은 엘리베이터를 타고 아래층 스타벅스로 내려간다. 건물 1층에는 체인점들이 몇 개 있고, 그는 가끔 십분 정도씩 스타벅스에 앉아서 스몰사이즈 라테를 마시며 머릿속을 정리하곤 한다.

그는 거기서 샌드위치를 먹고 있는 다비드 예스페르센을 발견한다. "친구, 집에 가는 줄 알았는데." 크리스티안이 그의 옆에 앉으며 말한다.

"그럴 거야, 이거 먹고." 다비드가 말한다. "미켈이 찍은 그 이름 모를 여배우 사진 봤어?"

"응."

"음부까지 다 보이더라고."

크리스티안은 전혀 웃지 않으며 라테의 뚜껑을 벗긴다.

"우리가 그 사진들 써도 괜찮을까?" 다비드가 묻는다.

"어쩌면 상반신 노출 사진 한 장쯤은. 다음주에, 회사가 좀 조용해지면. 모르텐에게 물어봐야 할 거야."

"그냥 내 기분 탓이었던 거야." 다비드가 묻는다. "아니면 오늘 아침에 회사 분위기가 좀 이상했던 거야? 그러니까, 내가 사무실에 들어갔을 때 예페랑 있었던 일 말이야."

"네 기분 탓만은 아니었어."

"무슨 일인데?"

크리스티안이 어깨를 으쓱한다. "나도 몰라. 곧 구조조정이 있을 거야. 어쩌면 그거랑 관련이 있는지도 모르지."

"어떤 종류의?"

"직원들이 해고되는."

"정말?"

"그렇다고 들었어."

"우린 지금도 사람이 부족하잖아." 다비드가 말한다.

"나도 알아."

"우리가 지금 하는 일은 예전에 두세 명이 하던 일이야."

"그 시절은 두 번 다시 돌아오지 않아." 크리스티안이 말한다.

그들은 창문 쪽 카운터의 높은 스툴에 앉아 있다. 창밖으로는 사람들이 지나간다. 정장을 입은 사무원들. 페블링에호수의 고요한 수면은 거부스름한 구름들로 가늠하다. 여느 때와 다름없는 북부의 신선한 여름날이다. 나뭇잎들은 가벼운 바람에 나른하게 흔들린다.

"나는 어때?" 다비드가 묻는다.

"네가 어떻냐니?"

"나는 안전해?"

크리스티안이 라테 잔을 입 쪽으로 기울인다. "너는 괜찮을 거야." 그가 말한다. "걱정하지 마."

"나한테는 이 일이 필요해." 다비드가 말한다. "이 년 후면 나는 마흔이야."

"나도 그래, 친구."

"먹여 살릴 자식이 둘이나 된다고."

"걱정 말라고 했잖아. 지금 집에 가는 게 걱정되는 거라면, 걱정 말고 가도 돼."

"집에는 무슨 일이 있어도 갈 거야." 다비드가 말한다. "나는 지금 빌어먹을 좀비 꼴이라고. 너는 어때? 너는 괜찮아?"

"나는 괜찮아."

"너도 밤을 꼬박 새웠잖아, 그렇지?"

"응, 그런 것 같아."

"너는 집에 가서 좀 자고 싶지 않아?"

"아니."

"뭐야." 다비드가 이해하려 애를 쓰며 말한다. "너도 구조조정이 걱정되는 거야?"

"전혀 그렇지 않아."

"그럼 왜 가서 몇 시간 쉬고 오지 않는 건데?"

크리스티안은 피곤한 기색으로 호수의 수면을 응시하고 있다.

그러고는 말한다. "너는 이해 못해, 친구. 내가 있고 싶은 곳은 여기 말고 아무데도 없어. 여기가 바로 내가 있고 싶은 곳이야."

잠시 시간이 흐른다.

다비드는 이해하려 애를 쓰며 그를 쳐다보고 있다.

"이게 내가 사는 이유야." 크리스티안이 말한다. "이게. 지금 여기서 벌어지고 있는 이 일이."

다비드가 가고 나자, 그는 라테를 마저 마시며 그게 사실이라고 생각한다.

다비드 예스페르센은 떠났다.

지금 살고 있는 뇌레브로의 아파트로 향했다. 가구가 그리 많지 않은 아파트. 텅 빈 냉장고―라거 몇 병 외에는 딱히 뭐가 없는. 단색 침실. 그들 둘이 공동으로 사용하던 집과 다를 게 없는 곳……

뭐지?

그로부터 거의 이십 년이 지났다.

그때는 여자들을 찾아 가끔 함께 외출을 하곤 했다. 토요일 오후에는 함께 축구 경기를 봤다. 이케아 소파. 텅 빈 냉장고―라거 몇 병 외에는 딱히 뭐가 없는. 다비드의 인생이 지금도 그렇다는 게 이상하다. 여자들을 찾아 밖으로 나가는 일.

그는 라테를 다 마셨다. 그는 여전히 호수의 평온한 수면을 응시하고 있다.

여기 앉아서 이렇게 호수를 바라보고 있다니, 그는 피곤한 게 분명하다.

여자들을 찾아 밖으로 나가는 일.

마치 다른 세상의 일만 같다.

그는 거의 고통으로 변해가는 에린과의 추억, 그들이 함께한 시절을 잠시 떠올린다. 이 년 전.

이 년 반 전.

그들은 그 일을 매우 프로답게 처리했다.

흐트러진 집중력. 사무실에서. 구멍. 사무실. 사무실. 이제 이게 내가 사는 이유다. 그리고 그것은 사실이다. 그는 스타벅스에서 나와 로비—현대적인 대리석 로비—에서 엘리베이터를 기다리고 있다. 이제는 에드바르와 나타샤 옴센을 생각하면서. 기사. 대중들의 삶 속으로 파고들어가 폭발적인 반응을 일으킬 위험한 정보. 그는 몸안에 아드레날린이 샘솟기 시작하는 걸 느낀다. 엘리베이터의 문이 닫힌다. 그렇다. 지금 할일은 바로 이것이다. 이것. 이 전쟁.

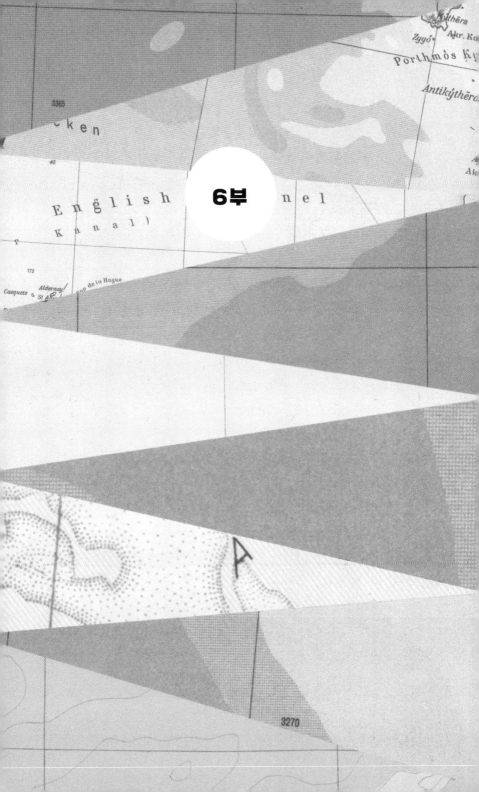

6부

1

그는 평소보다 두 시간 일찍 사무실을 나선다. 오후 중반, 개트 윅공항으로 가는 반쯤 비어 있는 기차. 비행기의 창가 쪽 자리. 연한 홍차, 그리고 포장지에 알프스 초원이 그려져 있는 정사각형 초콜릿. 그다음엔 문득 뇌리를 스치는 생각. 세상 위로, 안개와 수증기의 장막 저 아래 있는 단단한 지면 위로 떠오르는 동안, 그 생각이 미사일처럼 그의 머리를 때린다. 쾅. 이게 다다. 이게 이 세상의 전부다. 다른 건 아무것도 없다.

고요한 폭발.

그는 여전히 창밖을 응시하고 있다.

이게 이 세상의 전부다.

그것은 농담이 아니다. 인생은 농담이 아니다.

그녀는 화면에 그의 이름을 띄운 아이패드를 들고 공항 도착장에서 그를 기다리고 있다. 웹사이트에서 그의 사진을 봐두어서 그가 어떻게 생겼는지 알고 있는 그녀가, 엉성하게 만든 피켓을 들고 쭉 늘어서 있는 운전기사들을 마주보고 서 있는 그를 향해 웃으며 다가간다.

"제임스?" 그녀가 말한다.

둘은 꽤 키 차이가 난다.

"당신이 폴레트로군요."

그녀의 작고 창백한 아랫입술 중앙에서 살짝 떨어진 곳에는 흉터─맞나?─가 있다. 둘은 악수를 나눈다. "제네바에 오신 걸 환영해요." 그녀가 말한다.

그다음엔 다리 위의 고속도로─이어지는 터널들. 프랑스. 그의 얼굴 한쪽에 비치는 낮은 태양. 생기 넘치는 저녁의 빛.

그녀가 말한다. "그래서, 내일이네요."

"네." 그는 차창 밖의 무언가를, 초록빛이 감도는 금빛 속에 움직이는 무언가를 바라보고 있다. 눈길이 가닿는 모든 곳에서, 그는 돈을 본다.

"현장에서 만날 수 있게 준비해뒀어요." 그녀가 말한다.

"잘됐네요. 고마워요." 그는 그녀가 유능하다는 걸 안다. 그가 이메일을 보내면, 그녀는 지체없이 회신하여 그가 필요로 하는 모든 정보를 제공한다.

그는 그녀를 따라 도착장 라운지를 빠져나오며 그녀에게 프랑스어로 말하기 시작했다. 그녀는 그에게 영어로 대답했고, 잠시 동안 두 사람이 서로의 언어로 말하는 우스꽝스러운 상황이 펼쳐졌다.

한쪽으로 휘어지는 깔끔한 터널─소라 껍데기를 귓가에 댈 때 들려오는 것 같은 소리.

그러고는 다시 늦여름의 긴 황혼.

그가 영어로 말한다. "날씨는 어떨까요? 내일 말이에요." 날씨
는 중요하다. 영향을 끼칠 것이다.

"오늘이랑 비슷할 거예요." 그녀가 말한다. "완벽하죠."

"다행이네요."

"제가 당신을 위해 날씨도 준비해뒀어요." 그렇게 말하는 그녀
의 말투는 살짝 어색하게 들린다.

그가 피곤한 얼굴로 미소를 짓는다.

미소를 멈춘다.

발밑 공간에서 두 발을 이리저리 움직인다.

"그렇군요." 너무 긴 침묵이 흐른 후, 그가 말한다. "고마워요."

밀려오는 고속도로가 그를 졸리게 만든다.

모든 것들이 내뿜는 무성한 빛. 바깥으로는, 하늘로 솟은 초록색
산비탈이 저녁 햇살을 가득 받아 진한 금빛으로 물들어 있다.

프랑스 알프스에서 가장 아름다운 계곡들 중 하나에 위치하고 있는 레
샬레 뒤 미디 아파트는 모두 열두 개 동의 신축건물들로 이루어져 있습
니다. 침실이 1개인 구조부터 2개, 3개, 4개 구조까지 선택의 폭이 다양
하며, 가격은 부가세 별도로 252,000유로부터 가능합니다. 이 아파트는
활기 넘치고 인기 있는 마을인 사모엥 중심가에 자리하고 있습니다. 사모
엥 마을은 여러 가게들과 레스토랑, 바들이 즐비한 매력적인 프랑스 마을
로……

그가 이 일을 해온 지 올해로 몇 년째던가?

그들은 클뤼스에서 고속도로를 빠져나오고, 그녀는 통행료를 치른다.

클뤼스는 무미건조한 곳이다. 일련의 작은 로터리들. 가로등에 걸려 있는 꽃바구니들. 프랑스식으로 무참히 가지를 쳐낸 난쟁이 플라타너스들. 이곳이 자기가 사는 곳이라고, 그녀가 그에게 말한다. 그녀가 핸들 앞으로 몸을 숙여 어느 집 창문을 올려다보고는, 집게손가락을 치켜들어 그곳을 가리키며 말한다. "저기가 제가 사는 데예요."

"그렇군요." 그가 관심을 보이는 척하며 말한다.

이제 그들은 그곳을 떠나 계곡 한쪽의 U자형 커브를 따라 올라간다. 맞은편의 산들은 마지막 남은 햇살에 물들어 있다.

그녀는 차창을 조금 내린다. 공기에서 거름과 젖은 풀 냄새가 난다. "이쪽 지역에 대해 좀 아세요?" 그녀가 묻는다.

그는 모른다고 말한다. "우리는 주로 훨씬 남쪽 지역을 맡고 있어요." 그가 설명한다. "샤모니. 발 디제르."

그녀가 고개를 끄덕인다.

"쿠르셰벨."

그녀는 부동산 개발업자인 누아예 밑에서 일한다.

"저는 스위스 일부 지역도 맡고 있어요." 그가 그녀에게 말한다.

"그렇군요."

U자형 커브가 끝났다. 길은 마을을 지나 나무 아래의 짙은 그림자를 통과한다.

"여기 좋네요." 그가 정중하게 말한다.

그녀가 다시 고개를 끄덕인다. "네, 좋죠. 이 위쪽은요."

"정말 그래요. 누아예 씨는 혹시 다른 계획도 구상하고 있나요?" 지나친 관심은 보이지 않으려 애쓰며, 그가 묻는다. "이번 건 이후에요."

"그런 것 같아요. 금요일에 한번 물어보세요."

"그래야겠어요." 그는 누아예가 어떤 사람일지, 그들이 잘 지낼 수 있을지 궁금하다. 누아예는 어떤 제안을 내놓을 것인가. 그는 누아예가 내놓을 제안이 어떤 종류의 것일지조차 아직 확신하지 못한다. 그는 그것에 대해 생각해볼 필요가 있다.

"이 지역은 점점 더 인기가 높아지고 있어요." 그녀가 말한다.

"물론 그렇겠죠."

"이미 자리를 잡은 지역들보다." 그녀가 말한다. "좀더 전형적인 곳이거든요."

"그런 것 같군요."

마을. 그들은 속도를 크게 줄인다―험난한 과속방지턱들. 잔뜩 이끼가 끼어 있는 나무들. 시즌이 아니라 문을 닫은 스키용품 대여점들―로카시옹 뒤 스키. 벌꿀 광고판.

"거의 다 왔어요." 마을을 벗어나 속도를 높이며, 그녀가 말한다. "바로 다음이에요."

어느새 완연한 저녁이다. 그녀는 헤드라이트를 켰다. 양옆으로 큰 키의 장엄한 소나무늘이 늘어선 도로가 일직선으로 길게 펼쳐진다. 그다음엔 도로가 왼쪽으로 휘고, 그들은 급하게 흐르는 물―그는 강물이 바위에 부딪혀 흰 물보라가 일어나는 걸 본다―의 소음을 지나 그곳에 도착한다. "바로 여기예요." 그녀가 말한다.

즐비한 표지판이 그들을 맞이한다―호텔, 피자가게, 산책로, 스키 리프트로 가는 길을 안내하는 표지판들. 다들 어떻게든 먹고살아보려고 애를 쓰고 있다.

그다음엔 나무들이 늘어선 수수한 거리의 더욱 깊어진 어둠.

아파트 건물 사이로 난 도로 양쪽으로는 낡고 시커먼 헛간 몇 채가 아직 팔리지 않은 벌판에 서 있다.

나무들 사이로 보이는 그 벌판들을 재빨리 대강 살펴보면서, 그는 그것들에 어떤 가치가 있을지 생각해보려 애쓴다.

*

그는 마지막 남은 빛 속을 잠시 거닌다. 빛은 아직 마을 산봉우리에 남은 채 분홍색으로 물들어간다. 산봉우리에 걸린 빛은 특히 무정하다. 서서히 사라져가는 분홍빛. 어디선가 분수가 물을 뿜는 소리가 들려온다. 얼음처럼 차가운 물. 주유소 너머의 옛 마을에는 멋진 석조건물들이 있다. 그는 슬픔을 느낀다.

홀로 떠나온 이 알프스 여행. 공허한 저녁 시간.

이제 기이한 푸른빛이 바위로 뒤덮인 산봉우리의 정상 위로 길게 퍼진다. 거리는 어둡다.

사모엥에는 스키장 영업이 끝난 후에도 여러 즐길거리들이 있습니다. 여러분을 계속 즐겁게 해드릴 수많은 바들, 매우 다양한 시역특산물을 세공하는 레스토랑들……

오늘밤에는 그런 것들이 전혀 보이지 않는다.

대신. 호텔 식당에서 혼자 하는 식사, 복숭아색과 핑크색의 중간 정도 되는 색깔의 테이블보와 불편한 고요. 일인용 테이블. 그는 음식이 나오길 기다리면서 번쩍이는 광고용 책자에 적힌 자신의 글을 대충 훑어본다—그는 그 글에서 자신의 음성을 느낄 수 있고, 그것을 읽는 자신의 목소리를 들을 수 있다.

사모엥에는 스키장 영업이 끝난 후에도 여러 즐길거리들이 있습니다……

여러 즐길거리들이……

웩.

그가 딱히 이곳 사정을 잘 아는 것은 아니다. 이곳을 직접 둘러본 것도 이번이 처음이다. 봄에 이곳에 와서 누아예와 계약을 성사시킨 건 자일스였다—독점 마케팅 계약이었다. 그후로 유창한 프랑스어로 그와 전화 대화를 나누면서, 제임스는 누아예가 소외감을 느끼고 있다는 인상을 받았다. 누아예는 자신이 사랑받지 못하고 있다고 느낀다. 불과 얼마 전 어느 날 아침, 얼스필드역의 젖은 플랫폼에서 열차를 기다리는 동안, 제임스는 어쩌면 이 상황이 자신에게 기회가 될지도 모르겠다는 생각이 들었다.

사실 자일스에게는 이 일이 그리 대단한 일이 아니다. 그는 봄에 그곳을 방문한 이후로 누아예와 한 번도 대화를 나누지 않았다. 자일스는 지금 홍콩에서—어쩌면 오늘은 싱가포르로 옮겨가서—중국인들에게 알프스 부동산을 팔고 있다. 개발지 전체를 팔고 있다. (1200만 유로의 5퍼센트면 얼마지? 하루 일하고 버는 돈치고는 제법 쏠쏠하다.) 자일스 에어 마일스*. "오늘은 에어 마일스 출근했나?" 제임스와 다른 직원들은 전화와 이메일에 시달릴 또 하루를

---

* '비행기 탑승 마일리지'를 뜻한다.

위해 이셔의 사무실에 도착하며 그렇게 말한다.

자일스가 얼마나 벌더라? 그들은 점심시간에 프렛 샌드위치를 먹으며 그것에 대해 이야기한다.

그리고 그는 얼마만큼의 가치가 있나?

그는 팔십년대 후반에 회사를 시작했다. 그는 몇몇 초창기 거래에 직접 뛰어들었고 그것들로 지분을 얻었다고, 존은 말한다―처음부터 그 회사에 있었고, 웬지 내세울 만한 성과는 별로 없는 듯한 존. 그는 몇몇 초창기 거래에 직접 뛰어들지 않았다.

존 같은 신세가 되길 바라는 사람은 아무도 없다.

그는 호텔 식당의 테이블에서 혼자 그 번쩍이는 광고용 책자를 넘겨본다. 희미하게 풍겨오는 갓 인쇄된 잉크 냄새. 레 샬레 뒤 미디 아파트. 이제는 거의 입주 준비를 마친 듯 보인다. 스키 시즌 전까지는 준비가 끝날 것이다. 가구 비치를 포함한 모든 게. 다음 몇 달 내로 팔 수 있는 완벽한 상태가 될 것이다. 아무 문제도 없을 것이다. 이곳에 몇 차례 오게 될 것이다. 이곳에, 이 오텔 사부아Hôtel Savoie에 익숙해지게 될 것이다. 그는 고개를 들어 복숭아색과 핑크색의 중간 정도 되는 색깔의 그 형식적인 공간을 바라본다. 그는 이미 그렇다는 걸 알고 있다. 그렇다, 그는 그걸 안다. 그는 이런 호텔에 얼마나 많이 머물러봤던가? 객실이 반쯤 비어 있는 구월 초 어느 저녁의 호텔. 구월의 첫 주―여름도 거의 끝나간다.

가늘고 긴 술잔에 담긴 알프스산 라거를 마저 다 마시며, 그는 누아예가 어떤 사람일지, 그와 잘 지낼 수 있을지 궁금해한다.

저녁식사 후, 그는 아파트까지 걸어간다. 그곳은 호텔에서 오 분

거리다. 그는 석조건물들이 있는 마을 중심을 벗어나 아직 남아 있는 일부 공한지에 달빛이 비치고 있는 조용한 지역으로 들어선다.

이곳에는 산악 사이클링 코스 외에도 아름다운 경치를 자랑하는 여러 하이킹 코스가 있습니다. 여러분은 이 지역의 거대한 자연공원을 방문하여 알프스가 제공하는 광활한 자연의 아름다움을 감상할 수 있습니다. 좀더 모험을 즐기고 싶으시다면 산비탈에서 패러글라이딩을 할 수도 있고, 암벽등반을 할 수도 있고, 사륜구동 차량을 타고 비포장도로를 달릴 수도 있습니다. 마찬가지로 별로 모험을 즐기고 싶지 않으시다면 훨씬 덜 격렬한 즐길거리들이……

새 아파트는 울퉁불퉁한 황무지에 세워져 있다. 그는 호주머니에 손을 넣은 채 달빛으로 빛나는 아파트 앞 타맥 포장 길에서 발걸음을 멈춘다. 어두운 공기 중에 여린 목재에서 풍기는 기분좋은 냄새가 맴돌고 있다. 그는 그것이 매우 저가의 목재라는 걸 단번에 알아차린다. 짧은 여름 한철 동안 서둘러 지은, 겉으로만 '샬레*식'으로 꾸민 평범한 디자인.

"미리?"

그는 속옷 바람으로 호텔 침대에 누워 있다. 열려 있는 화장실 문 밖으로 네온 불빛이 흘러든다.

"나야."

그의 목소리가 차분하고 조용한 호텔방에서 시끄럽게 울려퍼진다.

"아무 문제도 없었어." 그가 말한다. "아니, 그건 문제없었어."

---

* 박공지붕을 얹은 스위스식 작은 산장이나 소주택.

소나무 벽, 왁스를 입힌 소나무.

"여긴 그러니까―알프스잖아. 아니, 좋아. 더할 나위 없이."

"내일은 고객들과 하루를 보내야 해." 그가 말한다. "내 할일을 해야지. 와인을 대접하고. 저녁을 대접하고. 훌륭한 치즈를 파는 가게로 데려갈 거야. 훌륭한 치즈를 파는 가게는 중요하지."

그가 무언가에 웃음을 터뜨린다.

"그런 가게가 한 군데 있다고 들었어, 응."

"아니," 그가 말한다. "금요일에는 개발업자를 만나야지."

"당신은 어때?" 그가 묻는다. "그쪽은 어떻게 돼가고 있어?"

그가 말한다. "그래? 흠, 그럴 거라고 예상은 하고 있었잖아. 안 그래?"

"아마도." 그가 말한다. "잘 모르겠어. 그에게 물어보는 게 어때?"

"그건 걱정하지 않아도 될 것 같아." 그가 말한다.

그가 하품을 하며 말한다. "글쎄, 그건 걱정하지 않아도 될 것 같아."

"내가?" 그가 묻는다.

"응. 아마도."

"그래." 그가 말한다.

잠시 있다가 그가 말한다. "나도."

"잘 자." 그가 말한다.

"그래. 잘 자."

2

뜻밖에도 그녀가 아침에 호텔로 와서 그를 기다리고 있다. 그녀
는 마치 잘 아는 사이라도 된다는 듯, 커다란 소나무 로비에서 호
텔 지배인과 대화를 나누고 있다.

"안녕하세요." 잘 다린 셔츠의 맨 윗단추를 푼 채 그들 쪽으로
경쾌하게 다가가며, 제임스가 말한다. 그녀는 그를 향해 돌아서고,
그는 마치 처음 보는 것처럼 그녀의 아랫입술에 남은 흉터를 본다.
그녀의 입술과는 조직상으로 완전히 별개의 것이다—마치 한 방
울의 작은 밀랍이 묻어 있는 듯하다. 그는 그것을 보지 않으려 애
쓴다. "저 때문에 여기 오신 건가요?" 그가 묻는다.

"물론이죠."

"감사합니다."

그녀는 그를 지배인에게 소개하고, 그들은 일종의 과장된 공손
함을 보이며 마을에 대해, 마을이 어떻게 개발되고 있는지에 대해

잠시 프랑스어로 대화를 나눈다.

바깥으로 나와 엽서 그리고 산을 본뜬 작은 장식품들 사이에 선채, 그녀는 레이밴 웨이페어러 선글라스를 낀다.

그녀의 작은 푸조는 장인이 만든다는 오드비eaux de vie*를 파는 가게 앞에 세워져 있다.

그들은 그곳을 향해 천천히 걸어간다.

그는 이런 알프스 마을들을 아주 잘 알고 있다. 아주 깔끔한 마을들. 곳곳에 보이는 꽃과 깃발. 장식적이고 무해하게 저만치에 솟아 있는, 그 자체로 한 폭의 그림처럼 보이는 산들. 그리고 화려한 교외의 분위기가 물씬 풍기는 거리들. 잎사귀 하나하나까지 모두 제자리에 있는 듯한 느낌. 숨이 막힐 듯한 깔끔함. 그래도 이곳에는 무언가가 존재한다―그 장소가 지닌 고유의 흔적이 아직 남아 있다는 느낌이. 몇 개의 작은 거리들은 아직 훼손되지 않은 아름다움을 지니고 있다고, 그는 생각한다. 달리 말해서, 그곳에는 아직 돈을 좀 벌어볼 여지가 남아 있다.

열쇠를 찾느라 커다란 가죽 핸드백 안에서 이런저런 물건들을 잔뜩 꺼내들며, 그녀가 그에게 잘 잤느냐고 묻는다.

그가 말한다. "아주 잘 잤어요. 고마워요."

"다행이네요."

그의 희끗희끗해져가는 머리는 넓은 이마 뒤로 웨이브진 채 넘겨져 있다. 그는 나이가 들어가면서 우락부락한 모습으로 변해가고 있다―그의 선글라스가 이를 더 두드러져 보이게 한다. 일종의

---

* 프랑스어로 '생명수'라는 뜻으로, 화주나 브랜디를 일컫는다.

권위도 생겨나고 있다. 그는 그녀가 열쇠를 찾을 때까지 기다린다.

"그런데 텔레카빈*은 어디서 출발하는 거죠?"

"저기서요." 그녀가 코 아래로 내려온 선글라스를 위로 올리고는, 주유소 너머에 있는 마을 입구 쪽, 그들이 어제 도착했던 보리수나무 거리 쪽을 가리킨다.

"그럼 공사는 언제 끝날 예정인가요?" 그것은 중요한 질문이다.

"스키 시즌에 맞춰서요." 그녀가 말한다. 그녀는 열쇠를 찾았고, 지금은 휴대폰의 메시지를 확인하고 있다.

"장담할 수 있죠?"

그녀가 고개를 든다.

그는 미소를 짓고 있다.

"장담해요." 그녀가 말한다.

레 샬레 뒤 미디 아파트까지는 차로 채 일 분이 걸리지 않는다. 햇살 속에서 본 아파트는 어젯밤보다 더 작아 보이고, 심지어 덜 훌륭해 보인다. 아파트 주변의 황무지도 지저분해 보인다. 최근에 계곡을 휩쓸고 간 폭풍이 만들어놓은 거대한 물웅덩이가 있던 자리는 잡초가 잔뜩 자란 진흙구덩이로 변해 있다.

그녀가 누군가와 통화를 하는 동안, 그는 그곳에 서서 그 황무지를 바라본다.

그녀와 통화하고 있는 사람은 아마 누아예일 것이고, 그는 그녀가 하는 말을 들어보려 애를 쓴다.

그녀의 통화가 끝나자, 그가 그녀 쪽으로 고개를 반쯤 돌려 말한

---

* 리프트.

다. "당신 상사였나요?"

"네."

"아무 문제도 없는 거죠?"

"아무 문제도," 그녀가 말한다. "없어요."

"그는 어떤 사람인가요?"

그녀는 그 질문에 놀란 듯하다. "어떤 사람이냐고요?"

"네."

"그는……" 그녀가 잠시 생각한다. "괜찮은 사람이에요."

"그 사람은 자기가 무슨 일을 하고 있는 건지 알고 있나요?"

이번에도 그녀는 놀란 듯하다. 그녀는 말한다. "분명 알고 있을 거예요. 왜요?"

"그냥 궁금해서요."

그녀의 영어는 단순히 완벽하기만 한 게 아니다―그녀가 어떤 단어, 어떤 모음을 발음할 때, 거기서는 실제 영국인의 억양, 약간 상류층 런던 사람의 억양 같은 게 느껴진다.

"전에 런던에 산 적이 있으신가보네요." 서 있는 자리에서 꼼짝도 하지 않고서 선글라스를 낀 채 그녀에게 미소를 지으며, 그가 넌지시 말한다.

그녀가 말한다. "그랬죠."

"그런 것 같았어요."

그는 여전히 그녀를 쳐다보고 있다. 그녀는 체구가 작고 말쑥하다. 입고 있는 원피스는 허벅지 중간까지 내려온다. 꽤나 스타일리시한 원피스다. 그는 생각한다―옷이 날개다. 그 생각에 그는 또 한 번 미소를 짓는다.

"그래서―어떤 것 같아요?" 몇 초 후에 그녀가 진지하게 묻는다. 그러고는 손가락으로 입술의 흉터를 만진다. 그녀는 가끔 손가락으로 그것을 잠깐씩 만져대는 버릇이 있다.

그가 갈색 신축건물 쪽으로, 거기 달린 음침하고 작은 창문들 쪽으로 주의를 돌린다.

그것에 흥미로운 구석이라고는 전혀 없다.

"멋지네요." 마침내 그가 말한다. "그럼 갈까요?"

이 널찍한 아파트를 설계하면서, 건축가는 사용 가능한 공간을 최대화하고자 노력했습니다. 그 결과, 이 아파트는 매우 실용적인 구조를 갖추게 되었습니다. 개방형 주방과 연결된 거실은 8제곱미터의 널찍한 테라스로 이어집니다. 남쪽을 면하고 있는 테라스에서는 인상적인 계곡의 경치를 감상하실 수 있습니다. 뿐만 아니라, 이 아파트에는 널찍한 침실이 있고……

실제로 그곳을 보지도 않은 채 그가 직접 쓴 말들. 건물이 들어서지 않은 부지 같은 글.

그들은 아파트 모델하우스에 들어와 서 있다.

신통치 않은 건물 외관에 이어, 그는 또다시 실망한다. 모든 게 보잘것없는 인상을 준다. 라미네이트 바닥, 이케아 물건만도 못한 가구, 벽에 걸린 형편없는 그림들. 경비를 감축했다―출입구에 발을 늘여놓자마자 그런 생각이 그의 뇌리를 스친다. 공간이 너무 빽빽하다. 심지어 부동산 중개업자가 봐도 전혀 '널찍하다'고 말할 수 없는 넓이다. 답답한 느낌이 든다. 내리쬐는 태양을 향해 힘껏 솟아 있는 산들이 보이는 바깥 테라스의 경치만 빼고 나면, 보는 이를 깜짝 놀라게 할 만한 요소라고는 전혀 찾아볼 수 없다.

또한 팔기도 쉽지 않을 것이다. 책자에 나와 있는 가격으로는.

누아예의 고문은 누구였을까? 다시 안으로 걸어들어가며, 그는 그것이 궁금해진다. 이 조잡한 물건들은 단지 허위 절약의 결과물이다. 그에게 돈이 없지 않았다면 말이다. 만일 돈이 없었다면 다른 투자자들을 찾았어야 했을 것이다. 그건 문제가 되지 않는다. 제임스는 그들을 어디서 찾을지, 그런 일에 쓸 돈을 어디서 찾을지를 알고 있다. 한번은 자일스가 그를 거킨* 빌딩에서 열린 행사에 데려간 적이 있었다—돈은 정장을 입고 미소를 띤 채 술안주를 아작아작 씹어먹으며 그곳에서 그들을 기다리고 있었다.

에어 마일스가 이곳 일에 신경을 쓰지 않은 게 분명하다. 이 건은 정말 삼류가 되어버렸다. 이 심심한 계곡에 투자할 독점 재벌은 아무도 없을 것이다. 물론 이곳은 메리벨**이 아니다. 그렇지만 이왕 할 바엔 제대로 하는 게 낫다. 할 수 있는 한 최선을 다해야 한다. 이대로라면 결국 5만 유로의 적자를 감수하면서 팔 수밖에 없다. 왜 그 돈을 내다버려야 하는가? 현란한 가구 몇 개, 스메그 냉장고, 살짝 대리석을 깐 화장실. 그런 것만 있으면 계약은 성사된다. 이 사람들은 비행기를 타고 와서 고작 하루를 머물 뿐이다. 그들에게는 첫인상이 전부다.

그는 주방에 있는 조잡한 무언가를 열었다 닫는다.

뭔가 깜짝 놀랄 만한 요소 같은 게 있어야 한다.

그는 커튼이 유스호스텔용 물건 같다고 생각한다. 흉측한 꽃무

---

* 런던에 있는 '30 세인트 메리 엑스' 빌딩의 별칭으로. 생김새가 오이지(gherkin)를 닮았다고 해서 붙여진 이름이다.
** 프랑스 알프스 지역의 휴양지. 고급 스키장으로 유명하다.

닉 같은 게 프린트된 빌어먹을 커튼. 그녀는 별로 놀라워하지 않는 그의 모습을 본다.

"마음에 안 드세요?"

"아뇨, 괜찮아요." 그가 그녀에게 말한다. "그러니까 제 말은," 그가 말한다. "아주 알뜰하게 꾸며놓았네요."

그는 그녀에게 미소를 짓는다. 그녀는 그가 무슨 말을 하고 있는지 알고 있다. 그녀도 그와 똑같은 생각을 했었다. "므시외 누아예의 고문은 누구였죠?" 그가 묻는다. 그러고는, 다시 그녀에게 미소를 지으며 말한다. "당신은 아니었다는 거 알아요." 그녀의 옷차림만 보더라도 그는 그녀가 누아예의 고문이 아니라는 걸 알 수 있다. 그는 그렇다는 걸 그녀에게 말해야 할지 고민한다. 뭔가 그와 비슷한 말을.

하지만 너무 늦었다. 그녀가 이미 대답을 하고 있다. "아뇨, 저는 아니었어요. 모르겠네요."

"혹시 마담 누아예일까요?" 일종의 농담이다.

그녀는 그저 "모르겠네요"라고 한다.

"누아예 부인이 있긴 한가요?" 그가 묻는다.

"있어요."

"그럼 다른 아파트를 둘러보러 가죠." 그가 말한다.

가구가 비치되지 않은 다른 아파트 쪽이 보다 더 매력적이다. 그 텅 빈 공간에서는 최소한 어떤 가능성 같은 게 느껴진다. 물론 그것들도 그 모델하우스와 같은 꼴이 되고 말겠지만. 그녀의 말과는 달리, 누아예는 분명 자기가 무슨 일을 하고 있는지 알지 못한다.

그에게는 도움이 필요하다. 그는 자신의 손을 잡아줄 누군가가 필요하다. 제임스는 바로 그런 사람—도움을 필요로 하는 누군가—이 눈에 띄기를 기다리고 있었다.

그는 심지어 사람들에게 모델하우스를 보여주어야 할지 말아야 할지에 대해서까지 고민한다. 이 텅 빈 아파트를 보여주는 편이 더 나을지도 모른다.

그는 신축건물 꼭대기층에 있는 복층 아파트, 계곡 이쪽저쪽이 다 내려다보이는 '펜트하우스'—42만 5천 유로짜리 집(부가세 별도)—의 창가에 서 있다. 계곡은 서로 포개진 산봉우리 부근에서 끝난다. 산봉우리들이 벽처럼 둘러싸고 있다. 맞은편에는 낮은 지평선이 펼쳐져 있다.

아래에는 아직 바닥재가 깔려 있지 않다. 걸어다니는 그의 발아래에는 시멘트 스크리드뿐이다.

"여기서는 여섯 명이 잘 수 있죠, 그렇죠?" 그가 묻는다.

"여덟 명요." 그녀가 그에게 말한다.

"여덟 명이라고요?" 정치인을 인터뷰하는 TV 저널리스트처럼, 그가 회의적인 말투로 묻는다.

그녀가 말한다. "거실에 있는 침대 겸용 소파까지 포함하면요."

"그렇군요. 알았어요."

그는 다른 아파트들 창문보다 더 큰 이곳 장문 중 하나의 근처를 서성거린다.

"벽난로가 있었으면 좋을 뻔했어요." 그가 말한다.

"실은," 그녀가 말한다. "보험료 문제가 있었어요."

"그래요?" 그는 창가에 서서 창밖을 내다보고 있다. "고요하군요."

그는 차가운 유리에 손을 얹는다. 반대편에는 초록빛 산비탈이 솟아 있고, 계곡의 옆구리가 있으며, 고지대 목초지와 소나무숲이 있다. 여기서 바라보는 나무들은 장난감 같다. 끝이 뾰족한 장난감 나무들. 그는 그것들을 바라보고 있다. 정말 고요하다. 저 위에 있는 모든 것들이.

"좋네요, 여기는 경관이 두 종류로군요." 그가 말한다.

그녀는 방 반대편의 문 근처에서 기다리고 있다. "네."

"이 마을에 훌륭한 치즈를 파는 가게가 있나요?" 그가 묻는다.

그 질문은 이번에도 그녀를 놀라게 한 듯하다. 그녀가 말한다. "훌륭한 치즈요?"

"사치스러운 치즈가게요." 그가 창문에서 돌아서며 말한다. "그런 데 있어요?"

"치즈가게가 있긴 해요." 그녀가 말한다. "사치스러운 데라는 게 정확히 뭘 의미하는지 잘 모르겠군요."

"분명 아실 거예요." 그가 용기를 북돋워주는 미소를 띠며 말한다.

"사치스럽다고 해도 괜찮을 곳이에요."

"훌륭한 치즈가 많은가요?"

"네." 고개를 단호하게 한 번 끄덕이며, 그녀가 말한다.

"좋아요. 우리는 그런 가게가 한 군데 필요해요. 훌륭한 치즈를 파는 가게가 한 군데 있어야 해요. 우리가 상대하는 부류의 사람들에게는 중요한 문제죠. 프랑스의 부동산을 산다는 것은 그런 느낌과 결부되어 있어요. 달콤한 인생. 몇시죠?"

그녀가 자신의 시계를 보고 말한다. "열한시 십오분 다 돼가요."

"꼭대기까지 태워다줄 수 있어요?" 그가 묻는다. "저 위에서 이곳의 인프라 구축 상태를 한번 봐두는 게 좋을 것 같아요. 그러면 적어도 제가 무슨 이야기를 하고 있는 건지 아는 척은 할 수 있을 테니까요." 그가 미소를 짓는다. "그러고서 점심을 먹으러 가죠."

그들은 어제 자신들이 왔던 길, 보리수나무가 있는 작은 거리를 따라 마을을 빠져나간다. 그러다가 마을을 벗어나자마자 작은 갈림길로 들어서서, 숲속을 향해 난 가파른 길 위로 지그재그를 그리며 올라간다. 가파른 길을 돌아가면서, 그녀는 기어를 이단에서 삼단으로 바꿨다가 다시 이단으로 바꾼다.

일 킬로미터에 걸쳐 펼쳐진 목초지에 이르자 기어는 사단으로 바뀐다. 태양. 시간의 때가 묻어 있는 깊은 처마가 있는 농가.

그러고는 몇 채 더 나타나는 집들, 거의 한 마을.

이 모든 땅들―그것들은 가치가 얼마나 될까? 이곳에는 미래가 있다.

그러고는 다시 나타나는 숲. 그리고 그들이 이리저리 돌아갈 때 가끔 나무 사이로 모습을 드러내다가 이제는 서서히 사라져가는 계곡의 경치.

이단, 삼단. 삼단, 이단, 삼단. 햇볕에 그을린 그녀의 가는 팔이 쉴새없이 움직인다. 멋들어진 샌들을 신은 그녀의 발. (그는 그녀의 발톱이 잘 손질되어 있다는 걸 알아차린다―조개껍데기 안쪽처럼 빛나는 단단한 핑크빛 발톱.)

꼭대기까지 가는 데는 이십 분이 소요된다.

"아." 마침내 계속 드리워지던 그늘에서 빠져나와 사방이 탁 트인 곳에 이르자, 그가 말한다. 갑자기 타맥 포장도로가 잔뜩 나타나고, 그 너머로는 지은 지 좀 된 듯한 주요 개발지들이 보인다―아파트들, 어쩌면 호텔 한 채일지도. 오두막들, 집들. 그녀는 아파트 그늘 아래의 넓고 텅 빈 타맥 포장도로 위에 차를 세우고 시동을 끈다.

주변에는 아무도 없다. 그는 그곳의 햇살 속에 서서 고동치는 목초지의 울림을 듣는다. 그리고 바람이 불 때면 머리 위에 있는 케이블에서 고요한 노랫소리가 들려온다. 그렇지 않을 때는 고요만이 가득하다.

"자, 이곳에 대해 말해줘요." 그가 말한다.

그녀는 스키 리프트와 피스트*에 대해 이야기하기 시작한다.

그녀의 말을 듣는 둥 마는 둥 하면서, 그는 타맥 포장도로의 가장자리까지 걸어갔다. 저멀리 천천히 굽이치며 사라져가는 산비탈들. 문이 닫혀 있는 크레페가게가 하나 보인다. 벌레들의 노랫소리. 얼음처럼 차가운 바람. 그리고 어디선가 들려오는, 스푼으로 유리잔을 저을 때 나는 소리 같은, 느긋한 소 방울 소리.

그녀는 스키학교, 에콜 뒤 스키 프랑세에 대해 이야기하고 있다.

그렇다, 그는 그곳을 기억하고 있다. 그것은 오래전의 일이다. 자주색 유니폼을 입고 대열을 맞춰 하던 전제동활강. 안개 낀 날. 젖은 눈.

그는 눈꺼풀 위에 내리쬐는 태양을 느낀다. 피부에, 양손에, 얼굴에 와닿는 바람.

눈을 감은 채, 그는 바람에 실려 점점 커졌다가 다시 점점 작아

---

* 눈을 다져놓은 스키 활강 코스.

지는 소 방울 소리를 듣는다.

최근 몇 년간, 인생이 너무 빽빽해져버렸다. 너무 많은 일들이 일어나고 있다. 하나의 일이 끝나면 찾아오는 또다른 일. 너무 적은 여유. 너무 빽빽한 지금의 인생. 너무 가까이 있어서 눈에 보이질 않는다.

그의 눈꺼풀 위로 내리쬐는 태양.

바람에 실려 점점 커졌다가 다시 점점 작아지는 소 방울 소리.

태양의 온기.

피부에 와닿는 바람.

그래봤자 결국 이런 기분에 빠져들 뿐이다.

가망 없음.

그것은 농담이 아니다. 인생은 농담이 아니다.

그는 눈을 뜬다.

아른아른 빛나며, 떨고 있는 풀.

그녀가 말한다. "이곳 산비탈의 80퍼센트는 북쪽을 면하고 있어요. 특히 봄철에 스키를 타기에 좋죠."

이게 다. 지금 벌어지고 있는 이 일, 이것이 그의 삶이다.

이게 이 세상의 전부다.

그녀는 그의 옆에 꽤 가까이 붙어 서 있다.

"그래요?" 그가 말한다. "총길이가 얼마나 되죠? 스키장 말이에요. 킬로미터로."

"그랑 마시프* 전체까지 포함해서요?"

---

* 플렌, 모리용, 레 카로, 식스트, 사모엥 등의 스키장을 하나로 묶어서 부르는 명칭.

"뭐가 됐든지요."

"대략 260킬로미터요."

"와우."

그녀가 말한다. "플렌, 모리용, 레 카로, 식스트, 그리고 사모엥까지 포함하면요."

"그리고 그곳들은 리프트로 다 연결되어 있고요?"

"물론이죠."

"패스 한 장으로 전부 이용할 수 있나요?"

"그런 패스도 있어요." 그녀가 그에게 말한다.

"알겠습니다." 그가 말한다. 알아두면 유용한 사실들이다.

그는 잠시 다시 눈을 감아보지만, 이제는 아무것도 느껴지지 않는다.

*

점심식사. 피자를 먹으며 털어놓는 몇 가지 사소한 개인적인 이야기. 그녀는 런던에서 예술학교를 다녔다. 그러다 중퇴했다……

"왜요?" 그가 묻는다.

"사랑에 빠졌거든요."

"사랑이라." 그가 말한다. "그건 모든 걸 망쳐버리죠. 안 그래요?"

"아주 시니컬하시네요."

"네, 아마도요." 그가 인정한다.

"가장 중요한 건 사랑 아닌가요?"

"무엇에서요?"

"인생에서요."

"그렇다고들 하더군요. 그래서 뭘 했죠?" 그가 묻는다. "중퇴한 다음에요."

그녀는 부동산 중개소에 취직했다.

그리하여 그들은 부동산 중개업에 대해 이야기한다―그도 한때 부동산 중개소에 취직했었다. 그리고 지금 또 그 일을 하고 있다. "이 일이 내 운명인 것 같아요." 그가 말한다.

"당신은 운명을 믿으세요?" 그녀가 재미있어하며 묻는다.

"지금은 믿어요." 그가 말한다.

"저는 안 믿어요."

"당연히 안 믿으시겠죠." 그가 말한다. "당신은 아직 너무 젊으니까."

그녀가 그 말을 듣고 소리 내어 웃는다. "젊다고요?"

"나이가 어떻게 되죠?"

그녀는 스물아홉 살이다.

"스물다섯인 줄 알았네요."

"어이쿠." 그녀가 흡족해하며 말한다.

그는 미소를 짓는다.

"나이가 어떻게 되세요?"

"저는 마흔넷이에요."

"그럼 언제부터 운명을 믿기 시작하신 거죠?"

"나도 모르겠어요." 그가 말한다.

그는 그녀와의 대화가 즐겁다―그녀에게는 어딘지 모르게 산뜻하고 솔직한 면이 있다―그래서 그는 뭔가 다른 대답, 뭔가 진실한 대답을 생각해보려 애를 쓴다. 그는 말한다. "어느 날 아침에 잠에서 깼는데, 이제 뭔가 바꾸기에는 너무 늦어버렸다는 생각이 들었을 때부터요. 그러니까, 인생의 커다란 부분들 말이에요."

"저는 바꾸기에 너무 늦어버린 건 아무것도 없다고 생각해요." 그녀가 말한다.

그는 그저 미소를 짓는다. 그리고 그는 생각한다. 바로 그런 게 운명의 속성이라고, 어떻게 손을 써볼 도리가 없다고 느낄 때 비로소 그게 운명임을 깨닫는 거라고. 그래서 그게 운명인 것이다―어떻게 손을 써보기에는 너무 늦어버린 것.

"그럼 그건 늘 사후에야 알게 되는 종류의 것이네요?"

"그런 것 같아요."

"그럼 그건 실제로는 존재하지 않는 것이겠네요?"

"얘기가 그렇게 되나요? 나도 모르겠어요." 그가 말한다. "나는 철학자는 아니라서요."

"행복하세요?" 마지막으로 남은 피자 조각에 케첩을 뿌리며, 그녀가 묻는다.

"네, 아마도요. 그건 당신이 말하는 행복이 무엇을 의미하느냐에 따라 다르겠죠. 저는 원하는 것을 다 가지고 있진 않아요."

"그게 당신이 생각하는 행복의 정의인가요?"

"당신이 생각하는 행복의 정의는 뭐죠?" 그러고서 그녀가 그것에 대해 생각하는 동안, 그가 말한다. "나는 행복의 정의에 대해 생각해본 적이 없어요. 그래서 질문의 요점이 뭔가요?"

"당신은 당신이 행복한지 아닌지를 반드시 알아야만 해요."

"나는 불행하지는 않아요." 그는 이렇게 말하고는, 그게 과연 사실일지 생각해본다.

"행복한 것과 불행하지 않은 것, 그건 서로 같은 말은 아니죠." 그녀가 말한다.

"그럼 당신은요?" 그가 묻는다. "행복한가요? 당신은."

"아뇨." 그녀가 주저하지 않고 말한다. "그러니까 제 말은, 지금 제 인생은 제가 원하는 자리에 있지 않아요."

그는 그녀에게 인생이 어떤 자리에 있길 원하느냐고 물어볼지 말지 고민한다. 인생의 자리라는 게 정확히 무슨 뜻인지는 모르겠지만. 그러고서 그는 물을 한 모금 마시고, 그 이야기는 그쯤에서 접기로 한다.

그들은 스키에 대해 이야기한다.

점심식사 후, 그들은 레 샬레 뒤 미디 아파트로 함께 걸어간다. 마을의 깨끗한 거리에 늘어선 깔끔한 너도밤나무 산울타리가 가을의 분홍빛으로 물들기 시작했다. "이제 제 일을 할 때가 왔군요." 그가 말한다.

"음, 정말이지 기대가 되는군요."

그는 소리 내어 웃는다.

그녀를 처음 만난 게 겨우 어제라는 사실이 문득 낯설게 느껴진다.

*

계곡은 열기로 가득하다. 하늘에는 구름 한 점 없다.

그의 안내로 아파트를 구경한 후, 그들은 모두 중앙 광장의 바사모엥 테라스에 앉아 있다. 지금 그가 하고 있는 이것이 '그의 일'이다.

바깥에는 플라스틱 테이블과 의자가 놓여 있고, 그는 꽤 큰 단체 손님들을 위해 두 테이블을 붙이고 있는 웨이트리스를 옆에서 감독한다. 그러고서 그는 모두의 주문을 받는다.

그는 폴레트가 자기 옆에 앉은 걸 발견한다. 그는 그녀에게 미소를 짓는다. "괜찮았죠?" 그가 말한다.

그녀가 고개를 끄덕인다.

그러고서 그는 다시 자신의 할일을 한다.

"자, 저 나무는," 자신도 이제 막 알게 된 다소 근거 없는 이야기에 모종의 권위를 실어, 그가 말한다. "프랑스에서 가장 오래된 나무들 중 하나입니다. 제 생각에는 거의 칠백 년쯤 된 것 같아요."

사람들이 고개를 돌린다.

그 나무의 비대한 몸통은 폭이 이 미터에 이른다. 이끼로 뒤덮인 큰 가지의 잎사귀들은 이미 이곳저곳이 오렌지색으로 물들어 있다.

"저게 무슨 나무죠?" 누군가가 묻는다.

"라임나무일걸요?" 제임스가 폴레트 쪽으로 고개를 돌린다.

"네, 라임나무예요." 그녀가 말한다. "사보이 왕가의 유명한 공작이 심은 나무죠."

"사보이 왕가의 공작." 제임스가 그 말을 되풀이한다. "이 마을 전체가 역사적 흔적들로 가득해요." 그가 말한다. "전 이곳이 정말 좋아요."

누군가가 테이블을 떠나 나무 발치에 있는 명판을 살펴본다.

"1438년." 현학적이고 작달막한 중년 남자가 명판을 가리키며 사람들을 향해 소리친다. 그는 걸어다닐 때 아주 시끄러운 소리를 내는 매우 실용적인 방수옷을 입고 있고, 스펀지 같은 끈이 달린 운동화를 신고 있다. "그러니까 엄밀히 따지면 육백 년도 안 된 셈이네요." 그와 마찬가지로 실용적인 옷차림을 하고 있는 부인의 옆자리에 다시 앉으며, 그가 지적한다.

"네, 그냥 묘목이었군요." 제임스가 말하자 몇몇 사람들이 웃음을 터뜨린다.

음료수가 도착한다.

"아무리 그래도," 그 남자가 말한다. "저 나무가 프랑스에서 가장 오래된 나무들 중 하나라는 말은 못 믿겠어요. 육백 년도 안 됐는데?"

제임스는 그를 무시하기로 한다. 그는 웨이트리스가 음료수를 나눠주는 것을 돕는다.

"제가 알기로는," 그 현학자가 다른 사람들에게 말한다. "거의 이천 년 된 올리브나무도 있거든요……"

그 현학자와 그의 부인은 연금수급자들이다. 완전히 이곳에 정착할 생각을 하고 있는지도 모른, 라고 제임스는 생각한다. 스토크 뉴잉턴에 있는 작은 아파트를 팔고 레 살레 뒤 미디 아파트의 펜트하우스를 산다. 그들은 에어 마일스가 프랑스어를 하듯 프랑스어를 한다―제임스는 현학자 부인이 화장실이 어디냐고 묻는 걸 들었다―영어식 억양이 느껴지는 프랑스어라기보다는 그냥 영어에 가깝다. 그들은 영어를 하듯 프랑스어를 한다. 에어 마일스가 그렇듯, 구식으로.

제임스가 현학자에게 옅은 볏짚색의 알프스산 라거를 건넨다.

"메르시," 현학자가 말한다. "므시외."

"여기 말고 또 어디를 보고 오셨나요?" 제임스가 그에게 묻는다.

"아, 안 가본 데가 없어요, 정말로요." 입가에 거품을 묻힌 채 그 남자가 말한다. "우리는 차를 몰고 그냥 여기저기 돌아다니는 중이에요. 뭐 그런 거죠."

아르노(자신의 파트너인 마커스와 함께 그곳에 와 있는, 런던에 사는 프랑스인)가 묻는다. "저희에게 스키에 대해 좀 말씀해주실 수 있을까요?"

"기가 막힐 정도로 훌륭해요." 제임스가 말한다.

"여기서 스키를 타보셨나요?" 아르노가 그에게 묻는다.

아주 잠깐 동안의 공백. 그다음에 제임스는 말한다. "제가 직접 타본 적은 없습니다. 그 부분에 대해서는 저기 있는 폴레트가 전문가예요. 그것에 관해서는 그녀가 전부 말씀드릴 수 있을 겁니다. 그러니까 제 말은," 그가 말한다. "이곳이 베르비에 같은 곳이라고 제가 억지 주장을 펼치진 않을 거라는 말씀입니다. 그래도 실은 꽤 만만찮은 곳이에요. 그러니까, 어, 마시프 전체까지 포함한다면요. 피스트 길이가 대략 250킬로미터 정도 돼요. 패스 한 장이면 전부 이용이 가능합니다. 그리고 플렌은 해발이―2800미터였나, 2900미터였나?"

폴레트가 말한다. "2500미터요. 대략."

"그렇군요." 제임스가 웅얼거린다.

그녀가 말한다. "아뇨, 그곳에는 늘 눈이 쌓여 있어요. 이곳은 스키를 타기에는 정말 최고죠."

그녀가 한동안 스키에 대해 이야기한다.

제임스는 그녀의 모습, 그녀가 열의를 보이는 동안 선글라스 위로 솟구치는 그녀의 눈썹을 바라보고 있다. 솔직히 말해서, 그녀는 약간 허풍을 떨고 있다. 그녀는 지금 개인적인 일화—스키에 관련된 어떤 이야기—를 말하고 있고, 그 방식은 매우 서툴다. 점심시간에도 그런 일이 있었다. 그녀가 그 일화들을 전혀 살리지 못하는 게 왠지 마음에 걸렸다. 일단 그녀는 너무 느리게 말한다. 그녀는 그리 재미있는 사람이 아닌 것이다. 이런 종류의 무대에 어울리는 사람이 아니다.

그녀는 이제 사람들의 관심을 잃어가고 있다. 친절한 사람들은 억지웃음을 지으며 그녀의 말을 계속 들어주려 한다. 다른 몇몇은 고개를 돌리기 시작했다. 그래서 그녀는 말을 서두르고, 상황은 더 안 좋아질 뿐이다.

그녀는 심지어 아무도 웃지 않는 분위기 속에서 혼자 웃기 시작했다.

망할, 지금 그녀는 뭔가 중요한 설명을 빼먹었고, 그래서 다시 앞부분으로 돌아가 그것에 대해 설명해야 한다.

제임스는 오래된 라임나무의 가지들, 햇살을 가득 받은 잎사귀들을 올려다본다

그녀는 마침내 그 일화의 결말에 이르렀다. 이야기는 그렇게 끝이 난다.

그리고 나자 사람들은 서로에게 눈짓을 보내고, 조심스레 킬킬거린다.

그리고 다시 자리에 앉은 현학자 부인은 홍차에 넣을 우유를 좀 달라고 한다.

폴레트가 그 일을 처리하기 위해 자리에서 벌떡 일어나는 사이—제임스는 그녀에게 감사를 표하며 그녀의 팔에 잠시 손을 얹었다—그는 다른 사람들에게 그 지역이 얼마나 아름다운지에 대해 좀더 이야기한다. 라일락색 셔츠와 선글라스 차림으로, 보기 좋게, 편안하게 자신의 할일을 한다.

겉보기로는 편안하게.

그는 음료수값을 치른다. 그러고서 그는 그들을 치즈가게로 데려가서 어마어마하게 다양한 치즈들에 대해 설명한다. 한두 건의 소심한 구매—가장 강한 향을 풍기는 훌륭한 치즈들을 피해서—가 이루어진다.

바깥에서 그는 말한다. "혹시 저녁을 드시고 싶을 분들을 위해 저희는 이곳에 늦게까지 있을 겁니다. 여기 계신 분들 가운데 근처에 머무르는 분들도 계시다고 들었는데, 이 동네에는 제가 소개해드리고 싶은 기막힌 식당들이 몇 군데 있어요. 혹시 가보고 싶으신 분들은 중앙 광장에 있는 아까 그곳에서 저희와 일곱시쯤에 만나는 게 어떨까요? 괜찮으시죠?"

그의 말투에는 늘 그렇듯 연극적인 느낌이 묻어난다.

그리하여 공연이 끝나고 관객들이 마을의 구불구불한 거리 사이로 다들 사라졌을 때, 아주 살짝 극도의 희열이, 강력한 에너지가 솟구친다.

그들은 치즈가게 앞에 서 있다.

제임스가 말한다. "뭐 좀 마실래요?"

"괜찮았던 것 같아요, 안 그래요?" 바 사모엥의 테라스에 다시 앉아 그가 그녀에게 묻는다.

"아주요."

"적어도 아파트 하나는 팔릴 것 같네요." 그가 말한다.

그녀는 그가 누구를 염두에 두고 있는지 묻는다.

"음, 아르노랑 마커스요." 그가 말한다. "그 사람들은 아마 구매를 결정할 것 같아요. 그건 그렇고, 스키 이야기가 나왔을 때 저를 구해주셔서 고마워요."

"아뇨, 천만에요." 폴레트가 말한다.

제임스가 격분했다는 듯이 고개를 흔들어 그녀를 웃게 만든다. "젠장. 그 사람이 저더러 여기서 직접 스키를 타봤냐고 물었을 때는 정말 당황했어요."

"노트바 부부는요?" 그녀가 묻는다. 노트바 부부―현학자와 현학자 부인.

"그 사람들요?" 제임스가 얼굴을 찌푸린다. "아뇨. 그럴 것 같지 않아요. 얼마나 진지하게 생각하고 있는지 모르겠어요. 제 짐작으로는 그렇게 진지하진 않은 것 같아요."

그들은 한동안 노트바 부부를 놀려댄다―제임스는 노트바 씨가 그랬던 것처럼 오래된 라임나무로 재빨리 달려가서 손가락으로 명판을 눌러대기도 한다.

폴레트가 집게손가락을 고리 모양처럼 만들어 입에 댄 채 깔깔대고 있는 테이블로 걸어 돌아오면서, 그는 자신이 그런 짓을 했다니 살짝 취한 게 틀림없다고 생각한다. 달려갔다 온 탓에 살짝 땀을 흘리며, 그는 자리에 앉아 자신의 시계를 들여다본다. "한잔 더 할래요?" 그가 제안한다.

그녀는 고개를 끄덕이고, 그는 웨이트리스를 부른다.

일곱시. 아무도 나타나지 않는다. 그들은 황혼으로 물든 그곳에 앉아 이십 분을 더 기다린다. 그러고서 제임스가 말한다. "음……저녁 초대에 응하는 사람은 없나보네요. 뭐 좀 드실래요? 아니면 가보셔야 해요?"

그들은 결국 중앙 광장에서 좀 떨어진 좁은 거리, 커다란 석조 건물들 사이의 좁은 거리에 있는 한 레스토랑으로 들어간다.

식사가 끝나고 나서야, 사부아 와인을 전부 마시고 그 지역 아쿠아비트를 한 잔 마신 후에야, 그는 거기에 생각이 미친다: "운전을 하진 않을 거죠, 그렇죠?" 그곳에서 나오며, 그가 묻는다.

"안 해요." 그녀가 말한다. "당연히 안 하죠."

"그럼 어떻게 할 거예요?"

그들은 어두운 거리에 서 있다. 그녀가 말한다. "모르겠어요."

그들은 그 질문을 그냥 남겨둔 채 그의 호텔 쪽으로 걸어가기 시작한다. 그녀는 원피스 위에 그의 재킷을 걸치고 있다―그들이 자리에 앉아 식사를 하며 몹시 시시덕거리던 때부터 기온이 급격히 내려갔다.

이를테면, 그녀의 꼬드김을 듣고, 그녀 입술의 흉터를 만진다든가. (그녀는 열네 살 때 모페드에서 떨어져 생긴 흉터라고 말했다.) 바 사모엥의 테라스에 앉아 있던 어느 순간부터, 그는 그 흉터에 가볍게 집착하기 시작했다. 그것은 식사 초반 내내 그의 정신을 산란하게 만들었다.

그는 손가락 끝으로 그것을 가볍게 만지고는, 거기에 키스하면 기분이 어떨지 궁금하다며 소리 내어 말했다. 그리고 비록 그녀가 "한번 해보지 그래요?"라고 말하진 않았지만, 그는 그녀에게 그럴 용기가 있었다면 그렇게 말했을 거라는 느낌을 받았다.

대신 그녀는 그냥 그를 쳐다봤고, 그는 그녀의 녹갈색 눈이 얼마나 크고 진솔한지를 깨달았다. 그는 디제스티프*를 한 잔씩 마시는 건 어떻겠느냐고 제안했다.

그 대화는 모두 프랑스어로 이루어졌다. 그는 첫번째로 시킨 반 리터짜리 몽되즈를 마신 후에 프랑스어로 대화하자고 제안했다. 그러고서는 자신이 왜 그렇게 프랑스어를 잘하는지 그 이유에 대해 설명했다─그가 학생이었을 때 아버지가 프랑스에 살고 있어서 방학만 되면 파리나 프랑스 남부로 가서 시간을 보내곤 했던 사실에 대해. 그리고 그녀는─진지하고 초롱초롱한 눈빛으로─그에게 영국의 기숙학교를 다니면서 동성애와 관련된 경험을 한 적은 없었느냐고 물었고, 그는 그런 적은 없다고 말했다. 그곳에 동성애가 만연해 있다는 생각은 근거 없는 통념이라고, 그는 말했다. 그다음엔 그녀가 자신이 한때 다른 여자와 경험했던 꽤나 생생한 동성애 이야기를 자진해서 들려주었고, 그러는 동안 그는 입술이 바짝 말라가는 기분이 들어서 두 사람의 잔에 와인을 더 따랐다.

그녀가 그에게 질문하지 않았던 것은 그의 결혼 유무였고, 그 또한 그 주제는 피하고 있었다.

---

* 식후주.

알고 보니 그녀는 미혼모였다. 그녀 아들의 아버지는 노르웨이에 살고 있었다.

그리하여, 아쿠아비트를 두 잔째 마시고 디저트를 나눠 먹은 후, 그들은 하늘에 별이 떠 있는 바깥으로 나왔다.

그들은 잠시 거리에 서서 집들의 어두운 처마 사이로 보이는 하늘을 올려다봤다.

먼저 시작한 사람은 그녀였으므로, 그는 이게 실제로 자기한테 키스를 해달라는 뜻은 아닐까 하는 생각이 들었다. (그녀는 치켜든 얼굴을 기울인 채 살짝 떨면서 그곳에서 기다리고 있었다.) 그리고 그의 혈관 속에 흐르는 와인과 아쿠아비트가 노래를 불러대는 바람에, 그는 그녀에게 살짝 키스하고 싶은 마음이 들었다.

잠시 동안 그는 키스를 해야겠다고 생각했다. 그다음엔 그러지 말아야겠다고 생각했다.

그는 어두운 거리를 바라보았다. 마을은 아주 고요했다. 그녀는 여전히 하늘을 바라보고 있었다.

그가 말했다. "운전을 하진 않을 거죠, 그렇죠?"

그는 그 말을 내뱉자마자, 그 질문이 도발적으로 들릴 수도 있겠다는 걸 깨달았다—마치 자신이 그녀가 마을에서 하룻밤 자고 가길 적극적으로 원하는 것처럼 들릴 수도 있겠다고.

그녀가 얼굴을 아래로 떨구고 약간 술에 취한 표정으로 그를 똑바로 쳐다봤다. "안 해요, 당연히 안 하죠."

"그럼 어떻게 할 거예요?"

"모르겠어요." 그녀가 말했다.

"모르겠다고요?"

그녀는 고개를 저었다.

그리고 또다시: 그의 혈관 속에 흐르는 와인과 아쿠아비트가
노래를 불러댄다.

아무 말도 하지 않은 채, 그들은 그의 호텔 쪽으로 걸어가기 시
작했다.

그럼 어떻게 할 거예요?

그 질문은 그를 위한 것이기도 했다. 어쨌거나 그녀가 품고 있는
생각은 꽤나 분명해 보였다.

그러나 숨이 막힐 듯한 로비의 조명 아래서, 그런 생각은 우스꽝
스럽게 여겨졌다. 왠지 거북한 기분이 들었다. 그들이 거기 서 있
는 동안 짧은 침묵이 흘렀다.

"방을 하나 잡아드리는 게 좋을 것 같군요." 그는 그렇게 말하는
자신의 목소리를 들었다.

그 말을 들은 그녀는 잠시 망설이더니, 그저 고개를 끄덕였다.

그러고서 그는 프런트에서 그녀의 방을 잡아줬다.

그리고 그는 지금 자기 방 침대에 앉아 있다.

그는 양말을 끌어내린다.

그는 피곤하다. 그것은 사실이다.

그렇긴 하지만.

좋았을지도 모른다.

양말을 벗으며, 그는 기회를 놓쳐버린 데 대한 우울함을 느낀다.

그는 어떠한 노력도 기울이고 싶지가 않았다. 그들이 로비에 서
있었을 때, 그로 하여금 그 생각을 완전히 접게 만든 것은, 무엇보

다도 자신이 노력을 해야 한다는 사실, 일말의 노력이라도 기울여야 한다는 사실이었다.

그의 친구 프레디였다면 필요한 노력을 기울였을 것이다. 그는 분명 그렇게 했을 것이다. 마지막으로 둘이 만났을 때, 프레디는 자신이 웨일스에서 재즈 5중주단의 피아노를 맡은 적이 있었는데, 공연 후에 남자와 여자 관객 둘이 그를 찾아와 함께 술을 마시자고 했다며 제임스에게 자랑스럽게 말했었다. 그녀는 괜찮게 생겼었다고 프레디는 말했고, 그래서 그는 그들과 어울려 술을 몇 잔 마시고, 스피드*를 좀 들이마셨으며, 그러고는 그들의 집으로 갔다고 했다. 그들의 계획이 무엇이었는지는 곧 분명해졌다. 그것은 프레디가 그녀와 하는 동안, 그녀의 남편은 그 둘을 보며 자위를 하는 것이었다. 스피드 덕분에 관계는 끝날 줄을 몰랐다고, 프레디는 말했다. 그는 날이 밝아서야 그곳을 떠났다고 했다.

그것은 사실 좀 애처로운 이야기였다고, 제임스는 신었던 양말을 뭉치며 생각한다.

프레디는 마흔다섯 살이었다.

결혼식이나 와인바에서 피아노를 연주하며 근근이 먹고 사는 인생. 다른 사람들의 소파에서 자는 잠.

"걱정 안 돼?" 제임스는 그에게 묻곤 했다.

"뭐가?"

"네 인생 말이야."

"내 인생이 어때서?"

---

* 각성제의 일종으로, 주로 암페타민을 가리킨다.

제임스는 더 정확한 질문을 던지기 위해 잠시 생각했다. 그러고 나서 그는 말했다. "됐어. 아무것도 아니야."

그렇게 섹스를 하고 다니긴 했지만, 프레디는 행복하지 않았고, 자신의 처지에 완전히 만족하지도 못했다. 그가 자신이 동화 속에 등장하는 겨울을 앞둔 베짱이 신세가 될까봐 걱정하는 것은 아니었다. (실제로 그런 신세이긴 했지만.) 그의 걱정은 그보다 더 단순한 데 있었다. 그는 남들이 자신을 우러러보길 바랐다. 그는 높은 지위를 원했다. 그가 스물다섯 살이었을 때는 방탕한 섹스의 위업이 그런 지위를 가져다주었다―그는 그를 선망하는 또래들 사이에서 그러한 지위를 누렸다. 지금은 딱히 그렇지 않다. 그들이 지금도 가끔 그를 살짝 부러워하는 것은 사실이다. 하지만 그들은 더이상 그처럼 되고 싶어하지 않는다. 그에게는 돈이 없었고, 요즘 그가 유혹하는 여자들은 대부분 그리 매력적이지 않았다.

제임스는 윙윙거리는 머리, 입안에 브라운 전동칫솔을 집어넣은 머리를 이리저리 움직이며 거울에 비친 자신의 얼굴을 바라보고 있다.

멍한 눈빛의 무기력해 보이는 얼굴. 홍조를 띤 무심한 얼굴. 그는 그것을 남의 얼굴처럼 바라보고 있다. 그는 자신과 거울에 비친 얼굴 사이에 분명한 거리감을 느낀다. 네온 불빛―벽에 설치된 환한 마름모꼴 조명―은 거울에 비친 얼굴에게 다정하지 않다. 그는 살짝 취했다. 어쩌면 살짝 이상일지도 모른다. 그것은 계획에 없던 일이었다. 그는 전동칫솔을 끄고 칫솔 머리를 잠시 수도꼭지 아래 들고 있다. 누아예의 개인비서와 노닥거리는 대신 이곳에 와서 아침에 누아예에게 하려 했던 말들에 대해 생각했어야 했다.

그것은 농담이 아니다.
인생은 빌어먹을 농담이 아니다.

3

세드리크 누아예는 제임스보다 몇 살 아래다. 하지만 그는 약간 시대에 뒤처진 사람 같은 인상을 준다. 처지기 시작한 아래턱, 뭉툭해져가는 턱선, 면도한 목을 침범하려 드는 군턱. 그는 바버재킷을 입고 있다. 그는 담배를 피우고 있다. 레 샬레 뒤 미디 아파트 앞에 서 있는 제임스 근처에, 긴 진흙자국이 묻어 있는 그의 미쓰비시 파제로가 세워져 있다.

그가 이 지역의 많은 땅을 소유하고 있다는 걸 제임스는 안다. 그의 아버지는 농부였다—그리고 어떤 면에서는 지금도 그렇다. 그는 여전히 작은 규모로 가축들을 기르고 있고, 가족 수입은 농업 보조금의 도움으로 풍족하다. 그렇지만 뭐니뭐니해도 지금 가장 중요한 것은 땅이다. 사모엥과 모리용의 벌판과 그 주변, 그리고 세드리크의 외가 쪽에서 물려받은 식스트의 계곡까지 쭉 이어진.

이 아파트는 세드리크가 직접 개발에 뛰어든 첫 건물이다. 그의 가족은 80년대 이후로 수년간 그 공한지들을 개발업자들에게―여기 1핵타르, 저기 2핵타르―팔아왔고, 그것들의 가격은 이후로 꾸준히 상승했다. (가장 최근에 판 땅은 건축 허가를 받고 나서 백만 유로를 훨씬 웃돌았다.) 땅을 본인들이 직접 개발하자는 아이디어를 밀어붙인 것은, 누나인 마리프랑스의 지지를 등에 업은 세드리크였다―세드리크는 그것을 '가치사슬'의 확대라고 표현했다. 그는 그 표현을 리옹의 고등상업학교에서 배웠다. "저는 그냥 우유만 팔고 싶진 않아요." 자신의 야망을 나이든 사람도 이해할 수 있게 표현하려 애쓰며, 그는 그의 아버지에게 말했었다. "저는 치즈를 만들고 싶어요. 그것도 아주 잔뜩."

그는 앞으로 다가와서 제임스와 악수를 나누며 그에게 잠시 얕보는 듯한 미소를 짓는다―그는 제임스를 일종의 하인처럼, 배관공이나 정비공 같은 일종의 전문 기술인처럼 대한다.

그가 자신의 아파트를 매우 자랑스러워하고 있다는 걸 제임스는 즉각적으로 알아차린다.

그래서 우선 세드리크와 함께 아파트의 모델하우스부터 살펴보는 동안, 그는 요령 있게 행동한다.

폴레트도 그들과 함께다. 그녀는 오늘 아침에 조용히 그 자리에 나타났다. 그녀는 아침 아주 이른 시간에 호텔을 떠나 차를 몰고 클뤼스에 있는 집으로 갔다. 아홉시에 다시 나타났을 때, 그녀는 극도로 피곤해 보였다.

"아주 훌륭해요." 제임스가 모델하우스의 부엌을 보면서 세드리크에게 말한다. 그의 어조는 무덤덤하고 정중하며, 열정적이지 않다. 바버재킷과 겨자색 코르덴바지 차림으로 아파트를 돌아다니고 있는 세드리크는 이를 알아차리지 못하는 듯하다.

그들은 발코니에 서서 경치에 감탄한다.

"마니피크."* 제임스가 한층 더 과장된 어조로 말한다. 그들은 프랑스어로 대화하고 있다.

오늘 아침 공기에서는 가을의 기운이 느껴진다. 이른 아침에 꼈던 엷은 안개는 이제 모두 걷혔다. 이제 태양은 좀더 따스해졌다. 지금이다. 지금이 기회다. 뭔가 말해야 한다.

"혹시 또다른 개발 계획이 있으신가요?" 여전히 마을 위에 눈부시게 솟아 있는 산을 바라보며, 제임스가 묻는다.

"물론이죠." 세드리크가 그 주제에 대해 이야기하는 게 싫지는 않다는 투로 말한다. 햇볕을 쪼인 그의 부드러운 이마에는 땀방울이 맺혔다. 그는 미국 담배에 불을 붙인다.

"그동안 저희 서비스에 다소 불만이 있으셨다는 걸 알고 있습니다." 제임스가 말한다.

여전히 경치를 감상하며, 세드리크가 어깨를 으쓱한다. "아파트를 팔아주기만 하면 돼요." 그가 말한다.

"아, 아파트는 팔릴 겁니다." 제임스가 그에게 장담한다. "저희는 아파트를 팔 거예요. 그 점은 전혀 문제가 없을 겁니다."

"그럼 됐군요."

"아니, 제가 그렇게 말씀드린 까닭은," 제임스가 말한다, "그동안은 저희가 주로 좀더 전통적인 지역에 주력해왔기 때문입니다. 그러니까 회사적 차원에서요. 어쩌면 그래서 그동안 선생님 일에

---

* 프랑스어로 '정말 아름답네요.'

충분한 시간과 관심을 쏟지 못한 것일 수도 있고요. 이제 저희는 좀더 새로운 지역을 중심으로 뭔가 시작해볼 계획을 가지고 있습니다." 잠시 침묵이 흐른다. 그러더니 그가 말한다. "저는 뭔가 시작해볼 계획을 가지고 있습니다."

됐다.

그가 그 말을 꺼냈다.

이제 이야기를 시도해볼 수 있다.

저는 뭔가 시작해볼 계획을 가지고 있습니다.

세드리크가 그의 말을 듣고 있기나 한가?

제임스는 말한다. "저는 이곳 새로운 지역들에 엄청난 잠재력이 있다고 생각해요. 제 의견에 동의하시리라 믿습니다."

"물론이죠." 세드리크가 그를 쳐다보지 않은 채 말한다.

"그래서 저는 이 지역에 한번 주력해보고 싶습니다." 제임스가 말한다. "이 지역에서 뭔가 일을 벌여보고 싶습니다. 선생님과 함께라면 이곳에서 뭔가 일을 벌여볼 수 있을 것 같습니다."

그는 미소를 짓고 있다.

"선생님께 저는," 그가 말한다. "저희가 가지고 있는 다른 계획들에 대해서도 말씀드리고 싶습니다. 어쩌면 개발 초기 단계부터 저희가 개입할 계획들에 대해서요. "이를테면, 이 아파트 말인데요." 그가 그에게 말한다. "이것도 좋습니다. 아주 훌륭해요. 하지만 염두에 두고 계신 다음 개발 때는 고급 소비자들을 노려볼 수도 있을 것입니다. 이곳은 굉장히 멋진 계곡이에요. 이곳에는 프랑스의 다른 알프스 지역 그 어느 곳과도 차별되는 전통적인 느낌이 있습니다. 문화적 유산의 측면에서 말입니다. 게다가 스키 인프라도 계속해서 구축되고 있어요. 고급 물건을 들이면 돈을 더 벌어들일 수 있을 겁니다. 저희는 여기에 최고급 사양의 건물을 세울 수 있습니다. 제 말 이해하시겠어요?"

와인과 아쿠아비트로 인한 두통. 호리호리한 몸 여기저기서 느껴지는 욱신거림과 함께 오늘 아침 잠에서 깨어났을 때, 그는 자신이 언젠가는 죽을 존재임을 자각했다. 커튼 사이로 비치는 희미하고 뿌연 햇빛. 겨우 시계를 들여다볼 수 있을 정도의 햇빛.

세월이 흘러가고 있다.

그는 이제 젊지 않다.

나는 젊지 않다. 호텔방에 앉아 양손으로 무릎을 짚고 바닥을 내려다보면서, 그는 그렇게 생각했다. 언제부터 이렇게 돼버린 걸까?

그는 최근 일이 년 사이에 인생의 끝이 훤히 내다보이는 듯한 우울한 기분이 들기 시작했다―앞으로 무슨 일이 일어날지 이미 다 알 것 같다는, 이제 그건 전부 예측이 가능하다는 기분을. 그것이 그가 폴레트에게 운명에 대해 이야기했을 때 의미했던 바다.

그리고 이번 일 이후로 그 운명에서 벗어날 수 있는 기회가 몇 번이나 더 찾아올 것인가?

많지는 않을 것이다.

어쩌면 아예 없을지도.

그것은 어디까지나 이번 일이 정말 기회일 경우에 한해서 그렇다는 것이다. 결국 이번 일도 기회는 아닌 것처럼 보이지만.

세드리크는 그의 제안에 전혀 관심을 보이지 않는다. 햇살에 눈을 찡그리며 작은 입으로 담배를 가져가는 그는, 제임스가 하는 말보다 마을을 떠나 모리용으로 향하는 도로로 들어선 몇 대의 차들에 더 관심을 보이는 듯하다. 제임스의 말은 그곳 부동산의 잠재력을 최대한 발휘시키려면 앞으로 좀더 과감한 투자가 필요할 거라는 뜻이었다. "더 큰 위험부담이 따르긴 합니다. 만일 그 위험부담을 조금 덜고 싶으시다면, 저희가 이 일을 함께할 다른 투자자들을 찾아드릴 수도 있습니다."

세드리크는 그 생각을 내켜하지 않으며 툴툴거린다.

"어쨌든," 낙담한 기색을 드러내지 않으려 애쓰며, 제임스가 말한다. "선생님께서 생각하고 계신 계획을 들어본 후에 거기서부터 다시 이야기를 이어가보도록 하죠." 그는 세드리크에게 최근에 새로 만든 명함을 하나 건넨다. "전화주세요." 그가 말한다.

아파트를 다 둘러본 후, 그는 그 마을에 있는 어느 지나치게 멋을 부린 잘나가는 가게에서 세드리크에게 커피를 한잔 산다. 그가 페이스트리—타르토프레즈*—를 먹는 모습을, 포크의 옆면으로 그것을 자르는 모습을 지켜본다.

폴레트도 아직 거기 있다. 그녀는 에스프레소 잔을 비운 후 이메일을 보내고 있다.

이제 세드리크는 제임스의 권유에 약간의 관심을 보였다—어쨌거나 제임스에게 차로 계곡 주변을 돌아보면서 개발을 염두에 두고 있는 부지들을 보여주겠다고 제안했다.

그리고 제임스는, 세드리크가 포크 옆면으로 접시에 묻은 크렘앙글레즈**를 긁어내는 동안, 프랑스 알프스 부동산 투자 금액—이

---

* 딸기 타르트.
** 커스터드 크림.

를테면 수백만 유로 정도―을 어디서 모을지 생각하기 시작한다.
그는 몇몇 사람들의 전화번호를 알고 있다. 에어 마일스의 지인들.
사실 이 일에서는 인맥이 전부다. 그것은 부인할 수 없는 사실이
다. 돈과 기회를 연결해주고, 수익의 일부를 가져가는 것. 자신의
몫을 조금 떼어가는 것.

그들은 약 한 시간가량 계곡을 달린다. 그곳의 절반을 세드리크
가 소유하고 있는 모양이다. 그는 계속해서 벌판들을 가리키며 자
기 것이라고 말한다.

그들은 그 벌판들 중 한 군데에 차를 세운다. 옛 마을 바로 위에
위치한 산비탈, 집들이 줄어들기 시작하고 목초지가 펼쳐지기 시
작하는 산비탈에 위치한 곳이다. 세드리크는 자신의 가족이 이 땅
을 지난 팔십 년간 소유해왔다고 말한다―그곳은 겨울을 난 가축
들이 더 고지의 눈이 녹기 전에 가장 먼저 찾아가는 곳이었다. 르
프레 뒤 프랭탕*, 그는 그것이 이 벌판의 이름이라고 말한다. 그는
그곳이 가장 유망한 개발지라고 생각하는 듯하다.

"그래서, 어떤 계획을 갖고 계시죠?" 제임스가 그에게 묻는다.

"이번 것과 비슷한 계획요." 샬레 뒤 미디 아파트를 거론하며,
세드리크가 말한다.

아니, 아니. 그건 꿈도 꾸지 마.

제임스는 작은 규모에서 중간 규모 정도의 샬레를 생각하고 있
다. 서로 넉넉히 간격을 둔 여덟 동 정도의 샬레. 그리고 어딘가의
중심에 위치한 아파트. 열 동 정도의 아파트. 지하주차장. 레저시

---

* 프랑스어로 '봄의 목초지'.

설. 모두 고급 사양으로. 슬레이트와 함석을 잔뜩 써서.

그는 무릎까지 올라온 지친 여름의 풀 속에서 미리 한번 계산을 해본다.

세드리크는 담배를 피우고 있다.

"개발 규제 문제는 어떤가요?" 제임스가 그에게 묻는다. "아시는 분들 중에 그 문제를 도와줄 사람이 있나요?"

알고 보니 세드리크의 이모가 그곳의 부시장이다. 그의 대가족은 지역 행정부 전체에 걸쳐 담쟁이덩굴처럼 뻗어 있다.

"이곳은 아주 훌륭한 부지예요." 제임스가 말한다. 그는 마을의 슬레이트지붕들을 내려다보고 있다. 단색인데, 어수선하고, 환하다. 이른 오후의 마을은 이제 으스스할 정도로 고요하다. 계절의 끝. 가을의 죽음이 여기 있다. 아무 일도 일어나지 않는, 조락한 이곳. 독수리들이 그림자로 뒤덮인 깊은 계곡 위를 하루종일 선회하고 있다.

그리고 계곡 반대편의 저 먼 곳은, 숲에 파묻힌 채, 그림자로 뒤덮여 있다.

그저 고요하다.

4

일요일 아침. 그들은 테라스식 집들, 응접실 창문이 거만한 올챙이배처럼 살짝 튀어나와 있는 창문들을 지나며 트랜미어 로드를 거닐고 있다. 바깥에는 박력 있는 아우디, BMW 에스테이트, 폭스바겐 투아렉이 주차되어 있다. 그 집들과 인도를 구분하는 영역은 낮은 담장, 가끔은 살짝 성긴 산울타리로 표시되어 있다. 보통 거기에는 허리보다 낮은 높이의 철문이 달려 있다. 그러고는 좁은 현관까지 타일이 깔려 있다. 문 위에 덧댄 희뿌연 창유리에 불투명한 섬처럼 새긴 집주소가 패셔너블해 보인다고, 제임스는 생각한다.

그의 집에도 그와 비슷한 게 있다. 여기만큼 호화로운 것은 아니다─그의 집 번호는 그저 유리에 스텐실로 찍혀 있지, 희뿌연 창유리 위에 도드라지게 표시되어 있진 않다. 그 집에 이사왔을 때부터 있던 것이다. 미란다는 그때 임신중이었다. 집은 엉망이었다. 응접실의 오래된 가스난로. 풀이 제멋대로 자라 있는 정원. 집안

바닥에 온통 뒤덮여 있는 먼지. 누군가의 부모가 거기서 살다 죽었고, 그래서 그 집이 매물로 나와 있었다. 가격은 50만 유로를 훨씬 웃돌았다. 그 많은 돈을 주고도 그 정도 집밖에 살 수 없다는 사실—그리고 그가 전혀 알지 못하던 그 바람 센 런던의 저지대, 감옥과 감옥에 딸린 운동장이 보이는 그곳까지 내려와야 했다는 사실—은 충격적이었다.

그곳의 공허하게 탁 트인 하늘.

그들은 집을 손보기로 했다. 미란다가 그 일을 했다. 공간이 생겨났고, 그 공간은 옅은색 페인트로 칠해졌다. 정원은 포장됐고, 잔디가 깔렸고, 수선화가 가득 심겨 있다. 모든 곳에 스위치만 켜면 불빛이 쏟아지는 할로겐 조명이 설치됐다. 사실 모든 게 아주 작았다. 거실—뒤로 보이는 길거리는 리넨 블라인드로 가렸다—은 끝에서 끝까지 두 걸음밖에 안 됐다. 주방 테이블에는 네 사람 이상 앉을 수 없었다. 아이 방은 너무 작아서 벽에 창문도 끼우기 어려웠다.

그리고 바깥에서는 수선화들이 몸을 떨었고, 구름은 하늘에서 모였다 흩어졌다.

그리고 그건 오 년 전의 일이다.

세월은 흐른다.

"토미." 아들이 자신을 너무 앞서가자 제임스가 소리친다. "톰."

그들은 트랜미어 로드의 끝에 이르렀다. 맥덜린 로드와 이어지는 그곳에는 초등학교가 있으며, 거기서 좀더 가면 클래펌 방향으로 가는 철로를 옆에 끼고 있는 원즈워스 묘지가 나온다.

톰은 그를 기다리고, 제임스는 그의 손을 잡고 길을 건넌다.

그들은 제임스가 평일 아침마다 도착하는 역에 도착한다. 안내 모니터 위로 지나가는 서리의 지명들은 그에게 그의 꿈들만큼이나 친숙하다. 그 이름들은 이제 그의 일부다. 뉴몰든, 서비턴, 이셔……

금요일 밤에 그가 집으로 돌아왔을 때, 아이들은 자고 있었고 아내는 TV의 퀴즈 프로를 보고 있었다. 몇 초마다 한 번씩 터져나오는 웃음소리. 그는 짐을 좁은 복도에 내려놓고 그녀가 앉아 있는 소파에 앉았다. 그는 신발을 벗었다.

그후, 이불을 덮고 있는 그녀의 형체.

하지만 토요일은 짜증나는 날이었다.

강풍이 불던 지난주에 굴뚝의 거대한 일부가 집 아래로 떨어졌다―집 앞에 주차되어 있던 누군가의 새 닛산 캐시카이를 찌그러뜨리고 말았다. 악몽과도 같은 보험 처리 문제. 미란다는 보험업자와 통화하느라 한 주 내내 전화기를 붙들고 있었지만 딱히 별 소득은 없었다. 굴뚝 문제를 해결하는 것만 해도 쉽지 않아 보였다. 그는 토요일의 대부분을 경사진 지붕 아래 있는 낮은 침대에서 태블릿 화면의 작은 글자들을 쳐다보며 보냈고, 그 일에 시간을 써야 한다는 사실에 분개했다. 톰은 부루퉁해하며 물건들을 집어던지고 있었다. 앨리스는 아래층 어딘가에서 울어대고 있었다.

햇살을 뚫고 열차가 지나간다. 주말 농장을 지나간다. 담쟁이로 뒤덮인 벽들을. 잠시 동안 어두운 나무들 아래서 수은처럼 빛나는 수로 같은 게 보인다. 윔블던에 가까워지자 나란히 뻗어 있는 수많은 선로들이 보이기 시작한다.

그는 톰의 손을 잡은 채 열차에서 플랫폼으로 발을 옮긴다. 사방에 사람들이 넘쳐난다. 디스트릭트 라인 열차들이 흘러가는 구름 아래 간헐적으로 비치는 햇빛 속에 정차하고 있다.

오늘은 미란다의 부모님이 점심을 먹으러 뉴베리에서 차를 몰고 오는 날이다. 미란다는 부엌에서 음식을 준비하고 있다. 이탈리아식 양고기 요리 같은 거라고, 제임스는 생각한다.

톰이 말한다. "나무들은 왜 저렇게 키가 커요?"

그들은 윔블던역에서 93번 버스를 타고 윔블던힐 로드를 오르며 커먼으로 가고 있다.

제임스는 그 질문에 대해 생각해본다.

미란다가 점심을 준비하는 동안 방해가 되지 않도록 톰을 어디론가 데리고 나가는 것이 오늘 아침 그가 맡은 임무다. 앨리스는 유아용 하니스같은 것에 안전하게 매달려 있다.

그가 말한다. "아마도 태양에 최대한 가까이 다가가려고 그러는 걸 거야."

"왜요?"

그들 근처에 앉아 있는 몇몇 사람들이 보내는 다정한 미소. 버스에는 사람들이 많지 않다. 그들은 2층 앞쪽에 앉아 있다.

"그건," 제임스가 설명한다. "햇빛이 나무들을 자라게 하기 때문이란다. 나무들은 자라야 해."

톰은 도로 양편에 늘어선 채 넓은 인도에 무성한 그림자를 드리우고 있는 플라타너스를 흥미롭게 쳐다본다. 런던의 일요일. 그곳은 평소보다 아주 살짝 조용해졌을 뿐이다. 사람들은 저마다 볼일이 있다는 듯 제 갈 길을 가고 있다. 제임스는 한 남자와 한 여자가 언덕을 올라가고 있는 모습, 버스가 가는 방향과 같은 방향으로 걸어가고 있는 모습을 본다―숱이 많은 검은 머리의 키 큰 여자는 뭐라고 말하며 긴 팔을 휘젓고 있다.

"나무들은 자라야 해." 톰은 그 말을 되풀이하고, 그 순간 길을 잃은 햇살이 그가 바라보고 있는 잎사귀들 위로 내리쬔다.

"그런 거란다." 제임스가 만족해하며 톰에게 말한다.

이곳에는 보기 좋은 붉은 벽돌집들이 있다.

그리고 새로 지은 아파트들도.

누아예. 제임스의 머릿속을 한시도 떠나지 않는 그 이름.

그러고는 윔블던 '빌리지'. 호화스러운 작은 가게들이 늘어선 하이스트리트―열심히 쇼핑을 하는 사람들―그리고 한때는 공터였던 곳. 전쟁 기념비.

미란다의 부모님이 곧 그들을 방문할 것이다. 미란다의 부모님은 꽤나 부유층에 속한다. 그들은 뉴베리 경마장 회원들이다. 한번은 넷이서 거기 갔던 적이 있다. 헤네시 데이. 젠장, 정말 오래전의 일처럼 느껴진다. 그날 오후가 마치 다른 인생에서 보낸 시간처럼 느껴진다. 갈색 모자를 쓴 미란다의 아버지. 웃음소리, 고함소리. 안장을 내린 말들이 뿜어내던 콧김. 진눈깨비 같은 보슬비, 그리고 때 이른 황혼.

세월은 흐른다.

*

커먼의 평평한 땅 위에는 축축한 대기가 짙게 내리깔려 있다. 주변에는 사람들이 있다―아직은 여름이고, 게다가 주말이다. 아이들이 고사리와 양치 덤불의 피로한 녹색 이파리들 사이를 휘젓고 다니자 거기서 딱딱 소리가 난다. 나무들은 메마른 승맛길 위로 잎이 무성한 가지를 드리우고 있다. 간밤에 내린 소나기는 다만 흙먼지를 조금 적셨을 뿐, 동이 튼 이후로 땅은 다 말라버렸다. 짙은 구름의 틈새로 내리쬐는 태양은 뜨겁다. 연못에 내리쬔 햇살이 눈부시게 빛난다.

제임스는 사람들이 축구를 하고 개들이 막대기를 쫓아 힘껏 달리고 있는 곳을 뒤로하며 아들을 따라서 커먼의 조용한 곳까지 걸어들어간다.

금요일 이후로 그는 틈이 날 때마다 누아예와 그가 보여줬던 부지에 대해 생각해왔다. 그는 누아예에게 제안할 수 있을 계획, 형편없는 가구들로 채워져 있는 레 샬레 뒤 미디의 특대형 버전 같은 건물을 세우겠다는 누아예의 생각보다 훨씬 더 나은 계획을 떠올려야만 한다. 제임스는 여덟 동의 샬레와 열 동의 아파트를 생각하고 있었다.

그들은 깊이 팬 기다란 바큇자국이 갈색 물웅덩이로 변한 승맛길을 지나 숲속으로 들어가고 있다. 다 자란 나무들. 사방에는 고사리들이 널려 있고, 그중 몇몇은 끝이 시들기 시작했다. 아들을 따라가느라, 축축한 고사리들을 헤치며 걸어가느라 그는 숨이 차다. "톰." 그가 아들을 부른다. "톰! 애야. 아빠랑 같이 가."

여덟 동의 샬레, 열 동의 아파트.

전부 다 해서 500만 유로 정도면 될까? 더 필요할까? 공익 설비도 따져보아야 한다. 접근성. 지금은 대강의 그림만 그려보자. 그래, 아마 더 필요할 것이다.

누아예에게 그만한 돈은 없을 것이다. 그가 투자할 수 있는 금액은 아마 100만이나 200만 유로가 전부일 것이다.

그렇다면 400만이나 500만 유로는 다른 데서 끌어와야 한다는 계산이 나온다. 누아예는 대략―땅을 포함해서―투자금의 40퍼센트를 부담하게 된다. 그가 이 조건에 만족할까? 전체 수익의 거의 절반이 되는 지분에? 그것은 사실상 그의 투자금을 두 배로 불려줄 것이다. 그는 만족할 것이다. 샬레 뒤 미디로는 분명 투자금을 두 배로 불릴 수 없을 테니까.

그의 시야에서 톰이 사라졌다. "톰!" 그가 소리친다.

그는 월요일, 그러니까 내일부터 투자자를 어디서 데려올 수 있을지 진지하게 생각해봐야 할 것이다. 그는 이미 그것에 대해 생각하기 시작했다. 예전에 알았던 몇몇 이름들이 떠오른다. 출발점들. 우선은 트리스탄 엘핀스톤. (아직도 그 번호를 쓰고 있을까? 그런지는 곧 알 수 있을 것이다.) 그는 에어 마일스와 함께 거킨에 갔던 그날 저녁에 명함을 몇 장 챙겼다. 그 명함들을 뒤져볼 때가 왔다. 문제는, 에어 마일스의 지인들에게 접근하려면 아마도 먼저 이셔를 떠나야 할 거라는 사실이었다. 그래야 하지 않을까? 그렇지 않으면 정직하지 못한 사람이 될 것이다.

아니면 더 나쁜 상황에 직면할 수도 있다―에어 마일스에게 고소를 당하는 것은 그리 재미있는 일이 못 될 것이다.

이셔를 떠나야 한다.

무엇보다도 그것이 급선무일 것이다.

문제는 요즘 돈이 들어갈 데가 너무 많다는 사실이다. 대출금. 학비. 라이마―리투아니아인 유모―에게 줄 월급.

그는 미란다에게 아직 누아예 이야기를 꺼내지도 않았다. 그녀
는 그가 이서에서 하고 있는 일을 마음에 들어한다. 이 일은 보수
가 꽤 많다. 이 일은 안정적이다. 그녀는 그도 이 일―산으로 떠나
는 그 짧은 여행들―을 좋아한다고 생각한다. 초반에는 그녀도 한
두 번쯤 그와 동행했다. 주말 스키 여행. 물론 아이들이 생기기 전
의 일이다. 그는 거의 그들이 함께 살기 시작했을 그해 여름에 이
서에 취직했다.

이셔를 떠난다. 그렇게 생각하니 그는 겁이 난다. 우선 누아예의
확답이 필요하다. 그에게 자신의 계획을 말해주어야 한다―그가
뭐라고 할지 들어봐야 한다.

갑자기 이 모든 일들이 전부 불확실하고 공허하게 느껴진다. 대
화가 필요하다.

톰이 또 사라졌다.

제임스는 숨을 조금 헐떡이며 쓰러진 나무의 몸통, 고사리에 반
쯤 파묻힌 거대한 몸통 위로 올라선다. 그는 톰이 고사리들 사이에
서 뭔가를 살펴보고 있는 걸 본다. 그는 자신이 일만 생각하느라
아들을 방치하고 있다는 걸, 심지어 아들과 대화도 별로 나누지 않
고 있다는 걸 알고 있다. 그의 머릿속에는 지금 그 일에 대한 생각
뿐이다.

이것이 그의 인생이다. 지금 벌어지고 있는 이 일들이.

"토미." 그가 말한다.

푸른 고사리 덤불에서 그를 올려다보는 아이의 얼굴이 창백해
보인다.

아이는 자기 어머니의 투명하고 푸른 눈을 가졌다. 자기 아버지

의 보다 근심어린 푸른 눈이 아니라.

　바람 한 점 없는 날이다.

　그것은 농담이 아니다.

　인생은 농담이 아니다.

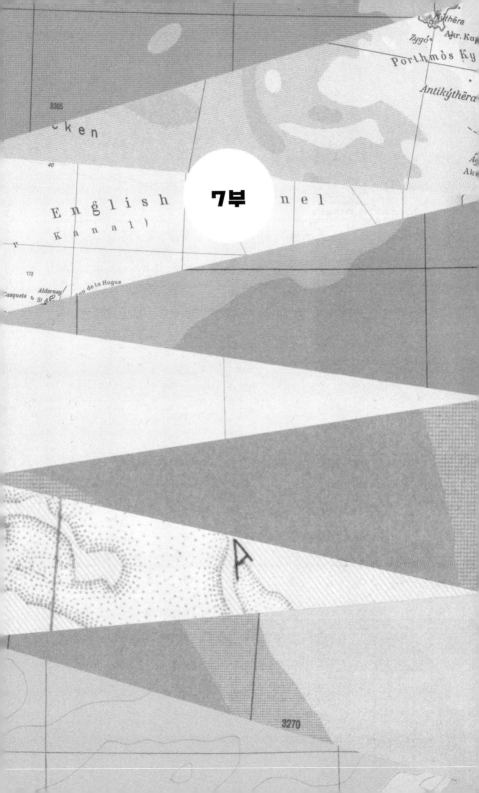

7부

1

머리의 어머니 펄 던디가 결국 일요일 오후에 세상을 떠났다. 장례식은 그다음주 금요일이었다.

정작 머리 본인은 장례식에 늦고 말았다. 그가 화장장 예배당의 크고 무거운 문을 열자 신도석에 앉아 있던 사람들이 뒤를 돌아봤다. 예배당 안은 으스스하고 어둠침침했다. 바깥에는 다시 비가 내리고 있었다. 마침 '길고 충만한 삶'에 대해 뭔가 말하고 있던 목사는 머리가 자리에 앉기를 기다렸다.

나중에 누나인 베키와 함께 바깥에 서 있게 되었을 때, 그는 그녀에게 런던에서 줄발하는 비행기가 연착됐다고 설명한다.

"거봐, 내가 뭐랬니." 그녀가 그에게 짜증스레 말한다. "그냥 어젯밤에 왔으면 좋았잖아."

그들은 둘 다 출근할 때와 마찬가지로 어두운색 정장 차림이다. 머리는 짙은색 넥타이를 매고 있다. 그는 그녀에게 담배 한 개비를 권하고, 그녀는 그걸 받아든다. 이윽고 어느 노부인이 그들에게 다가와 애도를 표한다—그는 그녀가 어머니의 친구일 거라고 생각하고, 베키는 그녀를 아는 듯하다. 담배에 불을 붙이고 있는 그에게, 연보라색 모자를 쓴 그 노부인은 그의 어머니가 '훌륭한 사람'이었다고 말한다.

"네, 감사합니다." 그는 그렇게 말하고는, 구월의 마지막날, 비에 젖어 반짝이는 타맥 포장도로로 떨어지는 낙엽들 사이로 모습을 드러내는 동생 앨릭을 본다. 그는 아직 앨릭과 대화를 나누지 않았다.

앨릭에게는 정장이 없는 모양이다—그는 흰색 폴리에스테르 셔츠에 검정색 폴리에스테르 넥타이를 매고 짙푸른색 패딩 재킷을 걸쳤다. 그는 거의 알아볼 수 없을 지경이 되어 있다. 머리가 그를 마지막으로 본 이후로, 그는 몰라보게 머리가 많이 빠졌다.

"앨릭은 어때?" 그가 베키에게 말한다. 다정하게 보이려고 미소를 지으며 말한다. "어쨌거나 살은 좀 찐 것 같네."

"네가 직접 물어보지 그러니?" 그녀가 제안한다.

그녀가 다른 사람과 이야기를 나누기 위해 자리를 옮기는 동안에도, 머리는 여전히 미소 비슷한 것을 머금고 있다.

앨릭도 다른 사람과 이야기를 나누고 있는데, 패딩 재킷을 걸친 몸으로 예배당 출입구*를 막아선 채 그러고 있어서 예배낭 안에 마지막으로 남아 있던 몇몇 사람들을 기다리게 만든다. 그 누구도 그에게 비켜달라고, 자신들이 나갈 수 있게 옆으로 비켜달라고 말하고 싶어하지 않는 눈치다. 아마도 그의 어머니의 장례식이기 때문이리라.

담배 연기를 힘껏 들이마시며, 머리는 도로 쪽으로 고개를 돌린다. 그들을 베키의 집으로 데려다줄 택시들이 한두 대씩 도착하고 있다. 그들은 베키의 집에서 술자리를 가질 예정이다.

그는 어느 노인들과 함께 택시를 탄다.

그들 중 어느 한 노인, 노인 특유의 입냄새를 풍기는 한 노인은 그를 아는 듯하다.

"그래, 좀 어떤가, 머리?" 알루미늄 지팡이의 플라스틱 손잡이 부분을 꼭 움켜쥔 채, 노인이 묻는다.

"네, 저는 괜찮습니다." 머리가 그들에게 말한다. "음, 다들 그러시겠지만," 그가 말을 잇는다. "참 슬픈 날이네요."

"그러게 말야." 노인이 동의한다. "펄은," 그가 말한다. "사랑스러운 사람이었다네."

머리는 신고 있는 검은 가죽 신발을 이리저리 움직이고, 차창 밖으로 스쳐지나가는 거리들, 집들의 회색빛 정면을 불안한 눈길로 살펴댄다. 마더웰. 그는 정말 오랜만에 이곳에 왔다. 엄마가 괜찮으냐고Motherwell? 아니, 실은 그렇지 못하다. 어머니는 돌아가셨다. 그 노인이 그에게 뭔가를 묻는다.

"아뇨, 저는 지금 영국에 살고 있지 않아요." 그가 말한다.

"크로아티아요." 그가 노인의 또다른 질문에 답하며 말한다.

"예전에 유고슬라비아에 속해 있던 곳이에요." 그가 또다른 질문에 답하며 말한다.

그렇지 않아도 좁은데 조문객들 때문에 더욱 좁아진 누나의 집에서, 그와 앨릭의 만남은 불가피하다.

그가 주방에서 라거를 한 캔 더 따고 있을 때, 갑자기 앨릭이 들어온다―앨릭은 다들 마실 것을 들고 있는지 확인하고 땅콩을 돌리는 등, 조문객들 접대를 거들고 있다. "안녕, 머리." 그가 말한다.
　"앨릭. 안녕……"
　"아직도 토리당 뽑아?" 앨릭이 궁금해한다. 당황스러울 만큼 통통한 그의 얼굴은 이미 중년의 티가 난다. 반짝이는 분홍빛 이마는 훤히 벗어져 있다.
　"토리당?" 머리가 말하고는 후루룩 라거를 마신다. "아니, 그 새끼들은 이제 너무 좌파스러워져버렸어."
　앨릭은 아주 엷은 미소를 짓는다. "그래, 어떻게 지내?" 그가 건성으로 묻는다.
　"잘 지내." 머리가 말한다. "나야 잘 있지." 그러고는 딱히 다른 할말이 없자 이렇게 말한다―"아직도 노조 활동 하고 있어?"
　"응. 형은 어때?"
　"이런저런 일을 하고 있어." 머리가 말한다. "더이상 이 나라에 살지 않고."
　"어, 들었어."
　"몇 년 동안은 여기 없을 거야."
　"조세회피 같은 그런 거야?"
　그 말의 어감―'조세회피'라고 말하는 앨릭의 목소리에서 느껴지는 빈정거림―을 마음에 들어하며, 머리가 미소를 짓는다. 그는 또다시 후루룩 라거를 마신다. "뭐 비슷한 거야." 그가 그에게 말한다.

그는 베키의 집, 남는 방에서 하룻밤을 보낸다. 베키의 아들이 쓰던 방이다. 그는 지금 집을 떠나 오스트레일리아인지 어딘지에 있다. (그런데 그애의 이름이 뭐였더라?)

"우리 계속 연락하고 지내는 게 어떠니?" 다음날 이른 아침, 베키와 주방에서 차를 마시며 공항으로 가는 택시를 기다리고 있을 때, 그녀가 제안한다.

"물론 좋지." 그녀를 쳐다보지 않으려 애쓰며, 그가 말한다. 그러다 그녀를 쳐다본 그는 생각한다―젠장, 꼴이 말이 아니네.

"아침 안 먹고 가도 정말 괜찮겠어?" 그녀가 묻는다.

"괜찮아." 나보다 일 년 하고도 조금 더 일찍 태어났을 뿐인데, 누나는 꼴이 왜 이렇게 된 걸까. 꼭 할머니 같잖아.

그녀가 말한다. "너 피곤해 보여."

"내가?"

"아무래도 어젯밤에 잠을 잘 못 잤나보다." 그녀가 말한다. "이언의 방에서 말이야."

이언―바로 그 이름이다. "잠은 잘 잤어." Y자형 팬티와 러닝셔츠를 입은 채 스파이더맨 이불 아래서 몸을 뒤척이며 견뎌낸 밤을 우울하게 떠올리며, 머리가 말한다. 난방이 너무 세게 틀어져 있었다. 창문에 떨어지는 빗소리는 누군가가 불편한 진실을 읊조리는 것만 같았다. 그리고 그 사진. 위층 복도에 걸린 액자에 담긴 사진. 열 살 정도의 머리가 맥스, 그러니까 그들이 그 당시 길렀고 그가 정말 사랑했던 셰퍼드와 함께 찍힌 사진. 지난밤에 자신과 그 개의 사진을 보고 있자니, 왠지 그는 당혹감이 밀려왔다.

"잠은 잘 잤어." 그가 다시 말한다.

"다행이네." 베키가 말한다. "나는 잘 못 잤어."

우유를 탄 홍차. 우유를 너무 많이 탔다. 그는 심지어 미지근하지도 않은 우유 찌꺼기에 넌더리가 난다.

"자꾸 생각이 나더라고." 그녀가 말한다.

머리는 머그잔을 내려놓고 입안에 든 것을 삼켜보려 애를 쓴다. 그는 다시 정장 차림이고, 넥타이는 주머니에 들어 있다.

베키는 가운을 입고 있다.

"그냥 자꾸 생각이 나더라고." 그녀가 말한다.

어제 다들 집으로 돌아간 후, 그녀는 그에게 어머니의 마지막 나날들에 대해 이야기해주었다. 병원에서 있었던 일들—의사들과의 면담, 밤샘 간호, 가망 없는 새벽들—을 그에게 들려주면서, 그녀는 눈물 한 방울 흘리지 않았다. 그녀는 그녀가 일하는 시청의 사무실에서나 쓸 법한 딱딱한 말투로 그에게 그 이야기들을 들려주었다. 그리고 그는 아무런 감정도 없이, 잠자코 그 이야기를 들었다.

그런데 지금은 감정을 주체하지 못하는 듯하다.

그녀의 입술이 바르르 떨린다.

머리는 본능적으로 고개를 돌린다.

그는 모서리에 곰팡이가 피어 있는 창문 밖으로 곧장 시선을 던지며 흐린 아침의 풍경을 바라본다.

그리고 그래, 베키는 이제 눈물을 흘리고 있다. 행주로 얼굴을 가리고 있다.

이놈의 빌어먹을 택시는, 누르스름한 팔목에 너무 느슨하게 차고 있는 짝퉁 롤렉스를 바라보며, 머리는 생각한다, 대체 왜 안 오는 거야?

*

그로부터 24시간이 흐른 일요일 아침, 그는 스탠스테드공항으로 향하는 기차에 타고 있고, 그의 기분은 훨씬 더 나빠져 있다.

레이니 때문이었다. 한때 그와 폴 레이니는 함께 전화 통신판매 일을 했었다―그들은 매장의 기다란 형광등 아래서 칠 년을 함께 일했다. 여기저기 전화를 걸어대면서. '꿀돼지'도 대부분의 시간 동안 그들과 함께 일했고, 토요일 밤 또한 그들과 함께 보냈다. 그들은 오후 중반 무렵부터 펜데럴스 오크에서 마셔대기 시작했다. 약 열두 시간 후에 그는 결국 화이트채플에 있는 꿀돼지의 아파트에 가 있었다. 머리는 꿀돼지의 거실 바닥에 소파 쿠션을 깔고 정장을 입은 그대로 한두 시간 정도 잠을 잤다. 그러다가 그는― 이상한 두통을 느끼며―여섯시에 일어나 리버풀스트리트까지 쓸쓸히 걸어가서 스탠스테드공항으로 가는 기차를 탔다.

지금의 레이니는 완전 뚱뚱해져 있었다. 그의 그런 모습은 그에게 충격적이었다. 레이니와 꿀돼지는 아직도 킹스웨이에서 살짝 벗어난 곳에 사무실을 둔 '파크레인 퍼블리케이션스'에서 일하고 있었다. 펜데럴스에서 하는 점심식사. 모든 게 예전 그대로였다.

그리고 그들이 머리에게 대체 뭘 하면서 지내냐고 물었을 때, 그는 말했다. "그냥 쉬엄쉬엄 일하고 있어. 인생을 즐기면서."

"어디서 그러고 있는 건데?" 꿀돼지가 말했다.

"크로아티아의 리비에라." 머리가 대답했다. "반쯤은 은퇴했어." 그가 그들에게 말했다.

"반쯤 은퇴했다고?" 그게 무슨 소리야?"

"아무도 일을 주지 않는다는 소리겠지." 또 한 잔을 비우고서 바쪽으로 고개를 돌리며, 레이니가 빈정거렸다.

머리는 미소를 지어보려 애썼다. "일자리 제안이야 수도 없이 받았지." 겸손한 척이라도 하려는 듯, 그가 조용한 목소리로 말했다.

"개소리." 레이니가 말했다.

그리고 머리는 자신의 옛친구가 몇 년 전에 있었던 에디 조와 관련된 사건 때문에 아직도 자신에게 화가 나 있다는 걸 느꼈다.

물론 그들은 그 사건 이후에도 함께 일했었다. 머리가 조에게 해고당하고 나서 어쩔 수 없이 파크레인 퍼블리케이션스의 회갈색 유리문으로 들어섰을 때, 이번에도 폴 레이니가 그곳에서 일을 하고 있었다—심지어 똑같은 책상에서, 마치 아무 일도 없었다는 듯, 똑같은 흰색 수화기를 땀에 젖은 머리 쪽으로 들어올리고 있었다.

머리는 그 직장에서도 해고당했다. 예전에 그가 가졌던 감이 어떤 건지는 모르겠지만, 하여튼 그는 감을 잃은 듯했다. 그가 다른 기회를 모색해보기로 결정한 것은 바로 그때였다. 어떤 의미에서는 꿀돼지가 그에게 영감을 주었다. 꿀돼지는 한때 태국에서 이 년간 머물며 그동안 저축해둔 돈으로 '인생을 즐기고' 온 것으로 유명했다. 비록 머리는 그동안 모아둔 돈이 하나도 없었지만, 그는 침에 작은 집 한 채—튜더 클로스라는 동네에 있는 60년대식 방갈로—를 가지고 있었다. 그는 자신이 전성기를 누리던 1990년쯤에 그 집을 사들였었다. 구입한 지 이미 20년이나 지났으므로 남아 있는 대출금은 무시해도 될 정도였다. 그래서 머리는 그 집에 세입자를 들였고, 거기서 생기는 적은 수입으로도 생활할 수 있는 다른 곳을 찾아 나섰다.

크로아티아의 리비에라.

자그레브로 가는 그의 비행기는 아침 열시 반에 출발한다.

그는 두통을 느끼며 출국장 라운지에 앉아 있다. 바깥에는 비행기들이 천천히 움직이고 있다. 햇빛이 그를 괴롭힌다. 그는 속이 울렁거린다.

그는 레이니와 꿀돼지에게 자신이 왜 영국에 왔는지에 대해, 어머니의 장례식에 대해 말하지 않았다. 그는 그들과 함께 홀번에서부터 동쪽으로 펍을 하나씩 도는 동안 그 일을 일절 언급하지 않았고, 스스로도 그 일을 까맣게 잊었다.

이제, 지독한 숙취를 느끼며 바깥의 비행기들을 쳐다보고 있는 사이, 그는 어느 한 기억, 아마도 열이 나는 걸 안타까워하며 그의 이마를 짚던 손에 대한 기억이 떠올라 깜짝 놀란다.

햇살이 공항 터미널 바닥에 그림자를 드리운다.

엄마, 그의 머릿속에 자신의 겁에 질린 목소리가 작게 들려온다.

엄마, 지금 어디 계세요?

그리고 마침내, 출국장 라운지에 앉은 채, 시월의 희미한 햇살 속에 움직이는 비행기들을 보면서, 그는 자신의 두 눈에 눈물이 고여오는 걸 느낀다.

2

사실 머리가 가진 돈으로는 '크로아티아의 리비에라', 그곳 아드리아해 연안의 가장 낙후된 지역에 있는 집조차도 구할 수가 없었다. 결국 그는 저 깊은 내륙 어딘가의 무미건조하고 널찍한 평지에 있는 마을, 먼지투성이 포도밭이 있고 해바라기와 옥수수가 자라는 들판에 둘러싸인 마을로 들어갔다. 그곳은 15세기쯤에 투르크족이 패배한 적이 있는 곳이었고, 중앙 광장에는 그 사건을 기리는 기념비가 세워져 있었다. 그 이후로 마을에서는 그 어떤 중요한 사건도 일어나지 않았다. 광장에서 갈라지는 여러 거리들 중 하나에 우모르니 푸트니크라는 이름의 유스호스텔이 있었고, 그곳은 머리가 거기 처음 도착했을 때 장기간 머물렀던 곳이다.

지금으로부터 일 년도 더 전의 일이다.

그가 그 호스텔에 간 첫날 계단에서 처음 만났던 사람은 그곳의 장기 숙박객인 네덜란드인 한스피터르였다.

머리는 한스피터르를 처음 보자마자 그가 완전 빌어먹을 루저라는 걸 직감했다.

또한 그는 요즘 그의 유일한 친구이기도 했다.

머리가 영국에서 돌아온 다음날, 둘은 조커라는 펍에서 함께 오후를 보내고 있다. 그들은 지역의 유명 생수를 광고하는 파라솔 테이블이 몇 개 놓여 있는 바깥에 앉았다—벌써 시월이지만 날은 아직 매우 덥다. 머리는 딱 무릎 아래까지 내려오는 흰 반바지를 입고 있다. 반바지 아래로 보이는 푸른 정맥이 드러난 털 없는 아랫다리는 점점 아래로 내려가면서 어두운색 오피스 삭스, 커다란 흰색 운동화로 이어진다. 그의 남성적인 얼굴에 땀이 흐른다.

"덥네." 한스피터르가 말한다.

그것은 한스피터르가 정말 신나는 대화를 시작하려 할 때 내뱉을 법한 말이다.

머리는 그냥 끙 앓는 소리를 낸다.

한스피터르는 아마 머리보다 열 살쯤 아래일 것이다—그는 사십대 중반이다. 그는 키가 몹시 크고, 누가 봐도 수줍음이 많다.

"내 생각에는," 거의 은밀하리만큼, 재빨리 라거를 한 모금 마시고는, 그가 말한다. "지구온난화 때문인 것 같아."

머리는 땀을 흘리며 그를 비웃는다. "그게 무슨 개소리야?"

"지구온난화 말이야." 한스피터르가 말한다.

"뭐야—너는 그걸 믿는 거야?"

한스피터르는 마치 자신이 어떤 초보적인 실수라도 저질렀나 싶어서 걱정스러운 표정을 짓는다. 그러더니 그가 말한다. "너는 안 믿어?"

"픽도 믿겠다." 머리는 자신의 흰 티셔츠 아래를 끌어올려 얼굴에 마구 흘러내리는 땀을 닦는다. "설마 그걸 믿는 건 아니겠지?" 코 위에 얹어진 안경을 만지작거리며, 머리가 말한다.

"글쎄." 한스피터르는 자신의 샌들을 내려다본다. "모르겠어. 그런데 지금은 시월이잖아." 그가 그 점을 지적한다.

사람들은 아이스크림을 먹고 있다. 비둘기들은 분수에서 날개를 물에 적시고 있다.

머리는 여전히 그를 쳐다보고 있다. "그래서?"

"글쎄." 한스피터르는 의심스럽다는 듯이 말한다. "이게 정상인 건가? 지금…… 지금 이 날씨가……?"

"이게 지구온난화 때문이라는," 머리가 그에게 말한다. "증거는 없어."

"글쎄, 그건 그렇지만……"

"씨발 아무 증거도 없다니까." 머리가 다시 얼굴을 닦기 위해 안경을 벗는다. 그의 티셔츠 앞은 흠뻑 젖어 있다.

한스피터르의 창백한 속눈썹이 볼품없이 떨린다. "나는 증거가 조금은," 그가 말한다. "있다고 생각했는데."

머리가 다시 소리 내어 웃는다. "넌 속은 거야."

한스피터르가 수줍게 말한다. "그럼 스턴 보고서*는?"

머리는 몹시 짜증을 낸다.

"그 보고서에 따르면, 배기가스 문제에 어떤 조치가 취해지지 않는다면……"

---

* 영국의 경제학자 니컬러스 스턴이 작성한 지구온난화의 위험성에 대한 보고서.

"제발 좀!" 머리가 그에게 소리친다. "다른 보고서들도 있어, 반대되는 의견의 보고서들도 있다고."

"그것들은 석유회사한테서 돈을 받고 쓴 거 아냐?"

머리는 한숨을 내쉰다. 그는 전에도 이런 개소리를 들은 적이 있고, 이번에는 그냥 넘어가주지 않을 작정이다. 사실 머리는 '석유회사들'에 깊은 연민을 품고 있다. 그는 왠지 자신과 '석유회사들'이 같은 편이라고 느낀다. 즉 그들은 성공한 자들, 이 세상의 승리자들이고, 따라서 분명 한스피터르 같은 루저들—한스피터르는 여전히 유스호스텔에 살고 있다—의 부러움의 대상인 반면, 머리는 마치 잘나가는 어느 석유회사처럼 도시에서 가장 우아한 합스부르크왕조 시대의 거리들 중 하나에 위치한 잘 꾸며진 아파트를 소유하고 있다. 사실 그는 한스피터르가 네덜란드에서 실업 수당 비슷한 것을 받고 있을 거라고 짐작하고 있다. 그 돈은 그가 살던 암스테르담 같은 곳에서보다 여기서 훨씬 더 풍요롭게 쓸 수 있을 터였다.

"너는 그 모든 게," 그가 보다 더 관대한 말투로 자신의 눈치 없는 친구에게 말한다. "석유회사에 대한 음모라는 걸 모르는 거야? 그건 좌파들의 음모야. 시장경제에 대한 음모. 개인의 자유에 대한 음모."

"그렇게 생각해?" 한스피터르가 말한다.

"그건 생각이 아니라 팩트라네, 친구. 그들은 냉전에서 패했어." 머리가 설명한다. "이건 그들의 다음 작전이야. 생각해보면 정말 뻔한 수작이라고."

그의 코끝에서 커다란 땀방울이 떨어진다.

한스피터르는 아무 말도 하지 않는다. 그는 무더운 광장 쪽으로 고개를 돌린다. 그는 왼쪽 귀에 작은 귀걸이를 달고 있다.

"한잔 더 할까?" 머리의 빈 잔을 본 그가 묻는다.

"뭐 그러시든가." 머리가 투덜대며 말한다.

놀랍게도, 겨우 2차가 끝났는데 한스피터르는 이제 가봐야 한다며 자리를 뜨고, 머리는 거기 홀로 남아 그 지역에서 생산하는 라거 맥주 판을 반 리터 더 마시며 예기치 않은 고독 속에서 광장을 살핀다.

한스피터르에게 다른 할일이 있다는 사실 자체가 놀랍게 느껴진다. 그들 사이의 우정에는 둘 다 딱히 다른 할일이 없다는 사실이 암묵적으로 전제되어 있었다. 만날 사람이 아무도 없다. 거기 다른 사람이라고는 없다. 그것이 그들이 친구인 이유였다. 그 사실을 빼고 나면, 그들 둘 사이에 뭐가 남을지도 불분명하다.

엄밀히 말해서, 다른 사람이 없다는 것은 사실이 아니다. 그들 말고도 다미안이 있다. 한스피터르의 지인인 그곳 토박이. 그렇지만 다미안에게는 직업이 있다―그는 선로 옆에 있는 타이어가게에서 일한다. 그에게는 가족이 있다. 달리 말해서, 그에게는 평범한 삶이라고 할 만한 것이 있다.

머리는 나중에 우모르니 푸트니크의 바에서 그를 만난다.

그곳에 도착한 머리는, 마리아가 없는 것을 보고는 실망한다. 이제 머리에게도 인생의 목적이 생겼다고 한다면, 그것은 어디까지나 유스호스텔에서 음료 서빙을 하는 마리아 때문이었다. 그녀가 오르지 못할 나무는 아니라고, 그는 생각한다. 우선 그녀는 그리

매력적이지 않다. 그녀는 젊고 상냥하며, 영어 실력도 훌륭하다—심지어 그녀는 머리가 영어로 말하면 알아듣는다. 그는 작년 겨울 이후로 한동안 그녀를 눈여겨봐왔다. 그는 지난 일 년 내내 어떻게 하면 그녀에게 접근할 수 있을지 궁리해왔다.

그는 특히 오늘 저녁에 그녀와 마주치길 기대하고 있었다. 그는 울적한 기분이 든다. 바깥은 이미 어두워졌다. 이제 저녁이 짧아지고 있다. 사람들이 흔히 말하듯, 점점 더 어둠이 빨리 내리고 있다.

그는 다미안이 오는 것을 본다.

"어이, 다미안." 머리가 타이어 정비공과 악수를 나누기 위해 자리에서 힘차게 일어나며 말한다.

다미안은 키가 작고 다부진 체격에 말수가 적다—머리가 본능적으로 따르게 되는 종류의 남자다.

다미안은 머리와 악수를 나누면서도 계속 주위를 둘러본다. "한 스피터르는?" 그가 묻는다.

"여기 없어." 머리가 그에게 말한다. "어디 있는지는 나도 모르겠어. 내가 마실 것 좀 가져다줄게."

"그래서," 둘이 함께 자리에 앉았을 때, 머리가 말한다. "지금까지 뭐하고 있었어?"

"지금까지 뭐하고 있었어?" 다미안이 아무 말도 하지 않자, 머리가 다시 묻는다. "여태껏 뭘 하고 있었어?"

그래도 그의 말을 알아듣지 못하는 듯한 다미안은 어깨를 으쓱하며 고개를 내젓는다.

"그래 뭐, 괜찮은 거지?" 머리가 묻는다.

"괜찮아, 그래."

사실 한스피터르 없이 둘이서만 술을 마시는 건 이번이 처음이다. 겪고 보니 이건 놀랄 만큼 고된 일이다.

그들은 결국 타이어 이야기를 한다.

"그래서 피렐리는 어때?" 머리는 그렇게 묻는다. "이를테면, 파이어스톤이랑 비교하면 어때?"

대화 사이에 긴 침묵이 점점 늘어가고, 그들은 그사이에 각자 주변을 살피며 눈요기하기 좋을 만한 여자를 찾는다.

그러고서 머리는 타이어에 대해 또다른 질문을 던지고, 다미안은 그에 대해 성의껏 대답한다.

그들은 거의 한 시간째 타이어 이야기를 하고 있다.

"나는 벤츠에 미쉐린 타이어를 끼웠었어." 긴 침묵이 있은 후, 머리가 말한다. "최고급 타이어로."

다미안은 그저 고개를 끄덕이며 술을 마신다.

"오늘밤에 우리가 한스피터르를 볼 수 있을까?" 머리가 묻는다.

다미안은 어깨를 으쓱한다.

"녀석이 어디 있는지 몰라?"

다미안은 술잔을 들며 고개를 내젓는다.

나중에 알고 보니 그것은 일종의 거짓말이었다. 다미안은 한스피터르가 어디 있을지 대충 짐작하고 있다. 한스피터르는 마리아의 아파트에서 벌거벗은 채 마리아의 아수 조그마한 TV로 크로아티아어 더빙판 〈왕좌의 게임〉을 보고 있는 중이다.

3

아침에 일어나니 가을이 와 있다. 밤새 기온이 11도나 떨어졌다. 팬티와 러닝셔츠 차림으로 창가에서 가을이 온 것을 보며, 머리는 의기양양한 기분을 느낀다. 그는 젖은 낙엽들로 가득한 이 요란한 가을날 속으로 걸어나가 한스피터르의 면전에 대고 "그래, 오늘 이 날씨는 어떻게 생각해? 지금도 아이스크림이 먹고 싶냐, 이 기생충 같은 놈아?"라고 말해줄 생각에 마음이 설렌다. 미소를 짓기 시작하던 그는, 갑자기 터져나오는 기침에 어찌할 바를 모른다. 그는 창문에서 뒤돌아서서 몸을 구부리고는, 부풀어오른 관자놀이에서 맥박이 요동치는 동안 빌어먹을이라는 말을 내뱉으려고 무진 애를 쓴다.

"**빌어먹을!**"

"빌어먹을."

먼지가 내려앉듯, 아파트에 정적이 내려앉는다. 그는 그 도시에 도착한 지 약 한 달 후에 한스피터르의 도움으로 그 아파트를 구했다.

집주인은 중년 남자이고, 그 남자의 어머니가 돌아가시기 전까지 이곳에 살았으며, 그녀의 물건 대부분이 아직 그 집에 그대로 남아 있다―두 개의 방에서 어두운색의 거대한 목재 가구가 어렴풋이 눈에 들어온다. 머리는 바닥에 누워 노부인의 사진들과 작은 장식품들, 그녀의 페달 달린 재봉틀, 그녀의 눅눅한 침구들 사이에 몸을 숨긴다. 그는 가구가 전부 갖춰진 집을 원했었다. 그는 노부인의 오래된 강철 나이프와 포크, 그녀의 얼룩진 접시를 사용한다. 심지어 벽에는 예전에 유행하던 옷을 입은 사람들, 침침한 세피아색 얼굴을 한 낯선 이들의 사진이 담긴 액자가 걸려 있다.

아파트는 여전히 따뜻하고 퀴퀴한 공기로 가득하다. 두 개의 커다란 창문 바깥의 소란스러운 잿빛 풍경은 실내의 미지근한 공기와 분리된 것처럼 보인다. 그것은 기이하고, 연극처럼 과장되어 보인다. 창유리로 한 줌의 조약돌 같은 빗방울이 떨어진다. 머리는 담배에 불을 붙인다. 이제 그는 그곳 사람들이 피우는 브랜드의 담배를 피운다―그는 딱 그 정도로만 현지인화되어 있다. 그는 녹이 슨 수도관, 변색된 타일, 높은 천장에서 빛나고 있는 백열전구에 둘러싸인 채, 화장실에서 뜨거운 물로 샤워를 한다.

그런 다음 옷을 입고, 우산을 쓴 채 그리 멀지 않은 우모르니 푸트니크까지 열심히 걸어간다.

한스피터르는 그곳의 어둑어둑한 바의 테이블에서 아침을 먹고 있다. 커피, 버터를 바른 롤빵. 그는 눈앞을 멍하니 바라보고 있는 듯하다. 빌어먹을 얼간이 자식, 머리는 생각한다.

친구에게 알은척을 하지 않은 채, 그는 에스테르가 일하고 있는
바로 간다. 에스테르―그녀는 오르지 못할 나무다.

하지만 그녀는 마리아의 친구이고, 따라서 그녀와는 잘 지내두
는 편이 아무래도 도움이 될 것이다. 머리는 미소를 짓는다.

그는 자신의 그 미소가 불충분하다고 느꼈고, 그녀 뒤에 있는 매
우 어두컴컴한 거울에 잠시 비친 그 미소를 보고는 그것이 불충분
했음을 깨닫는다. (거울 유리에 가격표가 적혀 있다―숫자들 사이
로 그의 얼굴이 희미하게 드러난다.)

"뭘 드릴까요?" 에스테르가 말한다.

"카푸치노 주세요." 거울 속에 비친 머리의 얼굴이 영어로 말한다.

그녀가 기계를 작동시키는 동안, 그는 지역신문을 본다. 글을 읽
지 못하는 그는 그저 이 사진에서 저 사진으로 눈길을 돌린다. 지
역 정치인들의 사진―끔찍한 헤어스타일을 한 채 그가 방금 그랬
던 것처럼 미소를 지으려 애써보지만, 대부분 그와 마찬가지로 그
럴듯한 미소를 짓는 데 실패하고 만 나쁜 인상의 남자들.

그는 카푸치노를 받아들고서 한스피터르에게 간다. "안녕." 머
리가 중얼거리며 친구의 맞은편에 앉는다.

입안에 음식을 가득 문 한스피터르는 그저 고개만 끄덕인다.

그는 롤빵을 억지로 입안에 쑤셔넣고 있는 것처럼 보인다.

머리는 잠시 그를 불쾌한 시선으로 바라본다. "그래서 어젯밤에
는 어디 갔었어?" 마침내 그가 묻는다.

한스피터르는 입안의 빵을 삼키는 중이다. 그는 너무 조급하게
대답하려 하고, 그가 내뱉은 말들은 불분명하게 들린다.

머리가 짜증스럽게 그를 곁눈질한다. "뭐라고?"

"마이아에." 한스피터르가 빵을 삼키며 말한다.

"뭐?"

한스피터르가 빵을 꿀떡 삼킨다. "마리아네. 마리아네 아파트에 갔었어."

"그게 무슨 소리야?"

한스피터르는 머리의 시선을 견디지 못한다. "마리아ー너도 알잖아?"

"마리아." 머리가 그게 누구인지 이해하려 애쓰는 듯한 표정으로 말한다. "여기서 일하는 그 마리아?"

"응."

"네가 그녀의 아파트에 있었다고?"

"응."

"왜?" 완전히 어리둥절해하며, 머리가 묻는다.

"글쎄." 한스피터르가 수줍게 웃는다. "뭐, 너도 알잖아……"

"아니, 나는 모르겠는데."

"우리는…… 우리는 그렇고 그런 사이가 됐어." 한스피터르가 말한다.

머리는 너무 놀라 잠시 어쩔 줄 모르는 듯한 표정이다. "뭐라고ー너랑?"

한스피터르가 고개를 끄떡인다.

"너랑 마리아가?"

한스피터르는 눈을 내리깐다. "응, 그래." 그가 시인한다. 그는 당황한 듯 보인다. 그리고 그는 머리의 반응을 오해한 듯하다. 마리아는 한스피터르보다 스무 살 정도 어리다. 그녀는 비만이고 매력적이지 않다. 아마도 그는 그래서 당황해하는 듯하다.

"어쩌다 그렇게 된 거야?" 머리가 말한다. 그의 얼굴은 완전히 창백해졌다.

한스피터르는 지난주 금요일 밤, 자기가 우모르니 푸트니크에 가서 평소처럼 문 닫는 시간까지 죽치고 있었는데, 바깥에는 비가 퍼붓고 있었고, 그녀에게는 우산이 없었다고 말한다―그녀는 비가 그치길 기다렸고, 그래서 그가 그녀에게 자기 방으로 올라가서 기다리며 담배나 한 개비 피우라고 말했고, 그녀는 그렇게 했고, 그래서 그들은 결국 그날 밤을 함께 보내게 되었다. 그후로 자신은 그녀의 아파트에서 두 번의 밤을 보냈다고, 그는 머리에게 말한다.

"그렇게 된 거야." 한스피터르가 말한다.

그는 롤빵을 두 개째 먹기 시작한다.

머리는 한동안 아무 말도 하지 않는다.

바깥 거리의 작은 나무들이 바람에 이리저리 흔들린다.

어둠이 드리워진 바에서, 에스테르는 전화로 누군가와 이야기를 나누며 깔깔대고 있다.

그리고 그때 나는 베키의 집에서 잠을 이루려 애를 쓰고 있었군, 이라고 머리는 생각한다. 스파이더맨 이불. 그것은. 한날한시에 있었던 일들이다. 지난주 금요일.

그는 충격과 혐오에 휩싸인 표정으로 한스피터르를 쳐다본다. "대체 그녀는 네 녀석의 어디가 좋다는 거지?" 그가 말한다.

대체 그녀는 한스피터르의 어디가 좋다는 거지? 머리는 그것이 궁금해 밤잠을 이루지 못한다. 그는 웅장한 무덤 같은 아파트에 덩

그러니 앉아 어둠 속에서 담배를 피운다. 한 가지 분명한 것은, 그가 자신의 속마음을 좀더 빨리 털어놓았더라면 그녀는 한스피터르가 아닌 그의 차지가 됐을 거라는 사실이다. 그 생각이 한동안 그를 괴롭힌다. 그가 그녀를 딱히 육체적으로 원한다거나 그런 것은 아니다. 그가 마리아에게 품고 있는 감정은 어딘지 살짝 감상적이고, 어딘지 모호한, 거의 동정과도 같은 종류의 것이었다. 그리고 그녀가 왜 한스피터르를 좋아하는지 그 이유는 아주 명백하다—한스피터르는 좀더 만만한 느낌의 머리, 가난한 여자에게 어울리는 머리인 것이다. 먼 서쪽 나라 어딘가에서 온, 적어도 가진 게 조금은 있는 외국인. 한스피터르에게는 심지어 차도 있다—녹이 슬어 생긴 구멍으로 옆길에 기름을 흘리고 다니는, 1.2리터 엔진의 폭스바겐 폴로. 그런 점들로 인해, 그는 우모르니 푸트니크에서 어느 정도 그럴싸한 슈거 대디가 될 수 있는 것이다.

그녀가 그를 거부할 이유는 없다고, 머리는 생각한다.

그 비곗덩어리가 그를 거부할 이유는 없다.

그리고 다행인 것은, 이로써 그가 자신의 사업계획에 좀더 집중할 수 있게 되었다는 사실이다. 어쨌든 그는 방탕한 여자들과 어울릴 게 아니라, 사업에 대해 생각하고 있었어야 했다. 그의 사업 계획. 공항 운송업. 자그레브공항으로 가는 미니버스. 블라고는 운전수들을 구해놓았다. 그는 광고 문제도 해결해놓았다. 웹사이트도 준비되어 있다. 그에게 필요한 것은 이제 미니버스뿐이다. 그의 말에 따르면, 그는 미니버스 한 대는 구입할 형편이 되지만 사업 실행을 위해서는 모두 네 대의 미니버스가 필요하다. 그래서 그는 머리에게 투자 기회를 제공했다. 그들은 조커에서 그 일에 대해 이야기를 나눴고, 그러고는 점심식사를 함께하며 이야기를 이어나갔다. 미니버스 구입비를 대고 전체 수익의 50퍼센트를 가져가라는 것이 블라고의 제안이었다. 그리고 머리는 지난주 수요일에 킹스턴 어폰 템스의 HSBC에서 침에 있는 집을 담보로 돈을 대출한 후, 그 돈을 블라고가 알려준 슬라본스키 즈라츠네 루크 유한책임회사의 국제은행 계좌로 송금했었다. 블라고는 그에게 자신이 구입하고자 하는 미니버스들—온라인에서 발견한, 오시예크에서 팔고 있다는 예전 경찰용 차량들—을 보여줬다. 그는 돈이 들어오는 대로 그곳에 가서 미니버스를 구입할 거라고 말했다. 머리는 자신도 함께 가고 싶다고, 차들의 상태를 자신의 눈으로 직접 확인해보고 싶다고 말했다. "내가 차에 대해 좀 알거든." 그는 블라고에게 말했었다. 그는 차들의 상태가 만족스럽지 않으면 구입을 거부하겠다고 고집해왔다.

영국에서 돌아온 후, 그는 돈이 제대로 송금됐는지 확인하기 위해 블라고에게 한두 차례 전화를 걸었다.

그는 전화를 받지 않았다. 블라고는 원래 전화를 잘 받지 않았다.

*

가장 최근에 닥쳐온 문제는 한스피터르가 그의 일상에서 빠져나가는 바람에 그가 이제 대부분의 시간을 혼자 보내고 있다는 사실이다. 그들은 매일 아침마다 우모르니 푸트니크에서 만나곤 했다. 요즘 한스피터르는 좀처럼 그곳에 모습을 드러내지 않는다. 머리는 신문을 보는 척하면서 카푸치노를 마신다. 그는 때로 그곳에서 한 시간 이상을 머무른다.

이따금 한스피터르가 그곳에 모습을 드러낸다. 어느 날 아침 그가 나타나자, 머리는 그에게 말한다. "그래서 요즘에는 어떻게 지내?" 그는 전에도 늘 이렇게 말하곤 했다―그리고 그에 대한 대답은 늘 "별일 없어" 같은 말이었고, 그들은 '나중에', 즉 점심시간 거의 직후에 조커에서 만나기로 약속을 하곤 했었다.

하지만 오늘 한스피터르는 그저 어깨를 으쓱할 뿐이다.

머리가 '나중에' 조커에서 한잔하자고 말하자, 한스피터르는 처음에는 대답을 피하다가 실은 영화를 보기로 했다고 말한다.

"그래?" 머리가 말한다. "뭐 볼 건데?"

〈아이언맨 3〉, 한스피터르가 그에게 말한다.

침묵이 흐른다. 그러고서 머리가 말한다. "나도 따라가도 괜찮을까?"

또다시 흐르는 침묵. 한스피터르가 딱히 다정하진 않은 목소리로 말한다. "네가 원한다면야."

"네가 괜찮다면야." 머리가 말한다.

한스피터르는 신고 있는 아디다스 운동화를 내려다본다. "난 괜찮아."

"그럼 어디서 만날까?" 머리가 묻는다.

"여기서?" 한스피터르가 무덤덤하게 제안한다.

그래서 그들은 오후 중반 무렵에 거기서 만난다. 한스피터르가 마리아와 함께 그곳으로 들어온다.

마리아는 그를 보고는―슬랙스 차림으로 거기서 기다리고 있는 머리를 보고는―별로 달가워하지 않는 눈치다. 그는 친근하게 굴어보려고 애를 쓴다. 그녀는 그것을 받아주지 않는다. 몇 개의 상영관을 갖춘 초라한 쇼핑몰이 있는 도시 변두리로 가는 버스 안에서, 그녀는 거의 한 마디도 하지 않는다.

그러자 머리는, 버스의 손잡이를 붙든 채, 이들을 따라가는 게 과연 좋은 생각이었는지에 대해 고민하기 시작한다. 그들은 일부러 그를 쳐다보지 않는 듯하다. 마리아와 눈이 마주치자, 그는 그녀에게 미소를 지어보려 애쓴다. 그녀는 곧장 고개를 돌리고, 그는 그녀에게 영화에 대해 묻는다. "그래서 오늘 우리 뭐 보는 거죠?" 그가 말한다. "괜찮은 영화래요?" 그녀는 그의 말을 못 들은 척한다.

티켓을 사려고 줄을 서 있는 사람들은 대부분 꼬마들이다―각진 유리 귀걸이, 아래로 축 처진 허리끈 차림의 남자애들과 짧은 치마와 운동복 차림으로 소리를 질러대고 있는 여자애들이 달달한 음료수를 홀짝거리며 서로에게 팝콘을 던져댄다. 이 활기찬 청소년들 틈에서, 이따금씩 진한 키스를 나누는 한스피터르와 마리아 옆에 앉아, 머리는 두 시간에 걸쳐 그 시끄러운 액션영화를 본다. 크로아티아어 더빙판이며, 그는 전혀 알아듣지 못한다.

영화가 끝나고 마리아가 화장실에 간 사이, 한스피터르는 머리에게 자신들은 그녀의 집으로 갈 거라고 말하면서 이제 뭘 할 계획이냐고 묻는다.

"모르겠어." 그냥 로비에 멍하니 서 있는 머리가 말한다.

잠시 침묵이 흐르고, 머리는 한스피터르가 자신을 동정하고 있다는―빌어먹을 한스피터르가 자신을 안쓰럽게 여기고 있다는―끔찍한 기분을 느낀다.

흥, 집어치우라지.

"걱정 마." 그가 말한다. "나도 할 일이 있어. 마리아한테 인사 전해주고, 알겠지?" 그리고 그는 그들에게 다가오고 있는 마리아를 향해 불쾌한 미소와 함께 고개를 끄덕인다.

그는 이후 몇 시간 동안 조커에서 라거 맥주 판을 마시며, 만일 한스피터르 같은 놈이 여자를 꼬실 수 있다면 나라고 못할 게 뭐냐고 생각한다.

마테우스가 고개를 끄덕인다.

머리는 자신도 모르게 그 생각을 소리 내어 말해버렸다. 큰 키에 근엄한 수도승 같은 분위기를 풍기는 마테우스는 식기세척기에서 잔들을 끄집어내 바 아래의 선반에 집어넣고 있다.

아직 여덟시도 되지 않았는데, 머리는 이미 꽤 취했다.

나중에 그는 오아자에서 우연히 다미안과 마주친다.

그들은 케밥가게 테이블에 함께 앉아 있고, 머리는 "만일 한스피터르 같은 놈이 여자를 꼬실 수 있다면 나라고 못할 게 뭐야"라고 말한다. 그는 우아하지 못하게 케밥을 먹고 있다.

다미안이 말한다. "물론이지." 그와 그의 친구는 이미 케밥을 다 먹었고, 머리가 도착했을 때는 자리에서 막 일어나려던 참이었다. 그들 둘은 크로아티아어로 이야기를 나눈다─서로 그를 비꼬는 속삭임을 나눈다. 마지막 남은 축축한 케밥을 입안에 쑤셔넣으며, 머리는 그들이 무슨 이야기를 나누고 있는지 궁금해한다.

"이제 뭐할 거야?" 종이 냅킨으로 입술을 훔치며, 그가 묻는다.

알고 보니 다미안의 친구는 완벽한 영어를 구사한다. 그는 미국인처럼 말한다.

"우린 파티하러 갈 거야." 그가 씨익 웃으며 말한다. "같이 갈래?"

"씨발, 당연하지." 머리가 말한다. "잘됐네. 가자."

그들이 가게를 나설 때, 쌍둥이 중 하나가 다미안에게 뭐라고 말을 건다.

그 케밥가게의 주인은 둘이 똑같이 생긴 알바니아인 쌍둥이로, 어딘지 모르게 건달 같은 외양이다. 빡빡 민 둥그런 머리. 살집이 많은 코. 튼튼한 목과 짙은 눈썹. 머리는 그 둘을 전혀 구분하지 못한다. 처음에 그는 그들이 두 명인지도 몰랐다. 그러던 어느 날, 그는 그들 둘이 함께 있는 모습을 봤다. 그들은 보통 인공 분수가 졸졸 소리를 내는 가게 앞쪽의 테라스 차양 아래 앉아서 후카를 뻐끔거리며 차를 마신다. 그곳에는 더욱 자포자기적으로 보이는―종종 콧수염을 기른―다른 남자들도 함께 있으며, 젊거나 나이든 몇몇 여자들도 함께 있다. 개조한 2.2리터 디젤엔진을 장착한 하얀색 혼다 어코드가 종종 가게 앞에 세워져 있기도 한데, 머리는 그 차가 틀림없이 그들 중 한 명의 것이라고 생각한다.

그리고 그는 그들 중 한 명이 떠나는 다미안에게 고개를 끄덕이며 몇 마디 작별인사를 건네는 것을 보고는 부러움을 느낀다. 그는 쌍둥이가 자기한테도 그렇게 알은척을 해주길 바란다. 그는 그 가게에서 케밥을 거의 일 년 넘게 먹어오면서 자신과 그들이 뭔가를 공유한다고, 이곳의 다른 사람들과 그들을 구분짓는 일종의 우월감을 공유한다고 느껴왔다. 그럼에도 불구하고, 그들 중 하나가 다미안에게 말을 건네거나 알은척을 하는 동안, 머리에게는 그들 중 누구도 말을 건네지 않는다.

머리는 충동적으로 자신이 먼저 말을 걸어봐야겠다고 마음먹는다. 다미안에게 말을 건넸던 한 쌍둥이는 문 옆에 있는 문설주에 기대서서 이쑤시개로 이를 쑤시고 있다.

"그럼 이만." 그를 지나쳐 밖으로 나가면서, 그리고 그가 말을 받아주길 간절히 바라면서, 머리가 그에게 말한다.

그리고 쌍둥이는—칼라 없는 셔츠와 무두질한 가죽재킷 차림으로—그저 살짝 놀란 듯한 표정을 지으며 머리가 떠나는 모습을 가만히 지켜볼 뿐이다.

어쩌다 이런 빌어먹을 일이 생긴 거지?

웅장한 무덤 같은 아파트로 무사히 돌아온 머리는 변기를 끌어안은 채 울고 있다. 더러운 바닥 위로 눈물이 떨어진다.

어쩌다 이런 일이 생긴 거지?

그는 이 변기의 밑바닥, 낡은 리놀륨 바닥에 변기를 고정시켜주는 이 녹슨 나사못들과 이렇게 가까이 마주했던 적이 없었다.

잠시 후 그는 똑바로 앉아 눈물을 닦는다.

그는 거울을 보며 자신의 부어오른 입술을 살핀다.

이 거울은 언제나 안개 같은 느낌을 준다. 그의 망가진 얼굴이 서서히 거울에 떠오른다. 그는 경멸스럽다는 눈길로 자신을 바라본다.

여자가 있었다. 그래, 여자가 있었다. 수많은 여자들이 있었다. 그는 다미안과 그의 친구와 함께 그곳의 나이트클럽들—그곳에

는 나이트클럽이 두세 곳 정도 있었다―을 훑고 다녔었다. 나이트
클럽. 그곳에 가득하던 학생들, 꼬마들. 그는 정말 열심히 애를 써
봤지만 아무런 성과도 얻지 못했다. 그는 그중 몇몇과 한번 놀아나
보려고 처음 듣는 음악의 소음 속에서 열심히 애를 써봤다. 머리
를 염색한 꼬마들. 그리고 머리는 자신의 그런 속마음을 전하기 위
해 그들에게 음흉한 미소를 보냈다. 한때 자신에게 벤츠 S클래스가
있었다며 크게 소리를 쳐댔다. "런던에 가봤어?"라고 크게 소리
를 쳐댔다. "내가 구경시켜줄게, 어때?"라고 크게 소리를 쳐댔다.
그는 그 여자에게 일거리를 제안했었다. 그리고 그녀가 그에게 막
전화번호를 주려던 순간, 그녀의 친구들이 와서 그녀를 끌고 가버
렸던 것 같다. (그후에 그녀가 주차장에서 토하고 있는 모습을 봤
다. 그게 그녀였던가?) 다미안의 친구는 사라져버렸다. 그래서 그
와 다미안 단둘이서 밤새 여는 클럽들을 찾아다녔다. "내가 아는
데가 한 군데 있어." 다미안이 평소보다 더 유창한 영어로 말했다.
"밤새 여는 데를 한 군데 알고 있어." 택시. 그래, 택시. 그러고는
또다시 몹시 추운 공기 속으로 빠져나왔다. 다미안이 택시비를 냈
다. "담배 있어?" 머리가 그에게 물었다. 그러고는 그곳. 스툴에 앉
아 있던 그 여자. 그 여자는 꼬마가 아니었다. 아니 어쩌면 스툴에
앉아 있던 사람은 그였고, 그런 그에게 갑자기 그녀가 다가와 말
을 걸었는지도 모른다. 그리고 그는 그녀에게 한때 자신에게 벤츠
S클래스가 있었다고 말했다. 그는 그녀에게 물었다. "런던에 가봤
어?" 그녀는 나이가 마흔? 쉰? 그쯤 됐던가? 그리고 볼품없었다.
그는 심지어 그렇게 취한 상황에서도 그렇다는 걸 알았다. 그녀는
그를 계속 만져댔다. 그의 다리를 손으로 만졌다. (다미안은 어디

있었지?) 그의 다리를 손으로 만졌다. 그리고 그는 그녀에게 서슴
없이 말했다. "내 집으로 갈래?"

그리고 그녀는 그저 고개를 끄덕이며 그의 다리 위로 손을 올렸다.
"그럼 그러자." 그가 말했다.

"잠깐만." 그녀가 그의 다리를 꽉 쥐며 말했다. "기다려."

"알았어." 그가 말했다. 그리고 그는 스스로에게 뿌듯함을 느끼
며 기다렸다. 그러고는 자신이 지금 그 상태로 그걸 할 수 있을지
슬슬 걱정이 되기 시작했다. 그리고 그는 그녀를 찾았고, 그녀가
화장실 근처에서 두 남자와 이야기하고 있는 걸 보았다. 그리고 그
들과 대화하는 그녀의 모습을 본 그는, 그녀가 자신에게 왜 접근했
는지를 깨달았다. 그러고서 그는 그 상황에서 벗어나기만을 바랐
다. 그는 스툴을 밀고 자리에서 일어나 몸을 가누려 애쓰며 문 쪽
으로 걸어가기 시작했다. 그때 그녀가 그의 팔을 붙잡았다. 그의
팔을 세게 붙잡았다. "괜찮아?" 그녀가 말했다. "그럼 갈까?" "이
봐, 난 피곤해." 자신의 팔을 빼내보려 애쓰며, 그가 그녀에게 말했
다. "다음에 또 봐." "그렇게 말하지 마." 손을 바지에 얹고 어딘가
를 더듬으며, 그녀가 말했다. "피곤해 죽겠다니까." 그는 투덜대며
그녀를 밀쳐버렸다. 바깥의 차가운 밤공기. 후광에 둘러싸인 가로
등. 그는 자신이 어디에 있는지도 알지 못한 채 빠르게 걷기 시작
했다. 그리고 역시나 그를 뒤쫓는 발소리가 들려왔고, 그가 천천히
달리려던 순간 놈들의 손이 그를 붙잡았다. 그를 주차된 밴의 옆구
리로 던져버렸다. 남자 둘. 어둠 속에 가려진 얼굴. 사내답지 못하
게 꽥꽥거리는 그의 목소리. "원하는 게 뭐야?" 용건은 다양했다.
그들은 그에게 합의를 봐야 한다고 말하는 것 같았다. 그러니까 그

가 그들에게 줘야 할 돈이 있다는 것이었다. 그리고 그들은 그가 그녀를 때렸다고 말했다. 그들은 그것을 빌미로 삼아 더 많은 돈을 원했다. "나는 때리지 않았어." 그들은 그가 수중에 가진 돈을 전부 원하는 듯했다. "나는 결코 그녀를 때리지……" 그의 얼굴에 주먹이 날아왔다. 그러고서 그는 인도에 쓰러진 상태로 지갑을 건넸고, 그들은 쿠나*를 전부 챙긴 뒤 빈 지갑을 그에게 던져버렸다.

이제 그는 젖은 인도 위에 홀로 드러누운 채, 실은 이게 다 꿈은 아닐까 하고 생각하고 있었다. 제발, 꿈이기를

그는 입이 뒤틀린 듯한 기분이 들었다. 그의 눈앞에, 뭔가가…… 그게 뭐였더라?

휠캡.

씨발.

어느 차의 휠캡이었냐면……

도요타 야리스?

일어서자 어지럼이 밀려왔다.

그리고 구역질이 났다. 갑자기 그는 당장이라도 토할 것만 같았다.

                              *

이틀 후, 입의 부기가 빠졌을 때, 그는 우모르니 푸트니크에 나타나 한스피터르를 만난다.

---

* 크로아티아의 화폐.

"그날 밤 이야기 들었어." 한스피터르가 말한다.

"아, 그날. 대단한 밤이었지."

"그날 일에 대해 들었다고." 한스피터르가 말한다.

오후의 어느 한때다. 마리아는 거기서 일을 하고 있는 중이다.

"아, 그래?" 머리가 걱정스레 미소를 지으며 관심을 보인다. "무슨 이야기를 들었는데?"

"다미안이 멋진 밤이었다고 말했어."

머리가 덜 걱정스러운 미소를 짓는다. 그가 말한다. "실은 정말 말도 안 되게 굉장한 밤이었지."

"그러고 나서," 한스피터르가 묻는다. "몸은 좀 괜찮아진 거야?"

"응. 회복기에 있어. 내 말이 무슨 말인지 네가 아는지 모르겠지만." 머리는 그의 말이 정확히 무엇을 의미하는지 확신하지 못한다. 그는 라거를 마신다. 그때 이후로 처음 입에 대는 술이다.

어제 그는 영혼의 어두운 오후 같은 기분을 맛보았다. 몇 시간 동안의 지독한 비관. 본질적으로 자신의 인생을 전부 탕진해버린 듯한 기분. 이제 다 끝났다는 기분. 바깥에는 태양이 빛나고 있었다.

그 태양은 지금도 빛나며 호스텔 앞에 있는 작은 나무들에 매달린 노란 나뭇잎들을 환하게 비추고 있다.

그는 먼지투성이 창문 너머로 그것들을 본다.

"너는 어때?" 그가 한스피터르에게 묻는다. "넌 괜찮아?"

"난 괜찮아." 한스피터르가 말한다.

머리는 나뭇잎 하나가 떨어지는 걸 본다.

한스피터르는 말한다. "다미안 말이, 네가 그날 밤 섹스 상대를 찾고 있었다고 하던데."

"뭐―내가?"

"그는 그렇게 말했어."

머리는 어딘지 불안하게 입을 씰룩거린다. "나는 잘 모르겠는
데."

"음," 한스피터르가 말한다. "네가 관심을 가질 만한 아주 멋진
여자 한 명을 알고 있어."

"그게 누군데?" 머리가 거만하게 묻는다.

"아주 멋진 여자야." 한스피터르가 다시 말한다. 그러더니 그가
속삭인다. "마리아의 어머니."

머리가 화난 목소리로 속삭인다. "마리아의 어머니?"

"그래."

"씨발 말도 안 돼."

"뭐 어때서?"

"꺼져." 머리가 비웃는다.

"뭐 어때서? 그녀는 꽤 젊어……"

"그게 무슨 소린데?"

"아마 마흔여덟일 거야. 그리고 몸매도 좋아." 한스피터르가 그
에게 말한다.

"봤구나, 그렇지?"

"물론이지."

서빙할 손님이 아무도 없게 되자, 마리아는 빈 잔을 찾으러 밖
으로 나왔다. 그녀는 한스피터르 뒤에 서서 그의 어깨에 손을 올린
다. 머리의 시선에 들어온 그녀의 커다란 엉덩이가 그를 얼떨떨하

게 한다.

"방금 머리한테," 고개를 반쯤 돌린 채 한스피터르가 그녀에게 말한다. "네 어머니에 대해 이야기하고 있던 참이야."

"그래?" 그녀가 미소를 짓는다. 그녀는 그날 머리가 〈아이언맨 3〉를 보러가는 데 따라갔던 걸 용서한 것 같다. 사실 그는, 그녀가 그날 그들을 따라간 자신을 보고는 외롭고 절박할 게 분명한 그녀의 어머니를 그와 엮어줘야겠다는 힌트를 얻은 건 아닐까 싶기도 하다.

"그냥 같이 나가서 한잔해봐." 한스피터르는…… 뭐지? 제안을 하는 건가? 명령을 하는 건가? 머리는 이 새로운 국면—빌어먹을 한스피터르가 그에게 이래라저래라 하는 상황—을 어떻게 이해해야 할지 여전히 혼란스럽다. 그 와중에 마리아가 말한다. "엄마는 꽤 예뻐요. 그리고 나보다 훨씬 날씬하고요."

"그녀의 말은 틀림없는 사실이야." 한스피터르가 거의 점잖은 말투로 말한다.

"엄마는 나한테 늘 살을 좀 빼라고 말해요."

"엄마 말 듣지 마."

"그건 맞는 말이야—난 살을 좀 빼야 해."

"절대 그럴 필요 없어." 한스피터르가 그녀에게 말한다. 그러고 는 머리에게 말한다. "그래서 그렇게 할 거야? 같이 술 마시러 나 가볼래?"

마리아가 옆에 서서 핑크색으로 염색한 머리를 눈 위에 드리운 채 그에게 미소를 짓고 있는 상황에서, "내 눈에 흙이 들어가기 전에는 절대로 안 돼"라고 말할 수는 없는 노릇이다.

"사진 있어요?" 잠시 후에 그가 그녀에게 묻는다. "그러니까, 휴대폰에 저장된 사진 같은 거 있어요?"

"아마도요." 그녀가 말한다. "네, 여기요."

한스피터르의 어깨 너머로 몸을 숙인 채, 그녀가 머리에게 휴대폰을 건넨다.

그는 본다.

고양이 한 마리를 안고 있는 여자. 뭐라 말하기가 쉽지 않다. 마리아보다 날씬한 건 사실이다. 괜찮은가? 아마도.

"아버지는 어쩌고요?" 사진에 대해서는 아무 말도 하지 않은 채 휴대폰을 돌려주면서, 그가 능글맞게 웃으며 묻는다. "아버지가 싫어하시진 않을까요?"

"아버지는 오스트리아에 사세요." 그녀가 말한다. "그리고 두 분은 이혼했어요. 확실히."

"확실히." 머리가 말한다. 머리가 했던 말은 농담이었다. 그는 그녀의 아버지가 아직도 부인과 함께일 거라고는 생각지 않았다. "좋아요," 그가 말한다. "한번 만나보죠."

"그럼 번호 드릴까요?" 마리아가 묻는다.

"어머니가 영어는 하시죠?"

"물론이죠."

"아니면 당신이 전화해보는 건 어때요?" 갑자기 불안해하며, 그가 제안한다. "날짜를 한번 잡아봐요."

그녀는 한스피터르의 어깨에 기댄 채 그의 의견이 궁금하다는 표정으로, 심지어는 그의 허락을 구한다는 듯한 표정으로 그를 쳐다본다.

"그러게." 한스피터르가 말한다. "날짜를 한번 잡아봐."

예고도 없이, 바깥의 나무 하나에서 나뭇잎 하나가 또다시 인도로 떨어져내린다.

몇 시간 후 집으로 돌아가면서, 머리는 오아자에 들러 케밥을 산다. 플라스틱 간판―야자수, 웃고 있는 낙타―이 어둠 속에 빛나고 있다. 알바니아인 쌍둥이 중 하나가 입구 근처에 서서 주변을 살피고 있다. 그는 머리를 알아보지 못하고, 머리는 잠시 망설이더니, 역시 그에게 아무런 말도 건네지 않는다. 영어로 주문을 한 뒤, 그는 마치 먹을지 말지 고민이라도 하듯 거기 있는 바클라바를 쳐다보며 그저 케밥이 나오기만을 기다린다. 그는 쌍둥이가 자신에게 어떤 눈짓을 해주길, 그저 아주 작은 눈짓이라도 해주길, 그가 자신을 동등하게―더도 덜도 말고 동등하게―여겨주길 그 어느 때보다도 바란다. 머리가 판단하기에, 그들은 다미안에게 고갯짓과 몇 마디 말로 존중을 표했고, 그로써 다미안의 지위는 격상되었다. 그는 이제 다미안을 더욱 높이 평가한다. 꿀에 흠뻑 젖은 바클라바가 반짝인다. 그렇다, 다미안은 이제 어떤 의미에서 그보다 우월한 존재로 보인다.

머리의 존재를 인지하지 못한 듯한 쌍둥이는, 머리가 모르는 언어로 케밥 요리사와 몇 마디 대화를 나눈다. 요리사는 피타빵 안에 잘게 썬 샐러드를 한가득 쑤셔넣고 있는 중이다. 그는 스푼으로 몇 가지 소스를 뿌린 후, 은박지에 잘 싸인 따뜻한 저녁을 머리에게 건넨다.

"감사합니다." 머리가 말한다.

그 남자는 그저 고개만 끄덕인다.

그러자 머리는 떠나면서 말을 건네기로 한다. 그는 그 쌍둥이를 똑바로 쳐다본다. 그는 크고 단호한 목소리로 말한다. "그럼 또 보자고, 친구."

그러고서 그는 바깥의 밤공기 속으로 나온다.

쌍둥이는 아무 말도 하지 않았다. 아무 말도.

아마 그는 그냥 좀 놀랐나보다.

그날 밤, 머리는 꿈을 꾼다. 그는 자신의 침대에 누워 있다. 바깥에는 비가 내리고 있다―세찬 비가 끊임없이 내리고 있다. 창문은 열려 있다. 그는 자신의 침대에 누워 빗소리를 듣고 있다. 그 빗소리는 마치 아주 오래전, 다른 어딘가에서 들었던 빗소리 같기도 하다. 방은 이상하리만치 텅 비어 있다. 방안에는 침대 말고는 아무것도 없고, 그는 발이 있어야 할 자리에 머리를 둔 채 그 침대에 누워 있다. 그는 거기 누워서 빗소리를 듣고 있고, 화장실의 어둠 속에서는 커다란 개 한 마리가 나타난다―셰퍼드다. 조용히 헐떡이며, 개가 침대 옆 바닥에 엎드린다. 개가 엎드리면서 거기 놓여 있던 유리잔을 쓰러뜨린다―유리잔이 쓰러져서 바닥 위로 조금 굴러가는 소리가 들린다. 개는 하품을 하며 조금 낑낑대더니, 다시 헐떡이기 시작한다. 여전히 비가 내리고 있다. 개가 없었더라면 딱히 몸을 움직이지 않았을 머리는, 손을 쭉 뻗어 개의 복슬복슬한 목덜미를 쓰다듬는다. 개는 조용히 헐떡인다. 비는 내리고 또 내려 열린 창문 옆 바닥에 작은 웅덩이를 만들어놓는다.

일요일 오후에 그는 마리아의 어머니와 함께 술을 마시러 나간다. 아이리시 펍 바깥에서 그녀와 만났을 때, 그는 안도감을 느꼈다. 그녀가 마음에 들어서 그런 건 전혀 아니었다. 전혀 그렇지 않았다. 그녀는 약간 키가 큰 중년여성이었고, 볼품없는 청바지를 입고 나왔으며, 짧은 머리는 가지 껍질처럼 진한 보라색으로 염색이 되어 있었다.

악수를 나누는데, 그녀의 손은 차갑고 울퉁불퉁하게 느껴졌다.

아이리시 펍은 그 도시에서 거의 가장 호사스러운 곳으로, 시청의 고위직들이나 지역 마피아의 윗사람들이 찾는 곳이었다. 그곳에서 파는 기네스 맥주는 런던에서 파는 것만큼이나 비쌌다. 실내는 영국의 커다란 주요 기차역 근처에 있는 뜨내기손님용 펍처럼 꾸며져 있었다. 몹시 낡아빠지고 심하게 지저분했다. 그런 점에서는 진짜 아이리시 펍 같았다. 테이블 서비스는 그렇지 못했다.

그들은 깔개가 깔린 칸막이 자리에 서로 마주보고 앉았고, 머리는 웨이터에게 흑맥주 반 리터를 달라고 했다. 마리아의 어머니는 화이트와인을 시켰다.

그녀가 전혀 마음에 들지 않았기 때문에, 머리는 당초 걱정했던 것보다 덜 불안해했다. 그녀의 영어 실력은 훌륭했고, 그는 곧 그녀에게 런던과 전화 통신판매 일, 그리고 그다지 내키지 않는 스코틀랜드에 대해 이야기했다. 그녀는 스코틀랜드에 관심이 있는지, 그에게 그것과 관련된 질문들을 계속 던져댔다. 그는 스코틀랜드에 대해서는 별로 이야기하고 싶어하지 않았다. 바깥에 어둠이 내리는 사이, 그는 그녀에게 예전에 자신이 소유했던 벤츠 S클래스와 거기 끼웠던 최고급 미쉐린 타이어에 대해 이야기했다. "최고 중에서도 최고급 타이어였죠." 그는 그녀에게 말했다.

그녀는 고개를 끄덕였다. 그녀는 와인을 두 잔째 마시고 있었다.

그는 흑맥주를 세 잔째 마시고 있었다. "완전 달라요. 어떤 타이어를 쓰냐에 따라서." 양손으로 맥주잔을 감싼 채, 그가 그녀에게 말했다.

"저도 알아요." 그녀가 말했다.

"차이가 엄청나죠."

그녀는 학교 선생, 그것도 영어 선생이었다. 그리고 그는, 어쩌면 자신이 그녀를 조금은 좋아하는 것도 같다고 생각했다.

그가 생각하기에, 그녀는 그 어떤 여자보다도 S클래스에 관심을 보이는 것 같았다. 그녀는 그에게 우선 S클래스라는 게 무엇이었는지부터 설명해달라고 했다. 그래서 그는 1.8리터 A클래스에서부터 C클래스와 E클래스, 그것들에 장착 가능한 다양한 엔진들을 거쳐, 결국 S클래스 500L에 이르기까지 벤츠에 대한 모든 것을 그녀에게 설명해줬다.

그러는 데 거의 삼십 분이 걸렸다.

그러고서 그는 말했다. "그쪽은 어떤 차를 모세요?"

그녀는 무슨 스즈키를 몬다고 말했다.

그는 자신이 스즈키에 대해서는 별로 아는 게 없다고 말했다.

"신경쓰실 것 없어요."

"차가 마음에 드시나요?" 그가 물었다.

그녀는 고개를 끄덕이고는 미소를 지었다. "탈 만해요."

"엔진 사이즈가…… 엔진 사이즈가 얼마나 되죠?"

그녀는 그 질문이 뭔가 재밌는 모양이었다. 어쨌든 그녀는 소리 내어 웃었다. "모르겠어요. 저는 마리아와 한스피터르가 그렇게 돼서 정말 기뻐요." 그녀가 말했다. "그는 정말 좋은 남자예요."

"아, 그렇죠." 머리는 잠시 창밖을 바라보며 애매하게 동의했다. 그는 한스피터르에 대해 이야기하고 싶지 않았다. 그것은 분명한 사실이었다.

"저는 마리아가 살을 좀 뺐으면 좋겠어요." 마리아의 어머니가 진심어린 목소리로 말했다. "걔가 살을 좀 빼야 한다고 생각하지 않으세요?"

"물론 그렇게 생각하죠."

"마리아한테 그렇게 좀 말해주시겠어요? 걔가 제 말은 안 들어서요."

"제가요?" 그 말에 딱히 어떻게 대꾸해야 좋을지 모른 채 머리가 말했다. "물론입니다. 제가 마리아와 한번 이야기를 해보죠. 한 잔 더 하실래요?"

"전 됐어요. 고마워요."

네 잔째 흑맥주를 마시기 시작하면서, 그는 자신이 그녀를 확실히, 꽤 많이 좋아한다고 생각했다.

그는 그녀에게 자신의 사업―공항 운송업 관련 일―에 대해 이야기했다. 그는 마침내 블라고―머리가 그녀에게 사용한 표현에 따르면 '나의 지역 파트너'―와 연락이 닿았었고, 블라고는 그에게 돈이 무사히 들어왔다고 말했었다. 그들은 다음주에 오시예크로 차를 몰고 가서 예전에 경찰용으로 사용된 미니버스들을 살펴보기로 되어 있었다. 그 문제에 대해 결정을 내려야만 했다. 일이 착착 진행되고 있었다. 그는 그녀에게 그 일이 '꽤나 큰' 사업으로 성장할 잠재력을 갖추고 있다고 말했다. 그녀의 눈을 뚫어져라 쳐다보며, 그가 말했다. "크로아티아 이 지역의 운송업 분야는 지독하리만치 낙후되어 있어요."

그녀는 수긍했다.

그가 그녀의 손을 잡은 것은 바로 그때였다.

그녀는 재빨리 손을 뺐지만, 그러면서 약간의 미소를 지은 덕분에 서로 간에 오해가 생기고 말았다.

그래서 그는 화장실에 간 다음, 나중에 다시 시도해봐야겠다고 마음을 먹었다. 그는 바지의 지퍼를 올리고 손을 씻었다. "죽음 아니면," 거울 속에 비친 자신의 우쭐해하고 느글느글한 모습을 보며 그가 말했다. "승리다."

*

그다음주 수요일.

마리아는 일을 하고 있고, 그래서 한스피터르와 머리는 둘이 함께 점심을 먹는다. 그들은 즐라트나 리예카라는 중국 음식점으로 걸어간다. 그곳은 자갈이 깔려 있고 낙엽이 가득 떨어지고 있는 음침한 작은 광장에 있다.

안으로 들어가니 뷔페가 준비되어 있다.

한스피터르는 MSG 때문에 번들번들한 숙주나물과 당근 조각을 접시에 수북이 쌓아 담는다.

머리는, 역시 매우 번들번들한 어두운색의 가느다란 고기 조각들을 첫번째 접시에 담는다.

442

그들은 창가에 앉아서 지나가는 사람들을 구경하고 있다. 맞은편에는 오래된 책방이 있다. 자전거 몇 대가 금속 프레임에 묶여 있다.

활짝 벌린 입에 숙주나물을 쑤셔넣고 있는 한스피터르가 무슨 이야기를 하고 싶어할지는 뻔하다.

그는 무슨 일이 있었는지 이미 알고 있을 것이다. 그는 분명 마리아에게서 들었을 것이다. 그럼에도 그는 말한다. "일요일은 어땠어?"

머리는 양파와 피망 조각이 섞인 번들번들한 고기를 먹는 데 집중한다. "네가 더 잘 알 텐데." 그는 웅얼거린다.

"글쎄." 싸구려 포크 끝으로 접시 위에 마지막으로 남아 있는 미끌미끌한 숙주나물을 찍으려 애쓰며, 한스피터르가 수긍한다. "별로 좋진 않았다고 들었어."

"나는 무슨 일이 있었는지 모르겠어." 머리가 조용히 이의를 제기한다. "어쩌다 그런 일이 일어났는지 모르겠다고." 그가 다시 말한다.

한스피터르가 잠시 그를 쳐다본다. "경찰 말이야?"

머리는 무척 기운이 없어 보인다.

"마리아는 아직도 나랑 말 안 한대?" 눈을 내리깐 채, 그가 묻는다.

한스피터르는 말한다. "마리아는 설명을 듣고 싶어해. 너한테 직접. 무슨 일이 일어났는지에 대해. 그녀는 이해를 못하겠대."

"일어난 일에 대해서?"

"그래."

"우리가 펍에서 나왔을 때," 머리가 말한다. "내가 그녀의 손을 잡았어. 그녀는 내가 그러는 걸 허락했어."

한스피터르는 고개를 끄덕이고는 스프라이트를 벌컥벌컥 마신다.

"그녀는 내가 그러는 걸 허락했어." 머리가 다시 말한다.

"그래."

"그래서 난 생각했지, 좋아. 그러니까 왜, 너도 알잖아⋯⋯"

한스피터르는 그렇다고 고개를 끄덕인다.

"그래서 나는 그녀의 손을 잡고 있었고⋯⋯"

그녀의 손은 얼음처럼 차갑고 울퉁불퉁했다. 당시 그는 기네스 때문에 몽롱한 상태였다. 그녀는 분명 미소를 짓고 있었다. 이제 그의 눈앞에 그 모습이 떠오른다. 그 무시무시하게 일그러진 미소가.

"⋯⋯그리고 내가 그녀에게 키스를 하려 했지." 머리가 말한다. 그는 금발 속눈썹이 드리워진 한스피터르의 창백한 눈을 바라본다. "그러고는. 그러고는. 그녀가 비이이며어엉을 질렀어."

"비명을 질렀다고?"

"그래."

"왜 비명을 지른 건데?" 한스피터르는 묻는다. 그는 자신의 앞에 놓인 스프라이트에게 질문하고 있는 것처럼 보인다―어쨌든 그는 머리를 보고 있지 않다.

"나는 그저 그녀에게 키스를 하려 했을 뿐이야." 머리가 말한다.

"그러고는 무슨 일이 벌어진 건데?"

"그러고는 어떤 개자식이 나를 제압했고, 다른 누군가가 경찰에 신고를 했어."

"그녀는 어쩌고 있었고?"

"그녀가 어쩌고 있었느냐고? 나도 몰라."

"그래서 경찰이 온 거군." 한스피터르가 이야기를 거든다.

"그래." 머리가 말한다. "경찰이 왔어. 그러고는 내가 그들 중 한 명을 밀치거나 그랬던 것 같아."

"그건 왜 그런 건데?"

"나도 몰라…… 그냥 그들이 나를 대하는 방식이 좀……"

"뭔지 이해해." 한스피터르가 말한다.

"그래서 그들은 나를 경찰서로 끌고 갔어. 그 빌어먹을 사이렌을 울려대면서 말이야."

한스피터르는 그를 동정하며 말없이 고개를 끄덕인다.

"그리고 나는 하룻밤을 보냈지." 머리가 말한다. "그 빌어먹을 감방에서."

"경찰은 아침이 되어서야 너를 풀어줬고." 한스피터르는 이미 사건의 전말을 모두 알고 있는 게 분명하다.

"그들은 예브토비치 부인이 나를 고소하길 원치 않는다고 말했어. 그리고 난 생각했지, 빌어먹을 예브토비치 부인이 대체 누구지?"

"마리아의 어머니야."

"그래, 나도 알아. 그날 아침에 머리가 제대로 돌아가지 않았을 뿐이야."

그날 아침. 좋지 않았다. 가장 최악의 상황들 중 하나. 대낮의 빛 속으로 걸어들어가면서……

"나는 그녀에게 키스를 하려 했을 뿐이야." 거의 울먹거리며, 그가 말한다. "나는 아무 짓도 하지 않았다고."

"알았어."

"그녀는 내가 어쨌대?"

"나도 잘 모르겠어." 한스피터르가 대답을 얼버무린다.

"어떻게 해야 좋을지 모르겠어." 머리가 그에게 말한다.

한스피터르는 아무 말도 하지 않는다. 그는 점심식사를 마쳤다.

머리는 포크를 집어든 채 끈적거리는 갈색 소스가 묻어 있는 그 고기들을 먹어치우려 한다.

그의 이에 뭔가가 부딪힌다. "씨발 뭐야." 그가 말한다. 그가 산 탄총 총알처럼 작고 단단한 이물질을 종이 냅킨에 뱉어낸다.

"씨발 그게 뭐야?"

한스피터르가 젖은 냅킨에 뱉어진 작은 이물질을 자세히 내려다본다.

머리는 다시 고기를 먹고 있다.

한동안 그것을 살펴보더니, 한스피터르가 말한다. "이런 망할, 내 생각에는 이게 뭐 같아 보이는 줄 알아?"

"뭔데?"

"내 생각에는…… 그러니까, 확실하진 않지만…… 내 생각에 이건 바로 그 마이크로칩 같아."

"무슨 마이크로칩?" 머리가 입안에 고기를 가득 문 채 말한다.

"동물 식별용으로 쓰는 마이크로칩."

"동물?"

"그래, 이를테면 개 같은 것들." 한스피터르가 말한다.

잠시 후 머리가 입안에 있는 것들을 뱉어낸다.

"그게 무슨 소리야?" 그가 심란하게 숨을 헐떡인다. "그러니까 지금 내가 먹고 있는 게 빌어먹을 개란 말이야?"

"나도 몰라." 한스피터르가 말한다.

"내가 먹고 있는 게 개라고?" 머리가 그에게 소리친다. "지금 그 말을 하고 있는 거야?"

"나도 몰라⋯⋯"

"내가 먹고 있는 게 빌어먹을 개라고?"

"나도 몰라." 머리의 눈에서 너무 갑작스레 터져나와 그의 튼튼하고 상기된 얼굴 아래로 흘러내리기 시작하는 눈물에 충격과 당혹감을 느끼며, 한스피터르가 말한다.

터무니없게도 그는 자신의 얼굴을 종이 냅킨 한 장으로 가리려 한다.

"그럴 리 없어, 그럴 리 없어." 그가 웅얼거린다.

한스피터르는 어떻게 해야 좋을지 모르겠다는 듯한 표정으로 뷔페를 감독하고 있는 중국인 여자를 쳐다본다.

양손으로 얼굴을 가린 채, 머리는 이제 대놓고 흐느껴 울고 있다. 그는 뭔가 말을 하고 있지만 흐느낌, 젖은 손가락, 너덜너덜해진 종이 냅킨 때문에 그게 무슨 말인지 알아듣기가 힘들다.

중국인 여자는 한스피터르와 시선을 마주쳤다. 그녀는 그가 뭔가 조치를 취해주길, 그의 친구가 다른 손님들을 언짢게 하는 짓을 멈춰주길 바란다.

그래서 한스피터르는 소심한 손을 머리의 어깨에 얹고는, 낮은 목소리로 이제 그만 여기서 나가봐야 할 것 같다고 말한다.

4

똑똑.
그리고 들려오는 목소리.
　　　머리?

　　　　　　　　　　　　　　　　　머리?

그러고는 다시, 정적.
이것참.

5

그들은 조커에서 만난다. 한스피터르와 다미안은 이미 거기 와 있다. 그사이 몇 주가 지났다. 마리아가 그를 용서한 것 같긴 했지만―여전히 그에게 말은 걸지 않았지만 우모르니 푸트니크의 바에 혼자 앉아 있게는 해줬다―그럼에도 머리는 그간 별로 모습을 나타내지 않았다. 한스피터르는 그동안 마리아의 아파트에서 페인트칠을 하고 있었다. 형광 오렌지색 벽을 좀 덜 답답한 느낌의 색, 편두통을 덜 유발할 것 같은 색으로 덧칠하고 있었다.

마테우스에게서 판을 한 병 받아든 머리는 입구 근처의 거울 아래 테이블에 있는 한스피터르와 다미안에게로 간다.

"지벨리*!" 그것은 그가 아는 유일한 크로아티아어다.

그는 목도리를 푼다. 한랭전선이 그곳 평지를 가로질러가면서

----

* 크로아티아어로 '건배'.

아침에 서리가 내렸고, 서리는 재빨리 녹아 모든 걸 축축하게 젖은 채로 빛나게 만들었다. "그래서." 그가 자리에 앉으며 말한다.

"그래서." 얼굴에 점점이 페인트가 묻어 있는 한스피터르가 그 말을 되풀이한다.

다미안은 아무 말도 하지 않는다. 음소거가 되어 있는 TV에서는 챔피언스리그 경기가 방영중이고, 그는 그것을 보고 있다.

"요즘 잘 안 보이던데, 머리." 한스피터르가 말한다.

"응." 머리가 말한다. "요즘 집에만 있었어."

"그랬군."

"알다시피," 머리가 말한다. "월말이잖아."

월말, 쪼들리는 돈. 한스피터르도 안다. 그는 고개를 끄덕인다. 그가 말한다. "요즘 어떻게 지내?"

그 질문에는 숨은 의도가 있는 듯하다. 머리는 의심스러운 표정으로 그를 쳐다본다. "잘 지내는 것 같아."

"요즘 밖에 잘 안 나왔나봐?"

"응. 말했잖아. 집에만 있었다고."

"그래." 한스피터르는 왠지 신경이 날카로운 듯하다. 그가 말한다. "다미안한테 네 처지에 대해 말해줬어."

"내 처지? 무슨 처지?"

"너의…… 너의 지금 인생에 대해서."

"그게 무슨 소리야?" 머리가 축구를 보고 있는 다미안을 쳐다본다. "그게 무슨 소리냐고?"

"다미안은 네가." 한스피터르가 말한다. 그는 말을 멈춘다.

"내가 뭐?"

"그는 네가 어쩌면…… 어쩌면……"

"어쩌면 뭐?"

"어쩌면 네가 저주에 걸렸을지도 모른다고 생각해." 한스피터르가 말한다.

머리가 실소를 터뜨린다. "뭐라고?"

한스피터르가 여전히 TV에 시선을 고정한 채 레알마드리드와 어느 팀의 경기를 보고 있는 다미안을 간절히 바라본다. "그렇게 생각하지 않아?"

"어쩌면. 나도 몰라. 어쩌면." 다미안이 여전히 경기를 보며 말한다.

"너한테도 비슷한 문제가 있었던 걸로 아는데." 한스피터르가 그에게 말한다.

"맞아."

"이게 대체 뭔 개소리야?" 머리가 묻는다.

한스피터르는 이러한 견해에 어느 정도 동의한다. "좀 이상하잖아."

"나는 희생자였어." 다미안이 말한다. "오 년 동안. 저주의 희생자였지."

만일 한스피터르 혼자서 그에게 그런 말을 했더라면 머리는 분명 그 자리에서 말도 안 되는 개소리로 치부했겠지만, 그 말을 하는 사람이 다미안─타이어 정비공이며, 심지어 지금도 축구 경기에서 눈을 떼지 못하고 있는 남자인 다미안─이기 때문에 머리는 그러질 못한다.

그럼에도 그는 말한다. "지금 나 약 올리고 있는 거wind-up 아니지?"

다미안은 한스피터르 쪽으로 고개를 돌리지만, 한스피터르도 'wind-up'이 무슨 뜻인지 알지 못한다.

"지금 나 놀리고 있는 거 아니지?" 머리가 말한다. "농담하고 있는 거 아니지?"

"농담 아니야." 한스피터르가 말한다.

다미안이 진지한 목소리로 설명한다. "정말이야, 나 오 년 동안 희생자야. 그래. 내 모든 거 엉망진창이야. 그러고는 나 그 여자 만나러 가. 영험한 여자."

머리가 묻는다. "뭔 여자라고?"

"여기, 이 도시에서."

"여기서 꽤 유명한 여자인 것 같아." 한스피터르가 끼어들며 말한다.

"나 그녀 이야기 들어." 다미안이 말한다. "나 가. 나 그녀 봐. 나 그녀에게 500쿠나 줘. 그리고 그녀 나 도와줘. 그녀가 이거 사라지게 해줘."

"아, 개소리." 머리가 비웃는다. "500쿠나라고?"

다미안은 그것에 대해 농담을 하거나 어떤 식으로든 얕잡아 말하고 싶어하지 않는 눈치다. 그는 머리의 태도를 무례하게 여기는 듯하다. "안 비싸." 그가 말한다. "이 저주 사라지게 해주니까."

"별로 안 비싼 거야." 한스피터르가 동의한다. "50유로 정도?"

"그럼 네게 저주를 건 사람은 누군데?" 머리가 궁금해한다. "내게 저주를 건 사람은 누구냐고?"

다미안은 그저 어깨를 으쓱한다. 그는 그 질문에 관심이 없는 듯하다. "난 몰라. 그거 알 수 없어."

레알 마드리드가 극적으로 골을 넣는다.

"너는 정말 이걸 믿는 거야?" 머리가 그에게 묻는다.

"응. 나 믿어. 나 이거 믿어."

다미안은 축구 경기중에 무슨 일이 벌어졌다는 것을 알고는 다시 축구를 본다.

"담배나 피울까?" 한스피터르가 제안한다.

그와 머리는 바깥의 젖은 차양 아래 서 있다. 광장은 어둡고 흠뻑 젖어 있다. 분수는 가동이 중단되었다. 비둘기들은 건물 앞 높은 곳의 불 꺼진 창문 앞에 옹송그리고 모여 있다. 바깥에는 담배를 피우러 나온 사람이 한 명 더 있다. 그는 턱수염을 다듬은 작고 엉큼한 사내로, 머리보다 조커에서 더 많은 시간을 보내는 사람이다. 그들은 눈인사를 나눈다.

"이거 다 개소리지, 그렇지?" 머리가 말한다.

한스피터르의 양손은 그의 커다란 청바지—여러 가지 다른 색조의 데님을 되는대로 대충 붙여서 기운 것 같다—호주머니 안에 들어 있다. 담배는 그의 입에 대롱대롱 매달려 있다. 그는 어깨를 으쓱한다. "잘 모르겠어." 그가 말한다. "다미안은 그렇게 생각하지 않는 것 같아."

하고많은 사람들 가운데 하필이면 다미안이 이런 개수작을 진지하게 여기다니, 이상한 일이다. 알고 보니 그는 빌어먹을 요가도 하고 있었다. 머리가 말한다. "그러니까 내 말은, 솔직히 말해서……"

"아마 한 번쯤 시도해보는 것도 나쁘진 않을 것 같아." 한스피터르가 말한다.

"그냥 개수작이잖아. 안 그래?"

"겨우 500쿠나밖에 안 하잖아."

"겨우 500쿠나라니! 제발 좀."

"어쩌면 그녀가 널 도와줄 수도 있을 거야……"

"네 눈에는 내가 도움이 필요한 사람으로 보이나보지?" 머리가 묻는다.

한스피터르는 아무 말도 하지 않는다.

"빌어먹을 엉터리 미신. 그 여자가 영어를 하기는 해?"

*

일요일. 시월의 마지막, 어두운 일요일. 심지어 지금은 비도 그쳤다. 이런 날에는 숨을 곳도 없다. 거리. 머리는 거리를 걷는다. 그는 아파트의 은판 사진들 틈에서, 죽은 노부인의 낡은 물건들 속에서 몇 날 며칠을 보냈다―그 커다란 옷장, 그 음울한 목공품에는 여전히 눅눅한 옷들이 걸려 있고, 낡은 옷들 사이로 나방들이 날아다니며 흰곰팡이가 핀 옷걸이의 벨벳 패드를 갉아먹고 있다. 퀴퀴한 냄새가 나는 변색된 레이스에서 풍기는 쓸쓸한 분위기.

거리 여기저기에 몇몇 사람들이 있다. 적어도 인기척은 느껴진다. 그는 어두워질 때까지 그냥 밖을 걸어다녀야겠다고 혼자 중얼거린다―비록 올가을부터 관절이 겁이 날 만큼 이상하게 뻣뻣해지기 시작했고, 날씨가 습해질수록 그 증세가 더욱 심해지고 있긴 하지만. 아침이면 손이 쑤신다. 그가 사는 집의 거대하고 고요한

454

돌계단을 올라갈 때면 무릎이 콕콕 쑤신다. 그는 중간쯤에서 걸음을 멈춰야만 한다. 숨을 헐떡이며 벽에 기대야 한다.

여기저기에 몇몇 사람들이 있다. 공기는 수분을 머금어 묵직하다. 그 때문에 나무는 검게 보인다. 중앙 광장 근처의 구불구불한 거리들은 낙엽으로 뒤덮여 있다. 불 꺼진 창문들.

그는 완전히 비참한 기분이 든다. 완전히 비참한 기분―그것은 어느 특정한 순간에 그에게 찾아오는 기분이다.

그는 발치의 젖은 낙엽들을 내려다본다.

날은 거의 어두워져 있다.

그는 휴대폰을 꺼내든 채 잠시 거기 서 있다. 그러더니 그는 생전 하지 않던 짓을 한다. 그는 한스피터르에게 전화를 건다.

"여보세요?" 그가 말한다. "너야?"

헐벗은 나무 아래 들리는 그의 목소리는 조용하다.

"나야―머리. 지금 뭐해? 한잔할래?" 그가 말한다. "지금? 알았어. 알았어. 그럼 거기서 봐."

그는 휴대폰을 넣는다.

한스피터르는 자신이 지금 '어떤 사람들'과 함께 있다고 말했다. 그 사람들이 누군지 머리는 모른다. 하지만 한스피터르가 지금 일종의 사회생활을 하고 있다는 사실, 게다가 여자도 있다는 사실은 그의 기분을 더욱 비참하게 만들 뿐이다.

알고 봤더니 그들은 연금을 받고 사는 한 무리의 네덜란드인들이었다. 그들은 도시에서 몇 킬로미터 떨어진 어느 마을에 영구 거주하고 있는 자들로, 한스피터르를 그 마을로 데려가기로 한 듯 보인다. 그들은 오후 내내 이어졌던 점심식사를 방금 막 끝낸 것 같왔고, 머리가 그곳에 도착했을 때는 모두가 꽤나 취해 있는 상태다. 와인으로 얼굴이 벌겋게 달아오른 채 자기 나라말로 떠들어대고 시끄럽게 웃어대는 네덜란드인들. 한스피터르는 그들 사이에 섞여 이 쾌활한 모임을 완전히 즐기고 있다. 긴 테이블의 구석에 처박힌 채, 딱히 여유도 없는 좁은 공간에 끼인 채, 심지어 한스피터르에게조차 거의 무시를 당하고 있는 머리는 딱히 환영받는다는 기분을 느끼지 못한다.

아무래도 파티는 금방 끝날 것 같지가 않다―방금 웨이트리스가 술 주문을 다시 또 잔뜩 받았다. 그래서 그는 한스피터르 쪽으로 몸을 구부린 채 그의 팔꿈치를 치며 말한다. "이봐, 난 갈게, 알았지?"

한스피터르는 그곳에서 만든 자두주 슬리보비차를 방금 막 한 잔 들이켠 참이다. 그의 눈은 촉촉이 젖어들고 있다. 얼굴은 온통 얼룩덜룩하고 뜨겁다. 그는 자신의 친구를 딱히 붙잡으려 하지 않는다. 그냥 "진짜?"라고 말할 뿐이다.

"그래, 진짜지 그럼 가짜겠냐." 머리가 그에게 말한다.

그는 한 시간 동안 그곳에 앉아 있으면서 아무하고도 이야기하지 않았다.

"어차피 나는," 그가 말한다. "내일 오시예크에 가봐야 해."

"오시예크? 왜?"

"미니버스 좀 보러." 머리가 말한다. "너도 알잖아." 그는 지난 몇 달 동안 이번 투자에 대해, 크로아티아 이 지역의 운송업 분야가 얼마나 낙후됐는지에 대해, 그래서 자신 같은 사람에게 이런 기회가 주어졌다는 것에 대해 한스피터르에게 오래도록 이야기해왔

456

었다. "블라고랑 하는 일 말이야." 그가 말한다.

한스피터르가 놀란 것처럼 보인다. "블라고랑?"

"그래, 블라고랑." 머리는 한스피터르의 표정 변화를 알아차린다—어딘가 이상하다. "왜? 왜 그러는 건데?"

"아무것도 아니야." 한스피터르가 말한다. 술 취한 네덜란드인들이 모두 함께 시끄러운 노래를 불러대기 시작했다. "그냥, 블라고는 독일에 갔다고 알고 있어서." 한스피터르가 말한다.

"그게 무슨 소리야?"

"누가 그랬는데…… 내 생각에 블라고는 독일 어딘가에 있는 것 같아. 거기서 일자리를 구했대." 한스피터르가 말한다.

"말도 안 되는 소리야." 머리가 그에게 말한다.

"우린 내일 오시예크에 가기로 했어. 거기 가서 함께 미니버스를 살펴보기로 했다고."

"알았어." 그가 술 취한 중장년 친구들이 있는 테이블로 돌아서며 말한다. "나는 그가 독일에 있다는 말을 들었을 뿐이야."

"누가 그렇게 말했는데?" 음이 맞지 않는 시끄러운 노랫소리 때문에 머리는 거의 소리를 질러야만 한다.

"누구한테서 들었어. 나도 몰라. 사람들 말이, 블라고가 거기서 일자리를 얻었대. 그는 돌아오지 않을 거야. 사람들이 그렇게 말했어. 나도 몰라."

한스피터르는 같이 노래를 부르자는 사람들의 권유를 받고서, 이제 쑥스러운 듯 웅얼거리며 노래를 부르고 있다.

몹시 추운 밤거리에 서서, 머리는 전화를 걸어본다. 심지어 음성메시지를 남기라는 말도 뜨지 않는다—크로아티아어로 뭔가 말하는 여자의 목소리가 들려올 뿐이다. 그는 그 번호로 다시 전화를 걸어본다. 똑같다. 똑같은 메시지. 그 번호는 존재하지 않는다. 뭐 그런 뜻 같다.

6

그녀는 영어를 할 줄 모른다. 그녀의 딸이 통역을 하러 나와 있다. 그 딸은 어딘가 문제가 있어 보인다. 그녀는 걸을 때 도움을 필요로 한다. 그녀는 발음이 불분명하다. 그녀는 이상해 보인다. 그녀가 몇 살인지 가늠하기 어렵다. 아마 스무 살 정도인 것 같다.

그녀의 어머니—머리는 그녀의 이름이 블레트카라고 들었다—가 그에게 앉으라고 말한다.

"앉으세요." 환하게 웃으며, 딸이 말한다. 그녀는 정말 환하게 웃는다. 그녀의 볼품없이 쭉 뻗은 검은 머리카락 사이로 드문드문 연분홍색 두피가 보인다.

머리는 불안해하며 녹색 벨벳 소파에 앉는다.

방의 조명은 어쩐지 어둑하다. 그것들은 전부 한쪽 끝, 그러니까 빨랫줄이 걸려 있는 발코니를 반쯤 가리고 있는 누런 레이스 커튼 쪽을 향하고 있다.

그 반대쪽 끝, 창문을 마주하고 있는 이 벨벳 소파에 앉은 그는 이제 거기 갇힌 듯한 기분이 든다. 그의 발은 갈색 카펫에 거의 닿질 않고, 그런 가운데 그의 주변 물건들이 점차 흐릿하게 모습을 드러내기 시작한다. 천장은 숨이 막힐 만큼 낮다. 한쪽 벽에는 커다란 보조 탁자가 가로놓여 있다. 그는 볼록거울에 비친 자신의 흉측한 모습을 바라본다. 블레트카는 양초에 불을 붙이고 있다. 딸은 보조 탁자 맞은편 벽에 붙어 있는 작은 테이블에 앉아 그에게 미소를 짓고 있다. 그녀의 머리 옆에는 울고 있는 예수의 태피스트리가 걸려 있다. 선반에는 도자기 개들이 널려 있다.

양초에 불을 붙이며, 블레트카가 퉁명스럽게 무슨 말인가를 내뱉는다.

미소를 지으며, 딸이 그것을 통역한다: "차 좀 드시겠어요?"

"전 괜찮습니다." 손에 닿는 부드러운 벨벳에 거북함을 느끼며, 머리가 불쑥 말한다.

그곳을 찾아가는 일은 쉽지 않았다. 그가 전혀 모르는 동네였다. 택시로 이십 분 거리인 그 완전히 다른 세상에는 비바람으로 인해 변색된 주택단지들, 중간중간에 주차된 차들과 황량한 공원들이 있는 엄숙한 직육면체 건축물, 슬픈 나무가 늘어서 있는 거친 길들, 버려진 놀이터들, 철조망이 둘러진 변전소가 있다. 모든 건물들은 저마다 이름이 붙어 있다—크로아티아의 영웅들 이름이다. 머리는 11번지 건물인 파우스트 브란치치 하우스를 찾고 있었다.

그는 현관 인터폰에 숫자 1을 두 번 누르고는 잡음 섞인 전자신호음을 들으며 응답을 기다렸다. 그러다 목소리가 들려왔다. "다Da?"

"머리라고 합니다." 머리가 말했다. "저는 여기, 어, 블레트카를 만나러 왔는데요?"

잡음 섞인 목소리가 들려왔다. "코 예 토Tko je to?"

"머리요." 머리가 다시 목소리를 높여 말했다. "블레트카를 만나러 왔습니다. 머리라고 해요."

더 높은 음의 전자 신호음이 계속해서 들려오더니, 안전 유리판이 달린 무거운 금속제 문에서 찰칵 하는 소리가 들려왔다. 머리는 힘겹게 문을 열었다.

코를 찌르는 냄새를 풍기는 계단통.

그는 혼잣말로 욕설을 내뱉었다.

블레트카는 소파에 앉아 있다. 그녀는 가운 차림이다. 머리의 눈에 그녀는 고집 세고 성질 고약한 여자로 보인다. 구멍 뚫린 창구 너머로 자그레브행 기차 티켓을 사려고 할 때, 뒤에서 줄은 계속 길어지는데, 도무지 무슨 말인지 알아듣지 못하고 얼굴을 찡그리는 티켓 판매원 같다. 짧은 머리. 귓불에 달려 있는 작은 금빛 꽃봉오리. 입에서 풍기는 담배 연기와 박테리아 냄새.

그녀가 날카롭고 단호한 목소리로 머리에게 뭔가 말한다.

"어머니 말씀이, 당신은 긴장을 푸셔야 한대요." 통역자가 말한다.

머리는 입을 이상한 모양으로 씰룩거린다. 딱딱하게 굳어 있는 겁먹은 미소. 그녀는 이제 그의 한쪽 손을 잡고 있다.

그는 그녀가 자신에게 옷을 벗으라고 할 것 같다는 이상한 두려움을 느낀다.

그녀는 그러지 않는다. 대신 그의 눈을 빤히 쳐다보는데, 그게 거의 옷을 벗는 것 이상으로 끔찍하다. 그녀의 눈은 잿빛을 띤 갈색이다. 속눈썹은 짧고 여성적이지 않다. 그녀에게는 눈썹이 없다.

머리가 고개를 돌리자, 그녀가 그에게 뭐라고 쏘아붙인다.

"어머니의 눈을 봐주세요." 딸이 그에게 한층 부드러운 목소리로 말한다.

머리는 그렇게 한다.

저 빌어먹을 눈. 멈추지 않고 들려오는 끔찍한 소음, 철판을 끼익 끼익 긁어대는 소음처럼 그 시선은 그에게 스트레스를 준다⋯⋯

그녀는 여전히 그의 손을 잡고 있고, 그 손은 축축하게 젖어 있다.

그녀의 시선이 눈에 띄게 부드러워진다. 그녀가 뭔가 말한다. 목소리는 건조하고 무심하다.

"어머니께서 말씀하시길, 당신은 아주 나쁜 상황에 처해 있대요." 딸이 말한다.

이제는 그 시선 때문에 머리가 아파옴에도 불구하고 여전히 그것을 피하지 않으며, 머리가 말한다. "그래요?"

방은 뜨겁다. 그는 땀을 흘리고 있다. 난방 때문만은 아니다. 왠지 그가 지금 벌어지고 있는 이 행위들로 인해 침해를 받고 있다는 느낌 때문이다.

딸은 어머니의 퉁명스러운 지시를 통역한다: "눈을 감으세요."

그는 그렇게 한다.

그녀의 어머니의 손은 이제 그의 얼굴을 만지고 있다. 모든 상황이 너무나도 이상한 나머지 이것은 그래도 그나마 괜찮게 느껴진다.

"이게 저주랑 관련이 있는 건가요?" 눈을 감은 탓에 아까보다 편안함을 느끼며, 머리가 묻는다.

딸이 그 말을 통역한다. 블레트카가 대답한다.

"뭔지는 모르시겠대요." 딸이 머리에게 말한다. "당신은, "—아까랑 똑같은 말이다—"아주 나쁜 상황에 처해 있다고만 말씀하세요."

"그게 무슨 뜻이죠?" 여전히 눈을 감은 채 머리가 말한다. 블레트카는 손으로 그의 머리카락 앞부분을 잡고서 그것을 꽤 세게 쥐어짜고 있다.

딸이 그 말을 통역한다.

어머니는 머리의 머리를 더욱 세게 쥐어짜며, 이제는 짜증이 난다는 목소리로 대답한다.

블레트카가 손끝으로 머리를 힘껏 짓누르는 탓에 머리가 아파오는 것을 느끼며, 머리가 대답을 기다리는 동안, 딸은 크로아티아어로 몇몇 질문을 더 던지더니, 마침내 말한다. "어머니 말씀이, 당신은 독에 당한 것 같대요."

"독요? 그게 무슨 소리죠?" 그는 궁금해한다.

블레트카가 그에게 큰 목소리로 쉿! 소리를 낸다.

딸이 그 지시를 공손한 목소리로 통역한다: "말씀은 삼가주세요."

그녀의 손가락 때문에 머리가 몹시 아파오기 시작한다. 마치 어떤 금속 기구가 그의 머리를 옭죄는 듯한 기분이다.

갑자기 그것이 멈춘다.

그는 망설이면서 눈을 뜨고, 때마침 그녀의 손이 날아와 자신의 뺨을 때리는 걸 본다.

그는 얼굴에 얼얼한 충격을 느낀다. 그러고는 잠시 후에 얼굴이 매우 화끈거리기 시작한다.

"씨발 대체 왜 이러는 거야?" 얼얼한 얼굴에 손을 댄 채, 그가 소리친다.

블레트카는 성을 내며 자기 나라말로 그를 향해 말하고 있다. 그녀의 손은 이제 그의 이마를 누른 채 그것을 압박하고 있거나, 혹은 그의 머리를 고정시키고 있다.

그러더니 그녀가 다시 그의 뺨을 때린다.

"그만두지 못해!" 자리에서 일어나려고 하면서, 머리가 소리친다. 그가 균형을 잡는 사이 그녀가 그의 팔을 와락 붙잡아 그를 다시 소파에 앉힌다.

"쉬, 쉬, 쉬." 마치 어린아이에게 하듯 그의 얼굴을 쓰다듬으며, 그녀가 말한다.

"그만하시라고요." 머리가 다시 말한다.

"쉬, 쉬."

"자트보리테 오치," 블레트카가 말한다.

"눈을 감아주세요." 그녀의 딸이 그에게 지시한다.

"나를 또 때릴 건가요?"

"자," 젊은 여자가 부드럽게 말한다. "눈을 감아주세요."

블레트카는 여전히 머리의 얼굴을 쓰다듬고 있고, 머리는 그걸 꽤나 즐기고 있다. 그는 눈을 감는다. 그녀는 이제 목소리를 완전히 부드럽게 가라앉힌 채 그의 손을 잡고 있다. 붙잡은 그의 손을 쓰다듬으며 무슨 노래를 부르고 있다. 노래가 멈춘다. 그는 소파를 누르고 있던 그녀의 체중이 사라지는 걸 느낀다. 그가 눈을 떠보니 그녀는 일어선 채 촛불을 끄고 있다.

"다 끝난 건가요?" 그가 묻는다.

딸이 그의 말을 통역한다.

블레트카는 고개를 내젓는다. 그녀는 뭐라고 말하면서 자신의 딸이 앉아 있는 테이블을 가리킨다.

"여기 앉아주세요."

"이제 뭘 하는 거죠?" 머리가 말한다.

블레트카는 그에게 다시 테이블에 앉으라고 말할 뿐이다. 그래서 그는 그녀의 딸 맞은편에 앉는다. 그러고는 블레트카가 서랍에서 뭔가를 꺼내들고 테이블에 와 앉는다. 카드 한 벌이다.

그녀는 벽 쪽, 과장된 예수 태피스트리 쪽과 마주보는 자리에 앉는다. 그녀의 왼쪽에서는 그녀의 딸이 커다란 머리로 미소를 짓고 있다. 반대편에 앉은 머리는 담배를 피워도 괜찮냐고 묻는다.

그래도 괜찮다.

블레트카가 카드를 섞는 동안, 그는 담배에 불을 붙인다.

실은 그녀도 담배를 피우고 있다. 그녀는 오래된 카드를 능숙하게 섞으며 입에 싸구려 담배를 매춘부처럼 물고 있다―오후 중반에 걸치고 있는 가운도 그녀가 그렇게 보이는 데 한몫을 한다. 왠지 이미 뿌옇고 어둑하던 방안의 공기가 곧 담배 연기로 인해 거칠고 푸르스름하게 변한다.

그녀가 테이블 위에 카드를 거꾸로 내려놓는다. 그러고는 단 한 번의 숙련된 손동작으로 카드를 완벽히 대칭을 이루는 부채꼴 형태로 펼쳐놓는다.

늘 그랬듯 딸을 통해 지시가 전달된다: "카드 한 장을 뽑아주세요."

머리는 블레트카를 힐끔 쳐다본다. 그녀는 고개를 돌린 채 피곤한 기색으로 싸구려 담배 하나를 뽑아들고는, 그가 카드를 뽑길 기다리고 있다. 그는 테이블 가운데로 조심스레 손을 뻗는다. 잠시 그의 손이 펼쳐진 카드들 위를 맴도는가 싶더니, 그의 집게손가락이 어느 한 장 위로 내려가 그것을 끄집어낸다. 시간이 없다는 듯, 블레트카가 그 카드를 낚아채 쳐다본다. "프로슬로스티" 카드를 뒤집어 테이블 위에 놓으며, 그녀가 말한다.

"과거." 그녀의 딸이 그에게 말한다.

그 카드에는 앉은 자세로 커다란 동전을 끌어안은 채 정면을 향하고 있는 한 남자가 그려져 있다. 그는 머리에도 동전을 이고 있으며―머리에는 소박한 왕관 같은 것도 함께 얹혀 있다―두 발로는 또다른 동전 두 개를 바닥에 고정시키고 있다. 자세는 구부정하고 긴장되어 있으며 방어적이다. 그는 서슴없이 카드 바깥을 응시하고 있으며, 그런 그의 표정은 암울하다. 그는 어딘지 모르게 극도로 지쳐 보인다. 잠을 별로 못 잔 충혈된 눈. 조금 떨어진 뒤쪽으로는 도시가 보인다.

"그럼." 테이블 맞은편에서 그에게 커다랗고 노란 이를 드러낸 채 미소를 지으며, 딸이 통역을 한다. "카드를 한 장 더 뽑아주세요."

머리는 그렇게 한다.

그가 부채꼴로 펼쳐진 카드들 가운데서 카드 한 장을 뽑자, 블레트카가 그것을 뒤집으며 말한다. "프리수트나."

"현재."

검은 하늘을 배경으로 하고 있는 탑. 방금 막 탑 꼭대기에 지그재그로 내리친 거대한 번개가 왕관 같은 꼭대기 부분을 맹렬히 날려버리고 있다. 박살난 꼭대기에서 불길이 솟구친다. 두 인물이 어두운 대기를 가르며 떨어지고 있는데, 마치 폭발하면서 생긴 힘이 그들을 그토록 안전해 보이던 탑 밖으로 내던져버리기라도 한 듯한 모습이다. 둘은 누가 봐도 두려움에 떨고 있는 표정이다. 둘 중 한 명은 왕관을 쓰고 있다.

딸이 머리에게 카드 한 장을 더 뽑으라고 말한다.

그는 재떨이에 파인 홈에 담배를 내려놓고는 그렇게 한다.

블레트카가 그 카드를 다른 두 카드 옆에 놓으며 말한다. "부두츠 노스트."

"미래."

다시 담배를 집어든 머리는 세 장의 카드를 쳐다본다.

동전을 껴안고 있는 남자.

박살난 탑.

램프를 든 노인.

마지막 카드에는 수도자 같은 복장의 길쭉한 인물이 그려져 있다. 후드를 뒤집어쓴 머리. 흰 턱수염. 한 손에는 불 켜진 램프를, 다른 한 손에는 긴 지팡이를 들고 있다. 뭔가를 비추려는 듯 램프를 높이 들고 있지만, 그럼에도 그는 고개를 숙이고 있고 눈은 감긴 듯하다. 그는 얼어붙어 있거나 눈이 내리고 있는 황무지에 서 있는 것 같다. 어쨌거나 그곳에는 아무것도 없다.

블레트카는 잠시 그 카드들을 살펴보면서 담배를 마저 피운다. 그러고는 몇 번의 부드럽고 사려 깊은 손동작으로 담배를 비벼 끈다. 사실 그녀는 지루해 보인다. 첫번째 카드를 가리키며, 그녀가 말한다. "오보 예 트보야 프로슬로스트."

"이 카드는 당신의 과거입니다." 테이블 위에 깍지 낀 손을 올려놓은 채 구부정하게 앉아 있는 머리에게 딸이 말한다. 그는 피로감을 느낀다. "그래요?" 그가 말한다.

여전히 첫번째 카드를 가리키며, 블레트카가 뭐라고 말하기 시작한다. 무슨 목록을 나열하는 것 같다. 그녀의 딸이 어머니의 말을 거의 동시에 통역한다. "물질주의," 그녀가 말한다. "물질적 부를 얻는 일, 오로지 부, 권력, 지위, 자신의 몫을 챙기는 일, 자신이 가진 것을 지키는 일, 소유권, 질투에만 관심이 있고, 자신의 뜻을 관철하길 바라며, 나약함을 부정한다." 그녀는 머리를 향해 미소를 짓고 있다. 그녀는 머리가 거의 다 빠져버렸고, 발음은 불분명하여 바보 같고, 심지어 몇 걸음을 걸을 때도 남의 도움을 필요로 하지만, 그래도 늘 미소를 짓고 있다. 그녀가 말한다. "이것이 당신의 과거입니다."

"뭐 그렇게 말씀하신다면야." 머리가 약간 빈정거리며 말한다. 그는 아까와 마찬가지로 입을 이상한 모양으로 씰룩거린다. 그의 눈은 걱정스레 두 여자 사이를 오간다.

번개에 맞은 탑, 박살이 난 채 불을 내뿜는 남근상, 곤두박질치는 희생자들을 손가락으로 가리키며, 블레트카는 이제 머리에게 그의 현재에 대해 말해주고 있다.

"이 카드는 당신의 현재입니다." 딸이 말한다. "격변, 동요, 좌절된 계획, 혼란, 꺾인 자존심, 굴욕, 심지어 폭력……"

눈살을 찌푸리며, 머리가 담배를 꺼내기 위해 깍지를 푼다.

딸이 어리숙한 목소리로 말한다. "생활양식의 파괴. 통제할 수 없는 일들이 미치는 충격. 최후를 맞이하는…… 인생의 일부분. 이것이 당신의 현재입니다."

머리는 테이블에 놓여 있던 라이터―마케도니아의 건강 요양 시설 아니면 어느 순례지에서 기념품으로 사 온 라이터―로 담배에 불을 붙인다.

블레트카의 손가락이 마지막 카드로 향한다.

"이 카드는 당신의 미래입니다." 그녀의 딸이 말한다.

그리고 블레트카는 근엄하게 말한다. "네-토 모제 비티 바샤 부두츠노스트."

"이 카드는 당신의 미래일 수도 있습니다."

"모구차 부두츠노스트."

"일어날 수도 있는 미래입니다."

"모구체." 블레트카가 강조한다.

"확정된 것은 아닙니다."

블레트카는 마지막 목록을 나열하기 시작하고, 그녀의 딸은 여전히 멍청한 미소를 띤 채로 말한다. "고독, 자기성찰, 정적, 고요, 은둔, 세상으로부터 물러남, 침묵, 굴복, 명상……"

아주 죽여주는군, 머리는 생각한다.

"그럼 이제 끝난 건가요?" 그가 묻는다.

"끝났어요." 여전히 그를 향해 미소를 보이며, 딸이 말한다.

그는 재킷을 걸친다. 어머니의 뜨개질한 숄을 걸친 딸은, 어머니에게 기댄 채 지팡이를 짚고서 휘청거리며 방 밖으로 걸어나갔다. 한쪽 다리가 다른 쪽 다리보다 6인치 정도 짧은 것 같다고, 머리는 생각한다. 그는 그것을 못 본 척하며, 혼자 테이블에 남아 담배를 마저 피운다.

세 장의 카드는 여전히 거기 그대로 놓여 있다.

그는 그것들을 무시한다.

그렇긴 하지만, 그녀가 그의 현재에 대해 말한 것들이 아주 틀리지는 않았다.

빌어먹을, 하지만 그녀는 그가 나쁜 상황에 처해 있다는 것을 알고 있었다―사람들은 나쁜 상황에 처했을 때만 이곳을 찾는다.

그러면 그의 과거는?

그가 그 싸구려 담배를 세게 빨아들이자, 담배의 끝이 타오르면서 치직 소리를 낸다.

아, 헛소리.

그녀가 말했던 것은 모든 이들의 과거다. 우리는 누구나 자신이 특별하다고 여긴다―우리는 모두가 하나같이 똑같이 생겨먹었다.

그게 바로 그녀 같은 사람들이 돈을 버는 방식이다.

500쿠나. 이런 빌어먹을.

여자들이 다시 그곳에 나타났을 때 그는 재킷을 걸치고 기쁜 마음으로 그곳을 떠나려던 참이다. 딸은 끈적끈적해 보이는 케이크 한 접시를 들고 있다.

머리는 어깨를 움츠리며 재킷에 팔을 끼워넣고 있다―후드가 달려 있고, 손목 부분이 신축성이 있으며, 호주머니가 많은 실용적인 재킷이다.

"케이크 드시겠어요?" 그녀가 언제나처럼 미소를 지으며 말한다.

그는 접시에 놓인 것들―각각 한 겹의 설탕이 입혀져 있는 덩어리들―을 잠시 쳐다본다. 그것들은 흉하고, 슬퍼 보인다.

"케이크요? 어…… 네, 좋죠. 감사합니다."

그가 케이크를 하나 집어든다. 그들은 그가 잠시 가만히 있다가 케이크를 들어 입으로 가져가는 모습을 지켜본다. 그의 다른 쪽 손에는 여전히 담배가 들려 있다. 그는 케이크를 입안으로 밀어넣는다. 일단 그것은 그의 이를 아프게 한다. 엄청나게. 충격적일 정도의 고통이다. 예리한 통증이 그의 턱 아래로 내려와 두개골로 타고 올라간다. 그는 가련한 이로 그것을 씹으며, 움찔하고 놀라지 않으려 애를 쓴다. 그 케이크는 식감이 이상하다―그의 입안에서 거의 모래 같고 진흙 같은 무언가로 녹아버리는 듯하다. 설탕맛 외에도, 뭔가 불결한 맛이 난다. 그들은 여전히 그를 지켜보고 있다. 딸은 여전히 미소를 짓고 있다. 그녀의 윗입술은 솜털로 뒤덮여 있고, 아랫입술은 번들거린다. 그는 그것을 목구멍 안으로 억지로 넘기면서 그녀를 향해 똑같이 웃어 보이려 애를 쓴다. "맛있네요." 그가 말한다. "감사합니다."

그녀가 케이크를 하나 더 먹으라며 그를 향해 접시를 올려든다.

"아니요. 괜찮습니다." 그가 말한다. "괜찮아요."

그들의 안내를 받으며 어둡고 좁은 복도를 지나서―걸려 있는 코트와 모자, 그에게 아무것도 말해주지 않는 거울을 지나서―그는 다시 계단통으로 나왔다.

아파트의 문이 닫히고, 그는 더러운 엘리베이터를 타는 대신 그냥 계단을 걸어내려가기 시작한다. 시멘트 계단은 어둡게 빛난다. 수십 년 동안 지나다니는 발걸음에 닳은 탓에 실제로는 젖어 있지 않음에도 마치 젖어 있는 것처럼 보인다. 층계참마다 창문에서 들어온 빛이 섬처럼 고여 있고, 한 줄로 늘어선 공용 화분이 보인다—힘이 없는 잎사귀, 죽은 잎사귀, 딱딱해진 흙. 맨 아래층에는 작은 명패가 달린 금속제 우편함이 있다. 바닥에는 신발에 묻은 진흙을 떨어내는 금속제 물건이 있다. 벽에 붙은 광고문들, 수많은 광고 우편물들. 두 개의 안전 유리판이 달린 무거운 문. 아래쪽의 망가진 유리판에는 거미줄이 쳐져 있다.

그는 거기서 걸음을 멈춘다.

그는 그곳의 어둑한 햇빛 속에 잠시 서 있다.

거미줄이 라디에이터 위에서 바람에 흔들린다. 그는 거미줄이 라디에이터에서 뿜어져나오는 열풍에 흔들리고 있는 모습을 바라본다. 흔들리는 그 거미줄을 빼고 나면, 모든 게 더할 나위 없이 고요하다.

그는 거기 서서 그것을 바라본다.

그는 여전히 거기 서서, 거미줄의 움직임에 기이하게 빠져든 채, 그것을 바라보고 있다.

그러고서 그는 그 무거운 현관문을 밀치고, 경첩은 끼익 하는 소리를 낸다.

그는 현관문을 밀치며 다시 세상 밖으로 나아간다.

7

바다까지는 차로 두 시간 반이 걸린다. 처음은 평지, 그다음은 석회암 언덕, 그다음은 산. 드문드문 초목이 보인다. 자그레브에서 시작되는 고속도로는 텅 비어 있다. 아마 지금이 십일월 초의 수요일 아침이라서 그럴 것이다. 그리고 한스피터르는 방금 앞유리 와이퍼를 작동시켰다—느린 INT 모드. 와이퍼는 앞유리를 닦고, 멈춘다. 와이퍼는 앞유리를 닦고, 멈춘다. 그럴 때마다 작게 끼익 하는 소리가 들려온다. 여행길 초반에 평평한 농지를 달리는 동안 내리는 보슬비가 시야를 우중충하게 한다. 와이퍼는 앞유리를 닦고, 멈춘다. 도로에 늘어선 버려진 마을들. 그루터기만 남아 있거나 쟁기질한 흙만 남아 있는 어두운 들판. 살짝 기복을 이루고 있다는 점 외에는 딱히 할말이 없는 경치다.

한스피터르 옆 조수석에는 마리아가 앉아 있다.

머리가 앉은 자리에서는 껌을 씹으며 지루한 경치를 무심히 쳐다보는 마리아의 모습이 보인다. 지금 이 순간 그는 그녀가 자신이 아니라 한스피터르의 옆에 앉아서 길을 봐주고 있다는 사실이 무척 기쁘게 느껴진다. 그는 그녀가 신경쓰이지 않는다. 그는 다른 쪽으로 고개를 돌린다. 그들은 그저 여러 마을들 중 하나, 말도 못하게 끔찍한 마을 하나를 지나는 중이다. 자그마한 부지에 작은 울타리를 처놓은 단층집들이 도로변에 늘어서 있다. 그의 눈에 펍 같은 게 하나 들어온다―판 라거 로고가 새겨진 간판, 피자라고 적혀 있는 간판. 그게 전부다. 그게 그 마을의 전부다. 그것이 이곳에서의 삶이다. 머리는 그 마을이 점점 멀어져가는 것을 바라본다. 또다시 모습을 드러내는 생기 없는 들판들.

지금 이 순간 그는 이런 생각이 든다. 아닌 척해서 뭐하겠어? 그래서 뭐 어쩌겠다고? 대체 누구를 속이겠다고?

대체 누구를 속이겠다고? 나 자신?

그러니까 그렇게 해야 할 이유가 뭔가?

이유 따윈 없다.

그런다고 뭐가 달라지겠나?

우린 모두 같은 곳을 향해 가고 있다.

한스피터르와 마리아는 앞자리에서 대화를 나누고 있다. 엔진과 바퀴와 바람의 소음 때문에 그들이 낮은 목소리로 나누는 대화는 잘 들리지 않는다. 사실 그는 이 제안을 받고 좀 놀랐다. 어젯밤에 그가 조커에서 마테우스와 축구 이야기를 하고 있었을 때, 한스피터르가 더플코트를 입고 나타나서 화이트와인을 시켰다. 그는 축구에 대한 자신의 의견을 말했다―머리는 그것이 멍청한 의견이라고 생각했다. 그러고는 한스피터르가 말했다. "우린 내일 해변으로 놀러갈까 생각중이야. 너도 같이 갈래?"

그들은 높은 스툴에 걸터앉아 있었다. 스툴 정면으로는 술이 진열된 선반, 사람들이 수년 동안 보내온 엽서들이 보였다. 마테우스가 핀으로 꽂아둔 것들이었다. 그렇게 많지는 않았다. 열 개도 되지 않았다.

머리는 말했다. "그러기에는 좀 거지같은 날씨 아닌가?"

한스피터르는 재빠르고 소심하게 와인 한 모금을 마셨다. "내일은 괜찮을 거래." 그가 말했다. "일기예보에 따르면."

머리는 어깨를 으쓱했다. "그럼 좋아. 만일 마리아가 괜찮다고 한다면."

"이건 마리아의 아이디어야." 한스피터르가 그에게 말했다.

이게 마리아의 아이디어라니.

대체 왜 그런 거지?

그 말을 들은 머리는 실은 그녀가 그동안 그를 쭉 좋아해왔던 것은 아닌가 하는 생각이 살짝 들었다.

하지만 그건 사실이 아닐 것이다. 그렇지 않은가?

그녀가 그랬던 이유는, 실은 그녀가 그를 가엾게 여겼기 때문이었다. 그녀와 한스피터르는 정말 어쩌다 그에 대한 이야기가 나올 때면, 그가 얼마나 가련한 인간인지에 대해 이야기하곤 했다.

블라고와 관련된 이야기들이 항간에 나돌고 있었다. 블라고는 정말 독일로 가버린 듯했다. 머리의 돈은 그와 함께 사라져버린 듯했다. 어쨌든 그 인간과 돈은 사라져버렸다. 한스피터르는 경찰에 말하라고, 그들에게 모든 걸 말하라고 조언했다. 머리는 너무 창피해서 그럴 수가 없었다. 게다가 경찰은 아이리시 펍에서의 사건 이후로 그를 이미 알고 있었다. 그는 그들을 다시 보고 싶지가 않았다. 그뿐이었다.

빗줄기가 굵어지고 있다.

한스피터르는 와이퍼의 속도를 올린다.

일기예보를 믿은 게 잘못이지.

마리아가 한스피터르 쪽으로 고개를 돌리며 비슷한 의견을 말한다. 그녀는 입 근처에 커다란 뾰루지가 나 있다. 코에는 장신구를 달고 있다. 머리는 자신이 그녀에게 환영받고 있다고 생각한다.

일단 고속도로를 탄 뒤에는 한 시간 반이 걸린다. 머리는 꾸벅꾸벅 존다. 황량한 석회암 언덕을 보고는 졸음에서 깨어난다. 그러고는 잿빛으로 빛나는 바다가 나온다. 그들은 시립 주차장에 차를 세우고―오늘은 빈자리가 많다―점심 먹을 곳을 찾는다. 머리는 달달한 빨간색 피망 소스가 곁들여져 나오는 모듬 그릴 요리를 시킨다. 값싼 로컬 와인 한 잔. 바깥으로는 돌풍이 분다. 마리아는 친절하게 군다. 말을 하는 것은 대부분 그녀 쪽이다. 한스피터르는 거의 아무 말도 하지 않는다. 그는 생선구이를 께지럭거리면서 생선살을 뼈에서 발라내고 있고, 그러는 동안 그것에서 거의 눈을 떼지 않는다. 손님 접대는 자신의 반쪽에게 맡겨둔, 안정된 남자의 게으른 침묵. 고작 하는 거라고는 가끔 끼어들어 그녀의 말을 정정해주는 게 전부다. 그녀는 손가락 대부분에 반지를 끼고 있다. 푸른색 아이섀도. 그녀는 머리에게 경찰을 찾아가보라고 권유한다―그들은 아직도 이 이야기를 하는 중이다. 그들은 그 이야기를 일주일째 해오고 있다. 그는 그들에게 블라고가 들고 도망친 돈이 정확히 얼마인지도 말해주지 않았다. 그는 그 이야기를 하고 싶어하지도 않는다. 그는 그냥 그 일을 전부 잊어버리고 싶다. 하지만 그녀는 그에게 친절을 베풀기 위해 이러고 있는 것이다. 그녀에게 짜증을 내서는 안 된다.

"그래 봤자 무슨 소용이겠어요?" 그가 말한다. "그들은 그를 찾지 못할 거예요."

그녀는 단호하다. "당신이 그걸 어떻게 알아요?"

그녀는 그냥 이런 극적인 사건이 일어났다는 사실 자체를 즐기는 거라고, 그는 생각한다. 그것은 적어도 일종의 사건이다―적어도 뭔가는 일어난 것이다.

"그냥 가만히 넘어가서는 안 돼요!" 그녀가 고집을 부린다.

"나는 그를 믿지 말았어야 했어요." 머리가 와인을 약간 맛보며 그녀에게 말한다. "결국 내가 그냥 등신이었던 거죠."

바깥에는 다시 비가 내리고 있다.

머리와 마리아는 독한 삼부카를 마신다.

결국 내가 그냥 등신이었지. 그곳을 떠나 바다로 향하면서―계단을 내려가 보슬비 내리는 거리를 통과하면서―머리는 그 말을 자신의 빌어먹을 묘비에 박아넣어야겠다고 생각한다. 그는 이제 그들 뒤로 처졌다. 한스피터르와 마리아는 손을 잡은 채 저 앞에서 걸어가고 있다. 잭 스프랫은 비계를 먹지 않네……* 저 둘은 쏙 그렇게 보인다―잭 스프랫과 그의 부인.

---

* 영미 전래동요 〈잭 스프랫〉의 가사. 잭은 비계를 먹지 못하는 마른 남자고, 그의 부인은 살코기를 먹지 못하는 뚱뚱한 여자다.

아니, 그는 괜찮은 사람이다. 한스피터르. 더플코트를 걸치고 있는 수줍음 많은 네덜란드인.

그 옆에서 뒤뚱뒤뚱 걷고 있는 그녀도 괜찮은 사람이다.

어쨌거나 저들은 나의 유일한 친구들이다.

결국 내가 그냥 등신이었지.

여기에는 사실 해변이라고 할 만한 게 없다. 대신 해안을 따라 나 있는 산책길, 작고 구불구불한 포장길, 그 위로 몸을 구부리고 있는 기운찬 늙은 소나무들이 있다. 소나무 아래에는 메마른 포석 조각들. 그들이 걸어가는 길 한쪽에는 오스트리아-헝가리의 유명인들이 예전에 머물던 빌라, 지금은 호텔이 된 건물들이 있다. 다른 한쪽에는 지붕널 조각, 또는 텅 빈 테라스, 또는 작은 마리나로 내려가는 가파른 계단 또는 사다리가 있다. 출렁이는 바다. 그 바다가 온통 초록색으로 뒤덮인 벽을 때린다. 끽끽 소리가 나는 방파제에서.

그는 그녀와 키스를 하고 있다. 한스피터르는 그녀 쪽으로 몸을 구부린 채 깃을 세워 불어오는 바람을 막으며 마리아와 진한 키스를 나누고 있다.

그들은 그로부터 20야드쯤 앞에 있다. 그들은 그가 거기 있다는 사실을 잊은 듯하다. 머리는 어색한 상황을 피하고자 걸음을 멈추고 바다 쪽으로 고개를 돌린다.

그는 후드를 뒤집어쓴 채 영웅적인 자세를 취하고 있다. 그의 두 손은 산책길의 가장자리를 따라 이어진 금속 레일 위에 놓여 있고, 촉촉이 젖은 두 눈은 멀리 있는 섬, 저 먼 곳의 바람 부는 작은 만, 그저 어둡고 흐릿한 수평선의 윤곽에 불과한 그것을 바라보고 있다.

그리고 좀더 가까운 중경에는 요트 같은 게 보인다. 실은 빌어먹을 배에 더 가깝다. 저 배에 갑판이 몇 개나 있나? 네 개? 다섯 개? 길이가 적어도 백 야드는 될 것이다. 그것을 계속 지켜보고 있으면 그것이 파도 위에서 움직이는 것을 볼 수 있다.

그리고 저것을 좀 보라! 구름 사이로 내리쬐는 햇살을 좀 보라! 그 햇살을 받고 있는 바다는 새하얗다. 갑자기 생겨난 눈부시게 새하얀 섬. 요트는 검게 변하고, 물결은 그 주위에서 눈을 깜박인다. 갑자기 생겨난 눈부시게 새하얀 섬. 그리고 그것을 지켜보는 머리에게 찾아드는 낯선 희열. 갑자기 생겨난 눈부시게 새하얀 섬. 그러고는 차츰 사라져간다. 칙칙한 바다.

그의 얼굴에 불어오는 축축한 바람.

그는 재킷 후드를 뒤집어쓴 고개를 돌려 두 연인이 산책로 저 앞에서, 바람에 훼손된 소나무 뒤로 피신해 여전히 서로 껴안고 애무하고 있는 모습을 본다.

엿이나 먹으라지.

그의 눈에 또다시 그 슈퍼요트가 들어온다.

저것도 엿이나 먹으라지.

그래, 다들 엿이나 잔뜩 처먹으라지.

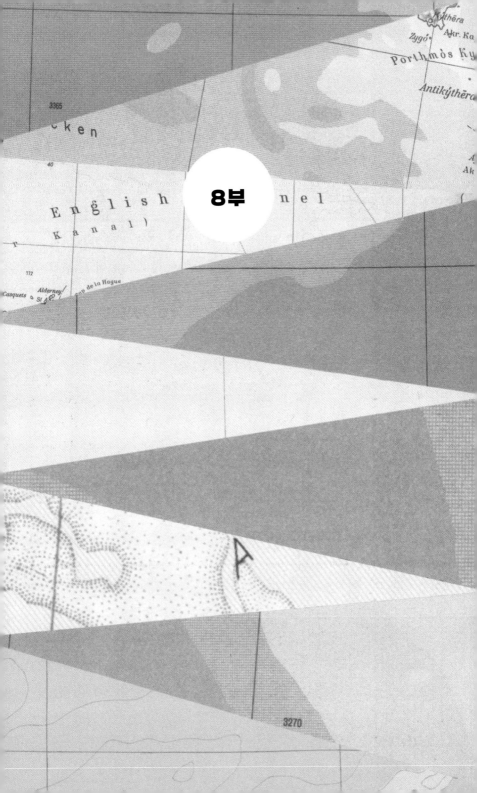

8부

1

어제. 오후에 그는 라운즈 스퀘어에 있는 집을 나섰다. 여전히 그때 일어났던 일의 충격을 고스란히 간직하고 있는 그 커다란 집. 마이바흐의 차창 밖으로 보이는 첼시. 슬론스트리트와 그곳의 낯 익은 가게들―에르메스, 에르메네질도 제냐. 체인 워크. 네시의 교통체증. 어두운 십일월의 날. 썰물 때의 템스강, 칙칙한 개펄. 반 대쪽인 남쪽의 저 공원. 그다음엔 작은 거리들, 그리고 헬기장. 강 위의 바람 부는 플랫폼. 가죽으로 장식된, 시코르스키의 시끄러운 포드*. 그들은 상류 쪽으로, 런던의 서쪽 구역 위로 이제 곧 날아오 르려 하고 있었다. 헬리콥터가 강 위에서 회전하는 동안, 그러면서 생겨난 하강 기류가 잔물결을 일으키는 동안, 그는 지난 몇 년간 자신의 보금자리였던 런던을 뒤돌아보았다. 그러고 나자 런던의

---

* 헬기의 연료와 엔진 등이 들어 있는 날개 밑의 유선형 용기.

모습은, 늦가을 오후의 빛 속에 펼쳐진 광활한 단색 하늘 아래, 한 낱 윤곽에 불과한 무엇으로 사라져갔다. 그가 다시는 보지 못할 모습이었다.

라운즈 스퀘어의 집 창가에 서서 밖을 내다보며 한 결심이었다. 바다에 뛰어들 결심. 물에 빠져 스스로 삶을 마감하기로. 어쩐지 그러면 모든 문제가 해결될 것처럼 보였다.

판버러공항.

베니스로 가는 두 시간 동안의 비행.

베니스공항에 나와 있는 임대 리무진.

베니스는 어둠과 보슬비에 가려 있었다. 그곳의 바다 건너편 어딘가에는 잃어버린 부와 잃어버린 권력을 기리는, 비바람에 침식된 기념비적인 건축물이 있을 터였다.

부두에 설치된 높은 조명에서 쏟아지던 강렬한 불빛. 요트에 연료를 넣는 동안 들려오던 펌프의 윙윙거림. 연료 냄새. 우산을 들고 있던 누군가.

그리고 보슬비에 젖은 카펫 조각 끝에서 그를 기다리고 있던 일등항해사 엔조. "승선을 환영합니다, 사장님."

엔조는 그에게 삼십 분이면 준비가 다 끝날 거라고 말하며, 목적지가 어디인지를 물었다.

짧은 정적.

그에 대해서는 미처 생각해보지 않았다. 장소는 어디든 상관없었다.

"어," 그가 말했다. "코르푸로 가겠네."

엔조가 미소를 지으며 고개를 끄덕였다.

그리고 수석 승무원인 마크: "저녁식사를 하실 예정인지요?"

"그냥 간식 정도로만 하지." 그가 마크에게 말했다. "고맙네."

나중에 바르바레스코 하프보틀과 함께 간식이 도착했다. 그는 음식에는 손도 대지 않았다. 바르바레스코만 한 잔 마셨다.

그 와인은 그가 몇 년 전 매입했던 땅에서 자란 포도로 만든 것이었다. 충동적으로 매입한 땅. 그는 그곳을 딱 한 번 방문해봤을 뿐이다. 그는 그곳의 풍경이 잘 떠오르질 않는다. 그와 그 땅의 전 주인, 피에몬테 지방이나 사보이가의 귀족인 그 젊은이는 헬리콥터로 그곳 위를 날았었고, 이곳저곳을 손으로 가리키며 헬리콥터의 소음 속에서 소리를 질러댔었다……

침묵.

그는 요트가 움직이길 기다리며 침대에 누워 있었다.

그는 잠을 잘 생각이 없었다. 그는 바다에 뛰어들 작정이었다. 그는 물에 빠져 죽을 작정이었다. 그럼에도 불구하고, 그는 정말 오랜만에 처음으로, 그냥 스르르 잠이 들었다.

2

다음날 아침, 요트는 크로아티아 해변에서 1~2킬로미터 떨어진 곳에 정박중이다. 엔조가 방금 전화로 아드리아해에 폭풍이 몰아치고 있다고 알려왔다. 그는 항해가 지연되는 데 대해 사과의 뜻을 전했고, 오후가 되어 폭풍이 물러가면 다시 배를 움직이겠다고 말했다.

요트가 정박해 있는 해안 근처의 날씨는 심술궂고 바람도 세차다. 가끔 빗방울도 떨어진다.

그는 오전 동안 배를 띄워서 눈에 들어오는 작은 바닷가 마을을 방문해보는 건 어떠냐는 마크의 제안을 거절한다.

대신 그는 가운데 갑판에 있는 작은 개인용 식당—겨우 여덟 명 정도 앉을 수 있는 테이블이 하나 놓여 있는 곳—에서 점심을 께지럭대며 먹는다.

여전히 잠들 때 입었던 옷을 입고 있고, 며칠씩 손목에 차고 있는 카르티에 파샤 시계에서는 퀴퀴한 냄새가 풍기는 가운데, 그는 마치 산 자들의 세상에 섞여서 삶을 연기하고 있는 듯한 기분을 느 낀다.

오늘 아침 잠에서 깨었을 때, 창가에는 회색빛이 잔뜩 고여 있었 다. 그는 고개를 든 채 당황하여 그것을 바라보았다. 그러고 나서 야 그는 이해했다. 또 하루의 인생이 주어졌음을.

그 일은 밤에 이뤄져야 한다. 그래야 아무도 눈치채지 못할 것이 고, 그를 구하려 드는 사람도 없을 것이다. 아무도 눈치채지 못할 것이다―아침에 누군가 와보면 그의 선실은 그저 텅 비어 있을 것 이고, 사방으로는 헤아릴 수 없이 깊은 바다만이 보일 것이다.

그는 배가 불룩 튀어나온 육십대 남성이다. 냉정하고 잘생긴 얼 굴. 머리는 거의 빠졌다. 그는 깃이 지나치게 큰 검은색 실크 셔츠 를 입고 있다. 흰색 가죽 신발.

바다는 부싯돌처럼 푸르고 차갑고 무자비하다. 돌풍과 함께 몰 려온 빗방울이 개인용 식당의 커다란 창문에 뚝뚝 떨어지고, 들썩 이는 잿빛 바다 너머의 해안에는 크로아티아의 작은 도시가 웅크 리고 있다. 그 위로 어렴풋이 보이는 돌로 뒤덮인 언덕이 구름에 부딪히고 있다.

그는 포크를 내려놓고 마크를 부른다. 마크가 나타나자 그는 시 가를 한 대 달라고 하고, 마크는 곧장 담배 저장 상자가 있는 곳으 로 간다.

마크는 그에게 시가를 건네고 디제스티프를 마시겠느냐고 묻는 다. 그는 고개를 젓는다.

"더 필요한 건 없으신가요?" 마크가 묻는다. 마크는 선덜랜드 출신이다.

"없어. 고맙네."

음식이 잔뜩 남은 쟁반을 들고 마크가 밖으로 나간다.

몇 분이 지난 후에도 시가에는 여전히 불이 붙지 않았다.

테라스로 걸어나간 그는, 거기 서서 부드럽고 무겁게 물결치는 수면을 내려다본다.

부드럽고 무거운 물결.

물결치면서 환해졌다 어두워졌다를 반복하는 무거운 형상.

무엇보다도, 무겁다.

무겁다.

그리고 그는 환해졌다 어두워졌다를 반복하는 무거운 형상에 반쯤 홀린 채 궁금해한다: 바다의 무게는 얼마나 될까? 그다음엔 그 문제에 논리적으로 접근해보기 시작한다: 바다의 부피는 얼마나 되지? 그다음엔: 평균 수심은 얼마나 되지? 표면적은 얼마나 되지? 그는 이 두 수치를 알아내는 일은 그리 어렵지 않을 거라고 생각한다─그리고 바다의 부피는 사실상 바다의 무게와 같으므로, 그 두 수치를 알면 답이 나올 것이다.

그는 바람 부는 테라스에서 안으로 걸어들어가 마크를 부른다.

승무원이 나타나자, 그가 말한다. "마크, 나를 위해 두 가지만 알아봐주게."

"네, 사장님."

"바다의 평균 수심."

"네, 사장님." 마크가 말한다.

"그리고 표면적."

"바다의 표면적 말씀이시죠?"

"그렇다네."

"다른 건 필요 없으시고요?"

"그거면 됐어."

"그럼 제가 알아봐드리겠습니다, 사장님."

"고맙네, 마크."

그는 홀로 식당 테이블에 앉아 마크가 그 수치들을 알려주길 초조하게 기다리고, 마침내 시가에 불을 붙인다.

몇 분 뒤 작은 노크 소리가 들려온다.

"들어오게."

"수치들을 알아왔습니다, 사장님." 마크가 말한다.

"그래?"

"바다의 평균 수심은 3682미터입니다." 마크가 말한다.

"그렇게 깊다고……?" 그것을 받아적으며 그가 중얼거린다. "좋아……"

"그리고 바다의 표면적은 삼억 육천백만 제곱킬로미터입니다."

"확실한가?"

마크는 망설인다. 그는 그것을 구글링으로 알아냈다. 하지만 그의 고용인은 구글이 뭔지 잘 모르며, 아마 마크가 지난 몇 분 동안 세계 명문대의 해양 전문가들―그의 중요한 일을 돕고자 기꺼이 자신들이 하고 있던 일을 멈췄을 사람들―에게 전화를 걸었을 거라고 생각할 것이다.

"재차 확인해봤습니다, 사장님." 마크가 애매한 목소리로 말한다.

"알았네. 일단은 이걸로 됐어."

"또 필요한 건 없으신지요, 사장님?"

"지금은 됐어. 고맙네."

"네, 사장님."

마크는 그곳에서 물러난다.

그는 들뜬 마음으로 이미 계산을 시작했다―옛날에 소비에트의 공업학교에서 배운 대로 종이를 사용해서.

표면적은 제곱킬로미터로 되어 있으므로, 가장 먼저 할일은 그것을 제곱미터로 환산하는 일이다. 그러면 1제곱킬로미터는…… 백만 제곱미터가 된다……

그다음엔 거기에다 평균 수심을 곱한다……

0을 아주 많이 붙여야 한다.

그러면 부피가 나온다……

그 부피는 미터톤에 따라 무게와 동일하다.

1,329,202,000,000,000,000톤.

130경 톤.

해냈다!

바다의 무게.

그는 펜을 집어던지고 의기양양하게 시가 연기를 한 모금 빨아들인다. 연기를 콧구멍으로 내쉰다.

또다른 문제가 그를 괴롭히기 시작한다.

바다는 소금물이다―그 사실이 무게에 영향을 주나?

그리고 수압은 어떤가? 심해에서의 수압이 무게에 영향을 끼치나? 심해의 엄청난 수압 속에서 1세제곱미터의 물은 그 무게가 1미터톤보다 더 많이 나갈 수도 있지 않을까?

더 많은 질문을 받은 마크는 그것들을 알아보러 갔고, 그동안 그의 고용인은 니스를 바른 테이블 윗면에 비친 자신의 그림자 위로 몸을 숙인 채 시가를 마저 피우며 그를 기다린다.

이번에 마크는 아까보다 더 늦는다.

거의 삼십 분쯤 지났을 때, 작은 노크 소리가 들려온다.

그리고 마크가 소금물의 무게에 영향을 끼치는 요인들에 대해 꽤 자세히 설명하는 것을 들으면서, 그는 자신이 이제 이 주제에 완전히 흥미를 잃었다는 사실을 깨닫는다.

물의 질량에 압력이 미치는 영향에 대한 부분은 특히 장황하고, 그는 이제 그 말을 전혀 듣고 있지 않다. 그는 그냥 거기 앉아서 시가의 꽁초 부분을 살펴본다. 한동안 조르디인* 방언을 사용하는 마크의 부드러운 목소리가 들려온다. 그러고는 그것도 끝이 난다.

긴 침묵이 흐른다.

"사장님?" 마크가 말한다.

그는 가수면 상태에서 깨어난 듯하다. "응?"

"다른 시키실 일은 없으신가요, 사장님?"

"그래. 고맙네."

"제가 감사드리죠, 사장님."

*

늦은 오후다. 두 개의 피엘스틱 디젤엔진이 돌아가기 시작했고,

---

* 잉글랜드 북동부 타인사이드 출신 사람.

440미터 길이의 요트가 다시 움직이기 시작했다. 광막한 바다 위에는 여전히 빛이 비치고 있다. 어두운 물결 하나하나마다 비치는 늦은 오후의 강렬한 빛. 멀리 보이는 해안은 아주 천천히 사라져간다. 그것은 이른 황혼 속에 모습을 감춰가면서, 이제는 작은 도시들의 작고 고요한 불빛만을 남긴 채 흐릿해져버렸다.

말쑥한 흰색 유니폼 차림의 엔조가 직접 일기예보를 전한다— "항해는 순조롭습니다"—그리고 아침 열시 무렵에는 케르키라*에 도착할 것이라고 말한다. 사장님께서는 그곳 부두에 배를 대길 원하십니까? 그럴 준비를 해둬야 할까요?

"아니."

그럼 코르푸를 거쳐 어디로 향할까요?

"모르겠군."

엔조는 참을성 있게 고개를 끄덕인다. 그는 잠시 기다린다—때로 그의 고용인은, 지금처럼 혼자 있을 때면, 이 시간쯤 몰타 출신의 일등 항해사에게 같이 술을 마시자고 권한다. 그들은 위스키를 마시며 배와 바다에 대해 이야기를 나눈다. 그는 때로 엔조에게 유조선 선장으로 지내던 지난 삶에 대해 묻거나, 정치, 경제, 세계정세에 대해 그에게 강의를 한다. 오늘은 아니다. 그는 떠들고 싶은 기분이 아니다.

그는 마크에게 자신의 선실에서 저녁을 먹겠다고 말한다.

마크는 그에게 원하는 메뉴가 무엇인지 묻는다.

그는 그저 어깨를 으쓱하며 그냥 주방장이 만들어주는 걸 먹겠

---

* 코르푸의 그리스식 명칭.

다고 한다.

한 시간 뒤, 마크가 쟁반을 들고 와 메뉴를 설명한다. 랍스터 수플레, 그릴에 구운 겨울 채소를 곁들인 필레미뇽, 그리고 자그마한 타르트 타탱. 샴페인 하프보틀과 2001년산 샤토 트로타누아 하프보틀도 있다.

그는 지난 24시간 동안 거의 아무것도 먹지 않았고, 이제는 배가 고프다―일종의 무기력한 공복감이 느껴진다. 그는 수플레, 그리고 스테이크와 야채를 먹는다. 타르트 타탱은 먹지 않는다. 그는 트로타누아를 조금 마시고, 샴페인은 전혀 마시지 않는다.

이제 바깥은 완전히 어두워졌다. 오직 배의 불빛만이 수면에 힘없이 비치고 있을 뿐이다.

어두운 물속으로.

저 아주 차가운 심연 속으로.

그런데 이 정도 규모의 선박에서 무슨 수로 뛰어내린단 말인가? 그는 요트 꼭대기 근처에 있는 자신의 선실, 선주의 선실 밖 테라스―그곳은 선미를 향하고 있고, 바람은 그리 세지 않다―에 서서 훨씬 더 큰 다른 테라스, 수영장이 있는 테라스를 내려다보고 있다. 그리고 그 뒤에는 그것보다 더 큰 테라스―그가 서 있는 곳에서는 오직 그 일부만이 보일 뿐이다―팔십 명이 테이블에 앉아서 식사를 한 다음 춤까지 출 수 있을 정도의 공간이 있다.

한때 파티가 열리곤 했던 아래쪽 테라스에 누군가가 있다. 그곳에서 이리저리 왔다갔다하며 담배를 피우고 있는 누군가. 어둠 속의 작은 인물. 그는 그게 누군지 알지 못한다. 이 요트에는 수십 명의 사람들이 있다. 그는 그들을 전부 알지 못하며, 그들을 실제로 본 적도 없다. 이 요트에는 엔조와 그의 팀이 있다. 이 요트에는 주방 직원들이 있다. 이 요트에는 마크와 그를 돕는 보조 승무원들이 있다. 이 요트에는 수영장과 다른 레저 시설들, 동력 장치, 소형 잠수함을 관리하는 전문 기술자들이 있다. 이 요트에는 갑판을 닦는 일처럼 소소한 일들을 하는 다양한 사람들도 있다. 그리고 이 요트에는 무기를 든 전직 군인인 피에르와 매디스가 있다. 아마 저 아래서 담배를 피우고 있는 사람은 피에르일 것이다. 그래, 저기 저 아래에 서서 수면에 퍼지는 항적을 바라보고 있는 사람은 아마 피에르일 것이다.

어둠 속에서, 그리고 그가 서 있는 요트 꼭대기 근처 테라스에서, 항적은 반쯤밖에 보이지 않는다.

어둠 속에 인광처럼 떠 있는 채.

짓궂게 괴롭히기라도 하듯, 모습을 반쯤만 드러낸 채.

그가 서 있는 곳에서 수면까지의 낙하 거리는 적어도 25미터는 된다. 그는 물에 빠져 죽지 않을 것이다―그는 아마 아래의 갑판들 중 하나에 떨어져 그 충격으로 죽게 될 것이다. 이건 그가 생각했던 게 아니다.

그는 이 일의 실현 가능성에 대해 충분히 생각해보지 않았다.

그리고 매 순간, 그가 실제로 그 일을 저지를 가능성은 점점 줄어들고 있는 듯하다.

두려움에 몸서리를 치며, 그는 어둡고 축축한 물속에 빠진 자신을 상상해본다.

그는 실제로 그 일을 저지르지 않을 것이다.

용기가 없어 그 일을 포기했다는 생각이 그의 마음을 절망으로 가득 채운다.

그럼 이제 어쩌나?

만일 계속 산다면, 이제 무얼 해야 하나?

안으로 걸어들어가면서, 그는 자신이 떨고 있음을 느낀다.

이제 어쩌나?

갑자기 밀려오는 극도의 피로로 인해 그 질문은 매우 간단한 질문이 되어버린다.

그는 테라스의 문을 닫는다.

"소등." 그가 부드럽고 건조한 음성으로 그렇게 말하자 선실의 불이 꺼진다.

3

다음날 아침, 라스가 배로 와서 그를 만난다.

알렉산드르는 따뜻한 아침햇살을 받으며 그곳에 서서, 돌이 많은 코르푸의 해안, 그리고 항구 어귀로부터 유로파호가 정박중인 바다를 향해 달려오고 있는 론치보트를 바라본다. 그 론치보트는 유로파호의 것으로, 요트 옆구리의 흘수선 쪽에 있는 해치에서 내보낸 것이다. 요트에 가까워지자 그것은 갑자기 속도를 줄인다.

가운 차림으로 자신의 선실 바깥 테라스에 서 있는 알렉산드르의 시야에서, 그것이 모습을 감춘다.

그것은 아래 흘수선 쪽 어딘가에서 개방된 해치와 선측이 평행이 되게 움직이고 있다. 마치 무슨 우주선처럼, 론치보트에는 천천히 옆으로 움직일 수 있게 해주는 작은 엔진들이 달려 있다. 요트와 론치보트는 서로 접촉할 것이고, 론치보트는 해치 안으로 들어올 것이다. 론치보트가 제 위치로 들어오면 해치 안의 바닷물은 빠

저나갈 것이고, 보트는 철골 위에 놓일 것이다. 해치 안의 독dock
으로부터 요트의 상층부로 곧장 올라올 것이다.

몇 년 전, 그는 킬 운하의 뤼르센 조선소에서 이러한 움직임의
전 과정이 시연되는 걸 봤었다.

그는 요트―당시에 최종 해상시운전중이었으며 다른 누군가를
위해 만들어졌던 배인 유로파―를 발주할 목적으로 그 조선소를
방문중이었다.

"마음에 드는군요." 시연을 지켜본 알렉산드르가 말했다. "이 배
를 사고 싶어요."

"저희가 이것과 똑같은 배를 만들어드릴 수 있습니다." 그의 옆
에 서 있던 뤼르센의 직원이 미소를 지으며 말했다. 그들은 둘 다
눈에 잘 띄는 조끼와 헬멧 차림이었다.

"시간이 얼마나 걸리죠?"

"2년에서 3년이요." 시연이 끝나는 걸 자랑스럽게 지켜보며, 뤼
르센의 직원은 말했다.

"그렇게 오래는 못 기다려요. 이 배를 사고 싶습니다."

뤼르센의 직원이 소리 내어 웃으며 오렌지색 콧수염을 씰룩거
렸다.

"이해가 안 가시나보네요." 알렉산드르가 말했다. "내 말이 농담
인 줄 아시나본데, 나는 지금 농담을 하고 있는 게 아닙니다. 나는
이 배를 원해요."

직원은 이 요트가 다른 누군가의 것이라고, 다른 누군가를 위해
만들어진 것이라고 설명하려 애썼다……

"그가 이 요트를 얼마에 사죠?"

직원은 잠시 망설이는 듯 보였다. 그러더니 그가 말했다. "2억 유로요. 대략 그 정도입니다."

"그에게 2억 5천을 제의해보세요." 알렉산드르가 말했다. "지금 그에게 전화를 걸어서 2억 5천을 제의해보세요. 오늘중으로 그의 대답을 듣고 싶군요."

흘수선 쪽에서 끼익끼거리며 닫히는 해치의 소리를 들으면서, 그는 느긋하게 안쪽으로 걸음을 옮겨 거대한 타원형 모양으로 되어 있는 선주의 선실로 들어간다.

이십 분 뒤, 수영장이 있는 갑판에서 라스와 만나는 그는 옷을 갖춰 입고 카르티에 파샤를 헐렁하게 차고 있다.

수영장이 있는 아늑한 갑판에서 쬐는 십일월의 햇살이 기분좋게 따스하다.

라스는 알렉산드르가 자기 쪽으로 오는 것을 보고는 자리에서 일어선다.

"안녕하세요." 그가 말한다.

알렉산드르는 아무 말도 하지 않고, 그저 변호사의 어깨를 살짝 두드리고는 테이블에 앉는다.

라스도 앉는다. 그는 리넨 바지, 파란색 티셔츠, 가죽 샌들 차림이다. 어젯밤에 알렉산드르가 전화를 걸어 자신이 지금 그쪽에 와 있다며 미팅을 요청했을 때, 그는 코르푸에 있는 자신의 빌라에서 반쯤 휴가를 즐기고 있었다. 그는 요트에서 서빙해준 오믈렛을 아직 다 먹지 못했다.

"마저 들게." 알렉산드르가 그에게 말한다.

라스는 서둘러 오믈렛을 먹는다.

"어떻게 지내나?" 알렉산드르가 묻는다.

"저야 잘 지내죠." 라스가 교묘하게 말한다. "사장님은요?"

"나는 좋지 않아." 알렉산드르가 시인한다.

라스가 뻣뻣한 리넨 냅킨으로 입을 닦는다.

"런던에서의 소송 때문이에요?" 라스가 묻는다.

알렉산드르는 우울해 보이는 표정으로 어깨를 으쓱한다.

그는 일 년 전에 걸었던 중요한 소송에서 막 패소한 참이다. 예전 동료이자 후배였던 러시아인을 런던 법원에 고소했었다. 그는 이 남자, 즉 애덤 스파스키가 수년 전에 자신에게 사기를 쳐서 어마어마한 금액의 돈을 빼돌렸다고 주장했다. 그는 그가 가져간 그 돈, 열 자리 수의 돈에 대해 소송을 걸었다. 겨우 지난주에야 내려진 판결은 스파스키에게 전적으로 유리한 입장을 취했다. 뿐만 아니라, 그 판결은 알렉산드르의 진실성을 노골적으로 문제삼았다. "단순히 우리가 져서 그런 게 아니야." 그가 말한다. "문제는 판사가 했던 말이야. 그…… 망할 년."

라스가 고개를 끄덕인다. 그리고 말한다. "네, 잔인한 말이었죠."

"그리고 완전 허튼소리였어!"

"물론이에요."

"그놈이 그녀에게 돈을 얼마나 먹였다고 생각하나?"

"살다보면 이상한 일들이 일어나곤 하니까요." 속으로는 영국의 판사가 그렇게 쉽게 매수될 리 없다고 생각하며, 라스가 말한다.

"얼마나 줬을 것 같냐니까?"

딱히 그것에 대해 생각해볼 마음이 없는 라스가 어깨를 으쓱한다.

그리고 알렉산드르는 흥분한 목소리로 말한다. "내 생각에는―우리가 그녀의 뒤를 캐서 돈을 받았다는 사실을 밝혀내야 할 것 같아. 안 그래? 그러면 그녀는 끝장이 날 거야. 그렇게 되면 판결도 다시 이루어져야 하겠지. 그때는 우리가 이길 수 있을지도 몰라. 어떻게 생각하나?"

"그거야 사장님께 달려 있죠." 라스가 말한다.

"그렇게 해야 한다고 생각하나?"

대답을 강요당한 라스가 말한다. "그런다고 도움이 될 것 같지는 않네요."

"그놈이 그녀에게 돈을 먹인 거라고, 빌어먹을!" 알렉산드르가 소리친다.

"그럴지도 모르죠."

"그녀가 한 말 들었나?"

"네······"

"그녀는 내가 거짓말쟁이라고, 몽상가라고 말했어······"

"'거짓말쟁이'라는 말은 하지 않았어요."

"아, 그렇게 말하진 않았지! 빌어먹을. 그래도 그렇게 말한 거나 다름없어."

"말이 좀 세긴 했죠." 라스가 인정한다.

"이 일이 있기 전까지는," 알렉산드르가 말한다. "나는 영국의 사법부를 믿어왔네."

"완벽하진 않죠." 라스가 철학적으로 말한다. "그런 게 어디 있겠습니까."

"썩어빠졌어."

"그렇게까지 말하기에는 좀……"

"완전 썩어빠졌다고……"

"그건 지금 우리가 어떻게 할 수 없는 부분이에요." 라스가 말한다. 그는 처음부터 이 일을 반대했었다―그가 생각하기에 이 소송은 전혀 가망이 없었다. 그는 이 일에 말려들고 싶지 않았다. 하지만 이제 와서 그 이야기를 다시 꺼내진 않는다. 그는 말한다. "기대를 걸어봐야죠."

알렉산드르는 거의 웃음을 터뜨린다. "기대를 걸 게 뭐가 있다는 건가?"

라스가 약간 슬프게 미소를 짓는다. 그는 오믈렛을 다 먹고 포크를 내려놓는다. "자산의 생명력?" 그의 의견이다. 그는 테가 거북 딱지로 된 굉장히 비싼 선글라스를 끼고 있다.

"생명력이라." 알렉산드르가 바다를 보며 중얼거린다.

꽤 긴 침묵이 흐른다.

"나는 어떻게 해야 하는 거지?" 그가 침울하게 묻는다. "말해주게."

이것이 이 미팅의 목적이다―완전히 패소한 지금 상황에서 향후의 대책을 논의해보는 것. 그리고 그의 재산관리인, 그의 자산을 안도라에서 네덜란드의 앤틸리스제도에 걸쳐 있는 미로에 숨겨준 변호사인 라스는, 잠시 후 이렇게 말한다. "전체적인 상황이 그리 낙관적이진 않습니다."

그렇다는 것은 알렉산드르도 이미 알고 있다.

그의 주요 자산, 한때 세계에서 두번째로 컸던 철광석 회사인 러스퍼렉스는 이제 아무런 가치도 없다. 회사는 슈퍼사이클이 끝났을 때 금속 가격의 폭락과 함께 치명적일 만큼의 많은 부채를 지고 주저앉아버렸다. 알렉산드르는 슈퍼사이클의 끝을 예견하지 못했다. 라스와 다른 많은 이들은 부채를 얻어 사업을 확장하려는 그의 야심찬 계획에 반대했었다—중국을 조금이라도 주시하고 있는 사람이라면 누구나 그 일의 위험성을 인지할 수 있었다. 알렉산드르는 그들의 말을 듣지 않았다. 그는 자신이 틀렸을 수도 있다는 생각을 단 한 번도 하지 않았다.

그의 다른 광산업 관련 자산들은 러스퍼렉스와 수익이 연동된 구조였기 때문에 그것과 함께 몰락했다.

그가 소유한 우크라이나 항공사는 정리 절차에 들어가 있다.

(라스는 그 일을 두고 "타이밍이 좋지 않았어요"라고 말했다.)

(알렉산드르의 보다 덜 애매한 판정: "그건 완전히 멍청한 생각이었어.")

그들은 한동안 모스크바에 기반을 둔 은행에 대해, 그것이 아직 생명력을 지니고 있는지에 대해 이야기한다. 대답은 '그렇지 않다'인 듯하다.

그러더니 라스가 말한다. "제가 알기로, 사장님에게는 아직 얼마간의 주요 자산들이 남아 있습니다."

"말해보게."

라스가 그의 리넨 바지 호주머니에서 작은 종이쪽지를 꺼낸다. 쪽지에는 모종의 리스트가 휘갈겨져 있는 듯하다. 그가 말한다. "서리의 집. 런던의 집. 다소 팰콘. 생바르텔레미의 빌라. 바르바레스코 부지와 포도원. 그리고 이 요트. 이 자산들은 모두 국제신탁 명의로 되어 있으므로 조세채무 없이 매각 가능합니다." 라스가 덧붙인다. "게다가 몰도바와 몬테네그로에 자회사를 둔 벨라루스의 휴대폰 회사의 소수 지분을 가지고 계신데, 이 지분의 가치가 아마 2천만 파운드는 될 겁니다."

알렉산드르가 말한다. "아, 맞아, 그거."

"그 지분들은 지브롤터에 있는 신탁 명의로 되어 있습니다." 라스가 말한다.

"우리가 왜 그걸 가지고 있는 거지?" 알렉산드르가 묻는다.

"그 갈탄 광산을 인수하셨을 때요." 라스가 말한다.

"아, 맞아."

"그걸 별도 회사로 분리할 생각이셨죠."

"그래."

"지금까지 말씀드린 것들이 가지고 계신 주요 자산들입니다." 라스가 말한다. "총 가치는 약 2억 7천 5백만 파운드로 추산됩니다."

승무원─마크는 아니다─이 그들 쪽으로 트롤리를 끌고 와서 은주전자로 커피를 따라준다.

라스가 그에게 고맙다고 말한다.

그들은 승무원이 물러갈 때까지 기다린다. 그러고서 라스가 호주머니에서 또다른 종이쪽지를 꺼내며 말한다. "이제 부채에 대해 말씀드리겠습니다."

알렉산드르는 감미료 알갱이 몇 개를 커피에 넣는다. "말해보게." 그가 말한다.

"변호사 비용─최소한 1억 파운드 정도이고 계속 늘어나고 있습니다." 라스가 말한다.

라스가 자세히 설명하고 있진 않지만, 이 비용에는 리히텐슈타인에 본적을 두고 있는 불투명한 신탁인 라스 본인의 법률 사무소에 빚진 2백만 파운드가 포함되어 있다.

라스는 말한다. "게다가 계속 진행중인 소송 과정에서 추가 부채가 발생하고 있습니다─이것도 1억 파운드입니다. 추산일 뿐이지만요." 라스가 그에게 말한다. "그러니 부채는 2억 파운드라고 해야겠습니다. 어쩌면 조금 더 될지도 모르겠군요. 그러니 부채를 빼고 나면." 마침내 라스가 선글라스를 벗는다. 햇빛에 적당히 탄 피부 때문에 그의 푸른 눈이 더욱 선명히 드러난다. 그는 사십대 중반이다. 그는 나이보다 젊어 보인다. 그가 말한다. "5천에서 1억 파운드 정도 남지 않을까요?"

여전히 선글라스를 끼고 있는 알렉산드르가 고개를 돌리며 냉정하고 중립적인 목소리로 말한다. "자네가 모르고 있는 게 있어."

"그게 뭐죠?"

바람이 세졌다. 선명한 푸른색 바다에 흰 물결이 일기 시작했다. 점점 가팔라지는 물결에 거대한 요트의 움직임이 느껴진다.

알렉산드르가 말한다. "크세니아가 날 떠나려 해."

놀란 표정의 라스는 아무 말도 하지 않는다.

"그래." 알렉산드르가 말한다.

그녀는 재판이 진행되는 동안 매일 그의 옆자리에 앉아 있었다. 변호사들이 떠드는 그 긴 시간 동안. 발을 끄는 소리와 종이를 넘기는 소리가 들려오는 그 긴 시간 동안. 판사 가까이에 있는 변호사들이 서로 속삭이는 동안, 때로는 걱정스럽고도 몰두한 듯한 표정으로, 때로는 오후 중반에 터져나오는 하품을 참아가며, 그녀는 그의 옆자리에 앉아 있었다. 그것은 한 달 이상 이어졌다.

그러고는 목요일 아침에 판결이 내려졌다.

그리고 그는 단순히 지기만 한 게 아니었다―경제적으로 돌이킬 수 없이 파멸했다는 사실과 그에 따른 모든 결과들만이 문제는 아니었다.

문제는 그녀, 판사가 했던 말이었다.

"말이 좀 세긴 했죠." 심지어 라스도 인정했었다.

그러고서 그녀가 말하는 동안 보이던 애덤 스파스키의 미소―거의 알아차릴 수 없던, 그리고 평소와 마찬가지로 열정 없는 푸른 눈에서 뿜어져나오는 기이한 공허함과 함께 보이던 그 미소. 그 미소를 보는 순간―그때 알렉산드르는 그것이 실제 상황이라는 걸, 그것이 실은 악몽이 아니라는 걸 깨달았다. 그것은 그의 실제 인생이었다.

바깥쪽 계단에 잔뜩 몰려 있는 미디어 관계자들을 보며, 그는 충격에 빠졌다. 그는 자신이 지금 어디에 있는지 알 수 없었다. 여전히 그 미소가 눈에 선했다. 경호원들이 그와 그의 팔에 매달려 있는 크세니아를 마이바흐로 급히 안내했다.

그러고는 라운즈 스퀘어에 있는 집. 어둑어둑한 호텔 같은 공간. 인테리어 디자이너들의 인간미 없는 작품. 그러고는 충격으로 인한 고요가 감돌던 집에서, 그녀가 그에게 말했다.

"난 기다릴 만큼 기다렸어." 그녀가 말했다. "재판중에는 얘기하고 싶지 않았어." 그녀가 말했다. "이제 재판은 끝났고."

그녀가 말했다. "그래 봤자 소용없어, 알렉산드르."

"당신은 그렇게 말하겠지." 그녀가 말했다. "당신이 내게 마지막으로 눈길을 준 게 언제야? 내가 뭘 원할지 마지막으로 생각해본

게 언제냐고? 나는 당신한테 대체 무슨 소용인 거야? 심지어 당신은 이제 섹스에도 관심이 없잖아……"

그가 일본 화병을 던진 것은 바로 그때였다.

그가 일본 화병을 던졌을 때, 그녀는 그 자리에서 얼어붙었다.

그녀가 말했다. "쌍둥이를 데리고 이 주간 생바르텔레미에 가 있을게."

그리고 그날 오후, 쌍둥이가 비싼 영어 학교에서 집으로 돌아왔을 때, 짐은 모두 꾸려져 있었고, 복도에는 그 짐들이 잔뜩 쌓여 있었다. 그녀는 쌍둥이, 그녀의 개인 비서, 개인 트레이너, 두 명의 영국인 유모, 죄다 이어폰을 꼽고 있는 경호원들을 데리고 공항으로 떠났다―그는 사륜구동식 차량들의 행렬이 떠나가는 모습을 창가에서 지켜보았다.

그는 너무 큰 충격을 받은 나머지 그녀를 말리지 못했다.

그는 목이 아플 만큼 소리를 질러댔다. 그의 두 눈은 핑크빛으로 충혈되어 있었다.

그는 창가에 서서 바깥을 내다보고 있었다.

"그녀가 원하는 게 뭐죠?" 라스가 묻는다.

그는 말한다. "런던의 집. 생바르텔레미의 빌라. 돈."

"얼마나요?"

"나도 몰라. 그녀의 변호사들과 내 변호사들이 이야기중이야."

"결혼하신 게 아니었나요?" 라스가 신중하게 말한다.

"아니." 알렉산드르가 피곤한 목소리로 말한다. "그래서 뭐? 우린 십오 년 동안 함께 살았어. 우리 둘 사이엔 쌍둥이가 있어."

"아이들이 몇 살이죠?"

"열 살."

침묵이 흐른다.

"자네도 아이가 있나?" 알렉산드르가 묻는다.

"네." 라스가 놀란 목소리로 말한다.

그동안 함께 수년간 일해오면서 알렉산드르가 그의 가족에 대해 물은 것은, 그의 인생에 어떤 관심이라도 보인 것은 이번이 처음이다.

"네." 그가 다시 말한다. 그러고는 붙임성 있게 굴어보려 애쓰며, "제 아이들은 사장님 아이들보다 나이가 조금 더 많아요. 하나는 열다섯 살이고, 하나는 열두 살이죠."

"아, 내게는 더 나이 많은 아이들도 있네." 알렉산드르가 말한다. "난 결혼을 두 번 했고, 이혼도 두 번 했어. 첫번째 이혼은 괜찮았지. 그렇게 돈이 많이 들지는 않았어. 두번째 이혼은……" 그가 무거운 한숨을 내쉰다. "내가 어쩌면 좋겠나, 라스?"

라스는 그 질문을 실용적인 차원에서 받아들인다. 그는 말한다. "변호사 비용과 다른 부채를 충당하기 위해서는 자산의 일부를 매각하셔야 합니다. 지금 계류중인 소송은 모두 해결하시라고 말씀드리고 싶어요. 승산은," 그가 말한다. "지난주의 판결로 인해 현저히 줄어들었습니다."

그는 알렉산드르가 무슨 말을 할지 기다린다.

아무 말도 들리지 않는다. 그는 바다를 쳐다보며 뭔가 다른 생각에 빠져 있는 듯하다.

"그러기 위해서는," 라스가 계속 말한다. "큰 액수의 비용을 지급하고 모든 소송을 해결하기 위해서는, 말씀드렸다시피 2억 파운드 정도가 필요합니다."

그는 그 말이 충분히 이해될 때까지 기다린다.

"운이 좋으면," 라스가 낙관적으로 말한다. "이 요트만으로도 그 비용을 충당할 수 있을지 몰라요."

"아니야." 실은 그의 말을 모두 듣고 있었던 게 분명한 알렉산드르가 말한다. "그럴 수는 없을 거야."

"1억 5천만 파운드 정도 될까요?" 라스가 넌지시 말해본다.

"아마도."

"그럼 우린 5천만 파운드가 더 필요하군요." 라스가 생각에 잠겨 말한다. "제 생각에는 팰콘을 파셔야 할 것 같습니다." 그가 말한다. "제가 생각하기에는, 아무래도 간접비가 너무 많이 나오는 것 같아요."

사실 라스는 간접비가 많이 나오는지 적게 나오는지 생각해볼 필요도 없다. 몇 년 전 그는 제트기를 소유하고 관리하기 위해 맨섬에 신탁을 설립했는데, 그것은 일 년에 몇 백만 파운드의 돈을 잡아먹고 있다.

"그럼, 제트기를 팔까요?"

"좋아." 알렉산드르가 다른 곳에 정신이 팔린 채로 말한다.

"2천만 파운드는 받을 수 있었으면 좋겠네요." 라스가 말한다. "요즘 시장에서는 그런 종류의 항공기가 꽤나 강세니까요."

"그래."

"그러면 이제 3천만 파운드가 더 필요합니다."

알렉산드르는 아무 말도 하지 않는다.

"런던의 집과 생바르텔레미의 집은 크세니아의 몫이 되는 건가요?" 라스가 묻는다.

"그녀가 그것들을 원해."

"그리고 그녀는 그것들을 가지게 될 것이고요?"

"그럴 것 같군."

"그럼 돈은요?"

"그녀는 돈도 원할 거야." 알렉산드르가 말한다.

"얼마나 될지는 모르시고요?"

"몰라."

"제 생각에는 1천만 파운드를 넘기면 안 될 것 같습니다." 라스가 말한다. "그녀에게 1천만 파운드 이상은 주시면 안 돼요."

검은 실크 셔츠 차림의 알렉산드르는 그저 어깨를 으쓱할 뿐이다.

"만일 서리의 집을 팔고," 라스가 말한다. "바르바레스코 부지를 파시면, 미상환 부채를 갚고 그녀에게 1천만 파운드를 지불하실 수 있을 겁니다."

테라스 쪽으로 바람이 불어오고, 그곳에서는 이제 누군가가 걸레질을 하고 있다―그 배의 허드렛일을 하는 사람들이 입는 유니폼인 유로파 로고가 새겨진 흰색 폴로셔츠와 운동복 바지를 입은 아프리카인 여자가 그들과 약간 떨어진 곳에서 갑판을 닦고 있다.

바람이 수면을 어지럽히며 수면 여기저기를 반짝반짝 빛나게 한다.

"그렇게 되면," 라스가 종이쪽지 하나를 쳐다보며 말한다. "벨라루스의 휴대폰 회사 지분이 남게 됩니다."

"겨우 그거?"

"네. 그 지분의 가치는 2천만 파운드 정도입니다." 라스가 일러준다.

"2천만 파운드?" 알렉산드르가 희미한 목소리로 말한다.

"네. 그리고 배당률이 상당합니다. 약 5퍼센트예요. 일 년에 약 백만 파운드 정도 됩니다. 제 생각에는," 라스가 농담을 한다. "그 것만으로도 앞으로 충분히 먹고사실 수 있을 듯합니다."

침묵.

그러고서 더는 농담을 하지 않으며, 그가 말한다. "세금 문제만 적절히 해결되면요."

라스 본인이라면 실제로 그 정도 돈으로도, 세금 문제를 적절히 해결해가며, 이래저래 먹고 살 수 있다.

알렉산드르는 라스의 농담에 웃지 않는다. 그는 라스의 말을 듣고 있었던 것 같지 않다. 마침내 그가 라스를 바라봤을 때, 그는 마치 자신들이 그동안 무슨 이야기를 하고 있었는지 기억나지 않는다는 듯한 표정이다. "점심 먹고 가겠나, 라스?" 그가 묻는다.

그들은 개인용 식당 바깥에 있는 작은 테라스―두 사람을 위해 세팅된 테이블―에서 식사를 한다. 마크와 젊은 베트남인 수습 승무원이 그들의 시중을 든다. 알렉산드르는 스시를 달라고 말한다. 불행히도 스시는 준비되어 있지 않다. 실망한 게 분명한 알렉산드르는 마크를 향해 한동안 구함을 질러대고, 그동안 라스는 고개를 돌린다. 그는 바다를 쳐다본다―여기저기 거품이 일고 있는, 아주 멋진 남색 바다. 결국 테이블에는 회향 샐러드와 햇감자를 곁들인 연어구이, 그리고 매우 훌륭한 푸이 퓌세 한 병이 놓이고, 알렉산드르는 라스에게, 그가 그 이야기를 이미 알고 있다는 사실을 잊은 채, 언젠가 자신이 울란바토르에 있었을 때 저녁으로 스시를 먹고 싶다는 이야기를 어느 낮 시간에 한 적이 있었다고 말한다.

"자 그런데," 그가 라스에게 말한다. "그 당시에는 울란바토르에서 제대로 된 스시를 구할 수가 없었어. 지금은 달라졌을지도 모르겠군."

재미있어하는 표정을 지으려 애쓰며, 라스가 고개를 끄덕인다.

"그래서 난 알랭에게 말했지." 알렉산드르가 말한다—알렉산드르가 어디에서 뭘 먹고 싶어하든 그것을 조달해주는 게 알랭의 일이었다—"난 알랭에게 말했어. '오늘밤에는 스시가 먹고 싶군. 제대로 된 스시 말이야, 알았나? 현지에서 파는 거지같은 스시 말고, 알았나?'"

라스가 미소의 강도를 조금 높여보려 애쓴다—이를테면 살짝 찌푸린 채 기대를 품고 있는 표정에서, 누가 봐도 즐거워하는 표정으로.

"그래서 알랭이 어쨌는지 알아?" 마크가 그의 어깨높이로 몸을 구부린 채 푸이 퓌세를 조금 더 따르는 동안, 알렉산드르가 그에게 묻는다.

여전히 미소를 지으며—그리고 실은 알랭이 어쨌는지 알고 있으면서도—라스는 고개를 젓고, 냅킨으로 가볍게 입을 두드린다. 그는 마크에게 고맙다고 몇 마디 중얼거린다.

"그는 런던에 있는 우본에 전화를 걸었어." 알렉산드르는 말한다. "자네도 그 레스토랑 알지?"

"네." 라스가 말한다.

"거기 전화를 걸어서 대략…… 대략 천 파운드 정도 되는 가격의 스시를 주문했지." 알렉산드르가 말한다. "테이크아웃으로 말이야."

라스가 공손히 눈썹을 치켜세운다.

"그러고서 그는 누군가를 시켜서 그 스시를 판버러로 가져가게 했고, 그걸 개인 전용기로 실어나른 거야." 알렉산드르가 강조한다. "울란바토르까지." 그가 말한다. "스시는 현지 시각으로 여덟시 정각, 딱 내가 배가 고플 시간에 맞춰 도착했어. 그러고 나자 알랭은 스스로 매우 뿌듯해했지. 그리고 난 그에게 말했어, '아주 훌륭한 스시로군, 알랭. 어디서 구한 거지?' 그는 내게 그걸 런던의 우본에서 구했다고 말했어. 그래서 내가 그에게 말했지. '런던? 자네 정신 나갔나? 차라리 일본에서 구해 오는 게 더 빨랐을 텐데!'"

라스는 조용히 웃어 보인다.

알렉산드르가 꽤나 심각한 목소리로 그에게 말한다. "그 일은 신문에도 났어."

"그래요?"

"역사상 가장 비싼 테이크아웃 음식이라고들 했지."

라스가 다시 한번 조용히 웃는다.

"신문에서는 그게 5만 파운드짜리라고 했어. 잘 모르겠군. 그게 사실인지는 모르겠어."

그 당시에―더이상은 딱히 그러지 않는다―알렉산드르는 자신과 관련된 신문기사들을 커다란 스크랩북에 모두 모아두곤 했었다. 한동안 꽤 많은 양의 기사들이 쏟아져나왔었다―그는 '철의 황제'로 알려져 있었고, 그의 라이프스타일과 부는 기자들에게 매혹의 대상이었다. 스크랩북 관리는 누군가―옥스퍼드를 갓 졸업한 매력적인 젊은 여성—의 풀타임 직업이었다.

"울란바토르의 상업용 부동산에 돈을 좀 투자해둘 걸 그랬어." 알렉산드르가 아쉽다는 듯이 말한다. "생각은 해봤었지."

"성공적인 투자였을 겁니다." 와인을 홀짝이며, 라스가 말한다. 그는 자신이 몽골 부동산—지난 몇 년간 세계에서 가장 많은 실적을 낸 자산들 중 하나—전문가인 지인이 운영하는 투자신탁의 주식을 소량 보유하고 있다는 이야기는 굳이 꺼내지 않는다.

엔조가 합석한다.

알렉산드르가 그에게 잠깐 보자고 했었다. 그는 말한다. "우린 모나코로 갈 거야, 엔조. 라스를 집까지 데려다주기로 했어."

식사 초반에 이루어진 제안이었다.

그것은 라스가 바라던 바였다.

그가 여행가방을 들고 온 것도 바로 그 때문이다.

비록 그것이 오후와 저녁 시간의 거의 대부분을 알렉산드르의 이야기를 들으며 보내야 한다는 걸 의미하기는 하지만. 이제 알렉산드르는 대화를 멈출 기미를 전혀 보이지 않는다.

저녁식사 내내, 그는 자신을 사로잡고 있는 주제인 러시아 역사에 대해 이야기한다. 어떻게 러시아가 20세기가 막 시작되던 시기에 몰락하고 말았는지—천연자원을 소수 가문들이 독점함으로써, 중산층이 위축되고 대부분의 인구가 침울한 운명론적 가난 속에 살아가는, 경제 및 사회 발전적 측면에서 서유럽과 미국보다 뒤처지는 다소 난잡한 권위주의적 상태—에 대해 설명하는 그의 모습은 지쳐 보인다. 모든 공산주의 실험은 그것이 품고 있던 희망과 고통과 더불어 폭풍처럼 지나가버렸다고, 모든 걸 딱 그 상태로 남겨둔 채 끝나버렸다고, 그는 말한다.

라스는 그의 평가에 고개를 끄덕인다.

알렉산드르는 시가 연기에 파묻힌 채 테이블 맞은편에 구부정하니 앉아 있다. 그는 자신이 1990년대에 러시아를 자유시장경제의 민주주의로 바꾸려 했다면서, 그것이 어떻게 실패했는지에 대해 이야기하고 있다.

그들은 실내의 작은 식당에 앉아 있고, 공중에는 연기가 자욱하다.

테이블 위에는 초콜릿이 담긴 커다란 쟁반이 있다. 장인이 만들어 기괴한 모양을 하고 있으며, 위에는 퓨어 코코아 파우더가 뿌려진 초콜릿. 라스는 벌써 그걸 두 개나 먹었다. 초콜릿 하나를 더 먹을지, 아니면 마크가 커피를 가져다줄 때까지 기다릴지 고민하며, 그가 말한다. "기회를 놓치신 거죠."

"그것은 역사적 비극이었어." 알렉산드르가 그에게 말한다.

역사적—그가 좋아하는 단어다.

라스는 알렉산드르가 자기 스스로를 역사적 인물로 여긴다는 걸 알고 있다. 그는 휘몰아치는 역사에 대해 이야기할 때, 어디까지나 그것을 직접 경험한 사람의 입장을 취하길 좋아한다. 한번은 그가 라스에게 물었었다. "내가 역사에 어떻게 기록될 거라고 생각하나?"

라스는 뭐라고 말해야 좋을지 몰랐다. 잠시 망설인 후, 그는 진부한 재담을 들먹였다. "그건 그 역사를 누가 기록하느냐에 따라 달라지겠죠."

알렉산드르가 자신의 삶과 시대를 다루는 여러 권의 기념비적인 책을 쓰겠다는 계획을 그에게 말했던 건 바로 그때—몇 년 전 다

보스에서—였다.

라스가 아는 한, 그는 아직 그 일을 시작하지 않았다.

그는 이제 자신의 삼촌에 대해 이야기하고 있다. 라스는 전에도 이 남자에 대해 들은 적이 있다. KGB 장교—30년대와 40년대의 숙청 기간 동안 사람들을 죽음으로 몰아넣었던 남자. 그럼에도— 라스는 이 이야기를 알고 있다—알렉산드르가 존경하는 누군가.

"어렸을 때 난 그가 그냥 별 볼 일 없는 노인네인 줄로만 알았어." 알렉산드르가 말한다. "구닥다리 퇴물—뭐 그런 거 있잖아."

"네." 관심이 있는 척 애를 쓰며, 라스가 말한다.

"그는 유행에 뒤떨어진 모자를 썼지." 알렉산드르가 말한다.

"그래요?"

"헤어스타일도 거지같았어. 그는 나에게 그런 사람이었어. 나중에야 나는 그가 강철로 된 영혼의 소유자라는 걸 알았지. 그는 강했어. 50년대가 되어 변화의 바람이 불자, 그는 힘든 상황에 내몰렸지."

"분명 그랬겠군요……"

"그러니까, 스탈린은," 마크가 커피를 들고 다가오고 있을 때 알렉산드르가 말한다. "그의 영웅이었어. 그는 스탈린을 숭배했지. 진심으로."

"그런 사람들이 몇 명 있었죠."

"그러고는 흐루쇼프가 그 연설을 했어."

"네, 이른바 비밀 연설이요." 라스가 말한다.

"그래서 모두들 사과를 해야 했고, 어차피 스탈린은 좋아한 적도 없었다고 말해야 했어. 음, 그는 그렇게 말하지 않았지. 죽임을 당할지도 모른다는 걸 알면서도 그랬어. 그는 그렇게 말하지 않았어. 그것은 돈 조반니의 마지막 장면 같았지." 알렉산드르가 말한다. "눈앞에서 지옥문이 열려도 끝내 사과를 하지 않는 그 주인공 같았다고. 그는 위선자가 되길 거부했던 거야. 무슨 말인지 자네도 알겠지."

라스는 그저 고개를 끄덕인다.

"아버지는 사과를 했어." 알렉산드르가 그에게 말한다.

"그래요?"

"아, 그랬지."

마크는 커피를 서빙한 후에 그곳을 슬쩍 빠져나갔다.

"아버지는 사과를 했어. 삼촌─그의 이름은 나와 같은 알렉산드르였어─은 사과를 하지 않았지. 그는 마음속으로 자신이 아무런 잘못도 저지르지 않았다고 생각했어. 잘못을 저지른 건 자신의 적들이었다고 생각했어. 그는 역사가 자기편이라고 생각한 거야. 하지만 그렇지가 않았어. 결국 그는 스스로 목숨을 끊고 말았고." 알렉산드르가 말한다. "그는 자살했어."

"그러셨다니 유감입니다."

알렉산드르는 완전히 기진맥진해 어깨를 으쓱한다. "그는 그때 늙은이였어. 인생을 더 살아갈 이유랄 게 전혀 없었지." 그가 말한다. "그는 자신의 평생을 공산주의를 일으키는 데 바쳤어. 그러면서 일생을 보낸 거야. 다른 건 아무것도 없었지."

라스가 생각에 잠긴 듯 고개를 끄덕인다.

"그에게 인생을 더 살아갈 이유가 뭐가 있었겠어?" 그 점을 역설하며, 알렉산드르가 그에게 묻는다.

"이유가 전혀 없었을 것 같네요." 라스가 말한다.

알렉산드르가 고개를 끄덕이며 질척한 시가 끄트머리에서 물기를 짜낸다. "이유는 전혀 없었어." 그가 말한다. "더는 아무것도 남아 있지 않았어. 그걸로 끝이었지."

*

다음날 아침, 우현 쪽으로 카프리섬이 지나간다. 스모그가 낀 나폴리. 라스는 유로파호 로고가 새겨진 복슬복슬한 타월천 가운을 입은 채, 자신의 방에 딸린 작은 테라스에서 섬들이 지나가는 모습을 바라본다. 공기는 포근하고 신선하다. 그는 잠을 잘 자지 못했다. 간밤에 훌륭한 와인과 전쟁 전에 만들어진 아르마냐크를 너무 많이 마셨다. 그러고는 선실로 돌아왔을 때, 그는 엔터테인먼트 시스템에서 감상 가능한 수백 편의 영화들 가운데 타르콥스키의 〈노스탤지어〉를 발견했었다. 그는 그것을 보기 시작했다. 늘 스웨덴어를 하던 얼랜드 조셉슨의 목소리를 이탈리아어 더빙으로 들으니 이상한 기분이 들었다. 영화를 절반도 보지 못한 채 그는 잠이 들었다.

누군가 문을 두드린다.

마크다.

마크는 알렉산드르가 그를 아침식사에 초대했다고 말한다.

라스는 알렉산드르가 그러지 않았으면 하고 바라고 있었다.

"감사합니다." 그가 말한다. "조금 있다가 가겠다고 전해주세요."

삼십 분 뒤 그가 나타났을 때, 그곳에서는 엔조가 알렉산드르에

게 자정쯤에는 몬테카를로에 입항할 수 있을 것 같다고 보고하는
중이었다.

라스는 자리에 앉는다. 그는 스웨터를 입고 있고, 샤워를 한 지
얼마 안 된 그의 머리는 여전히 축축하다.

"오늘 아침에 전화 한 통을 받았네." 엔조가 떠나자, 알렉산드르
가 말한다. "런던의 사무 변호사한테서 온 전화였어." 알렉산드르
는 기분이 별로인 듯하다.

스크램블드에그를 먹던 라스가 재빨리 고개를 든다.

알렉산드르가 말한다. "크세니아의 변호사들로부터 요구 사항
에 관한 연락을 받았다는군."

"그래요?" 라스가 여전히 게걸스럽게 음식을 먹으며 말한다.
"요구 사항이 뭐래요?"

"집 두 채⋯⋯"

"런던이랑 생바르텔레미요?"

"그렇다는군."

"그리고⋯⋯?"

"그리고 2천 5백만." 알렉산드르가 말한다.

"파운드요?"

"그래."

"그건 말도 안 돼요." 스크램블드에그를 포크로 입에 가져가며,
라스가 말한다. "소송을 거실 겁니까?"

알렉산드르는 고개를 끄덕인다. 그는 거품이 나는 종류의 음료
를 마시고 있다—아마 그도 아직 술이 덜 깬 모양이다. 어쨌든 그
도 잠을 잘 못 잔 듯한 얼굴이다. 사실 그는 잠을 전혀 안 잔 듯한

얼굴이다.

"처음이라 세게 나오고 있을 뿐이에요." 라스가 말한다. "천만 파운드 이상을 받고 싶으니까 2천 5백만을 요구하는 거죠. 천오백만이면 만족할 겁니다. 심지어 그것도 너무 많아요. 소송을 거세요." 그가 조언한다. "천만 파운드 이상은 주시면 안 됩니다."

"소송을 걸 거라네." 알렉산드르가 말한다.

주전자를 든 승무원이 라스에게 차를 마시겠느냐고 묻고, 라스는 그러겠다고 말한다.

"천만 파운드 이상은 주시면 안 됩니다." 그가 다시 말한다. 차는 훌륭하다. 지금까지 그가 맛본 차들 가운데 최고다―마치 차가 아니라 완전히 새로운 무엇, 더 훌륭하고, 더 미묘하고, 더 강렬한 무엇 같다. 그는 말한다. "그녀가 사장님의……" 그는 그것을 어떻게 표현해야 좋을지 확신이 들지 않는다. "자금 사정이 악화됐다는 걸 알고 있나요?"

알렉산드르는 잠시 아무 말도 하지 않는다. 그는 여전히 바다를, 제각기 잿빛 수평선을 향해 몰려가고 있는 파도를 바라보고 있다. 그가 말한다. "나도 모르겠어."

"그러니까 어쩌면 그녀는 모르고 있는지도 몰라요." 라스가 도움이 되어보려 애쓰며 말한다. "2천 5백만 파운드를 요구하는 것은 사실상……"

당신이 가진 모든 것을 내놓으라는 뜻이라는 걸, 이라고 그는 말하려 했다.

"이 일이 끝나면," 알렉산드르가 쓸쓸한 목소리로 말한다. "자네는 나보다 더 부자가 되어 있을 걸세."

이번에도 무슨 말을 해야 좋을지 확신하지 못하는 라스는—그것은 아마도 사실일 것이다—그저 차를 한 모금 더 마시더니, 몇 초 후에 이렇게 말한다. "우리는 자산 처분 문제를 논의해봐야 합니다. 어제 서로 합의한 대로요. 세부 사항에 대해 논의해봐야 해요."

그를 또 화나게 한 것은 아닌지 걱정하며, 그가 알렉산드르를 쳐다본다.

알렉산드르는 괜찮아 보인다.

그는 이제 포도를 먹고 있다—포도알을 가지로부터 천천히, 꼼꼼하게 따서 자신의 입안에 집어넣고 있다.

라스가 종이쪽지 하나를 꺼낸다.

그다음 한 시간 동안 그들은 자산 처분 문제—다소 팰콘, 바르바레스코 부지, 서리의 집, 그리고 슈퍼요트의 매각—에 대해 이야기를 나눈다. 이 자산들 대부분에 대해, 라스는 가능한 구매자들을 생각해두고 있다.

포도를 먹고 있는 알렉산드르는 담담하다. 그는 지금 논의중인 주제보다도 길쭉하고 푸른 포도에 더 관심을 보이는 듯하다.

라스는 이 모든 문제가 해결되고 나면, 결국 그에게 몇백만 파운드의 현금, 그리고 벨라루스의 휴대폰 회사 지분이 남았으면 하는 기대를 표한다.

"라스, 자네도 알겠지만," 알렉산드르가 말한다. "내가 파산하는 건 이번이 처음이 아니야."

"1998년, 러시아 디폴트 사태 때 말씀인가요?" 여전히 메모를 계속하며, 라스가 조심스럽게 말한다.

"바로 맞혔네."

라스는 여전히 메모를 하고 있다. 그가 말한다. "네, 정말 엄청났을 것 같아요."

"물론 그랬지." 알렉산드르가 말한다.

라스가 다른 데 정신이 팔린 채 중얼거린다. "완전히 엉망이었겠어요."

"물론이야."

사실 알렉산드르는 이제 그 시절을 떠올리면 사랑 비슷한 것을 느낀다. 그의 기억 속에서 그 시절은, 그보다 십 년쯤 전에 소비에트연방이 막 붕괴됐을 무렵, 그가 이미 통상산업부의 상당히 높은 관료가 되어 있었을 때와 더불어, 그의 인생에서 가장 생생했던 시기들 중 하나다. 모든 국제무역은 통상산업부에서 처리하고 있었다. 국제교역을 원하던 개인사업체들—무엇보다도 천연자원 분야의 기업들—은 혼자서 어떻게 그 일을 할 수 있을지 알지 못했고, 무역자금을 끌어올 방법도 없었다. 그는 그것을 기회로 삼았다. 그럼에도 불구하고, 그 이후에 일어난 일은 그의 상상을 훨씬 넘어섰다. 한동안 세상에 불가능이란 없어 보였다. 그는 무역자금 지원을 위해 자신의 은행인 인트레이드뱅크를 설립했고, 그 은행은 곧 산업체들의 지분을 모아들이기 시작했다—보리스 옐친의 재선에 자금줄을 대고, 엄청난 수의 예전 국영 기업들을 몇몇 개인의 소유로 만들어버린 주식 대 대출loans-for-shares 방식 이후에는 특히 더 그랬다. 누구는 결국 기름을 얻었고, 누구는 결국 니켈이나 알루미늄, 또는 아에로플로트 항공사를 얻었다. 그는 결국 철을 얻었다. 철의 황제. 불과 몇 년 사이에 그는 살짝 버릇없는 소비에트 관료에서 세계 제일의 철광석 거물로 거듭났다.

사실 1998년의 디폴트 사태는 그를 파산에 이르게 하지 않았다. 그럴 뻔하기는 했다. 그리고 비록 인트레이드뱅크가 엄청난 소송에 휘말리긴 했지만, 그는 해외의 미로 속에, 그러니까 케이맨제도 같은 다른 멀고 고요한 땅들에 비밀스러운 명의들로 된 신탁에 주식을 감춰둠으로써 철의 제국을 구해내는 데 성공했다―라스가 자신의 역할을 수행하기 시작한 것도 바로 이때의 일이다.

알렉산드르는 여전히 테이블에 앉아서 수평선 너머 어느 먼 곳에 있는 무언가를 쳐다보고 있는 듯하다. 라스는 여전히 뭔가를 써내려가고 있다.

1998년의 공황 사태. 그가 모든 걸 잃어버릴지도 모른다고 생각했으며, 아무튼 그것들을 지켜내는 데 성공했던 때. 그해 여름, 그 파국의 한복판에서 그는 쉰번째 생일을 맞이했다. "좆까라고 그래." 그는 말했다. "나는 파티를 할 거야." 그는 파티를 위해 블레넘궁전을 빌렸다. 천 명의 손님들을 위한 파티. 그의 영웅인 루퍼트 머독도 그 자리에 왔었다. 잔디밭 위의 헬리콥터들. 그때가 그의 전성기였다. 그의 품에 안긴 새로운 여인: 크세니아. 불꽃놀이. 그때가 좋았다.

그때가 좋았다, 나의 친구여.

"그때가 좋았어, 라스." 그가 중얼거린다.

라스가 고개를 든다. "언제요?" 그가 묻는다.

"그때가."

4

그러고는 해가 지면서, 빛이 어둠으로 바뀐다. 하늘은 온통 햇살이었고, 눈을 찡그리게 하는 푸른빛으로 가득했었다. 그러다 어두워지는 하늘. 깊어지는 어둠. 그 어느 때보다도 어둡고, 그 어느 때보다도 깊다. 그러고는 문득, 축축한 십일월의 아침. 여전히 희미한 어둠 속에 웅크리고 있는, 흠뻑 젖은 육지. 눈물을 뚝뚝 떨구는 구름장 아래로 보이는 잉글랜드 동남부는 이제 아침의 러시아워 시간이다. 고속도로를 서둘러 달려가는 차들의 헤드라이트. 따분한 소도시에 옹기종기 모여 있는 집들. 제트기가 하강함에 따라 이제 그것들이 가까워지고 있다. 창에 얼룩진 빗방울 너머로, 그는 오수처리장, 바람에 납작해진 풀, 윙윙거리는 타맥 포장도로를 바라본다……

어젯밤 그들은 자정을 막 넘긴 시간에 몬테카를로에 입항했다.

제트기는 이미 그 전날 베니스에서 날아와 니스공항에서 대기중이었다.

오늘 아침 일찍 그 제트기는 런던을 향해 출발했다. 굴욕적이게 도, 그는 라스에게서 연료 값으로 1만 유로를 빌려야 했다. 파일럿이 그에게 전화를 걸어와 당황한 목소리로 토탈사가 연료 값을 선불로 지급해주길 원한다고 전했다.

부드럽게, 비행기가 활주로를 달린다. 영국의 아침이 이제 아주 실감나게 다가온다. 그것은 바로 저기, 타원형 창문의 반대편, 빗방울이 계속 떨어지고 있는 곳에 있다.

작은 터미널 건물이 새벽빛 속에 반짝인다.

그는 이곳을 다시 찾아서는 안 되었다.

약간의 반동과 함께 비행기가 멈춘다.

십 분 후에 그는 마이바흐에 오른 채 온갖 차들로 빽빽한 타맥 포장도로를 감수하며 런던으로 향하고 있다―그는 헬리콥터를 띄우기에는 시야가 너무 안 좋다는 말을 들었다. 그리하여 비까지 퍼붓는 교통체증을 뚫고 사무 변호사가 그를 기다리고 있는 메이페어의 사무실까지 가는 데 한 시간이 걸린다.

알렉산드르는 늦었다. 그는 미안하다고 말하며 그와 함께 자리에 앉는다. 사무실―현관 옆의 잘 닦인 문패에는 아이세트 홀딩스라고 쓰여 있다―은 파크레인 근처에 자리해 있는 18세기 타운하우스에 있다. 그들이 있는 방은 2층이다―높은 천장, 무거운 경목으로 만들어진 문, 그리고 몇몇 사무용 잡동사니들.

사무 변호사인 히스가 크세니아의 법률팀으로부터 전달받은 그녀의 요구 사항을 나열하기 시작한다. 런던의 집, 생바르텔레미의 빌라……

"나도 아네." 알렉산드르가 말한다. "자네가 이미 전해줬잖아."

히스가 서류에서 고개를 든다. "네." 그가 말한다. "그러니까 빅토로브나 씨가 뭘 요구하고 있는지 알고 계시는 거죠."

"런던의 집, 빌라, 그리고 2천 5백만 파운드."

"맞아요." 히스가 말한다. "그리고 양측의 정확한 합의를 위해 사장님의 비행기 사용도 요구하고 있습니다."

"비행기는 매각에 들어갔어." 알렉산드르가 그에게 말한다. 비록 어두운 날이긴 하지만―거리를 지나가는 택시들은 헤드라이트를 켜고 있다―높은 창에서 들어온 빛이 그의 피곤한 눈을 어지럽힌다.

"아," 히스가 말한다. "알겠습니다. 그렇다고 그쪽에 전달해두죠." 그는 뭔가를 적고는 앞에 놓인 커피를 한 모금 마신다. "또한 저희가 생각하기에," 그가 말한다. "두 채의 고가 주택에 2천 5백만 파운드의 현금까지 요구하는 것은 지나친 것 같습니다."

"그런가?" 별로 관심이 없다는 듯한 목소리로, 알렉산드르가 말한다.

"이의를 제기하시는 게 좋을 것 같아요." 히스가 말한다.

"이의를 제기하라고?"

"법원에서 빅토로브나 씨에게 두 채의 주택 외에 그렇게 큰 금액까지 지불하라고 판단할 가능성은 거의 없을 거라고 봅니다."

알렉산드르는 아무 말도 하지 않는다.

히스가 말한다. "물론 사장님은 그녀가 원하는 금액에 그냥 집 한 채만을 더 주는 쪽을 선호할 수도 있겠죠."

"자네는 내가 이의를 제기해야 한다고 생각하나?" 마치 히스의 마지막 말은 듣지 못하기라도 한 듯, 알렉산드르가 말한다.

"저희는 그렇게 생각합니다."

"그럼 소송을 제기해야 한다는 말인가?"

"꼭 그런 건 아니에요. 만일 빅토로브나 씨가 제대로 된 조언을 듣는다면 아마 그런 일은 생기지 않으리라 봅니다. 하지만 가능성을 전혀 배제할 수는 없겠죠."

알렉산드르는 이번에도 아무 말을 하지 않는다. 그는 중년의 사무 변호사를 바라보고 있지 않다. 그곳에 있는 어느 문의 위쪽에 달린 녹색 비상구 표시를 보고 있는 듯하다. 그의 눈 밑에 처진 살은 거대하고 거무스름하다. 얼굴은 왠지 움푹 팬 듯하다. 불과 몇 주 전에 마지막으로 만났을 때보다 그가 훨씬 수척해졌다고, 히스는 생각한다. 그는 훨씬 더 늙어 보인다.

"염려하실 건 전혀 없을 듯합니다." 히스가 말한다. "혹시 이 건으로 법원에 가게 되더라도 말이죠."

다시 한번 긴 침묵이 이어진다.

이윽고 알렉산드르가 부드럽고 피곤한 목소리로, 여전히 사무 변호사를 쳐다보지 않은 채 말한다. "그녀가 원하는 대로 해줘. 원하는 걸 전부 다 줘버려."

히스가 어리둥절한 표정을 짓는다. "전부 다요?" 그가 말한다.

"그래."

"대단히 죄송하지만, 그건 저희의 조언과는……"

"나도 아네."

히스는 다시 한번 시도해본다. "그녀의 사무 변호사들은 공격적으로 나오고 있어요." 그가 말한다. "그들도 자신들의 요구 사항을 모두 받아낼 거라고는 기대하지 않을 겁니다. 그들은 협상을 하려는 거예요."

"그렇겠지."

"아무래도 이 문제에 대해서는 좀더 천천히 생각해보시는 게 좋을 듯합니다." 히스가 제안한다. "서두를 필요는 없어요."

"그럴 필요 없어." 알렉산드르가 말한다. "그녀가 원하는 걸 다 줘버려."

히스는 무슨 말을 해야 할지 모르겠다는 표정이다. "진심이세요?"

"그래."

또다시 긴 침묵이 흐른다. "네, 알겠습니다." 거의 슬퍼 보이는 표정으로 서류를 바라보며, 사무 변호사가 말한다. "그게 정말 원하시는 거라면. 저도 어쩔 수 없지만 이 점은 말씀드려야겠군요─ 지금 이건 저희의 조언과는 무관한 결정입니다."

"나도 아네."

히스가 떠난 후, 그는 긴 테이블에 혼자 앉아 있다. 그가 거기 있는 걸 발견한 비서가 혹시 잊었을지 모른다며, 새터 경과 점심 약속이 되어 있다는 사실을 알려줄 때까지. 그녀는 르 가브로슈에 테이블 하나를 예약해둔 상태라고 말한다.

그는 낯설고 공허한 표정으로 그녀를 바라본다.

그는 잊고 있었다.

그는 이곳에 있으면 안 되었다.

그는 점심을 먹으면 안 되었다.

그럼에도 열두시 반이 되자, 그는 피에르와 매디스가 뒤따르는 가운데 짧은 거리를 걸어 르 가브로슈로 간다.

에이드리언 새터는 이미 그곳 이층의 대기 구역 안락의자에 앉아 있다. 그는 알렉산드르와 동년배다. 핑크빛으로 빛나는 그의 기름진 이마 위로 반쯤 은발로 뒤덮인 머리가 부드러운 물결 모양을 그리며 솟아 있다.

"슈릭." 거대한 옷깃이 달린 정장 호주머니에 안경을 밀어넣는 동시에 자리에서 일어나며, 그가 말한다. 그는 알렉산드르의 손을 잡고 어깨를 톡톡 두들긴다. "반갑네."

"안녕, 에이드리언." 알렉산드르가 말한다.

피에르와 매디스는 남자들이 가로등에 크리스마스 장식을 달고 있는 바깥에서 어슬렁대고 있다.

알렉산드르와 새터 경은 메뉴를 살펴본다.

"저한테는 우선 수플레 시세스를 주시고요," 에이드리언 새터가 말한다. "그다음으로는 가자미." 토니 블레어의 초창기 측근이었으며 그에 의해 귀족으로 신분이 상승된 그는, 이제 엄연히 기득권층의 일원이었다. 그는 새천년 즈음, 알렉산드르가 런던에 왔을 때 구애했던 여러 유명인들 가운데 한 사람이었다. 알렉산드르는 영국 기득권층의 일원이 되거나, 적어도 그들로부터 공개적으로 인정받게 되기를─혹은 그게 불가능하다면, 그들로부터 일종의 동등한 존재로 받아들여지기를─몹시 원했었다.

"저도 같은 것으로 하죠." 그가 웨이터 주임에게 말한다. 그리고 그들은 어두운 카펫이 깔려 있는 조용한 계단을 지나 그들의 테이블로 안내받는다.

"끔찍해." 에이드리언이 분개한 목소리로 말한다.

그들은 지난주에 고등법원에서 내려졌던 가혹한 판결에 대해 이야기를 나누는 중이다.

"지금껏 그런 일은 들어본 적도 없어. 영국이 부끄럽게 느껴질 정도였다네."

"난 끝났어, 에이드리언." 알렉산드르가 말한다.

"터무니없는 소리. 그렇게 말해선 안 돼, 슈릭." 에이드리언은 와인 리스트를 보고 있다. "자네가 한 방 먹은 것 뿐이야." 알렉산드르를 향해 미소를 지으며, 그가 말한다. "곧 다시 일어설 수 있을 거라고."

알렉산드르가 말한다. "문제는 그뿐만이 아니야."

"자네는 우리 시대가 낳은 위대한 인물들 중 하나야, 슈릭."

"한때는 나도 그렇게 생각했지."

"아니, 지금도 그렇게 생각해야 해."

"그러고 싶어."

"자네가 이룬 것들을 보라고."

평소대로 식사비는 자신의 친구가 낼 거라고 생각한 에이드리언은, 소믈리에를 불러서 2005년산 라퐁 페리에르를 한 병 갖다달라고 말한다.

그는 만족한 표정으로 안경을 벗는다.

매우 슬퍼 보이는 표정으로, 알렉산드르가 말한다. "나는 예순다섯 살이고, 더이상 뭘 해야 좋을지 모르겠어. 도무지 뭘 해야 좋을지를 모르겠어. 이제 모든 게 다 끝나버린 듯한 기분이야."

"있잖아," 잠깐의 침묵 뒤에, 에이드리언이 호주머니에 안경을 넣으며 말한다. "취미가 있어?"

"취미?"

"그래. 취미 말이야."

"아니." 알렉산드르가 말한다. 그는 한 번도 취미를 가져본 적이 없었다—그는 후즈후*에도, 자신의 '흥미'를 '부'와 '권력'이라고 적은 사람이다.

"취미 생활을 해보는 게 어때." 에이드리언이 말한다. "집 정원에 한번 관심을 가져봐." 그가 제안한다. "자네는," 그가 눈을 반짝이며 묻는다. "이오시프 스탈린이 말년에 세계적인 변혁을 일으키는 일보다 완벽한 미모사를 길러내는 일에 더 관심을 가졌던 걸 알고 있어?"

"아니, 그건 몰랐네." 알렉산드르가 말한다.

"그는 대부분의 시간을 흑해 연안에 있는 자신의 정원에서 미모사를 돌보며 빈둥거렸고, 제국을 돌보는 일은 전부 베리아에게 맡겨두었었지."

"그건 몰랐어."

"그건 완전히 자연스러운 일이야." 에이드리언이 말한다. "자네는 한 걸음 뒤로 물러서야 해. 나도 속도를 좀 늦출 때가 됐고." 그 스스로도 인정하고, 그러는 사이 전채 요리가 나온다.

"왠지……" 알렉산드르는 비참해 보인다. "난 삶의 의미를 잃은 것 같아. 무슨 말인지 이해해?"

에이드리언이 미소를 짓는다. 그가 말한다. "수플레 시세스가 있는데 의미 같은 게 무슨 소용이겠어?"

---

* 명사 인명록.

알렉산드르도 미소를 지으려 애써본다.

미소를 지으려 애쓰면서, 그는 자신이 경제적으로 파산했다는 걸 에이드리언이 알고 있는지 궁금해한다. 더이상 철의 황제는 존재하지 않는다는 걸. 열심히 수플레를 먹고 있는 에이드리언은 그러한 사실을 아는 기색이 전혀 없다. 알아도 아는 척하지는 않을 것이다, 아닌가? 알렉산드르는 포크를 짚는다. 그것이 영국인들의 문제였다—그들이 머릿속으로 무슨 생각을 하는지, 그들의 온화하고 역설적인 매너 뒤에 감춰진 게 무엇인지 알기란 불가능했다. 그들 자신은 그게 뭔지 알고 있었을까?

그는 수플레를 조금 먹어보려 애쓴다. 그리고는 무겁고 비싼 접시 옆에 포크를 내려놓은 채 에이드리언이 그걸 다 먹길 기다린다.

"무슨 문제라도 있어?" 여전히 그것을 입안에 밀어넣으며, 에이드리언이 묻는다.

"아니, 아주 훌륭해. 그저 배가 고프지 않을 뿐이야."

"그래?"

알렉산드르는 다시 미소를 지어보려 애쓴다.

"이봐 친구, 괜찮은 거야?" 에이드리언이 묻는다. "얼굴이 아주 창백해."

"좀 피곤해서."

"그래, 좀 피곤해 보이긴 하네. 최근에 무슨 일이 있었던 거야? 말해봐."

그 일밖에는 떠올릴 수 없는 알렉산드르가 말한다. "크세니아가 날 떠나겠대."

에이드리언은 고통스러운 표정을 짓는다. "아, 유감이야." 그가 말한다.

골파와 버터 소스를 얹은 가자미가 나온다. 누군가가 에이드리언의 잔에 라퐁 페리에르를 가득 따라준다.

에이드리언이 은제 포크와 칼로 생선살을 능숙하게 발라내기 시작하는 동안, 알렉산드르는 그저 쟁반에 놓인 죽은 생선을 멍하니 바라볼 뿐이다.

5

서리의 오터쇼 외곽에 위치한 앰플턴 저택은 길에서는 보이지 않는다. 오직 높은 벽, 그리고 유명한 식물원에 있는, 이제는 잎이 거의 다 떨어진 키 큰 나무의 우듬지만이 보일 뿐이다. 그들이 도착했을 때는 어둠이 내리고 있다. 그들을 태운 마이바흐와 레인지 로버는 길게 휘어진 진입로를 따라 대저택―에드윈 루티엔스 경이 1913년에 설계한 건물―앞의 넓은 자갈밭에 이르자 그곳에 멈춰 선다. "도착했습니다, 사장님." 자신의 황제가 잠들어 있을지도 모른다는 듯, 더그가 인터콤을 통해 말한다.

알렉산드르는 잠들지 않았다. 그는 그저 조용하고 푹신한 마이바흐 내부에 앉은 채 밖으로 나가지 않았으면 하고 바라고 있을 뿐이다. 심지어 그는 더그에게 다시 런던으로 데려다달라고 부탁해야 할지 잠시 고민하기까지 한다.

"도착했습니다, 사장님." 더그가 다시 말한다. 그의 목소리에서 피곤함이 느껴진다. 그는 판버러에서 팰콘이 도착하길 기다리던 아침 일찍부터 근무를 서고 있다.

대개 지금쯤이면 누군가가 우산을 들고 집밖으로 나와서 그를 위해 문을 열고, 그의 위로 우산을 받쳐든 채 그를 젖은 자갈밭에서 집으로, 그리고 사람 키의 두 배쯤 되는 높이의 복도 안으로 안내했을 것이다.

하지만 직원들은 모두 휴가중이거나, 런던의 집에 가 있다.

그래서 매디스가 그를 위해 마이바흐의 문을 열어주고, 그를 집 안으로 안내한 다음, 경보장치를 해제하고 복도의 불을 켠다.

매디스는 그에게 다른 필요한 건 없느냐고 묻는다.

"없네." 알렉산드르가 대답한다.

"저는 아파트에 있겠습니다." 매디스가 말한다. "필요한 게 있으시면 불러주세요."

매디스는 별도의 입구가 있는 아파트, 한때 마구간이 있는 마당이었던 저택 옆 아파트에 살고 있다.

"알았네. 고마워, 매디스." 알렉산드르가 말한다.

혼자 남게 된 그는 스카프를 풀고 복도에 앉는다.

그는 두 눈을 감고 생각을 멈춰보려 애를 쓴다.

생각이 무언가에 가닿을 때마다 그는 상처를 입는다.

이를테면 애덤 스파스키의 얼굴─판사가 판결을 내릴 때 그가 짓던 미소.

그의 생각은 그때 그 순간의 참을 수 없는 모욕감으로부터 지금 자신에게 닥쳐온 실질적인 가난으로 옮겨간다. 그러고는 다시 모욕감으로, 그러고는 가난으로. 그 외에는 아무것도 없는 듯하다─

오직 그 두 가지만을 오갈 뿐.

그리고 그는, 만일 모욕을 당하지만 않았어도 금전상의 손실쯤은 참아낼 수 있었을 거라고 생각한다. 그리고 그는 아직 수중에 돈이 있기만 해도 모욕감쯤은 참아낼 수 있었을 것이다—비록 금전상의 손실이 모욕감의 일부를 이루고 있긴 하지만. 그렇게 많은 돈을 잃고 말다니, 정말 바보 같은 일이 아닐 수 없다. 하지만 그에게 돈만 있었더라도, 그가 느끼는 다른 굴욕감들이 그렇게 절대적이지는 않았을 것이다—과거에도 늘 그래왔듯, 돈 자체가 그것들에 대한 일종의 해결책이 되어주었을 것이다.

그는 여전히 복도에 앉아서 손에 스카프를 쥐고 있다.

매디스가 문을 연다. 그는 그곳의 축축한 어둠 속에 알렉산드르가 서 있는 걸 보고 놀란 듯하다.

"매디스." 알렉산드르가 미소를 지어 보이려 애를 쓴다. "내가 방해한 게 아니었으면 좋겠군."

"괜찮습니다." 매디스가 말한다.

"그냥 혹시나 해서 말이야." 상황은 알렉산드르가 생각했던 것보다 훨씬 더 어색하다. "혹시 나랑 술 한잔 하지 않겠나?"

매디스는 티셔츠와 운동복 바지 차림이며, 신발은 신지 않은 채 운동용 양말만 신고 있다. 아파트 어디선가 TV 소리가 들려온다. 그가 말한다. "저는…… 저는 술을 안 마시는데요."

"아 참, 그랬지." 알렉산드르가 말한다. "깜박했네. 알았어."

아마도 당황한 게 분명한 매디스는 아무 말도 하지 않는다.

"그럼," 알렉산드르가 말한다. 그의 어깨는 싸늘한 어둠 쪽으로 굽어 있다—기온은 떨어졌고, 그는 실크 셔츠 위에 얇은 검은색 스웨터를 껴입고 있을 뿐이다. "잘 자게."

"안녕히 주무세요, 사장님." 매디스가 말한다.

그가 막 아파트 문을 닫으려던 순간, 뒤돌아 떠나려 했던 알렉산드르가 말한다. "아, 매디스."

문은 반쯤 열려 있다. 매디스가 문밖으로 그를 쳐다보고 있다.

"혹시 먹을 것 좀 있나?" 알렉산드르가 작게 웃으며 묻는다. "그러니까 그게…… 부엌에는…… 딱히 먹을 게……"

매디스가 잠시 망설인다. 그러다가 말한다. "물론이죠."

"미안하네." 알렉산드르가 소리 내어 웃는다. "민망하군."

"아니, 전혀요." 매디스가 말한다. "괜찮습니다." 그러더니 그가 말한다. "실은 저도 방금 막 뭘 좀 먹으려던 참이었습니다. 같이 드시겠어요?"

"글쎄, 자네를 방해하고 싶진 않은데……"

"아뇨, 신경쓰실 것 없어요." 매디스가 말한다.

"그럼 그러지. 정말 고맙군."

매디스가 문을 열고 알렉산드르가 들어올 수 있도록 옆으로 비켜선다.

그가 매디스의 아파트 안을 구경하는 것은 이번이 처음이다. 매디스는 그를 작은 식탁과 소파, 초저녁 뉴스를 방영중인 TV, 그리고 벽에 그림 몇 점이 걸려 있는 거실로 안내한다. 액자에 담긴 티치아노의 〈신중함의 알레고리〉.

"램 로건 조시*를 먹을 건데," 매디스가 말한다. "괜찮으시겠어요?"

536

"좋아. 물론이지."

그러고서 막 뭔가 생각나기라도 한 듯, 매디스가 말한다. "슈퍼마켓에서 사온 거예요."

"좋아."

그는 알렉산드르를 거기 세워둔 채 작은 주방으로 가더니, 테스코에서 사온 최고급 램 로건 조시를 전자레인지에 하나 더 집어넣는다.

알렉산드르가 알기로, 매디스는 그곳에서 부인 리즈와 함께 살고 있다. 그는 에스토니아 출생이다. 그는 십대 시절에 미국으로 이민을 갔고, 어떤 특수부대에서 군복무를 했다. 그는 이라크에 있었다.

그는 마흔 살쯤 되었을 것이다. 키가 아주 크지는 않다. 다부진 체격.

그는 이상한 억양으로 영어를 한다.

"몇 분쯤 걸릴 겁니다." 주방에서 나오며, 그가 말한다.

"리즈는 어디 있지?" 알렉산드르가 묻는다.

"외출했어요." 매디스가 말한다. "앉으시죠."

그 말은 거의 명령처럼 들린다.

"고맙네." 알렉산드르는 그렇게 말하며 자리에 앉는다.

매디스는 TV를 끈다.

어쩌면 그것은 실수였는지도 모른다. 이제는 정적만이 흐를 뿐이다─들리는 소리라고는 주방의 전자레인지가 윙윙거리는 소리뿐.

---

* 양고기나 염소고기를 넣은 커리 요리.

알렉산드르는 식탁에 앉아 자신의 손을 바라본다.

그가 거기 앉아서 자신의 손을 바라보며 아무 말도 하지 않는 데서 뭔가 심상치 않은 분위기가 느껴진다.

그는 고개를 들어 매디스가 자신을 쳐다보고 있는 걸 본다. 매디스는 주방 문 근처에 서서 전자레인지가 다 돌아가기를 기다리고 있다. "곧 다 될 거예요." 그가 말한다.

"가장 잘 죽는 방법이 뭐지?" 알렉산드르가 그에게 묻는다. 그의 두 눈은 마치 눈물이 고여 있기라도 하듯 반짝거린다.

"가장 잘 죽는 방법이요?" 매디스가 놀란 목소리로 말한다.

"그래."

"가장 잘…… 가장 잘 죽는 방법은 행복하게 죽는 거죠."

"아니, 내 말은 그게 아니라……"

전자레인지가 땡 하는 소리를 낸다.

매디스는 주방에서 전자레인지의 열기에 거무스름해진 용기의 플라스틱 포일을 벗기고는 스푼으로 두 개의 무늬 없는 흰 접시에 음식을 옮겨 담는다. 그러고는 접시를 식탁으로 가져가 밀짚으로 된 테이블매트 위에 놓더니, 다시 주방으로 가서 나이프와 포크를 가져온다.

"고맙네." 알렉산드르가 말한다.

그들은 침묵 속에 식사를 시작한다.

생각과 달리 알렉산드르는 전혀 식욕이 없는 듯하다─그는 접시 위의 음식을 그저 뒤적거리기만 할 뿐이다.

결국 그는 식사를 멈춘 채 거기 앉아 있고, 당황한 매디스는 그가 그러고 있는 동안 식사를 끝낸다.

"미안하네." 알렉산드르가 말한다. 그가 반 정도밖에 먹지 않은 빈 접시를 가리킨다.

"괜찮습니다."

"미안하네." 그가 다시 말한다. 그가 자리에서 일어나자 매디스도 일어나 그와 함께 문까지 걸어간다.

"잘 자게, 매디스." 알렉산드르가 문턱에서 말한다.

"안녕히 주무세요, 사장님." 매디스가 말한다. "혹시 필요한 게 있으시면…… 저를 불러주세요. 저는 여기 있을 테니까요."

"그래. 고맙네. 그럼 이만."

그는 옷도 벗지 않은 채 어느 순간 잠이 들고, 나중에 어둠 속에서 눈을 뜬다―그는 잠이 완전히 깼으며, 다시 잠들 수 있을 것 같진 않다.

잠에서 깨어나는 것 자체가 끔찍한 경험이다. 모든 게 여전히 그 자리에, 어둠 속에 고스란히 놓여 있다.

그가 깨어난 후 아주 잠시 동안, 그곳에는 아무것도 없다. 텅 빈 순간. 일종의 평화. 그러고서 그것은 끝이 나고, 모든 게 다시 그 자리에 있다.

그는 어둠 속에 누워 있다.

그는 스베르들롭스크에 있는 그 병원, 그 노멘클라투라*병원에서 아버지를 마지막으로 봤던 때를 생각하고 있다. 그 당시에 그 병원은 호화로워 보였다. 그의 아버지는 거기서 치료를 받는 것을 자랑

---

* 소련의 지배자들이나 최고위조직에 소속된 사람들을 가리키는 말.

스러워했다. 그가 아버지를 방문했을 때, 아버지는 그에게 그 병원에 또 누가 있는지—어느 유명한 장군—말해줬었고, 그는 심장마비가 온 덕분에 그렇게 고위직 인사와 같은 병원에 있을 수 있게 되었다는 사실에 거의 기뻐하는 듯 보였다.

그리고 그의 아들 또한 아버지의 개인 병실에 앉아 그런 특권의식을 즐겼었다. 그는 약통에 적힌 독일어 문장을 번역해서 아버지에게 감명을 주려 했었다. 그는 그 당시 동독에 있는 대학을 다니고 있었기 때문에 완벽한 독일어를 구사했고, 러시아어 말고는 다른 나라 말을 전혀 알지 못하는 그의 아버지는 그것에 실제로 감명을 받았으며, 그는 그것을 통해 즐거움을 느꼈다. 그리고 그가 아버지를 본 것은 그때가 마지막이었다. 웬일인지 수술이 잘못되는 바람에 그는 몇 주간 코마 상태에 빠졌고, 그길로 세상을 떠났기 때문이다.

그는 자신이 약통에 적힌 독일어를 번역하고 있었을 때 그 방에 다른 누군가가 있었다는 생각이 든다. 다른 누군가가 거기 있었다. 그게 누구였을까?

이상하게도, 그는 스탈린을 떠올린다. 면도를 하지 않은 턱에 까칠하게 자라 있는 수염, 전지가위를 들고 식물들 사이를 비틀거리며 걸어다니는 모습……

서리에 날이 밝았다.

바깥이 환하다. 노란 낙엽들.

하루 더 주어진 인생.

그는 여전히 거기 그냥 누워 있다.

그는 멍한 기분이 든다.

또한 피곤하기도 하다. 그저 너무 피곤할 뿐이다. 모든 게 너무 지긋지긋하다.

그는 자신이 약통에 적힌 독일어를 번역하고 있었을 때 그 방에 있던 사람이 자신의 삼촌일 거라고 생각한다.

그의 삼촌, 알렉산드르. 그와 이름이 똑같은, 알렉산드르.

그리고 십 년 후에 삼촌은 스스로 목숨을 끊었다.

그에게는 인생을 살아갈 이유가 없었다. 그는 무언가를 위해 자신의 전 생애를 바쳤고, 그것은 수포로 돌아가고 말았다.

그에게 인생을 더 살아갈 이유가 뭐가 있었겠는가?

아무것도.

더는 아무것도 남아 있지 않았다.

그걸로 끝이었다.

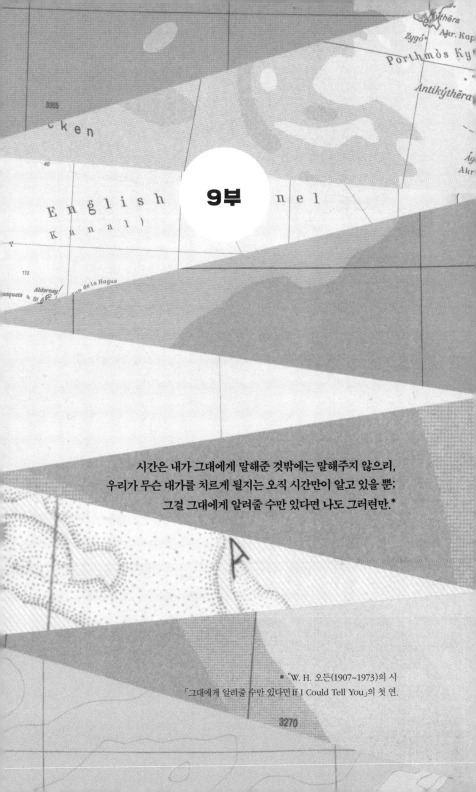

9부

시간은 내가 그대에게 말해준 것밖에는 말해주지 않으리,
우리가 무슨 대가를 치르게 될지는 오직 시간만이 알고 있을 뿐;
그걸 그대에게 알려줄 수만 있다면 나도 그러련만.*

* "W. H. 오든(1907~1973)의 시
「그대에게 알려줄 수만 있다면 If I Could Tell You」의 첫 연.

1

다음날 아침, 그는 장을 보러 가야 한다. 집에는 먹을 게 아무것
도 없다. 그는 여덟시쯤에 바깥이 완전히 밝아지자마자 아르젠타
에 있는 리들로 차를 몰고 간다. 몰리넬라 근처의 집에서 그곳까지
가려면 간선도로를 타고 쭉 직진하면 된다. 쭉 뻗은 길, 그리고 바
람에 흔들리며 곳곳에 줄지어 서 있는 포플러나무들. 이곳은 평지
다. 이곳에서는 어디서나 지평선이 보인다.

아르젠타: 평원 한가운데 있는 작은 교외 지역. 그는 신호가 바
뀌길 기다렸다가 중심가를 지나고, 그러고는 수면에 겨울 햇빛이
비치고 있는 수로를 따라 차를 움직인다. 평일 이른아침의 주차장
은 텅 비어 있다. 그는 입구 근처에 차를 세워두고, 트롤리를 끌며
환하고 따뜻한 마트 안으로 들어간다.

그는 필요한 것을 사려면 어디로 가야 하는지 알고 있다. 지난번
에, 그러니까 연초에 이탈리아에 왔었을 때부터 장을 보러 이곳에

오기 시작했다. 그는 잔뜩 쌓여 있는 제품들 사이로 트롤리를 밀고 가면서, 가끔 이런저런 것들을 집거나 그곳에 뭐가 있는지 보기 위해 멈춰 선다. 그는 차가 담긴 포장 상자의 라벨을 살펴보려면 안경을 써야 한다. 다 본 뒤에는 안경을 벗고 천천히 트롤리를 밀며 다음 코너로 간다. 그는 분명 급할 게 없어 보인다. 그는 잠시 멈춰서서 외투를 벗고는, 벗은 옷을 접어 아직 거의 아무것도 담기지 않은 트롤리의 가장자리에 놓아둔다.

그는 신중하게 과일을 고른다. 작은 비닐봉지 하나를 뜯어내 몇 번의 시도 끝에 그것을 벌리는 데 성공하고는 거기 탄제린을 담기 시작한다.

그는 사과 쪽으로 시선을 돌린다.

그는, 손가락으로 열심히 눌러보면서, 아보카도를 하나 고른다.

레몬 하나.

그는 바지 호주머니에서 리스트를 꺼내 이쪽 코너에서 살 것을 빠뜨리지 않고 다 샀는지 확인한다. 분명 만족한 듯한 그는 음료 코너로 트롤리를 밀고 간다. 보통 그는 그곳에 잠시 머물며 팩에 든 상태로 여전히 화물 깔판 위에 놓여 있는 다양한 라거 맥주들의 가격을 비교해보곤 한다. 그것들에는 가격표가 붙어 있다—거의 손으로 쓴 마커 펜 글씨처럼 보이는 폰트로 가격이 표시되어 있는 야단스러운 노란색 가격표. (그는 잠시 그 가격표가 정말 손으로 쓴 건 아닌지 생각해본다. 아니다—그러기에는 너무 획일적이다.) 그는 베르크쾨니히 라거 여섯 팩을 트롤리에 담아 앞으로 나아간다. 와인은 그냥 지나친다. 이곳에서 파는 와인은 절대 사지 않을 것이다.

다음 코너는 비식품류 코너이고, 그는 그곳에 잠시 머물며 스펀지와 주방용 세제를 고르느라 부산스럽다.

그의 트롤리에 담긴 것들, 전부 소량인 그것들은—그는 방금 막 냉장고에서 수축 포장된 소시지 두 팩을 집어들었다—그가 혼자 사는 남자라는 사실을 말해준다.

그리고 그는 이곳에 정말 혼자 있다.

그는 어젯밤에 볼로냐공항에 도착했다—스탠스테드공항에서 밤늦게 출발하는 라이언에어 비행기였다. 겨울의 어둠을 뚫고 집으로 향하던 택시. 집은 추웠다. 엔트로피력이 그 집을 갉아먹고 있었다. 바닥에는 쥐똥이 있었다. 계단 아래의 벽에도 습기로 인한 얼룩이 보였다. 그는 외투를 벗지 않은 채 복도의 작은 소파에 앉았다. 그는 나약함과 추위를 느꼈다. 그가 여전히 열쇠를 손에 쥔 채 거기 앉아 내쉰 숨은 그의 입가에서 허공을 맴돌았다. 그는 난방을 시작해야 했다—기름보일러와 씨름을 해야 했다. 그는 작은 잔으로 그라파를 조금 마셨다. 그는 보일러를 트는 데 성공했다.

그가 트롤리에 담긴 것들을 자신의 낡은 폭스바겐 파사트 에스테이트로 옮긴 다음, 텅 빈 트롤리를 시끄럽게 끌며 다른 트롤리가 잔뜩 모여 있는 입구 근처로 갖다놓았을 때는 거의 열시가 가까워져 있다. 그는 아르젠타에서 또 살 게 없는지 자문해본다. 딱히 떠오르는 건 없다. 그는 차의 시동을 걸며 어딘가에 들러서 커피를 마시고 갈지 말지 고민한다. 가리발디광장. 그곳에는 차가운 햇살 속에 앉아서 삼십 분가량 카푸치노 한 잔을 즐기며 신문을 볼 수 있는 곳이 몇 군데 있다. 그는 다시 운하를 따라 차를 몰면서도 마음의 결정을 내리지 못했다. 그는 결국 그러지 않기로 하는데, 그 이유는 작은 광장의 협소한 주차 공간 때문이다. 그는 실망감에서 비롯된 희미한 고통을 느낀다. 하지만 굳이 다른 주차 공간까지 찾아다닐 필요성을 느끼지 못하는 그는, 곧 다시 아르젠타를 벗어나 선명한 겨울의 지평선까지 쭉 뻗어 있는 들판으로 나온다.

*

  이제 그는 꽤 자주 죽음에 대해 생각한다. 그것에 대해 생각하지 않기란 어려운 일이다. 분명 그는 앞으로 살날이 그리 많이 남아 있지 않다. 십 년? 십 년이면 그는 여든셋이 될 것이다. 그것보다는 더 살까? 글쎄, 아마 그렇지는 않을 것이다. 그러니 대략 십 년 정도. 어떤 의미에서 그것은 깜짝 놀랄 만큼 짧은 시간이다. 가끔 그것이 얼마나 짧은 시간인지 생각하면 소름이 끼친다. 이를테면, 십이월의 새벽 다섯시에 아르젠타 근처에 있는 집의 커다랗고 축축한 침실에서, 여전히 어둠에 가려진 청록색 벽에 둘러싸인 채 잠에서 깨어났을 때. 침대 옆 테이블의 시계가 조용히 재깍거리는 소리. 그것이 얼마나 짧은 시간인지 생각하면 소름이 끼친다. 그리고 두 달 전에 했던 수술 이후로 그는 심지어 십 년도 너무 길게 잡은 게 아닌가 하고 생각하게 되었다. 그 수술 이후로 그는 자신의 심장과 그것이 하는 일을 늘 이상한 기분으로 의식하게 되었고, 심장이 하던 일을 갑자기 멈추고 말 거라는 두려움을 품게 되었다. 그는 뛰고 있는 심장을 불쾌하게 의식하면서, 그리고 어느 날 그것이 멈추고 말 거라는 사실을 의식하면서 거기 누워 있다. 그렇다고 예전보다 죽음을 더 잘 받아들일 수 있게 되었다는 느낌이 드는 것은 아니지만.

커다란 청록색 침실에 빛이 들기 시작했다.

그는 잠에서 깬 채로 생각에 잠겨 거기 두 시간 동안 누워 있었다.

그는 자신이 실제로 죽게 될 거라는 사실이 여전히 잘 믿기지 않는다. 이것이 그냥 멈춰버릴 거라는 사실이. 이것이. 그가. 그것은 아직도 다른 사람들에게나 일어나는 일처럼 느껴진다―당연한 사실이지만. 그의 친구들과 지인들은 이미 세상을 뜨기 시작했다. 그가 수십 년간 알아온 사람들. 그리 적지 않은 수의 사람들이 이미 세상을 떠났다. 그는 그들의 장례식에 참석했다. 그 사람들의 수가 줄기 시작했다. 그럼에도 그는 자신 역시 죽을 거란 사실을 이해하는 데―정확히 이해하는 데―어려움을 느낀다. 그는 이해가 가질 않는다. 이 경험이 유한하다는 사실이. 언젠가는 그것이 끝나버릴 거라는 사실이. 아마 지금으로부터 십 년 후면 그는 여기 없을 거라는 그 단순한 사실이.

자신이 없는 세상을 상상하자니 무척 기이한 느낌이 든다. 그 기이함은, 자신이 아는 세상은 오로지 자신이 지각한 세상일 뿐이라는 사실―그리고 그 세상이 자신과 함께 사라지고 말 거라는 사실―에서 비롯된 것이라고, 그는 여전히 거기 누운 채 생각한다. 그 세상―그 자신에게는 세상 그 자체나 다름없을, 세상에 대한 주관적 경험―은 그가 죽은 후에는 남아 있지 않을 것이다. 그 인식의 흐름이 끝난다는 사실이 몹시 기이하게 느껴진다. 도무지 상상이 가질 않는다. 방 한구석에 놓인 호두나무 옷장을 쳐다보면서, 그는 그 인식의 흐름을, 사물에 대한 자신의 인식을 평소와는 다른 방식으로 의식한다. 그는 의식한다. 사물을 인식하는 것의 기쁨을.

창문 너머에서 두꺼운 커튼 틈새를 뚫고 들어온 빛, 먼지로 가득한 그 몇 줄기 빛 속에서 옷장의 표면, 세월의 때를 탄 짙은 광택면이 드러나는 모습을.

바깥의 자갈 위로 들려오는 발소리를.

그 발자국 소리는 클라우디아가 내는 것이다. 클라우디아, 루마니아인 가사 도우미. 그의 부인인 조애나가 분명 영국에서 전화를 걸어 그녀에게 그가 거기 와 있다고 말했을 것이다.

"본조르노, 클라우디아." 가운과 슬리퍼 차림으로 아래층에 나타난 그가 말한다.

그는 그녀가 초여름에 마지막으로 봤을 때보다 살이 빠졌고, 그것도 많이 빠졌다. 그때 그는 몸이 지나치게 빵빵했고 얼굴색도 매우 나빠 보였다. 그렇다고 딱히 지금이 더 건강해 보이는 것은 아니다. 그는 쪼그라들고 쇠약해진 듯한 모습이다. "본조르노, 시뇨르 파슨." 그녀가 말한다. 그녀는 일할 준비를 하고 있다. 그들은 서로 이탈리아어로 대화를 한다—클라우디아는 영어를 모른다. 그렇다고 그녀의 이탈리아어가 완벽한 것도 아니다. 그녀는 그보다 이탈리아어를 더 못한다. 그녀는 볼로냐에서 이케아 주방 설치 일을 하는 아들과 함께 살고자 몇 년 전 이곳으로 왔다. "죄송해요," 그녀가 말한다. "여기 계신 줄 몰랐어요."

"조애나가 당신에게 전화했나요?" 그가 묻는다.

"시뇨라 파슨. 네. 죄송합니다." 그녀가 다시 말한다.

"죄송할 건 없어요." 그가 그녀에게 말한다. "들러주셔서 감사합니다. 제가 여기 와 있다고 전화로 알려드리지 못해 죄송하네요."

"괜찮습니다." 그녀가 말한다.

"여기에 얼마나 있게 될지는 잘 모르겠어요." 그가 말한다. 그들은 부엌에 있고, 그는 커피를 마시기 위해 스푼으로 커피 가루를 커피 머신에 넣고 있다. "아마 일이 주 정도밖에는 있을 것 같지 않군요."

십이월의 첫 주인 이맘때에 누군가가 이곳에 오는 것은 이례적인 일이다. 그들은 가끔 크리스마스에 이곳에 오곤 했다. 더는 딱히 그러지 않는다. 옛날에는 꽤 자주 그랬었다. 사이먼이 어렸고, 조애나의 어머니가 아직 살아 계셨을 때. 옛날에. 그때는 클라우디아도 없었다. 그들은 이탈리아인 여자를 고용하고 있었다. 그리고 그녀는 일을 그만둬야만 했다. 어딘가 병이 났다고 했다. 그녀의 이름이 뭐였더라? 그들은 한동안 계속 서로 연락을 주고받았었다. 그들이 그녀가 있던 페라라 혹은 어딘가의 병원에 문병을 갔던가? 그는 그런 기억이 있는 것 같기도 하고, 혹은 다른 기억과 그것을 혼동하고 있는 것 같기도 하다. 어쨌든 그는 지금 그녀가 어떻게 되었는지 전혀 알지 못한다. 그동안 살면서 알았던 모든 사람들. 그들은 모두 어떻게 되었는가?

그는 커다란 머그잔에 뮤즐리를 부은 다음, 거기 탈지유를 붓고 있다. 그에게는 여전히 탈지유가 우유보다는 물처럼 느껴진다.

클라우디아는 어느 곳부터 청소하면 좋을지 묻고 있다.

"아마 위층부터요?" 한동안 부엌에서 혼자 평화로이 있길 바라며, 그가 제안한다.

그는 테이블에 앉아 뮤즐리를 먹으며, 청소 도구들을 들고 위층으로 올라가는 그녀의 무거운 발걸음 때문에 낡은 계단이 삐걱대는 소리를 듣는다.

그녀는 몇 살일까? 그는 궁금해한다. 젊지는 않다. 그녀의 아들이 서른은 되었을 것이다. 잘생긴 청년. 그는 그를 몇 번 만난 적이 있다―그는 가끔 이케아 밴을 끌고 그녀를 데리러 온다.

뮤즐리를 다 먹은 그는 거실에 있는 윙체어―속을 다시 채워 넣을 필요가 있는 낡은 의자―에 몸을 맡긴 채 아이패드를 만지작거린다. 그것은 그가 심장 수술을 끝내고 병원에 있었을 때 코델리아가 준 선물이었다.

그는 언제나 신기술에 열광하는 사람, 요즘 말로 하면 '얼리 어답터'로 살아왔다―그는 1979년쯤에 자신의 친구들 중에서 처음으로 VHS 플레이어를 구입한 사람이었다. 그는 하루나 이틀 만에 아이패드 사용법을 익혔다.

그는 그것을 두드린다.

톡.

톡.

이메일들. 많진 않다. 예전처럼 많진 않다.

그는 예전에 하던 일들―퇴직 후에 하던 여러 취미 활동들―을 거의 대부분 그만둬야 했다. 이제는 거의 아무것도 하는 게 없다. 메일함에는 코델리아에게서 온 이메일이 있다. 그것은 그를 늘 즐겁게 해준다. 그녀는 이런저런 이야기들을 들려준다. 그의 컨디션이 어떤지를 묻는다. 그녀는 사이먼―그녀의 아들, 그의 손자―이 어느 잡지에 시를 한 편 발표했다고 말한다. 비록 그녀는 말을 하지 않지만, 아마 그냥 대학 잡지일 것이다―그녀는 그가 최대한 깊은 인상을 받길 바라고 있다. 사이먼은 올해 옥스퍼드대학에 입학했다. 그녀는 이메일에 그 시를 첨부했고, 클라우디아가 위에서 발을 쿵쿵대며 샹들리에의 작은 유리 조각들을 짤랑대는 동안 그는 그것을 본다. (그 샹들리에에는 그들이 그 집을 샀을 때부터 거기 있던 것이다—분명 매우 값비싼 것이라고 했다.) 그 시는 술탄 메흐메트 2세가 꽃향기를 맡고 있는 모습을 그린 유명한 세밀화로부터 영감을 받은 듯하다.

> 초상화에 보이는 그의 모습—눈길은 다른 곳을 향한 채
> 정복자 메흐메트는 투르크족 언월도 같은 자신의 코 앞에
> 한 송이 장미를 들고 있다.
> 사람의 마음을 홀리는, 불가피한 돈과 전쟁,
> 불행을 미연에 방지하기 위해 현명한 정치인이 행하는
> 형제 살해, 적절한 권력의 운용—
> 자신의 영역에서 행해진 그 모든 적절한 행위들,
> 그리고 그는 그것들 모두에 탁월했다. 그런데 왜 꽃인가?
> 그것은 어쩌면, 보다 덜 세속적인 무언가를 위해 바치는 묵례;
> 그 무언가가 무엇인지는 모르겠으나, 분명 미美는 아니다.
> 사랑도 아니다. '자연'도 아니다.
> 알라 또는 다른 이름으로 불리는 그 어떤 신적 존재도 아니다—
> 그것은 다만 영원한 시간의 흐름, 존재의 질감質感에 대한
> 한순간의 몰입일 뿐.

나쁘진 않다고, 그는 생각한다. 몇몇 좋은 구절들이 있다. 사람의
마음을 홀리는, 불가피한 돈과 전쟁. 그래, 그 구절은 좋았다. (그는
거의 십 년이 지난 지금도 여전히 그것들, 화이트홀로 가는 지하
철 여행의 끝에서 그를 기다리고 있던, 사람의 마음을 홀리는 불가
피한 일들을 그리워하고, 여전히 그것들 없이는 제대로 된 삶을 사
는 게 아니라고 느낀다.) 그래, 그것은 괜찮은 표현이었다. 그리고
또…… 어디였더라? 그래—

존재의 질감質感에 대한
한순간의 몰입일 뿐

그 구절은 그가 아까 새벽에 위층의 옷장을 쳐다보며 보냈던 일
이 분을 다시 떠올리게 했었다. 인식이라는 행위 속에서 자기 자신
을 잃었던 그때 그 느낌. 존재의 질감에 대한 한순간의 몰입—그
것의 질감. 그래, 잘 썼구나, 사이먼. 그는 사이먼에게 이메일을 써
야겠다고 생각한다. 그는 그 시를 칭찬해줄 것이다—너무 많이는
아니고, 어디까지나 그를 격려해줄 수 있을 정도로, 그리고 조건을
달아서. 코델리아는 그녀의 아들을 무조건적으로 칭찬해주는 경향
이 있는데, 그것은 유익하지 못하다. 이 말은 꼭 해둘 필요가 있는
데, 사이먼은 약간 이상하다. 그는 그해 봄에 친구와 함께 아르젠
타에 왔었다. 그들은 유럽을 여행 중이었고, 그곳에서 하루나 이틀
을 묵었다. 그의 친구—이름이 뭐였더라?—는 활기 넘치는 녀석
이었다. 그가 그곳에 있는 것은 즐거운 일이었다. 사이먼은 평소와
다름없이 엄숙하고 내성적으로 굴었다. 떠날 때가 되어서는 좀 덜

그랬다. 그들 셋은 심각한 주제―문학, 역사, 유럽의 상황―에 대해 멋진 대화를 나누었었다.

문 앞에 클라우디아가 서 있다.

그녀는 부엌 청소를 시작해도 되는지 궁금해한다.

그녀가 떠나자 그는 샤워를 하고 옷을 입은 후에 점심을 차린다. 그는 부엌의 테이블에 식사를 차린다―계란 두 개로 만든 오믈렛을 혼자 먹기에 다이닝 룸은 너무 거창하게 느껴진다. 그는 오믈렛과 샐러드를 먹으면서 와인 한 잔도 함께 마실지 말지 고민한다. 결국 그는 두 잔을 마시고, 그것은 그가 앞으로 몇 시간 동안은 운전을 할 수 없다는 걸 의미한다. 그는 어딘가로 드라이브를 갈 생각이었다. 아마도 발리 디 아르젠타로 가서 삼십 분쯤 걸을 생각이었다―그는 하루에 몇 마일은 걸어야 하고, 오늘은 비도 오지 않고 포근한 날씨다.

오후는 그의 눈앞에 끝없이 펼쳐져 있는 듯하다. 그는 몇 년간 열어보지 않았던 몇몇 서랍들을 정리한다―오래된 오페라 티켓, 관광 지도, 지불하는 걸 잊은 지 오래인 청구서들을 살펴보는 데 한동안 골몰한다. 그는 피아노 앞에 앉아서 그걸 쳐보려 한다―피아노는 조율이 아주 엉망이고, 그의 손가락 또한 곧 아파오기 시작한다. 그의 열 손가락은 그의 명령에 따르질 않는다. 그는 계속 실수를 하다가 좌절감을 느끼며 연주를 멈춘다. 그는 어제 라벤나에 갔다 왔던 일에 대해 아직도 이상할 정도의 우울함을 느낀다. 그는 어제 라벤나에 갔었다―딱히 다른 할일이 없었으므로 그냥 충동적으로―그리고 그곳의 도로 위에서 곤경에 처했다. 그는 길을 잃고 혼란에 빠졌으며, 결국 길을 잘못 든 채 좁은 일방통행로를 달렸다. 그는 도로를 반쯤 가다가 밴을 만나기 전까지는 자신이 무슨 짓을 하고 있었는지 몰랐다. 밴의 불빛은 성난 듯 깜박였고, 공간이 좁은 탓에 다른 선택의 여지가 없었던 그는 어깨 너머를 쳐다보며, 압박감과 계속해서 늘어가는 고독감에 눈을 찡그린 채, 왔던 곳까지 후진을 해야 했다. 길은 쭉 뻗어 있었다. 그것은 문제가 될 리 없었다. 하지만 어쩌된 일인지 그는 자꾸 차선을 벗어났다. 그는 계속 차를 멈췄다 다시 움직여야 했다. 그는 마치 그게 자신을 익사로부터 구해줄 뭐라도 된다는 양 핸들을 꼭 붙들고 있었다. 밴 운전사는 무성영화의 등장인물처럼 무성으로 고함을 질러대고 있었다.

그는 인도에 서 있던 사람들, 그 모습을 보고는 소리 내어 웃고 그의 실수를 손가락질로 알려주며 그에게 미소를 짓던 사람들의 얼굴을 떠올린다. 그들 중 몇몇은 동정심을 표했다. 어떤 의미에서는 그것이 상황을 더 비참하게 만들었다. 자신들이 뭔가 측은한 광경―수렁에 빠진 노인이 난장판을 벌이는 광경―을 목격하고 있다는 사실이 그들의 표정에 분명히 드러나 있었다.

바로 그것이 그들의 표정이 말해주고 있는 것이었다.

그리고 그것은 충격이었다.

그는 자기 자신이 그런 존재라고는 단 한 번도 생각해본 적이 없었다.

나중에 그가 마침내 주차할 곳을 찾았을 때, 그는 터무니없을 정도로 동요를 느끼며 한동안 거리를 걸었고, 결국 산타폴리나레 누오보 대성당 앞에 도착했다.

대성당 안은 바깥보다 전혀 따뜻하지 않았다.

그곳에서는 그리 많지 않은 수의 사람들이 주변을 서성거리며 비잔티움을 떠올리게 하는 그 모자이크들을 쳐다보고 있었다. 그는 그것들—흰색 토가를 걸친 인물들이 금색을 배경으로 정면에 길게 늘어서 있는 모습—을 여러 차례 보아왔다. 그는 기독교 신자였던 적이 한 번도 없다. 물론 그는 1940년대와 50년대 영국의 모호하거나 흐릿한 기독교적 환경에서 자랐지만, 아주 어렸을 때 조차도 신이나 예수 같은 것은 믿지 않았었다. 그것들은 그에게 늘 그저 단어에 불과했었다. 다른 이야기들과 마찬가지로 그냥 이야기일 뿐이었다. 그의 세대에 속한 사람이라면 그렇게 반응하는 게 그리 특이한 일은 아니라고, 그는 생각했다. 그는 그곳에 서서 핑크색 뺨을 한 그 무표정한 얼굴들을 올려다봤다. 학교 사진을 찍을 때처럼 일렬로 늘어서 있는 모습. 그러고는 끝에 있는, 마치 우리에게 뭔가를 보여주려는 듯 커튼이 열리고 있는 저 놀라운 이미지—그러나 그 뒤에는 아무것도 없고, 오직 평평한 금으로 된 공간, 아무 무늬도 새겨져 있지 않은 금빛 타일로 된 놀라운 공간만이 있을 뿐이다. 비둘기 한 마리가 들어와서 그 위에서 날개를 펄럭이고 있었다.

그는 몇 분 더 머물다가 밖으로 나가 대성당의 바깥 모습을 바라봤다. 잿빛 하늘을 배경으로 서 있는 종탑. 그는 그것의 역사를 조금 알았다. 동고트족의 테오도리쿠스대왕 등등. 그는 자신의 선왕을 자기 손으로 살해했다—전해지는 바에 따르면, 그는 선왕을 저녁 식사에 초대한 다음 자기 손으로 살해했다. 그들은 이탈리아를 차지하기 위해 다투고 있었다. 서로마 제국은 무너지고 있었다.

그 전체 일화는 어쩐지 그를 우울하게 만든다. 사건 다음 날임에도 불구하고, 그는 어제 운전을 하며 느꼈던, 그리고 라벤나의 차들 때문에 씨름을 하며―그러고서 일방통행로에서 바보짓을 하며―느꼈던 자신의 무용함 때문에 여전히 마음이 무겁다. 그것은 그를 우울하게 만든다. 실제로 일어났던 일과 그것이 안겨준 당혹감을 감안하더라도, 그것은 지나칠 정도로 그를 우울하게 만든다.

나중에, 뜻밖에도 조애나가 전화를 한다.

그녀는 클라우디아가 들렀었는지 묻는다.

"어." 그가 말한다. "왔었어."

"보일러는 제대로 잘 틀었어?" 조애나가 묻는다.

이 질문은 그를 짜증나게 한다―그가 보일러를 제대로 틀지 못했을지도 모른다는 암시. 그는 잠시 숨을 돌리며 전화기가 놓인 식기대에 있는 사진을 본다. 가족사진, 그리고 그와 존 메이저, 토니 블레어―그가 모셨던 총리들―가 함께 찍힌 사진. "어." 그가 말한다.

"그래서 집은 충분히 따뜻해?"

"집은 괜찮아."

잠시 침묵이 흐른다. "응, 그냥 어떻게 지내고 있나 궁금해서 전화해봤어." 그녀가 말한다.

"난 괜찮아."

"좋아. 그럼 내 말 좀 들어봐, 토니." 그리고 그녀는 연례 업무평가 일로 며칠간 뉴욕 본사에 가봐야 할 것 같다고 말하기 시작한다―그녀는 제약회사의 고위 간부다.

아르젠타에 황혼이 내리고 있다. 그는 거실의 높은 창문을 통해 그것을 본다. 평지에 어둠이 내린다. 그녀는 뉴욕으로 떠난다. 그리고 그는 트랙터 전시실과 습지 박물관이 있는 이곳 아르젠타에 있다.

"그래, 잘 다녀와." 그가 말한다.

"금요일에는 돌아올 거야."

그 말은 그에게 별 의미가 없다. 그는 오늘이 무슨 요일인지도 잘 알지 못한다.

아까보다 더 긴 침묵이 흐른다. "괜찮은 거 맞지, 토니?" 마치 그 질문이 주제넘은 참견이라도 된다는 듯, 살짝 난처한 목소리로 그녀가 묻는다.

"말했잖아. 난 아무 문제도 없어."

그녀가 재빨리 말한다. "코델리아가 사이먼이 쓴 시 보내줬어?"

"어, 보내줬어."

"그래? 어땠어?"

"나쁘진 않더군."

나중에 그는 그녀에게 그렇게 쌀쌀맞게 군 것을 후회한다. 전화를 해준 것은 고마운 일이었다. 하지만 그녀가 그에게 말하는 방식이 어딘가 마음에 들지 않았다. 그것은 어제 그가 쭉 뻗은 일방통행로에서 후진을 하려고 애쓰고 있었을 때 그를 쳐다보던 사람들의 눈빛을 떠올리게 했다. 쭉 뻗은 길에서 후진하기―그것은 한때 그가 전혀 문제없이 해낼 수 있는 일이었다. 그는 자신의 시계를 본다.

그는 조금 더 기다렸다가 와인을 더 마신다. 몇 년 전에 누군가로부터 선물 받았으며, 특별한 일이 있을 때 마시려고 아껴뒀던 매우 훌륭한 바르바레스코. 그는 점심 때 그것을 충동적으로 땄고, 평범한 평일의 오후에, 그저 그런 오믈렛을 먹으며, 그것을 혼자서 절반이나 마셔버렸다. 하긴 아껴봤자 무슨 소용이 있었겠는가?

이제 그는 접시 위에 담은 치즈, 프로슈토, 몇 개의 올리브와 함께 와인을 조금 더 마신다. TV에서 하고 있는 축구 경기. 그가 한 번도 들어보지 못한 어느 2부 리그 팀들이 십이월 오후의 경기를 0 대 0 무승부로 끝내고 있다. 경기장은 누가 봐도 반쯤 비어 있다. 그래도 그것은 침묵을 쫓아준다. 시간을 때워준다.

그는 코델리아에게 전화를 할지 말지 고민한다. 결국 그는 그러지 않는다. 그는 그녀를 방해하길 원치 않는다. 그는 우울하고―그는 그녀에게 자신이 그렇다는 걸 숨기지 못할 것이고, 그녀는 그의 목소리에서 그걸 느낄 것이다―그는 그녀의 기분도 울적해지는 걸 바라지 않는다. 그는 앞으로 그녀가 그에게 전화하고 싶어하지 않게 되길 바라지 않는다. 그가 그녀에게 늘 투덜대고, 자신의 문제들에 대해 계속 웅얼거리고, 딱히 관심이 없는 것들에 대해 질문을 해대고, 통화중에 길고 의기소침한 침묵을 남긴다면 그녀는 그에게 전화하고 싶어하지 않게 될 것이다.

그는 바르바레스코를 조금 더 따른다. 아닌 게 아니라, 정말 훌륭한 와인이다. 이탈리아에서 만들어진 가장 훌륭한 레드 와인들 가운데 하나다. 그는 그것의 진가를 알아볼 수 있다. 하지만 기쁨이 있어야 할 자리에, 일종의 구멍이 나 있는 듯하다. 이런 상태에서 마시기에는 아까운 와인이라고, 그는 생각한다.

그는 자신의 시계를 본다.

잠자리에 들기에는 분명 너무 이른 시간이 아닌가?

이제 축구 경기는 끝났고 그는 TV를 껐으므로, 집은 숨이 막힐 듯 고요하다.

그는 휠체어에 앉아 책을 읽으려 해본다. 그의 머릿속에 계속해서 이런저런 생각들이 떠오른다. 그는 앨런을 떠올린다. 앨런은 그의 이복형제. 앨런이 지금 몇 살이지? 여든다섯? 거의 걷지도 못한다. 거의 일어서지도 못한다―조금만 몸을 움직여도 신체적 고통과 정신적 괴로움이 뒤따른다. 굴욕감. 그는 앨런을 마지막으로 봤을 때를 떠올린다. 앨런의 머리카락은 부드럽고 여성적으로 보였다―분명 그가 요즘 늘 신고 다니는 크고 부드러운 운동화처럼 새하얬다. 그는 토니를 보고는 미소를 지으려 애를 썼었다. 그는 자리에서 일어나지 못했었다. 그는 미소를 지어보려 애를 쓰며, 뭔가를 말해보려 턱을 흔들며, 그냥 의자에서 몸을 떨었었다. "어떻게 지내, 토니?" 마침내 그는 기이하고 발음이 불분명한 목소리로 그렇게 말했었다. 마치 겉껍데기는 벌써 죽어버렸다는 듯, 그의 피부는 이미 죽은 것처럼 보였다. 바깥을 응시하는 그의 빛바랜 두 눈에는 두려움이 서려 있었고, 그 죽은 얼굴에서는 일종의 적의가 느껴졌었다.

그는 여전히 거기 앉은 채 손에 책을 들고 있다―크리스토퍼 클라크의 『몽유병자들: 1914년 유럽은 어떻게 전쟁에 이르게 되었는가』.

앨런과는 더이상 이야기를 나눌 수 없었고, 그것은 세상에서 가장 슬픈 일들 가운데 하나였다.

그는 사라져가고 있었다.

사라져가는 것.

결국 우리 모두는 그저 사라져갈 뿐인가?

*

밤새 심각할 정도로 두려운 순간들이 찾아온다. 어느 순간 그는 심장에 이상이 생긴 게 틀림없다고 확신한다. 그리고는 찾아온 일종의 악몽.

나른한 눈빛의 거대한 대벌레 같은 무엇.

그것은 오래도록 움직이지 않고, 그리하여 그것에 대한 그의 두려움은 거의 사라진다.

그러더니 그것이 움직이기 시작한다.

그를 건드린다.

그는 공포의 비명을 내지르며 잠에서 깨어나고, 다시 잠들기까지는 몇 시간이 걸린다. 일단 악몽으로 인해 화들짝 놀란 마음이 가라앉고 나자, 그는 앨런을 생각하고, 자신이 살날이 얼마 남지 않았음을 생각한다. 그는 자신이 처한 상황에 왠지 충격을 받은 듯한 모습으로 어둠 속에 누워 있다. 마치 그러한 사실을 이제 막 알게 되기라도 했다는 듯. 마치 누군가가 그에게 그가 일흔세 살이라는 사실을 처음 말해주기라도 했다는 듯.

2

다음에 그가 눈을 떴을 때는 방안이 환하다.

거의 여덟시다.

몸을 일으켜 앉으면서, 그는 기진맥진함과 우울함을 느낀다.

오늘은 뭔가를 해야만 한다.

부엌 바닥의 구석 타일 위에 새로운 쥐똥이 있는 것을 무력하게 바라보며, 그는 차를 몰고 폼포사 수도원으로 가기로 결심한다. 그는 어제 서랍을 정리하다가 예전에 갔던 폼포사 수도원 입장권을 발견했고―그는 수년 전에 앨런과 그의 부인이 그곳에 와서 머물렀을 때 그들과 함께 그 수도원에 갔었던 것을 떠올린다―그는 그것을 다시 보고 싶다는 생각이 들었다. 그에게는 그곳에 대한 기억이 거의 남아 있지 않다. 라벤나 북쪽, 바다 근처에 있는 어느 중세 수도원.

어쨌든, 그곳이 어떤 곳인지는 별로 중요한 게 아니다. 그는 어떤 가로 차를 몰고 가서 무언가를 해야만 한다. 그게 어디가 됐든 그건 별 상관이 없다.

그는 그곳까지 차로 한 시간 정도가 걸릴 거라고 생각한다. 그는 열한시에 그곳에 도착해서 수도원을 둘러보며 거기 있는 것들을 구경할 것이다. 어쩌면 점심을 먹고—그곳에 식당이 있었다는 사실이 떠오르는 듯하다—운전을 해서 집으로 돌아올 것이다. 아르젠타에 들러서 장을 좀 볼 것이다. 그러고는 차를 마시며 한두 시간 동안 클라크의 『몽유병자들』을 읽을 것이다.

창밖에는 얼어붙은 안개가 떠 있다. 매해 겨울마다 이곳을 뒤덮는 바다의 얼어붙은 수증기. 요즘 그는 추위라면 아주 질색이다. 그 집의 오래된 보일러는 이제 막 돌아가기 시작했고—천장이 높은 방들에는 희미한 온기가 감돌고 있다—그 따뜻한 곳을 떠나려고 생각하니 그에게 괴로움이 밀려온다. 그리고 이 안개 속에서의 운전. 거기에는 어려움이 따를 것이다.

그는 천천히 계단을 걸어내려가 화장실의 욕조를 뜨거운 물로 가득 채우기 시작한다. 그는 뜨거운 물로 목욕을 하고 나면 기분이 어떻게 변할지 볼 것이다. 그는 알록달록한 알약 1회분을 먹는다. 그러고서 그는 욕조의 높은 가장자리까지 몸을 이끌고 가서 뜨거운 물에 몸을 담근다. 그는 수증기 속에 졸린 듯 누워 있다. 그는 관절이 펴게 이완되는 것을 느낀다.

나중에 그가 면도를 하는 동안, 창가에 햇살이 비친다. 안개가 걷히고 있다.

그는 옷을 따뜻하게 차려 입는다. 스웨터 두 벌. 그가 가진 가장 두꺼운 양말 한 켤레.

집 둘레에 늘어선—방풍림 역할을 하는—나무들에는 잎이 거의 남아 있지 않다. 풀은 여전히 푸르지만 정원의 관목 덤불은 갈색으로 변해 있고 생기를 잃은 듯하다. 그는 차고를 연다. 짙은 파랑색의 폭스바겐 파사트 에스테이트. 원래 영국 번호판을 달고 있던 이 차는 이제 이탈리아 번호판을 달고 있다.

운전을 할 생각을 하니 그는 여전히 마음이 불안하다. 아직 운전은 무리일지도 모른다는 달갑지 않은 기분을 느끼며, 그는 핸들 앞에 앉는다.

이제 안개가 걷혀 모든 것들의 윤곽이 아주 분명히 드러난다. 도로변에 서 있는, 추위로 희끄무레해진 헐벗은 포플러나무들은 그가 가는 길 위로 희미한 그림자를 드리우고 있다.

그는 자신이 딱히 천천히 운전하고 있다고는 생각하지 않는다. 그럼에도 차들은 자꾸 그를 추월한다—그의 뒤로 적은 수의 차들이 줄지어 있는 상황이 계속해서 벌어진다.

그는 이미 아르젠타를 지났고, 산비아조에서 핸들을 꺾어 석호로 이어지는 도로, 평평한 농지를 가로지르며 길게 뻗어 있는 도로로 들어섰다. 이 풍경에 딱히 애정을 쏟을 만한 구석은 없다. 원래 그들은 토스카나에 있는 집을 원했었다. 그것은 지금으로부터 25년 전, 코델리아가 독립했을 때의 일이다. 토스카나에 있는 집. 하지만 알고 보니 토스카나의 집값은 그들이 예상했던 것보다 훨씬 비쌌다. 그래서 그들은 키안티에서 본 실망스러울 만큼 비좁은 작은 집으로 만족하는 대신, 다른 지역으로 선택권을 넓혀보기로 했다. 그리고 피렌체에서 점점 멀어질수록 그들이 보는 집은 점점 더 그들이 마음속에 그리던 집과 비슷해져갔다—완전하고 한적한 1

에이커의 정원이 딸린 크고 우아한 빌라. 그것은 그들이 원하던 집이었고, 결국 그들은 그 집을 구입했다. 그들이 예견하지 못했던 것은 그 집이 반도의 완전 반대편인 이곳, 그들이 처음부터 전혀 관심을 가지지 않았던 이 지역에 있을 거라는 사실이었다. 그리고 지독하리만치 평지로만 이루어진 풍경. (1970년대에 로마 대사관 차장으로 있던 시절, 그는 산마리노에서 열린 어느 행사에 참석했었고―그리고 브라스밴드와 오페레타 복장을 한 사람들을 따라 그곳 바위 꼭대기로 올라갔었고―그 위에서 북쪽으로 길게 펼쳐진 평지를 보고는 전율을 느꼈었다.) 그들은 결국 그 집에 넘어가고 말았다. 그 집의 기품 있는, 거의 귀족적인 모습. 그럼에도 그 집은 중심에서 벗어나 있었고, 그들은 그 집을 구입한 후에 자신들이 실수를 저지른 것은 아닌가 하고 생각했다. 그들은 그 집과 천천히 화해해나갔고, 결국 그 집에 사랑 비슷한 감정을 품게 되었다. 인간은 거기 없는 게 아니라 거기 있는 것을 사랑하게 되기 마련이다. 그러지 않고서야 어떻게 살아갈 수 있겠는가?

도로 양편의 들판 위로, 갑자기 넓어지는 광활한 수면 위로 햇살이 내리쬔다. 차에는 난방이 틀어져 있지 않음에도 외투를 입은 탓에 너무 더워진 그는, 외투를 벗기 위해 차를 세운다―이 근처에 있는 무인 셀프서비스 주유소들 가운데 하나인, 활기 없는 타모일에. 그 옆에는 텅 빈 들판으로 이어지는 비포장도로가 있다. 가끔 차들이 지나갈 때를 빼면 주위는 고요하다.

그가 석호에 도착했을 때, 그곳은 금속판처럼 빛나고 있다. 그곳에서 그는 포 삼각주의 습지를 이리저리 통과하는, 이전보다 더 고요한 스트라다 프로빈찰레 58*을 지난다. 그곳을 달리고 있자니 기

566

분종은 최면에 빠져드는 듯하다. 파사트 안은 쾌적하고 따뜻하다. 이제는 차들이 조바심을 내며 뒤에 줄을 서 있지 않다. 스트라다 스타탈레 309**―바다를 따라 펼쳐진 간선도로―에 진입하기 전까지는 그곳에 그밖에 없고, 그는 굳이 앞에 있는 트럭을 추월해야겠다는 스트레스 없이 트럭의 뒤를 따라 느긋하게 움직인다. 트럭은 바다 쪽에서 불어오는 바람을 맞으며 천천히 앞으로 나아간다. 바다는 보이지 않으며, 오직 심심치 않게 나타나 이런저런 리도***로 가는 길을 알려주는 표지판에 의해서만 그 존재가 드러날 뿐이다. 리도 델레 나치오니. 리도 디 볼라노.

그는 갈림길을 거의 놓칠 뻔한다. 그는 종탑을 보자마자 그게 뭔지 깨닫고는, 곧장 깜빡이를 켜고 핸들을 꺾는다. 어느새 이곳에 도착해버렸다. 그는 아직 그곳에 도착했다는 기분이 들지 않는다. 하지만 이곳이 바로 그곳이다.

모든 게 낯설다. 만일 그가 전에 여기 온 적이 있다면―그는 여기 온 적이 있다―그는 모든 걸 잊은 셈이다. 스트라다 스타탈레 309를 빠져나가는 작은 길 같은 도로, 처음에는 잘못된 방향으로 가는 듯 보이는 그 도로는, 무리 지어 서 있는 나무들 위로 솟아 있는 높은 종탑에서 멀어지는가 싶더니, 다시 방향을 꺾어 지평선까지 뻗어 있는 들판의 경치를 지나 작은 호수로, 벽 옆에 있는 몇 개의 대형 쓰레기통 옆으로, 타맥으로 포장된 주차 공간으로 그를 데려

---

* 58번 지방 도로.
** 309번 국도.
*** 해안.

간다.

 그는 대부분 비어 있는 그 주차 공간 어딘가에 파사트를 세운다. 그가 차의 문을 열자 몹시 찬 공기가 그를 깜짝 놀라게 한다. 아주 심한 개똥 냄새가 난다. 놀랍게도, 이곳에서는 도둑을 조심해야 한다는 표지판이 보인다. 그는 그곳의 조용하고 텅 빈 경치를 둘러본다. 들리는 소리라고는 스트라다 스타탈레 309에서 들려오는 조용한 자동차 소리들뿐이다. 도둑? 지금은 없을 게 분명하다. 어쨌거나 이 차에는 훔쳐갈 것도 없다. 그는 스카프를 걸치고 파사트를 잠근다.

 종탑은 몇백 미터 정도 떨어진 곳에 있다. 그는 헐벗은 나무들 사이로 그것을 본다. 그곳을 향해 걸어가기 시작하면서, 지금 자신이 하고 있는 이 짓이 무의미하다는 느낌에 그는 왠지 마음이 무거워진다. 그는 피곤하고 추우며, 사실 이곳을 구경하는 데 별 관심이 없다. 이곳에 와서 하얀 서리가 덮인 타맥 포장도로를 지나 그곳으로 걸어가고 있자니, 몸을 따뜻하게 하기 위해 발걸음을 재촉하고 있자니, 그렇다는 게 확실해진다. 그리고 사실 그곳에는 별로 볼 것도 없어 보인다. 그곳은 풀이 듬성듬성 나 있는 무슨 공원 같다. 그는 종탑으로 이어지는 도로 한쪽의 텅 빈 테라스 뒤에 자리한, 괜찮아 보이는 식당 두 군데를 지나친다. 그중에 오직 한 곳만이 문을 연 듯하다―어쨌거나 바깥에는 문을 열었다는 간판이 걸려 있다. 그리고 문득 그의 머릿속에 이맘때의 평일 아침에는 수도원이 문을 열지 않았을 수도 있겠다는 생각이 떠오른다.

 하지만 수도원은 열려 있다.

 별로 볼 것도 없긴 하지만.

그곳을 대충 둘러본 후, 그는 밖에 표지판이 걸려 있던 곳으로 다시 걸어간다. 매우 소박한 식당—몇 년 전 앨런과 그의 부인과 함께 왔을 때 갔던 식당은 아니다. 그곳에는 불빛이 번쩍이는 슬롯머신이 있다. 벽에 붙어 있는 오래된 포스터들. 선반에 놓여 있는 먼지 쌓인 판매용 와인들. 그는 작은 테이블에 앉는다. 한 남자가 그의 앞에 종이 매트를 깔고는 그에게 코팅 메뉴판을 건넨다. 그곳에서 식사를 하고 있는 다른 사람들은 다른 테이블에 앉아 낮은 목소리로 대화를 나누고 있는 중년 커플뿐이다. 그들은 독일인인 듯하다. 그는 재빨리 메뉴판을 훑어본다. 그는 별로 배가 고프지 않다. 그는 뭔가 따뜻한 것을 먹길 원한다. 그는 수프를 주문한다.

그는 겨우 삼십 분 만에 수도원 구경을 마쳤다—작은 창문이 달려 있는, 매우 단순한 일련의 낮은 벽돌 건물들. 희고 수수한 몇 개의 대리석 조각들. 내부는 그냥 텅 빈 방들이 대부분이었다. 마당에는 정사각형 모양의 잔디밭이 있었고, 그 가운데에는 우물이 있었다. 그것들 모두는 꽤나 과거를 상기시켜주는 것들이었다. 이곳에서 천 년 동안 이어졌던 삶의 한 방식, 세상을 바라보는 한 방식에 대한 기념비. 마당 한쪽은 수도원 성당의 측벽을 이루고 있었다. 성당의 실내 전체는 장면과 인물들의 그림으로 도배되어 있었다. 그는 사학자적 호기심을 지닌 채 그림이 그려져 있는 벽들, 기이하면서도 때로는 잔인한 그 장면들을 쳐다보며 그곳에서 약간의 시간을 보냈다. 불타고 있는 한 남자. 벌거벗은 여자들. 거대한 타원형 입 안에 고통받는 사람들을 물고 있는 어떤 악마.

그는 그것을 볼 만큼 보고 나서 현관으로 걸어 나왔다. 겨울의 낮은 태양이 비추는 빛이 현관 깊숙이 들어왔다. 그곳의 벽에는 저명한 고인들을 기리는 대리석 명판들이 붙어 있었다. 고요하고 느긋한 분위기 속에서, 그는 이 명판들 몇 개를 자세히 살펴봤다. 그것들은 분명 라틴어로 되어 있었고, 그것은 그가 까마득한 옛날에 배웠던 언어였다. 여전히 가끔가다 어떤 글자들을 읽어낼 수 있는 그는, 어떤 비문에서 자신을 생각에 잠긴 채 한동안 거기 서 있게 만든 다섯 개의 단어를 발견했다. 수백 년 전에 죽은 어느 남자를 기리는 돌조각에 적힌 단 하나의 라틴어 문장.

웨이터가 그의 앞에 뜨거운 수프와 각각 종이에 싸여 있는 브레드 스틱을 몇 개 올려놓는다.

"그라치에." 그가 말한다.

"프레고." 웨이터가 그곳에서 물러가며 말한다.

다른 테이블에 있는 독일인들은 북동쪽 이탈리아 지도를 펼쳤다. 그것을 자세히 살펴보면서, 그들은 조용한 목소리로 서로 대화를 나눈다.

웨이터는 다른 누군가와 대화를 하고 있지만 아무도 보이진 않는다. 그는 꾸짖는 듯한 어조로 다시 말한다. 그러더니 어딘가에서 여자아이 하나가 튀어나와 텅 빈 테이블 하나로 걸어가서는 그곳에 앉는다. 그 아이는 분명…… 일곱 살쯤 되지 않았을까? 그녀는 테이블에 앉아 창밖을 바라보며 바닥에 전혀 닿지 않는 두 발을 흔들고 있다.

토니는 자신이 시킨 수프를 먹는다─미네스트라 디 파지올리. 수프에는 푸른 양배추 이파리와 커다란 크림색 콩이 떠 있다.

남을 의식하지 않은 채 여전히 창밖에 펼쳐진 겨울날의 텅 빈 정적을 바라보며, 그 여자아이는 부드럽고 혀 짧은 소리로 뭔가를 노래하기 시작한다.

수프를 먹으면서, 그는 그 노래의 가사를 이해하려고 애써본다. 그 아이는 이제 그 노래를 두번째로 부르고 있다.

"젠나이오 네비카토." 입술을 거의 움직이지 않은 채, 아이가 노래한다.

일월에는 눈이 내리네.

"페브라이오, 마스케라토."

이월은 가면을 쓰고 있네.

"마르초, 파체렐로."

삼월은 미치광이네.

"아프릴레, 앙코르 피우 벨로."

사월은 훨씬 더 아름답네.

"마죠, 프루티 에 피오리. 쥬뇨, 바도 알 마레."

오월은 과일과 꽃. 유월에는 바다로 가네.

"룰료 에 아고스토, 라 스쿠올라 논 코노스코."

칠월과 팔월, 학교는 알 수 없네…… 학교는 쉬네.

"세템브레, 라 벤데미아. 오토브레, 콘 라 네비아."

구월은, 어…… 수확기. 시월은 안개.

"노벰브레, 운 골프 인 피우. 디쳄브레 콘 예수."

십일월에는 스웨터를 한 벌 더. 십이월은 예수님과 함께.

노래를 끝낸 아이는 손등으로 코를 닦는다. 아이의 머리는 황갈색이고, 피부는 창백하다. 아이는 그가 자기를 쳐다보고 있는 걸 본다. 아이의 눈에는 초록빛이 감돈다.

그가 미소를 짓는다. "멋진 노래로구나." 그는 이탈리아어로 아이에게 말한다.

아이가 말한다. "학교에서 배웠어요."

"그랬니?"

"네."

"그래……" 그는 무슨 말을 해야 좋을지 알지 못한다. "훌륭하구나." 그가 말한다.

아이는 어깨를 으쓱하고는 창밖을 쳐다보며 다시 노래를 부른다. 아이는 딱히 다른 할일이 없어 보인다.

"젠나이오 네비카토. 페브라이오, 마스케라토……"

독일인들은 음식 값을 계산하고 있다.

그들은 떠나고, 웨이터는 그들의 테이블을 정리하기 시작한다.

"운 카페." 접시를 잔뜩 들고 가는 웨이터에게 토니가 말한다. 그는 고개를 한번 끄덕이는 것으로 주문을 대신한다. 그의 딸—만일 그 아이가 그의 딸이라면—은 여전히 노래를 부르고 있다.

"노벰브레, 운 골프 인 피우. 디쳄브레 콘 예수."

그리고 뜻밖에도 독일인들이 다시 나타난다. 그들은 분명 동요하는 듯한 모습으로 급히 그곳에 들어온다.

웨이터는 에스프레소 머신 앞에서 뭔가를 두드리고 있다.

"폴리차이!" 독일인 남자가 거의 고함을 지른다. "폴리차이!"

웨이터는 하던 일을 계속한다.

그는 그저 그쪽으로 고개를 돌릴 뿐이고, 독일인은 웨이터가 이해하지 못하는 듯한 자기 나라 말로 뭔가를 말한다.

그 남자는 영어를 시도해본다. "제발요, 경찰 좀 불러주세요."

그가 말한다.

"경찰 좀 불러주세요." 분노가 가득한 눈빛으로 그의 부인이 그 말을 반복한다.

웨이터가 이탈리아어로 말한다. "경찰이요? 왜요?"

"경찰 좀 불러주세요." 그 남자가 여전히 영어로 말한다. "우리 차를…… 누군가가." 그리고 그는 주먹을 휘두르는 시늉을 한다.

"차에 도둑이 들었다고요?" 웨이터가 계속 이탈리아어를 고집 하며, 전혀 놀랍지 않다는 듯 피곤한 목소리로 말한다.

"네, 네." 그 말을 이해한 남자가 영어로 말한다. "경찰 좀 불러 주세요."

"알겠습니다." 웨이터가 덤덤하게 말한다. "경찰을 불러드리 죠."

하지만 그는 우선 토니에게 에스프레소부터 가져다준다—비록 그의 그런 행동은 독일인들을, 특히 분노의 한숨을 내쉬며 문 쪽으 로 고개를 돌리는 여자를 몹시 짜증나게 하고 있음이 틀림없지만, 토니는 그것을 고맙게 생각한다. 웨이터는 느긋하게 카운터로 돌 아온 다음, 벽에 붙어 있는 농업 기계 그림 달력 옆에 설치된 전화 기의 수화기를 든다.

문득 토니는 자신의 차도 위험에 처해 있을지 모르겠다는 생각 이 든다. 그가 불안하게 기다리고 있는 독일인들에게 말한다. "실 례지만 차를 어디 주차해 놓으셨는지 여쭤봐도 될까요?"

그 남자는 마치 그 말을 이해하지 못하기라도 한 듯한 표정으로 그를 쳐다본다. 하지만 그는 곧 손동작을 하며 말한다. "저기요, 작 은 호수 옆에."

"아," 토니가 말한다. "제 차도 거기 주차해뒀는데."

그 남자는 다른 사람의 차가 어디 주차되어 있건 그건 자기가 알 바 아니라는 듯 그저 어깨를 으쓱하고는, 여전히 수화기를 붙들고 "또 터졌어요" 같은 말을 하고 있는 웨이터 쪽으로 고개를 돌린다.

웨이터가 전화를 끝냈을 때, 그의 앞에는 토니가 10유로짜리 지폐를 손에 든 채 서 있다.

최악의 상황을 우려하며, 그는 그곳을 나와 작은 호수와 주차 공간을 향해, 끊임없이 풍겨오는 개똥 냄새가 나는 곳을 향해 걸어가기 시작한다. 도둑을 경고하는 그 표지판―그것을 무시하지 말았어야 했다. 이제 시야에 파사트가 들어오고, 그는 걸음을 재촉한다. 차는 괜찮아 보인다. 그렇다, 차는 괜찮다. 다른 쪽에 세워져 있는, 독일 번호판을 달고 있는 오펠 에스테이트는 창문 하나가 박살나 있다. 불쌍한 독일인들. 아마 휴가중일 것이고, 이제는 이 문제를 처리해야 한다. 그는 다시 간선도로로 나가려는 도중에 그곳에 도착하는 경찰차를 지나친다. 어쩌면 그는 그곳에 남아 독일인들을 위해 통역을 해줘야 했는지도 모른다―그들은 이탈리아어를 아는 것 같지 않았고, 만일 경찰이 영어를 한다면 행운일 것이다. 이곳 사람들은 영어를 별로 사용하지 않는다. 심지어 여름에 찾아오는 관광객들도 이탈리아인이 대부분이다. 뭐 어쩌겠나. 그들이 잘 알아서 해결하겠지. 그는 이미 스트라다 스타탈레 309의 교차로에 도착했다. 그는 좌회전을 해야 한다―양쪽 차선이 모두 비어 있어야 한다. 양쪽 차선에서 차들이 달려오는 동안, 그는 깜빡이를 켜 놓은 채 거기 앉아 있다. 이미 지기 시작한 태양이 그의 눈을 따갑게 하고, 그는 차양을 내린다. 멀리 보이는 나무들이 차갑고 노르스름한 지평선의 저녁놀 속에 녹아든다. 여전히 차들이 달려오고 있다. 그는 양쪽 집게손가락으로 검은 플라스틱 핸들을 두드린다. 이제는 이러고 있는 게 바보처럼 느껴진다. 그는 하품을 참는다. 왼쪽에서는 트럭이 오고 있다. 다른 쪽 차선은 마침내 텅 비었다. 트럭은 꽤 멀리 있다. 그것은 그가 분명 좌회전을 할 수 있을 만큼 충분히 멀리 떨어져 있다. 그가 더 기다리지만 않는다면. 그러니 기다리지 말자. 좌회전을 하자. 바로 지금.

3

아메무스 에테르나 엣 논 페리투라.

아메무스―우리로 하여금 사랑하게 하라. 에테르나―영원한 것을. 엣 논 페리투라―덧없는 것이 아니라.

우리로 하여금 덧없는 것이 아니라 영원한 것을 사랑하게 하라.

4

그는 낯선 방안에 있다. 불빛은 흐릿하다. 저녁이 아니면 아주 이른 아침인 듯하다. 그는 침대에 누워 머리 위의 높은 천장을 올려다보고 있다. 그 위에는 무슨 조명 기구 같은 게 있다. 마죠, 프루티 에 피오리. 쥬뇨, 바도 알 마레…… 그는 머리가 매우 무겁고 몽롱하게 느껴진다. 오토브레, 콘 라 네비아. 그는 자신이 있는 곳이 어디인지 알지 못한다. 문밖 어딘가에서 발소리와 목소리 같은 게 들려온다. 문의 창틀에는 젖빛 유리가 끼워져 있고, 때로 그 위로 미끄러져 지나가는 인물들, 검은 얼룩들이 잠시 동안 그 유리에 생기를 불어넣는다. 아메무스 에테르나 엣 논 페리투라.

5

방에는 햇빛이 내리쬐고 있다. 조애나가 거기 앉아 있다. "안녕, 토니." 그녀가 말한다.

"안녕." 그가 말한다.

"당신은 여기가 어딘지 모르지." 그녀가 넌지시 말한다.

그는 그녀가 피곤해 보인다고 생각한다. 그가 말한다. "몰라. 여기가 어딘데?"

"당신은 라벤나의 병원에 있어."

"당신은 지금 뉴욕에 있어야 하는 거 아니야?" 그가 묻는다.

"응, 맞아."

그녀는 침대 옆 의자에 앉아 있다.

"이삼일 후에 가봐야 해." 그녀가 말한다.

"그래." 그는 여전히 머리가 어질어질해서 뻔한 질문을 떠올리는 데도 꽤 시간이 걸린다. "내가 왜 여기 있는 거지?"

"전혀 기억이 안 나?"

그는 기억해보려 애를 쓴다. 그러고는 말한다. "나는 퐁포사 수도원에 갔었어. 그렇지 않았나?"

"사고가 났었어. 파사트는 완전히 다 망가져버렸고." 그녀가 그에게 알려준다.

"무슨 사고?"

"사람들 말로는," 그녀가 말한다. "당신이 작은 도로에서 빠져나오기 위해 좌회전을 하려 했고, 앞에서는 트럭 한 대가 다가오고 있었는데, 그때 누군가가 그 트럭을 추월하고 있었고, 당신이 그걸 알아차렸을 때는 이미 늦었었대."

꽤 긴 침묵이 흐른다.

"난 전혀 기억이 안 나." 그가 말한다.

"음, 듣자하니 당신 차는 결국 들판에 굴러떨어졌던 것 같아. 그리고 에어백이 아니었다면 지금 우리가 이렇게 이야기를 나누고 있지도 못했을 거고. 의사 말이, 당신은 뇌진탕을 일으켰대."

"뇌진탕?"

"응. 병원에서는 혹시 다른 문제는 없는지 확인차 내일 시티 촬영을 해보고 싶어하는 것 같아."

그는 살짝 속이 메스껍다. 그는 베개에 다시 머리를 누인다―그는 그녀와 이야기를 하느라 반쯤 앉아 있었다.

"그 차는 내 명의로 되어 있잖아." 그녀가 말한다. "그래서 나한테 연락이 왔어."

그는 천장의 조명 기구를 바라보고 있다. 그의 시선은 전선을 따라 천장에서 문 위의 벽으로 옮겨갔다가, 다시 벽 위를 따라 다른 벽에 뚫려 있는 작은 구멍으로 옮겨간다. 그는 이상한 기분을 느낀다.

"당신 주려고 뭐 좀 가져왔어." 그녀가 말한다. "잠옷이랑 이런저런 것들."

"응. 당신은 어떻게 지내?" 그가 애매하게 묻는다.

그 질문은 이상하게 들린다. 그녀는 망설인다. "괜찮아." 그녀가 그에게 말한다. 그러고는, 그게 충분한 대답이 못 되었을지도 모른다고 느낀 듯한 그녀가 다시 말한다. "이맘때쯤엔 늘 그렇지 뭐."

그는 그 이맘때라는 게 언제인지 기억해내려 애를 써본다.

조애나는 뭔가에 의해 정신이 산란해진 듯 고개를 돌리지만, 그곳에는 작은 병실의 창백하고 인간미 없는 공간만이 있을 뿐, 다른 것은 아무것도 없다.

이것은 분명 어색한 상황이다. 그들이 이십 년 이상 살아온 방식이 이 상황을 어색하게 만들고 있다. 그동안 그들은 각자의 일은 늘 어느 정도 스스로 알아서 처리해왔다. 그들은 서로에게 도움을 청한 적이 별로 없었다. 그리고 그랬을 때조차 그것은 서로 대등한 위치에서 교섭을 하듯 세속적인 분위기에서 이루어졌고, 그 내용도 실용적인 차원의 문제들―대출금, 전문적인 요청―을 넘어서지 않았다. 이런 적은 없었다.

어깨 쪽 천에 번호가 새겨진 환자복을 입은 채 침대에 몽롱하게 누워 있는 토니는 무기력해 보인다.

"어젯밤 비행기로 왔어." 이상하게 낮은 곳에 있는 싱크대에서 눈을 뗀 다시 그를 바라보며, 그녀가 말한다. "라이언에어. 스탠스테드공항에서."

그는 관심이 없는 듯 보인다. "그래?"

"당신도 알잖아―자정쯤에 도착하는 그 항공편."

그는 그 항공편을 알고 있다. 그것은 그가 겨우 며칠 전에 이곳에 도착했을 때 이용했던 항공편이다. 겨울의 어둠을 뚫고 삼십 분을 달려 볼로냐 공항에서 그 집까지 갔던 택시. 그리고 마지막으로 머문 지 몇 달이 지났던 그 집, 냉장고의 온도, 불투명한 밀랍처럼 변한 올리브 오일. 바닥에 떨어져 있는 쥐똥. 계단 아래의 벽에 있는 습기 얼룩. 그것들은 왠지 그를 어쩔 줄 모르게 만들었었다. 쥐똥, 여기저기 퍼져 있는 얼룩. 그는 외투를 벗지 않은 채 복도의 작은 소파에 앉아 있었고, 그가 내쉰 숨은 그의 입 앞에서 허공을 맴돌고 있었다……

"내가 옆에 있어줄까?" 조애나의 목소리가 들린다.

그녀는 이제 창가에 서서 바깥을 내다보고 있다. 그는 바깥 풍경이 어떤지 알지 못한다. 그가 아무 말도 하지 않자, 그녀가 말한다. "의사 말이, 지금 상태에서는 그냥 푹 쉬는 게 좋대. 잠을 좀 자보라고 했어."

"알았어."

"내가 옆에 있어줄까?" 이번에는 옆에를 살짝 강조하면서, 그녀가 다시 묻는다.

그의 대답을 기다리며 그녀가 다시 의자―퀴퀴한 녹색 천을 입힌 낮은 의자―에 앉는다.

"아니, 괜찮아." 그가 말한다.

"잠을 좀 자봐." 그녀가 조언한다.

"응."

그녀는 잠시 그의 손을 잡는다. 그의 그 건조한 손을 잡고 있는 것 또한 어색하게 느껴진다. 그녀는 자기가 왜 그랬는지 스스로도 잘 알지 못한다. 어쨌거나 그의 손을 잡고 있으니 신체적 친밀감이 너무 과하게 느껴진다. 그녀는 자신이 이런 상황에서 뭘 어떻게 해야 하는지 모른다는 걸 깨닫는다. 그들은 너무 오랜 세월 동안 거의 친구처럼 살아왔다. 그녀는 이런 상황에서 그에게 무엇을 해줘야 할지 확신이 서질 않는다. 이런 일은 이제껏 단 한 번도 일어난 적이 없었다. 심장 수술―그 길었던 병원 생활―은 런던 서부의 친숙한 환경에서 미리 다 예정된 채 이루어졌었다. 그녀는 오늘 그랬던 것처럼 밤새 유럽을 가로질러 날아와 예고 없이 그의 옆에 나타나서 그를 놀라게 해줄 필요가 없었다. 그녀는 그가 있는 곳이 어디며, 그에게 무슨 일이 일어났던 건지 그에게 말해줄 필요가 없었다. 그동안 그는 지금처럼 무기력해 보였던 적이 없었다. 비행기를 타고 오는 동안, 그녀는 자신이 꼭 이렇게 해야 하는 것인지, 이것이 자신의 역할이기는 한 것인지 고민했었다. 하지만 그녀가 그래주지 않는다면 누가 그래주겠는가? 그녀는 여전히 그의 손을 잡고 있다. 그녀는―무엇보다도 당혹감 때문에―그의 손을 꽉 쥐었다 내려놓는다.

"내일 아침에 들를게." 그녀가 말한다.

"알았어." 그는 지금이 하루 중 언제일지 궁금해한다.

그녀는 외투를 걸친다. 그렇게 하는 데 매우 오랜 시간이 걸리는 듯하다. 그러고서 그녀가 다시 말한다. "내일 들를게."

그녀가 이미 문을 열고 바깥의 소음이 병실 안에도 들려오게 했을 때, 그가 말한다. "조애나."

이제 자신이 얼마나 그곳을 떠나고 싶어하는지 확실히 느끼며, 그녀가 문간에서 발걸음을 멈춘다.

"고마워."

그녀는 무슨 말을 해줘야 할지 모른다. "괜찮아." 마침내 그녀가 그렇게 말하고는 그곳을 떠난다.

한두 시간 후─바깥은 이미 어두워져 있고, 천장에는 불이 켜져 있다─의사가 온다. 그는 매우 젊다. 나이는 서른 정도로밖에 보이지 않는다. 잘생긴 젊은이다. 그는 토니에게 기분이 어떤지 묻는다. "괜찮습니다." 토니가 말한다.

"속이 메스꺼우신가요?"

"가끔요. 아주 조금."

"두통은요?"

"약간요. 심하진 않아요."

의사가 아침에 시티 촬영을 할 거라고 말한다. 만일 아무 이상이 없으면─만일 뇌출혈이 없으면─그는 내일이나 모레쯤 퇴원할 수 있을 것이다. "정말 운이 좋으셨어요." 그가 미소를 지으며 말한다.

*

아침에 그는 자신이 어느 정도 정상이라고 느낀다. 예전과는 확연히 다르게, 그는 자신의 주변 환경을 정상적으로 인식한다. 그는 병원에 있다. 그는 이제 그 사실을 아주 명확히 인식하고 있다. 그는 올 한 해 동안 이미 병원에서 너무 많은 시간을 보냈다. 그는 자신이 지금까지 평생 살아오면서 병원에서 보낸 시간보다 올해에 병원에서 보낸 시간이 더 많았다고 생각한다. 그리고 그는 또다시 병원에 와 있다. 그는 커다란 침대 모퉁이에 앉아서 흠이 나 있는 잿빛 바닥을 쳐다보고 있다. 그리고 앞으로는 이런 일이 더욱 많아질 일만 남았을 것이다. 그렇지 않은가? 병원들. 의사들. 이제 그의 인생의 유일한 목적은 신체적 쇠락과 죽음을 가능한 한 뒤로 늦추는 일처럼 보인다. 긍정적인 목적의 측면에서 봤을 때, 그의 인생은 이미 끝난 듯 보인다. 그는 매우 우울한 기분을 느낀다. 아메무스 에테르나 엣 논 페리투라. 그의 마음속 어디선가 그 문장이 떠오른다. 그는 고통스레 침대에서 몸을 일으켜 바닥에 창백한 발을 내려놓는다. 약간 어지러운 상태로 두 걸음을 걸어 싱크대에 도착한다. 그 위에는 거울이 있다. 그의 얼굴은 충격적이다. 아무도 그에게 그것에 대해 말해주지 않았다. "이런 빌어먹을" 그가 몹시 화를 내며 말한다. 그는 몇 초 간 거기 서서 싱크대에 몸을 기댄 채 어지럼증이 사라질 때까지 기다린다. 수도꼭지는 이상하게 생겼다―가로로 뻗어 있는 6인치 정도 길이의 레버. 그는 물이 흘러나오기 시작할 때까지 그것을 만지작거린다. 플라스틱 컵 하나에 물을 가득 채운 다음 그것을 자신의 찢어지고 망가진 입술로 가져간다.

그는 여전히 거울 속에 비친 자신을 바라보고 있다. 무시무시하게 부풀어 오른 자신의 얼굴, 부분적으로 밀려 있는 자신의 머리를. 전반적으로 애처로워 보이는 자신의 모습을.

다시 떠오르는 그 문장.

아메무스 에테르나 엣 논 페리투라.

폼포사.

그가 그곳에서 보냈던 한 시간 정도의 기억이 그의 마음속에 구체적으로 떠오른다. 갑자기 그렇게 떠오르는 그 기억은 그를 거의 당황스럽게 만든다. 수도원의 무미건조한 공간을 걸어다니던 기억. 현관의 비문: 아메무스 에테르나 엣 논 페리투라. 그리고 그가 자신이 시켰던 수프인 미네스트라 디 파지올리를 먹으며 했던 생각들. 그리고 창밖의 고요한 겨울날, 헐벗은 나무들 위로 떨어지는 겨울의 햇빛을 바라보며 했던 생각들.

그래서 영원한 게 대체 뭐란 말인가?

문제는 그런 건 존재하지 않는다는 사실이다. 그런 건 지구상에 존재하지 않는다. 지구 자체도 영원하지 않다. 태양도 영원하지 않다. 밤하늘의 별들도 영원하지 않다.

모든 것에는 끝이 있다.

모든 것에는.

우리는 이제 그렇다는 걸 알고 있다.

6

조애나는 보험회사에서 제공해준 차로 그를 집에 데려간다. 그
녀는 이미 그 문제를 처리해둔 상태였다.

그는 퇴원을 잔뜩 기대하고 있었다. 하지만 차를 타고 집으로 돌
아가고 있자니, 그는 울적한 기분이 든다. 이제 그는 자신이 무엇
을 기대하고 있었는지도 잘 생각이 나질 않는다. 밖에는 가벼운 눈
송이들이 부질없이 흩날리고 있다. 쌓이지 않는, 무언가에 닿자마
자 녹아버리는 작은 눈송이들.

그들은 집에 도착한다.

그들은 먼저 리들에 들러서 쇼핑을 했었다. 그들은 쇼핑한 것들
을 집안으로 들인다. 무거운 것은 조애나가 든다.

"저 습기 얼룩을 처리해야겠어." 그녀가 말한다.

"응."

"그리고 이 집에 쥐 있는 거 알아?"

"응."

그들은 함께 앉아 점심을 먹는다. 이 집에 이렇게 함께 있으니 이상한 기분이 든다. 이곳에 그들 단둘이 있는 것은 꽤 오래간만이다.

"난 내일 가봐야 해." 조애나가 말한다.

"그래."

"코델리아랑 통화했어." 그녀가 그에게 말한다. "걔가 와서 한동안 당신을 돌봐줄 거야. 한 주 정도는 있어줄 수 있대."

그는 몹시 기쁜 마음을 드러내지 않으려 애쓴다. "굳이 그럴 필요는 없는데."

"당신을 혼자 놔두면 안 될 것 같아."

"난 괜찮아."

"걔는 벌써 비행기 표까지 끊어놨어, 토니."

"음, 정말 고마운 일이로군."

감자 샐러드를 께지럭대며, 조애나가 말한다. "더 오래 못 있어줘서 미안해."

그는 포크를 흔들며 굳이 그럴 것 없다는 뜻을 전한다.

그들은 일이 분 동안 조용히 식사를 한다.

"파사트를 그 지경으로 만들어서 미안해." 코델리아 이야기를 듣고 기운을 차린 게 분명한 그가 말한다.

"아니, 무슨 소리야, 그건 사고였잖아. 어쨌거나 폐차할 때가 된 차였어."

"난 그 차가 좋았어."

"나도 그랬어." 조애나가 말한다.

"우리가 그 차를 몰고 여기저기 돌아다녔던 거 기억해?"

"물론이지."

"정말 재미있었어."

잔에 와인을 좀더 따르며, 그리고 거의 은근슬쩍 추파를 던지는 듯한 목소리로, 그녀가 말한다. "좋은 시절이었지."

그들은 파사트를 몰고―그리고 그전에는 오래된 볼보 740을 몰고―프랑스와 몽블랑터널을 지나 발레다오스타를 빠져나온 다음, 피에몬테와 희미하게 빛나는 롬바르디아로 갔었다. 그는 특히 발레다오스타를 달리는 것―극적인 계곡, 북유럽에서 남유럽으로 가면서 감각이 고양되는 느낌―을 언제나 즐겼다.

지금 생각해보면 그 긴 드라이브는 얼마나 멋졌는지. 그때를 떠올리자니 그는 마음 한구석이 아려온다.

신선하고 축축한 공기의 기억.

그는 와인 한 모금을 마신다. 그는 자신이 손을 떨고 있음을 알아차린다.

어쨌거나 그 시절은 12년 전쯤에 파사트를 아르젠타에 두면서부터 모두 막을 내렸다. 그 차는 그때도 이미 꽤 오래된 차였다.

조애나가 그에게 무슨 말을 건넨다. "코넬리아가 당신이 새 차를 구하는 걸 도와준다고 했어."

"걔가?" 그가 묻는다.

그의 목소리에는 불신이 담겨 있는 듯하다―조애나가 말한다. "걔가 차에 대해 뭘 좀 알거든."

"그래, 그렇겠지." 그가 동의한다.

"걔가 당신이 차를 구하는 걸 도와줄 거야. 아마도 라벤나에서."

"아니면 페라라에서나." 그가 넌지시 말한다.

"당신이 원한다면. 다 먹었어?"

그는 고개를 끄덕이고, 그녀는 자기 접시와 함께 그의 접시를 부엌으로 들고 간다.

바깥에는 눈이 그쳤다― 정말 끔찍하다. 냉랭하고 축축한 하루. 조애나는 한동안 전화 통화를 한다. 그는 그녀가 누구와 통화하고 있는지 모른다. 그녀는 몇몇 사람들과 통화를 한다. 일과 관련된 전화 같다고, 그는 생각한다. 그는 윙체어에 앉아 클라크의 『몽유병자들』을 무릎 위에 올려놓은 채 통화를 엿듣고 있다. 그 책은 그리 진도가 잘 나가지 않고 있다. 가장 큰 문제는, 그가 그것에 별 관심이 없다는 데 있다. 그는 예전만큼 다른 일들에 대해 관심이 생기질 않는다.

전화를 끝냈을 때, 그녀가 그에게 영화를 보지 않겠냐고 묻는다.

"영화?" 마치 그녀가 자신을 살짝 방해하고 있기라도 하다는 듯, 마치 그녀가 중요한 일에 쏟고 있는 자신의 정신을 어지럽히고 있기라도 하다는 듯, 그가 말한다. "좋아."

그는 그녀의 손에 가득찬 와인 잔이 들려 있는 것을 본다. 그녀는 와인을 아주 많이 마시고 있다고, 그는 생각한다. 그녀는 이렇게 단둘이 이곳에 있는 것을 어색해하고 있다. "어떤 영화?" 그가 묻는다.

"모르겠어. DVD야 여기 잔뜩 있으니까." 그녀는 커다란 모직 옷을 입은 채 선반 앞에 서서 그것들을 살펴보기 시작한다. "〈사랑의 블랙홀〉은 어때?"

"우린 그 영화를," 그가 쌀쌀맞게 말한다. "아마 스무 번은 봤을 거야."

"알았어. 그럼 〈황금 연못〉은?"

"싫어."

"〈버킷리스트〉는 어때?"

그가 코웃음을 친다.

"〈드라이빙 미스 데이지〉는?"

"세상에나, 싫어."

그녀는 몇 편의 영화를 더 제안해보고, 그는 짜증을 내며 그 모든 영화들에 퇴짜를 놓는다.

"그럼 당신이 한번 골라보지 그래?" 더이상은 못 참겠다는 말투로 그녀가 말한다. "여기 와서 당신이 한번 직접 골라보라고."

"조애나……" 그는 여전히 휠체어에 앉아 있다. 그는 그녀에게 지혜를 전해주기라도 할 것처럼 두 손을 모은 채 손끝을 위로 향한다.

그러더니 그는 그저 어깨를 으쓱하고는, 속는 셈 치고 들어보겠다는 말투로 말한다. "또 뭐가 있는데?"

"잔뜩 있어. 〈어바웃 슈미트〉는 어때?"

그가 다시 한숨을 내쉰다.

"〈어바웃 슈미트〉는?" 선반에서 돌아서며, 그녀가 거의 소리치듯 말한다.

"싫어!"

"당신은 영화를 보고 싶기나 한 거야?" 그녀가 묻는다.

"딱히." 대놓고 반항적인 목소리를 내며, 그가 말한다.

"그럼 왜 그렇다고 말하지 않았어?"

"어딜 가는 거야?"

그녀가 거실을 떠난다. "난 할일이 있어."

"무슨 일?"

"일. 난 원래 지금 뉴욕에 있었어야 했어."

그 말은 그를 극도로 화나게 한다. "난 당신한테 여기 와달라고 부탁한 적 없어." 그가 그녀의 뒤에서 소리를 지른다.

그는 혼자서 눈 위에 손을 올린다―그동안 잊고 있었던, 상처 난 얼굴의 부드러움을 느껴본다.

그러더니 그녀가 다시 와서 그의 앞에 선다.

"있잖아," 그녀가 애써 말을 꺼내본다. "나는 당신이 도움을 필요로 할 것 같아서 여기 온 거야……"

"난 당신 도움 필요 없어." 그의 귀에 그렇게 말하는 자신의 목소리가 들린다.

한순간 불길한 침묵이 흐른다.

"그래, 그럼 뒈져버리시든가." 그녀가 조용한 목소리로 말한다.

그는 그녀가 계단을 걸어올라가 문을 쾅 닫는 소리를 듣는다.

몇 분 후 그는 뻣뻣해진 몸으로 의자에서 일어나 그녀의 뒤를 따른다. 그는 계단을 올라가는 동안 머리가 어지러워 잠시 걸음을 멈춰야 한다.

그가 조용히 문을 두드린다. "조애나?"

아무 반응도 없다.

"조애나…… 미안해."

"미안해." 그가 다시 말한다. "내가 오늘 제정신이 아닌가봐."

그는 문을 열지 않는다—그러는 것은 지난 수년 간 허용되어 있지 않았고, 지금도 허용되어 있지 않다.

"제발 아래층으로 내려와줘." 아마 한때는 흰색이었을, 페인트 칠한 나무문에 대고 그가 말한다. "나는 차를 좀 우리고 있을게," 그가 말한다. "미안해—정말이야."

그는 아래층에서 차를 우린다—옛날 방식대로 찻주전자를 데워서. 사람들은 더이상 그런 방식으로 차를 우리지 않는다고, 그는 슬프게 생각한다.

거실로 갔을 때—쟁반을 든 채 발을 끌며 느릿느릿 그곳으로 걸어들어갔을 때—그는 그곳에 이미 그녀가 와 있는 걸 보고는 놀란다. 그녀는 두꺼운 쿠션에 커다랗고 여성적이지 않은 두 발을 올려놓은 채 소파에 앉아 냉정하게 자신의 손을 살펴보고 있다. "너무 우울해." 그녀가 말한다.

"뭐가?"

그가 쟁반을 내려놓는다.

"그러니까, 난 여기 고작 이틀 있을 뿐인데도 이런 일이 생긴다는 게."

"미안해." 그가 말한다. "내가 잘못했어."

"그래, 맞아."

그는 윙체어에 주저앉고, 그래서 그의 두 다리가 살짝 위로 들린다. 그는 거기 앉아 숨을 헐떡이고 있다.

"컨디션은 어때?" 그녀가 묻는다.

그가 말한다. "괜찮아. 살짝 어지럽긴 하지만. 괜찮을 거야."

"당신은 아무것도 하면 안 돼." 그녀가 말한다. "의사가 당신은 며칠 동안 아무것도 하면 안 된다고 그랬어. 쟁반을 드는 일은 나한테 맡겼어야지."

"난 괜찮아."

그녀가 자리에서 일어나 차를 따른다.

그러고서 그들은 〈베스트 엑조틱 메리골드 호텔〉을 본다.

그는 영화를 반쯤 보다 색색거리며 코를 골기 시작한다.

7

　사람들은 모든 것의 끝에는 모종의 평온함이 있을 거라고 늘 상상한다. 모종의 평온함. 똥과 고통과 눈물로 범벅이 된 끔찍함과 추악함의 덩어리가 아니라. 모종의 평온함. 그게 무엇을 의미하든지 간에. 그리고 실제로 그게 무엇을 의미하는지는 끝이 점점 가까워올수록 미심쩍어진다. 아메무스 에테르나 엣 논 페리투라. 만일 우리가 추구하는 것이 평온함이라면, 그것은 유익한 조언처럼 보인다. 하지만 여기서도 똑같은 문제가 발생한다―에테르나는 무엇인가? 이 세상에서 영원한 것이란 대체 무엇인가? 그가 어디를 쳐다보든, 늙고 야해진 자신의 손―그가 자신을 노인으로 생각하지 않는 까닭에 왠지 자신의 것으로는 생각되지 않는 그 손―의 축 처진 피부에서부터 사방이 평지인 주변 풍경에 새하얀 빛을 내리쬐는 태양에 이르기까지 어디를 쳐다보든, 그의 눈에 보이는 것은 온통 페리투라뿐이다. 오직 덧없는 것들만이 보일 뿐.

조애나는 떠났다. 그녀는 이른아침 비행기를 예매했고, 늦게 뜬 아침해가 들판 한두 개쯤 떨어져 있는 스트라다 프로빈챨레 65 위의 하늘을 밝히기 시작하자마자 그곳을 떠났다. 택시가 바깥에서 배기관으로 매연을 내뿜으며 대기하고 있었다. 그녀는 여행 가방을 끌고 아래층으로 내려가더니, 현관 복도에 잠시 멈춰 서서 그에게 말했다. "오늘 오후에 코델리아가 여기로 올 거야."

일 분 후 그는 홀로 부엌에 있었다. 예상치 못한 감정의 홍수에 휩쓸리지 않으려 애쓰며, 떨리는 손으로 스푼을 쥔 채 커피를 퍼컬레이터에 담고 있었다.

실제로 벌어지고 있는 인생의 일들 가운데 우리가 이해하는 것은 얼마나 적은가. 순간순간이 그저 휙휙 지나가버린다. 열차 창문 밖으로 내다본 철로 옆의 철탑들처럼.

현재는 끊임없이 흘러가고 있다.

페리투라.

그는 아이패드를 들고서 윙체어에 앉는다.

톡.

톡. 톡.

이메일들. 끊임없이 날아드는 스팸메일과 스팸메일에 가까운 메일들을 빼고 나면, 새로 온 이메일은 없다.

그는 아직도 사이먼에게 시를 읽고 난 소감을 알려주지 못했다. 그는 지금 그 일을 할 것이다. 우선 그는 그 시를 다시 한번 읽어본다.

초상화에 보이는 그의 모습—눈길은 다른 곳을 향한 채

정복자 메흐메트는 투르크족 언월도 같은 자신의 코 앞에
한 송이 장미를 들고 있다.

사람의 마음을 홀리는, 불가피한 돈과 전쟁,

불행을 미연에 방지하기 위해 현명한 정치인이 행하는

형제 살해, 적절한 권력의 운용—

자신의 영역에서 행해진 그 모든 적절한 행위들,

그리고 그는 그것들 모두에 탁월했다. 그런데 왜 꽃인가?

그것은 어쩌면, 보다 덜 세속적인 무언가를 위해 바치는 묵례;

그 무언가가 무엇인지는 모르겠으나, 분명 미美는 아니다,

사랑도 아니다, '자연'도 아니다,

알라 또는 다른 이름으로 불리는 그 어떤 신적 존재도 아니
다—

그것은 다만 영원한 시간의 흐름, 존재의 질감質感에 대한

한순간의 몰입일 뿐.

마지막 구절. 지난주에 읽었을 때는 그 구절이 그에게 그리 깊은
인상을 주지 못했었다.

그는 자리에서 일어나 라디에이터를 쓰다듬고, 자신의 뻣뻣한
손으로 라디에이터의 온기를 느껴본다.

시간의 흐름. 그것만이 영원하며, 그것만이 끝이 없다. 그리고
그것은 오직 다른 모든 것들에 끼친 영향을 통해서만 자신을 드러
내고, 그리하여 모든 것들은 스스로의 덧없음 속에서 절대로 끝나지
않는 무언가를 구현하게 된다.

그것은 무척 놀라운 역설로 보인다.

클라우디아가 말한다. "안녕하세요, 시뇨르 파슨."

깜짝 놀란 그가 고개를 돌린다. "아, 클라우디아. 안녕하세요. 잘 지내셨나요?"

"전 괜찮습니다, 시뇨르 파슨." 피곤하고 지긋지긋하다는 사실을 굳이 숨기려 애쓰지 않으며, 그녀가 말한다. 올겨울에는 그녀도 관절 때문에 골치를 앓고 있다. 그들은 그것에 대해 이야기를 나눈 적이 있다.

"어디부터 시작할까요?" 그녀가 묻는다.

"부엌이요?" 그가 제안한다. "아니면 위층? 전 상관없습니다."

그는 자신이 방금 가졌던 느낌, 모든 것들이 뭔가 끝없고 영원한 것, 영원한 시간의 흐름을 구현하고 있다는 감정을 놓치지 않으려 애쓰고 있다. 그는 잠시 동안이나마 그것을 느꼈었다. 그것을 느꼈었다.

"알겠습니다." 클라우디아가 말한다. "위층부터 시작할게요, 괜찮죠?"

바로 그것의 그 덧없음을 통해서.

그처럼 역설적인 어떤 것만이 희망을 줄 수 있다고, 그는 생각한다…… 하지만 무엇에 대한 희망이란 말인가?

그가 말한다. "좋습니다. 고마워요, 클라우디아."

그는 여전히 창가에 서 있다.

도움에 대한 희망.

그는 잠시 동안이나마 그것을 느꼈었고, 그것은 도움이 됐었다.

막 어두워지기 시작할 무렵인 네시 정각에 코델리아가 도착한다. 그녀는 이제 마흔세 살이다. 그는 그 사실이 좀처럼 믿기지 않는다. "안녕, 아빠." 택시가 떠나자 그녀가 말한다. 그는 그녀가 여행 가방을 옮기는 일을 도와주기 위해 현관에서 기다리고 있다. 그녀는 그가 그러는 것을 허락하지 않는다. 그들은 거실에서 와인을 마신다. 이제 그는 그 훌륭한 바르바레스코를 그녀와 마시지 않고 혼자 마셔버린 걸 후회한다. 그는 그녀에게 사고에 대해 이야기한다. 자신이 기억하는 내용, 즉 자신이 퐁포사 수도원에 갔을 때까지의 이야기를. 그는 와줘서 고맙다고 또다시 그녀에게 말한다.

그가 고맙다고 말하자 그녀는 그저 미소를 짓고는 자리에서 일어나 선반 위의 책들을 살핀다. 그녀는 그녀의 엄마처럼 키가 크다. "요즘 난 클라크의 『몽유병자들』을 읽고 있어," 그가 휠체어에 앉아 그녀에게 말한다.

"아, 그래요? 재미있나요?"

"아주." 그가 말한다.

"어떤 내용인지 궁금하네요."

그는 자신이 이해한 내용—어쩌다 유럽이 이런 대참사를 겪게 되었는지—을 설명하려 애를 쓰고, 그러다가 자신의 말이 전혀 이치에 맞지 않게 들리기 시작하자 이렇게 말한다. "물론 다 읽진 못했어. 아직 반도 못 읽었거든."

"네—에."

그가 학자연한 태도로 궁금하다는 듯이 묻는다. "넌 뭘 읽고 있니?"

"『튜더스, 앤불린의 몰락』," 그녀가 말한다. "마침내 읽기 시작
했어요."

"그 작가는 정치에 대해 잘 알지." 그것에 대해 뭔가 아는 사람
처럼, 그가 그녀에게 말한다.

"재미있게 읽고 있어요." 그녀가 말한다.

그러더니 그녀가 다른 이야기를 하기 시작한다. "엄마랑은 어땠
어요?"

그 질문에는 숨은 의도가 다분하다.

"괜찮았어." 그가 모호하게 말한다. 그러고는 좀더 강한 어조로,
"여기까지 와주다니 정말 고마운 일이었지. 엄마는 뉴욕에 있었어
야 했나 그랬으니까."

"저도 알아요."

왠지 너무 엄숙한 목소리로 그가 말한다. "그리고 코델리아, 너
한테도 고맙게 생각해. 난 네가 얼마나 바쁜지……"

"아빠가 나한테 고맙다고 한 게 이걸로 벌써 네 번은 되는 것 같
아요." 그녀가 말한다. 그녀는 미소를 짓고 있다. "이제 그만하셔
도 돼요. 아빠 마음은 충분히 알았으니까."

"알겠다." 늘 그렇듯 그녀의 태도를 몹시 마음에 들어하며, 그가
소리 내어 웃는다.

그는 그녀에게 약간의 경외심을 품고 있다.

"그래서 엄마랑은 괜찮았어요?" 계속 그 화제를 밀어붙이며, 그
녀가 묻는다.

그는 조애나가 공항에서 그녀에게 전화를 걸어 뭔가를 이야기한

게 틀림없다고 생각한다.

"괜찮았어." 그가 말한다. 그러고는 마지못해 그렇게 말하는 건 아니라는 인상을 심어주려 애쓰며 다시 말한다. "괜찮았어."

짧은 침묵이 흐른다.

침묵을 끝내고자, 그는 사이먼의 안부를 묻는다. 그녀가 보내준 시를 읽었다고 말하며.

"그래서요?" 그녀가 궁금해한다. "어떻게 읽으셨어요?"

"인상적이었어." 그가 말하고, 코델리아는 기뻐 보인다. 그것이 그가 목표했던 것이었다―그녀를 기쁘게 해주는 것. 그가 말한다. "사이먼과 그의 친구가 봄에 여기 왔다는 건 너도 알고 있겠지."

"네," 코델리아가 말한다. "알아요."

"그런데 그 친구 이름이 뭐였더라?"

"퍼디낸드요."

"맞아. 아주 재미난 친구였지."

"네." 그 말은 그녀를 살짝 불안하게 만드는 듯하다. "아마도 요."

"나는 그 아이가 좋았어." 그는 그렇게 말하면서 중경을 응시하고 있는 듯하다. "우린 아주 멋진 대화를 나눴지." 그녀를 향해 미소를 지으며, 그가 말한다.

"아빠랑 퍼디낸드가요?"

"물론 사이먼도 같이."

잠시 후에 그가 묻는다. "그런데, 어, 퍼디낸드도 옥스퍼드에 들어갔니?" 그녀는 그가 그 이름을 말할 때 이상하고도 신중하게 굴고 있다는 느낌을 받는다. 그리고 아니나 다를까, 그가 퍼디낸드에

600

대해 계속 이야기하는 데서도 그런 느낌을 받는다.

"네, 그래요." 그녀가 말한다.

"같은 칼리지야? 사이먼이랑."

"아뇨. 아마 아닐 거예요."

"사이먼은 세인트존스 칼리지에 있지?"

"맞아요."

"흐음." 그가 약간 아쉬운 듯이 말한다. "걔네들이 며칠 동안 여기 머물렀을 때 참 재미있었어. 저녁은 어떻게 했으면 좋겠니?" 그가 묻는다.

"외식하면 어떨까 생각했어요."

"그거 좋은 생각이로구나. 어디로 갈까?"

"아르젠타에 있는 거기요?"

그는 그녀가 말하는 데가 어디인지 안다―그들은 몇 년째 그곳에서 외식을 하고 있다. "좋지. 거기가 딱 좋겠어. 내가 전화를 하마. 두 명이 앉을 자리를 예약해둬야지."

"제가 할까요?"

"아니, 그 정도는 나도 할 수 있을 것 같아." 그가 말한다.

전화기는 보조 식탁 위에 있다. 그 옆에는 손으로 쓴 번호들이 가득한, 닳아 해진 작은 노트가 있다. 그는 자신이 찾는 번호가 나올 때까지 페이지를 넘긴다. 그러더니 그는 수화기를 든 채 아주 느리고 신중하게 번호를 누른다. 수화기를 귀에 댄 채 상대방이 전화를 받길 기다리는 동안, 그는 스웨터를 입고 있는 자신의 구부정한 모습이 어두운 창문에 비친 것을 바라본다.

*

　다음 며칠 동안 코넬리아는 집안일에 착수한다. 그녀는 사람을 불러 계단 아래에 있는 습기 얼룩을 제거하게 한다. 그녀는 쥐가 집안에 들어와 살지 못하게 하는 초음파 장치를 구해 와서 설치한다. 그녀는 클라우디아에게 구체적인 일거리를 맡기고, 클라우디아는 그것을 반기는 듯 보인다. 며칠 만에 집안 전체는 더 질서정연해지고 깨끗해졌으며, 왠지 더 사람 사는 곳처럼 변한 듯 보인다.

　그들은 함께 인터넷 사이트를 돌아다니며 그 지역에서 팔고 있는 중고차를 찾아본다. 그들은 어떤 차를 발견하고, 그것은 그녀가 보기에 그에게 적당해 보인다─5년 된 도요타 라브4 오토매틱. 다음 날 그들은 페라라까지 차를 몰고 가서 그 차를 살펴보고, 그녀는 흥정을 해서 가격을 천 유로 깎는다. 그들은 그 차를 몰고 아르젠타로 돌아온다. 그녀는 보험회사의 차를 몰고, 그는 새로 산 도요타를 몰면서. 그는 그 차가 오래된 파사트보다 훨씬 더 말을 잘 듣는다고 느낀다. 그리고 그녀는 그 모든 일들을 아주 쉽게 처리한 듯하다─만일 자기 혼자 그 일을 해야 했더라면 완전히 의기소침해졌을 것이라는 걸 그는 알고 있다. 왠지 그녀는 그 일을 자연스럽게 해내는 듯하다. 그녀는 몇 군데 전화를 건다. 그녀는 그와 함께 이탈리아어로 된 서식을 살펴보면서 무엇을 쓰고 어디에 서명해야 할지를 그에게 말해준다. 그녀는 보험 문제를 해결한다. 그렇다, 그는 그녀에게 약간의 경외심을 품고 있다. 그녀는 활력이 넘친다. 그녀는 겨울날 오후, 바깥에 문득 어둠이 내려 보는 이를 놀

602

라게 하는 네시 정각에 그들이 한두 차례 하는 스크래블* 게임에서
승리한다.

*

어느 날 오후, 클라우디아의 아들이 엄마를 집으로 데려가기 위
해 이케아 밴을 타고 나타난다. 일찍 도착한 그는, 아직 다리미질
할 게 잔뜩 쌓여 있는 그녀가 열심히 다리미질을 하고 있는 동안
밴에서 기다린다.

"진입로 끝에 이케아 밴이 와 있어요." 위층 창문으로 그것을 본
코델리아가 말한다. "뭐 주문하신 거 있어요?"

"아니," 그가 그녀에게 말한다. "저건 클라우디아의 아들 차야.
걔가 이케아에서 일하거든. 저기서 엄마를 기다리고 있는 거야."

"안으로 들어와서 기다리라고 해야 하지 않을까요?"

"그래도 되겠지. 아마도."

그는 창가에서 그녀가 밴의 창문을 두드리고는 루마니아인에게
뭐라고 말하는 걸 지켜본다. 루마니아인은 밴에서 내려 그녀를 따
라 집으로 들어온다.

그는 그녀가 영어식 억양이긴 해도 유창한 이탈리아어를 구사하
며 그를 부엌으로 안내하는 소리를 듣는다.

잠시 후에 그가 그들에게 가서 인사를 한다. 그는 어색하게 서성
거리며 잠시 동안만 거기 머물 뿐이다. 그러고서 그는 다시 윙체어

---

* 철자가 적힌 플라스틱 조각들로 글자 만들기를 하는 일종의 보드 게임.

로 돌아와 『몽유병자들』을 읽어보지만 그 어느 때보다도 책의 내용이 머릿속에 들어오질 않는다.

클라우디아와 그녀의 아들이 떠나자 코넬리아가 그에게 오고, 그들은 그 두 루마니아인에 대해 이야기하기 시작한다. 그들은 그 둘이 매우 좋은 사람들이라고 말한다.

"그는 아주 잘생겼어요." 코넬리아가 말한다.

그녀의 아버지도 동의한다는 듯 고개를 끄덕인다. 그러더니 마치 자신은 그런 생각을 한 번도 해본 적이 없다는 듯 황급히 말한다. "그렇게 생각하니?"

"네, 그래요."

"그는 결혼을 한 것 같은데." 그가 이상한 어조로 말한다.

"흠, 저도 그런데요." 코넬리아가 꼬집어 말한다.

"아니." 그는 당황해 보인다. 그리고 자신이 그렇다는 걸 인지한 그는 더욱 당황한다. "나는 그저……"

"저는 그가 잘생겼다고 말했을 뿐이에요."

"알겠다."

그는 미소를 지으려 애쓴다―미소는 잘 지어지지 않는다.

그녀는 그를 이상하게 쳐다보고 있는 듯하다. 그가 말한다. "그에게 집에 들어오라고 한 건 정말 잘한 일이야."

그녀는 그 말을 들은 것 같지 않다―그녀는 그를 계속 이상하게 쳐다보고 있을 뿐이다.

그는 『몽유병자들』을 얼굴 앞으로 들어올렸다―그는 1914년 유럽의 지도를 그저 멍하니 바라보고 있다.

그녀는 알고 있다, 라고 그는 생각한다.

그런데 그녀가 뭘 알고 있나? 알 게 뭐가 있나? 그러는 그는 뭘 알고 있나? 어떤 남자들이…… 어떻게 표현하면 좋을까? 그를 매혹한다는 사실을? 그리고 이 매혹—만일 이게 적절한 표현이라면—에 심란해진 그는 가끔…… 뭐? 그들의 면전에서 이루 말할 수 없이 당황해한다는 사실을? 하지만 그래 봤자 그게 전부다. 알아야 할 건 그게 전부다. 그는 그런 짓은 감히 상상조차……

마침내 그는 그 페이지—아까와 마찬가지로 1914년 유럽의 지도가 그려져 있는 페이지—에서 눈을 떼고 그녀를 보려 한다.

그녀는 거기 없다.

무슨 일인가 일어난 듯한 느낌이 든다. 그들 사이에 뭔가가 오고갔다는 느낌. 그는 지금으로부터 약 이십 년 전, 조애나가 그에게 '확실히 이상하다'고 말했을 때 그랬던 것과 마찬가지로 살짝 구역질을 느낀다. 그것은 예사롭지 않은 말처럼 들렸었다. 조애나와는 그 주제로 두 번 다시 이야기한 적이 없었고, 심지어 그것을 암시하는 듯한 이야기도 한 적이 없었다. 하지만 그것은 그들이 거의 별거를 시작했을 때의 일이었다. 그는 그녀가 코델리아에게 그 일에 대해 말했는지 어쨌는지는 알지 못한다.

그는 부엌에서 그녀를 발견한다.

그녀는 사진—그녀 부모의 사진—이 든 액자를 들고 있다. 그들이 살아온 방식—대부분 따로 떨어져 살아온 삶—은 그녀를 늘 속상하게 해왔다.

"그게 뭐니?" 그가 묻는다.

그녀는 대답하지 않는다.

그리고 그는 그녀의 어깨 너머에 서서, 그녀가 들고 있는 자신과 조애나의 사진을 그녀와 함께 바라보며 생각한다―그녀는 저게 다 위선이라고 생각하고 있어. 하지만 그게 다 위선인 것만은 아니다. 그는 그녀에게 그렇다는 걸 말해주고 싶어한다. 그는 그걸 어떻게 표현하면 좋을지 알지 못한다.

그가 그걸 어떻게 말하면 좋을지 생각하고 있을 때, 어쩌면 실은 조애나도 그들의 결혼생활, 그들이 어느 정도 함께 보낸 45년의 세월을 위선으로 여기고 있을지 모른다는 생각이 그의 뇌리를 스친다. 그리고 물론 코델리아는 그 일을 대체로 자기 어머니의 관점에서 바라볼 것이다. 그토록 긴 세월을 그렇게 살아야 했던 어머니를 그녀는 동정할 것이다. '확실히 이상한' 누군가와 함께 살아야 했던 어머니를. 그 말은 아직도 그와는 아무 상관이 없어 보인다. 그는 코델리아가 조애나의 외도에 대해 알고 있는지 궁금해한다. 어쩌면 그녀는 그가 아는 것보다 더 많은 것을 알고 있을 것이다― 그는 구체적인 내용은 전혀 모른다. 그의 부인과 그의 딸 사이에 어떤 이야기가 오가는지는 알기 어렵다.

그녀는 여전히 사진을 쳐다보고 있다. 그가 주간 예복을 입고 있다는 것은 누구나 한눈에 알 수 있다. 그것은 그가 20여 년 전에 기사 작위를 수여받았을 때 찍었던 사진이다.

"내가 기사 작위를 수여받았던 날이야." 그가 말한다.

그녀가 지금 그것을 생각하고 있지 않다는 것, 그녀가 그 사진을 보며 그것을 떠올리고 있지 않다는 것은 너무나도 분명한 사실이고, 따라서 그의 그런 말은 그를 실제보다 훨씬 더 둔감한 사람, 훨씬 더 답답한 사람으로 보이게 만든다. 그는 그렇다는 걸 알고 있으며, 그것이 그가 하기 싫은 이야기를 회피해온 데 대한 대가라는

것을, 혹은 그것을 회피하려 노력해온 데 대한 대가라는 것을 알고
있다.

하지만 그녀는 그것을 눈치챈 듯하다. "네." 그녀가 그렇게 말
하며 액자를 내려놓는다. "와인을 마시기에는 시간이 너무 이른가
요?"

그는 자신의 시계를 본다.

아직 채 다섯시도 되지 않았다.

그녀는 지금 런던은 오피스 파티* 시즌이라고, 크리스마스 술 파
티 시즌, 간을 혹사시키는 시즌이라고 말한다. 펍에서 보내는 오
후. 뭐 그런 이야기들.

"나도 어렴풋이 기억이 나." 그가 말한다.

"아직도 일하던 시절이 그리우세요?" 딱히 관심은 없는 게 분명
하지만, 그것이 그가 그리 꺼려하는 화제는 아니라는 걸 아는 그녀
가 묻는다.

"예전만큼 그렇진 않아."

그가 와인랙 위로 신중하게 몸을 구부린다.

"예전만큼 그렇진 않아." 그가 다시 말한다.

그는 와인 병을 테이블 위에 올려놓는다.

"나는 내 인생이," 그가 사무적인 말투로 말한다. "잠재적인 측
면에서 봤을 때는 막을 내렸다는 걸 인정해야만 했어."

그것은 마치 그가 뭔가 다른 문제에 대해 유난히 솔직한 어조로
말함으로써 그녀가 이야기하고 싶어하는 주제—그가 그녀의 어머

---

* 기업 등에서 특히 크리스마스이브에 여는 파티.

니와 45년 동안이나 결혼생활을 유지했던 이유―에 대한 회피를 만회하려 하는 것처럼 느껴진다.

와인을 따기 위해 우선 포일을 커팅하고 그것을 벗겨내면서, 그는 그런 생각을 한다. 충분히 묵직한 느낌과 함께 포일이 벗겨지면서 아래의 유리 부분이 드러난다. 그가 말한다. "이제 내가 할 수 있는 일은 별로 남아 있지질 않아. 실질적인 의미에서는."

"그렇게 말씀하지 마세요." 그녀는 마음이 다른 데 가 있는지 여전히 산만해 보인다.

"아. 난 내가 이루려 했던 일들은 전부 이루었어."

"직업적으로 그렇다는 말씀이세요?"

"그래. 부분적으로는. 그러니까 내 말은, 난 그것 때문에 우울하거나 그렇진 않아." 그가 말한다. "난 내가 이뤄낸 일들이 무척 자랑스러워." 그것은 사실이다. 하지만 그렇게 말하면서도, 그는 자신의 업적이 그저 뜬구름처럼 무게를 잴 수도 없고 만질 수도 없는 것이라고, 심지어 이상하리만치 허구적인 것이라고 느낀다―심지어 자신이 가장 자랑스러워하는 업적들 가운데 하나인, 2004년에 유럽연합을 확대할 때 이루어진 협상에서 그가 수년 동안 소소하게 기여한 부분까지도. 그가 알지 못하는 무언가가 그것들을 무가치하게 만들고 있는 듯하다. 철학자 같은 어조를 유지하려 애쓰며, 그가 말한다. "난 아주 자랑스러워. 지금으로서는 그걸로 됐다는 기분이야."

"제가 도와드릴까요?" 코델리아가 묻는다. 그것은 그가 따려고 애쓰고 있는 와인을 두고 한 말이다.

그는 잠시 망설인다. 그는 어떻게 할지 생각하는 듯 보인다. 그러더니 그가 말한다. "그래, 좋아, 좀 도와주렴." 그리고 그녀에게 와인을 건넨다.

"이 와인으로 말할 것 같으면," 더 즐거운 화제에 대해 이야기하고 싶어하는 게 분명한 그가 말한다. "우리가, 그러니까 네 엄마와 내가," 때로는 그들에게도 실제로 즐거웠던 때가 있었다는 걸 알려주기라도 하려는 듯, 그가 살짝 강조한다. "몇 년 전에 오래된 파사트, 이제는 하늘나라로 가버린 파사트를 몰고 움브리아에 갔을 때 페루자에서 사왔던 와인인 것 같아. 어쨌거나 이 와인은 거기서 생산되는 와인들 중 최고라고 알려져 있고, 이제는 이 와인을 마실 때가 된 것 같구나."

"옳소, 옳소." 코델리아가 말한다─비록 그녀의 목소리는 여전히 어딘가 모르게 붕 떠 있지만.

그가 잔 두 개에 와인을 적당히 따르고는, 잔 하나를 그녀 쪽으로 민다.

"자," 그가 말한다. "그럼 무얼 위해 건배할까……?"

그는 잠시 기다린다─그녀가 미소를 지으며 어깨를 으쓱할 때까지 충분히 길게. 그녀의 미소에는 아쉬움과 슬픔이 뒤섞여 있다. 납득되지 않는 무언가를 억누르고 있는 미소.

그는 그것에 굴하지 않는다.

"인생을 위하여?" 그가 제안한다.

그녀는 그것에 대해 생각해보는 듯하더니, 마지못해 거기에 따른다. "인생을 위하여."

*

다음날 아침, 그들은 차를 몰고 라벤나로 간다. 그는 병원에서 다시 시티 촬영을 해야 한다. 그들은 새 도요타를 몰고 나왔다. 코델리아가 핸들을 잡는다.

바다가 가까워짐에 따라 농지로 가득하던 시골의 풍경은 점점 더 화려한 풍경으로 변하기 시작한다―모래 해안의 관광 지구. 테마 파크로 가는 길을 알리는 표지판들이 보인다. 호텔들. 겨울에는 다들 영업을 하지 않는다. 스트라다 스타탈레 309에 늘어서 있는 창녀들만 빼고. 여름에도 그곳에 서 있던 그들은, 비록 수는 줄었지만 아직도 거기서 영업을 하고 있다. 그는 그들 중 많은 수가 보스니아 소녀들이라는 말을 들은 적이 있다.

"불쌍한 것들." 그가 말한다.

코델리아는 운전을 하며 고개를 끄덕인다.

라벤나에 가까워지면서 아레아 인두스트리알레로 가는 길을 알리는 표지판들이 나온다. 상선들이 있는 항구를 가리키는 표지판들. 그녀는 그 모든 것들에 능숙히 대처한다―까다롭고 엉성하게 표시되어 있는 진입로, 라벤나의 차량들, 일방통행 체계. 그는 그녀가 그것들에 대처하는 것을 보고 거의 곤혹스러울 만큼 깊은 인상을 받는다.

"실력이 아주 좋구나." 그들이 도시 어딘가―그는 그곳이 어딘지 전혀 모르지만, 그녀는 그곳이 어딘지 아는 듯하다―에서 신호가 바뀌길 기다리고 있을 때, 그가 말한다

그녀가 소리 내어 웃으며 말한다. "감사해요." 그리고 그들은 다

시 출발하고, 그는 목적지를 향해 거침없이 달려가는 그녀에게 다시 깊은 감명을 받는다.

그날 아침에 그들은 시내에서 점심을 먹은 다음 그의 예약 시간인 두시 정각에 맞춰 병원에 가기로 했다.

그들은 조나 모누멘탈레 근처의 공영주차장에 차를 세우고 걷기 시작한다. 그들은 그가 쓸 모자를 찾고 있다. 그녀는 크리스마스 선물로 그에게 모자를 선물해주고 싶어한다.

비아 카보르에는 크리스마스 장식이 걸려 있고, 작고 세련된 가게들은 대낮의 어둠 속에 빛나고 있다. 그들은 괜찮아 보이는 가게들에 들르고, 마침내 그는 왠지 그의 마른 얼굴에 어울리는 듯한 부드러운 갈색 보르살리노를 산다. 이제 그의 얼굴은 마르고 수척해 보인다. 사고로 인한 상처는 아직도 흉측하고 누르스름한 반점으로 남아 있다. 모자 때문에 기분이 좋아진 게 분명한 그는, 모자를 쓴 채 그녀와 함께 점심 먹을 곳을 찾아다닌다. 그들은 비아 마죠레에서 그가 몇 년 전에 한 번 가본 적이 있는 걸로 기억하는 식당을 발견한다. 그리고 만일 그곳이 그때 그 식당이 맞다면, 그곳은 분명 괜찮은 식당일 것이다. 그들이 식당에 들어갈 때 작은 눈송이가 흩날리기 시작하고, 갑자기 깜짝 놀랄 만큼 따뜻한 실내로 들어온 그들은 두 명이 앉을 테이블로 안내를 부탁한다.

"여기가 맞았어." 둘이 겉옷을 벗고 자리에 앉았을 때, 그가 그녀에게 말한다.

"그렇군요."

"음식이 훌륭한 곳이야. 아니면 훌륭했거나. 지금은 어떨지 누가 알겠니."

실내 장식은 분명 저속해 보인다.

그곳에는 메뉴가 없다. 그저 그곳을 서성이다가 그들에게 와서는, 마치 자기가 그들의 오래된 친구라도 된다는 듯 오늘은 무슨 메뉴가 준비되어 있는지 말해주는 명랑한 남자가 한 명 있을 뿐이다.

그들이 그에게 원하는 음식을 알려주자, 다른 누군가—말린 콩처럼 딱딱한 얼굴을 한 작은 여자—가 그가 마실 4분의 1리터짜리 레드 와인과 코델리아가 마실 녹색 탄산수 병을 가지고 온다.

그들 주위에는 점심을 먹고 있는 사무원들뿐이다.

바깥에는 여전히 눈이 내리고 있다.

그는 그녀에게 아메무스 에테르나 엣 논 페리투라에 대해, '영원한 시간의 흐름'에 대해 말해보려 애를 쓰고 있다. 그는 다시 그 문제에 대해 생각하고 있다. 오늘 아침 그는 매우 우울한 상태로 잠에서 깨어났다. 그는 청록색 벽이 서서히 모습을 드러내는 동안, 꼼짝도 하지 않은 채 한동안 거기 누워 있었다. 닥쳐온 병원 일정도 아마 한몫했을 것이다. 시티 촬영, 그리고 그것으로 인해 알게 될 모종의 결과. 그는 지난 며칠 동안 두통을 앓아왔다. 그는 벌써 몇 달째 자신의 심장에서 일어나는 일을 묘하게 의식해왔듯, 자신의 머릿속에서 일어나는 일에 대해서도 묘하게 의식해오고 있다. 육체적 덧없음이라는 감각이 밤새 그를 오싹하게 했고, 그는 또다시 지난주에 가졌던 느낌, 덧없는 모든 것들은 바로 그 덧없음을 통해 뭔가 끝없고 영원한 것을 구현하게 된다는 느낌을 가져보려 애썼다.

그는 이제 그것을 코델리아에게 설명하기 위해 애를 쓰고 있다.

"그건 중요한 거야." 그는 자신의 뜻을 전달하기 위해 무진장 애를 쓰고, 그렇다는 건 그녀의 표정을 봐도 알 수 있다. "뭔가 더 큰 것, 뭔가…… 뭔가 영원한 것에 속해 있다는 느낌은."

"네." 그녀가 잔에 물을 더 따르며 참을성 있게 말한다.

그녀는 이 말의 요점을 이해하지 못한다고, 그는 생각한다.

그는 자기 자신이 그걸 이해하는지도 확신하지 못한다. 이렇게 말로 표현해보려 하니, 그것은 심지어 그에게도 요령부득인 듯하다―실은 말로 표현하지 않을 때도 그러한 듯하다.

"말도 안 되는 소리를 한 것 같구나." 그가 사과한다.

"아뇨, 흥미로운데요." 코델리아가 말한다.

파스타―무거운 강철 프라이팬에 들어 있는 일종의 거대한 라비올리―가 도착한다. 딱딱한 얼굴의 여자는 그것을 한 마디 말도 없이 나무 매트 위에 올려놓고는 알아서 먹으라는 듯 자리를 뜬다.

"그라치에." 자리를 뜨는 여자에게 그가 말한다.

그는 자신이 코델리아에게 무슨 말을 했는지, 혹은 무슨 말을 하려 했는지를 생각하며, 여전히 생각을 정리해보려 애쓰고 있다.

그녀는 라비올리를 먹기 시작했다.

"먹을 만하니?" 그가 묻는다.

"훌륭해요." 그녀가 말한다.

그리고 그는 그녀의 그런 모습에 문득 마음이 매우 뭉클해진다.

격한 감정이 그를 사로잡는다.

그녀는 그의 촉촉하게 젖은 시선을 알아차리고는 그에게 미소를 짓는다.

자신이 바보 같다고 느낀 그는, 고개를 흔들고 음식을 먹기 시작한다. 어떤 의미에서 그가 느끼는 이 사랑은, 이 모든 게 끝나고 말거라는 사실을 덜 끔찍하게 해주는 게 아니라 더 끔찍하게 만들 뿐이다. 언젠가 그녀를 보지 못하게 될 날이 올 거라고 생각하니 엄청난 고통이 찾아온다.

여전히 거의 눈물을 쏟을 듯한 표정으로, 그는 잠시 먹는 걸 중단하고 고개를 든다.

그는 모든 것들이 끝없고 영원한 무언가를 구현하고 있다는 이러한 감정이, 자신이 스스로를 속여서 만들어낸 감정인 것 같다는 확신이 든다. 두려움과 슬픔이 그에게 무언가를 생각해내도록 강요하고 있다. 노화와 죽음이라는 악몽 같은 실상을 누그러뜨려줄 무언가를. 영원한 시간에 관한 이 생각들. 영원한 시간 속에는 오직 불가사의―우리가 절대 알 수도 이해할 수도 없을 무언가가 있다는 느낌―만이 존재할 뿐이다. 텅 비어 있는, 알 수 없는 공간. 산타폴리나레 누오보의 그 커튼 모자이크가, 그뒤로 아무 무늬도 없는 금빛 타일 외에는 우리에게 아무것도 보여주지 않았던 것처럼.

코델리아는 사이먼에 대해 이야기하고 있다. 보통 그녀는 사이먼 이야기를 많이 한다. 이번주에 그녀는 그러지 않으려 노력하고 있다. 그는 그것을 알고 있다. 하지만 이제 그녀는 그에 대해 말하기 시작한다.

와인 잔의 다리를 손가락으로 잡은 채, 그는 그것을 듣는다.

그녀는 다른 사람들이 봤을 때 자기 아들에게 이상한 면이 있다는 것에 대해 이야기하고 있고, 평소와는 달리 자신이 때로 그 문제를 걱정하고 있다는 사실을 인정한다.

그는 그녀를 달래주려 애쓴다. 그는 그 나이 때 조금 이상한 것은 전혀 특이한 일이 아니고, 특히 아주 똑똑한 사람들의 경우에는 그런 성향이 더욱 심하며, 사이먼은 의심의 여지 없이 그런 부류에

속하는 아이라고 말한다.

"걱정할 것 없어." 그녀의 손 위에 자신의 손을 포개며, 그가 그녀에게 말한다.

그녀가 고개를 끄덕인다.

그것이 바로 그녀가 듣고 싶어하는 말이다. 그게 사실인지 아닌지는 전혀 중요하지 않다.

오직 시간만이 말해줄 것이다.

그는 계산을 하고 그녀와 함께 자리에서 일어난다. 그들은 문 근처에서 코트를 입고 스카프를 걸친다. 그는 새로 산 모자를 쓰고는 거울 속에 비친 자신의 모습을 바라본다. 영락없는 한 명의 노인.

그는 손잡이를 힘껏 잡아당겨 문을 연다.

그는 우선 코델리아부터 나가게 한 다음, 그녀를 따라 밖으로 나간다.

몹시 찬 공기가 그의 얼굴을 찌른다.

비아 마죠레가 어스름 속에 사라져가고 있다.

옮긴이의 말

『올 댓 맨 이즈』는 소설가 데이비드 솔로이의 네번째 장편소설로, 한국의 독자들에게는 처음으로 소개되는 솔로이의 작품이다. 2016년 맨부커상 최종후보작이자 2016년 고든 번 상 수상작이기도 하다.

『올 댓 맨 이즈』는 편의상 장편소설로 분류되어 있긴 하나, 실은 연작소설집의 모양새를 취하고 있다. 작품을 구성하고 있는 아홉 편의 단편(혹은 '부분segment')이 전혀 별개의 이야기이기 때문이다. 등장인물들도 서로 다르고, 벌어지는 사건도 다르다. 하지만 단순히 비슷한 주제의 작품들을 아무렇게나 모아놓은 것이 아니라 각 작품이 일정한 시간의 흐름에 따라 하나의 궤적을 이루게끔 배치해놓았기 때문에, 장편소설의 면모를 띠고 있는 것 또한 사실이다. 『올 댓 맨 이즈』의 이러한 형식적 특이성은 이 책이 (영국 출판사 조너선 케이프의 주장대로) 장편소설이냐 아니면 (〈가

디언〉의 주장대로) 단편소설집이냐를 두고 이미 여러 논쟁을 낳은 바 있는데, 한 가지 분명한 사실은, 이처럼 어느 한 장르로 규정할 수 없는 성격이야말로 이 책의 가장 큰 특징이자 매력이라는 점이다.

데이비드 솔로이는 2013년에 영국의 대표적인 문예지 〈그랜타〉에서 매 10년 주기로 선정하는 '영국 최고의 젊은 작가' 중 한 명으로 꼽혔을 만큼 영국적인 작가이지만, 사실 어느 나라 작가라고 특정하기에는 무리가 있다. 1974년에 캐나다 몬트리올에서 캐나다인 어머니와 헝가리인 아버지 사이에 태어난 이래, 가족과 함께 베이루트로 이주했고, 레바논 내전을 피해 다시 런던으로 와서 살다가, 이후 벨기에 브뤼셀과 헝가리 페치를 거쳐 현재는 부다페스트에 살고 있기 때문이다. 그래서일까, 번역 작업본으로 받아본『올 댓 맨 이즈』영국판의 표지를 장식한 아홉 개의 낯선 지도들은 결코 예사롭게 보이지 않았다. 지도의 조각들 하나하나가 모두 저마다의 사연을 품고 있는 듯, 모종의 기대감과 더불어 낯설고 불안한 감정이 엄습해왔다고나 할까.

*

『올 댓 맨 이즈』를 구성하고 있는 아홉 편의 단편은 각각 4월에서 12월까지를 그 시간적 배경으로 하고 있으며, 시간의 흐름에 따라 순차적으로 열일곱 살부터 칠십대 노인까지 점점 나이든 주인공들을 등장시키고 있다.『올 댓 맨 이즈』, 즉 '남자에 대한 모든 것' 정도를 뜻하는 제목이 말해주듯 주인공들은 모두 남자다. 하지만 작품마다 (어떤 의미에서는 지질한 남자 주인공들보다 더욱 강렬하게 그려지는) 여성 인물들이 등장하고, 게다가 몇몇 여성 인물들은 매우 비중 있게 등장하고 있으므로, 제목이 주는 선입견과는 달리 단지 남자들에 국한된 이야기만은 아니다.

이 아홉 편의 단편은 전형적이고도 전통적인 단편소설의 성격을 띠고 있다. 모두가 여행이나 업무 등의 이유로 집을 떠나 잠시 다른 유럽 국가로 갔다가, 거기서 여자와 관련된 어떤 사건을 겪게 되며, 그 사건이 끝남과 동시에 약간의 변화된 상황에 처하게 되는 남자 주인공들에 대한 이야기인 것이다. 마지막 단편에 등장하는 노인의 손자가 첫번째 단편에 등장하는 주인공 사이먼이라는 사실을 제외하면, 그리고 주인공들이 모두 유럽의 백인 남성이라는 사실을 제외하면, 인물들 사이에는 아무런 연관성도 없다. 하지만 어떤 공간은 다른 단편에 스쳐지나가듯이 재등장하기도 하고, 대성당, 리들 마트, 아파트 층계참의 화분, 타로 카드, 바르바레스코 와인, 슈퍼요트 같은 유럽적인 요소들이 둘 이상의 단편에 각기 변주되어 등장하기도 하는 등, 구조적으로는 유럽 전체를 그려볼 수 있는 방식으로 엮여 있다. 그리고 이런 단편적인 사실들 외에도 『올 댓 맨 이즈』에는 분명 어떤 일관된 흐름이 존재한다. 21세기라는 현재를 살아가는 유럽인이 느끼는 슬픔이라고 할 만한 어떤 보편적인 감정의 흐름이.

이런 점에서 모든 단편들이 3인칭 현재형으로 서술되어 있다는 사실은 의미심장하다. 3인칭이라는 시점은, 이것을 그 나잇대의 (유럽) 사람(남자 혹은 여자)이라면 누구나 겪을 수 있을 법한 보편적인 이야기로 만들어주고, 현재형이라는 시제는, 실은 늘 현재일 수밖에 없는 '시간의 흐름 자체'를 실감하게 해주기 때문이다. 게다가 마지막 단편에 등장하는 노인의 손자가 첫번째 단편의 주인공으로 (다시!) 등장하는 까닭에, 이 흐름은 단순히 선형적이지 않고 순환적으로 느껴진다. 12월의 이야기까지 다 읽은 후, 공백으로 남아 있는 1월부터 3월까지의 추위와 빛 속에 한동안 홀로 고요히 머물다가, 다시 책장을 펼쳐 4월의 이야기 속으로 돌아와 있으면,『올 댓 맨 이즈』의 주인공은 실은 끊임없이 흐르는 바로 이 '시간'이 아닐까 싶어질 정도다. 각 단편은 어디까지나 전통적인 내러티브의 미덕을 충실히 따르지만, 전체 구조는 결국 시간과 보편성이라는 관념적인 주제를 탐구하고 형상화할 수 있도록 치밀하게 설계되어 있다는 점에서,『올 댓 맨 이즈』는 (그 장르를 무엇으로 보건 간에) 전체를 조망해볼 때 비로소 그 정체가 드러나는 작품이다.

*

역자는 이 책의 번역 작업본을 받으면서 저자가 별도로 작성해 전달해주었다는 정오표도 함께 받았다. 책이 출간된 후에 작성된 A4 두 장 분량의 정오표. 책을 내고도 끝까지 퇴고를 멈추지 않은 솔로이의 의지는 약간 징그러우면서도 감동적인 데가 있었는데, 놀랍게도 번역을 하면서 가장 큰 감동을 받은 순간들 중 하나는 바로 이 정오표에서 나왔다.

그는 이 소설의 피날레, 즉 마지막 단편의 거의 마지막 부분에서 노인과 딸이 식당에서 식사를 하며 대화를 나누는 장면을 여섯 군데 정도 고쳤는데, 그중 한 부분은 이러하다.

p436, l. 7: Cut as follows: "She notices his moist-eyed stare and smiles at him, ~~questioningly~~."

즉 "그녀는 그의 촉촉하게 젖은 시선을 알아차리고는, 그에게 미심쩍은 듯이 미소를 보낸다"에서 '미심쩍은 듯이'를 빼달라는 것.

『올 댓 맨 이즈』를 다 읽은 독자라면 분명 느꼈겠지만, 솔로이는 인간의 비참함을 무표정한 얼굴로 가감 없이 드러내는가 싶다가도 결정적인 순간에는 은근한 연민을 보이기를 잊지 않는다. 지질한 인간의 실체를 있는 그대로 까발리면서도, 오직 그것을 성실히 보여주기만 하지 결코 조롱하지는 않는 느낌이랄까. 여기서 '미심쩍은 듯이'라는 부사를 지운 것에서 데이비드 솔로이라는 작가를 읽을 수 있었다.

부사 하나로 세계가 바뀔 수도 있는 것이다, 소설에서도 인생에서도. 따라서 한 작가가, 심지어 책이 출간된 후에도 고민을 이어 나가다가, 결국 '미심쩍은 듯이'라는 부사를 빼버렸을 때, 그것은 작가가 인생의 겨울과 황혼을 맞이한 인간에게, 이제는 퇴물이 되어버린 한 남자에게, 씌워줄까 말까 한참을 고민하던 따뜻한 털모자 하나를 뒤늦게 씌워주는 일이나 마찬가지다.

모든 작가는 정확하고자 한다. 그리고 문장에서의 정확함이란, 아마 더할 것은 더하고 뺄 것은 뺀 상태, 최대한 균형 잡힌 상태를 가리키는 게 아닐까. 영국의 소설가 테사 해들리는 솔로이의 글에 대해 "정확하고 진실하며 늘 미묘하게 지적이다"라고 평했다. 삶은 슬픔으로 가득하지만, 그것을 '정확하고 진실하며 미묘하게 지

적인' 문장들로 표현해낸 작품은 우리에게 늘 짜릿한 쾌감을 준다
는 것을 우리는 알고 있다.

황유원

옮긴이 **황유원**
서강대학교 종교학과와 철학과를 졸업했으며 동국대학교 대학원 인도철학과 박사과정을
수료했다. 2013년 『문학동네』 신인상으로 등단해 시인이자 번역가로 활동하고 있다. 시집
으로 『세상의 모든 최대화』 『이 왕관이 나는 마음에 드네』, 옮긴 책으로 『밥 딜런: 시가 된
노래들 1961~2012』(공역) 『예언자』 『소설의 기술』 『모비 딕』이 있다. 제34회 김수영문학상
을 수상했다.

문학동네 세계문학
올 댓 맨 이즈

초판 인쇄 2019년 9월 25일 ┃ 초판 발행 2019년 10월 1일

지은이 데이비드 솔로이 ┃ 옮긴이 황유원 ┃ 펴낸이 염현숙

책임편집 이현정 ┃ 편집 심희정 임선영 오동규
디자인 김이정 유현아 ┃ 저작권 한문숙 김지영
마케팅 정진아 함유지 김혜연 박지영 김수현
홍보 김희숙 김상만 오혜림 지문희 우상희
제작 강신은 김동욱 임현식 ┃ 제작처 영신사

펴낸곳 (주)문학동네
출판등록 1993년 10월 22일 제406-2003-000045호
주소 10881 경기도 파주시 회동길 210
전자우편 editor@munhak.com ┃ 대표전화 031) 955-8888 ┃ 팩스 031) 955-8855
문의전화 031) 955-3576(마케팅) 031) 955-2652(편집)
문학동네카페 http://cafe.naver.com/mhdn ┃ 트위터 @munhakdongne
북클럽문학동네 http://bookclubmunhak.com

ISBN 978-89-546-5805-8 03840

www.munhak.com